U0117155
聊斋志异选
【清】蒲松龄 著
张友鹤 选注
上海教育出版社
SHANGHAI EDUCATIONAL PUBLISHING HOUSE

出版说明

大语文时代，阅读的重要性日益凸显。中小学生阅读能力的培养，已经越来越成为一个受到学校、家长和社会广泛关注的问题。学生在教材之外应当接触更丰富多彩的读物已毋庸置疑，但是读什么？怎样读？仍然是一个处于不断探索中的问题。

2020 年 4 月，教育部首次颁布了《教育部基础教育课程教材发展中心 中小学生阅读指导目录（2020 年版）》（以下简称《指导目录》）。《指导目录》“根据青少年儿童不同时期的心智发展水平、认知理解能力和阅读特点，从古今中外浩如烟海的图书中精心遴选出 300 种图书”。该目录的颁布，在体现出国家对中小学生阅读高度重视的同时，也意味着教育部及相关专家首次对学生“读什么”的问题做出了一个方向性引导。该目录的推出，“旨在引导学生读好书、读经典，加强中华优秀传统文化、革命文化和社会主义先进文化教育，提升科学素养，打好中国底色，开阔国际视野，增强综合素质，培养有理想、有本领、有担当的时代新人”。

上海教育出版社作为一家以教育出版为核心业务的出版单位，数十年来致力于为教育领域提供各种及时、可靠、实用、多样的图书产品，在学生阅读这一板块一直有所布局，也积累了一定的经验。《指导目录》颁布后，上教社尽自身所能，在多家兄弟出版社和相关机构的支持下，首期汇聚起其中的 100 余种图书，推出“中小学生阅读指导目录”系列，划分为“中国古典文学”“中国现当代文学”“外国文学”“人文社科”“自然科学”“艺术”六个板块，按照《指导目录》标注出适合的学段，并根据学生的需要做适当的编排。丛书拟于一两年内陆续推出，相信它的出版，将会进一步充实上教社已有的学生课外阅读板块，为广大学生提供更经典、多样、实用、适宜的阅读选择。

编　者

聊斋自志

披萝带荔，三闾氏感而为《骚》[1]；牛鬼蛇神，长爪郎吟而成癖[2]。自鸣天籁[3]，不择好音，有由然矣。松，落落秋萤之火，魑魅争光[4]；逐逐野马之尘，罔两见笑[5]。才非干宝，雅爱搜神[6]；情类黄州，喜人谈鬼[7]。闻则命[8]笔，遂以成编。久之，四方同人，又以邮筒[9]相寄，因而物以好聚，所积益夥。甚者：人非化外，事或奇于断发之乡[10]；睫在眼前，怪有过于飞头之国[11]。遄飞逸兴[12]，狂固难辞；永托旷怀[13]，痴且不讳。展如之人[14]，得毋向我胡卢[15]耶？然五父衢头，或涉滥听[16]；而三生石上，颇悟前因[17]。放纵之言，有未可概以人废者[18]。松悬弧[19]时，先大人[20]梦一病瘠瞿昙[21]，偏袒[22]入室，药膏如钱，圆粘乳际，寤而松生，果符墨志[23]。且也：少羸[24]多病，长命不犹[25]。门庭之凄寂，则冷淡如僧；笔墨之耕耘，则萧条似钵[26]。每搔头自念：勿亦面壁人[27]果是吾前身耶？盖有漏根因，未结人天之果[28]；而随风荡堕，竟成藩溷之花[29]。茫茫六道[30]，何可谓无其理哉！独是子夜荧荧，灯昏欲蕊[31]；萧斋瑟瑟[32]，案冷疑冰。集腋为裘[33]，妄续幽冥之录[34]；浮白载笔[35]，仅成孤愤之书[36]：寄托如此，亦足悲矣！嗟乎！惊霜寒雀，抱树无温；吊月秋虫，偎阑自热[37]。知我者，其在青林黑塞[38]间乎！康熙己未[39]春日。

【注释】

[1] 披萝带荔，三闾氏感而为《骚》："三闾氏"，指战国时楚爱国诗人屈

原。屈原曾做过三闾大夫的官职。"《骚》",《离骚》,《楚辞》之一,屈原作。屈原因被奸臣谗害,不为楚王所用,于是有感而作《离骚》。他在《楚辞·九歌·山鬼》篇里,有"若有人兮山之阿,披薜荔兮带女萝"的句子。薜荔,是蔓生常绿灌木,也叫木莲;古人称为香草。女萝,就是松萝,一种攀蔓悬垂的丝状植物。"披萝带荔",指山鬼以薜荔为衣,以女萝为带。这里因为句子音节的关系,作者把原文的"披荔带萝"颠倒为"披萝带荔",意思还是一样的。[2] 牛鬼蛇神,长爪郎吟而成癖:"长爪郎",指唐诗人李贺。据说李贺的指爪长得很长。他往往骑马觅诗,得句就投在囊中,所以说"吟而成癖"。杜牧为李贺的诗作序,中有"牛鬼蛇神"这样比喻的话,意指他作的诗有很多虚幻怪诞的地方。 [3] 天籁:指自然的音响。这里引申作自由发抒情感的诗文解释。 [4] 落落秋萤之火,魑(chī)魅争光:"落落",这里是形容微末的样子。作者用秋天萤火的微光,来比喻自己的学问才识和社会地位。"魑魅",古代认为是木石的精怪,一般用来指鬼物。迷信传说。晋嵇康在灯下弹琴,看见了鬼物,就把灯火吹灭,说:"吾耻与魑魅争光。"这里引用这一传说,用"魑魅"比喻一般世俗的人。"魑魅争光",可以有"自己与魑魅争光"和"魑魅与自己争光"两种解释。因而这两句话的意思一是说自己学识浅薄,又没有社会地位,不能像嵇康那样孤芳自赏,耻与魑魅争光,只好在世俗的人群里,挣扎着生活下去;二是说自己学识浅薄,又没有社会地位,以致处处为一般世俗的人所轻视。 [5] 逐逐野马之尘,罔两见笑:"逐逐",追逐的样子。"野马",指春天田野里,望上去像野马奔腾一样的大气。"罔两",也写作"魍魉",古代指山川的精怪,和"魑魅"的意思差不多。这两句话的意思是说,自己为了生活而在尘世间忙忙碌碌,是不免为鬼物所笑的。 [6] 才非干宝,雅爱搜神:干宝,晋人,著有《搜神记》三十卷,是一部记载神怪故事的书。"雅",颇,很,甚为。这两句话的意思是说,自己虽然没有干宝那样的才学,却也像干宝一样,很喜欢搜集神怪故事。 [7] 情类黄州,喜人谈鬼:"类",类似,很像。"黄州",指宋文学家苏轼。苏轼谪贬黄州[今湖北黄冈

(编者注:本书对古地名注释中的今地名均根据其变动情况做了相应修改,后文不一一赘述。)]时,时常要人讲鬼怪的故事给他听。 [8] 命:运用、指挥的意思。用法很广泛。这里"命笔",指用笔、下笔;后文《叶生》篇"命驾",指教车夫驾车;《罗刹海市》篇"命名",指起名;《鸦头》篇"命酒",指置酒;《仙人岛》篇"命骑",指备马;《司文郎》篇"命题",指出题;等等。 [9] 邮筒:古人寄信,把它放在圆形的筒管里,称为"邮筒"。 [10] 人非化外,事或奇于断发之乡:"化外",指文化、教化所不及的地方。古代封建统治者自高自大,称自己权力达不到的地区为"化外之地"。"断发之乡",古代指荆蛮(今湖南、湖北)一带地方。那里地处偏僻,人民习俗断发文身(把头发剪短,身上刺着花纹),当时认为是化外之地。这两句话的意思是说,就在已经开化的地方,有些事情也比未开化的地方更奇怪。 [11] 睫在眼前,怪有过于飞头之国:"睫",眼睫毛。"飞头之国",神话传说。古代鄯善东、龙城西的地方,以及阇婆国、因墀国,都有人能使头离身飞去——每每夜间飞出,天亮的时候又飞回来了。南方也有所谓"落头民"。见《酉阳杂俎》《拾遗记》《博物志》等书。这两句话的意思是说,就在眼面前,也有些事情比"飞头之国"更奇怪。 [12] 遄(chuán)飞逸兴:"遄",很快的样子。"逸兴",不比平常的兴致。"遄飞逸兴",意思是兴致很高、情绪很活跃。 [13] 旷怀:旷达、胸襟开扩的情怀。 [14] 展如之人:诚实的人。 [15] 胡卢:形容笑的样子。 [16] 五父衢头,或涉滥听:四叉路口叫作"衢"。"五父衢",古衢名。"五父衢头,或涉滥听",意思是道听途说的故事,可能是不可靠的。 [17] 三生石上,颇悟前因:神话传说。唐李源和圆观和尚友好。圆观自知死后要投生为牧童,未死之前,就和李源约定十二年后再见。到期李源至约定地点,果然看见了圆观转世的牧童,并且作歌,有"三生石上旧精魂"的话。见《甘泽谣》。后来人们就以"三生石"泛指所谓前世因缘。 [18] 放纵之言,有未可概以人废者:这里是"不以人废言"的意思。就是说,传说的故事虽然荒诞不经,但有许多地方还是有它的道理,不应该因为传说者不是社会上有地位的人，就完全不加理睬。［19］悬弧：古礼。生了男孩，在门左悬挂一张木弓（弧）来表示，因为男子长大了是要习武事的。后来就以“悬弧”指生子。这里“松悬弧时”，是作者指自己的出生。［20］先大人：对死去的父亲的敬称。［21］瞿昙：本是佛祖的姓，后来作为佛的通称，这里指一般的和尚。［22］偏袒：和尚穿袈裟，为了表示恭敬和便于操作，左肩套在袖里，右肩裸露，因此叫做“偏袒”。［23］果符墨志：作者指自己乳旁长了一颗痣疣之类的东西，看上去果然像他父亲梦中的和尚乳旁所贴的一块小膏药。意思是认为自己的确是那个和尚转世。［24］少羸（léi）：幼年时很瘦弱。后文《莲香》篇“羸瘠”，《小翠》篇“羸瘁”，也都是瘦弱的意思。［25］长命不犹：长大了命运不如人。“犹”，如、同的意思。［26］笔墨之耕耘，则萧条似钵：“钵”，指和尚募化时所用的钵盂。这两句话的意思是说，自己靠文墨吃饭——教书、当幕友，生活清苦寂寞，为谋生而到处奔走，正如和尚拿着钵盂到处募化一样。也可以解释为：因为生活很清苦，一身之外没有什么东西，有如和尚只有一个随身的钵盂一样。［27］面壁人：佛教传说。禅宗东土的始祖达摩，曾面壁（脸对着墙壁打坐）九年，后来成道。这里“面壁人”，指一般的和尚。［28］有漏根因，未结人天之果：佛教说法，以“漏”为烦恼；三界（欲界、色界、无色界）里一切都含有烦恼，所以叫作“有漏”。“根”，指人的根性。“因”，指所做的；“果”，指所受的。佛家认为，造什么因，就结什么果。“人天”，指或转生人世，或上升天界。这里两句话的意思是指，自己没有摆脱尘世间种种烦恼，所以不但不能悟道超升，而且有堕入恶道的危险。［29］随风荡堕，竟成藩溷（hùn）之花：“藩”，篱笆。“溷”，粪坑。南北朝时，齐范缜对人发感慨说，人生像树上的花一样，虽然同时开放，却随风吹散，有的飘拂帘幌，落在茵席上；有的触及篱墙，落在粪坑里。比喻人的遭遇，各有不同。这里两句话的意思是指，自己命运不好，所以倒霉、不得意。［30］六道：佛教说法。人死后要在“六道”里轮回，看生前行为的善恶，以决定投到哪一道里。“六道”是天道、人道、阿修罗道（以上三善道），地狱道、饿鬼道、畜生道(以上三恶道)。 [31] 独是子夜荧荧,灯昏欲蕊:“独是”,可是,只是。“子夜”,夜半子时,就是夜间十一点到次日一点钟的时候。“荧荧”,形容灯烛或星月等不太明亮的光辉(后文其他篇里,也用以形容目光、剑光、泪光)。“蕊”,指灯花,这里作动词用,结灯花的意思。古时点油灯,用灯草之类的东西作灯芯,灯芯快要烧完的时候,上面将结成灯花,这时就显得昏暗不明了。 [32] 萧斋瑟瑟:“斋”,书房。南北朝时,梁武帝(萧衍)盖了一座庙宇,萧子云在墙上写了一个大“萧”字。后来庙宇毁坏,但墙上的“萧”字还存在。李约就把这个字买了下来玩赏,称收藏这个字的房子为“萧斋”。后来一般把“萧斋”当作萧条寂寞的书斋解释。这里是后一意义。“瑟瑟”,风声的形容词。 [33] 集腋为裘:古代有“狐白之裘,非一腋之皮也”这样一句话(见《慎子》),这里用来比喻本书是搜集许多故事而成的。 [34] 幽冥之录:宋刘义庆著《幽冥录》,是一部记载鬼怪故事的书。本书也有同样性质,所以说是“续幽冥之录”。 [35] 浮白载笔:“浮”,罚人饮酒。“白”,专作罚酒用的大酒杯。一般用“浮白”指喝酒和干杯。“载笔”,拿着笔。“浮白载笔”,意思是一面喝酒,一面写作。 [36] 孤愤之书:战国时人韩非,因遭人忌害,他的意见不为韩王采用,于是愤而著书(《韩非子》)。书中有《孤愤》这一篇,对于自己忠鲠而被孤立表示愤慨。这里是本书作者表示自己胸中有一股不平之气,所以借鬼狐故事来加以发泄,这部《聊斋志异》的写作目的,也和韩非的《孤愤》一样。 [37] 惊霜寒雀,抱树无温;吊月秋虫,偎阑自热:这里作者以“雀”“虫”来比喻自己。“吊月”,对月伤怀的意思。这四句话的意思是说,在社会上遭到冷淡、歧视,得不到温暖,只有孤独的自我安慰而已。 [38] 青林黑塞:唐杜甫《梦李白》诗,有“魂来枫林青,魂返关塞黑”这样的句子。这里以“青林黑塞”比喻鬼魂所在的地方。“知我者,其在青林黑塞间乎”,意思是人世间没有人了解自己,只有到阴间去找知己罢了。愤慨的话。 [39] 康熙己未:“康熙”,清圣祖(爱新觉罗玄烨)的年号。“康熙己未”,是康熙十八年(1679 年)。

目录

瞳人语

长安士方栋，颇有才名。而佻脱[1]不持仪节[2]，每陌上[3]见游女，辄轻薄尾缀[4]之。清明前一日，偶步郊郭，见一小车，朱茀绣幰[5]，青衣[6]数辈，款段以从[7]。内一婢乘小驷[8]，容光绝美。稍稍近觇之，见车幔洞开[9]，内坐二八女郎，红妆艳丽，尤生平所未睹。目眩神夺，瞻恋弗舍，或先或后，从驰数里。忽闻女郎呼婢近车侧曰："为我垂帘下。何处风狂儿郎，频来窥瞻！"婢乃下帘，怒顾生曰："此芙蓉城[10]七郎子新妇归宁[11]，非同田舍娘子[12]，放教秀才胡觑[13]！"言已，掬辙土飏生。生眯目不可开。才一拭视，而车马已渺。惊疑而返。觉目终不快，倩人启睑[14]拨视，则睛上生小翳[15]，经宿益剧[16]，泪簌簌[17]不得止；翳渐大，数日厚如钱；右睛起旋螺[18]。百药无效，懊闷欲绝。颇思自忏悔。闻《光明经》[19]能解厄，持一卷浼[20]人教诵。初犹烦躁，久渐自安，旦晚无事，惟趺坐[21]捻珠。持之一年，万缘俱净[22]。忽闻左目中小语如蝇，曰："黑漆似，叵耐杀人[23]！"右目中应云："可同小遨游，出此闷气。"渐觉两鼻中，蠕蠕[24]作痒，似有物出，离孔而去。久之乃返，复自鼻入眶中，又言曰："许时[25]不窥园亭，珍珠兰遽枯瘠死。"生素[26]喜香兰，园中多种植，日常自灌溉；自失明，久置不问。忽闻其言，遽问妻："兰花何使憔悴死？"妻诘其所自知[27]，因告之故。妻趋验之，花果槁矣。大异之。静匿房中以俟之，见有小人自生鼻内出，大不及豆，营营然[28]竟出门去，渐远，遂迷所在。俄[29]连臂[30]归，飞上面，如蜂蚁之投穴者。如此二三日。又闻左言曰："隧道迂[31]，还往甚非所便，不如自启门。"右应云："我壁子厚，大不易。"左曰："我试辟，得与而俱[32]。"遂觉左眶内隐似抓裂。有顷开视，豁[33]见几物。喜告妻。妻审[34]之，则脂膜破小窍，黑睛荧荧，才如劈椒[35]。越一宿，幛[36]尽消；细视，竟重瞳[37]也。但右目旋螺如故。乃知两瞳人合居一眶矣。生虽一目眇，而较之双目者，殊更了了[38]。由是益自检束，乡中称盛德[39]焉。

异史氏[40]曰："乡有士人，偕二友于途，遥见少妇控驴[41]出其前。戏而吟曰：'有美人兮[42]！'顾二友曰：'驱之[43]！'相与笑骋。俄追及，乃其子妇。心赧[44]气丧，默不复语。友伪为不知也者，评骘[45]殊亵。士人忸怩[46]，吃吃[47]而言曰：'此长男妇也。'各隐笑[48]而罢。轻薄者往往自侮，良[49]可笑也。至于眯目失明，又鬼神之惨报矣。芙蓉城主不知何神，岂菩萨现身耶？然小郎君生辟门户，鬼神虽恶，亦何尝不许人自新哉！"

【注释】

[1] 佻脱：轻佻，轻薄。后文《冤狱》篇"佻达"，义同。 [2] 不持仪节：不守规矩，不讲礼节。 [3] 陌上：田边从东到西的道路叫作"陌"。这里"陌上"，指郊外、田野里。 [4] 尾缀：跟随着。后文《青凤》篇"尾而听之"，"尾"，义同。 [5] 朱茀（fú）绣幰：车上红色绣花的帷幕。 [6] 青衣：婢女。古代以青衣（黑衣）为"卑贱者"的服装，婢女被认为是"卑贱的人"，都穿青衣，所以"青衣"就成为婢女的代词。后文《偷桃》篇"青衣人"，指差役，参看后文《伍秋月》篇注[8]"皂"条。 [7] 款段以从："款段"，形容马行迟缓的样子。"款段以从"，骑着马慢慢地跟着走。 [8] 驷：四匹马拉一辆车子

叫作“驷”，三匹马拉一辆车子叫作“骖”。这里的“驷”和后文《娇娜》篇“揽辔停骖”的“骖”，都只泛指马匹。 [9] 车幔洞开：“幔”，指帷幕、帘子之类的东西。“洞开”，大开，敞开。 [10] 芙蓉城：神话中神仙住的地方。据传说，宋代石曼卿和丁度死后，都曾为芙蓉城主；又王迥也有梦见和女仙同游芙蓉城的故事。 [11] 归宁：妇女回娘家的代词。语出《诗经》：“归宁父母。”“宁”，问安的意思。 [12] 田舍娘子：乡下女人。参看后文《莲香》篇注[27]“田舍郎”条。 [13] 放教秀才胡觑（qù）：“放教”，任由、听便的意思。“秀才”，见后《画壁》篇注[1]“孝廉”条。“胡觑”，乱偷看。 [14] 睑（jiǎn）：眼皮。 [15] 翳：眼睛上长的障碍视线的薄膜。 [16] 经宿益剧：“经宿”，过了一夜。“益剧”，更厉害。 [17] 簌（sù）簌：形容纷纷往下掉的样子。 [18] 旋螺：这里指螺旋形的厚翳。 [19]《光明经》：佛经名，有十九品（篇）。 [20] 浼（měi）：请托。 [21] 趺（fū）坐：就是盘腿打坐，左右脚背相向交叉着放在左右大腿上，是佛家打坐的一种方式。原称“结跏趺坐”。 [22] 万缘俱净：佛家说法，一切事物皆由缘而生。“万缘俱净”，意思是什么念头都没有了。 [23] 叵（pǒ）耐杀人：“叵”，不可。“叵耐”，不可耐，难以忍受。“杀”，同“煞”，形容达到了极顶。“叵耐杀人”，十分难以忍耐的意思。 [24] 蠕蠕：形容软体昆虫慢慢爬动的样子。 [25] 许时：许多时候。后文《画壁》篇“腹内小郎已许大”，《婴宁》篇“甥长成如许”，“许”，“如许”，是如此、这般的意思。《青凤》篇“一少年可二十许”，《聂小倩》篇“径韭叶许”，“不知杀人几何许”，“许”都是表示估计、约数的意思。“许”，也用以表示处所，《罗刹海市》篇“儿知家在何许”，“何许”，就是何处。 [26] 素：一向，从来。 [27] 诘其所自知：“诘”，询问。“所自知”，从什么地方知道的，怎么会知道的。 [28] 营营然：本是形容来往忙碌的样子，这里却是形容盘旋前进。 [29] 俄：不久，一会儿工夫。下文“有顷”和其他篇里的“少间”“少时”“少选”“须臾”“既”“未几”“顷”“俄顷”“少顷”“顷之”“俄而”“旋”，义均同。 [30] 连臂：臂膀挎着臂膀。 [31] 迂：曲折迂回。 [32] 得与而俱：“得”，办成了。“而”,你。“俱”,一同,一道。“得与而俱”,办成了同你一道出去。后文《叶生》篇“夙夜与俱”,指日夜同处。例子很多,不备注。 [33] 豁:通达,敞开。如后文《菱角》篇“豁然启扉”,“豁然”,就是敞开的意思,引申作种种解释,这里指眼睛忽然明亮。后文《莲香》篇“豁然曰”,“豁然”,指对事物忽然明白。《连城》篇“豁然顿苏”,“豁然”,形容忽然清醒的样子。 [34] 审:这里作察看解释。 [35] 才如劈椒:才像半粒花椒那样大。 [36] 幛:本指屏风、帷幕一类的东西,这里借指眼上的翳。后文《红玉》篇“女依母自幛”,“幛”,却作动词用,遮蔽的意思,同“障”。 [37] 重瞳:一只眼睛里有两个瞳孔。 [38] 了了:清楚,明白。 [39] 盛德:好的品行表现。后文《冤狱》篇里的“盛德”,却指的恩惠、行好事。 [40] 异史氏:本书作者蒲松龄的自称。汉代司马迁做过太史令,因而在他所著《史记》的“论赞”中,自称“太史公”。本书作者在正文后发表意见,也属于论赞体裁,但认为所作的并非正史,所以自称“异史氏”。也还可以解释为“异史氏”是由于作者认为自己是怪异故事的记录者。 [41] 控驴:指骑驴。 [42] 有美人兮:《诗经》中的句子,所以上文说“吟曰”。 [43] 驱之:追赶她。 [44] 心赧(nǎn):内心惭愧。 [45] 评骘(zhì):议论,评论。 [46] 忸怩:形容说不出的难为情的样子。 [47] 吃吃:形容说话结结巴巴的样子。 [48] 隐笑:暗笑。 [49] 良:很,甚。

画　壁

江西孟龙潭，与朱孝廉[1]客都中。偶涉[2]一兰若[3]，殿宇禅舍，俱不甚弘敞[4]，惟一老僧挂搭[5]其中。见客入，肃[6]衣出迓，导与随喜[7]。殿中塑志公[8]像，两壁图绘精妙，人物如生。东壁画散花天女[9]，内一垂髫者[10]，拈花微笑，樱唇欲动，眼波将流。朱注目久，不觉神摇意夺，恍然[11]凝想。身忽飘飘，如驾云雾，已到壁上。见殿阁重重，非复人世。一老僧说法座上，偏袒绕视者甚众，朱亦杂立其中。少间，似有人暗牵其裾[12]。回顾，则垂髫儿，辴然[13]竟去。履[14]即从之。过曲栏，入一小舍，朱次且[15]不敢前[16]。女回首，举手中花，遥遥作招状，乃趋之。舍内寂无人。遽拥之，亦不甚拒，遂与狎好。既而闭户去，嘱勿咳，夜乃复至，如此二日。女伴觉之，共搜得生，戏谓女曰："腹内小郎已许大，尚发蓬蓬学处子[17]耶？"共捧簪珥[18]，促令上鬟[19]。女含羞不语。一女曰："妹妹姊姊，吾等勿久住，恐人不欢。"群笑而去。生视女，髻云高簇，鬟凤[20]低垂，比垂髫时尤艳绝也。四顾无人，渐入猥亵，兰麝熏心，乐方未艾[21]。忽闻吉莫靴[22]铿铿[23]甚厉，缧锁锵然[24]，旋有纷嚣腾辨之声。女惊起，与生窃窥，则见一金甲使者[25]，黑面如漆，绾锁挈槌，众女环绕之。使者曰："全未？"答言："已全。"使者曰："如有藏匿下界人，即共出首，勿贻伊戚[26]。"又同声言："无。"使者反身鹗顾[27]，似将搜匿。女大惧，面如死灰[28]，张皇[29]谓朱曰："可急匿榻下！"乃启壁上小扉，猝[30]遁去。朱伏，不敢少息[31]。俄闻靴声至房内，复出。未几，烦喧渐远，心稍安；然户外辄有往来语论者。朱局蹐[32]既久，觉耳际蝉鸣，目中火出，景状殆不可忍，惟静听以待女归，竟不复忆身之何自来也。时孟龙潭在殿中，转瞬不见朱，疑以问僧。僧笑曰："往听说法去矣。"问："何处？"曰："不远。"少时，以指弹壁而呼曰："朱檀越[33]！何久游不归？"旋见壁间画有朱像，倾耳伫立，若有听察。僧又呼曰："游侣久待矣！"遂飘忽[34]自壁而下，灰心木立，目瞪足软。孟大骇，从容[35]问之，盖方伏榻下，闻扣声如雷，故出房窥听也。共视拈花人，螺髻[36]翘然，不复垂髫矣。朱惊拜老僧，而问其故。僧笑曰："幻由人生，贫道[37]何能解！"朱气结而不扬，孟心骇而无主。即起，历阶[38]而出。

异史氏曰："'幻由人生'，此言类有道者。人有淫心，是生亵境；人有亵心，是生怖境。菩萨点化愚蒙，千幻并作，皆人心所自动耳。老僧婆心[39]切，惜不闻其言下大悟，披发入山[40]也。"

【注释】

[1] 孝廉：这里指举人。明、清两代的科举考试制度：读书人经过县考和府考，录取后，再参加院考，考中的称秀才。秀才经过三年一次的乡试，考中的称举人。举人经过三年一次在京城举行的会试，录取后，再参加复试、殿试，考中的称进士。秀才、举人、进士，有很多别称。由于汉代取士有"郡国荐举孝廉"这一科目，所以明、清用"孝廉"二字作为对举人的别称。[2] 涉：经历，进入。 [3] 兰若(rě)：庙。梵语(印度古语)的音译，原意是安静的地方。 [4] 弘敞：宽敞。后文《青凤》篇"弘阔"义同。 [5] 挂搭：和尚寄住在别的庙里的代词。寄住是临时性质，照例把随身的衣钵袋挂搭在僧堂的钩上，以便随时离去。"挂搭"，有时也写作"挂褡""挂单"。

[6] 肃:恭敬的意思。这里的“肃衣”,指衣服穿得恭敬整齐。后文《婴宁》篇“肃客”,指用恭敬的态度招待来宾;《辛十四娘》篇“肃身”,指身体作行礼的恭敬姿势。 [7] 随喜:佛家以见人做善事(如布施等)而生欢喜心为“随喜”,后来把到庙里参观游览也叫作“随喜”。 [8] 志公:对宝志的尊称。宝志是南北朝宋、齐时的和尚,信徒很多。在封建迷信的社会里,有关于他的种种神异传说。 [9] 散花天女:佛家的神名。佛家神话中,诸佛菩萨讲道时,散花天女把花散在他们身上,考验道心;道心不坚定的,花就留在身上,落不下去。 [10] 垂髫(tiáo)者:古时儿童的头发是披垂的,叫作“垂髫”;到了少年时代,才把头发梳扎起来,谓之“束发”。因之以“垂髫”为幼年的代词。这里“垂髫者”指的是没有结婚的少女。 [11] 恍然:一般是觉醒的意思,如后文《莲香》篇“忽恍然悟已之借躯以生”。这里作神魂颠倒、迷迷糊糊解释。后文《王子安》篇“神情惝恍”,“惝恍”和这里的解释相同。 [12] 裾(jū):衣襟。 [13] 辴(chǎn)然:形容笑的样子。 [14] 履:这里的意思是脚步。后文《娇娜》篇“飘然履空”,“履”是行走的意思;《小谢》篇“恐履不吉”,“履”是遭遇的意思;《葛巾》篇“暂时一履尘世”,“履”是降临、到的意思。 [15] 次且(zī jū):要上前不敢上前,进进退退的样子。也写作“趑趄”。 [16] 前:这里作上前、向前解释。 [17] 处子:没有结婚的女子,和“处女”义同。 [18] 珥:耳上的珠玉饰物。 [19] 上鬟:封建社会习俗。未婚的少女,头发是披垂的(上文“发蓬蓬”,就是指这种发式);已结婚的妇女,头发是梳上去结成髻的。当少女即将结婚时,要举行一种仪式,把披垂的头发梳上去,这种仪式称作“上鬟”,也称“上头”。 [20] 鬟凤:古时妇女把头发绕成环状,总结为髻,叫作“鬟”。“鬟凤”,形容鬟形如凤。 [21] 未艾:没完没了。 [22] 吉莫靴:皮靴。 [23] 铿(kēng)铿:金属物响声的形容词。这里是形容皮靴声。 [24] 缧(léi)锁锵(qiāng)然:“缧”,捆罪犯的链条。“锵然”,这里是形容锁链响声。“然”,是助词。 [25] 金甲使者:这里指的是身穿黄金衣甲、负有一定使命的神。 [26] 勿贻伊戚:

不要找麻烦、不要后悔的意思。 [27] 鹗顾:“鹗”,一种深目的猛禽。“鹗顾”,形容眼睛看人深入而有威力,令人害怕的样子。 [28] 死灰:火已熄灭的冷灰。这里是用“死灰”来形容脸色败坏、没有血色。 [29] 张皇:形容惊慌失措的样子。 [30] 猝:突然,猛然。 [31] 少息:稍微出一下气。 [32] 局蹐(jí):形容害怕不安的样子。 [33] 檀越:施主。梵语“陀那钵底”的意译。 [34] 飘忽:形容像风吹一样轻捷。 [35] 从容:不慌不忙,慢慢地。 [36] 螺髻:螺旋形的发髻。 [37] 贫道:古时和尚的自称。 [38] 历阶:一层一层地走下台阶。 [39] 婆心:仁慈、仁爱的心情。 [40] 披发入山:打散了头发,逃入深山,永远不和世人见面。原是消极避世的表示,这里是修炼学道的意思。

偷　桃

童时赴郡试[1]，值春节[2]。旧例，先一日，各行商贾，彩楼鼓吹[3]，赴藩司[4]，名曰“演春”。余从友人戏瞩。是日游人如堵[5]。堂上四官皆赤衣，东西相向坐。——时方稚，亦不解其何官。——但闻人语哜嘈[6]，鼓吹聒耳。忽有一人率披发童，荷担而上，似有所白；万声汹动，亦不闻为何语，但视堂上作笑声。即有青衣人大声命作剧。其人应命方兴[7]，问作何剧。堂上相顾数语，吏下宣问所长。答言：“能颠倒生物。”吏以白官。少顷复下，命取桃子。术人声诺。解衣复笥上，故作怨状，曰：“官长殊不了了！坚冰未解，安所[8]得桃？不取，又恐为南面者[9]所怒，奈何！”其子曰：“父已诺之，又焉辞？”术人惆怅[10]良久，乃云：“我筹之烂熟：春初雪积，人间何处可觅？惟王母[11]园中，四时常不凋谢，或有之。必窃之天上，乃可。”子曰：“嘻！天可阶[12]而升乎？”曰：“有术在。”乃启笥，出绳一团，约数十丈，理其端，望空中掷去；绳即悬立空际，若有物以挂之。未几，愈掷愈高，渺入云中，手中绳亦尽。乃呼子曰：“儿来！余老惫，体重拙不能行，得汝一往。”遂以绳授子，曰：“持此可登。”子受绳有难色，怨曰：“阿翁亦大愦愦[13]！如此一线之绳，欲我附之以登万仞[14]之高天。倘中道断绝，骸骨何存矣！”父又强呜拍[15]之，曰：“我已失口，悔无及。烦儿一行。儿勿苦，倘窃得来，必有百金赏，当为儿娶一美妇。”子乃持索，盘旋而上；手移足随，如蛛趁丝，渐入云霄，不可复见。久之，坠一桃，如碗大。术人喜，持献公堂。堂上传视良久，亦不知其真伪。忽而绳落地上，术人惊曰：“殆矣[16]！上有人断吾绳，儿将焉托！”移时，一物堕，视之，其子首也。捧而泣曰：“是必偷桃为监者所觉。吾儿休矣[17]！”又移时，一足落；无何，肢体纷堕，无复存者。术人大悲，一一拾置笥中而阖[18]之，曰：“老夫止此儿，日从我南北游。今承严命，不意罹此奇惨！当负去瘗[19]之。”乃升堂而跪，曰：“为桃故，杀吾子矣！如怜小人而助之葬，当结草[20]以图报耳。”坐官骇诧，各有赐金。术人受而缠诸腰，乃扣笥而呼曰：“八八儿，不出谢赏，将何待？”忽一蓬头僮，首抵笥盖而出，望北稽首[21]，则其子也。以其术奇，故至今犹记之。后闻白莲教[22]能为此术，意此其苗裔[23]耶？

【注释】

[1] 郡试：就是府考。参看前文《画壁》篇注[1]“孝廉”条。 [2] 春节：这里指立春日。 [3] 鼓吹：各种打击乐器和吹奏乐器的合奏。 [4] 藩司：官名，就是布政使。明初本是各省的行政长官，后来成为巡抚下面专管民政和财政的官员，也叫藩台、方伯。这里指藩司的官署。 [5] 如堵：像墙一样地紧紧围着，形容四面人多，密不通风。 [6] 哜嘈：形容杂乱的人声。 [7] 兴：发动，准备。 [8] 安所：从哪里。 [9] 南面者：我国过去帝王和官员的座位，都是坐北朝南的，所以称为“南面者”。 [10] 惆怅：形容不得意、心情不舒畅的样子。 [11] 王母：就是“西王母”，神话中的仙人，说她园中有仙桃，三千年一结果。 [12] 阶：这里作动词用，攀援、一层一层地爬的意思。 [13] 愦愦：糊里糊涂的样子。 [14] 万仞：古时以八尺为一仞；“万仞”，形容极高。 [15] 呜拍：对幼儿的呵哄。“呜”，指口中低唱。 [16] 殆矣：糟糕了，危险了。后文《长亭》篇“殆矣”，是辛苦、劳累

的意思。《叶生》篇“是殆有命”,“殆”,作大概、大约解释。［17］休矣:完蛋了。后文《王成》篇“休矣”,是算了罢的意思。［18］阖:关闭,盖起来。［19］瘗(yì):埋葬。［20］结草:死后报恩的意思。古代神话中,春秋时,晋将魏颗打败秦军,捉获秦国的力士杜回。当作战时,魏颗打不赢杜回,因为有一个老人用草把杜回绊倒,这才得胜。夜里,魏颗梦见那个老人来说,他的女儿嫁给魏父为妾,魏父病时,嘱咐死后将妾改嫁,病重时又嘱咐将妾殉葬。后来魏还是将她嫁了,救了他女儿的命,因此他虽已死,魂灵还前来报恩。见《左传》。［21］稽首:古人俯首至地的一种最敬礼,这里指磕头。［22］白莲教:下层群众的一种秘密会社,十三四世纪间便产生了。当时通过对宗教的信仰,团结组织,进行反抗元朝统治者压迫的斗争。清时发展为“反满复明”的民间组织,在好几省起义,持续了十几年,后来被清朝统治者以残酷屠杀的手段镇压下去。［23］苗裔:一脉相传,后代。包括血统和师承。这里指徒子徒孙。后文《青凤》篇“我涂山氏之苗裔也”,“苗裔”,指后代。有时只用一个“裔”字,义同。

劳山道士

邑有王生，行七，故家[1]子。少慕道，闻劳山多仙人，负笈[2]往游。登一顶，有观[3]宇，甚幽。一道士坐蒲团上，素发垂领[4]，而神观[5]爽迈。叩而与语，理甚玄[6]妙。请师之[7]。道士曰："恐娇惰不能作苦[8]。"答言："能之！"其门人甚众，薄暮[9]毕集。王俱与稽首。遂留观中。凌晨[10]，道士呼王去，授以斧，使随众采樵。王谨受教。过月余，手足重茧[11]，不堪其苦，阴[12]有归志。一夕归，见二人与师共酌。日已暮，尚无灯烛。师乃剪纸如镜，粘壁间。俄顷，月明辉[13]室，光鉴毫芒[14]。诸门人环听奔走[15]。一客曰："良宵胜乐，不可不同。"乃于案上取壶酒，分赉[16]诸徒，且嘱尽醉。王自思：七八人，壶酒何能遍给？遂各觅盎[17]盂，竞饮先釂[18]，惟恐樽尽。而往复挹注[19]，竟不少减。心奇之。俄，一客曰："蒙赐月明之照，乃尔[20]寂饮，何不呼嫦娥来？"乃以箸掷月中。见一美人，自光中出，初不盈尺[21]，至地，遂与人等[22]。纤腰秀项，翩翩[23]作"霓裳舞"[24]。已而[25]歌曰："仙仙乎！而还乎！而幽[26]我于广寒[27]乎！"其声清越，烈[28]如箫管。歌毕，盘旋而起，跃登几上。惊顾之间，已复为箸。三人大笑。又一客曰："今宵最乐，然不胜酒力矣。其饯我于月宫可乎？"三人移席，渐入月中。众视三人坐月中饮，须眉毕见，如影之在镜中。移时，月渐暗。门人然[29]烛来，则道士独坐，而客杳矣。几上肴核尚存[30]；壁上月，纸圆如镜而已。道士问众："饮足乎?”曰:“足矣。”“足,宜早寝,勿误樵苏[31]。”众诺而退。王窃忻慕,归念遂息。又一月,苦不可忍,而道士并不传教一术。心不能待,辞曰:“弟子数百里受业仙师,纵不能得长生术,或小有传习,亦可慰求教之心。今阅[32]两三月,不过早樵而暮归。弟子在家,未谙[33]此苦。”道士笑曰:“我固谓不能作苦,今果然。明早当遣汝行。”王曰:“弟子操作多日,师略授小技,此来为不负也。”道士问:“何术之求?”王曰:“每见师行处,墙壁所不能隔,但得此法足矣。”道士笑而允之。乃传以诀,令自咒,毕,呼曰:“入之!”王面[34]墙,不敢入。又曰:“试入之。”王果从容入,及墙而阻。道士曰:“俯首骤入,勿逡巡[35]!”王果去[36]墙数步,奔而入。及墙,虚若无物,回视果在墙外矣。大喜,入谢。道士曰:“归宜洁持[37],否则不验。”遂助资斧[38]遣之归。抵家,自诩[39]遇仙,坚壁所不能阻。妻不信。王效其作为,去墙数尺,奔而入,头触硬壁,蓦然[40]而踣[41]。妻扶视之,额上坟起[42]如巨卵焉。妻揶揄[43]之。王惭忿,骂老道士之无良而已。

异史氏曰:“闻此事,未有不大笑者。而不知世之为王生者,正复不少。今有伧父[44],喜疢毒而畏药石[45],遂有吮痈舐痔[46]者,进宣威逞暴之术,以迎其旨,绐[47]之曰:‘执此术也以往,可以横行而无碍。’初试,未尝不小效,遂谓天下之大,举[48]可以如是行矣,势不至触硬壁而颠蹶,不止也!”

【注释】

[1] 故家:封建社会中指官僚地主的老家庭。后文《娇娜》篇“世族”,《王成》篇“世家”,《青凤》篇“大家”,《神女》篇“巨家”,《葛巾》篇“大姓”,义同。《娇娜》篇“故公子”,“故”,指的就是“故家”。 [2] 负笈:出外求学的

代词。“笈”，书箱。古人出外求学，每每是背着自己的书箱的，所以称“负笈”。［3］观（guàn）：道士住的庙宇。［4］素发垂领：白头发披在颈子上。［5］神观：神气。［6］玄：封建时期，皇帝的名字不许臣民写；不得已要写的时候，或缺末笔，或用代字，叫作“避讳”。清圣祖名玄烨，因此，在当时以及到清代最后的时期，一般人写“玄”字，或缺末笔作“玄”，或用“元”字代替。本书作者兼采两种方法。按手稿本看出：这里“玄妙”原作“玄妙”，后文《聂小倩》篇“玄海”原作“玄海”，《辛十四娘》篇“玄霜”原作“元霜”。这些以及后来刻本避讳的地方，本书都一律予以改正，换用本字。［7］请师之：请以他做老师。“师”，这里作动词用。［8］作苦：劳动吃苦。［9］薄暮：傍晚。［10］凌晨：清晨。［11］重茧：厚厚的老茧，因摩擦而长起的硬皮。［12］阴：私下，暗地里。［13］辉：照耀。这里作动词用。［14］毫芒：“毫”，毫毛；“芒”，草谷的细须。“毫芒”，比喻细小、纤微。［15］环听奔走：“听”，这里是听候、听命的意思。后文《莲香》篇“不听出”，《阿宝》篇“不听他往”，“听”是允从、听任的意思。“奔走”，指跑来跑去伺候着。“环听奔走”，围绕着听候使唤的意思。［16］赉（lài）：赏赐。［17］盎（àng）：盆。［18］釂（jiào）：干杯。［19］挹注：把液体从一个盛器里倒入另一个盛器里。［20］尔：如此，这般。有时两个“尔”字连用，是加重语气，如后文《婴宁》篇“敢狂尔尔”。［21］盈尺：满一尺。［22］等：相同。这里指身长相同。后文《莲香》篇“不与院中人等”，“等”，指身分相同。［23］翩翩：形容舞时轻捷的样子。后文《辛十四娘》篇“翩翩有风格”，“翩翩”，是风流俏丽的样子。［24］“霓裳舞”：古代一种舞蹈“霓裳羽衣舞”的省词。“霓裳”，白色的裙子。传说唐玄宗（李隆基）梦游月宫，看见仙女舞蹈，醒后，就按照那个歌调谱成《霓裳羽衣曲》，按着那个曲子的舞蹈称为“霓裳羽衣舞”。［25］已而：这里是等一会、然后的意思。后文其他篇里也单作“已”。［26］幽：禁闭，拘囚。［27］广寒：“广寒宫”的省词。指月。传说唐玄宗游月宫，见月宫上有“广寒清虚之府”这样的题字，因而后来一般用“广寒宫”作月宫的代词。 ［28］烈：厉害。对声音而言，是形容非常响亮。 ［29］然：这里同“燃”。 ［30］尚存：这里手稿本作“尚故”，应误，青柯亭本改作“尚存”。但也可能“尚”字是“如”字之误，那就应该作“如故”。 ［31］苏：割取野草。 ［32］阅：经历了，过去了。 ［33］谙：熟习。［34］面：这里是面对、脸冲着的意思。后文《婴宁》篇“请面之”，“面之”，与之见面的意思。 ［35］逡（qūn）巡：欲进不进的样子。 ［36］去：离开。［37］洁持：用恭敬严肃的态度来对待，不要亵渎的意思。 ［38］资斧：旅费，盘缠。“资斧”本义指财货，所以有些地方作钱财、费用解释。 ［39］诩：说大话，夸口。 ［40］蓦然：猛然。 ［41］踣：这里同“仆”。 ［42］坟起：凸起。 ［43］揶揄：做手势来加以嘲笑。 ［44］伧父：“伧”，卑鄙无聊。“伧父”，卑鄙无聊的家伙。后文“伧楚”（古时吴国和楚国不和，吴人呼楚人作“楚伧”）、“奸伧”等，义同。 ［45］喜疢（chèn）毒而畏药石：“疢毒”，指使人伤身的嗜欲行为。“药石”，治病的药物。语本《左传·襄公二十三年》：“美疢不如恶石。疢之美，其毒滋多。” ［46］吮痈舐痔：指卑鄙无耻的谄媚行为。语出《庄子》：“秦王有病，召医。破痈溃痤者，得车一乘；舐痔者，得车五乘；所治愈下，得车愈多。”“舐”，舔的意思。 ［47］诒：这里同“绐”，欺骗的意思。 ［48］举：这里是完全、全部的意思。后文《青凤》篇“果举家来”，“举家”，就是全家。

娇　娜

孔生雪笠，圣裔[1]也。为人蕴藉[2]，工诗[3]。有执友[4]令[5]天台，寄函招之。生往，令适卒，落拓[6]不得归。寓菩陀寺，佣[7]为寺僧抄录。寺西百余步，有单先生第[8]。先生，故公子，以大讼萧条，眷口寡，移而乡居，宅遂旷焉。一日，大雪崩腾，寂无行旅。偶过其门，一少年出，丰采甚都[9]。见生，趋与为礼，略致慰问，即屈降临。生爱悦之，慨然[10]从入。屋宇都不甚广，处处悉悬锦幕，壁上多古人书画。案头书一册，签[11]云："琅嬛琐记[12]。"翻阅一过，俱目所未睹。生以居单第，意为第主，即亦不审[13]官阀[14]。少年细诘行踪，意怜之，劝设帐[15]授徒。生叹曰："羁旅[16]之人，谁作曹丘[17]者！"少年曰："倘不以驽骀[18]见斥，愿拜门墙[19]。"生喜，不敢当师，请为友。便问："宅何久锢[20]？"答曰："此为单府。曩以公子乡居，是以久旷。仆，皇甫氏，祖居陕。以家宅焚于野火，暂借安顿。"生始知非单。当晚，谈笑甚欢，即留共榻。昧爽[21]，即有僮子炽炭于室。少年先起入内，生尚拥被坐。僮入白："太公来。"生惊起。一叟入，鬓发皤然[22]，向生殷谢，曰："先生不弃顽儿，遂肯赐教。小子初学涂鸦[23]，勿以友故，行辈[24]视之也。"已，乃进锦衣一袭，貂帽、袜、履各一事[25]。视生盥栉[26]已，乃呼酒荐[27]馔。几、榻、裙、衣，不知何名，光彩射目。酒数行[28]，叟兴辞，曳杖而去。餐讫，公子呈课业，类皆古文词，并无时艺[29]。问之，笑云："仆不求进取也。”抵暮，更酌，曰：“今夕尽欢，明日便不许矣。”呼僮曰：“视太公寝未。已寝，可暗唤香奴来。”僮去，先以绣囊将[30]琵琶至。少顷，一婢入，红妆艳绝。公子命弹《湘妃》[31]。婢以牙拨[32]勾动[33]，激扬哀烈，节拍[34]不类夙闻[35]。又命以巨觞[36]行酒，三更始罢。次日，早起共读。公子最惠[37]，过目成咏。二三月后，命笔警绝。相约五日一饮，每饮必招香奴。一夕，酒酣气热，目注之。公子已会[38]其意，曰：“此婢为老父所豢养。兄旷邈无家[39]，我夙夜[40]代筹久矣，行[41]当为君谋一佳耦。”生曰：“如果惠好，必如香奴者。”公子笑曰：“君诚‘少所见而多所怪’者矣。以此为佳，君愿亦易足也。”居半载，生欲翱翔[42]郊郭，至门，则双扉外扃[43]。问之。公子曰：“家君[44]恐交游纷[45]意念，故谢[46]客耳。”生亦安之。时盛暑溽热，移斋园亭。生胸间肿起如桃，一夜如碗，痛楚吟呻。公子朝夕省视[47]，眠食都废。又数日，创剧，益绝食饮。太公亦至，相对太息[48]。公子曰：“儿前夜思先生清恙，娇娜妹子能疗之，遣人于外祖母处呼令归，何久不至？”俄，僮入白：“娜姑至，姨与松姑同来。”父子疾趋入内。少间，引妹来视生。年约十三四，娇波[49]流慧，细柳[50]生姿。生望见颜色，嚬呻顿忘，精神为之一爽。公子便言：“此兄良友，不啻胞也[51]，妹子好医之！”女乃敛羞容，揄[52]长袖，就榻诊视。把握之间，觉芳气胜兰。女笑曰：“宜有是疾，心脉动矣。然症虽危，可治；但肤块已凝，非伐[53]皮削肉不可。”乃脱臂上金钏，安患处，徐徐按下之。创突起寸许，高出钏外，而根际余肿，尽束在内，不似前如碗阔矣。乃一手启罗衿，解佩刀；——刃薄于纸——把钏握刃，轻轻附根而割，紫血流溢，沾染床席。而贪近娇姿，不惟不觉其苦，且恐速竣割事，偎傍不久。未几，割断腐肉，团团然如树上削下之瘿[54]。又呼水来，为洗割处。口吐红丸如弹大，着肉上，按令旋转：才一周，觉热水蒸腾；再一周，习习作痒；三周已，遍体清凉，沁[55]入骨髓。女收丸入咽，曰："愈矣！"趋步出。生跃起，走谢，沈痼[56]若失。而悬想容辉，苦不自已。自是废卷痴坐，无复聊赖[57]。公子已窥[58]之，曰："弟为兄物色[59]，得一佳耦。"问："何人？"曰："亦弟眷属。"生凝思良久，但云："勿须！"面壁吟曰："'曾经沧海难为水，除却巫山不是云。'[60]"公子会其指[61]，曰："家君仰慕鸿才[62]，常欲附为昏因[63]。但止一少妹，齿[64]太稚。有姨女阿松，年十八矣，颇不粗陋。如不见信，松姊日涉园亭，伺前厢，可望见之。"生如其教。果见娇娜偕丽人来，画黛弯蛾[65]，莲钩蹴凤[66]，与娇娜相伯仲[67]也。生大悦，请公子作伐[68]。公子翼日[69]自内出，贺曰："谐矣[70]！"乃除[71]别院，为生成礼。是夕，鼓吹阗咽[72]，尘落漫飞[73]，以望中仙人，忽同衾幄，遂疑广寒宫殿，未必在云霄矣。合卺[74]之后，甚惬心怀。一夕，公子谓生曰："切磋[75]之惠，无日可以忘之。近单公子解讼归，索宅甚急。意将弃此而西[76]，势难复聚，因而离绪萦怀。"生愿从之而去。公子劝还乡闾，生难之。公子曰："勿虑，可即送君行。"无何[77]，太公引松娘至，以黄金百两赠生。公子以左右手与生夫妇相把握，嘱闭眸勿视，飘然履空，但觉耳际风鸣。久之，曰："至矣。"启目，果见故里。始知公子非人。喜扣家门。母出非望，又睹美妇，方共忻慰。及回顾，则公子逝矣。松娘事姑孝，艳色贤名，声闻遐迩。后生举进士[78]，授延安司李[79]，携家之[80]任。母以道远，不行。松娘举一男[81]，名小宦。生以迕[82]直指[83]，罢官，挂碍[84]不得归。偶猎郊野，逢一美少年，跨骊驹，频频瞻顾。细视，则皇甫公子也。揽辔停骖[85]，悲喜交至。邀生去，至一村，树木浓昏，荫翳天日。入其家，则金沤浮钉[86]，宛然世族。问妹子，则嫁；岳母，已亡：深相感悼。经宿别去，偕妻同返。娇娜亦至，抱生子，掇提而弄，曰："姊姊乱吾种矣。"生拜谢曩德。笑曰："姊夫贵矣！创口已合，未忘痛耶？"妹夫吴郎，亦来谒拜，信宿[87]乃去。一日，公子有忧色，谓生曰："天降凶殃，能相救否？"生不知何事，但锐自任[88]。公子趋出，招一家俱入，罗拜堂上。生大骇，亟问。公子曰："余非人类，狐也。今有雷霆之劫[89]。君肯以身赴难，一门可望生全；不然，请抱子而行，无相累。"生矢[90]共生死。乃使仗剑于门，嘱曰："雷霆轰击，勿动也！"生如所教。果见阴云昼暝[91]，昏黑如磐[92]。回视旧居，无复闬闳[93]，惟见高冢岿然[94]，巨穴无底。方错愕[95]间，霹雳一声，摆簸山岳，急雨狂风，老树为拔。生目眩耳聋，屹不少动。忽于繁烟黑絮之中，见一鬼物，利喙长爪，自穴攫一人出，随烟直上。瞥睹[96]衣履，念似娇娜。乃急跃离地，以剑击之，随手堕落。忽而崩雷暴裂，生仆，遂毙。少间，晴霁，娇娜已能自苏，见生死于傍，大哭曰："孔郎为我而死，我何生矣！"松娘亦出，共舁生归。娇娜使松娘捧其首，兄以金簪拨其齿，自乃撮其颐[97]，以舌度[98]红丸入，又接吻而呵之。红丸随气入喉，格格[99]作响。移时，醒然而苏。见眷口满前，恍如梦寤。于是一门团圞，惊定而喜。生以幽圹不可久居，议同旋里[100]。满堂交赞，惟娇娜不乐。生请与吴郎俱，又虑翁媪不肯离幼子。终日议不果[101]。忽吴家一小奴，汗流气促而至。惊致研诘[102]，则吴郎家亦同日遭劫，一门俱没[103]。娇娜顿足悲伤，涕不可止。共慰劝之。而同归之计遂决。生入城，勾当[104]数日，遂连夜趣装[105]。既归，以闲园寓公子，恒反关之，生及松娘至，始发扃。生与公子兄妹，棋酒谈宴，若一家然。小宧长成，貌韶秀，有狐意；出游都市，共知为狐儿也。

异史氏曰："余于孔生，不羡其得艳妻，而羡其得腻友也。观其容，可以忘饥；听其声，可以解颐[106]。得此良友，时一谈宴，则色授魂与[107]，尤胜于颠倒衣裳[108]矣。"

【注释】

[1] 圣裔："圣"，指孔子。名丘，春秋时鲁国的大政治家、大教育家，儒家的创始人。从宋代到清代，封建王朝都尊称为"至圣"。参看后文《司文郎》篇注[42]"宣圣"条。"圣裔"，孔子的后代。 [2] 蕴藉：本是有涵养的意思，这里引申作儒雅风流的态度解释。 [3] 工诗：会做诗，诗做得好。[4] 执友：要好的、志同道合的、常在一处的朋友。 [5] 令：原是"县令"的省词。"县令"，就是后来知县、县长一类的官。本书后文各篇中所用的"宰""邑宰""邑令""尹""令尹""大尹"，都是"县令"的别称。这里"令"作动词用，是被任为县令的意思。 [6] 落拓：潦倒、倒霉的样子。后文《细侯》篇"落魄"义同。 [7] 佣：受雇。 [8] 第：贵族、官员的住宅，犹如后来说"公馆"。 [9] 都：美好，漂亮。 [10] 慨然：这里是形容高兴、愿意。但一般作慷慨解释，如后文《青凤》篇"莫慨然解赠"。有时也表示感叹，如《折狱》篇"公慨然曰"。 [11] 签：指书面的标签。 [12]《琅嬛琐记》：元伊士珍作《琅嬛记》(一说明人作)，中载张华曾游仙境"琅嬛福地"，看到各种奇书。这里根据这一故事，造作《琅嬛琐记》一书，用来形容书主人的学问渊博。

[13] 审:这里作询问解释。 [14] 官阀:家世的意思。后文《青凤》篇“门阀”,《婴宁》篇“宗阀”,《梅女》篇“族阀”,《王桂庵》篇“家阀”,义同。 [15] 设帐:东汉马融教书,把屋子用纱帐隔开,前面坐着学生,后面陈列女乐,因而后来就用“设帐”为教书的代词。 [16] 羁旅:在外作客的意思。 [17] 曹丘:原是复姓。汉代有个曹丘生,到处赞扬季布,季布因之享有盛名。见《史记》。因而后来把“曹丘”或“曹丘生”借作介绍、推荐的代词。 [18] 驽骀:“驽”和“骀”都是劣马,比喻能力低下、没有学问的人。 [19] 门墙:孔子的弟子端木赐(子贡),把孔子学问的高明比如宫廷的华美,但因为太广博精深了,以致向他学习的人,就好像被隔在很高的宫墙外面,想进去却找不到门进去。后来因用“门墙”比喻老师的门下,是尊敬老师的话。 [20] 锢(gù):锁闭。 [21] 昧爽:天还没有大亮的时候。 [22] 皤(pó)然:对老年人白头发的形容词。 [23] 涂鸦:指字写得坏,好像乌鸦一样的一个个黑墨团;也泛指一般写作的低劣,文字被涂改太多。语出唐卢仝诗:“忽来案上飞墨汁,涂抹诗书似老鸦。”这里“初学涂鸦”,意指开始研究学问。 [24] 行(háng)辈:班辈,这里是平辈、同辈的意思。后文《婴宁》篇“姨妹行”,《莲香》篇“子婿行”,《神女》篇“姨行”,就是指姨姊妹、子婿、姨母一辈的人。 [25] 事:件。 [26] 盥(guàn)栉:梳洗。盥,洗;栉,梳。 [27] 荐:陈献。 [28] 酒数行:敬酒、劝人喝酒叫作“行酒”“行觞”。“酒数行”,是敬过、斟过几遍酒的意思。 [29] 时艺:科举时代应试的文字,指八股文。后文《陆判》篇“制艺”义同。参看后文《仙人岛》注[33]“八股”条。 [30] 将:原是拿、取的意思。这里作盛放解释。 [31]《湘妃》:指古曲调《湘妃怨》。传说舜后妃娥皇、女英死在江湘间,后来成为湘水之神,号湘君、湘夫人。见《列女传》。“《湘妃怨》”,相传是娥皇、女英所作。 [32] 牙拨:“拨”,弹琵琶的一种工具。有牙拨、金拨、铁拨、木拨、龙香拨种种的不同。“牙拨”,象牙拨的省词。 [33] 勾动:弹弄。 [34] 节拍:“节”和“拍”,都是拍板一类的古乐器。拍板,通常以六块坚木片制成,用绒绳穿连,左右各

三片，合击以节制乐奏的。这里“节拍”，犹如说节奏，指乐声的抑扬顿挫。［35］夙闻：从前听过的。［36］觞：酒杯一类的东西。［37］惠：这里同“慧”。［38］会：这里是了解、明白的意思。后文《妖术》篇“会市上有善卜者”，“会”，却作凑巧、恰好解释。［39］旷邈无家：远离乡里，没有娶妻的意思。［40］夙夜：日日夜夜。后文《画皮》篇“何夙夜踽踽独行”，“夙夜”，却是早夜的意思，指夜将尽而天还没有亮的时候。［41］行：不久，将要。［42］翱翔：指出游。用鸟飞比喻人在外面游览散步的自由。［43］扃（jiōng）：门外的镮钮。这里作动词用，把门从外面锁闭起来的意思。后文《妖术》篇“砉然脱扃”，“扃”，指门户。［44］家君：对人称自己的父亲的代词。［45］纷：扰乱，打搅。［46］谢：谢绝，辞去。［47］省（xǐng）视：探视，看望，一般多指对长辈而言。［48］太息：长叹。［49］娇波：比喻女人美丽流动的眼睛。后文各篇“秋波”“秋水”，义同。［50］细柳：比喻长身秀美的样子。［51］不啻胞也：“不啻”是超过、不止的意思。“胞”是同胞，指兄弟。“不啻胞也”，犹如说比亲兄弟还要好。［52］揄（yú）：提起，掳起。［53］伐：这里是割除的意思。后文《陆判》篇“湔肠伐胃”，“伐”，引申作洗刮解释。［54］瘿：瘤。［55］沁（qìn）：浸透，渗进。［56］沈痼：日久难愈的病。后文《粉蝶》篇“沉疴”义同。［57］无复聊赖：无聊、乏味、不高兴的样子。［58］窥：看出，明白。［59］物色：访求，寻觅。［60］“曾经沧海难为水，除却巫山不是云”：原是唐元稹哀悼亡妻的两句诗。意思是赞美他的妻子是非凡的，好像沧海之水，平常的水同它比较起来便很难算是水；好像巫山之云，平常的云同它比较起来便不能算是云：表示自己既爱过这样一位非凡的女子，对于一般女子再不会发生爱情了。习惯引用作男女间情有独钟的比喻。［61］指：这里同“旨”，作“意思”解释。［62］鸿才：大才。［63］昏因：同“婚姻”。本书后文各篇，“婚”时作“昏”，“婚姻”时作“昏因”。［64］齿：指年龄。［65］画黛弯蛾：画的眉毛像蛾眉一样弯细。［66］莲钩蹴凤：纤小的脚穿着凤头鞋行走。这里的“莲钩”，和后文《阿宝》

篇“双弯”,《连琐》篇“双钩”,都是指妇女的瘦曲的脚。南北朝时,齐东昏侯教他宠爱的潘妃在嵌有金莲花的地上行走,说是“步步生莲华”,后来就称女子的小脚为“金莲”“莲钩”。《辛十四娘》篇“内闻钩动”,“钩”指帘钩。《葛巾》篇“付钩乃去”,“钩”,指如意。 [67] 伯仲:兄弟之间,老大叫作“伯”,老二叫作“仲”。一般借用作差不多、不相上下解释。 [68] 作伐:作媒的意思。《诗经》有“伐柯如何?匪斧不克。取妻如何?匪媒不得”这两句比喻,所以后来把做媒叫作“作伐”。后文《婴宁》篇“执柯”,也就是这个意思。 [69] 翼日:“翼”,这里同“翌”。“翼日”,就是明天。 [70] 谐矣:成功了,妥当了。 [71] 除:打扫,清除。 [72] 阗咽:响亮,吵闹。 [73] 尘落漫飞:由于声音的振动,动作的纷乱,使得灰尘到处飞舞。这里是形容热闹的情况。 [74] 合卺(jǐn):婚礼进行中的一节仪式。“卺”,是把一个瓠子分成两半的瓢。古人行婚礼时,新夫妇各拿着半个瓢饮酒,叫作“合卺”,有如后来的喝交杯酒。 [75] 切磋:观摩、研究的意思。原指用兽骨做器具的工人,在把骨头切开后,还要细细磋磨平滑,才可以制造东西。后来就借作彼此间共同研究解释。语出《诗经》:“如切如磋。” [76] 西:这里作动词用,就是到西方去。后文各篇中,常把东、南、西、北,作为动词用,不再注。 [77] 无何:没有多久。后文各篇的“居无何”“亡(同无)何”“居无几何”,义同。 [78] 举进士:考中了进士。 [79] 司李:官名,也叫“司理”。本是宋时掌理狱讼的官吏,明、清时也称推官为“司李”,类似后来的法官。 [80] 之:前往,赴。 [81] 举一男:生了一个男孩。 [82] 迕:得罪,冒犯。后文《叶生》篇“忤上官”,“忤”同“迕”。 [83] 直指:官名。汉时派侍御史为“直指使”,到各地审理重大案件。这里指奉派在外调查、巡察的高级官吏,有如“巡按御史”之类。 [84] 挂碍:就是“挂误”。官吏由于某一案件的牵连而受到处分,往往免职后,还要听候处置,不能够自由行动,所以叫作“挂碍”。 [85] 揽辔停骖:带住缰绳停住马。 [86] 金沤(ōu)浮钉:古时宫、庙和贵族人家大门上的一种装饰品,像水泡一样的一个个金色的突起物。［87］信宿：住两夜。［88］锐自任：迅速而又有力地承担下来。［89］劫：指宿命注定的灾难。一切修道者，以及有了灵性的东西，都要经过雷击、火烧以及其他各劫，能逃过才能成仙得道。完全是迷信说法。［90］矢：发誓。［91］昼暝：白日里天色昏暗。后文《雷曹》篇“昼晦”，义同。［92］翳（yī）：黑色石头。［93］闬闳（hàn hóng）：里巷的大门。［94］岿（kuī）然：形容孤单而高耸的样子。［95］错愕：形容猛吃一惊的样子。［96］瞥睹：一眼看见的意思。［97］撮其颐：“撮”，用手指捏住。“颐”，腮巴。［98］度：在这里同“渡”，送进的意思。［99］格格：这里形容响声。后文《画皮》篇“格格”，形容有阻碍的样子。［100］旋里：回老家。［101］果：这里是决定、实现的意思。［102］研诘：追问。［103］没：这里指死亡。［104］勾当：料理，收拾。［105］趣（cù）装：匆忙地整理行李。［106］解颐：开口笑。［107］色授魂与：指男女相互间情感的交流。意思是被美色所动，精神和它融合在一起。［108］颠倒衣裳：这里是性行为的隐语。引自《诗经》：“东方未明，颠倒衣裳。”

妖　术

于公者，少任侠，喜拳勇，力能持高壶[1]作旋风舞。崇祯[2]间，殿试[3]在都，仆疫不起，患之。会市上有善卜者[4]，能决人生死，将代问之。既至，未言。卜者曰："君莫欲问仆病乎？"公骇应之。曰："病者无害，君可危！"公乃自卜。卜者起卦，愕然曰："君三日当死！"公惊诧良久。卜者从容曰："鄙人有小术，报我十金，当代禳[5]之。"公自念生死已定，术岂能解，不应而起，欲出。卜者曰："惜此小费，勿悔，勿悔！"爱公者皆为公惧，劝罄橐以哀之[6]。公不听。倏忽[7]至三日，公端坐旅舍，静以觇[8]之，终日无恙。至夜，阖户挑灯[9]，倚剑危坐[10]。一漏向尽[11]，更无死法[12]。意欲就枕，忽闻窗隙窣窣[13]有声。急视之，一小人荷戈入，及地，则高如人。公捉剑起，急击之，飘忽未中。遂遽小，复寻窗隙，意欲遁去。公疾斫之，应手而倒。烛之[14]，则纸人，已腰断矣。公不敢卧，又坐待之。逾时[15]，一物穿窗入，怪狞如鬼。才及地，急击之，断而为两，皆蠕动。恐其复起，又连击之，剑剑皆中，其声不软[16]。审视，则土偶，片片已碎。于是移坐窗下，目注隙中。久之闻窗外如牛喘，有物推窗棂，房壁震摇，其势欲倾。公惧复压，计不如出而斗之，遂砉然脱扃[17]，奔而出。见一巨鬼，高与檐齐。昏月中，见其面黑如煤，眼闪烁有黄光，上无衣，下无履，手弓而腰矢[18]。公方骇，鬼则弯[19]矣；公以剑拨矢，矢堕。欲击之，则又弯矣。公急跃避，矢贯于壁，战战[20]有声。

鬼怒甚，拔佩刀，挥如风，望公力劈。公猱进[21]，刀中庭石，石立断。公出其股间，削鬼中踝[22]，铿然有声。鬼益怒，吼如雷，转身复剁。公又伏身入，刀落，断公裙。公已及胁下，猛斫之，亦铿然有声。鬼仆而僵。公乱击之，声硬如柝[23]。烛之，则一木偶，高大如人。弓矢尚缠腰际，刻画狰狞[24]，剑击处皆有血出。公因秉烛待旦。方悟鬼物皆卜人遣之，欲致人于死，以神其术[25]也。次日，遍告交知，与共诣卜所。卜人遥见公，瞥不可见[26]。或曰："此翳形术[27]也，犬血可破[28]。"公如言，戒备而往。卜人又匿如前。急以犬血沃[29]立处，但见卜人头面皆为犬血模糊，目灼灼[30]如鬼立。乃执付有司[31]而杀之。

异史氏曰："尝谓买卜[32]为一痴。世之讲此道而不爽[33]于生死者几人？卜之而爽，犹不卜也。且即明明告我以死期之至，将复如何？况有借人命以神其术者，其可畏不尤甚耶？"

【注释】

[1] 壶：这里是指古代一种作盛水、盛酒浆之用的器具，通常为圆口方腹，金属物制，分量很重。 [2] 崇祯：明末代皇帝思宗（朱由检）的年号（1628—1643）。 [3] 殿试：科举时代，由皇帝亲自主持（实际多派大臣代行）的最高一级考试。参看前文《画壁》篇注[1]"孝廉"条。 [4] 善卜者：会卜卦的人。古人迷信，灼龟看龟甲的纹路来决定吉凶，叫作"卜"。后来有专门以此为业的人，以木片或金钱为起卦的工具，并有卦书可查，完全是一种骗人的方术。 [5] 禳（ráng）：画符念咒，向神祷告，认为这样就可以赶走鬼怪、化凶为吉的一种迷信行为。后文《画皮》篇"魇禳"，《婴宁》篇"醮禳"，义同。 [6] 劝罄橐（tuó）以哀之：劝他把口袋里的钱全部拿出来去哀求那个善卜的人。"橐"，无底的囊，这里泛指口袋、腰包。 [7] 倏（shū）忽：

形容很快的样子。 [8] 觇:窥看,这里指含有等待意思的观察。 [9] 挑灯:古人点油灯、点烛照明,要时时挑剔灯芯、烛芯,使它保持明亮,所以就把燃点灯烛叫作“挑灯”“挑烛”。后文《罗刹海市》篇“双鬟挑画烛”,“挑”,却是持、拿的意思。 [10] 危坐:端坐,挺身而坐。后文《狐梦》篇“兀坐”,义同。 [11] 一漏向尽:“漏”,计时器,“漏刻”的省词。古时没有钟表,就用漏刻计时。漏刻,是用一个盛水的铜壶,在壶里竖立着刻有度数的箭;壶底穿一个孔,让水慢慢地流掉:看水平在什么度数上,便知道是什么时候。历代的漏刻式样很多,以上所说的只是其中的一种。这里“一漏”,犹如说一更、一鼓。“向尽”,快要完了。 [12] 更无死法:意指并没有死的兆头,看不出死的可能性。 [13] 窣(sū)窣:形容细微的响声。 [14] 烛之:用火照着看它。“烛”,作动词用。 [15] 逾时:过了一些时候。 [16] 其声不软:指土偶被击中时,声音脆硬而不柔和。 [17] 砉(huò)然脱扃:“砉然”,本是破裂声,这里形容骤然把门打开的响声。“脱扃”,打开门。 [18] 手弓而腰矢:手里拿着弓,腰间插着箭。“弓”“腰”,这里都作动词用。 [19] 弯:指把弓拉弯,射箭前的准备工作。 [20] 战战:形容颤动的样子。 [21] 猱进:形容像猴子一样轻捷地跃进。 [22] 踝(huái):脚两旁突起的骨头。 [23] 声硬如柝(tuò):“柝”,从前夜间巡更时敲的木梆。“声硬如柝”,声音脆硬像敲木绑一样地响。 [24] 狰狞:形容凶恶可怕的样子。 [25] 以神其术:用来证实他卜卦的灵验。 [26] 瞥不可见:“瞥”,一眨眼的功夫。“瞥不可见”,一眨眼的功夫就看不见了。 [27] 翳(yì)形术:隐身法。 [28] 犬血可破:古人认为,喷射犬血可以御邪魔、破妖术,旧小说里很多这一类记载,是一种迷信的说法。 [29] 沃:浇灌。 [30] 灼灼:形容明亮、显明的样子。 [31] 有司:负责的官吏。 [32] 买卜:问卜,求卜。 [33] 不爽:没有差误。

叶　生

淮阳叶生者，失其名字。文章词赋，冠绝[1]当时；而所如不偶[2]，困于名场[3]。会关东丁乘鹤来令是邑，见其文，奇之；召与语，大悦。使即[4]官署受灯火[5]，时赐钱谷恤其家。值科试[6]，公游扬[7]于学使[8]，遂领冠军。公期望綦[9]切。闱[10]后，索文读之，击节[11]称叹。不意时数[12]限人，文章憎命[13]，榜既放，依然铩羽[14]。生嗒丧[15]而归，愧负知己，形销骨立，痴若木偶。公闻，召之来而慰之。生零涕[16]不已。公怜之，相期考满[17]入都，携与俱北。生甚感佩。辞而归，杜门[18]不出。无何，寝疾。公遗问[19]不绝。而服药百裹[20]，殊罔所效。公适[21]以忤上官免，将解任去。函致生，其略云："仆东归有日。所以迟迟者，待足下[22]耳。足下朝至，则仆夕发[23]矣。"传之卧榻。生持书啜泣[24]。寄语[25]来使："疾革[26]，难遽瘥，请先发。"使人返白。公不忍去，徐待之。逾数日，门者[27]忽通[28]叶生至。公喜，逆[29]而问之。生曰："以犬马病[30]，劳夫子久待，万虑不宁。今幸可从杖履[31]。"公乃束装戒旦[32]。抵里，命子师事生，夙夜与俱。公子名再昌，时年十六，尚不能文[33]。然绝惠，凡文艺，三两过[34]，辄无遗忘。居之期岁[35]，便能落笔成文。益之公力，遂入邑庠[36]。生以生平所拟举子业[37]，悉录授读。闱中七题[38]，并无脱漏，中亚魁[39]。公一日谓生曰："君出余绪[40]，遂使孺子成名。然黄钟长弃[41]，奈何？"生曰："是殆有命！借福泽为文章吐气，使天下人知半生沦落，非战之罪也[42]，愿亦足矣。且士得一人知，已可无憾；何必抛却白纻[43]，乃谓之利市[44]哉！”公以其久客，恐误岁试[45]，劝令归省。惨然不乐。公不忍强。嘱公子至都为之纳粟[46]。公子又捷南宫[47]，授部中主政[48]，携生赴监[49]，与共晨夕。逾岁，生入北闱[50]，竟领乡荐[51]。会公子差南河典务[52]，因谓生曰：“此去离贵乡不远。先生奋迹云霄，锦还[53]为快。”生亦喜。择吉就道。抵淮阳界，命仆马送生归。归见门户萧条，意甚悲恻。逡巡至庭中。妻携簸具以出，见生，掷具骇走。生凄然曰：“我今贵矣！三四年不觌[54]，何遂顿[55]不相识？”妻遥谓曰：“君死已久，何复言贵！所以久淹[56]君柩者，以家贫子幼耳。今阿大亦已成立，行将卜窀穸[57]。勿作怪异吓生人！”生闻之，怃然[58]惆怅。逡巡入室，见灵柩俨然[59]，扑地而灭。妻惊视之，衣冠履舄[60]如蜕委[61]焉。大恸，抱衣悲哭。子自塾中归，见结[62]驷于门，审所自来，骇奔告母。母挥涕告诉。又细询从者，始得颠末。从者返，公子闻之，涕堕垂膺。即命驾哭诸其室；出橐[63]营丧，葬以孝廉礼。又厚遗其子，为延师教读。言于学使，逾年游泮。[64]

异史氏曰：“魂从知己，竟忘死耶？闻者疑之，余深信焉。同心倩女，至离枕上之魂[65]；千里良朋，犹识梦中之路[66]。而况茧丝蝇迹[67]，呕学士之心肝[68]；流水高山[69]，通我曹之性命者哉！嗟乎！遇合难期，遭逢不偶。行踪落落[70]，对影长愁；傲骨嶙嶙[71]，搔头自爱。叹面目之酸涩，来鬼物之揶揄[72]。频居康了[73]之中，则须发之条条可丑；一落孙山[74]之外，则文章之处处皆疵。古今痛哭之人，卞和[75]惟尔；颠倒逸群之物，伯乐[76]伊谁[77]？抱刺于怀，三年灭字[78]；侧身以望，四海无家。人生世上，只须合眼放步，以听造物[79]之低昂而已。天下之昂藏[80]沦落如叶生其人者，亦复不少，顾[81]安得令威[82]复来而生死从之也哉？噫！”

【注释】

[1] 冠绝：首屈一指、没有人比得上的意思。 [2] 所如不偶：走到哪里都倒霉的意思。“如”，往，到。“偶”，偶数。古人认为：偶数（双数）好，奇(jī)数（单数）不好，所以把“命运”不好叫作“不偶”。这里是指屡次考试的失败。 [3] 名场：指科场，就是科举的考场。科举的考场是求名的地方，所以叫作“名场”。后文《雷曹》篇“场屋”，义同。 [4] 即：到，在，就着。[5] 受灯火：求学、苦读的代词。读书人夜晚读书要用灯火，用灯火是要花钱的，所以“灯火”有时也指求学费用。后文《胡四娘》篇“资以膏火”，就是供给学费的意思。“膏”，灯油。 [6] 科试：乡试前的一种预备考试，由学使主持。科试考在三等（前十名或五名）以上的保送乡试。 [7] 游扬：遍处逢人称赞的意思。 [8] 学使：就是“提学使”，也叫“学政”“学台”“学院”，是科举时代各省主持学政和举业的官员。 [9] 綦：很，非常。 [10] 闱：科举时代考试举人、进士的场所。这里“闱后”指考后。又内室也叫作“闱”，后文《辛十四娘》篇“闱中人”，指妻。 [11] 击节：犹如说打拍子。称赞别人文章作得好，也叫“击节”，指读好文章也用打拍子的方法去欣赏。这里是后一意义。 [12] 时数：指命运。后文各篇中有时单用一个“数”字，如《王成》篇“此我数也”，《神女》篇“岂非数哉”，义同。 [13] 文章憎命：杜甫《天末怀李白》诗句：“文章憎命达。”在封建社会中，统治集团里面得不到较高地位的知识分子，由于自身的遭遇，较能看出社会的矛盾，在文学上往往有较大的成就。当时人们对于这种现象有一种错觉，好像是文章做得好，妨害了

命运。杜诗所说，就是这个意思。后来在科举制度之下，一些自以为文章好而考不取的人，也常引用这句诗来发泄牢骚。 [14] 铩(shā)羽：鸟的羽翼伤残，飞不动了，叫作“铩羽”。一般引用比喻事情的失败。 [15] 嗒(tà)丧：语本《庄子》：“嗒焉若丧其偶。”本是指领悟自然的道理，把自己的肉体都忘记了，后来一般却作为丧气解释。 [16] 零涕：落泪，垂泪。 [17] 考满：明、清时官吏考绩制度的一种，清初实行一个短时期就废止了。最初规定三年初考，六年再考，九年通考；后来通常以三年为期。“考满”，分称职、平常、不称职三等，再结合地方政务繁简的不同情况，以为评定和迁调的标准。参看后文《小翠》篇注[16]“三年大计吏”条。 [18] 杜门：堵塞，关闭着门。意思指用功读书，不和人往来。 [19] 遗(wèi)问：赠送东西，并问问还需要什么。语出《曲礼》：“问疾弗能遗，不问其所欲。” [20] 百裹：百包，百剂。 [21] 适：这里是恰巧的意思。后文《画皮》篇“偶适市”，“适”是往、去的意思。《青凤》篇“适与婢子戏”，“适”是偶然的意思。“适不之诺者”，“适”是方才的意思。《婴宁》篇“我一姊适秦氏”，“适”是嫁的意思。《细侯》篇“适愿”，是如愿的意思。 [22] 足下：对人的敬称。 [23] 发：出发，动身。 [24] 啜(chuò)泣：哭泣。“啜”，形容哭的样子。后文《罗刹海市》篇“则啜其余”，“啜”，却是吃的意思。 [25] 寄语：转告。 [26] 革(jí)：厉害，沉重。 [27] 门者：传达，看门的人。也叫“阍人”“阍者”，如后文《罗刹海市》篇“阍人辄阖户”，《窦氏》篇“告阍者曰”。 [28] 通：报告，传达。 [29] 逆：迎。 [30] 犬马病：“犬马”，古人自称的卑词。“犬马病”，就是指自己的病，也含有不足轻重的意思。 [31] 杖履：老年人要拄着拐杖走路；古人在屋内是席地而坐的，出门才穿鞋子：所以习惯用“杖履”指老年人的出门，也用为对尊长客气的话。这里的“从杖履”，犹如说“追随左右”。后文《捉鬼射狐》篇“奉杖屦”，义略同。 [32] 束装戒旦：打好行李，准备一早起程。 [33] 文：这里作动词用，作文的意思。 [34] 三两过：这里指读了两三遍。 [35] 期(jī)岁：满一年。 [36] 入邑庠：“邑庠”，指县学。科举时代，秀才才有到县、州、府学里读书的资格，所以“入邑庠”就是中了秀才的意思。后文《罗刹海市》篇“入郡庠”，“郡庠”是“府学”。［37］举子业：科举时代，读书人学习某一种应考的文字（这里指八股文）来求取功名，叫作“举子业”。［38］闱中七题：明代科举考试，首场试题为《四书》义三道，《五经》义四道，就是这里所指的“闱中七题”。当时乡、会试虽然都考三场，但着重首场，只要首场合格，就可以录取。［39］亚魁：第二名。［40］出余绪：“余绪”，剩余的。“出余绪”：意指仅仅发挥了很少的一点才学来教他的儿子。［41］黄钟长弃：“黄钟”，古代主要乐器，它的发音为校正音乐的十二律中阳律之一。一般用它来象征正宗、正派。《楚辞·卜居》中有“黄钟毁弃，瓦釜雷鸣”这两句，比喻有本领的贤人失意，没有本领的小人得志。这里的“黄钟长弃”就是借用《楚辞》的句子，指有学问的人反而考不取。［42］非战之罪也：项羽在垓下被汉高祖（刘邦）打败时说：“此天之亡我，非战之罪也。”见《史记》。这里引用这一句来比喻考不中只是由于命运关系，而不是文章作得不好。［43］抛却白纻：“纻”，细布。“白纻”，白衣的意思，古代平民穿白衣，这里“抛却白纻”，是脱掉白衣的意思，也就是指得了科举功名、做了官。一说：唐、宋时秀才穿白衣，本书作者也以白衣指明、清时的秀才，“抛却白纻”，就是不再穿秀才的服装，意思指中了举人了。［44］利市：运道，走运。［45］岁试：科举时代，各省的学使于三年内到各府、州考试一回秀才的课业，分为六等，看成绩的好坏以定奖惩，叫作“岁试”。久在外地的秀才，如果愿意应考，可以回原籍报到，所以下文有“劝令归省”的话。［46］纳粟：秦、汉时，人民捐献粮食给政府叫作“纳粟”，可以赎罪或获得爵位。后来的封建王朝为了搜刮财富，更扩大范围，规定某一些官捐钱就可以买。这里“纳粟”指捐钱买监生。监生可以做官或用相等于秀才的资格去应考举人。［47］捷南宫：“捷”，胜利，引申作考取解释。“南宫”，礼部的别称。科举时代，考进士的会试由礼部主持，所以这里“南宫”是指会试，“捷南宫”就是考取了进士。后文《陆判》篇“礼闱”，也指会试。［48］主政：官名。当时中央各部里的主事，大致相当于后来的科长。［49］监："国子监"的省称，监生读书的地方，是明、清时的最高学府。［50］北闱：明、清时乡试在顺天府（今北京）、应天府（清为江宁府，今南京）和各省举行。顺天府的乡试叫作"北闱"，应天府的乡试叫作"南闱"。［51］领乡荐：乡试中式的意思，就是中了举人。也简作"领荐"。后文《莲香》篇"举于乡"，《司文郎》篇"捷于乡"，义均同。［52］差南河典务：清代漕运总督管辖南河，包括徐州道、淮扬海道所属的黄河，邳、宿运河，洪泽湖等处。"差南河典务"，就是奉派到南河河道上做查工、核料、收税一类的事务。［53］锦还："衣锦还乡"的省词。［54］不觌（dí）：不见。［55］顿：登时，立刻，忽然。［56］淹：久留，耽搁。［57］卜窀穸（zhūn xī）：安葬的意思。"窀穸"，墓穴。"卜窀穸"，选择墓地。［58］怃（wǔ）然：形容失意的样子。［59］俨然：本是形容矜庄的样子，在本书各篇里，多作显然、明明白白的意思解释。［60］舄（xì）：一种鞋底嵌有木板的鞋子，穿了可以不受潮湿。古来鞋子分两种：复底的叫作"舄"，单底的叫作"履"。"舄"也叫"复履"。后来"舄""履"两字混用，实际上也就没有什么分别了。［61］蜕委：指衣服褪落，像虫类的脱皮一样。［62］结：拴系。［63］出橐（tuó）："橐"，见前《妖术》篇注6"劝罄橐以哀之"条。"出橐"，从橐里拿出来，犹如说掏腰包。［64］游泮（pàn）："泮"，泮宫的省称，古时讲学的地方。"游泮"，指到学里读书，也就是中了秀才的意思。后文《婴宁》篇"入泮"，义同。［65］同心倩女，至离枕上之魂：传奇故事中，唐张镒的女儿倩娘和住在她家里的表哥王宙很要好。起初张镒表示要把倩娘嫁给王宙，后来又变了卦，王宙因而失望走了。当天夜里，倩娘忽然到了王宙船上，和他一同逃到远处，生了孩子。过了五年又回到娘家来。原来和王宙在一起的是倩娘的魂，她的肉体却一直在家里因病睡在床上；到这时，魂和肉体才合而为一。见《太平广记》引《离魂记》。［66］千里良朋，犹识梦中之路：传说战国时，张敏曾经三次在梦里去看他的好朋友高惠，都在半路上因迷失途径回来。见《韩非子》。这里引用这个故事，并加以强调，说梦中还是认得路。［67］茧丝蝇迹："茧丝"，指作文章像蚕茧抽丝一样源源而出。"蝇迹"，指作文章写的字迹像蝇头一样细小。［68］呕学士之心肝："学士"，指唐诗人李贺。传说李贺的母亲常说李贺作诗太辛苦，一定要把心肝呕出来才肯停止。见李商隐撰《李长吉小传》。［69］流水高山：传说春秋时，伯牙琴弹得好，只有钟子期能够听得出他琴里含有高山或者流水的声音的意思。见《列子》。这句话是比喻知己。［70］落落：这里指不苟合、不随和。后文《公孙九娘》篇"落落不称意"，"落落"是沦落、衰败的意思。《辛十四娘》篇"殊落落置之"，"落落"是豁达、大度，引申作不关心解释。［71］嶙嶙：原是形容多石的山，这里借以形容人有骨气。［72］来鬼物之揶揄："揶揄"，见前文《劳山道士》注［43］。传说晋罗友为桓温的掾吏，当时有人出去做郡守，桓温设宴为他饯行。罗友故意到得最晚。桓温问他为什么来迟了。罗友答说：在路上碰到一个鬼，他揶揄了我一顿，说只看见我送别人出去做郡守，却看不见别人送我出去做郡守。于是桓温就保荐他做襄阳太守。见《晋阳秋》。［73］康了：落第的意思。传说唐代柳冕应举的时候，忌讳"安乐"的"乐"字和"落第"的"落"字同音，教家人改叫"安乐"为"安康"。后来考试没有取，仆人看过榜回来向他报告，这时还是忌讳"落"字，对他说："秀才康了！"见《遁斋闲览》。［74］孙山：宋代人。传说孙山和一个同乡一同应考，孙山取在最后一名，同乡没有考取。同乡的父亲向孙山打听自己的儿子取了没有，孙山说："解名尽处是孙山，贤郎更在孙山外。"后来因称考试不取的为"名落孙山"。见《过庭录》。［75］卞和：春秋时楚国人。传说卞和在山里得到一块石头中间藏有美玉的璞，曾两次献给楚厉王、楚武王，都被认为是欺骗，先后砍去了两只脚。到楚文王即位的时候，他抱着璞在山下哭，楚文王知道了，把璞拿去，叫玉工剖开，果然得到一块美玉。见《韩非子》。这里引用这一故事，比喻有真才实学的人因被埋没而感到悲哀。［76］伯乐：春秋时秦国人，历史上最有名的懂得相马的人。有许多好马，别人看不出，他一看就知道了。上句"逸群之物"，指好马。这里两句借用识马来比喻知人。 [77] 伊谁:就是“谁”。“伊”,发音词,无义。后文《婴宁》篇“阿谁”,同。 [78] 抱刺于怀,三年灭字:古人把姓名写在竹简、木片上,叫作“刺”,犹如后来的名片。历史故事中,东汉祢衡到许昌去,身上带着刺,打算谒见当时的权要;谁知一直没有人接见他,以至于把刺揣在怀里达三年之久,上面的字都磨掉了。见《后汉书》。 [79] 造物:创造万物者,迷信的宿命论中万物命运的主宰之神,犹如说老天爷、上帝。这里“以听造物之低昂”,就是听从命运摆布的意思。 [80] 昂藏:形容气概不凡的样子。 [81] 顾:但是、不过的意思。有时也作却、乃、难道解释。 [82] 令威:姓丁,汉代人。神话传说中,丁令威学道成仙,后来变做一只鹤飞回家乡,想劝人修行。在空中徘徊,感慨地说:“有鸟有鸟丁令威,去家千年今始归。城郭如故人民非,何不学仙冢累累?”见《搜神后记》。

王　成

王成，平原故家子。性最懒，生涯日落[1]，惟剩破屋数间，与妻卧牛衣[2]中，交谪[3]不堪。时盛夏燠热，村外故有周氏园，墙宇尽倾，惟存一亭。村人多寄宿其中，王亦在焉。既晓，睡者尽去。红日三竿[4]，王始起。逡巡欲归。见草际金钗一股[5]，拾视之，镌有细字云："仪宾[6]府造。"王祖为衡府[7]仪宾，家中故物，多此款式，因把[8]钗踌躇[9]。忽一妪来寻钗。王虽故贫，然性介[10]，遽出授之。妪喜，极赞盛德，曰："钗直[11]几何，先夫之遗泽[12]也。"问："夫君伊谁？"答云："故仪宾王柬之也。"王惊曰："吾祖也！何以相遇？"妪亦惊曰："汝即王柬之之孙耶！我乃狐仙。百年前，与君祖缱绻[13]。君祖殁，老身遂隐。过此遗钗，适入子手，非天数耶！"王亦曾闻祖有狐妻，信其言。便邀临顾。妪从之。王呼妻出见。负败絮[14]，菜色黯焉[15]。妪叹曰："嘻！王柬之孙子乃一[16]贫至此哉！"又顾败[17]灶无烟，曰："家计若此，何以聊生[18]？"妻因细述贫状，呜咽饮泣[19]。妪以钗授妇，使姑[20]质[21]钱市[22]米，三日外请复相见。王挽留之。妪曰："汝一妻不能自存活；我在，仰屋[23]而居，复何裨益！"遂径去。王为妻言其故，妻大怖。王诵[24]其义，使姑事之[25]，妻诺。逾三日，果至。出数金，籴[26]粟麦各石。夜与妇共短榻。妇初惧之；然察其意殊拳拳[27]，遂不之疑。翌日，谓王曰："孙勿惰，宜操小生业，坐食乌[28]可长也！"王告以无资。曰："汝祖在时，金帛凭所取。我以世外人，无需是物，故未尝多取。积花粉之金四十两，至今犹存。久贮亦无所用，可将去，悉以市葛，刻日赴都，可得微息。”王从之，购五十余端[29]以归。妪命趣装，计六七日可达燕都。嘱曰：“宜勤勿懒，宜急勿缓，迟之一日，悔之已晚！”王敬诺。囊[30]货就路，中途遇雨，衣履浸濡。王生平未历风霜，委顿[31]不堪，因暂休旅舍。不意淙淙[32]彻暮[33]，檐雨如绳。过宿，泞益甚。见往来行人，践淖没胫[34]，心畏苦之。待至亭午[35]，始渐燥，而阴云复合，雨又大作。信宿乃行。将近京，传闻葛价翔贵[36]，心窃[37]喜。入都，解装客店，主人深惜其晚。先是[38]，南道初通，葛至绝少。贝勒[39]府购致甚急，价顿昂，较常可三倍。前一日方购足，后来者并皆失望。主人以故告王，王郁郁不得志。越日[40]，葛至愈多，价益下[41]。王以无利，不肯售。迟十余日，计食耗烦多，倍益忧闷。主人劝令贱鬻，改而他图。从之。亏资十余两，悉脱[42]去。早起，将作归计，启视囊中，则金亡[43]矣。惊告主人。主人无所为计[44]。或劝鸣[45]官，责主人偿。王叹曰：“此我数也，于主人何尤[46]！”主人闻而德[47]之，赠金五两，慰之使归。自念无以见祖母，蹀躞[48]内外，进退维谷[49]。适见斗鹑者，一赌辄数千；每市一鹑，恒百钱不止。意忽动，计囊中资，仅足贩鹑，以商主人。主人亟怂恿之，且约假寓，饮食不取其直。王喜，遂行，购鹑盈儋[50]，复入都。主人喜，贺其速售。至夜，大雨彻曙。天明，衢水如河，淋零[51]犹未休也。居以待晴。连绵[52]数日，更无休止。起视笼中，鹑渐死。王大惧，不知计之所出。越日，死愈多。仅余数头，并一笼饲之。经宿往窥，则一鹑仅存。因告主人，不觉涕堕。主人亦为扼腕[53]。王自度[54]，金尽罔归，但欲觅死。主人劝慰之。共往视鹑，审谛[55]之，曰："此似英物[56]。诸鹑之死，未必非此之斗杀之也。君暇，亦无所事，请把之：如其良也，赌亦可以谋生。"王如其教。既驯，主人令持向街头，赌酒食。鹑健甚，辄赢[57]。主人喜，以金授王，使复与子弟决赌，三战三胜。半年许，积二十金。心益慰，视鹑如命。先是，大亲王好鹑，每值上元[58]，辄放民间把鹑者入邸相角[59]。主人谓王曰："今大富宜可立致，所不可知者，在子之命矣。"因告以故。导与俱往，嘱曰："脱败，则丧气出耳。倘有万分一，鹑斗胜，王必欲市之，君勿应；如固强之，惟予首是瞻，待首肯[60]而后应之。"王曰："诺。"至邸，则鹑人肩摩[61]于墀[62]下。顷之，王出御[63]殿。左右宣言："有愿斗者上。"即有一人把鹑，趋而进。王命放鹑，客亦放。略一腾踔[64]，客鹑已败。王大笑。俄顷，登而败者数人。主人曰："可矣！"相将[65]俱登。王相之曰："睛有怒脉，此健羽[66]也，不可轻敌。"命取铁喙者当之。一再腾跃，而王鹑铩羽。更选其良，再易再败。王急命取宫中玉鹑。片时，把出，素羽如鹭，神骏不凡。王成意馁[67]，跪而求罢，曰："大王之鹑，神物也，恐伤吾禽，丧吾业矣。"王笑曰："纵之！脱斗而死，当厚尔偿[68]。"成乃纵之。玉鹑直奔之。而玉鹑方来，则伏如怒鸡以待之；玉鹑健啄，则起如翔鹤以击之：进退颉颃[69]，相持约一伏时。玉鹑渐懈，而其怒益烈，其斗益急。未几，雪毛摧落，垂翅而逃。观者千人，罔不叹羡。王乃索取而亲把之，自喙至爪，审周一过，问成曰："鹑可货[70]否？"答云："小人无恒产[71]，与相依为命，不愿售也。”王曰：“赐而[72]重直[73]，中人之产[74]可致。颇愿之乎?”成俯思良久，曰：“本不乐置[75]。顾大王既爱好之，苟使小人得衣食业，又何求。”王请[76]直，答以“千金”。王笑曰：“痴男子！此何珍宝，而千金直也！”成曰：“大王不以为宝，臣以为连城之璧[77]不过也。”王曰：“如何?”曰：“小人把向市廛，日得数金，易升斗粟，一家十余食指[78]无冻馁忧，是何宝如之[79]！”王言：“予不相亏，便与二百金。”成摇首。又增百数。成目视主人，主人色不动。乃曰：“承大王命，请减百价。”王曰：“休矣！谁肯以九百易一鹑者！”成囊鹑欲行。王呼曰：“鹑人来，鹑人来！实给六百。肯则售，否则已耳。”成又目[80]主人，主人仍自若[81]。成心愿盈溢[82]，惟恐失时[83]，曰：“以此数售，心实怏怏[84]。但交而不成，则获戾滋大。无已[85]，即如王命。”王喜，即秤付之。成囊金，拜赐而出。主人怼[86]曰：“我言如何[87]，子乃急自鬻也！再少靳[88]之，八百金在掌中矣。”成归，掷金案上，请主人自取之。主人不受。又固让之，乃盘计饭直而受之。王治[89]装归。至家，历述所为，出金相庆。妪命治良田三百亩，起屋作器[90]，居然世家。妪早起，使成督耕，妇督织。稍惰，辄呵之。夫妇相安，不敢有怨词。过三年，家益富。妪辞欲去，夫妻共挽之，至泣下。妪亦遂止。旭旦[91]候之，已杳矣。

异史氏曰：“富皆得于勤，此独得于惰，亦创闻也。不知一贫彻骨而至性不移，此天所以始弃之而终怜之也。懒中岂果有富贵乎哉！”

【注释】

[1] 生涯日落：“生涯”，指生计、生活。“落”，下降。“生涯日落”，是生

活水准一天一天下降的意思。 [2] 牛衣:用草、麻编成的,一种类似蓑衣的东西。本是农民替牛盖在身上取暖的,所以叫作“牛衣”。穷苦的人没有衣服穿,也穿牛衣,因而习惯就用“牛衣”形容贫苦。 [3] 交谪:互相埋怨、责备的意思。通常指夫妇间的吵架。 [4] 红日三竿:太阳出来有三竿高,指上午八九点钟的时候。是时间很晚的形容词。 [5] 股:这里是“只”的意思。 [6] 仪宾:明代对亲王、郡王的女婿的称呼。 [7] 衡府:指明宪宗(朱见深)的儿子衡恭王朱祐楎家。朱祐楎当时被封在青州。 [8] 把:拿着。又有调弄、驯养的意思,如下文“请把之”“辄放民间把鹑者”等。[9] 踌躇:形容疑虑不决的样子。 [10] 介:有志气,不苟取。 [11] 直:这里同“价值”的“值”。 [12] 遗泽:人手常常抚摩的东西,表面有了光滑的样子,叫作“泽”。“遗泽”,指人死后留下来可以作纪念的物品。 [13] 缱绻:指男女间的缠绵要好。后文《莲香》篇“绸缪”“款昵”,《狐梦》篇“款曲”,《荷花三娘子》篇“款洽”,《阿绣》篇“款接”,义同。 [14] 负败絮:穿着破棉袄。[15] 菜色黯焉:只有蔬菜可吃,以致脸上现出营养不良的青黄色,这种脸色叫作“菜色”。“黯”,心情颓丧,无精打采的样子。 [16] 一:竟然、竟至于的意思。后文《陆判》篇“生死一耳”,“一”,同样、一样的意思。 [17] 败:毁坏的意思。 [18] 聊生:过活,维持生计。 [19] 饮泣:眼泪流到嘴里。形容悲哀过甚,哭不出声音来。 [20] 姑:这里是姑且的意思。 [21] 质:抵押,当。 [22] 市:这里作购买解释。下文“市葛”“每市一鹑”“王必欲市之”,“市”,义均同。 [23] 仰屋:抬头看着屋顶,形容穷得没有办法的样子。 [24] 诵:称道,述说。 [25] 姑事之:把她当作婆婆一样作服侍。[26] 籴(dí):买进粮食。 [27] 拳拳:形容诚恳的样子。 [28] 乌:如何,怎么,哪里。 [29] 端:古代度量单位,有一丈六尺、两丈、六丈等不同的说法。通常以“一端”指一匹。 [30] 囊:这里作动词用,装盛在囊里的意思。[31] 委顿:形容疲困的样子。 [32] 淙淙:形容雨声。 [33] 彻暮:一直到天晚。下文“大雨彻曙”,“彻曙”,一直到天亮。 [34] 践淖(nào)没胫:

“淖”，泥地。“胫”，小腿。“践淖没胫”，意思是脚踏在烂泥里，小腿陷了下去。［35］亭午：正午。［36］翔贵：形容物价盘旋上涨，有如鸟的盘旋上飞。［37］窃：私下，暗自。［38］先是：本来，早些时候。［39］贝勒：清代给予皇族和蒙古外藩的一种封爵，比郡王低一级，是“多罗贝勒”的简称，满洲话部长的意思。［40］越日：隔天。［41］下：低，落。［42］脱：这里是脱售的意思。下文“脱败”“脱斗而死”的“脱”，却作倘若、如果解释。［43］亡：失去。［44］无所为计：没有办法想，不知如何是好。下文“不知计之所出”，义同。［45］鸣：这里指喊冤、控告。［46］尤：归咎、埋怨的意思。这里“于主人何尤”，意思是怎么能怨主人；后文《司文郎》篇“不当尤人”，不应该怨别人。《鸽异》篇“虽非其尤”，“尤”却是特殊、最好的意思。［47］德：这里是感激的意思。［48］蹀踱：走来走去的样子。后文《长亭》篇“蹀躞”，义同。这里是表现焦虑不安的心情。［49］进退维谷：“谷”，山谷，指绝路。“进退维谷”，是进退两难、走投无路的意思。［50］儋：这里同“担”。［51］淋零：形容大雨后尚未完全停止的雨脚。［52］连绵：继续不断。［53］扼腕：自己的一只手抓住另一只手，是感情冲动的自然表示。这里是表示对别人失意的同情。［54］度(duó)：推测，揣量。［55］审谛：仔细地看。后文《青凤》篇“审睇”，义同。［56］英物：杰出的人和其他杰出的有生命的东西。［57］羸：这里同“赢”。［58］上元：农历正月十五元宵节。［59］角：斗，比赛，较量。［60］首肯：点头答应。［61］肩摩：肩膀互相摩擦，形容人多。［62］墀：宫殿石阶前的平台。［63］御：临，至。［64］腾踔：跳跃。［65］相将：一道，一同，互相陪伴着。［66］羽：这里是鸟的代词。［67］馁：本是饥饿的意思。这里作害怕、胆怯解释。［68］厚尔偿：“厚”，多、重的意思。“厚尔偿”，就是重重地赔偿你。［69］颉颃(xié háng)：本指上下飞翔，这里形容张翅跳跃。［70］货：售卖。［71］恒产：常业的意思，一般指不动产而言。［72］而：你。［73］重直：高价，大价钱。［74］中人之产：中等人家的财产。古时以有百金家财的为中人之产。 ［75］置：放弃，舍去。又作搁下、不理解释，如后文《小翠》篇“亦若置之”。《书痴》篇“一卷不忍置”，“置”，却引申作售卖解释。 ［76］请：含有对人作某种要求的意思。这里指请问。后文《公孙九娘》篇“儿当请诸其母”，“请”，指请求允许。《石清虚》篇“有老叟款门而请”，“请”，指请看。这一类的用法很多，不备注。 ［77］连城之璧：史书记载战国时卞和献给楚王一块璧，后来为赵国所有。秦王表示，愿意以十五座城为代价向赵国换取这块璧。见《史记》。后来就把它叫作“连城璧”。一般以“连城璧”比喻最可珍贵的东西。参看前文《叶生》篇注［75］“卞和”条。 ［78］食指：人的第二个手指叫作“食指”，有时也指人口。这里是后一意义。 ［79］何宝如之：什么宝贝能比得了它。 ［80］目：这里作动词用，看、瞧的意思。 ［81］自若：态度如常。 ［82］心愿盈溢：心满意足。［83］失时：错过机会。 ［84］怏怏：形容不满意的样子。 ［85］无已：不得已，没有办法。 ［86］怼（duì）：埋怨。 ［87］我言如何：这里是我怎么对你说的意思。 ［88］靳：这里含有掯勒、居奇的意思。原作吝惜解释。［89］治：治理的意思，引申作各种解释：这里“治装”，是整理行装；下文“治良田”，是购买良田。后文《陆判》篇“治肴果”，是备办肴果。《小翠》篇“治别院”，是收拾别院。《乔女》篇“穷治”，是严办、穷追。《黄英》篇“治菊”，是种菊、栽菊。例子很多，不备注。 ［90］起屋作器：兴建房屋，置办家具。［91］旭旦：早上太阳才出来的时候。

青　凤

太原耿氏，故大家，第宅弘阔。后凌夷[1]，楼舍连亘，半旷废之。因生怪异，堂门辄自开掩，家人恒中夜骇哗。耿患之，移居别墅[2]，留老翁门[3]焉。由此荒落益甚。或闻笑语歌吹声。耿有从子[4]去病，狂放不羁，嘱翁有所闻见，奔告之。至夜，见楼上灯光明灭，走报生。生欲入觇其异。止之，不听。门户素所习识，竟拨蒿蓬，曲折而入。登楼，殊无少异。穿楼而过，闻人语切切[5]。潜窥之，见巨烛双烧，其明如昼。一叟儒冠，南面坐；一媪相对：俱年四十余。东向一少年，可[6]二十许。右一女郎，裁[7]及笄[8]耳。酒胾[9]满案，团坐笑语。生突入，笑呼曰："有不速之客[10]一人来！"群惊奔匿。独叟出，叱问："谁何入人闺闼？"生曰："此我家闺闼，君占之。旨酒[11]自饮，不一邀主人，毋乃[12]太吝？"叟审睇曰："非主人也。"生曰："我狂生耿去病，主人之从子耳。"叟致敬曰："久仰山斗[13]。"乃揖生入，便呼家人易馔，生止之。叟乃酌客。生曰："吾辈通家[14]，座客无庸见避，还祈招饮。"叟呼："孝儿！"俄，少年自外入。叟曰："此豚儿[15]也。"揖而坐，略审门阀。叟自言："义君姓胡。"生素豪，谈议风生，孝儿亦倜傥[16]；倾吐[17]间雅相爱悦。生二十一，长孝儿二岁，因弟之[18]。叟曰："闻君祖纂《涂山外传》，知之乎？"答："知之。"叟曰："我涂山氏[19]之苗裔也。唐以后，谱系[20]犹能忆之；五代[21]而上，无传焉。幸公子一垂教也。"生略述涂山女佐禹之功，粉饰多词，妙绪泉涌。叟大喜，谓子曰："今幸得闻所未闻。公子亦非他人，可请阿母及青凤来共听之，亦令知我祖德也。"孝儿入帏中。少时，媪偕女郎出。审顾之，弱态生娇，秋波流慧，人间无其丽也。叟指妇云："此为老荆[22]。"又指女郎："此青凤，鄙人之犹女也。颇惠，所闻见，辄记不忘，故唤令听之。"生谈竟而饮，瞻顾女郎，停睇[23]不转。女觉之，辄俯其首。生隐蹑[24]莲钩，女急敛足，亦无愠怒。生神志飞扬，不能自主，拍案曰："得妇如此，南面王不易也[25]！"媪见生渐醉，益狂，与女俱起，遽搴帏去。生失望，乃辞叟出。而心萦萦[26]不能忘情于青凤也。至夜，复往，则兰麝犹芳，而凝待终宵，寂无声咳。归与妻谋，欲携家而居之，冀得一遇。妻不从。生乃自往，读于楼下。夜方凭几，一鬼披发入，面黑如漆，张目视生。生笑，染指研[27]墨自涂，灼灼然相与对视。鬼惭而去。次夜，更既深，灭烛欲寝，闻楼后发扃，辟之閛然[28]。急起窥觇，则扉半启。俄闻履声细碎，有烛光自房中出。视之，则青凤也。骤见生，骇而却退，遽阖双扉。生长跽[29]而致词曰："小生不避险恶，实以卿故。幸无他人，得一握手为笑，死不憾耳。"女遥语曰："惓惓[30]深情，妾岂不知？但叔闺训[31]严，不敢奉命。"生固哀之，云："亦不敢望肌肤之亲，但一见颜色足矣。"女似肯可，启关[32]出，捉之臂而曳之。生狂喜，相将入楼下，拥而加诸膝。女曰："幸有夙分[33]。过此一夕，即相思，无用矣。"问："何故？"曰："阿叔畏君狂，故化厉鬼以相吓，而君不动也。今已卜居[34]他所，一家皆移什物赴新居，而妾留守，明日即发。"言已欲去，云："恐叔归。"生强止之，欲与为欢。

方持论[35]间，叟掩入。女羞惧无以自容，俯首倚床，拈带不语。叟怒曰："贱辈辱吾门户！不速去，鞭挞且[36]从其后！"女低头急去。叟亦出。尾而听之，呵诟[37]万端。闻青凤嘤嘤[38]啜泣。生心意如割，大声曰："罪在小生，于青凤何与[39]？倘宥凤也，刀锯铁钺[40]，小生愿身受之！"良久，寂然。生乃归寝。自此第内绝不复声息矣。生叔闻而奇之，愿售以居，不较直。生喜，携家口而迁焉。居逾年，甚适，而未尝须臾忘凤也。会清明，上墓归，见小狐二，为犬逼逐，其一投荒窜去；一则皇急道上，望见生，依依[41]哀啼，葛耳辑首[42]，似乞其援。生怜之，启裳衿，提抱以归。闭门，置床上，则青凤也。大喜，慰问。女曰："适与婢子戏，遘[43]此大厄。脱非郎君，必葬犬腹。望无以非类见憎。"生曰："日切怀思，系于魂梦。见卿，如获异宝，何憎之云！"女曰："此天数也，不因颠复，何得相从。然幸矣，婢子必以妾为已死，可与君坚[44]永约耳。"生喜，另舍舍之[45]。积二年余，生方夜读，孝儿忽入。生辍读，讶诘所来。孝儿伏地怆然[46]曰："家君有横难[47]，非君莫拯。将自诣恳，恐不见纳，故以某来。"问："何事？"曰："公子识莫三郎否？"曰："此吾年家子[48]也。"孝儿曰："明日将过，倘携有猎狐，望君之留之也。"生曰："楼下之羞，耿耿[49]在念，他事不敢预闻。必欲仆效绵薄[50]，非青凤来不可！"孝儿零涕曰："凤妹已野死三年矣！"生拂衣曰："既尔[51]，则恨滋深耳！"执卷高吟，殊不顾瞻。孝儿起，哭失声[52]，掩面而去。生如青凤所，告以故。女失色，曰："果救之否？"曰："救则救之。适不之诺[53]者，亦聊以报前横[54]耳。"女乃喜，曰："妾少孤[55]，依叔成立[56]。

昔虽获罪，乃家范[57]应尔。”生曰：“诚然。但使人不能无介介[58]耳。卿果死，定不相援！”女笑曰：“忍哉！”次日，莫三郎果至，镂膺虎韔[59]，仆从甚赫[60]。生门逆之。见获禽甚多，中一黑狐，血殷毛革[61]；抚之，皮肉犹温。便托[62]裘敝，乞得缀补。莫慨然解赠。生即付青凤。乃与客饮。客既去，女抱狐于怀，三日而苏，展转[63]复化为叟。举目见凤，疑非人间。女历言其情。叟乃下拜，惭谢前愆。喜顾女曰：“我固谓汝不死，今果然矣。”女谓生曰：“君如念妾，还乞以楼宅相假，使妾得以申返哺[64]之私。”生诺之。叟赧然谢别而去。入夜，果举家来。由此如家人父子，无复猜忌矣。生斋居[65]，孝儿时共谈宴。生嫡出子[66]渐长，遂使傅[67]之；盖循循[68]善教，有师范焉。

【注释】

[1] 凌夷：同“陵夷”。“陵”，丘陵，土山。“夷”，平。“陵夷”，像丘陵一样地渐渐低下，引申作衰微、没落的意思解释，犹如说走下坡路。 [2] 别墅：在正式住宅以外的专供游息的园林。后文《狐梦》篇“别业”，义同。 [3] 门：这里作动词用，是守门、看门的意思。 [4] 从子：侄。后文《公孙九娘》篇“犹子”，义同。本篇下文中“犹女”就是侄女。 [5] 切切：轻细声音的形容词。[6] 可：大约，差不多。 [7] 裁：这里同“才”。 [8] 及笄（jī）：指女子到了十五岁左右的年龄。“笄”，簪子。“及笄”，到了戴簪子的时候。古时女子年十五岁，就要把头发用簪子簪起来，表示已经成年了。 [9] 胾（zì）：大块肉。 [10] 不速之客：“速”，邀请。“不速之客”，不请自来的客人。[11] 旨酒：美酒。 [12] 毋乃：未免、岂不、只怕。 [13] 久仰山斗：“山”，泰山。“斗”，北斗。“久仰山斗”是说仰望人如同仰望泰山北斗的高一样。表示钦慕的客气话。《新唐书·韩愈传赞》：“学者仰之，如泰山北斗。”[14] 通家：指彼此世代有极亲密交情的人家。 [15] 豚儿：对人称自己的

儿子的谦词。 [16] 倜傥(tì tǎng):形容豪爽而不拘束的样子。 [17] 倾吐:无所不谈的意思。 [18] 弟之:把他当作弟弟。“弟”,在这里作动词用。[19] 涂山氏:神话传说:禹在涂山娶狐女为妻,叫作涂山氏。见《吴越春秋》。[20] 谱系:“谱”,家谱。“谱系”,家世的系统。 [21] 五代:历史上有好几个五代,这里应指梁、陈、齐、周、隋。 [22] 老荆:犹如说老妻。东汉梁鸿妻孟光,服饰俭朴,荆钗布裙;最初本以“荆钗”赞扬妇女服饰俭朴的美德,后来却作为贫寒的代词,因而称自己的妻子为“荆妻”,省称“荆”,成为谦词。后文《陆判》篇“山荆”,《公孙九娘》篇“荆人”,义均略同。 [23] 停睇:目不转睛地看着。后文《阿宝》篇“凝睇”,义同。 [24] 蹑:踹。 [25] 南面王不易也:“南面王”,指帝王,参看前文《偷桃》篇注[9]“南面者”条。“易”,交换。这句是说,即使别人用帝王的位置来交换,他也不肯答应。 [26] 萦萦:形容牵挂、缠绕着的样子。 [27] 研:这里同“砚”。 [28] 閛(pēng)然:形容开门、关门的声音。这里指开门。 [29] 长跽:长跪。 [30] 惓惓:这里同“拳拳”。见《王成》篇注[27]。 [31] 闺训:封建社会中规定妇女应该遵守的一套道德标准,叫作“闺训”。 [32] 关:指门,也可作门闩解释。后文《陆判》篇“叩关”,“关”指门;《荷花三娘子》篇“拔关出视”,“关”指门闩。 [33] 夙分:旧缘,前缘。后文《莲香》篇“宿因”,《狐谐》篇“夙因”,义同。 [34] 卜居:选择住宅。 [35] 持论:争执,各说各的理。 [36] 且:将,即。[37] 呵诟:责骂。后文《莲香》篇“呵谯”,《小翠》篇“诟让”“诟厉”,《贾奉雉》篇“谯呵”,《长亭》篇“诟谇”,义同。 [38] 嘤嘤:本是鸟鸣声,这里形容轻微的哭声。 [39] 何与(yǔ):“与”,关连,关系。“何与”,何干、有什么关系的意思。后文《陆判》篇“无与朱孝廉”,就是同朱孝廉无干。《辛十四娘》篇“老夫不与焉”,“与”,却是参与的意思。“不与”,不参加意见,不作主张。[40] 𫓧钺:“𫓧”,同“斧”;“钺”,大斧。都是古代的武器。 [41] 依依:形容恋恋不舍的样子。 [42] 藒耳辑首:垂耳缩头,害怕可怜的样子。“藒”,应作“阘(tà)”。 [43] 遘:遭遇。 [44] 坚:这里是使之牢靠的意思。

[45] 另舍舍之:用另外的房屋让她住下。上一“舍”字指房屋;下一“舍”字作动词用,居住的意思。 [46] 怆然:形容悲伤的样子。 [47] 横(hèng)难:意外的灾祸。 [48] 年家子:科举时代,在同一科取中的举人、进士,彼此称为“同年”;对于彼此的后辈,就叫作“年家子”。 [49] 耿耿:心里不安定、不忘记的样子。 [50] 绵薄:微弱的力量,通常用为自谦的话。 [51] 既尔:既然这样。后文《婴宁》篇“勿尔”,是不要这样。《公孙九娘》篇“勿须尔”,是用不着这样。《锦瑟》篇“无复尔”,是不要再这样。[52] 失声:哭不出声音来,形容伤心得很厉害。后文《罗刹海市》篇“生大骇失声”,“失声”,却作忍不住叫了起来解释。本篇下文“失色”,指由于惊骇以致脸上变了颜色。 [53] 不之诺:不应允他。 [54] 横(hèng):野蛮,蛮不讲理。 [55] 孤:死了父亲的子女。这里作动词用,死了父亲的意思。[56] 成立:成长,长大成人。 [57] 家范:封建社会中的治家道德标准,也叫“家规”。 [58] 介介:不愉快地记在心里。 [59] 镂膺虎韔(chàng):“镂膺”,系在马腹上的金质勒带。“虎韔”,虎皮做的弓匣子。 [60] 赫:很有声势、很有威风的样子。后文《贾奉雉》篇“赫奕”,义同。 [61] 血殷(yān)毛革:“血殷”,血污变成黑色。“毛革”,皮上的毛脱落。 [62] 托:托词,假话,说的这个、事实上却是那个的意思。 [63] 展转:“展”在这里同“辗”,形容屈伸转动的样子。又心思不定也叫“辗转”,如后文《红玉》篇“辗转空床”,可以兼有这两种解释。 [64] 返哺:传说乌是孝鸟,能够衔着食物回巢喂养老乌,这种行为就叫作“返哺”。一般用这两字比喻子女向父母的尽孝。 [65] 斋居:住在书房里。 [66] 嫡出子:“嫡”,正妻,大妇。“出”,生育。“嫡出子”,正妻所生的儿子。 [67] 傅:这里作动词用,做师傅的意思。 [68] 循循:逐渐、有次序的样子。

画　皮

太原王生，早行，遇一女郎，抱襆[1]独奔，甚艰于步[2]。急走趁[3]之，乃二八姝丽。心相爱乐，问："何夙夜踽踽[4]独行？"女曰："行道之人，不能解愁忧，何劳相问。"生曰："卿何愁忧？或可效力，不辞也。"女黯然曰："父母贪赂，鬻妾朱门[5]。嫡妒甚，朝詈而夕楚辱[6]之，所弗堪也，将远遁耳。"问："何之？"曰："在亡[7]之人，乌有定所。"生言："敝庐不远，即烦枉顾[8]。"女喜，从之。生代携襆物，导与同归。女顾室无人，问："君何无家口？"答云："斋耳。"女曰："此所良佳。如怜妾而活之，须秘密勿泄。"生诺之。乃与寝合。使匿密室，过数日而人不知也。生微[9]告妻。妻陈，疑为大家媵妾[10]，劝遣之。生不听。偶适市，遇一道士，顾生而愕，问："何所遇？"答言："无之。"道士曰："君身邪气萦绕，何言无？"生又力白。道士乃去，曰："惑哉！世固有死将临而不悟者！"生以其言异，颇疑女；转思明明丽人，何至为妖。意道士借魇禳以猎食[11]者。无何，至斋门，门内杜，不得入。心疑所作，乃逾垝垣[12]，则室门亦闭。蹑迹而窗窥之，见一狞鬼，面翠色，齿巉巉[13]如锯，铺人皮于榻上，执采笔而绘之。已而掷笔，举皮如振衣状，披于身，遂化为女子。睹此状，大惧，兽伏[14]而出。急追道士，不知所往。遍迹[15]之，遇于野，长跪乞救。道士曰："请遣除之。此物亦良苦，甫能觅代者，予亦不忍伤其生。"乃以蝇拂[16]授生，令挂寝门。临别约会于青帝[17]庙。生归，不敢入斋，乃寝内室，悬拂焉。一更许，闻门外戢戢[18]有声。自不敢窥也，使妻窥之。但见女子来，望拂子不敢进，立而切齿，良久乃去。少时，复来，骂曰："道士吓我！终不然，宁入口而吐之耶！"取拂碎之，坏寝门而入，径登生床，裂生腹，掬生心而去。妻号。婢入烛之，生已死，腔血狼藉[19]。陈骇涕不敢声[20]。明日，使弟二郎奔告道士。道士怒曰："我固怜之，鬼子乃敢尔！"即从生弟来。女子已失所在。既而仰首四望，曰："幸遁未远。"问："南院谁家？"二郎曰："小生所舍也。"道士曰："现在君所。"二郎愕然，以为未有。道士问曰："曾否有不识者一人来？"答曰："仆早赴青帝庙，良不知。当归问之。"去，少顷而返，曰："果有之。晨间，一妪来，欲佣为仆家操作；室人[21]止之，尚在也。"道士曰："即是物矣。"遂与俱往，仗木剑，立庭心，呼曰："孽魅偿我拂子来！"妪在室惶遽无色[22]，出门欲遁。道士逐击之。妪仆，人皮划然[23]而脱，化为厉鬼[24]，卧嗥[25]如猪。道士以木剑枭其首[26]。身变作浓烟，匝地作堆[27]。道士出一葫芦，拔其塞，置烟中，飗飗然[28]如口吸气，瞬息烟尽。道士塞口入囊。共视人皮，眉目手足，无不备具。道士卷之，如卷画轴声，亦囊之。乃别，欲去。陈氏拜迎于门，哭求回生之法。道士谢不能。陈益悲，伏地不起。道士沈思曰："我术浅，诚不能起死。我指一人，或能之，往求必合[29]有效。"问："何人？"曰："市上有疯者，时卧粪土中。试叩而哀之。倘狂辱夫人，夫人勿怒也。"二郎亦习知之；乃别道士，与嫂俱往。见乞人颠歌道上，鼻涕三尺，秽不可近。陈膝行[30]而前。乞人笑曰："佳人爱我乎？"陈告之故。又大笑曰："人尽夫也，活之何为！”陈固哀之。乃曰：“异哉！人死而乞活于我。我阎摩[31]耶？”怒以杖击陈，陈忍痛受之。市人渐集，如堵。乞人咯痰唾盈把[32]，举向陈吻曰：“食之！”陈红涨于面，有难色。既思道士之嘱，遂强啖[33]焉：觉入喉中，硬如团絮，格格而下，停结胸间。乞人大笑曰：“佳人爱我哉！”遂起，行已不顾。尾之，入于庙中。迫而求之，不知所在，前后冥搜[34]，殊无端兆[35]。惭恨而归。既悼夫亡之惨，又悔食唾之羞，俯仰哀啼，但愿即死。方欲展血[36]敛尸，家人伫望，无敢近者。陈抱尸收肠，且理且哭。哭极声嘶，顿欲呕，觉鬲[37]中结物，突奔而出，不及回首，已落腔中。惊而视之，乃人心也，在腔中突突[38]犹跃，热气腾蒸如烟然。大异之。急以两手合腔，极力抱挤；少懈[39]，则气氤氲[40]自缝中出。乃裂绘帛，急束之。以手抚尸，渐温。复以衾裯[41]。中夜[42]启视，有鼻息矣。天明竟活。为言：“恍惚若梦，但觉腹隐痛耳。”视破处，痂结如钱，寻愈。

异史氏曰：“愚哉世人！明明妖也，而以为美。迷哉愚人！明明忠也，而以为妄。然爱人之色而渔[43]之，妻亦将食人之唾而甘之矣。天道好还[44]，但愚而迷者不悟耳，可哀也夫！”

【注释】

［1］襆：行李、包裹、衣被之类。后文《婴宁》篇“襆被”，指铺陈卧具，打开行李，“襆”作动词用。［2］甚艰于步：走得很吃力、很困难。［3］趁：赶上前，凑上去。［4］踽(jǔ)踽：形容孤单单走路的样子。［5］朱门：从前富贵人家的大门，多半漆成红色，一般就以“朱门”为富贵人家的代词。［6］楚辱：捶打侮辱的意思。“楚”，一种四五尺高的小树，古人常用这种树的木头做教训子弟的扑具，后来就把打人的棍子叫作“楚”。有时也作动词

用，后文《婴宁》篇“鞭楚”、《鸦头》篇“楚掠”、《仇大娘》篇“楚毒”、《王十》篇“楚背”、《锦瑟》篇“榧楚”的“楚”，都是打的意思。 [7] 在亡：正在逃亡之中。 [8] 枉顾：对别人来看自己的客气话，意思是让他到自己这里来，是委屈了他的身份。 [9] 微：略略，稍微。 [10] 媵（yìng）妾：姬妾，妾婢。后文《聂小倩》篇“媵御”，义同。 [11] 猎食：谋生，找饭吃。把找饭吃的目的比如猎人打猎之希望有所获取一样，所以叫作“猎食”。 [12] 垝（guǐ）垣：“垝”，毁坏的意思。“垝垣”，是毁坏的墙，指有缺口的地方。 [13] 巉（chán）巉：本指山的高峻，这里形容牙齿的锐利。 [14] 兽伏：形容和走兽一样爬在地下。 [15] 迹：这里是追踪寻找的意思。 [16] 蝇拂：驱散蚊蝇的用具，是用马尾或麈尾做成的掸子，也叫“拂尘”“拂子”。从前道士一般都习惯拿着蝇拂。 [17] 青帝：古人迷信，认为在东、南、西、北、中央有五天帝，是太微垣里的五星座；青帝，是在东方的天帝。 [18] 戢（jí）戢：本是形容鱼唼水的声音，引申作形容和鱼唼水声相似的各种响声，这里形容鬼怪来时的响声。后文《口技》篇“戢戢然”，形容折纸的响声。 [19] 狼藉：乱七八糟的样子。传说狼睡在草上，每每把草弄得又脏又乱，所以一般用“狼藉”两字形容凌乱不整。后文《折狱》篇“则缧系数十人而狼藉之耳”，“狼藉”，却引申作糟蹋、蹂躏解释。 [20] 声：出声，做声。 [21] 室人：指妻。后文《莲香》篇“张闻其有室”的“室”，《粉蝶》篇“家室”，义同。 [22] 无色：面无人色，指因害怕而脸色惨白的样子。 [23] 划然：形容皮和肉脱离的声音。 [24] 厉鬼：恶鬼。 [25] 嗥（háo）：同“号”，呼叫。 [26] 枭其首：本是斩首悬在竿上示众的意思，这里指砍下头来。 [27] 匝地作堆：围绕在地下成为一个小堆。 [28] 飚飚然：形容风声，后文《荷花三娘子》篇“飕飕”，义同。 [29] 合：应该，可以。 [30] 膝行：跪着用两膝行走。 [31] 阎摩：也写作“阎魔”，就是迷信传说的阴间阎王。 [32] 盈把：满满的一把。后文《葛巾》篇“纤腰盈掬”，意思是细瘦的腰只有一把粗。 [33] 啖：吃。有时也作利诱解释，如后文《红玉》篇“君重啖之”，“啖”是供应食物给别人吃的意思。［34］冥搜：穷找，无处不查到的搜索。［35］端兆：迹象，消息。［36］展血：这里是打扫、清除血迹的意思。［37］鬲（gé）：就是“膈”，膈膜，胸腔和腹腔间的肉膜。“鬲中”，指胸腹之间。［38］突突：形容跳动的样子。［39］少懈：稍微懈怠一下，放松了一点。［40］氤氲（yīn yūn）：冒热气，气盛的样子。［41］衾裯（chóu）：盖被。［42］中夜：半夜。［43］渔：贪取的意思，这里指对女色方面而言。好女色的人，看到中意的女子就要设法勾引到手，犹如打鱼的人要捞取所有的鱼一样，所以叫作“渔”。［44］天道好还：这是古代的成语，含有因果循环报应的迷信说法，犹如说“一报还一报”。意思是上天很公平，你怎样对待人，上天会把你的命运安排好，也让人同样对待你。

陆 判

陵阳[1]朱尔旦，字小明。性豪放，然素钝[2]，学虽笃[3]，尚未知名。一日，文社[4]众饮。或戏之云："君有豪名，能深夜赴十王殿负得左廊判官[5]来，众当醵[6]作筵。"盖陵阳有十王殿，神鬼皆以木雕，妆饰如生。东庑有立判，绿面赤须，貌尤狞恶。或夜闻两廊拷讯声，入者毛皆森竖[7]，故众以此难[8]朱。朱笑起，径去。居无何，门外大呼曰："我请髯宗师[9]至矣！"众皆起。俄，负判入，置几上，奉觞酹[10]之三[11]。众睹之，瑟缩[12]不安于座，仍请负去。朱又把酒灌地，祝曰："门生狂率不文[13]，大宗师谅不为怪。荒舍匪遥，合乘兴来觅饮，幸勿为畛畦[14]。"乃负之去。次日，众果招饮。抵暮，半醉而归，兴未阑，挑灯独酌。忽有人搴[15]帘入，视之，则判官也。朱起曰："意[16]吾殆将死矣！前夕冒渎，今来加斧锧[17]耶？"判启浓髯微笑曰："非也！昨蒙高义相订，夜偶暇，敬践达人[18]之约。"朱大悦，牵衣促坐，自起涤器爇[19]火。判曰："天道温和，可以冷饮。"朱如命，置瓶案上，奔告家人治肴果。妻闻大骇，戒勿出。朱不听，立俟治具[20]以出。易盏交酬，始询姓氏。曰："我陆姓，无名字。"与谈古典，应答如响[21]。问："知制艺否？"曰："妍媸[22]亦颇辨之。阴司诵读，与阳世略同。"陆豪饮，一举十觥[23]。朱因竟日饮，遂不觉玉山倾颓[24]，伏几醺睡。比[25]醒，则残烛昏黄，鬼客已去。自是三两日辄一来，情益洽，时抵足卧。朱献窗稿[26]，陆辄红勒[27]之，都言不佳。一夜，朱醉，先寝，陆犹自酌。忽醉梦中，觉脏腹微痛；醒而视之，则陆危坐床前，破腔出肠胃，条条整理。愕曰，“夙无仇怨，何以见[28]杀？”陆笑云：“勿惧，我为君易慧心耳。”从容纳肠已，复合之，末以裹足布束朱腰。作用毕，视榻上亦无血迹。腹间觉少麻木。见陆置肉块几上。问之，曰：“此君心也。作文不快，知君之毛窍塞耳。适在冥间，于千万心中，拣得佳者一枚，为君易之。留此，以补阙[29]数。”乃起，掩扉去。天明解视，则创缝已合，有綖[30]而赤者存焉。自是文思大进，过眼不忘。数日，又出文示陆。陆曰：“可矣。但君福薄，不能大显贵，乡、科[31]而已。”问：“何时？”曰：“今岁必魁。”未几，科试冠军；秋闱[32]果中经元[33]。同社生素揶揄之，及见闱墨[34]，相视而惊，细询始知其异。共求朱先容[35]，愿纳交陆。陆诺之。众大设[36]以待之。更初，陆至，赤髯生动，目炯炯[37]如电。众茫乎无色，齿欲相击，渐引去。朱乃携陆归饮。既醺，朱曰：“湔[38]肠伐胃，受赐已多。尚有一事欲相烦，不知可否？”陆便请命。朱曰：“心肠可易，面目想亦可更。山荆，予结发人[39]。下体颇亦不恶，但头面不甚佳丽。尚欲烦君刀斧，如何？”陆笑曰：“诺！容徐图之。”过数日，半夜来叩关。朱急起延入。烛之，见襟裹一物。诘之，曰：“君曩所嘱，向艰物色。适得一美人首，敬报君命。”朱拨视，颈血犹湿。陆立促急入，勿惊禽犬。朱虑门户夜扃。陆至，一手推扉，扉自辟。引至卧室，见夫人侧身眠。陆以头授朱抱之；自于靴中出白刃如匕首，按夫人项，着力如切腐状，迎刃而解，首落枕畔；急于生怀取美人头合项上，详审端正，而后按捺。已而移枕塞肩际，命朱瘗首静所,乃去。朱妻醒,觉颈间微麻,面颊甲错[40];搓之,得血片。甚骇。呼婢汲盥。婢见面血狼藉,惊绝。濯之,盆水尽赤。举首,则面目全非,又骇极。夫人引镜自照,错愕不能自解。朱入告之。因反复细视,则长眉掩鬓,笑靥[41]承颧,画中人也。解领验之,有红线一周,上下肉色,判然而异。先是,吴侍御[42]有女甚美,未嫁而丧二夫,故十九犹未醮[43]也。上元游十王殿,时游人甚杂,内有无赖贼,窥而艳之[44],遂阴访居里,乘夜梯入[45],穴[46]寝门,杀一婢于床下,逼女与淫。女力拒声喊。贼怒,亦杀之。吴夫人微闻闹声,呼婢往视,见尸,骇绝。举家尽起,停尸堂上,置首项侧。一门啼号,纷腾终夜。诘旦[47]启衾,则身在而失其首。遍挞侍女,谓所守不恪[48],致葬犬腹。侍御告郡[49],郡严限捕贼,三月而罪人弗得。渐有以朱家换头之异闻[50]吴公者。吴疑之,遣媪探诸其家。入见夫人,骇走以告吴公。公视女尸故存,惊疑无以自决。猜朱以左道[51]杀女。往诘朱。朱曰:"室人梦易其首,实不解其何故。谓仆杀之,则冤也。"吴不信,讼之。收家人鞫[52]之,一如朱言。郡守不能决。朱归,求计于陆。陆曰:"不难,当使伊女自言之。"吴夜梦女曰:"儿为苏溪杨大年所贼[53],无与朱孝廉。彼不艳于其妻,陆判官取儿头与之易之,是儿身死而头生也。愿勿相仇。"醒告夫人,所梦同。乃言于官。问之,果有杨大年。执而械[54]之,遂伏其罪。吴乃诣朱请见夫人,由此为翁婿。乃以朱妻首合女尸而葬焉。朱三入礼闱,皆以场规被放[55],于是灰心仕进。积三十年,一夕,陆告曰:"君寿不永[56]矣。"问其期,对以"五日"。"能相救否?"曰:"惟天所命,人何能私。且自达人观之,生死一耳,何必生之为乐、死之为悲!”朱以为然。即治衣衾棺椁。既竟,盛服而没。翌日,夫人方扶柩哭,朱忽冉冉[57]自外至。夫人惧。朱曰:“我诚鬼,不异生时。虑尔寡母孤儿,殊恋恋耳。”夫人大恸,涕垂膺。朱依依慰解之。夫人曰:“古有还魂之说,君既有灵,何不再生?”朱曰:“天数不可违也。”问:“在阴司作何务?”曰:“陆判荐我督案务,授有官爵,亦无所苦。”夫人欲再语,朱曰:“陆公与我同来,可设酒馔。”趋而出。夫人依言营备。但闻室中笑饮,亮气[58]高声,宛若生前。半夜窥之,窅然[59]已逝。自是,三数日辄一来,时而留宿缱绻,家中事就便经纪[60]。子玮,方五岁,来辄捉抱;至七八岁,则灯下教读。子亦慧,九岁能文,十五入邑庠,竟不知无父也。从此来渐疏,日月至焉[61]而已。又一夕,来,谓夫人曰:“今与卿永诀[62]矣!”问:“何往?”曰:“承帝命为太华[63]卿,行将远赴。事烦途隔,故不能来。”母子持之哭,曰:“勿尔!儿已成立,家计尚可存活,岂有百岁不拆之鸾凤耶!”顾子曰:“好为人,勿堕父业!十年后一相见耳。”径出门去,于是遂绝。后玮二十五举进士,官行人[64]。奉命祭西岳,道经华阴,忽有舆从羽葆[65],驰冲卤簿[66]。讶之。审视车中人,其父也。下马哭伏道左。父停舆曰:“官声[67]好,我目瞑矣。”玮伏不起。朱促舆行,火驰不顾。去数步,回望,解佩刀,遣人持赠。遥语曰:“佩之当贵。”玮欲追从,见舆马人从,飘忽若风,瞬息不见。痛恨良久。抽刀视之,制极精工。镌字一行,曰:“胆欲大而心欲小,智欲圆而行欲方。”玮后官至司马[68]。生五子,曰沉,曰潜,曰沕[69],曰浑,曰深。一夕,梦父曰:“佩刀宜赠浑也。”从之。浑仕为总宪[70]，有政声。

异史氏曰：“断鹤续凫[71]，矫作者妄；移花接木，创始者奇；而况加凿削于肝肠，施刀锥于颈项者哉？陆公者，可谓媸皮裹妍骨[72]矣。明季至今，为岁[73]不远，陵阳陆公犹存乎？尚有灵焉否也？为之执鞭[74]，所欣慕焉。”

【注释】

[1] 陵阳：古县名，今属安徽黄山。 [2] 钝：笨拙。 [3] 笃：深厚。 [4] 文社：科举时代，秀才讲学作文的组织。后文其他篇中也省称作“社”。 [5] 判官：官名，在唐代是节度、观察、防御诸使的幕僚。这里指迷信传说中辅佐阎王的冥官。题目“陆判”和下文“立判”的“判”字，是“判官”的省称。 [6] 醵(jù)：凑份子。 [7] 森竖：丛密如林地一根根站起来。这里“毛皆森竖”，是形容极其害怕的样子。 [8] 难(nàn)：这里是与人为难、用难题目考人的意思。 [9] 宗师：科举时代，秀才对于学使的尊称；道德文章可以为大众模范的人，也往往被尊称为“宗师”。这里指后者，客气的称呼。 [10] 酹(lèi)：把酒浇在地下祭祀鬼神叫作“酹”。后文《香玉》篇“日酹妾一杯水”，“酹”却含有浇、灌的意思。 [11] 三：三次，三回。 [12] 瑟缩：把身体紧缩在一起，害怕的样子。 [13] 不文：不文雅，粗野。 [14] 畛畦(zhěn qí)：本是田里的道路，引申为“界限”解释。这里“勿为畛畦”，就是不要分彼此的意思。通常作“畦畛”。 [15] 搴(qiān)：揭，掀。 [16] 意：推测之词，是心中想、以为、认作的意思。 [17] 加斧锧：“斧锧”，古代类似铡刀的腰斩器具。“斧”，上面的刀；“锧”，下面的板。“加斧锧”，杀害的意思。 [18] 达人：旷达、达观的人。 [19] 爇(ruò)：燃烧，点着。 [20] 具：原作餐具解释，这里指酒食。 [21] 应答如响：答复问题如同声音的回响一样。声音的回响是很快的，“应答如响”，是形容答话迅速、敏捷。 [22] 妍媸：本义是美丑，这里引申作好坏解释。 [23] 觥(gōng)：野牛角

做的酒杯。［24］玉山倾颓：比喻文雅的人喝酒醉倒的样子。［25］比：及，等到。［26］窗稿：文稿。读书人在窗下写作文章，所以称为“窗稿”。后文《司文郎》篇“窗艺”，义同。《连琐》篇“窗友”，就是同学的意思。［27］红勒：用红笔涂抹，在文句旁打杠子。［28］见：被，遭。［29］阙：这里同“缺”。［30］綖：这里同“线”。［31］乡、科：“乡试”和“科试”的省词。参看前文《叶生》篇注［6］“科试”条和注［51］“领乡荐”条。［32］秋闱：就是乡试。科举时代，农历八月里举行乡试，所以叫作“秋闱”。后文《书痴》篇“秋捷”，指中举。［33］经元：也叫“经魁”，就是乡试的前五名。明代分《五经》（《易经》《书经》《诗经》《礼记》《春秋》）取士，每一经的第一名叫作“魁首”；乡试第一名到第五名，一定要在《五经》里各取一名，所以叫作“经元”或“经魁”。后来虽然取消了分《五经》取士的方法，但习惯仍然把前五名叫作“经元”。［34］闱墨：清代乡试和会试之后，主考官从录取的卷子中，挑选他所认为优秀的作品，刊刻成书，供人观摩研究，叫作“闱墨”。［35］先容：预先介绍的意思。［36］大设：丰盛的酒食，盛大的招待宴会。［37］炯（jiǒng）炯：形容极其光亮的样子。［38］湔（jiān）：洗。［39］结发人：古时男子到了二十岁，女子到了十五岁，都要把头发结起来，算是成年。所以习惯把少年时的原配妻子叫作“结发人”。语出汉苏武诗：“结发为夫妇。”［40］甲错：皮肤皴皱的样子。［41］笑靥（yè）：酒涡。［42］侍御：官名，御史的别称，负纠察、弹劾责任的官吏。明、清时属于都察院，有左、右都御史，左、右副都御史，佥都御史，监察御史等分别。［43］醮：古代结婚时一种饮酒的礼节，引申做“结婚”解释。［44］艳之：认为美丽。［45］梯入：爬高进去。后文《莲香》篇“梯妓于垣而过之”，就是说把妓女从墙上送过去。［46］穴：这里作动词用，指挖洞。［47］诘旦：第二天早晨。［48］不恪：不敬，引申作不谨慎解释。［49］郡：指州府衙门。下文“郡守”，指知州、知府一类的官。［50］闻：这里是告诉的意思。［51］左道：邪道，邪术。［52］鞫：审讯。［53］贼：这里作动词用，杀害的意思。

［54］械：这里作动词用，用刑具拷问的意思。 ［55］以场规被放："以场规"，由于违犯场规的意思。科举考试，本以挟带文书入场或亲族任考官而不回避等为违犯场规；这里是指考卷违式，如题目写错、污损涂抹、脱落添注、抬头错误和不避皇帝的讳，等等。"放"，驱逐。"以场规被放"，因为犯了以上的错误，被将名字贴出，取消参加考试的资格。 ［56］不永：不长了。［57］冉冉：形容缓慢隐约地、闪闪地行走的样子。 ［58］亮气：爽朗的气概。 ［59］窅（yǎo）然：形容深远难见的样子。 ［60］经纪：料理，照管。［61］日月至焉：偶然来来。语出《论语》，本是孔子用来比喻弟子的"仁心"有时有、有时没有的意思。 ［62］永诀：永别。 ［63］太华：同后文的"西岳"，都指华山。 ［64］官行人："官"，这里是做官的意思。"行人"，官名。明代官署中有行人司，设官名"行人"，代表皇帝出使做种种活动。祭祀，是行人的职掌之一。 ［65］舆从羽葆："舆从"，车马前后侍奉的人。"羽葆"，用鸟毛饰成像伞一样的华盖，是官员的仪仗之一。 ［66］卤簿：本指皇帝出行时的仪从和警卫，后来也泛指一般官员的仪仗。 ［67］声：指名誉。下文"有政声"，后文《聂小倩》篇"仕进有声"，"声"，义同。 ［68］司马：从前把兵部尚书和侍郎叫作"大司马""少司马"；也以"司马"泛指兵部较高级的官员。又府同知也称"司马"。 ［69］沕：读作 mì，也可读作 wù。［70］总宪：明、清时对都察院左都御史（都察院的长官）的尊称。 ［71］断鹤续凫：语出《庄子》。"凫胫虽短，续之则忧；鹤胫虽长，断之则悲。"意思是野鸭的脚虽然短，鹤的脚虽然长，但如果硬要把野鸭的脚接上一段，鹤的脚去掉一截，那么，野鸭和鹤都要感到悲哀痛苦的。这个比喻是说事物本身有它一定的形态和作用，不可能依着人的主观意图加以改变的。这里引用这一比喻，意思却是说"断鹤续凫"的事情已经离奇，陆判却能给别人换心换头，尤其了不起。 ［72］媸皮裹妍骨：外表丑陋，内心聪明的意思。［73］为岁："岁"，年岁，通常计算时间的最大单位。"为岁"，就是"算起年岁来"的意思。 ［74］执鞭：为人赶车，是对人极度钦佩的表示。

婴　宁

王子服，莒之罗店人。早孤。绝惠，十四入泮。母最爱之，寻常不令游郊野。聘[1]萧氏，未嫁而夭[2]，故求凰[3]未就[4]也。会上元，有舅氏子吴生，邀同眺瞩。方至村外，舅家有仆来，招吴去。生见游女如云，乘兴独遨。有女郎携婢，拈[5]梅花一枝，容华绝代，笑容可掬[6]。生注目不移，竟忘顾忌。女过去数武[7]，顾婢曰："个[8]儿郎目灼灼似贼！"遗花地上，笑语自去。生拾花怅然，神魂丧失，怏怏遂返。至家，藏花枕底，垂头而睡，不语亦不食。母忧之。醮禳，益剧，肌革锐减[9]。医师诊视，投剂发表[10]，忽忽若迷。母抚问所由，嘿然不答。适吴生来，嘱密诘之。吴至榻前，生见之泪下。吴就榻慰解，渐致研诘。生具吐其实，且求谋画。吴笑曰："君意亦复痴，此愿有何难遂？当代访之。徒步于野，必非世家。如其未字[11]，事固谐矣；不然，拚[12]以重赂，计必允遂。但得痊瘳[13]，成事在我。"生闻之，不觉解颐。吴出告母，物色女子居里。而探访既穷，并无踪绪。母大忧，无所为计。然自吴去后，颜顿开，食亦略进。数日，吴复来。生问所谋。吴绐之曰："已得之矣。我以为谁何人，乃我姑氏女，即君姨妹行，今尚待聘。虽内戚[14]有昏因之嫌，实告之，无不谐者。"生喜溢眉宇，问："居何里？"吴诡曰："西南山中，去此可三十余里。"生又付嘱[15]再四，吴锐身自任而去。生由此饮食渐加，日就平复。探视枕底，花虽枯，未便[16]雕落。凝思把玩，如见其人。怪吴不至，折柬[17]招之。吴支托不肯赴召。生恚怒，悒悒[18]不欢。母虑其复病，急为议姻。略与商榷，辄摇首不愿，惟日盼吴。吴迄无耗，益怨恨之。转思三十里非遥，何必仰息他人[19]？怀梅袖中，负气[20]自往，而家人不知也。伶仃[21]独步，无可问程[22]，但望南山行去。约三十余里，乱山合沓，空翠爽肌，寂无人行，止有鸟道。遥望谷底丛花乱树中，隐隐有小里落。下山入村，见舍宇无多，皆茅屋，而意[23]甚修雅[24]。北向一家，门前皆丝柳，墙内桃杏尤繁，间[25]以修竹，野鸟格磔[26]其中。意其园亭，不敢遽入。回顾对户，有巨石滑洁，因据坐少憩。俄闻墙内有女子长呼："小荣！"其声娇细。方伫听间，一女郎由东而西，执杏花一朵，俯首自簪。举头见生，遂不复簪，含笑拈花而入。审视之，即上元途中所遇也。心骤喜，但念无以阶进[27]，欲呼姨氏，顾从无还往，惧有讹误。门内无人可问，坐卧徘徊[28]，自朝至于日昃[29]，盈盈[30]望断，并忘饥渴。时见女子露半面来窥，似讶其不去者。忽一老媪扶杖出，顾生曰："何处郎君，闻自辰刻便来，以至于今，意将何为？得勿[31]饥耶？"生急起揖之，答云："将以盼亲。"媪聋聩不闻。又大言之。乃问："贵戚何姓？"生不能答。媪笑曰："奇哉。姓名尚自不知，何亲可探？我视郎君，亦书痴耳。不如从我来，啖以粗粝，家有短榻可卧，待明朝归，询知姓氏，再来探访不晚也。"生方腹馁思啖，又从此渐近丽人，大喜。从媪入，见门内白石砌路，夹道红花片片堕阶上；曲折而西，又启一关，豆棚花架满庭中。肃客入舍，粉壁光明如镜，窗外海棠枝朵，探入室中，裀籍[32]几榻，罔不洁泽。甫坐，即有人自窗外隐约相窥。媪唤:“小荣,可速作黍[33]!”外有婢子,嗷声[34]而应。坐次[35],具展[36]宗阀。媪曰:“郎君外祖,莫姓吴否?”曰:“然。”媪惊曰:“是吾甥也! 尊堂[37],我妹子。年来以家窭贫,又无三尺男,遂至音问梗塞。甥长成如许,尚不相识。”生曰:“此来即为姨也,匆遽遂忘姓氏。”媪曰:“老身秦姓,并无诞育;弱息[38]仅存,亦为庶产[39]。渠母改醮,遗我鞠养[40]。颇亦不钝,但少教训,嬉不知愁。少顷,使来拜识。”未几,婢子具饭,雏尾盈握[41]。媪劝餐已,婢来敛具[42]。媪曰:“唤宁姑来。”婢应去。良久,闻户外隐有笑声。媪又唤曰:“婴宁! 汝姨兄在此。”户外嗤嗤笑不已。婢推之以入,犹掩其口,笑不可遏。媪嗔目[43]曰:“有客在,咤咤叱叱[44],是何景象!”女忍笑而立。生揖之。媪曰:“此王郎,汝姨子。一家尚不相识,可笑人也[45]。”生问:“妹子年几何矣?”媪未能解。生又言之。女复笑不可仰视。媪谓生曰:“我言少教诲,此可见矣。年已十六,呆痴裁如婴儿。”生曰:“小于甥一岁。”曰:“阿甥已十七矣,得非庚午属马者耶?”生首应之。又问:“甥妇阿谁?”答云:“无之。”曰:“如甥才貌,何十七岁犹未聘? 婴宁亦无姑家[46],极相匹敌,惜有内亲之嫌。”生无语,目注婴宁,不遑他瞬。婢向女小语云:“目灼灼贼腔未改。”女又大笑,顾婢曰:“视碧桃开未。”遽起,以袖掩口,细碎连步[47]而出。至门外,笑声始纵。媪亦起,唤婢襆被,为生安置。曰:“阿甥来不易,宜留三五日,迟迟送汝归。如嫌幽闷,舍后有小园,可供消遣,有书可读。”次日,至舍后,果有园半亩,细草铺毡,杨花糁[48]径。有草舍三楹,花木四合其所。穿花小步,闻树头苏苏有声,仰视,则婴宁在上,见生来,狂笑欲堕。生曰:“勿尔! 堕矣!”女且下且笑,不能自止。方将及地,失手而堕,笑乃止。生扶之,阴捘[49]其腕。女笑又作,倚树不能行,良久乃罢。生俟其笑歇,乃出袖中花示之。女接之,曰:“枯矣!何留之?”曰:“此上元妹子所遗,故存之。”问:“存之何意?”曰:“以示相爱不忘也。自上元相遇,凝思成疾,自分[50]化为异物[51],不图得见颜色,幸垂怜悯。”女曰:“此大细事!至戚何所靳惜。待兄行时,园中花,当唤老奴来,折一巨捆负送之。”生曰:“妹子痴耶?”“何便是痴?”曰:“我非爱花,爱拈花之人耳。”女曰:“葭莩[52]之情,爱何待言。”生曰:“我所谓爱,非瓜葛之爱,乃夫妻之爱。”女曰:“有以异乎?”曰:“夜共枕席耳。”女俯思良久,曰:“我不惯与生人睡!”语未已,婢潜至。生惶恐,遁去。少时,会母所。母问:“何往?”女答以:“园中共话。”媪曰:“饭熟已久,有何长言,周遮[53]乃尔?”女曰:“大哥欲我共寝。”言未已,生大窘,急目瞪之。女微笑而止。幸媪不闻,犹絮絮[54]究诘。生急以他词掩[55]之,因小语责女。女曰:“适此语不应说耶?”生曰:“此背人语。”女曰:“背他人,岂得背老母?且寝处亦常事,何讳之?”生恨其痴,无术可以悟之。食方竟,家中人捉[56]双卫[57]来寻生。先是,母待生久不归,始疑。村中搜觅几遍,竟无踪兆。因往询吴。吴忆曩言,因教于西南山村行觅。凡历数村,始至于此。生出门,适相值。便入告媪,且请偕女同归。媪喜曰:“我有志,匪伊朝夕[58]。但残躯不能远涉。得甥携妹子去,识认阿姨,大好!”呼:“婴宁!”宁笑至。媪曰:“有何喜,笑辄不辍?若不笑,当为全人。”因怒之以目。乃曰:“大哥欲同汝去,可便装束。”又饷家人酒食,始送之出。曰:“姨家田产丰裕,能养冗人。到彼且勿归,小学诗礼,亦好事翁姑。即烦阿姨为汝择一良匹[59]。”二人遂发。至山坳[60]回顾，犹依稀[61]见媪倚门北望也。抵家，母睹姝丽，惊问为谁。生以“姨女”对。母曰：“前吴郎与儿言者，诈也。我未有姊，何以得甥？”问女，女曰：“我非母出，父为秦氏。没时，儿在褓[62]中，不能记忆。”母曰：“我一姊适秦氏，良确。然殂谢[63]已久，那得复存？”因审诘面庞志赘[64]，一一符合。又疑曰：“是矣！然亡已多年，何得复存？”疑虑间，吴生至，女避入室。吴询得故，惘然久之，忽曰：“此女名婴宁耶？”生然之。吴亟称怪事。问所自知，吴曰：“秦家姑去世后，姑丈鳏[65]居，祟于狐，病瘠死。狐生女名婴宁，绷卧床上，家人皆见之。姑丈殁，狐犹时来。后求天师[66]符，粘壁间，狐遂携女去。将勿此耶？”彼此疑参[67]，但闻室中吃吃，皆婴宁笑声。母曰：“此女亦太憨生[68]。”吴请面之。母入室，女犹浓笑不顾。母促令出，始极力忍笑，又面壁移时，方出。才一展拜，翻然遽入，放声大笑。满室妇女，为之粲然[69]。吴请往觇其异，就便执柯。寻至村所，庐舍全无，山花零落而已。吴忆姑葬处仿佛[70]不远，然坟垅湮没，莫可辨识，诧叹而返。母疑其为鬼。入告吴言，女略无骇意；又吊其无家，亦殊无悲意：孜孜[71]憨笑而已。众莫之测。母令与少女同寝止，昧爽即来省问。操女红[72]，精巧绝伦[73]。但善笑，禁之亦不可止。然笑处嫣然，狂而不损其媚。人皆乐之。邻女少妇，争承迎之。母择吉将为合卺，而终恐为鬼物，窃于日中窥之，形影殊无少异。至日，使华妆行新妇礼，女笑极，不能俯仰，遂罢。生以其憨痴，恐漏泄房中隐事，而女殊密秘，不肯道一语。每值母忧怒，女至，一笑即解。奴婢小过，恐遭鞭楚，辄求诣母共话，罪婢投见，恒得免。而爱花成癖，物色遍戚党[74]；窃典金钗，购佳种：数月，阶砌藩溷无非花者。庭后有木香一架，故邻西家，女每攀登其上，摘供簪玩。母时遇见，辄呵之，女卒[75]不改。一日，西人子[76]见之，凝注倾倒[77]。女不避而笑。西人子谓女意已属[78]，心益荡。女指墙底，笑而下。西人子谓示约处，大悦。及昏而往，女果在焉。就而淫之，则阴如锥刺，痛彻于心，大号而踣。细视，非女，则一枯木卧墙边，所接乃水淋窍也。邻父闻声，急奔研问。呻而不言。妻来，始以实告。爇火烛窍，见中有巨蝎，如小蟹然。翁碎木，捉杀之。负子至家，半夜寻卒。邻人讼生，讦[79]发婴宁妖异。邑宰素仰生才，稔知其笃行士，谓邻翁讼诬，将杖[80]责之，生为乞免，逐释而出。母谓女曰："憨狂尔尔，蚤[81]知过喜而伏忧也。邑令神明，幸不牵累；设鹘突[82]官宰，必逮妇女质公堂，我儿何颜见戚里？"女正色，矢不复笑。母曰："人罔不笑，但须有时。"而女由是竟不复笑。虽故逗，亦终不笑；然竟日未尝有戚容。一夕，对生零涕。异之。女哽咽曰："曩以相从日浅，言之恐致骇怪；今日察姑及郎，皆过爱无有异心，直告或无妨乎？妾本狐产。母临去，以妾托鬼母，相依十余年，始有今日。妾又无兄弟，所恃者惟君。老母岑寂山阿，无人怜而合厝[83]之，九泉[84]辄为悼恨。君倘不惜烦费，使地下人消此怨恫[85]，庶养女者不忍溺弃[86]。"生诺之。然虑坟冢迷于荒草。女但言："无虑。"刻日夫妻舆榇[87]而往。女于荒烟错楚[88]中，指示墓处，果得媪尸，肤革犹存。女抚哭哀痛。舁归，寻秦氏墓合葬焉。是夜，生梦媪来称谢，寤而述之。女曰："妾夜见之，嘱勿惊郎君耳。"生恨不邀留。女曰："彼鬼也。生人多，阳气胜，何能久居。"生问小荣。曰："是亦狐，最黠，狐母留以视[89]妾。每摄[90]饵相哺，故德之常不去心。昨问母，云已嫁之。”由是岁值寒食[91]，夫妻登秦墓，拜扫无缺。女逾年生一子，在怀抱中，不畏生人，见人辄笑，亦大有母风[92]云。

异史氏曰：“观其孜孜憨笑，似全无心肝者，而墙下恶作剧[93]，其黠孰甚焉！至凄恋鬼母，反笑为哭，我婴宁殆隐于笑[94]者矣。窃闻山中有草，名‘笑矣乎’，嗅之则笑不可止。房中植此一种，则合欢、忘忧[95]，并无颜色矣；若解语花[96]，正嫌其作态[97]耳。”

【注释】

[1] 聘：指订婚。封建风俗，订婚时男家要向女家致送聘礼，就是“纳征”（古婚礼节目之一）的意思。后来就以“聘”为订婚的代词。 [2] 夭：早死。后文《聂小倩》篇“夭殂”，《伍秋月》篇“夭殁”，《小谢》篇“夭殒”，义同。 [3] 求凰：求妻的代词。故事传说：汉司马相如作《琴歌》挑动卓文君，中有“凤兮凤兮归故乡，遨游四海求其凰”的句子。见《琴集》。 [4] 未就：还没有成功。 [5] 拈：轻巧地拿着、捏着。 [6] 笑容可掬：“掬”，两手捧着的意思。“笑容可掬”，形容满脸的笑，好像可以用手捧着一样。 [7] 数武：半步叫作“武”。“数武”，就是几步的意思。 [8] 个：这个。 [9] 肌革锐减：指身体大大地消瘦。 [10] 发表：中医认为，有些病潜伏在人体里面，要用药把它发散表托出来，这种治病的方法叫作“发表”。例如风寒病需要服药出汗，就是“发表”的方法之一。 [11] 字：女子许嫁。 [12] 拚：拚着，含有不惜牺牲的意思，犹如说“豁出去”。 [13] 痊瘳（chōu）：病愈。 [14] 内戚：母系的亲戚。下文“内亲”，义同。古时姑表不通婚，所以文中有“内戚有婚姻之嫌”“内亲之嫌”这样的话。 [15] 付嘱：就是“嘱咐”。 [16] 未便：还没有的意思。 [17] 折柬：裁纸写信。后文《罗刹海市》篇“折

简”，义同。［18］悒悒：忧闷不乐的样子。后文各篇或作“邑邑”。［19］仰息他人：倚赖别人。就是“仰人鼻息”的意思。人呼出的鼻息是温暖的，“仰息他人”，指靠别人呼出的鼻息来温暖自己。［20］负气：赌气，闹意气。［21］伶仃：形容孤孤单单的样子。［22］程：路程。［23］意：这里指房屋建筑及其自然环境所表现出来的一种意境风格。［24］修雅：整齐幽雅。下文“间以修竹”，“修”是长的意思。后文《聂小倩》篇“愿修燕好”，“修”，实行的意思。《瑞云》篇“修贽复往”，“修”，备办的意思。［25］间(jiàn)：夹杂的意思。［26］格磔：形容鸟鸣的声音。［27］阶进：“阶”，原是一层层阶梯的意思。“阶进”，就是通过一层层关系、找出一层层理由而进去的意思。［28］徘徊：形容心神不定、走来走去的样子。后文《莲香》篇“徬徨别去”“低徊反顾”“徬徨”“低徊”，义同。［29］日昃(zè)：太阳过午的时候。［30］盈盈：对于包含有轻倩、流动的美的形容。这里形容盼望着的眼睛。后文《仙人岛》篇“秋水盈盈”，“盈盈”，是形容眼睛的美。《伍秋月》篇“盈盈然神仙不殊”，《香玉》篇“盈盈而入”，“盈盈”是形容体态的美。《罗刹海市》篇“盈盈一水”，“盈盈”是形容水流动的样子。［31］得勿：是不是、莫非、只怕的意思。下文“将勿”，后文《聂小倩》篇“将无”，义同。［32］裀籍：垫褥，坐席。后文其他篇里“茵藦”“裀褥”，义同。［33］作黍：“黍”，可以做糕酿酒的一种黄米。“作黍”，就是做饭的意思。［34］嗷(jiào)声：高响的答应声音。［35］次：指某一事件正在进行的中间的时候。这里的“坐次”，犹如说坐着的时候；后文各篇中的“言次”“饮次”，犹如说说话的时候、吃酒的时候；有时也指所处，如说“舟次”“旅次”，犹如说在船上的时候、在旅途的时候。［36］展：这里是展开谈话的意思。［37］尊堂：对人母亲的敬称。［38］息：自己生的。这里的“弱息”，和后文《仇大娘》篇“息女”，都指女儿。［39］庶产：妾生的。后文《胡四娘》篇“孽出”，义同。［40］鞠养：“鞠”也是养的意思。“鞠养”就是抚养。［41］雏尾盈握：肥鸡肥鸭之类。古人对于吃东西有种种礼制的规定，“雏尾不盈握”，指鸡鸭之类的幼禽，尾部抓着还不满一手，是属于不应该吃的东西。这里说“雏尾盈握”，就是已经肥大了的家禽。［42］敛具：收拾餐具。［43］嗔（chēn）目：怒目，瞪着眼睛。［44］咤咤叱叱：这里是形容笑声。［45］可笑人也：令人可笑的意思。［46］姑家：“姑”，“翁姑”的“姑”，就是公婆的婆。“姑家”，犹如后来说“婆家”。［47］细碎连步：形容一步接一步，走得很快，脚步却跨得很小的样子。［48］糁（sǎn）：原是把米和在羹汤里叫作“糁”。这里“杨花糁径”，是借以形容杨花和在泥土的路上；后文《锦瑟》篇“又出药糁其创”，“糁”是把药敷在创口上。［49］捘（zùn）：按，捏。［50］自分（fèn）：自己以为，自己料想。［51］异物：指死亡的人。后文《公孙九娘》篇“物故”，指死亡。［52］葭莩（jiā fú）：芦苇里面的白膜，一种很薄而粘的物质。下文“瓜葛”，指瓜和葛，是牵连很长的蔓生植物。都用以比喻疏远的亲戚。“瓜葛”，也可作关系解释，如后文《小谢》篇“素非瓜葛”，就是向无关系、非亲非故的意思。［53］周遮：形容话多的样子。后文《张氏妇》篇“啁嗻”，义同。［54］絮絮：形容接连不断地说话，含有唠叨、噜苏的意思。［55］掩：掩饰，遮盖。［56］捉：这里作牵引解释。后文《辛十四娘》篇“持驴”，“持”，义同。［57］卫：驴的别名。［58］匪伊朝夕：不止一朝一夕，就是不止一天的功夫的意思。“伊”，语助词，无义。［59］良匹：好配偶，好对象。［60］山坳（ào）：山凹里。下文“山阿”，义同。［61］依稀：仿佛，好像，似有若无。［62］褓：包裹婴孩的衣被，这里“在褓中”，指婴儿时代。下文“绷”（同绷），义同“褓”。［63］殂谢：死亡。［64］志赘：“志”，同痣；“赘”，赘疣。“志赘”，这里指人身上的特征。［65］鳏（guān）：成年人没有妻子叫作“鳏”。［66］天师：东汉张道陵传布道教，子孙世代住在江西龙虎山，以“炼丹画符，捉鬼拿妖”的迷信行为为职业。元时被封为“天师”，后代便沿用这一称号。［67］疑参：疑惑参详，研讨可疑之处。［68］太憨（hān）生：娇痴的意思。这里和后文《辛十四娘》篇“作么生”，《凤仙》篇“太瘦生”的“生”字，都是语助词。［69］粲然：形容笑的样子。

[70] 仿佛：好像、似乎的意思。《葛巾》篇“仿佛共立处坐处”，“仿佛”，有悬想、揣拟的意思。 [71] 孜（zī）孜：形容不歇的样子。 [72] 女红：“红”，这里同“工”。“女红”，指纺绩、刺绣等事。 [73] 绝伦：无比的意思。[74] 党：指亲戚，有时也可以指邻居。参看后文《红玉》篇注[70]“里党”条。[75] 卒：终于，到底。 [76] 西人子：西邻人家的儿子。 [77] 倾倒：这里是爱慕的意思。后文《罗刹海市》篇“一座无不倾倒”，“倾倒”是钦佩的意思。[78] 谓女意已属：以为女的对他已经有意。 [79] 讦（jié）：用言词攻击别人。 [80] 杖：击，打。后文《红玉》篇“杖而能起”，“杖”是扶杖的意思。[81] 蚤：这里同“早”。 [82] 鹘（hú）突：糊涂。 [83] 厝（cuò）：本义是埋葬，一般习惯也把棺材停在地面，暂时浅浅遮盖起来叫作“厝”。这里仍应照本义解释。 [84] 九泉：地下，阴间。后文《聂小倩》篇“泉壤”，《连城》篇“泉下”，义同。 [85] 恫（tōng）：悲痛。 [86] 庶养女者不忍溺弃：“溺”，淹死。封建社会里重男轻女，往往有生了女儿就把她淹死或者抛弃的恶习，所以这里这样说。 [87] 舆榇：用车子装着棺材。 [88] 错楚：丛杂的树木。 [89] 视：看待，照顾。 [90] 摄：取的意思。后文《锦瑟》篇“代摄家政”，“摄”是代理、代办的意思。 [91] 寒食：农历清明节前两天为“寒食”。古时在这一天不举火，据说是为了纪念春秋时晋人介之推的焚死绵山。习惯每年寒食到清明间为扫墓之期。 [92] 大有母风：很像母亲的样子。[93] 恶作剧：一种令人难堪的戏弄。 [94] 隐于笑：以笑来隐藏自己的真相。 [95] 合欢、忘忧：“合欢”，也叫合昏、夜合，夏天开红花的豆科植物。“忘忧”，萱草的别名，夏天开红黄色花的百合科植物。 [96] 解语花：唐玄宗称杨贵妃为“解语花”，后来一般用“解语花”比喻聪敏的美人。 [97] 作态：矫揉造作，不自然。后文《连琐》篇“作态不见客”，“作态”，指装模作样、一本正经的样子。

聂 小 倩

宁采臣，浙人。性慷爽，廉隅[1]自重。每对人言："生平无二色[2]。"适赴金华，至北郭，解装兰若。寺中殿塔壮丽，然蓬蒿没人[3]，似绝行踪。东西僧舍，双扉虚掩；惟南一小舍，扃键如新。又顾殿东隅，修竹拱把[4]，阶下有巨池，野藕已花[5]。意甚乐其幽杳。会学使案临[6]，城舍价昂，思便留止。遂散步以待僧归。日暮，有士人来，启南扉。宁趋为礼，且告以意。士人曰："此间无房主，仆亦侨居。能甘荒落，旦晚惠教，幸甚！"宁喜，藉藁[7]代床，支板作几，为久客计。是夜，月明高洁，清光似水。二人促膝[8]殿廊，各展姓字。士人自言："燕姓，字赤霞。"宁疑为赴试诸生[9]，而听其音声，殊不类浙。诘之。自言："秦人。"语甚朴诚。既而相对词竭，遂拱别归寝。宁以新居，久不成寐。闻舍北喁喁[10]，如有家口。起伏北壁石窗下，微窥之。见短墙外一小院落，有妇可四十余；又一媪，衣[11]黦绯[12]，插蓬沓[13]，鲐背[14]龙钟[15]：偶语[16]月下。妇曰："小倩何久不来？"媪云："殆好至矣。"妇曰："将无向姥姥有怨言否？"曰："不闻。但意似蹙蹙。"妇曰："婢子不宜好相识[17]！"言未已，有一十七八女子来，仿佛艳绝。媪笑曰："背地不言人。我两个正谈道，小妖婢悄来无迹响，幸不訾着短处。"又曰："小娘子端好是画中人，遮莫[18]老身是男子，也被摄魂去。"女曰："姥姥不相誉，更阿谁道好！"妇人女子又不知何言。宁意其邻人眷口，寝不复听。又许时，始寂无声。方将睡去，觉有人至寝所，急起审顾，则北院女子也。惊问之。女笑曰："月夜不寐，愿修燕好[19]。"宁正容曰："卿防物议[20]，我畏人言。略一失足，廉耻道丧。"女云："夜无知者。"宁又咄[21]之。女逡巡若复有词。宁叱："速去！不然，当呼南舍生知。"女惧，乃退。至户外，复返，以黄金一铤[22]置褥上。宁掇掷庭墀，曰："非义之物，污吾囊橐！"女惭出，拾金自言曰："此汉当是铁石。"诘旦，有兰溪生，携一仆来候试，寓于东厢，至夜暴亡，足心有小孔如锥刺者，细细有血出。俱莫知故。经宿，仆一死[23]，症亦如之。向晚，燕生归，宁质之。燕以为魅。宁素抗直[24]，颇不在意。宵分，女子复至，谓宁曰："妾阅人多矣，未有刚肠如君者。君诚圣贤，妾不敢欺。小倩，姓聂氏。十八夭殂，葬寺侧。辄被妖物威胁，历役贱务。觍颜[25]向人，实非所乐。今寺中无可杀者，恐当以夜叉来。"宁骇求计。女曰："与燕生同室可免。"问："何不惑燕生？"曰："彼奇人也，不敢近。"问："迷人若何？"曰："狎昵我者，隐以锥刺其足，彼即茫若迷，因摄血以供妖饮；又或以金，——非金也，乃罗刹[26]鬼骨，留之，能截取人心肝：二者凡以投时好耳。"宁感谢，问戒备之期。答以"明宵"。临别，泣曰："妾堕玄海[27]，求岸不得。郎君义气干云[28]，必能拔生救苦。倘肯囊妾朽骨，归葬安宅[29]，不啻再造[30]。"宁毅然诺之。因问葬处。曰："但记取白杨之上有乌巢者是也。"言已出门，纷然[31]而灭。明日，恐燕他出，早诣邀致。辰后具酒馔，留意察燕。既约同宿，辞以"性癖耽寂[32]"。宁不听，强携卧具来。燕不得已，移榻从之。嘱曰："仆知足下丈夫，倾风[33]良切。要[34]有微衷，难以遽白。幸勿翻窥箧襆，违之，两俱不利。"宁谨受教。既而各寝。燕以箱箧置窗上，就枕移时，齁[35]如雷吼。宁不能寐。近一更许，窗外隐隐有人影。俄而近窗来窥，目光睒闪[36]。宁惧，方欲呼燕。忽有物裂箧而出，耀若匹练，触折窗上石棂，欻然一射，即遽敛入，宛如电灭。燕觉而起。宁伪睡以觇之。燕捧箧捡征，取一物，对月嗅视，白光晶莹，长可二寸，径韭叶许。已而数重包固，仍置破箧中。自语曰："何物老魅，直尔大胆，致坏箧子。"遂复卧。宁大奇之，因起问之，且以所见告。燕曰："既相知爱，何敢深隐。我，剑客也。若非石棂，妖当立毙；虽然，亦伤。"问："所缄何物？"曰："剑也。适嗅之有妖气。"宁欲观之。慨出相示，荧荧然一小剑也。于是益厚重燕。明日，视窗外有血迹。遂出寺北，见荒坟累累，果有白杨，乌巢[37]其颠。迨营谋既就，趣装欲归。燕生设祖帐[38]，情义殷渥[39]。以破革囊赠宁，曰："此剑袋也，宝藏可远[40]魑魅。"宁欲从授其术。曰："如君信义刚直，可以为此。然君犹富贵中人，非此道中人也。"宁乃托有妹葬此，发掘女骨，敛以衣衾，赁舟而归。宁斋临野，因营坟葬诸斋外，祭而祝曰："怜卿孤魂，葬近蜗居，歌哭相闻，庶不见陵[41]于雄鬼。一瓯浆水饮，殊不清旨，幸不为嫌！"祝毕而返，后有人呼曰："缓待同行！"回顾，则小倩也。欢喜谢曰："君信义，十死[42]不足以报。请从归，拜识姑嫜[43]，媵御无悔。"审谛之，肌映流霞，足翘细笋[44]，白昼端相[45]，娇艳尤绝。遂与俱至斋中。嘱坐少待，先入白母。母愕然。时宁妻久病，母戒勿言，恐所骇惊。言次，女已翩然[46]入，拜伏地下。宁曰："此小倩也。"母惊顾不遑。女谓母曰："儿飘然一身，远父母兄弟。蒙公子露覆[47]，泽被发肤。愿执箕帚[48]，以报高义。”母见其绰约[49]可爱，始敢与言，曰：“小娘子惠顾吾儿，老身喜不可已。但生平止此儿，用承祧绪[50]，不敢令有鬼偶。”女曰：“儿实无二心。泉下人[51]既不见信于老母，请以兄事[52]，依高堂，奉晨昏[53]，如何？”母怜其诚，允之。即欲拜嫂。母辞以疾，乃止。女即入厨下，代母尸饔[54]。入房穿榻，似熟居者。日暮，母畏惧之，辞使归寝，不为设床褥。女窥知母意，即竟去。过斋欲入，却退，徘徊户外，似有所惧。生呼之。女曰：“室中剑气畏人。向道途之不奉见者，良以此故。”宁悟为革囊，取悬他室。女乃入，就烛下坐，移时，殊不一语。久之，问：“夜读否？妾少诵《楞严经》[55]，今强半[56]遗亡，浼求一卷，夜暇就兄正之。”宁诺。又坐，嘿然。二更向尽，不言去。宁促之。愀然曰：“异域孤魂，殊怯荒墓。”宁曰：“斋中别无床寝。且兄妹亦宜远嫌。”女起，容颦蹙[57]而欲啼，足劻儴[58]而懒步，从容出门，涉阶而没。宁窃怜之。欲留宿别榻，又惧母嗔。女朝旦朝母，捧匜沃盥[59]，下堂操作，无不曲承母志。黄昏告退，辄过斋头，就烛诵经。觉宁将寝，始惨然去。先是，宁妻病废，母劬[60]不可堪；自得女，逸甚，心德之。日渐稔，亲爱如己出，竟忘其为鬼，不忍晚令去，留与同卧起。女初来，未尝食饮；半年，渐啜稀饨[61]。母子皆溺爱之，讳言其鬼，人亦不之辨也。无何，宁妻亡，母阴有纳女意，然恐于子不利。女微窥之，乘间告母曰：“居年余，当知儿肝鬲。为不欲祸行人，故从郎君来。区区无他意，止以公子光明磊落[62]，为天人所钦瞩，实欲依赞[63]三数年，借博封诰[64]，以光泉壤[65]。”母亦知无恶，但惧不能延宗嗣。女曰：“子女惟天所授。郎君注福籍[66]，有亢宗[67]子三，不以鬼妻而遂夺[68]也。”母信之，与子议。宁喜，因列筵告戚党。或请觌新妇，女慨然华妆出，一堂尽眙[69]，反不疑其鬼，疑为仙。由是五党[70]诸内眷，咸执贽[71]以贺，争拜识之。女善画兰梅，辄以尺幅[72]酬答，得者藏什袭[73]以为荣。一日，俯颈窗前，怊怅若失[74]。忽问：“革囊何在？”曰：“以卿畏之，故缄置他所。”曰：“妾受生气已久，当不复畏。宜取挂床头。”宁诘其意。曰：“三日来，心怔忡[75]无停息。意金华妖物，恨妾远遁，恐旦晚寻及也。”宁果携革囊来。女反复审视，曰：“此剑仙将[76]盛人头者也。敝败至此，不知杀人几何许。妾今日视之，肌犹粟栗[77]。”乃悬之。次日，又命移悬户上。夜对烛坐，约宁勿寝。欻有一物，如飞鸟堕。女惊匿夹幕间。宁视之，物如夜叉状，电目血舌，睒闪攫拿[78]而前；至门却步，逡巡久之，渐近革囊，以爪摘取，似将抓裂。囊忽格然一响，大可合篑[79]，恍惚有鬼物，突出半身，揪夜叉入。声遂寂然，囊亦顿缩如故。宁骇诧。女亦出，大喜曰：“无恙矣！”共视囊中，清水数斗而已。后数年，宁果登[80]进士。女举一男。纳妾后，又各生一男。皆仕进，有声。

【注释】

[1] 廉隅：行为端正、不苟且的样子。 [2] 无二色：意思是除了妻子之外，不和第二个女人要好。 [3] 蓬蒿没人：“没”，埋没。“蓬蒿没人”，指蓬蒿长得有人那样高，把人都遮住了。 [4] 拱把：两手合围叫作“拱”，一手握住叫作“把”。“拱把”，这里是形容竹子的粗大。 [5] 花：这里作动词用，指开花。 [6] 案临：科举时代，学使在任期三年内，要分赴各府举行岁试和科试各一次，叫作“案临”。后文《辛十四娘》篇“提学试”，就是指的这一

种考试。当举行岁试、科试时,外县秀才都云集府城,租住民房,等候考试,房主在这时往往把房价抬高居奇,所以下文说“城舍价昂”。 [7] 藉藁:铺稻草。 [8] 促膝:两人对坐,膝部接近。 [9] 诸生:秀才的别称。后文《辛十四娘》篇“生员”,义同。 [10] 喁(yú)喁:形容低而密的谈话声音。 [11] 衣(yì):这里作动词用,指穿着。 [12] 黦(yè)绯:“黦”,变色。“绯”,红帛。“黦绯”,指红色的旧衣。 [13] 蓬沓:一种一尺多长的、银质的梳篦,是古时某些地方妇女头上戴的首饰。 [14] 鲐(tái)背:老年人背皮黑皱消瘦的样子。“鲐”也作“骀”。 [15] 龙钟:形容衰老的样子。 [16] 偶语:两个人对话。 [17] 好相识:客气对待的意思。 [18] 遮莫:这里是假使的意思;有时也作尽管、无论、莫非解释。 [19] 燕好:男女要好。[20] 物议:别人的议论、批评。 [21] 咄(duó):叱斥的声音。 [22] 铤:这里同“锭”。 [23] 仆一死:手稿本作“仆一死”,抄本和其他刻本作“一仆死”,疑应作“仆亦死”。 [24] 抗直:爽直,刚强不屈。 [25] 觍(tiǎn)颜:羞容,老着脸。后文《莲香》篇“觍然”,是形容惭愧的样子;又作“靦然”,义同。 [26] 罗刹:佛教的名词,指恶鬼。 [27] 玄海:佛教的名词,指苦海,比喻苦难无边。 [28] 干云:冲上云霄的意思,形容气魄的伟大。[29] 安宅:安居。 [30] 再造:再生的意思。 [31] 纷然:这里是形容脚步很乱的样子。 [32] 耽寂:欢喜清静。 [33] 倾风:“风”,丰采,风度。“倾风”,倾慕风度的意思,犹如说“久仰”。 [34] 要(yāo):总之。[35] 齁(hōu):睡熟时打呼的声音。 [36] 睒(shǎn)闪:眼光瞥视,闪烁不定的样子。后文《长亭》篇写作“睒炯”。《考弊司》篇“睒睒”,义同。[37] 巢:这里作动词用,指做窠。 [38] 祖帐:迷信传说,道路的神名祖神,出门上路的人,临行时都要祭一祭祖神,以求一路平安。后来一般就称饯行的酒宴为“祖饯”,或简称作“祖”。“祖帐”,就是指饯行的酒食张设。[39] 殷渥:亲切深厚的意思。 [40] 远:离开的意思,下文“远父母兄弟”,就是离开父母兄弟。这里却引申作使之离开,“远魑魅”,使魑魅远避。

［41］陵：欺负。［42］十死：本指十种死罪，这里指死去十次。［43］姑嫜：婆婆和公公。［44］肌映流霞，足翘细笋："肌映流霞"，脸像红霞照着一样的光彩。"足翘细笋"，脚像细笋一样的尖小。［45］端相：仔细地看。［46］翩然：形容飘忽轻捷的样子。［47］露覆："露"，膏泽。"覆"，庇荫。"露覆"，受膏泽庇荫，就是被照顾、受恩惠的意思。［48］执箕帚：指做洒扫一类的事情；后文《罗刹海市》篇"奉裳衣"，指照料穿衣；《狐梦》篇"侍巾栉"，指服侍梳洗。都是做妻子的谦辞，也都是"男尊女卑"封建礼教的反映。［49］绰约：形容苗条的样子。［50］祧（tiāo）绪："祧"，祖庙，就是祠堂。"祧绪"，指奉祀祖先的事情。这里的"承祧绪"，意思就是做后嗣、继承人。下文"宗嗣"，《红玉》篇"宗祧"，义均同。［51］泉下人：死人，鬼物。后文《连城》篇"泉下物"，义同。［52］以兄事：当作哥哥看待。这里聂小倩请求老母允许她把宁采臣当作哥哥看待，也就是请老母把她当女儿看待，因此下文有"依高堂，奉晨昏"这样的话。［53］依高堂，奉晨昏："高堂"，指父母。"奉晨昏"，早晚服侍的意思。［54］尸饔：料理饮食。［55］《楞（léng）严经》：佛经名。按佛教的说法，熟读此经，可以安心养性。［56］强半：大半。［57］颦蹙：愁眉苦脸。后文《折狱》篇"嚬蹙"，同"颦蹙"。［58］尪儴（wāng ráng）：走路时歪歪倒倒的样子。［59］捧匜（yí）沃盥（guàn）："匜"，盛水器。"沃盥"，浇洗。"捧匜沃盥"，意思是照料洗漱。［60］劬（qú）：劳苦。［61］饴（yí）：粥汤。后文《连琐》篇作"酏"，作酏是。［62］磊落：这里指胸怀坦白，后文《鸦头》篇"风度磊落"，"磊落"是形容容貌俊伟的样子。［63］依赞：依靠并帮忙。［64］封诰：明、清时，皇帝封赠臣下及其祖先、妻子的爵位名号，叫作"封典"。因爵位官阶的高低而有"诰命""敕命"的分别，通常统称为"封诰"。这里专指妻子因丈夫而得的封诰。［65］以光泉壤："光"，光荣，荣耀，这里作动词用。"泉壤"，见前文《婴宁》篇注［84］"九泉"条。"以光泉壤"，让鬼也获得荣耀的意思。［66］注福籍：迷信的宿命论说法，人一生应享受的福禄是有一定的；"注福籍"，就是福命如

何,早已在天上的簿册上注定了。又认为:因前世或今生的行善行恶,应享受的福禄也随之而有变动,如后文《仙人岛》篇“减其禄籍”,《司文郎》篇“削去禄籍”,就是说,因罪过而减少甚至取消了禄籍。 [67] 亢宗:荣宗耀祖的意思。 [68] 夺:剥夺,取消。 [69] 眙(chī):因惊异而目不转睛地看着。 [70] 五党:未详。疑系“三党”之误。人们的亲戚关系,主要是父族、母族、妻族这三方面,过去称为“三党”。 [71] 贽:我国古时礼节,亲友初次见面,学生初拜老师,都要赠送礼物,这种礼物叫作“贽”。古代多用食物或玉帛之类,后来多用钱。 [72] 尺幅:作书画之用的一尺见方大小的纸幅。 [73] 什袭:重叠的包裹。 [74] 怊怅若失:心里不痛快,好像丢了什么东西一样。 [75] 怔忡(zhēng chōng):心跳害怕的样子。 [76] 将:用此,借以。 [77] 粟粟:“粟”,小米。“粟粟”,指因害怕而皮肤上面生出像小米一样的细颗粒,就是所谓“起鸡皮疙瘩”。 [78] 攫(jué)拿:形容抓取的样子。 [79] 合篑(kuì):“篑”,盛土的竹器,如畚箕之类。“合篑”,指有两个畚箕合起来那样大。 [80] 登:这里是考取的意思,指姓名被登上了名榜。

莲　香

桑生，名晓，字子明，沂州[1]人。少孤，馆[2]于红花埠。桑为人静穆自喜。日再出，就食[3]东邻；余时坚坐而已。东邻生偶至，戏曰："君独居不畏鬼狐耶?"笑答云："丈夫何畏鬼狐！雄来吾有利剑，雌者尚当开门纳之。"邻生归，与友谋，梯妓于垣而过之，弹指叩扉。生窥问其谁，妓自言为鬼。生大惧，齿震震有声。妓逡巡自去。邻生早至生斋，生述所见，且告将归。邻生鼓掌曰："何不开门纳之?"生顿悟其假，遂安居如初。积半年，一女子夜来扣斋。生意友人之复戏也，启门延入，则倾国[4]之姝。惊问所来。曰："妾莲香，西家妓女。"埠上青楼[5]故多，信之。息烛登床，绸缪甚至。自此，三五宿辄一至。一夕，独坐凝思，一女子翩然入。生意其莲，承逆与语，觌面殊非。年仅十五六，亸[6]袖垂髫，风流秀曼，行步之间，若还若往。大愕，疑为狐。女曰："妾良家女，姓李氏。慕君高雅，幸能垂盼[7]。"生喜，握其手，冷如冰，问："何凉也?"曰："幼质单寒，夜蒙霜露，那得不尔。"既而罗襦衿解，俨然处子。女曰："妾为情缘，葳蕤之质[8]，一朝失守。不嫌鄙陋，愿常侍枕席。房中得毋有人否?"生云："无他，止一邻娼，顾亦不常至。"女曰："当谨避之。妾不与院中人等，君秘勿泄。彼来我往，彼往我来可耳。"鸡鸣欲去，赠绣履一钩，曰："此妾下体所着，弄之足寄思慕，——然有人慎勿弄也。"受而视之，翘翘如解结锥[9]。心甚爱悦。越夕，无人，便出审玩。女飘然忽至，遂相款昵。自此，每出履，则女必应念而至。异而诘之。笑曰："适当其时耳。"一夜，莲香来，惊云："郎何神气萧索[10]？"生言："不自觉。"莲便告别，相约十日。去后，李来恒无虚夕。问："君情人何久不至？"因以所约告。李笑曰："君视妾何如莲香美？"曰："可称两绝。但莲卿肌肤温和。"李变色曰："君谓'双美'，对妾云尔；渠必月殿仙人，妾定不及。"因而不欢。乃屈指计，十日之期已满，嘱勿漏，将窃窥之。次夜，莲香果至，笑语甚洽。及寝，大骇曰："殆矣！十日不见，何益惫损！保无他遇否？"生询其故。曰："妾以神气验之，脉析析[11]如乱丝，鬼症也。"次夜，李来。生问窥莲香何似。曰："美矣！妾固谓世间无此佳人，果狐也。去，吾尾之，南山而穴居。"生疑其妒，漫[12]应之。逾夕，戏莲香曰："余固不信，或谓卿狐者。"莲亟问是谁所云。笑曰："我自戏卿。"莲曰："狐何异于人？"曰："惑之者病，甚则死，是以可惧。"莲曰："不然！如君之年，房[13]后三日，精气可复，纵狐何害。设旦旦而伐之[14]，人有甚于狐者矣。天下痨尸瘵[15]鬼，宁皆狐蛊死[16]耶？虽然，必有议我者。"生力白其无。莲诘益力。生不得已，泄之。莲曰："我固怪君惫也，然何遽至此，得勿非人乎？君勿言，明宵当如渠之窥妾者。"是夜，李至，裁三数语，闻窗外嗽声，急亡去。莲入曰："君殆矣！是真鬼物！昵其美而不速绝，冥路近矣！"生意其妒，嘿不语。莲曰："固知君不能忘情，然不忍视君死。明日，当携药饵，为君一除阴毒。幸病蒂犹浅，十日恙当已。请同榻以视痊可。"次夜，果出刀圭药[17]啖生。顷刻，洞下[18]三两行，觉脏腑清虚，精神顿爽。心虽德之，然终不信为鬼病。莲香夜夜同衾偎生。生欲与合，辄拒之。数日后，肤革充盈[19]。欲别，殷殷嘱绝李，生谬应之。及闭户挑灯，辄捉履倾想，李忽至。数日隔绝，颇有怨色。生曰："彼连宵为我作巫医，请勿为怼，情好在我。"李稍怿。生枕上私语曰："我爱卿甚，乃有谓卿鬼者。"李结舌[20]良久，骂曰："必淫狐之惑君听也！若不绝之，妾不来矣！"遂呜呜饮泣。生百词慰解，乃罢。隔宿，莲香至，知李复来，怒曰："君必欲死耶？"生笑曰："卿何相妒之深？"莲益怒曰："君种死根，妾为若[21]除之，不妒者将复何如？"生托词以戏曰："彼云，前日之疾，为狐祟耳。"莲乃叹曰："诚如君言，君迷不悟，万一不虞[22]，妾百口何以自解。请从此辞。百日后当视君于卧榻中！"留之不可，怫然[23]径去。由是于李夙夜必偕。约两月余，觉大困顿。初犹自宽解；日渐羸瘠，惟饮饘粥[24]一瓯。欲归就奉养，尚恋恋不忍遽去。因循数日，沈绵[25]不可复起。邻生见其病惫，日遣馆僮馈给饮食。生至是始疑李。因谓李曰："吾悔不听莲香之言，一至于此！"言讫而瞑。移时复苏，张目四顾，则李已去，自是遂绝。生羸卧空斋，思莲香如望岁[26]。一日，方凝想间，忽有搴帘入者，则莲香也。临榻哂曰："田舍郎[27]！我岂妄哉！"生哽咽良久，自言知罪，但求拯救。莲曰："病入膏肓[28]，实无救法，姑来永诀，以明非妒。"生大悲，曰："枕底一物，烦代碎之。"莲搜得履，持就灯前，反复展玩。李女欻入，卒[29]见莲香，返身欲遁。莲以身蔽门，李窘急不知所出。生责数[30]之，李不能答。莲笑曰："妾今始得与阿姨面相质。昔谓郎君旧疾未必非妾致，今竟何如？"李俯首谢过。莲曰："佳丽如此，乃以爱结仇耶？"李即投地[31]陨泣，乞垂怜救。莲遂扶起，细诘生平。曰："妾，李通判[32]女。早夭，瘗于墙外。已死春蚕，遗丝未尽[33]。与郎偕好，妾之愿也；致郎于死，良非素心。"莲曰："闻鬼物利人死，以死后可常聚，然否？"曰："不然！两鬼相逢，并无乐处。如乐也，泉下少年郎岂少哉！"莲曰："痴哉！夜夜为之，人且不堪，而况于鬼！"李问："狐能死人，何术独否？"莲曰："是采补[34]者流，妾非其类。故世有不害人之狐，断无不害人之鬼，以阴气盛也。"生闻其语，始知狐鬼皆真。幸习常见惯，颇不为骇。但念残息如丝，不觉失声大痛。莲顾问："何以处郎君者？"李赧然逊谢。莲笑曰："恐郎强健，醋娘子要食杨梅[35]也。"李敛衽[36]曰："如有医国手[37]，使妾得无负郎君，便当埋首地下，敢复靦然于人世耶！"莲解囊出药，曰："妾早知有今。别后采药三山[38]，凡三阅月，物料始备。瘵蛊至死，投之无不苏者。然症何由得，仍以何引[39]。不得不转求效力。"问："何需？"曰："樱口中一点香唾耳。我以丸进，烦接口而唾之。"李晕生颐颊，俯首转侧而视其履。莲戏曰："妹所得意惟履耳。"李益惭，俯仰若无所容。莲曰："此平时熟技，今何吝焉？"遂以丸纳生吻，转促逼之。李不得已，唾之。莲曰："再！"又唾之。凡三四唾，丸已下咽。少间，腹殷然[40]如雷鸣。复纳一丸，乃自接唇而布以气。生觉丹田[41]火热，精神焕发。莲曰："愈矣！"李听鸡鸣，彷徨别去。莲以新瘥，尚须调摄，就食非计[42]；因将外户反关，伪示生归，以绝交往，日夜守护之。李亦每夕必至，给奉[43]殷勤，事莲犹姊，莲亦深怜爱之。居三月，生健如初，李遂数夕不至。偶至，一望即去。相对时，亦悒悒不乐。莲常留与共寝，必不肯。生追出，提抱以归，身轻若刍灵[44]。女不得遁，遂着衣偃卧，蜷[45]其体，不盈二尺。莲益怜之。阴使生狎抱之，而撼摇亦不得醒。生睡去。觉而索之，已杳。后十余日，更不复至。生怀思殊切，恒出履共弄。莲叹曰："窈娜[46]如此，妾见犹怜，何况男子！"生曰："昔日弄履则至，心固疑之，然终不料其鬼。今对履思容，实所怆恻。"因而泣下。先是，富室张姓，有女字燕儿。年十五，不汗[47]而死。终夜复苏，起顾欲奔。张扃户，不听出。女自言："我通判女魂，感桑郎眷注，遗舄犹存彼处。我真鬼耳，锢我何益。"以其言有因，诘其至此之由。女低徊反顾，茫不自解。或有言桑生病归者，女执辨其诬。家人大疑。东邻生闻之，逾垣往窥，见生方与美人对语。掩入逼之，张皇间已失所在。邻生骇诘。生笑曰："向固与君言，'雌者则纳之'耳。"邻生述燕儿之言。生乃启关，将往侦探，苦无由。张母闻生果未归，益奇之，故使佣媪索履。生遂出以授。燕儿得之，喜。试着之，鞋小于足者盈寸。大骇。揽镜自照，忽恍然悟己之借躯以生也者。因陈所由，母始信之。女镜[48]面大哭曰："当日形貌，颇堪自信，每见莲姊，犹增惭怍；今反若此，人也不如其鬼也！"把履号咷，劝之不解。蒙衾僵卧，食之亦不食，体肤尽肿；凡七日不食，卒不死，而肿渐消；觉饥不可忍，乃复食。数日，遍体瘙痒，皮尽脱。晨起，睡舄[49]遗堕，索着之，则硕大无朋[50]矣。因试前履，肥瘦吻合，乃喜。复自镜，则眉目颐颊，宛肖生平，益喜。盥栉见母，见者尽眙。莲香闻其异，劝生媒通之，而以贫富悬邈[51]，不敢遽进。会媪初度[52]，因从其子婿行往为寿。媪睹生名，故使燕儿窥帘[53]认客。生最后至，女骤出捉袂，欲从与俱归。母呵谯之，始惭而入。生审视宛然，不觉零涕，因拜伏不起。媪扶之，不以为侮。生出，浼女舅执柯，媪议择吉赘生。生归告莲香，且商所处。莲怅然良久，便欲别去。生大骇，泣下。莲曰："君行花烛于人家，妾从而往，亦何形颜。"生谋先与旋里，而后迎燕。莲乃从之。生以情白张。张闻其有室，怒加诮让。燕儿力白之，乃如所请。至日，生往亲迎[54]，家中备具，颇甚草草[55]。及归，则自门达堂，悉以罽毯[56]贴地，百千笼烛，灿列如锦。莲香扶新妇入青庐[57]。搭面[58]既揭，欢若生平。莲陪卺饮，细诘还魂之异。燕曰："尔日[59]抑郁无聊，徒以身为异物，自觉形秽。别后，愤不归墓，随风漾泊。每见生人则羡之。昼凭草木，夜则信足浮沉。偶至张家，见少女卧床上，近附之，未知遂能活也。"莲闻之，嘿嘿若有所思。逾两月，莲举一子。产后暴病，日就沉绵。捉燕臂曰："敢以孽种相累，我儿即若儿。"燕泣下，姑慰藉[60]之。为召巫医，辄却之。沉痼弥留[61]，气如悬丝。生及燕儿皆哭。忽张目曰："勿尔！子乐生，我自乐死。如有缘，十年后可复得见。"言讫而卒。启衾将敛，尸化为狐。生不忍异视，厚葬之。子名狐儿，燕抚如己出。每清明，必抱儿哭诸其墓。后数年，生举于乡，家渐裕，而燕苦不育。狐儿颇慧，然单弱多疾。燕每欲生置媵。一日，婢忽白："门外一妪，携女求售。"燕呼入。卒见，大惊曰："莲姊复出耶！"生视之，真似，亦骇。问："年几何？"答云："十四。""聘金几何？"曰："老身止此一块肉，但俾得所，妾亦得啖饭处，后日老骨不至委沟壑[62]，足矣。"生优价而留之。燕握女手，入密室，撮其颔而笑曰："汝识我否？"答言："不识。"诘其姓氏，曰："妾韦姓。

父徐城卖浆者，死三年矣。”燕屈指停思，莲死恰十有四载；又审顾女仪容态度，无一不神肖者。乃拍其顶而呼曰：“莲姊，莲姊！十年相见之约，当不欺吾！”女忽如梦醒，豁然曰：“咦！”因熟视燕儿。生笑曰：“此‘似曾相识’之‘燕归来’也。”女泫然曰：“是矣！闻母言，妾生时便能言，以为不祥，犬血饮之，遂昧宿因。今日殆如梦寤。娘子其耻于为鬼之李妹耶？”共话前生，悲喜交至。一日，寒食，燕曰：“此每岁妾与郎君哭姊日也。”遂与亲登其墓。荒草离离[63]，木已拱矣[64]。女亦太息。燕谓生曰：“妾与莲姊，两世情好，不忍相离，宜令白骨同穴。”生从其言，启李冢得骸，舁归而合葬之。亲朋闻其异，吉服临穴，不期而会[65]者数百人。余庚戌[66]南游至沂，阻雨，休于旅舍。有刘生子敬，其中表亲[67]，出同社王子章所撰《桑生传》，约万余言，得卒读。此其崖略[68]耳。

异史氏曰：“嗟乎！死者而求其生，生者又求其死，天下所难得者，非人身哉？奈何具此身者，往往而置之：遂至觍然而生不如狐，泯然[69]而死不如鬼？”

【注释】

[1] 沂州：今山东临沂。 [2] 馆：这里作借寓解释。 [3] 就食：到搭伙食的地方去吃饭。 [4] 倾国：本是亡国的意思。汉李延年歌中赞美一个美人，中有两句是“一顾倾人城，再顾倾人国”，意思说她的美丽的魔力，使得帝王只要被她看一两眼，就会受到迷惑，虽然弄得亡国，也在所不惜。通常用以形容女人的美貌。后文《金和尚》篇“倾国”，却作全城解释。[5] 青楼：指妓院。下文“院中人”，指妓女。 [6] 亸(duǒ)：下垂的形象。[7] 垂盼：重视，瞧得起。也就是“垂青”“青盼”的意思。参看后文《连琐》篇

注[18]“白眼”条。 [8] 葳蕤(wēi ruí)之质:“葳蕤”,草木茂盛,叶子下垂的样子。“葳蕤之质”,比喻妇女的弱质、处女的身份。 [9] 解结锥:古人随身携带的一种工具,象骨所制,末端尖锐如锥,可以做解结之用,所以叫“解结锥”,也叫“佩觿”。 [10] 萧索:这里形容衰颓的样子。后文《狐谐》篇“萧索”,是冷落的意思。 [11] 析析:形容分散的样子。 [12] 漫:随便,姑且。这里“漫应之”,是信口答应的意思。 [13] 房:这里作动词用,指性行为。 [14] 旦旦而伐之:原是指对树木的天天砍伐,语出《孟子》。这里借指纵欲过度。 [15] 瘵(zhài):痨病。 [16] 蛊(gǔ)死:迷信说法,把蛊毒(一种特制的虫毒)放在饮食里,吃了的人就会昏狂迷惑。“蛊死”,就是受毒害而死的意思。 [17] 刀圭药:“刀圭”,古来的错刀,上面有一圈像圭璧一样,用作取药的工具。因为用刀圭取药的分量是不多的,所以“刀圭药”的意思是少量的药。 [18] 洞下:泻泄。 [19] 充盈:丰满。这里指皮肉结实。后文《黄英》篇“家幸充盈”,指财产富足。 [20] 结舌:舌头打了结,形容说不出话来。 [21] 若:你。 [22] 不虞:出乎意料之外。这里意指死亡。 [23] 怫然:形容因为意见不合而显出不高兴的样子。 [24] 饘(zhān)粥:稠厚的粥。 [25] 沈绵:形容久病而日渐沉重的样子。 [26] 望岁:农民盼望年成好,叫作“望岁”。 [27] 田舍郎:乡下人。封建社会中轻视农民,称人“田舍郎”,含有鄙贱的意味,犹如说乡巴佬、土包子。 [28] 病入膏肓(huāng):“膏”,心下面的脂肪;“肓”,鬲上面的薄膜;膏下肓上,就是心鬲之间,古人认为是药力不能够到达的地方,所以把难以治愈的病叫作“病入膏肓”。 [29] 卒(cù):这里同“猝”。 [30] 责数(shǔ):数落,列举事实来责备。 [31] 投地:俯伏地下。 [32] 通判:官名,明、清时府置通判,是辅佐知府的官员。 [33] 已死春蚕,遗丝未尽:唐李商隐有“春蚕到死丝方尽”的诗句,这里更进一步地说蚕虽死而丝未尽,比喻人虽死了,还是不能忘情。 [34] 采补:采阴补阳或采阳补阴,传说是道家借性行为以求长生的一种邪术。 [35] 醋娘子要食杨梅:这是一句歇后语:“酸上加酸。”意思是吃醋得更厉害。［36］敛衽：拉着衣襟。古人衣长及地，行礼时必须先曳起衣襟，因此，敛衽为一般的礼节；后来却作妇女一种敬礼的专称。后文《连琐》篇“敛袵”，“袵”，同“衽”。［37］医国手：有两种解释：凡是某种才能技艺为全国第一的，叫作“国手”。“医国手”，是医生中的国手，也就是全国最好的医生。又《国语》有“上医医国，其次救人”这一句话，比喻有才能的政治家，能够把国家治理好，犹如医生的治好病一样，因而也称为“医国之手”。这里是前一意义。［38］三山：指方丈、蓬莱、瀛洲三神山。神话传说，三山在东海里，是神仙住的地方，上有不死之药。见《汉书》。［39］引：“药引”的省词。中医用药，在正药之外，往往要另外加进一两样生姜、红枣之类的东西，叫作“药引”。［40］殷（yǐn）然：形容雷声和车轮声一类的响声。这里是形容腹中响声像雷鸣一样。［41］丹田：人身脐下三寸的地方。［42］非计：不是办法。［43］给奉：服侍照料。［44］刍灵：古代把草扎成人形，用来殉葬，叫作“刍灵”，有如后来的像生。［45］蜷（quán）：拳曲不伸的样子。［46］窈娜：温柔美好。［47］不汗：这里是不出汗的意思。［48］镜：这里作动词用，照镜子的意思。下文“复自镜”，“镜”，义同。［49］睡舄：从前妇女睡觉时穿的一种软底鞋。［50］无朋：无比。［51］悬邈：相差很远。［52］初度：生日。［53］窥帘：隔着帘子偷看。［54］亲迎：古代婚礼程序之一。结婚这一天，新郎先到女家行“奠雁”礼，然后回到自己家门口等候新妇到来，引进屋里，行交拜合卺礼。［55］草草：马马虎虎、简单随便，也有匆匆忙忙的意思。［56］罽（jì）毯：地毯。［57］青庐：传说南北朝时代北朝的风俗，结婚时要在门内外用青布幔为屋，在那里行婚礼，叫作“青庐”。见《酉阳杂俎》。后来便称结婚的新房为“青庐”。［58］搭面：我国古时婚礼，女子出嫁时，要用一块彩巾把头脸遮盖起来，到合卺时才揭下。这遮盖头脸的彩巾叫作“搭面”，也叫“盖头”“方巾”。［59］尔日：那一天。［60］慰藉：安慰。［61］弥留：临死将要断气的时候。［62］委沟壑：抛在山沟里。也就是路倒、路毙的意思。

［63］离离：形容草长而下垂的样子。［64］木已拱矣：墓上的树木长得可以用两手合抱了，意思是人已死得很久。［65］不期而会：事先没有约定就聚会在一起。［66］庚戌：这里指康熙九年（1670 年）。［67］中表亲：表兄弟姊妹。“中表”，内外的意思。姑母的儿女为外兄弟姊妹，舅舅、姨母的儿女为内兄弟姊妹，所以称为“中表亲”。［68］崖略：大概，大略。［69］泯（mǐn）然：形容形迹消灭的样子。

阿　宝

粤西孙子楚，名士也。生有枝指[1]。性迂讷[2]，人诳之辄信为真。或值座有歌妓，则必遥望却走。或知其然，诱之来，使妓狎逼之，则赪颜彻颈[3]，汗珠珠下滴，因共为笑。遂貌[4]其呆状，相邮传[5]作丑语，而名之"孙痴"。邑大贾某翁，与王侯埒[6]富，姻戚皆贵胄[7]。有女阿宝，绝色也。日择良匹，大家儿争委禽妆[8]，皆不当翁意。生时失俪[9]，有戏之者，劝其通媒。生殊不自揣，果从其教。翁素耳[10]其名，而贫之[11]。媒媪将出，适遇宝。问之，以告。女戏曰："渠去其枝指，余当归[12]之。"媪告生。生曰："不难！"媒去，生以斧自断其指，大痛彻心，血溢倾注，滨[13]死。过数日，始能起，往见媒而示之。媪惊，奔告女。女亦奇之，戏请再去其痴。生闻而哗辨，自谓不痴。然无由见而自剖[14]。转念：阿宝未必美如天人[15]，何遂高自位置[16]如此。由是曩念顿冷。会值清明，俗于是日，妇女出游；轻薄少年，亦结队随行，恣其月旦[17]。有同社数人，强邀生去。或嘲之曰："莫欲一观可人[18]否？"生亦知其戏己，然以受女揶揄故，亦思一见其人，忻然随众物色之。遥见有女子憩树下，恶少年环如墙堵。众曰："此必阿宝也。"趋之，果宝。审谛之，娟丽无双。少顷，人益稠，女起遽去。众情颠倒，品头题足，纷纷若狂。生独嘿然。及众他适，回视生，犹痴立故所[19]，呼之不应。群曳之曰："魂随阿宝去耶？"亦不答。众以其素讷，故不为怪，或推之、或挽之以归。

至家，直上床卧，终日不起，冥[20]如醉，唤之不醒。家人疑其失魂，招[21]于旷野，莫能效。强拍问之，则蒙昽应云："我在阿宝家。"及细诘之，又嘿不语。家人惶惑莫解。初，生见女去，意不忍舍，觉身已从之行，渐傍其衿带间，人无呵者，遂从女归。坐卧依之，夜辄与狎，意甚得。然觉腹中奇馁，思欲一返家门，而迷不知路。女每梦与人交，问其名，曰："我孙子楚也。"心异之，而不可以告人。生卧三日，气休休[22]若将澌灭[23]。家人大恐，托人婉告翁，欲一招魂其家。翁笑曰："平昔不省往还[24]，何由遗魂吾家。"家人固哀之，翁始允。巫执故服、草荐以往。女诘得其故，骇极，不听他往，直导入室，任招呼而去。巫归至门，生榻上已呻。既醒，女室之香奁什具[25]，何色何名，历言不爽。女闻之，益骇，阴感其情之深。生既离床寝，坐立凝思，忽忽若忘。每伺察阿宝，希幸一再遘之。浴佛节[26]，闻将降香[27]水月寺，遂早旦往候道左，目眩睛劳。日涉午[28]，女始至。自车中窥见生，以掺[29]手搴帘，凝睇不转。生益动，尾从之。女忽命青衣来诘姓字，生殷勤自展，魂益摇。车去，始归。归复病，冥然绝食，梦中辄呼宝名。每自恨魂不复灵。家旧养一鹦鹉，忽毙，小儿持弄于床。生自念：倘得身为鹦鹉，振翼可达女室。心方注想，身已翩然鹦鹉，遽飞而去，直达宝所。女喜而扑之，锁其肘，饲以麻子。大呼曰："姐姐勿锁！我孙子楚也。"女大骇，解其缚，亦不去。女祝曰："深情已篆[30]中心。今已人禽异类，姻好何可复圆？"鸟云："得近芳泽[31]，于愿已足。"他人饲之，不食；女自饲之，则食。女坐，则集其膝；卧，则依其床。如是三日。女甚怜之。阴使人瞷[32]生，生则僵卧气绝已三日，但心头未冰[33]耳。女又祝曰："君能复为人，当誓死相从。"鸟云："诳我！"女乃自矢。鸟侧目，若有所思。少间，女束双弯，解履床下，鹦鹉骤下，衔履飞去。女急呼之，飞已远矣。女使妪往探，则生已寤。家人见鹦鹉衔绣履来，堕地死，方共异之；生旋苏，即索履，众莫知故。适妪至，入视生，问履所在。生曰："是阿宝信誓物。借口相覆：小生不忘金诺也。"妪反命，女益奇之，故使婢泄其情于母。母审之确，乃曰："此子才名亦不恶，但有相如之贫[34]。择数年，得婿若此，恐将为显者[35]笑。"女以履故，矢不他[36]。翁媪从之。驰报生，生喜，疾顿瘳。翁议赘诸家。女曰："婿不可久处岳家。况郎又贫，久益为人贱[37]。儿既诺之，处蓬茆[38]而甘，藜藿[39]不怨也。"生乃亲迎成礼，相逢如隔世欢。自是家得奁妆，小阜[40]，颇增物产。而生痴于书，不知理家人生业；女善居积[41]，亦不以他事累生。居三年，家益富。生忽病消渴[42]，卒。女哭之痛，泪眼不晴[43]，至绝眠食，劝之不纳，乘夜自经[44]。婢觉之，急救而醒，终亦不食。三日，集亲党[45]，将以敛生。闻棺中呻以息，启之，已复活。自言："见冥王，以生平朴诚，命作部曹[46]。忽有人白：'孙部曹之妻将至。'王稽'鬼录[47]'，言：'此未应便死。'又白：'不食三日矣。'王顾谓：'感汝妻节义，姑赐再生。'因使驭卒控马送余还。"由此体渐平。值岁大比[48]，入闱之前，诸少年玩弄之，共拟隐僻之题七，引生僻处与语，言："此某家关节[49]，敬秘相授。"生信之，昼夜揣摩，制成七艺。众隐笑之。时典试者虑熟题有蹈袭弊，力反常经，题纸下，七艺皆符。生以是抡魁[50]。明年，举进士，授词林[51]。上[52]闻其异，召问之。生具启奏，上大嘉悦，后召见阿宝，赏赉有加焉。

异史氏曰："性痴，则其志凝：故书痴者文必工，艺痴者技必良。——世之落拓而无成者，皆自谓不痴者也。且如粉花荡产，卢雉倾家[53]，顾痴人事哉？以是知慧黠而过[54]，乃是真痴。彼孙子何痴乎？"

【注释】

[1] 枝指：手指上多长出一节岔枝，就是六指头。 [2] 讷：口齿迟钝。[3] 赪(chēng)颜彻颈："赪"，红色。"赪颜彻颈"，意思是因为害羞从脸上一直红到颈子上。 [4] 貌：这里作形容、描摹解释。 [5] 邮传：到处传播。[6] 埒：相比，相等。这里"与王侯埒富"，就是富有的程度和王侯相等。后文《续黄粱》篇"富可埒国"，指可以和国家比富。 [7] 贵胄：贵族、官僚的后裔。后文《仇大娘》篇"世胄"，《胭脂》篇"宦裔"，义同。 [8] 委禽妆：古时婚姻仪式的一节。男方向女方求婚，通过媒人，送去礼物，女方接受求婚，就收下礼物，从此婚姻约定。求婚礼物送去而被收受，叫作"纳采"；纳采意思近于后来的"订婚"。纳采的礼物之中，主要的要用雁，因为雁有固定的对象，不肯杂交，借以象征男女爱情专一。所以纳采也被称作"委禽"，"禽"就指的是雁。这里的"委禽妆"，指送去求婚的礼物。后文《公孙九娘》篇"禽仪"，和"禽妆"义同。《黄英》篇"辞不受采"，就是不肯收受求婚礼物的意思。[9] 失俪："俪"，伉俪，配偶。"失俪"，指丧妻。 [10] 耳：这里作动词用，听到的意思。 [11] 贫之：嫌他穷。 [12] 归：嫁的意思。 [13] 滨：地方靠近水边叫作"滨"，这里引申作迫近、几乎解释。 [14] 自剖：给自己分辨、解释。 [15] 天人：这里是最好看的人、像天上神仙一样的人的意思。[16] 高自位置：把自己的身份抬得很高。 [17] 恣其月旦："恣"，任意。"月旦"，东汉许劭和他的堂兄许靖，欢喜评论乡里人物，每月更换一次，叫作

"月旦评"。见《后汉书》。"恣其月旦",就是任意批评,随便评头品脚。[18] 可人:可爱的人,意中人。 [19] 故所:原来的地方。 [20] 冥:昏昧糊涂、无知无觉的样子。后文《口技》篇"内外动息俱冥","冥"是寂静无声的意思。 [21] 招:指招魂。古人迷信,认为人有病是因为魂魄落在外面的缘故;拿着病人平常服用的东西,到路旁或病人最近到过的地方,口里叫着病人的名字,唤他回来,希望这样做了之后,病就能好。这种行为,叫作"招魂"或"叫魂"。 [22] 休休:形容呼吸急促的样子,后文各篇多作"咻咻"。[23] 澌(sī)灭:涣散,消灭。 [24] 不省(xǐng)往还:由于没有交情而不通往来。"不省",不知道。 [25] 香奁什具:"香奁",匣子,一般专指妇女梳妆用的镜匣、粉匣。"什具",日常用具。 [26] 浴佛节:佛教认为农历四月初八日是佛的生日,这一天,庙里用香汤为佛沐浴,名为"浴佛节"。[27] 降香:到庙里去烧香。 [28] 涉午:过午。 [29] 掺:这里同"纤",对女人手美的形容词。 [30] 篆:雕、刻的意思。这里"篆中心",就是刻在心上,引申作深深地记住解释。 [31] 芳泽:本指妇女头上搽的油膏,后来就用以泛指女人身上的香气。后文《荷花三娘子》篇"芗泽","芗"同"香",义同。 [32] 瞯(jiàn):偷看。 [33] 冰:这里作动词用,冷的意思。[34] 相如之贫:相如,指汉司马相如。司马相如少年的时候很穷。[35] 显者:阔人。 [36] 不他:这里是不嫁别人的意思。 [37] 贱:轻视,瞧不起。 [38] 蓬茆:"茆",这里同"茅"。"蓬茆"是蓬门茅屋,指居处的简陋。 [39] 藜藿:野菜。这里指饮食的粗粝。 [40] 小阜:小康,略有财产。 [41] 居积:经营,囤积。 [42] 消渴:病名。患者身体瘦弱,时时觉得口渴,所以叫作"消渴"。就是糖尿病。 [43] 不晴:这里是不干的意思。[44] 自经:上吊,自缢。 [45] 亲党:亲戚。"党",在这里也是姻亲的意思。[46] 部曹:部里的属官。 [47] 鬼录:迷信说法,鬼世界中的户口名册,"生死簿"之类的东西。 [48] 大比:古代对乡大夫(地方官)的品学和技能,每三年考核一次,叫作"大比"。科举时代的乡、会试也是三年举行一次,所以明初把“科举年”叫作“大比之年”，后来专称乡试为“大比”。［49］关节：考生和考官勾结舞弊，如预告试题，在卷上做暗记等等，叫作“通关节”。［50］抡魁：“抡”，选择的意思。“抡魁”，就是中选为第一名。［51］授词林：“词林”，指翰林院。“授词林”是派到翰林院工作或学习，如任修撰、编修、检讨一类的官职，或当庶吉士等等。［52］上：指皇帝。［53］粉花荡产，卢雉倾家：“粉花”，代表女色。“卢雉”，代表赌博，因为“卢”和“雉”都是古来“樗蒲之戏”里的贵采。这两句话的意思是说：为了嫖赌，把家财都花完了。［54］慧黠而过：过于聪明机灵了。“过”，过分的意思。

口　技

村中来一女子，年二十有[1]四五，携一药囊，售其医[2]。有问病者，女不能自为方，俟暮夜问诸神。晚洁斗室，闭置其中。众绕门窗，倾耳寂听；但窃窃语，莫敢咳：内外动息俱冥。至半更许，忽闻帘声。女在内曰："九姑来耶？"一女子答云："来矣。"又曰："腊梅从九姑来耶？"似一婢答云："来矣。"三人絮语间杂，刺刺[3]不休。俄闻帘钩复动，女曰："六姑至矣。"乱言曰："春梅亦抱小郎子来耶？"一女子曰："拗哥子[4]，呜之不睡，定要从娘子来。——身如百钧[5]重，负累煞人！"旋闻女子殷勤声，九姑问讯声，六姑寒暄声，二婢慰劳声，小儿喜笑声，一齐嘈杂。即闻女子笑曰："小郎君亦大好耍，远迢迢抱猫儿来。"既而声渐疏。帘又响，满室俱哗，曰："四姑来何迟也？"有一小女子细声答曰："路有千里且溢[6]，与阿姑走尔许时始至；阿姑行且缓。"遂各各道温凉[7]，并移坐声，唤添坐声，参差[8]并作，喧繁满室，食顷[9]始定。即闻女子问病。九姑以为宜得参，六姑以为宜得芪，四姑以为宜得术。参酌移时，即闻九姑唤笔砚。无何，折纸戢戢然，拔笔掷帽[10]丁丁然，磨墨隆隆然；既而投笔触几，震震作响，便闻撮药包裹苏苏然。顷之，女子推帘，呼病者授药并方。反身入室，即闻三姑作别，三婢作别，小儿哑哑[11]，猫儿唔唔，又一时并起。九姑之声清以越，六姑之声缓以苍，四姑之声娇以婉，以及三婢之声，各有态响，听之了了可辨。群讶以为真神；而试其方，亦不甚效。此即所谓口技，特借之以售其术耳。然亦奇矣！

昔王心逸尝言："在都偶过市廛，闻弦歌声，观者如堵。近窥之，则见一少年，曼声度曲，并无乐器，惟以一指捺[12]颊际，且捺且讴，听之铿铿，与弦索无异。"亦口技之苗裔也。

【注释】

[1] 有：这里同"又"。 [2] 售其医：行医，以医病为业。后文《司文郎》篇"卖医"，义同。 [3] 刺刺：形容话多的样子。 [4] 拗哥子：指个性倔强的小男孩。 [5] 百钧：古时以三十斤为"钧"。"百钧"，夸大地形容很重。 [6] 溢：多余的意思。这里"千里且溢"，就是一千多里。 [7] 道温凉：寒暄，说应酬的话。 [8] 参差（cēn cī）：不整齐，这里形容声音的杂乱。 [9] 食顷：吃一顿饭的时间。后文《续黄粱》篇"约食时"，"食时"，义同。 [10] 帽：这里指笔套。 [11] 哑（yā）哑：这里是小孩初学说话的声音，后文《禽侠》篇"入巢哑哑"，"哑哑"，是鸟鸣声。 [12] 捺（nà）：按。

红　玉

广平[1]冯翁，有一子，字相如。父子俱诸生。翁年近六旬，性方鲠，而家屡空[2]。数年间，媪与子妇又相继逝，井臼[3]自操之。一夜，相如坐月下，忽见东邻女自墙上来窥。视之，美。近之，微笑。招以手，不来，亦不去。固请之，乃梯而过。遂共寝处。问其姓名。曰："妾邻女红玉也。"生大爱悦，与订永好；女诺之。夜夜往来，约半年许。翁夜起，闻子舍[4]笑语，窥之，见女；怒，唤生出，骂曰："畜产所为何事！如此落寞[5]，尚不刻苦，乃学浮荡耶？人知之，丧汝德；人不知，亦促汝寿！"生跪自投[6]，泣言知悔。翁叱女曰："女子不守闺戒，既自玷，而又以玷人！倘事一发，当不仅贻寒舍[7]羞！"骂已，愤然归寝。女流涕曰："亲庭[8]罪责，良足愧辱，我二人缘分尽矣。"生曰："父在，不得自专。卿如有情，尚当含垢为好。"女言辞决绝，生乃洒涕。女止之，曰："妾与君无媒妁之言，父母之命，逾墙钻隙[9]，何能白首[10]。此处有一佳耦，可聘也。"生告以贫。女曰："来宵相俟，妾为君谋之。"次夜，女果至，出白金[11]四十两赠生，曰："去此六十里，有吴村卫氏女，年十八矣，高其价，故未售[12]也。君重啖之，必合谐允。"言已，别去。生乘间语父，欲往相之，而隐馈金不敢告。翁自度无资，以是故止之。生又婉言："试可乃已。"翁颔[13]之。生遂假仆马，诣卫氏。卫故田舍翁。生呼出引与闲语。卫知生望族[14]，又见仪采轩豁[15]，心许之，而虑其靳于资。生听其词意吞吐，会其旨，倾囊陈几上。卫乃喜，浼邻生居间[16]，书红笺而盟焉。生入拜媪。居室逼侧[17]，女依母自幛。微睨之，虽荆布[18]之饰，而神情光艳，心窃喜。卫借舍款婿，便言："公子无须亲迎；待少作衣妆，即合舁送去。"生与订期而归。诡告翁，言："卫爱清门[19]，不责[20]资。"翁亦喜。至日，卫果送女至。女勤俭，有顺德[21]，琴瑟[22]甚笃。逾二年，举一男，名福儿。会清明，抱子登墓，遇邑绅宋氏。——宋官御史[23]，坐[24]行赇[25]，免[26]，居林下[27]，大煽[28]威虐。——是日，亦上墓归，见女艳之。问村人，知为生配。料冯贫士，诱以重赂，冀可摇。使家人风示[29]之。生骤闻，怒形于色；既思势不敌，敛怒为笑。归告翁。翁大怒，奔出，对其家人，指天画地，诟骂万端。家人鼠窜而去。宋氏亦怒，竟遣数人入生家，殴翁及子，汹若沸鼎[30]。女闻之，弃儿于床，披发号救。群篡[31]舁之，哄然便去。父子伤残，吟呻在地；儿呱呱[32]啼室中。邻人共怜之，扶之榻上。经日，生杖而能起；翁忿不食，呕血，寻毙。生大哭。抱子兴词[33]，上至督抚[34]，讼几遍，卒不得直[35]。后闻妇不屈死，益悲。冤塞胸吭，无路可伸。每思要路[36]刺杀宋，而虑其扈从[37]繁，儿又罔托。日夜哀思，双睫为之不交[38]。忽一丈夫吊诸其室，虬髯[39]阔颔，曾与无素[40]。挽坐，欲问邦族。客遽曰："君有杀父之仇、夺妻之恨，而忘报乎？"生疑为宋人之侦，姑伪应之。客怒，眦欲裂[41]，遽出，曰："仆以君人也，今乃知不足齿之伧！"生察其异，跪而挽之，曰："诚恐宋人餂[42]我。今实布腹心：仆之卧薪尝胆[43]者，固有日矣。但怜此褓中物[44]，恐坠宗祧。君义士，能为我杵臼[45]否？"

客曰:“此妇人女子之事,非所能。君所欲托诸人者,请自任之;所欲自任者,愿得而代庖[46]焉。”生闻,崩角[47]在地。客不顾而出。生追问姓字。曰:“不济[48],不任受怨;济,亦不任受德。”遂去。生惧祸及,抱子亡去。至夜,宋家一门俱寝,有人越重垣入,杀御史父子三人,及一媳一婢。宋家具状告官,官大骇。宋执[49]谓相如。于是遣役捕生。生遁,不知所之。于是情益真。宋仆同官役诸处冥搜,夜至南山,闻儿啼,迹得之,系缧[50]而行。儿啼愈嗔,群夺儿抛弃之。生冤愤欲绝。见邑令,问:“何杀人?”生曰:“冤哉!某以夜死,我以昼出;且抱呱呱者,何能逾垣杀人!”令曰:“不杀人,何逃乎?”生词穷[51],不能置辨。乃收[52]诸狱。生泣曰:“我死,无足惜;孤儿何罪?”令曰:“汝杀人子多矣;杀汝子,何怨!”生既褫革[53],屡受梏惨[54],卒无词。令是夜方卧,闻有物击床,震震有声,大惧而号。举家惊起,集而烛之,一短刀,铦[55]利如霜,剁床入木者寸余,牢不可拔。令睹之,魂魄丧失。荷戈遍索,竟无踪迹。心窃馁。又以宋人死,无可畏惧,乃详诸宪[56],代生解免,竟释生。生归,瓮无升斗[57],孤影对四壁。幸邻人怜馈食饮,苟且自度[58]。念大仇已报,则辴然喜;思惨酷之祸,几于灭门[59],则泪潸潸[60]堕;及思半生贫彻骨,宗支不续,则于无人处大哭失声,不复能自禁。如此半年,捕禁益懈。乃哀邑令,求判还卫氏之骨。既葬而归,悲怛[61]欲死,辗转空床,竟无生路。忽有款门者,凝神寂听,闻一人在门外,哝哝[62]与小儿语。生急起窥觇,似一女子。扉初启,便问:“大冤昭雪,可幸无恙!”其声稔熟,而仓卒不能追忆。烛之,则红玉也。

挽一小儿，嬉笑跨[63]下。生不暇问，抱女呜哭。女亦惨然。既而推儿曰："汝忘尔父耶?"儿牵女衣，目灼灼视生。细审之，福儿也。大惊，泣问："儿那得来?"女曰："实告君：昔言邻女者，妄也。妾实狐。适宵行，见儿啼谷口，抱养于秦。闻大难既息，故携来与君团聚耳。"生挥涕拜谢。儿在女怀，如依其母，竟不复能识父矣。天未明，女即遽起。问之。答曰："奴欲去。"生裸跪床头，涕不能仰。女笑曰："妾诳君耳！今家道新创，非夙兴夜寐[64]不可。"乃剪莽拥彗[65]，类男子操作。生忧贫乏不自给[66]。女曰："但请下帷[67]读，勿问盈歉，或当不殍[68]饿死。"遂出金治织具；租田数十亩，雇佣耕作；荷镵诛茅，牵萝补屋[69]，日以为常。里党[70]闻妇贤，益乐资助之。约半年，人烟腾茂，类素封[71]家。生曰："灰烬之余，卿白手[72]再造矣。然一事未就安妥，如何?"诘之。答云："试期已迫，巾服[73]尚未复也。"女笑曰："妾前以四金寄广文[74]，已复名在案。若待君言，误之已久。"生益神之。是科遂领乡荐。时年三十六；腴田连阡，夏屋渠渠[75]矣。女袅娜[76]如随风欲飘去，而操作过农家妇，虽严冬自苦，而手腻如脂。自言三十八岁；人视之，常若二十许人。

异史氏曰："其子贤，其父德，故其报之也侠。非特人侠，狐亦侠也。遇亦奇矣！然官宰悠悠[77]，竖人毛发[78]，刀震震入木，何惜不略移床上半尺许哉？使苏子美[79]读之，必浮白曰：'惜乎击之不中！'[80]"

【注释】

[1] 广平：明、清时府名，府治在今河北永年县。 [2] 屡空：时常一点东西都没有，意思指很穷。 [3] 井臼：这里是家事的代词。因为古时一般

的人家都要从井中汲水，用臼舂米的。［4］子舍：儿子住的房间；也可以解释作正房外的偏厢小房间。［5］落寞：本是寂寞冷淡的意思，这里指的是由于穷苦而被人瞧不起、没有人和他往来。［6］自投：自首、自己承认错误。后文《阿绣》篇"仆便自投"，"自投"，自己丢掉的意思。［7］寒舍：对人称自己的家的客气话。［8］亲庭：父亲的代称。孔子曾当庭教训儿子，后来就以父训为"庭训"，这里即以"亲庭"指父。［9］逾墙钻隙：在封建社会制度之下，婚姻必须由父母包办，经媒人说合，才是合法的。男女间的恋爱，只能暗地进行，从墙壁缝中互相窥看，跳墙来往。《孟子》："钻穴隙相窥，逾墙相从。"后来就用这个成语指一切不合于封建婚姻制度的男女结合。［10］白首：指夫妻偕老。［11］白金：银子。［12］售：这里本应作成功、实现解释。"未售"，是指那个女儿还没有许配人家。但原文两句是："高其价，故未售也。"可认作含有没有卖出去的意思。由于封建婚姻制度原有买卖性质，所以这里的"售"字也就具有双关的意义。［13］颔：点头，表示应允、默许。［14］望族：有声望的高贵家族。［15］轩豁：形容态度开朗的样子。［16］居间：做中间人、介绍人的意思。［17］逼侧：迫近、窄狭的意思。［18］荆布："荆钗布裙"的省词。［19］清门：通常指寒素的人家，这里是清白家世、书香门第的意思。［20］责：索取，苛求。［21］顺德：指妻子服从丈夫。是封建社会用以奴役女性的道德标准之一。［22］琴瑟：古代对夫妇的象征词。［23］御史：官名。参看前文《陆判》篇注[42]"侍御"条。［24］坐：入于罪、犯了法的意思。这里的"坐行赇"，就是犯了行赇（qiú）的罪。［25］行赇：用财物行贿以求免罪。［26］免：罢免，就是革职、开除。［27］林下：古人指田为"林"。"林下"，犹如说田间、乡间。官吏是在城市里的，一旦不做官了，就叫"退归林下"，意思是回乡去种田。事实上，退职的官吏很少真正去种田的，但一般还是用"林下"指退职官吏。［28］煽：这里是发挥的意思。［29］风示："风"，这里同"讽"。"风示"，是暗示、委婉曲折地示意的意思。［30］沸鼎："鼎"，古代烹饪的器具。“沸鼎”，是鼎里煮的东西滚了、开了，形容动乱嘈杂的声音。后文《促织》篇“爇香于鼎”，鼎，指香炉。 [31] 篡：夺取。 [32] 呱（gū）呱：婴儿的啼哭声。下文“呱呱者”，指婴儿。 [33] 兴词：告状。 [34] 督抚：“总督”和“巡抚”的省称。明初派大员到外地督导军务或抚慰军民，称为“总督”或“巡抚”，是临时派遣的性质；从明末到清代，就成为固定的高级地方官吏。总督是管辖一省或几省、巡抚是管辖一省的最高级官吏。总督也称作“制军”“制台”。巡抚也称作“抚台”“抚军”。总督品级略高于巡抚，但实际督抚是平行的，彼此并无统辖的关系。两者的职权很难划分，大抵总督偏重军政，巡抚偏重民政。 [35] 直：伸了冤、获得胜诉的意思。 [36] 要（yāo）路：在路上拦截的意思。 [37] 扈从：随从的人。 [38] 双睫为之不交：上下眼皮因为这个缘故而合不起来，就是不能闭眼睡觉的意思。 [39] 虬（qiú）髯：“虬”，传说中有两角的幼龙。“虬髯”，指蜷曲的络腮胡子。 [40] 无素：没有交情，从无往来。这里引申为不认识。 [41] 眦（zì）欲裂：“眦”，眼眶。“眦欲裂”，形容发怒时睁大了眼睛，好像眼眶都要裂开了。 [42] 餂（tiǎn）：套骗，钩取。 [43] 卧薪尝胆：春秋时，越王勾践，为报吴国之仇，悬胆户上，出入尝之。见《吴越春秋》。宋苏轼《拟孙权答曹操书》中有“卧薪尝胆”这样一句。这四字后来就作“时常警惕自己，忍受劳苦，准备报仇雪恨”解释。 [44] 褓中物：指婴儿。 [45] 杵臼：指公孙杵臼，春秋时晋人，赵朔的门客。屠岸贾杀死了赵朔，还想捕杀他的遗腹子。公孙杵臼和赵朔的朋友程婴想出一条计策，由公孙杵臼另外找了一个婴儿，冒充赵朔的儿子，故意抱着逃到山里；程婴假作出头告发。屠岸贾派人把公孙杵臼和孩子都捉来杀了。这样，程婴才能够把赵朔的儿子抚养成人，后来报了仇。见《史记》。这里“能为我杵臼否”，意思是说，你能带着我的儿子逃走吗？ [46] 代庖：语出《庄子》：“庖人虽不治庖，尸祝不越樽俎而代之矣。”原意是各有专司，司祷告祭神的人是不能够代替厨司工作的。后来一般以“代庖”指代人做非自己分所应为的事情。 [47] 崩角：磕响头。 [48] 济：成功。

［49］执：坚持，一口咬定的意思。［50］系缧：用绳子捆绑。［51］词穷：话没得说了。［52］收：这里作拘押解释。［53］褫革：科举时代，秀才有一定式样的制服。清时是青（黑色）领蓝衫，戴银雀顶的帽子。秀才犯了罪，必须先请学官革掉秀才的功名，不准再穿戴秀才的"衣顶"，叫作"褫革"，然后才可以动刑拷问。后文《书痴》篇"斥革衣襟"，义同。［54］梏（gù）惨："梏"，犯人手上带的刑具，就是手铐。"梏惨"，酷刑的意思。［55］铦（xiān）：锋利。［56］详诸宪：从前下级向上级官署呈报的文书叫作"详"，这里作动词用。"宪"，对上官的尊称。"详诸宪"，就是向上级呈报的意思。［57］升斗：量具，常用来量粮食。这里指少量的粮食。后文《雷曹》《黄英》篇"升斗"，义同。［58］度：度过，过活。这里"苟且自度"，是马马虎虎地活下去的意思。［59］灭门：全家被害。［60］潸（shān）潸：形容流泪的样子。后文其他篇里"潸然"，义同。［61］悲怛（dá）：悲痛，悲惨。后文《公孙九娘》篇"忉怛"，义同。［62］诶诶：形容多话的样子。［63］跨：这里同"胯"。［64］夙兴夜寐：早起晚睡，指勤劳。［65］剪莽拥彗："莽"，草。"彗"，扫帚。"剪莽拥彗"，指辛苦劳动。［66］不自给：不能养活自己。［67］下帷：放下帷幕，表示和外界隔绝的意思。指专心读书。汉代董仲舒下帷讲诵，弟子们彼此传授，有从来见不着他的面的。见《汉书》。后来就称读书不问外事为"下帷攻读"。［68］殍（piǎo）：同"莩"，饿死。［69］荷镵诛茅，牵萝补屋：掮着锄头去把草挖掉，用藤萝把茅屋的漏洞补起来。形容在困难的环境里力图兴作。［70］里党：邻居，同乡。古时以二十五家为"里"，五百家为"党"。［71］素封：并不由于做官而来的殷实、富有。［72］白手：指两手空空，没有凭借。［73］巾服：这里指秀才的头巾和制服。秀才被褫革后，就失却了参加乡试的资格。必须证明无罪，申请恢复秀才功名，穿戴起秀才的头巾和制服，然后才可以参加乡试。所以这里有"试期已迫，巾服尚未复"的话。［74］广文：明、清时对教官的通称。参看后文《菱角》篇注[4]"授教职"条。［75］夏屋渠渠："夏屋"，高

大房子。“渠渠”，形容高大房子的深广。［76］袅娜：轻盈柔美的样子。［77］悠悠：这里是荒谬糊涂的意思。后文《折狱》篇“非悠悠置之”，“悠悠”，却是形容悠闲自在，随随便便的样子。［78］竖人毛发：让人的毛发站起来，参看前文《陆判》篇注［7］“森竖”条。这里是形容痛恨。后文《向杲》篇“发指”，“指”是“直”的意思，义同。［79］苏子美：宋代文学家苏舜钦的号。［80］必浮白曰：“惜乎击之不中！”“浮白”，参看前文《自志》篇注［36］“浮白载笔”条。苏舜钦读《汉书·张良传》到“良与客狙击秦皇帝”这一段时，抚掌痛恨说：“惜乎击之不中！”就浮一大白。见《世说补》。这里因为没有杀掉县官，所以引这个故事作比喻。

连　琐

杨于畏，移居泗水之滨。斋临旷野，墙外多古墓。夜闻白杨萧萧，声如涛涌。夜阑秉烛，方复凄断，忽墙外有人吟曰："玄夜[1]凄风却倒吹，流萤惹草复沾帏。"反复吟诵，其声哀楚。听之，细婉似女子。疑之。明日，视墙外，并无人迹，惟有紫带一条遗荆棘中，拾归置诸窗上。向夜二更许，又吟如昨。杨移杌登望，吟顿辍。悟其为鬼，然心向慕之。次夜，伏伺墙头。一更向尽，有女子珊珊[2]自草中出，手扶小树，低首哀吟。杨微嗽，女忽入荒草而没。杨由是伺诸墙下，听其吟毕，乃隔壁而续之曰："幽情苦绪何人见，翠袖单寒月上时。"久之寂然，杨乃入室。方坐，忽见丽者自外来，敛衽曰："君子固风雅士，妾乃多所畏避。"杨喜，拉坐。瘦怯凝寒，若不胜衣[3]。问："何居里，久寄[4]此间？"答曰："妾，陇西人，随父流寓。十七暴疾殂谢，今二十余年矣。九泉荒野，孤寂如鹜。所吟，乃妾自作以寄幽恨者。思久不属[5]，蒙君代续，欢生泉壤。"杨欲与欢。蹙然曰："夜台[6]朽骨，不比生人，如有幽欢，促人寿数。妾不忍祸君子也。"杨乃止。戏以手探胸怀，则鸡头之肉[7]，依然处子。又欲视其裙下双钩。女俯首笑曰："狂生太罗唣[8]矣！"杨把玩之，则见月色[9]锦袜，约[10]彩线一缕；更视其一，则紫带系之。问："何不俱带？"曰："昨宵畏君而避，不知遗落何所。"杨曰："为卿易之。"遂即窗上取以授女。女惊问："何来？"因以实告。女乃去线束带。既翻案上书，忽见《连昌宫词》[11]，慨然曰："妾生时最爱读此，今视之殆如梦寐。"与谈诗文，慧黠可爱，剪烛西窗，如得良友。自此，每夜但闻微吟，少顷即至。辄嘱曰："君秘勿宣。妾少胆怯，恐有恶客见侵。"杨诺之。两人欢同鱼水，虽不至乱，而闺阁之中，诚有甚于画眉者[12]。女每于灯下为杨写书，字态端媚。又自选宫词百首，录诵之。使杨治棋枰[13]，购琵琶。每夜教杨手谈[14]。不则挑弄弦索，作"蕉窗零雨"之曲，酸人胸臆；杨不忍卒听，则为"晓苑莺声"之调，顿觉心怀畅适。挑灯作剧，乐辄忘晓。视窗上有曙色，则张皇遁去。一日，薛生造访[15]，值杨昼寝。视其室，琵琶、棋局具在，知非所善；又翻书得宫词，见字迹端好，益疑之。杨醒，薛问："戏具何来？"答："欲学之。"又问诗卷，托以"假诸友人"。薛反复检玩，见最后一叶，细字一行云："某月日连琐书。"笑曰："此是女郎小字，何相欺之甚！"杨大窘，不能置词。薛诘之益苦。杨不以告，薛执卷挟之。杨益窘，遂告之。薛求一见，杨因述所嘱。薛仰慕殷切，杨不得已诺之。夜分，女至，为致意焉。女怒曰："所言伊何[16]？乃已喋喋[17]向人？"杨以实情自白。女曰："与君缘尽矣！"杨百词慰解，终不欢，起而别去，曰："妾暂避之。"明日，薛来，杨代致其不可。薛疑支托，暮，与窗友二人来，淹留不去，故挠之，恒终夜哗，大为杨生白眼[18]，而无如何。众见数夜杳然，寖[19]有去志，喧嚣渐息。忽闻吟声，共听之，凄婉欲绝。薛方倾耳神注，内一武生[20]王某，掇巨石投之，大呼曰："作态不见客，甚得好句，呜呜恻恻，使人闷损！"吟顿止。众甚怨之。杨恚愤，见于词色。次日，始共引去。杨独宿空斋，冀女复来，而殊无影迹。逾二日，女忽至，泣曰："君致恶宾，几吓煞妾！"

杨谢过不遑。女遽出曰："妾固谓缘分尽也，从此别矣。"挽之已渺。由是月余更不复至。杨思之，形销骨立，莫可追挽。一夕，方独酌，忽女子搴帏入。杨喜极，曰："卿见宥耶？"女涕垂膺，默不一言。亟问之，欲言复忍，曰："负气去，又急而求人，难免愧恧[21]。"杨再三研诘，乃曰："不知何处来一龌龊隶，逼充媵妾。顾念清白裔，岂屈身舆台[22]之鬼。然一线弱质，乌能抗拒。君如齿妾在琴瑟之数[23]，必不听自为生活[24]。"杨大怒，愤将致死[25]，但虑人鬼殊途，不能为力。女曰："来夜早眠，妾邀君梦中耳。"于是复共倾谈，坐以达曙。女临去，嘱勿昼眠，留待夜约。杨诺之，因于午后薄饮，乘醺登榻，蒙衣偃卧。忽见女来，授以佩刀，引手去。至一院宇，方阖门语，闻有人掿[26]石挝[27]门。女惊曰："仇人至矣！"杨启户骤出，见一人，赤帽青衣，猬毛绕喙。怒咄之。隶横目相仇，言词凶谩。杨大怒，奔之。隶捉石以投，骤如急雨，中杨腕，不能握刃。方危急所[28]，遥见一人，腰矢野射，审视之，王生也。大号乞救。王生张弓急至，射之，中股；再射之，殪[29]。杨喜感谢。王问故，具告之。王自喜前罪可赎，遂与共入女室。女战惕羞缩，遥立不作一语。案上有小刀，长仅尺余，而装以金玉，出诸匣，光芒鉴影。王叹赞不释手。与杨略话，见女惭惧可怜，乃出，分手去。杨亦自归，越墙而仆，于是惊寤，听村鸡已乱鸣矣。觉腕中痛甚，晓而视之，则皮肉赤肿。亭午，王生来，便言夜梦之奇。杨曰："未梦射否？"王怪其先知。杨出手示之，且告以故。王忆梦中颜色，恨不真见。自幸有功于女，复请先容。夜间，女来称谢。杨归功王生，遂达诚恳。女曰："将伯之助[30]，义不敢忘；然彼赳赳[31]，妾实畏之。”既而曰：“彼爱妾佩刀。刀实妾父出使粤中，百金购之。妾爱而有之，缠以金丝，瓣[32]以明珠。大人怜妾夭亡，用以殉葬[33]。今愿割爱相赠，见刀如见妾也。”次日，杨致此意。王大悦。至夜，女果携刀来，曰：“嘱伊珍重，此非中华物也[34]。”由是往来如初。积数月，忽于灯下笑而向杨，似有所语，面红而止者三。生抱问之。答曰：“久蒙眷爱，妾受生人气，日食烟火，白骨顿有生意。但须生人精血，可以复活。”杨笑曰：“卿自不肯，岂我故惜之。”女云：“交接后，君必有念余日大病，然药之可愈。”遂与为欢。既而着衣起，又曰：“尚须生血一点，能拚痛以相爱乎？”杨取利刃，刺臂出血；女卧榻上，使滴脐中。乃起曰：“妾不来矣！君记取百日之期，视妾坟前有青鸟鸣于树巅，即速发冢。”杨谨受教。出门，又嘱曰：“慎记勿忘，迟速皆不可！”乃去。越十余日，杨果病，腹胀欲死。医师投药，下恶物如泥，浃辰[35]而愈。计至百日，使家人荷锸以待。日既夕，果见青鸟双鸣。杨喜曰：“可矣！”乃斩荆发圹，见棺木已朽，而女貌如生。摩之微温。蒙衣舁归置暖处，气咻咻然，细于属丝。渐进汤酏，半夜而苏。每谓杨曰：“二十余年如一梦耳！”

【注释】

[1] 玄夜：黑夜。 [2] 珊珊：形容行走时身上所佩玉饰的响声。[3] 若不胜（shēng）衣：好像禁不起衣服的重压。是对身体柔弱的人的夸张形容。 [4] 寄：这里是客居的意思。下文“以寄幽恨”，“寄”是寄托的意思。 [5] 不属：接不下去了，这里指诗作不出来了。后文《狐谐》篇“请君属之”，“属”，指对对子。 [6] 夜台：指坟墓；在坟墓里是永远看不见光明的，所以叫作“夜台”。 [7] 鸡头之肉：“鸡头”，芡实的别名。“鸡头之肉”，

以芡实比喻女人的乳头。 [8] 罗唣：本是声音嘈杂的意思，这里引申作麻烦、噜苏解释。 [9] 月色：月白色，就是淡青色。 [10] 约：缠束。[11]《连昌宫词》：唐元稹所作专记皇宫内生活琐事的诗。 [12] 有甚于画眉者：传说汉张敞做京兆尹，有人告发他在家里给妻子画眉毛，认为这是不端重的行为。皇帝问张敞为何如此。张敞说，闺房里的事，有比画眉还厉害得多的哩。见《汉书》。后人因此用这一故事比喻夫妻感情好。 [13] 棋枰："枰"，棋盘。"棋枰"，指棋具。 [14] 手谈：指下围棋，意思是用手在谈天。 [15] 造(cāo)访："造"，来，到。"造访"就是来访。后文《公孙九娘》篇"造室"，指来到室内。《促织》篇"造庐"，指来到家里。 [16] 伊何：什么的意思。"伊"，是语助词，无义。"所言伊何"，意思是怎么同你说来着。[17] 喋喋：形容多话。 [18] 白眼：传说晋阮籍能对人作"青白眼"。正着眼睛看人，眼球全露，叫作"青眼"，是瞧得起人的表示；反之，就叫作"白眼"。见《晋书》。后文中"垂青""青盼""青眷"等，皆是由"青眼"一词而来的。[19] 寖：渐。 [20] 武生：武秀才。 [21] 恧(nǜ)：惭愧。 [22] 舆台：封建社会的前期，不仅奴隶社会的残余意识还很显著，而且许多地方仍保留着奴隶社会的形态。那时把人的阶级分作十等，前几等是贵族、奴隶主；"舆"是第六等，"台"是第十等，都是奴隶的身份。后来因以"舆台"并举，代表贱役。 [23] 齿妾在琴瑟之数："齿"，在这里是编排、列入的意思。"齿妾在琴瑟之数"，就是把我视为妻子。 [24] 自为生活：自己应付环境的意思。 [25] 致死：拼命。 [26] 搦(nuò)：拿着。 [27] 挝：敲，叩。[28] 所：在这里指时间。"方危急所"，就是正当危急的时候。 [29] 殪(yì)：杀死。 [30] 将(qiāng)伯之助："将"，请求。"伯"，长者。"将伯之助"，意思是请长者帮助。语出《诗经》："将伯助予。"后来一般用作请人帮忙的客气话。 [31] 赳赳：形容勇武的样子。 [32] 瓣：瓜子。这里作动词用，指把珠子一颗颗连缀在刀柄上面，如同瓜子一样。 [33] 殉葬：古人迷信，把土木做成的小型房屋、车马、人物以及珠宝之类的东西，放在墓里，认为可以供应死者使用，叫作“殉葬”。［34］此非中华物也：南亚出产的刀，以犀利著名，其中尤以缅甸所产的最好。明、清人都很珍视“缅刀”。这里说刀从“粤中”购得，又“非中华物”，可能就是指的这种刀。［35］浃辰：“浃”，一个循环。“浃辰”，指从子到亥的十二辰的一个循环，就是十二天。后文《黄英》篇“浃旬”，指从甲到癸的十干的一个循环，就是十天。

连　城

乔生，晋宁人。少负才名。年二十余，犹淹蹇[1]。为人有肝胆[2]。与顾生善[3]；顾卒，时恤其妻子。邑宰以文相契重；宰终于任，家口淹滞，不能归，生破产扶柩，往返二千余里。以故士林益重之，而家由此益替[4]。史孝廉有女，字连城，工刺绣，知书。父娇爱之，出所刺“倦绣图”，征少年题咏，意在择婿。生献诗云：“慵鬟高髻绿婆娑[5]，早向兰窗绣碧荷。刺到鸳鸯魂欲断，暗停针线蹙双蛾。”又赞挑绣之工云：“绣线挑来似写生，幅中花鸟自天成。当年织锦非长技，幸把回文感圣明[6]。”女得诗喜，对父称赏。父贫之。女逢人辄称道；又遣媪矫[7]父命，赠金以助灯火。生叹曰：“连城我知己也！”倾怀结想，如渴思啖。无何，女许字于鹾贾[8]之子王化成，生始绝望；然梦魂中犹佩戴之。未几，女病瘵沉痼不起。有西域[9]头陀[10]，自谓能疗，但须男子膺肉[11]一钱，捣合药屑。史使人诣王家告婿。婿笑曰：“痴老翁，欲我剜心头肉也[12]？”使返，史怒言于人曰：“有能割肉者妻之[13]。”生闻而往，自出白刃，刲膺授僧，血濡袍裤，僧敷药始止。合药三丸，三日服尽，疾若失。史将践其言，先告王。王怒，欲讼官。史乃设筵招生，以千金列几上曰：“重负[14]大德，请以相报。”因具白背盟之由。生怫然曰：“仆所以不爱膺肉者，聊以报知己耳，岂货肉哉！”拂袖而归。女闻之，意良不忍，托媪慰谕之。且云：“以彼才华，当不久落。天下何患无佳人？我梦不祥，三年必死，不必与人争此泉下物也。”生告媪曰:“士为知己者死,不以色也。诚恐连城未必真知我,——但得真知我,不谐何害。”媪代女郎矢诚自剖。生曰:“果尔,相逢时当为我一笑,死无憾。”媪既去,逾数日,生偶出,遇女自叔氏归,睨之。女秋波转顾,启齿嫣然。生大喜曰:“连城真知我者!”会王氏来议吉期[15],女前症又作,数月寻卒。生往临吊,一痛而绝。史舁送其家。生自知已死,亦无所戚。出村去,犹冀一见连城。遥望南北一道,行人连绪如蚁,因亦混身杂迹其中。俄顷,入一廨署,值顾生,惊问:“君何得来?”即把手将送令归。生太息言:“心事殊未了。”顾曰:“仆在此典牍[16],颇得委任[17],倘可效力,不惜也。”生问连城。顾即导生旋转多所,见连城与一白衣女郎,泪睫惨黛,藉坐[18]廊隅。见生至,骤起似喜,略问所来。生曰:“卿死,仆何敢生!”连城泣曰:“如此负义之人,尚不吐弃之,身殉何为?然已不能许君今生,愿矢来世耳。”生告顾曰:“有事君自去。仆乐死不愿生矣。但烦稽连城托生何里,行与俱去耳。”顾诺而去。白衣女郎问生何人,连城为缅述[19]之。女郎闻之,若不胜悲。连城告生曰:“此妾同姓,小字宾娘,长沙史太守[20]女。一路同来,遂相怜爱。”生睨之,意态怜人。方欲研问,而顾已返,向生贺曰:“我为君平章已确[21],即教小娘子从君返魂,好否?”两人各喜。方将拜别,宾娘大哭曰:“姊去,我安归!乞垂怜救,妾为姊捧帨[22]耳!”连城凄然,无所为计。转谋生,生又哀顾。顾难之,峻辞[23]以为不可。生固强之。乃曰:“试妄为之。”去食顷而返,摇手曰:“何如!诚万分不能为力矣!”宾娘闻之,宛转娇啼,惟依连城肘下,恐其即去。惨怛无术,相对嘿嘿,而睹其愁颜戚容,使人肺腑酸柔。顾生愤然曰："请携宾娘去，脱有愆尤[24]，小生拚身受之！"宾娘乃喜，从生出。生忧其道远无侣。宾娘曰："妾从君去，不愿归也。"生曰："卿大痴矣。不归，何以得活也？他日至湖南，勿复走避，为幸多矣。"适有两媪，摄牒[25]赴长沙，生属宾娘，泣别而去。途中，连城行蹇缓[26]，里余辄一息；凡十余息，始见里门。连城曰："重生后，惧有反复。请索妾骸骨来，妾以君家生，当无悔也。"生然之。偕归生家。女惕惕[27]若不能步，生伫待之。女曰："妾至此，四肢摇摇[28]，似无所主。志恐不遂，尚宜审谋；不然，生后何能自由？"相将入侧厢中。嘿定少时，连城笑曰："君憎妾耶？"生惊问其故。赧然曰："恐事不谐，重负君矣。请先以魂报也。"生喜，极尽欢恋。因徘徊不敢遽出，寄厢中者三日。连城曰："谚有之：'丑妇终须见姑嫜。'戚戚于此，终非久计。"乃促生入。才至灵寝，豁然顿苏。家人惊异，进以汤水。生乃使人要[29]史来，请得连城之尸，自言能活之。史喜，从其言。方舁入室，视之已醒。告父曰："儿已委身乔郎矣，更无归理。如有变动，但仍一死！"史归，遣婢往役给奉。王闻，具词申理。官受赂，判归王。生愤懑欲死，亦无奈之。连城至王家，忿不饮食，惟乞速死。室无人，则带悬梁上。越日，益惫，殆将奄逝。王惧，送归史；史复舁归生。王知之，亦无如何，遂安焉。连城起，每念宾娘，欲遣信[30]探之，以道远而艰于往。一日，家人进曰："门有车马。"夫妇出视，则宾娘已至庭中矣。相见悲喜。太守亲诣送女。生延入。太守曰："小女子赖君复生，誓不他适，今从其志。"生叩谢如礼。孝廉亦至，叙宗好[31]焉。生名年，字大年。

异史氏曰:“一笑之知,许之以身,世人或议其痴,彼田横五百人[32],岂尽愚哉!此知希之贵[33],贤豪所以感结而不能自已也。顾茫茫海内,遂使锦绣才人,仅倾心于蛾眉之一笑也。悲夫[34]!”

【注释】

[1] 淹蹇:不得志,不如意。有时单用一个“蹇”字,义同。后文《续黄粱》篇“淹蹇不为礼”,“淹蹇”,却作傲慢解释,通常写作“偃蹇”。 [2] 有肝胆:坦白诚恳,能舍己为人的形容词。 [3] 善:要好,有交情。 [4] 益替:更加衰落、减少了。 [5] 绿婆娑:“绿”,这里是形容头发像浓绿色一样黑而有光。“婆娑”,盘旋的样子。“绿婆娑”,指盘绕的高髻黑而发光。后文《罗刹海市》篇“马婆娑歌弋阳曲”,“婆娑”,指跳舞时进退盘旋的样子。 [6] 当年织锦非长技,幸把回文感圣明:“圣明”,指武则天。前秦时,窦滔到襄阳去做官。他的妻子苏蕙因他另有宠姬,不愿和他同去,于是彼此音信断绝。后来苏蕙感到很悲伤,就织锦为回文诗,表达思念丈夫的心情,派人把诗送给窦滔。诗句反复颠倒都读得通,可以得诗好几千首,叫作《璇玑图》。窦滔看后深受感动,就把苏蕙接到任上,彼此更要好了。见《晋书》。唐时武则天曾为《璇玑图》诗作序,说她“才情之妙,超古迈今”。这里两句诗的意思是说:苏蕙虽然以回文诗获得武则天的赞赏,然而她的织锦是不行的;也就是说,惟有连城的刺绣才真正绣得好。 [7] 矫:假借,假传。一般指下对上而言,这里“矫父命”,就是假传父亲命令的意思。 [8] 鹾(cuó)贾:盐商。 [9] 西域:古代称现在的新疆一带地区为“西域”。 [10] 头陀:梵语,指流浪在外,靠化缘度日的和尚。 [11] 膺肉:胸脯肉。 [12] 也:这里是疑问的语助词,义同“耶”。 [13] 妻之:给他做妻子。 [14] 重负:很对不起的意思。 [15] 吉期:迷信说法中所谓“好日子”。古代早先祭神要选好日子,“吉期”一般指祭神的日子。后来因为结婚也要选好日子,一般就

以“吉期”指结婚的日子。后文《商三官》篇“吉礼”，指婚礼。 [16] 典牍：主管文件。 [17] 委任：这里是得到信任的意思。 [18] 藉坐：坐在草垫上面。 [19] 缅述：细述，从头告诉。 [20] 太守：明、清时知府的别称，是管辖若干州、县的地方官。也简称作“守”。 [21] 平章已确：筹划已经妥当，也就是说事情办成功了。 [22] 捧帨(shuì)：“帨”，佩巾。“捧帨”，侍奉人，做奴仆的意思。 [23] 峻辞：严厉地拒绝。 [24] 愆尤：罪责，过失。 [25] 摄牒：送公文。 [26] 行蹇缓：走得缓慢。 [27] 惕惕：形容担心、害怕的样子。下文“戚戚”，义同。 [28] 摇摇：形容心情不安定、无所寄托的样子。 [29] 要(yāo)：邀，约请。 [30] 信：信使，使者。 [31] 叙宗好：同姓古称“同宗”。这里因为两家都姓史，所以说是“叙宗好”。 [32] 田横五百人：汉高祖夺得政权后，以前的齐王田横和他部下五百人，都逃到一个海岛上面。汉高祖强迫田横到洛阳去，田横不得不去。及至到了离洛阳三十里的地方，他认为从前和汉高祖都割据为王，如今却要北面称臣，是很可耻的事情，于是自杀而死。消息传到海岛上，那里的五百人也都自杀了。见《汉书》。 [33] 知希之贵：语出《老子》：“知我者希，则我者贵。”这两句话的意思是说：知道自己的人少，可见自己不同于一般平凡的人，因而是可贵的。 [34] 这四句是作者抒发感慨，说以海内之大，有学问的人却仅仅引一女子为知己，意指在政治方面没有人赏识他，以致不能展其抱负，是很可悲的事。

商 三 官

故诸葛城[1]有商士禹者，士人也。以醉谑忤邑豪；豪嗾家奴乱捶之，舁归而死。禹二子：长曰臣，次曰礼。一女曰三官。三官年十六，出阁[2]有期，以父故不果。两兄出讼，经岁不得结。婿家遣人参[3]母，请从权毕姻事。母将许之。女进曰："焉有父尸未寒而行吉礼？彼独无父母乎！"婿家闻之，惭而止。无何，两兄讼不得直，负屈归，举家悲愤。兄弟谋留父尸，张再讼之本[4]。三官曰："人被杀而不理，时事可知矣。天将为汝兄弟专生一阎罗包老[5]耶？骨骸暴露，于心何忍矣！"二兄服其言，乃葬父。葬已，三官夜遁，不知所往。母惭怍，惟恐婿家知，不敢告族党，但嘱二子冥冥[6]侦察之。几半岁，杳不可寻。会豪诞辰，招优为戏。优人孙淳，携二弟子往执役[7]：其一王成，姿容平等[8]，而音词清澈，群赞赏焉；其一李玉，貌韶秀如好女，呼令歌，辞以不稔，强之，所度曲半杂儿女俚谣，合座为之鼓掌。孙大惭，白主人："此子从学未久，只解行觞耳。幸勿罪责！"即命行酒。玉往来给奉，善觑主人意向。豪悦之。酒阑人散，留与同寝。玉代豪拂榻解履，殷勤周至[9]。醉语狎之，但有展笑。豪惑益甚，尽遣诸仆去，独留玉。玉伺诸仆去，阖扉下楗[10]焉。诸仆就别室饮。移时，闻厅事[11]中格格有声；一仆往觇之，见室内冥黑，寂不闻声。行将旋踵[12]，忽有响声甚厉，如悬重物而断其索。亟问之，并无应者。呼众排阖[13]入，则主人身首两断；玉自经死，绳绝堕地上，梁间颈际，残绠[14]俨然。众大骇，传告内闼，群集莫解。众移玉尸于庭，觉其袜履虚若无足。解之，则素舄如钩，盖女子也。益骇。呼孙淳研诘之。淳骇极，不知所对，但云：“玉月前投作弟子，愿从寿[15]主人，实不知从来。”以其服凶[16]，疑是商家刺客，暂以二人逻守之。女貌如生，抚之，肢体温软，二人窃谋淫之。一人抱尸转侧，方将缓其结束[17]，忽脑如物击，口血暴注，顷刻已死。其一大惊告众，众敬若神明焉。且以告郡。郡官问臣及礼，并言不知；但妹亡去已半载矣。俾往验视，果三官。官奇之，判二兄领葬，敕[18]豪家勿仇。

异史氏曰：“家有‘女豫让[19]’而不知，则兄之为丈夫者可知矣。然三官之为人，即‘萧萧易水’，亦将羞而不流[20]，况碌碌[21]与世浮沉者耶！愿天下闺中人，买丝绣之，其功德当不减于奉壮缪[22]也。”

【注释】

［1］诸葛城：遗址在今四川冕宁东南。据说是诸葛亮南征时在那里筑成的，所以叫作“诸葛城”。 ［2］出阁：出嫁。本专指公主的出嫁，后为一般女子出嫁的通称。 ［3］参：拜见。 ［4］张再讼之本：预先准备应付后来的事叫作“张本”；“张再讼之本”，指做再打官司的准备。 ［5］阎罗包老：指民间故事传说里的包拯。据历史记载，包拯是宋代一位公正无私、不畏豪贵的官员。当时流行这么一句话：“关节不到，有阎罗包老。”见《宋史》。原来迷信说法中，阴间有阎罗，是铁面无私的，所以人们把包拯和阎罗结合在一起，认为这才是一点私弊也没有的官吏。后来旧小说，更把包拯和阎罗说成是一个人：白天在阳间办公，夜里到阴间审理案件。 ［6］冥冥：暗地的意思。 ［7］执役：服务。 ［8］平等：平平，平常。 ［9］周至：周到。

［10］楗：直插的门闩。 ［11］厅事：堂屋，大厅。原来写作“听事”，是官署问案的地方；后来私家堂屋也叫听事，一般就通写作“厅事”。 ［12］旋踵：走回去的意思。 ［13］排阖：阖，门板，门扇。排阖，推门。后文《鸦头》篇“排闼”，义同。 ［14］绠（gěng）：本指打水的绳索，这里泛指绳索。［15］寿：拜寿。有时也作祝福解释，如后文《凤仙》篇“请为翁寿”。［16］服凶：从前把丧家穿的白衣叫作“凶服”。“服凶”，穿着凶服的意思。这里指穿的“素舄”（白鞋）。 ［17］缓其结束：解开她的衣服。后文《竹青》篇“缓结”，义同。 ［18］敕：饬诫。 ［19］豫让：古时为友报仇的义士。豫让是战国时晋人，智伯的门客。智伯被赵襄子（无恤）杀害，豫让就用漆把自己漆成癞子，又吞炭使喉咙变哑，让别人都认不出是他，然后去谋刺赵襄子。几次谋刺都没有成功，最后在赵襄子面前自杀而死。见《史记》。这里因商三官报了父仇，所以称为“女豫让”。 ［20］“萧萧易水”，亦将羞而不流：战国时，燕太子丹叫侠士荆轲去刺秦王。临行时，在易水（今河北易县境）边送行，荆轲高歌“风萧萧兮易水寒，壮士一去兮不复还”的句子，当时的气氛是很悲壮的。后来荆轲刺秦王失败被害。见《战国策》。这里以商三官行刺复仇比作荆轲刺秦王，并且认为由于她的智勇而获得成功，荆轲对之是有愧色的，所以说易水“亦将羞而不流”。 ［21］碌碌：形容平凡无能的样子。［22］奉壮缪：“奉”，奉祀的意思。“壮缪”，指三国时蜀将关羽，“壮缪”是他死后的谥号。封建统治者利用关羽忠于刘备、不降曹操的故事，把他作为崇奉正统的典型人物，所以历朝帝王，多追加关羽封号，并设庙祀奉，想借这种示范的宣传，来加强自己统治的地位。历来民间也认为关羽是忠义之士，而加以尊崇。参看后文《细侯》篇注［14］“寿亭侯之归汉”条。

雷　　曹[1]

乐云鹤、夏平子，二人少同里，长同斋[2]，相交莫逆[3]。夏少慧，十岁知名，乐虚心事之，夏亦相规不倦；乐文思日进，由是名并著。而潦倒[4]场屋，战辄北[5]。无何，夏遘疫卒，家贫不能葬，乐锐身自任之。遗襁褓子及未亡人[6]，乐以时恤诸其家；每得升斗，必析而二之[7]，夏妻子赖以活。于是士大夫益贤乐。乐恒产无多，又代夏生忧内顾[8]，家计日蹙。乃叹曰："文如平子，尚碌碌以殁，而况于我？人生富贵须及时，戚戚终岁，恐先狗马填沟壑，负此生矣，不如早自图也。"于是去读而贾。操业半年，家资小泰[9]。一日，客金陵[10]，休于旅舍，见一人颀然[11]而长，筋骨隆起，彷徨座侧，色黯淡有戚容。乐问："欲得食耶？"其人亦不语。乐推食食之，则以手掬啖，顷刻已尽。乐又益以兼人之馔[12]。食复尽。遂命主人割豚肩[13]，堆以蒸饼，又尽数人之餐。始果腹[14]而谢曰："三年以来，未尝如此饫饱[15]。"乐曰："君固壮士，何飘泊[16]若此？"曰："罪婴[17]天谴，不可说也。"问其里居，曰："陆无屋，水无舟，朝村而暮郭耳。"乐整装欲行，其人相从，恋恋不去。乐辞之。告曰："君有大难，吾不忍忘一饭之德。"乐异之，遂与偕行。途中曳与同餐，辞曰："我终岁仅数餐耳。"益奇之。次日，渡江，风涛暴作，估舟[18]尽覆。乐与其人悉没江中。俄风定，其人负乐踏波出，登客舟，又破浪去；少时，挽一船至，扶乐入，嘱乐卧守，复跃入江，以两臂夹货出，掷舟中，又入之；数入数出，列货满舟。乐谢曰："君生我亦良足矣，敢望珠还[19]哉？"检视货财，并无亡失。益喜，惊为神人。放舟欲行，其人告退，乐苦留之，遂与共济。乐笑云："此一厄也，止失一金簪耳。"其人欲复寻之。乐方劝止，已投水中而没。惊愕良久。忽见含笑而出，以簪授乐曰："幸不辱命[20]。"江上人罔不骇异。乐与归，寝处共之。每十数日始一食，食则啖嚼无算。一日，又言别。乐固挽之。适昼晦欲雨，闻雷声。乐曰："云间不知何状？雷又是何物？安得至天上视之，此疑乃可解。"其人笑曰："君欲作云中游耶？"少时，乐倦甚，伏榻假寐[21]。既醒，觉身摇摇然，不似榻上。开目，则在云气中，周身如絮。惊而起，晕如舟上，踏之软无地。仰视星斗，在眉目间。遂疑是梦。细视星嵌天上，如老莲实之在蓬也。大者如瓮，次如瓿[22]，小如盎盂。以手撼之，大者坚不可动；小者动摇，似可摘而下者。遂摘其一，藏袖中。拨云下视，则银海苍茫[23]，见城郭如豆。愕然自念：设一脱足，此身何可复问？俄见二龙夭矫[24]，驾缦车[25]来，尾一掉，如鸣牛鞭。车上有器，围皆数丈，贮水满之。有数十人，以器掬水，遍洒云间。忽见乐，共怪之。乐审所与[26]壮士在焉。语众曰："是吾友也。"因取一器授乐，令洒。时苦旱，乐接器排云，约望故乡，尽情倾注。未几，谓乐曰："我本雷曹，前误行雨，罚谪三载。今天限已满，请从此别。"乃以驾车之绳万尺掷前，使握端缒下[27]。乐危之。其人笑言不妨。乐如其言，飗飗然瞬息及地。视之，则堕立村外，绳渐收入云中，不可见矣。时久旱，十里外，雨仅盈指，独乐里沟浍[28]皆满。归探袖中，摘星仍在。出置案上，黯黝[29]如石；入夜，则光明焕发，映照四壁。益宝之，什袭而藏。每有佳客，出以照饮。正视之，则条条射目。一夜，妻坐对握发，忽见星光渐小，如萤流动横飞。妻方怪咤，已入口中，咯之不出，竟已下咽。愕奔告乐。乐亦奇之。既寝，梦夏平子来，曰：“我少微星[30]也。君之惠好，在中[31]不忘，又蒙自天上携归，可云有缘。今为君嗣，以报大德。”乐三十无子，得梦甚喜。自是妻果娠[32]，及临蓐[33]，光耀满室，如星在几上时，因名星儿。机警非常，十六岁，及进士第[34]。

异史氏曰：“乐子文章名一世[35]，忽觉苍苍之位置我者不在是[36]，遂弃毛锥如脱屣[37]，此与燕颔投笔者[38]何以少异？至雷曹感一饭之德，少微酬良友之知，岂神人之私报恩施哉，乃造物之公报贤豪耳。”

【注释】

［1］雷曹：雷神一流人物。［2］同斋：同学。［3］莫逆：情投意合，有交情。［4］潦倒：不得意，倒霉。［5］战辄北：打了败仗叫作“北”。“战辄北”，每次都打了败仗。这里把下考场比如上战场，也就是每一次应考都没有取中的意思。［6］未亡人：指寡妇。古时寡妇自称“未亡人”，意思是丈夫已死，自己也不应该再活下去，不过仅仅还没有死罢了。这种称呼，是封建社会里夫权制度的反映。［7］析而二之：分做两份。［8］内顾：家累。［9］小泰：小康，略有财产。［10］客金陵：“客”，作客，旅居，这里作动词用。“金陵”，南京的古名。［11］颀(qí)然：形容身材很高的样子。［12］兼人之馔：可供两个人吃的菜饭。［13］豚肩：猪蹄膀。［14］果腹：肚子吃饱了。［15］饫(yù)饱：“饫”，也是饱的意思。［16］飘泊：形容流离失所，像东西在水上随风漂流不定一样。［17］婴：触犯。［18］估舟：商船。［19］珠还：神话故事中，东汉时，合浦海里出珠宝，由于当地官员贪得无厌的采取，珠子都纷纷跑掉了。后来孟尝做合浦太守，力革

前弊，于是珠子又回来了。见《后汉书》。后来因此称东西的失而复得为“珠还”。［20］不辱命：完成别人委托的事情的客气话，意思是没有辱没你的使命，犹如说没有给你丢脸。［21］假寐：不脱衣服睡觉。［22］瓿（pǒu）：坛子一类的小型瓦器。［23］银海苍茫：形容天上白茫茫一片，如同银色的海洋一样。［24］夭矫：形容飞腾时屈伸自如的样子。［25］缦车：没有文彩的车子。［26］所与：所熟识要好的。［27］缒（zhuì）下：拉着绳子由上往下坠。［28］浍（kuài）：田地里的水沟。［29］黯黝：青黑色。［30］少微星：古人认为，太微星旁有四颗随星，叫作“少微”，是“士大夫之位”。这四颗星就是现代天文学里的狮子座的 M 星和小狮座的 40、41、43 三星。［31］在中：在心里。“中”，指心。后文《公孙九娘》篇“怨怼不释于中”、《续黄粱》篇“忻然于中”，“中”，义同。［32］娠（shēn）：怀孕。［33］临蓐：“蓐”，产蓐，就是产妇用的垫褥。“临蓐”指临产。［34］及进士第：科举时代，中式的名次有甲乙等第，所以称考取了为“及第”。“及进士第”，就是考取了进士。后文《贾奉雉》篇“登进士第”，义同。［35］名一世：“名”，著名，有名。“名一世”，在当代很有名气。［36］苍苍之位置我者不在是：“苍苍”，深青色。天是青色，因而以“苍苍”为天的代词，这里引申指天上主宰的神，犹如说“天老爷”。“位置”，安排，处置的意思。“是”，此，指读书求取功名。“苍苍之位置我者不在是”，意思是，乐云鹤以为上天没有安排他走读书求取功名这一条路，所以屡次考不取。古人认为，人一生的命运，都是上天早就安排好了的，这是一种迷信的宿命论思想。［37］弃毛锥如脱屣（xǐ）：“毛锥”，毛锥子，笔的别名。“弃毛锥”，就是抛弃笔砚，不再读书的意思。“屣”，鞋子。“如脱屣”，像脱下鞋子一样容易，表示毫不留恋，毫不可惜。［38］燕颔投笔者：指班超。东汉班超，贫贱时为官府做些抄录文件的工作。有会看相的说他生得燕颔（口）虎颈，是封侯之相。班超于是丢下了笔去从军，后来果然立功封侯。见《后汉书》。

罗刹海市

马骥，字龙媒，贾人子。美丰姿。少倜傥，喜歌舞。辄从梨园子弟[1]以锦帕缠头[2]，美如好女，因复有"俊人"之号。十四岁，入郡庠，即知名。父衰老，罢贾而居，谓生曰："数卷书，饥不可煮，寒不可衣。吾儿可仍继父贾。"马由是稍稍权子母[3]。从人浮海，为飓风引去。数昼夜，至一都会。其人皆奇丑；见马至，以为妖，群哗而走。马初见其状，大惧；迨知国人之骇己也，遂反以此欺国人：遇饮食者，则奔而往，人惊遁，则啜其余。久之，入山村。其间形貌，亦有似人者，然褴褛如丐。马息树下，村人不敢前，但遥望之。久之，觉马非噬人者，始稍稍近就之。马笑与语。其言虽异，亦半可解。马遂自陈所自[4]。村人喜，遍告邻里："客非能搏噬者。"然奇丑者望望[5]即去，终不敢前；其来者，口鼻位置尚皆与中国同。共罗浆酒奉马。马问其相骇之故。答曰："尝闻祖父言，西去二万六千里，有中国，其人民形象率[6]诡异[7]。但耳食[8]之，今始信。"问其"何贫"。曰："我国所重，不在文章而在形貌：其美之极者，为上卿[9]；次，任民社[10]；下焉者，亦邀贵人宠，故得鼎烹[11]以养妻子。若我辈，初生时父母皆以为不祥，往往置弃之；其不忍遽弃者，皆为宗嗣耳。"问："此名何国？"曰："大罗刹国。都城在北去三十里。"马请导往一观。于是鸡鸣而兴，引与俱去。天明，始达都。都以黑石为墙，色如墨；楼阁近百尺。然少瓦，复以红石，拾其残块磨甲上，无异丹砂。时值朝退，朝中有冠盖[12]出，村人指曰："此相国[13]也。"视之，双耳皆背生，鼻三孔，睫毛覆目如帘。又数骑出，曰："此大夫[14]也。"……以次各指其官职，率鬇鬡[15]怪异。然位渐卑，丑亦渐杀[16]。无何，马归，街衢人望见之，噪奔跌蹶，如逢怪物。村人百口解说，市人始敢遥立。既归，国中无大小，咸知村有异人，于是搢绅[17]大夫，争欲一广见闻，遂令村人要马。然每至一家，阍人辄阖户，丈夫女子窃自门隙中窥语，终一日，无敢延见者。村人曰："此间一执戟郎[18]，曾为先王出使异国，所阅人多，或不以子为惧。"造郎门。郎果喜，揖为上宾。视其貌，如八九十岁人，目睛突出，须卷如猬。曰："仆少奉王命，出使最多，独未尝至中华。今一百二十余岁，又得睹上国人物，此不可不上闻于天子。然臣[19]卧林下，十余年不践朝阶，早旦[20]为君一行。"乃具饮馔，修主客礼。酒数行，出女乐十余人，更番歌舞。貌类如夜叉，皆以白锦缠头，拖朱衣及地；扮唱不知何词，腔拍恢诡。主人顾而乐之，问："中国亦有此乐乎？"曰："有。"主人请拟[21]其声。遂击卓[22]为度一曲[23]。主人喜曰："异哉！声如凤鸣龙啸，得未曾闻。"翼日，趋朝，荐诸国王。王忻然下诏。有二三大臣，言其怪状，恐惊圣体。王乃止。即出告马，深为扼腕。居久之，与主人饮而醉，把剑起舞，以煤涂面作张飞。主人以为美，曰："请客以张飞见宰相，宰相必乐用之，厚禄不难致。"马曰："嘻！游戏犹可，何能易面目图荣显！"主人固强之，马乃诺。主人设筵，邀当路者[24]饮，令马绘面以待。未几，客至，呼马出见客。客讶曰："异哉！何前媸而今妍也？"遂与共饮，甚欢。马婆娑歌弋阳曲[25]，一座无不倾倒。明日，交章[26]荐马。王喜，召以旌节[27]。既见，问中国治安之道。马委曲上陈，大蒙嘉叹。赐宴离宫[28]。酒酣，王曰："闻卿善雅乐，可使寡人得而闻之乎？"马即起舞，亦效白锦缠头，作靡靡之音[29]。王大悦，即日拜[30]下大夫。时与私宴，恩宠殊异。久而官僚百执事，颇觉其面目之假。所至，辄见人耳语，不甚与款洽。马至是孤立，惘然[31]不自安。遂上疏[32]乞休致[33]，不许；又告休沐[34]，乃给三月假。于是乘传[35]载金宝，复归山村。村人膝行以迎。马以金资分给旧所与交好者，欢声雷动。村人曰："吾侪[36]小人，受大夫赐，明日赴海市，当求珍玩，用报大夫。"问："海市何地？"曰："海中市。四海鲛人[37]，集货珠宝。四方十二国，均来贸易。中多神人游戏。云霞障天，波涛间作。贵人自重，不敢犯险阻，皆以金帛付我辈代购异珍。今其期不远矣。"问所自知。曰："每见海上朱鸟来往，七日即市。"马问行期，欲同游瞩。村人劝使自重。马曰："我顾沧海客，何畏风涛。"未几，果有踵门[38]寄资者，遂与装资入船。船容数十人，平底高栏，十人摇橹，激水如箭。凡三日，遥见水云晃漾之中，楼阁层叠，贸迁[39]之舟，纷集如蚁。少时，抵城下，视墙上砖皆长与人等，敌楼[40]高接云汉[41]。维[42]舟而入，见市上所陈，奇珍异宝，光明射眼，多人世所无。一少年乘骏马来，市人尽奔避，云是东洋三世子[43]。世子过，目生曰："此非异域人。"即有前马者[44]来诘乡籍。生揖道左，具展邦族。世子喜曰："既蒙辱临，缘分不浅。"于是授生骑，请与连辔。乃出西城。方至岛岸，所骑嘶跃入水。生大骇失声，则见海水中分，屹如壁立。俄睹宫殿，玳瑁为梁，鲂鳞作瓦，四壁晶明，鉴影炫目。下马，揖入。

仰见龙君在上。世子启奏："臣游市廛，得中华贤士，引见大王。"生前拜舞。龙君乃言："先生文学士，必能衙官屈、宋[45]。欲烦椽笔[46]赋'海市'，幸无吝珠玉[47]。"生稽首受命。授以水精[48]之研，龙鬣之毫，纸光似雪，墨气如兰。生立成千余言，献殿上。龙君击节曰："先生雄才，有光水国多矣！"遂集诸龙族，宴集采霞宫。酒炙[49]数行，龙君执爵[50]而向客曰："寡人所怜女，未有良匹，愿累[51]先生。先生倘有意乎？"生离席愧荷，唯唯[52]而已。龙君顾左右语。无何，宫人数辈，扶女郎出。珮环声动，鼓吹暴作。拜竟，睨之，实仙人也。女拜已而去。少时，酒罢，双鬟挑画灯，导生入副宫。女浓妆坐伺。珊瑚之床，饰以八宝[53]；帐外流苏[54]，缀明珠如斗大；衾褥皆香软。天方曙，则雏女妖鬟[55]，奔入满侧。生起，趋出朝谢。拜为驸马都尉[56]。以其赋驰传诸海。诸海龙君，皆专员来贺，争折简招驸马饮。生衣绣裳，驾青虬，呵殿[57]而出。武士数十骑，背雕弧[58]，荷白棓[59]，晃耀填拥。马上弹筝，车中奏玉[60]。三日间，遍历诸海。由是龙媒之名，噪于四海。宫中有玉树一株：围可合抱；本莹彻如白琉璃；中有心，淡黄色；梢细于臂；叶类碧玉，厚一钱许，细碎有浓阴。常与女啸咏其下。花开满树，状类檐葡[61]。每一瓣落，锵然作响，拾视之，如赤瑙雕镂，光明可爱。时有异鸟来鸣，——毛金碧色，尾长于身，——声等哀玉，恻人肺腑。生每闻，辄念乡土。因谓女曰："亡出三年，恩慈[62]间阻，每一念及，涕膺汗背。卿能从我归乎？"女曰："仙尘路隔，不能相依。妾亦不忍以鱼水之爱，夺膝下之欢。容徐谋之。"生闻之，涕不自禁。女亦叹曰："此势之不能两全者也。"明日，生自外归。龙君曰：

“闻都尉有故土之思，诘旦趣装，可乎？”生谢曰：“逆旅孤臣[63]，过蒙优宠，衔报[64]之诚，结于肺肝。容暂归省，当图复聚耳。”入暮，女置酒话别。生订后会。女曰：“情缘尽矣。”生大悲。女曰：“归养双亲，见君之孝。人生聚散，百年犹旦暮耳，何用作儿女哀泣。此后妾为君贞，君为妾义，两地同心，即伉俪也；何必旦夕相守，乃谓之偕老乎？若渝此盟，婚姻不吉。倘虑中馈[65]乏人，纳婢可耳。更有一事相嘱：自奉裳衣，似有佳朕[66]，烦君命名。”生曰：“其女耶，可名龙宫；男耶，可名福海。”女乞一物为信。生在罗刹国所得赤玉莲花一对，出以授女。女曰：“三年后，四月八日，君当泛舟南岛，还君体胤[67]。”女以鱼革为囊，实[68]以珠宝，授生曰：“珍藏之，数世吃着不尽也。”天微明，王设祖帐，馈遗甚丰。生拜别出宫。女乘白羊车，送诸海涘[69]。生上岸下马。女致声“珍重”，回车便去，少顷便远。海水复合，不可复见。生乃归。自浮海去，咸谓其已死；及至家，家人无不诧异。幸翁媪无恙，独妻已他适。乃悟龙女守“义”之言，盖已先知也。父欲为生再婚；生不可，纳婢焉。谨志[70]三年之期，泛舟岛中，见两儿坐浮水面，拍流嬉笑，不动，亦不沉。近引之，儿哑然[71]捉生臂，跃入怀中；其一大啼，似嗔生之不援己者。亦引上之。细审之，一男一女，貌皆婉秀。额上花冠缀玉，则赤莲在焉。背有锦囊，拆视得书，云：“翁姑计各无恙。忽忽三年，红尘永隔；盈盈一水，青鸟[72]难通。结想为梦，引领成劳。茫茫蓝蔚[73]，有恨如何也！顾念奔月姮娥[74]，且虚桂府[75]；投梭织女，犹怅银河：我何人斯[76]，而能永好？兴思及此，辄复破涕为笑。别后两月，竟得孪生[77]。今已啁啾[78]怀抱，颇解笑言；觅枣抓梨，不母[79]可活。敬以还君。所贻赤玉莲花，饰冠作信[80]。膝头抱儿时，犹妾在左右也。闻君克践旧盟，意愿斯慰。妾此生不二[81]，之死靡他[82]：奁中珍物，不蓄兰膏；镜里新妆，久辞粉黛。君似征人，妾作荡妇[83]，即置而不御，亦何得谓非琴瑟哉。独计翁姑亦既抱孙，曾未一觌新妇，揆之情理，亦属缺然。岁后阿姑窀穸，当往临穴，一尽妇职。过此以往，则'龙宫'无恙，不少把握之期；'福海'长生，或有往还之路。伏惟珍重，不尽欲言。"生反复省书揽涕。两儿抱颈曰："归休乎！"生益恸。抚之曰："儿知家在何许？"儿亟啼，呕哑言"归"。生望海水茫茫，极天无际，雾鬟人渺，烟波路穷。抱儿返棹，怅然遂归。生知母寿不永，周身物悉为预具，墓中植松檟[84]百余。逾岁，媪果亡。灵舆[85]至殡宫[86]，有女子缞绖[87]临穴。众方惊顾，忽而风激雷轰，继以急雨，转瞬间已失所在。松柏新植多枯，至是皆活。福海稍长，辄思其母，忽自投入海，数日始还。龙宫以女子不得往，时掩户泣。一日，昼暝，龙女忽入，止之曰："儿自成家，哭泣何为！"乃赐八尺珊瑚一树、龙脑香[88]一帖、明珠百颗、八宝嵌金合[89]一双，为作嫁资。生闻之，突入，执手啜泣。俄顷，疾雷破屋，女已无矣。

异史氏曰："花面逢迎，世情如鬼，嗜痂之癖[90]，举世一辙[91]。'小惭小好，大惭大好'[92]。若公然带须眉以游都市，其不骇而走者盖几希[93]矣！彼陵阳痴子[94]，将抱连城玉向何处哭也？呜呼，显荣富贵，当于蜃楼海市[95]中求之耳！"

【注释】

[1] 梨园子弟：指伶人。唐玄宗训练伶人的地方叫作"梨园"，后来就以

梨园泛称演戏的场所和戏班。“梨园子弟”，犹如说剧团演员、剧团学生，但在封建社会中是含有轻蔑的意味的。［2］缠头：古代伎者歌舞时，用锦帛缠头，是当时时髦的打扮。后来却把给妓女的财物叫作“缠头”，如后文《鸦头》篇“缠头者”，就是后一意义，指花钱狎妓的人。［3］权子母：“权”，秤的意思。“子”，指利润；“母”，指本钱。“权子母”，就是将本求利，做买卖。后文《王十》篇“揭十母而求一子”，义略同，犹如说求什一之利。“揭”，持取的意思。［4］所自：从哪里来。［5］望望：语出《孟子》：“望望然而去之。”原含有惭愧的意思，这里只作看看解释。［6］率：全部，都是。［7］诡异：奇怪，非常特别。下文“恢诡”，义同。［8］耳食：听说。［9］上卿：古代官阶有卿、大夫、士的分别，卿里又分上卿、中卿、下卿。“上卿”是最高级的官。［10］任民社：“民社”，“人民”和“社稷”的省词。“任民社”，指做地方官。后文《折狱》篇“宰民社”，义同。［11］鼎烹：指饮食。［12］冠盖：冠冕和车盖，都是官员服用的东西，因而“冠盖”就成为官员的代词。［13］相国：秦、汉时官名，位在丞相之上，后来成为宰相的通称。［14］大夫：古代官名，历朝职位不同。下文“下大夫”，就是古代大夫里最低的一级。［15］鬖髿：形容头发散乱的样子。［16］杀（shài）：差，减。［17］搢绅：指官。“绅”是大带，“搢”是把做官拿的朝笏版插在大带里。搢绅的必然是官，因此“搢绅”就成为官的代词。“搢”，也写作“缙”。［18］执戟郎：古时负责警卫宫门的官。这一职务，是由郎官（包括中郎、侍郎、郎中）担任的。［19］臣：这里是对人自称的谦词。［20］早旦：早晨，天亮时。后文《鸦头》篇“平明”、《荷花三娘子》篇“平旦”，义同。［21］拟：学，模仿。后文《瑞云》篇“固未敢拟同鸳梦”，“拟”是希冀、企图的意思。［22］卓：同“桌”。［23］度一曲：唱一只曲子。［24］当路者：掌权的要人。后文《贾奉雉》篇“当道者”，义同。［25］弋阳曲：属于南曲范畴中腔调的一种，元末明初时产于江西弋阳县，故名弋阳曲。其音高亢激越，又名高腔。［26］交章：纷纷上奏本。［27］旌节：“旌”和“节”，唐、宋时皇帝赐给臣下的仪仗一类的东西，也可作为授予某种特权的信物。这里“召以旌节”，是表示隆重的礼遇。 [28] 离宫：皇帝出巡休息的地方，犹如行宫。[29] 靡靡之音：淫荡的声音。 [30] 拜：这里作封官、任命解释。[31] 惘(xiàn)然：形容心里不安的样子。 [32] 疏(shū)：上给皇帝的奏本、条陈。 [33] 休致：官吏因年老请求退休叫作“休致”。这里是辞职的意思。 [34] 休沐：汉、唐时的官员，工作若干日之后，可以获得休息沐浴的机会，叫作“休沐”，犹如现在的星期休假。这里“休沐”是短期请假的意思。 [35] 乘传：古代官员出行，由沿途驿站供应马匹(通常是四匹马)，叫作“乘传”。 [36] 吾侪(chái)：我们。 [37] 鲛(jiāo)人：神话传说，南海有一种“鲛人”，同鱼一样住在水里，哭出的眼泪能变成珠子；善于纺织，织出的东西名叫“鲛绡”。见《述异记》。 [38] 踵门：到门上来。 [39] 贸迁：来往交易，流动买卖。 [40] 敌楼：城墙上了望守御的城楼，也叫“望楼”“谯楼”。 [41] 云汉：天河。下文“银汉”，义同。也简称“汉”。 [42] 维：拴系。 [43] 世子：王、侯的嫡子、继承人。 [44] 前马者：古代贵官出行时，在马前开路的人。后文《梦狼》篇“前驱者”，义同。 [45] 衙官屈、宋：“衙官”是唐代刺史、领使的属官。“屈”，指屈原；“宋”，指宋玉。唐杜审言自以为有才学，曾夸口说，以作文章而论，屈原和宋玉只配做他的衙官。因之后人就用“衙官屈、宋”这句话来恭维会作文章的人。 [46] 椽笔：笔大如屋椽一般，恭维人大手笔的意思。典出《晋书》。王珣梦见有人以如椽的大笔给他，后来果然奉命草拟皇帝的哀册谥仪这些当时认为重要的文字。[47] 珠玉：这里比喻优秀的诗文作品。 [48] 水精：就是水晶。[49] 炙：烤肉。这里泛指菜肴。 [50] 爵：古时烫酒的器具，三足，有耳，有舌可以倒酒。一般用“爵”泛称酒杯。 [51] 累：封建社会中，由于经济权在丈夫手里，妻子硬被认作是受豢养者，是丈夫的一种负担，所以有“室家之累”这种说法。这里的“累”，指嫁与，也就是相累的意思。 [52] 唯唯：恭敬地、顺从地答应声。 [53] 八宝：指各色珠宝，如金、银、珍珠、玛瑙、琥珀、琉璃之类。 [54] 流苏：用五彩线结成球形，下面垂着须子的一种装饰品。 [55] 妖鬟：美婢。 [56] 驸马都尉：官名。古代皇帝的女婿照例被封做这个官。简称“驸马”。 [57] 呵殿：前呼后拥。“呵”，指前面喝道的；“殿”，指后面跟随的。 [58] 雕弧：臂把上雕刻有花文的弓。 [59] 棓：这里同“棒”。 [60] 玉：这里指玉制的乐器，通常是指玉笛而言。下文“哀玉”，指玉制乐器奏出悲哀的调子。 [61] 檐葡：栀子花。 [62] 恩慈：指父母。 [63] 逆旅孤臣：单身在外作客的臣民。 [64] 衔报：迷信传说，汉杨宝幼年时候，救过一只被蚂蚁所困的黄雀，夜里梦见黄雀变作一个黄衣童子，衔着四只白环来拜谢，祝福他的子孙将如白环一样的洁白，而且世世发达。见《续齐谐记》。“衔报”，就是表示像黄雀衔环一样的报恩。 [65] 中馈(kuì)：妇女在家料理饮食的事情。一般作广义的解释，就是主持家务。[66] 佳朕：好兆头，这里指怀孕，犹如说“有喜”。 [67] 体胤(yìn)：后嗣。[68] 实：填满了。 [69] 海涘(sì)：海边。 [70] 志：记着。 [71] 哑然：这里同下文“呕哑”，都是形容小孩初学说话的声音。 [72] 青鸟：神话传说，汉武帝(刘彻)看见青鸟飞集殿前，知道这是西王母的信使，果然一会儿西王母就来了。见《汉武内传》。后来因把通信的使者叫作“青鸟”。[73] 蓝蔚：一般作“蔚蓝”，指天，因为天色是深蓝的。 [74] 奔月姮(héng)娥：“姮娥”就是“嫦娥”。神话传说，姮娥本是后羿的妻子，偷吃了后羿从西王母那里得到的不死药，奔至月宫，成为仙人。见《淮南子》。 [75] 桂府：神话传说，月中有桂树，高五百丈。见《酉阳杂俎》。因之后来称月为“桂府”。[76] 斯：这里是语助词，无义。 [77] 孪(luán)生：双生子，双胞胎。[78] 啁啾(zhōu jiū)：本是形容鸟声，这里借以形容孩子学说话的声音。[79] 不母：不需要母亲，意指离开母亲。 [80] 信：信物，证件。 [81] 不二：没有二心。 [82] 之死靡他：“之死”，至死。“之死靡他”，到死都不再嫁别人的意思。语出《诗经》。“他”，本作“它”。 [83] 君似征人，妾作荡妇：“征人”，与“荡子”义近，指在外作客的人。这里“妾作荡妇”，“作”字和

“非”字的字形很相似，可能是“非”字的笔误。如果是这样，这一句的意思就应该是说：你尽管像一个在外流浪不归的人，但我并不是荡妇，一定会为你守贞的。［84］榎(jiǎ)：就是楸树，一两丈高的落叶乔木，古人多把它种在坟墓上面。［85］灵舆：装灵柩的车子。［86］殡宫：停柩的地方，指墓穴。［87］缞绖(cuī dié)：“缞”，缞麻，披在胸前的麻布。“绖”，麻帽和麻带。“缞绖”是封建丧礼规定子女为父母所穿的一种最重的孝服。［88］龙脑香：由龙脑树科植物里提炼出来的一种香料，就是冰片。［89］合：这里同“盒”。［90］嗜痂之癖：指特殊的、和人不同的嗜好。传说南北朝宋刘邕欢喜吃人的疮疤(痂)，以为味道和鳆鱼差不多。见《南史》。［91］一辙：“辙”是车轮的痕迹。“一辙”，同一的道路，引申为“相同”解释。［92］“小惭小好，大惭大好”：唐文学家韩愈对于为人作应酬文字要不顾事实地去恭维人，心里感到很惭愧。他向人表示：他自己认为“小惭”的文字，别人却以为“小好”；自己以为“大惭”的文字，别人却以为“大好”。见韩愈《与冯宿论文书》。［93］几希：很少很少的意思。［94］陵阳痴子：指卞和，因为卞和曾被封为陵阳侯。参看前文《叶生》篇注［75］“卞和”条。［95］蜃楼海市：在海上常常可以看到因光线屈折反射作用而发生的城市、楼台、人物等幻象。古人认为是蜃吐气所致，所以称为“海市蜃楼”。一般用以比喻虚无缥缈、有形象而不具体、事实上并不存在的东西。

公孙九娘

于七一案[1]，连坐[2]被诛者，栖霞、莱阳两县最多：一日俘数百人，尽戮于演武场中，碧血满地，白骨撑天。上官慈悲，捐给棺木，济城工肆，材木一空。以故伏刑东鬼，多葬南郊。甲寅[3]间，有莱阳生至稷下[4]，有亲友二三人，亦在诛数，因市楮帛[5]，酹奠榛墟[6]。就税[7]舍于下院[8]之僧。明日，入城营干，日暮未归。忽一少年造室来访。见生不在，脱帽登床，着履仰卧。仆人问其谁何，合眸不对。既而生归，则暮色蒙胧，不甚可辨。自诣床下问之。瞠目[9]曰："我候汝主人。絮絮逼问，我岂暴客[10]耶！"生笑曰："主人在此。"少年急起着冠，揖而坐，极道寒暄。听其音，似曾相识。急呼灯至，则同邑朱生，亦死于于七之难者。大骇，却走。朱曳之云："仆与君文字交。何寡于情？我虽鬼，故人之念，耿耿不去心。今有所渎，愿无以异物遂猜薄[11]之。"生乃坐请所命。曰："令女甥寡居无耦，仆欲得主中馈。屡通媒妁，辄以无尊长之命为辞。幸无惜齿牙余惠[12]。"——先是，生有甥女，早失恃[13]，遗生鞠养，十五，始归其家。俘至济南，闻父被刑，惊恸而绝。——生曰："渠自有父，何我之求？"朱曰："其父为犹子启榇去，今不在此。"问："女甥向依阿谁？"曰："与邻媪同居。"生虑生人不能作鬼媒。朱曰："如蒙金诺，还屈玉趾。"遂起，握生手。生固辞，问："何之？"曰："第[14]行。"勉从与去。北行里许，有大村落，约数十百家。至一第宅，朱叩扉，即有媪出，豁开二扉，问朱："何为？"曰："烦达娘子：阿舅至。"媪旋反，须臾复出，邀生入；顾朱曰："两椽[15]茅舍子，大隘，劳公子门外少坐候。"生从之入，见半亩荒庭，列小室二。甥女迎门啜泣，室中灯火荧然。女貌秀洁如生时，凝眸含涕，遍问妗姑。生曰："具各无恙。但荆人物故矣。"女又呜咽曰："儿少受舅妗抚育，尚无寸报，不图先葬沟渎，殊为恨恨。旧年，伯伯家大哥迁父去，置儿不一念。数百里外，伶仃如秋燕。舅不以沈魂可弃，又蒙赐金帛，儿已得之矣。"生乃以朱言告，女俯首无语。媪曰："公子曩托杨姥三五返[16]，老身谓是大好。小娘子不肯自草草，得舅为政[17]，方此意慊[18]得。"言次，一十七八女郎，从一青衣，遽掩入。瞥见生，转身欲遁。女牵其裾曰："勿须尔！是阿舅，非他人。"生揖之，女郎亦敛衽。甥曰："九娘，栖霞公孙氏。阿爹故家子，今亦穷'波斯'[19]，落落不称意。旦晚与儿还往。"生睨之，笑弯秋月，羞晕朝霞，实天人也。曰："可知是大家，蜗庐人那如此娟好！"甥笑曰："且是女学士，诗词俱大高。昨儿稍得指教。"九娘微哂曰："小婢无端[20]败坏[21]人，教阿舅齿冷[22]也。"甥又笑曰："舅断弦未续[23]；若个[24]小娘子，颇能快意否？"九娘笑奔出，曰："婢子颠疯作也！"遂去。言虽近戏，而生殊爱好之。甥似微察，乃曰："九娘才貌无双。舅倘不以粪壤[25]致猜，儿当请诸其母。"生大悦，然虑人鬼难匹。女曰："无伤[26]，彼与舅有夙分。"生乃出。女送之，曰："五日后，月明人静，当遣人往相迓。"生至户外，不见朱；翘首西望，月衔半规[27]，昏黄中犹认旧径，见南向一第，朱坐门石上，起逆曰："相待已久，寒舍即劳垂顾。"遂携手入，殷殷展谢。

出金爵一、晋珠百枚，曰："他无长物[28]，聊代禽仪。"既而曰："家有浊醪，但幽室之物，不足款嘉宾，奈何？"生㧑[29]谢而退。朱送至中途，始别。生归，僧仆集问。生隐之，曰："言鬼者，妄也；适赴友人饮耳。"后五日，果见朱来。整履摇箑[30]，意甚忻适。才至户庭，望尘即拜。少间，笑曰："君嘉礼[31]既成，庆在今夕。便烦枉步。"生曰："以无回音，尚未致聘，何遽成礼？"朱曰："仆已代致之矣。"生深感荷。从与俱去，直达卧所，则甥女华妆迎笑。生问："何时于归[32]？"朱云："三日矣。"生乃出所赠珠，为甥助妆[33]。女三辞乃受。谓生曰："儿以舅意，白公孙老夫人，夫人作大欢喜。但言：老耄[34]，无他骨肉，不欲九娘远嫁。期今夜舅往赘诸其家。伊家无男子，便可同郎往也。"朱乃导去。村将尽，一第门开，二人登其堂。俄白"老夫人至"，有二青衣扶妪升阶。生欲展拜，夫人云："老朽龙钟，不能为礼，当即脱边幅[35]。"乃指画[36]青衣，置酒高会[37]。朱乃唤家人，另出肴俎，列置生前，亦别设一壶，为客行觞。筵中进馔，无异人世。然主人自举，殊不劝进。既而席罢，朱归。青衣导生去，入室，则九娘华烛凝待。邂逅[38]含情，极尽欢昵。初，九娘母子原解赴都，至郡，母不堪困苦死，九娘亦自刭[39]。枕上追述往事，哽咽不成眠，乃口占两绝[40]云："昔日罗裳化作尘，空将业果[41]恨前身。十年露冷枫林月，此夜初逢画阁春。""白杨风雨绕孤坟，谁想阳台更作云[42]。忽启缕金箱里看，血腥犹染旧罗裙。"天将明，即促曰："君宜且去，勿惊厮仆。"自此昼来宵往，嬖惑殊甚。一夕，问九娘："此村何名？"曰："莱霞里。里中多两处新鬼，因以为名。"生闻之欷歔[43]，女悲曰："千里柔魂，蓬游无底[44]；母子零孤，言之怆恻。幸念一夕恩义，收儿骨归葬墓侧，使百世得所依栖，死且不朽。"生诺之。女曰："人鬼路殊，君亦不宜久滞。"乃以罗袜赠生，挥泪促别。生凄然而出，忉怛若丧，心怅怅不忍归。因过扣朱氏之门。朱白足[45]出逆；甥亦起，云鬓鬅松[46]，惊来省问。生怊怅移时，始述九娘语。女曰："妗氏不言，儿亦夙夜图之。此非人世，久居诚非所宜。"于是相对汍澜[47]，生亦含涕而别。叩寓归寝，展转申旦[48]。欲觅九娘之墓，则忘问志表[49]。及夜复往，则千坟累累，竟迷村路，叹恨而返。展视罗袜，着风寸断，腐如灰烬。遂治装东旋。半载，不能自释，复如稷门，冀有所遇。及抵南郊，日势已晚，息驾[50]庭树，趋诣丛葬所。但见坟兆万接[51]，迷目榛荒；鬼火狐鸣，骇人心目。惊悼归舍。失意遨游，返辔遂东。行里许，遥见女郎，独行丘墓间，神情意致，怪[52]似九娘。挥鞭就视，果九娘。下骑欲语；女竟走，若不相识。再逼近之，色作努[53]，举袖自幛。顿呼"九娘"，则湮然灭矣。

异史氏曰："香草沈罗[54]，血满胸臆；东山佩玦[55]，泪渍泥沙：古有孝子忠臣，至死不谅于君父者。公孙九娘岂以负骸骨之托，而怨怼不释于中耶？脾鬲间物[56]，不能掬以相示，冤乎哉！"

【注释】

［1］于七一案：清顺治年间，栖霞人于七（名乐吾），为了反抗官僚地主的压迫，号召农民起义；曾以岠嵎、巨齿两山为根据地，占据了好几县，历时十五年，才被清朝统治者用暴力扑灭，当时被杀的人很多。 ［2］连坐：因受关系人的牵连而获罪叫作"连坐"。 ［3］甲寅：这里指康熙十三年（1674年）。 ［4］稷下：山东临淄城北，古来齐城的西面，叫作"稷下"。后文"稷

门”，也指稷下。［5］楮帛：纸钱。［6］榛墟：丛生草木的地方。下文“榛荒”，和后文《辛十四娘》篇“蓁莽”“蓁芜”，义同。［7］税：租住。［8］下院：分设在外的寺观。［9］瞠（chēng）目：眼睛发直。［10］暴客：指强盗。［11］猜薄：猜疑鄙视。［12］齿牙余惠：指语言，意思是顺便说几句好话。［13］失恃：死了母亲。后文《辛十四娘》篇“失怙”，死了父亲。《诗经》里有“无父何怙，无母何恃”这样两句，“怙”“恃”，原是依靠、依赖的意思。后来就借指父母。［14］第：但，只管。［15］椽：原是屋顶上载瓦的圆木，一般称一间屋为“一椽”。［16］三五返：来回好几次。［17］为政：做主。［18］慊：满意。［19］穷“波斯”：波斯就是现在的伊朗，和中国交通很早，出产珊瑚、珍珠、玛瑙等珍物，当时被认为是很富有的国家，并用“波斯”二字作为富人的代称。“穷波斯”，是指以前富有而现在贫穷，比喻家道衰落。一说“波斯”指长髯人，“穷波斯”，就是穷老头儿的意思。［20］无端：无缘无故。［21］败坏：毁损，糟蹋。［22］齿冷：讥笑的意思。［23］断弦未续：丧妻没有再娶。古代用琴瑟象征夫妇，所以死了妻子叫“断弦”，再娶叫“续弦”。传说汉武帝曾用西海进献的鸾胶把断了的弓弦重加黏合。见《汉武外传》。因此后来也称再娶为“胶续”，如后文《小翠》篇“急为胶续”。［24］若个：那个。［25］粪壤：犹如说粪土，比喻贱恶，这里意指已死的人。［26］无伤：不要紧，没有关系。后文《葛巾》篇“不害”，义同。［27］月衔半规：“规”，圆形。“月衔半规”，指农历初八、初九或二十二、二十三，月亮上、下弦的日子。［28］长（cháng）物：多余的东西。［29］撝（huī）：谦抑的意思。后文《仙人岛》篇“撝抑”，《司文郎》篇“撝挹”，义同。［30］箑（jié）：扇。［31］嘉礼：古时的五礼之一，包括好几项节目，后来却专指婚礼。［32］于归：“于”，往的意思。“于归”，指女子出嫁。语出《诗经》：“之子于归，宜其室家。”［33］助妆：女子出嫁，亲友们要赠予首饰衣物之类的礼品，这种礼品叫作“助妆”，也叫“添箱”。［34］老耄（mào）：八九十岁的年纪叫作“耄”。“老耄”，一般指年纪很老。［35］脱边幅：“边幅”，本指布帛的整齐，后来用以比喻人的举动容止，把不打扮、不修饰，随随便便的样子叫作“不修边幅”。这里“脱边幅”是不拘礼节的意思。［36］指画：指挥。［37］高会：盛大的宴会。［38］邂逅（xiè hòu）：偶然的遇见。［39］自刭（jǐng）：自刎，自己割颈而死。［40］口占两绝：作诗文不用动笔起草，随口便念出来，叫作“口占”。“绝”，“绝句”的省词，古诗体的一种，每首四句，每句五字或七字，叫作五绝、七绝。这里是两首共八句，所以说“两绝”。［41］业果：犹如说报应。佛教说法：“业”有善业，有恶业，因而分出人、天、鬼、畜等不同的果报。是宿命论的迷信说法。这里指的是由于前生的“恶业”而招致的今生的“恶果”。［42］阳台更作云：“阳台”，指男女欢会的地方。故事出自宋玉《高唐赋序》。《序》里说：先王（指楚怀王）游高唐，梦见神女和他欢好，自称在巫山之阳，阳台之下，旦为朝云，暮为行雨。后文《细侯》篇“无复行云梦楚王”，也是引用这一典故。这里“阳台更作云”，“阳台”还有双关的意思，指死后又和阳间生人欢会，所以说“更作云”。［43］欷歔：形容哭泣抽噎的声音。［44］蓬游无底：像蓬草随风飞转一样没有归宿。［45］白足：赤脚。［46］鬅（péng）松：头发散乱的样子。［47］汍澜：形容眼泪流得很厉害的样子。［48］申旦：从夜晚到天亮。［49］志表：指墓前的标识物，墓碑和华表之类。［50］息驾：“驾”，车马。“息驾”，停下了车马。［51］坟兆万接：“兆”，坟地。“坟兆万接”，形容坟墓很多，一个连接一个。［52］怪：甚，很。［53］色作努：发怒。“努”指努目，瞪眼睛。［54］香草沈罗：指屈原被楚怀王放逐，怀石自沉于汨罗江的故事。屈原在他的著作里，用香草比喻忠贞之士；这里就用以比喻屈原自己。［55］东山佩玦：春秋时，晋献公命太子申生讨伐东山皋落氏，临行时，给他金玦佩带。金玦是镶金的玉玦，像环而有缺。古代用玦象征决绝，给他玦，就是表示不要他回来。见《左传》。［56］脾鬲间物：指心。

促　织[1]

宣德[2]间，宫中尚[3]促织之戏，岁征民间。此物故非西[4]产；有华阴令，欲媚上官，以一头进，试使斗而才[5]，因责常供。令以责之里正[6]。市中游侠儿[7]，得佳者笼养之，昂其直，居[8]为奇货。里胥[9]猾黠，假此科敛丁口[10]，每责一头，辄倾数家之产。邑有成名者，操童子业[11]，久不售。为人迂讷，遂为猾胥报充里正役。百计营谋，不能脱。不终岁，薄产累尽。会征促织，成不敢敛户口，而又无所赔偿，忧闷欲死。妻曰："死何裨益，不如自行搜觅，冀有万一之得。"成然之。早出暮归，提竹筒、铜丝笼，于败堵丛草处，探石发穴，靡计不施，迄无济。即捕得三两头，又劣弱，不中于款[12]。宰严限追比[13]，旬余，杖至百，两股间脓血流离[14]，并虫亦不能行捉矣。转侧床头，惟思自尽。时村中来一驼背巫，能以神卜。成妻具资诣问。见红女白婆，填塞门户。入其舍，则密室垂帘，帘外设香几。问者爇香于鼎，再拜。巫从旁望空代祝，唇吻翕辟[15]，不知何词，各各竦立以听。少间，帘内掷一纸出，即道人意中事，无毫发爽[16]。成妻纳钱案上，焚拜如前人。食顷，帘动，片纸抛落。拾视之，非字而画，中绘殿阁类兰若，后小山下怪石乱卧，针针丛棘，青麻头[17]伏焉；旁一蟆，若将跳舞。展玩不可晓。然睹促织，隐中胸怀，折藏之，归以示成。成反复自念："得无教我猎虫所耶？"细瞻景状，与村东大佛阁真逼似。乃强起扶杖，执图诣寺后，有古陵蔚起[18]。

循陵而走，见蹲石鳞鳞[19]，俨然类画。遂于蒿莱中侧听徐行，似寻针芥。而心、目、耳力俱穷，绝无踪响。冥搜未已，一癞头蟆，猝然跃去。成益愕，急逐趁之。蟆入草间。蹑迹披求，见有虫伏棘根。遽扑之，入石穴中。掭以尖草，不出；以筒水灌之，始出。状极俊健。逐而得之。审视：巨身修尾，青项金翅。大喜，笼归，举家庆贺，虽连城拱璧[20]不啻也。土于盆而养之，蟹白栗黄[21]，备极护爱。留待限期，以塞官责。成有子九岁，窥父不在，窃发盆。虫跃掷径出，迅不可捉。及扑入手，已股落腹裂，斯须[22]就毙。儿惧啼，告母；母闻之，面色灰死，大骂曰："业根[23]！死期至矣！而翁[24]归，自与汝覆算[25]耳！"儿涕而出。未几，成归。闻妻言，如被冰雪。怒索儿，儿渺然不知所往。既，得其尸于井。因而化怒为悲，抢呼[26]欲绝。夫妻向隅[27]，茅舍无烟，相对嘿然，不复聊赖。日将暮，取儿藁葬[28]。近抚之，气息惙然[29]，喜寘榻上，半夜复苏。夫妻心稍慰，但儿神气痴木，奄奄[30]思睡。成顾蟋蟀笼虚，则气断声吞，亦不复以儿为念[31]。自昏达曙，目不交睫。东曦既驾[32]，僵卧长愁。忽闻门外虫鸣，惊起觇视，虫宛然尚在，喜而捕之。一鸣，辄跃去，行且速。复之以掌，虚若无物；手裁举，则又超忽[33]而跃。急趁之，折过墙隅，迷其所在。徘徊四顾，见虫伏壁上。审谛之，短小，黑赤色，顿非前物。成以其小，劣之；惟彷徨瞻顾，寻所逐者。壁上小虫，忽跃落衿袖间。视之：形若土狗，梅花翅，方首长胫，意似良。喜而收之。将献公堂，惴惴[34]恐不当意，思试之斗以觇之。村中少年好事者[35]，驯养一虫，自名"蟹壳青"。日与子弟角，无不胜。欲居之以为利，而高其直，亦无售[36]者。径造庐访成。视成所蓄，掩口胡卢而笑。因出己虫，纳比笼中。成视之，庞然修伟。自增惭怍，不敢与较。少年固强之。顾念：蓄劣物，终无所用，不如拼博一笑。因合纳斗盆。小虫伏不动，蠢若木鸡[37]。少年又大笑。试以猪鬣毛撩拨虫须，仍不动。少年又笑。屡撩之，虫暴怒，直奔，遂相腾击，振奋作声。俄见小虫跃起，张尾伸须，直龁[38]敌领。少年大骇，解令休止。虫翘然矜鸣，似报主知。成大喜。方共瞻玩，一鸡瞥来，径进以啄。成骇立愕呼。幸啄不中，虫跃去尺有咫[39]。鸡健进，逐逼之；虫已在爪下矣。成仓猝莫知所救，顿足失色。旋见鸡伸颈摆扑，临视，则虫集冠上，力叮不释。成益惊喜，掇置笼中。翼日，进宰。宰见其小，怒呵成。成述其异，宰不信。试与他虫斗，虫尽靡[40]；又试之鸡，果如成言。乃赏成，献诸抚军。抚军大悦，以金笼进上，细疏其能。既入宫中，举天下所贡蝴蝶、螳螂、油利挞、青丝额……，一切异状，遍试之，无出其右[41]者。每闻琴瑟之声，则应节而舞，益奇之。上大嘉悦，诏赐抚臣名马衣缎。抚军不忘所自，无何，宰以“卓异”[42]闻。宰悦，免成役；又嘱学使，俾入邑庠。后岁余，成子精神复旧，自言：“身化促织，轻捷善斗，今始苏耳。”抚军亦厚赉成[43]。不数年，田百顷，楼阁万椽，牛羊蹄躈[44]各千计；一出门，裘马过世家焉。

异史氏曰：“天子偶用一物，未必不过此已忘；而奉行者即为定例。加以官贪吏虐，民日贴妇卖儿，更无休止。故天子一跬步[45]皆关民命，不可忽也。独是成氏子以蠹[46]贫，以促织富，裘马扬扬，当其为里正受扑责时，岂意其至此哉！天将以酬长厚者[47]，遂使抚臣、令尹，并受促织恩荫。闻之：一人飞升，仙及鸡犬[48]。信夫！”

【注释】

［1］促织：蟋蟀的别名。 ［2］宣德：明宣宗（朱瞻基）的年号（1426—1435）。 ［3］尚：欢喜，流行。 ［4］西：指陕西。 ［5］才：有本领的意思，这里指促织的勇敢善斗。 ［6］里正：古时设有“里正”，明代叫作“里长”，略如后来的地保。负有代官府征收捐税，摊派徭役，以及驿递、供应等责任。 ［7］游侠儿：古时指一种轻视身家性命，能够救困扶危、为人报仇雪恨的人。后来却作为那些爱交游、好动武、游手好闲、不务正业的人的泛称。 ［8］居：留着，当作。 ［9］里胥：古代的乡职，犹如反动政府时代的保甲长。 ［10］科敛丁口：“科敛”，摊派、凑集的意思。“科敛丁口”，是向每人摊派费用，敲诈勒索。 ［11］操童子业：“童子”，指童生。科举时代，应考的读书人在没有考取秀才之前，不论年纪大小，都称童生。“操童子业”，指童生为了应考而读书，没有考取秀才而又长期处在应考之中。［12］不中（zhòng）于款：不合格。 ［13］严限追比：封建时期，官厅限令役吏或值差的民众，在一定的期间完成某种工作或劳役，到期查验，如果不能够完成，就打板子以示警戒。查验是有周期性的，每过一限期，就传来打一顿，叫作“追比”。后文《仇大娘》篇“敲比”，义同。 ［14］流离：同“淋漓”，形容液体流得很多的样子。这里指血，后文《香玉》篇“泣下流离”，“流离”，指眼泪。《长亭》篇“百口流离”，“流离”，却读本音，是离散失所的意思。［15］翕（xì）辟：忽闭忽张的样子。 ［16］无毫发爽：一丝一毫也不错。［17］青麻头：这里和后文的“蝴蝶”“螳螂”“油利挞”“青丝额”，都是对蟋蟀形象的分类，这些全被认作是上品蟋蟀。 ［18］蔚起：“蔚”是草木茂盛的样子。“蔚起”，形容隆起的土地（这里指古墓）上长有很多草木。 ［19］蹲石鳞鳞：石头一块块在地下排列着，好像鱼鳞一样。 ［20］拱璧：两手合抱的大璧玉。一般用这两字形容珍贵。 ［21］蟹白栗黄：蟋蟀一经到了深

秋，就进入衰老时期，容易死亡。养蟋蟀的人，为了增加它的营养，延长它的寿命，这时就用煮酥的栗子和熟蟹腿肉喂它。“蟹白栗黄”，就是指这一类的饲料。［22］斯须：片刻的时间，一会儿功夫。后文《王十》篇“受其斯须之润”，“斯须”，引申作微少、一点点解释。［23］业根：犹如骂祸种。参看前文《公孙九娘》篇注[41]“业果”条。［24］翁：这里作父亲解释。［25］覆筭：“筭”，这里同“算”。“覆筭”，再来算账的意思。［26］抢(qiāng)呼：头撞地、口喊天，悲痛的表示。［27］向隅：脸对着墙角。古时有“满堂饮酒，一人向隅”的话，本指哭泣，通常引申作被抛开、遗忘解释。［28］藁葬：用草荐裹着尸首埋葬。［29］惙然：形容气息微弱的样子。［30］奄奄：形容只剩了一丝半丝气的样子。［31］这里“但儿神气痴木，奄奄思睡。成顾蟋蟀笼虚，则气断声吞，亦不复以儿为念”数句，是根据青柯亭本。手稿本作：“但蟋蟀笼虚，顾之则气断声吞，亦不敢复究儿”。［32］东曦既驾：“曦”，日色。“东曦既驾”，指太阳从东方出来。古代神话中把太阳当作神，认为它每天早晨乘着六龙驾驭的车子出来，所以说是“驾”。［33］超忽：突然而迅速。［34］惴(zhuì)惴：形容害怕不安的样子。［35］好事者：欢喜干闲事的人。［36］售：这里作购买解释。［37］木鸡：形容外形的呆蠢。《庄子》的寓言：养斗鸡的，要把斗鸡养得具有呆蠢的形象，仿佛是木头雕的，这才能够不动声色，不恃意气，战胜别的斗鸡。［38］龁(hé)：咬。［39］尺有咫(zhǐ)：周时以八寸为“咫”。这里“尺有咫”，指一尺多远。后文《金和尚》篇“尺有咫”，指一尺多厚。［40］靡：披靡，就是打败了。［41］右：上。古时是以右为上的。［42］“卓异”：才能优越的意思。明、清时地方官吏考绩最优的评语。［43］这里“后岁余，成子精神复旧，自言：‘身化促织，轻捷善斗，今始苏耳。’抚军亦厚赉成”数句，是根据青柯亭本。手稿本作：“由此以善养虫名，屡得抚军殊宠。”［44］蹄躈(qiào)：“躈”，同“噭”，口的意思。兽类一口四蹄，这里“牛羊蹄躈各千计”，指牛羊各有两百头。和上文“百顷”“万椽”，都是一种夸张的写法。［45］一跬(kuǐ)步：一举脚叫作“跬”,“跬步”就是半步,犹如说“寸步”。“一跬步”,引申作一举一动解释。［46］蠹:蛀虫。这里指敲诈勒索的里胥像为害的蛀虫。后文《王十》篇“下蠹民生”,“蠹”作动词用,祸害的意思。［47］长(zhǎng)厚者:忠厚老实的人。［48］一人飞升,仙及鸡犬:神话传说中,汉淮南王刘安修炼得道升天,家里鸡犬吃了剩下来的药,也都成了仙。见《神仙传》。

狐　谐

万福，字子祥，博兴人也。幼业儒。家少有[1]而运殊蹇，行年二十有奇[2]，尚不能掇一芹[3]。乡中浇俗[4]，多报富户役[5]，长厚者至碎破其家。万适报充役，惧而逃，如济南，税居逆旅。夜有奔女[6]，颜色颇丽。万悦而私之。请其姓氏。女自言："实狐，但不为君祟耳。"万喜而不疑。女嘱勿与客共，遂日至，与共卧处。凡日用所需，无不仰给于狐。居无何，二三相识，辄来造访，恒信宿不去。万厌之，而不忍拒；不得已，以实告客。客愿一睹仙容。万白于狐。狐谓客曰："见我何为哉？我亦犹人耳。"闻其声，呖呖在目前，四顾，即又不见。客有孙得言者，善俳谑[7]，固请见，且谓："得听娇音，魂魄飞越。何吝容华，徒使人闻声相思？"狐笑曰："贤哉孙子！欲为高曾母作行乐图[8]耶？"诸客俱笑。狐曰："我为狐，请与客言狐典，颇愿闻之否？"众唯唯。狐曰："昔某村旅舍，故多狐，辄出祟行客。客知之，相戒不宿其舍。半年，门户萧索。主人大忧，甚讳言狐。忽有一远方客，自言异国人，望门休止。主人大悦。甫邀入门，即有途人阴告曰：'是家有狐。'客惧，白主人，欲他徙。主人力白其妄，客乃止。入室，方卧，见群鼠出于床下。客大骇，骤奔，急呼：'有狐！'主人惊问。客怨曰：'狐巢于此，何诳我言无？'主人又问：'所见何状？'客曰：'我今所见，细细幺麽[9]，不是狐儿，必当是狐孙子！'"言罢，座客为之粲然。孙曰："既不赐见，我辈留宿，宜勿去，阻其阳台。"狐笑曰："寄宿无妨。倘小有迕犯，幸勿滞怀。"客恐其恶作剧，乃共散去。然数日必一来，索狐笑骂。狐谐甚，每一语即颠倒宾客，滑稽者不能屈也。群戏呼为"狐娘子"。一日，置酒高会，万居主人位，孙与二客分左右座，上设一榻屈狐。狐辞不善酒[10]。咸请坐谈，许之。酒数行，众掷骰为瓜蔓之令[11]。客值瓜色，会当饮，戏以觥移上座曰："狐娘子大清醒，暂借一觞[12]。"狐笑曰："我故不饮；愿陈一典，以佐诸公饮。"孙掩耳不乐闻。客皆言曰："骂人者当罚。"狐笑曰："我骂狐何如？"众曰："可！"于是倾耳共听。狐曰："昔一大臣，出使红毛国[13]，着狐腋冠，见国王。王见而异之，问：'何皮毛，温厚乃尔？'大臣以'狐'对。王言：'此物生平未曾得闻。狐字字画何等？'使臣书空[14]而奏曰：'右边是一大瓜，左边是一小犬。'"主客又复哄堂[15]。二客，陈氏兄弟：一名所见，一名所闻。见孙大窘，乃曰："雄狐何在，而纵雌流毒若此？"狐曰："适一典谈犹未终，遂为群吠所乱，请终之。国王见使臣乘一骡，甚异之。使臣告曰：'此马之所生。'又大异之。使臣曰：'中国马生骡，骡生驹驹[16]。'王细问其状。使臣曰：'马生骡，是"臣所见"；骡生驹驹，乃"臣所闻"。'"举坐又大笑。众知不敌，乃相约：后有开谑端者，罚作东道主[17]。顷之，酒酣，孙戏谓万曰："一联，请君属之。"万曰："何如？"孙曰："妓者出门访情人，来时'万福[18]'，去时'万福'。"合座属思，不能对。狐笑曰："我有之矣。"众共听之。曰："龙王下诏求直谏，鳖也'得言'，龟也'得言'。"四座无不绝倒[19]。孙大恚，曰："适与尔盟，何复犯戒？"狐笑曰："罪诚在我，但非此不成确对耳。明旦设席，以赎吾过。”相笑而罢。狐之诙谐，不可殚述[20]。居数月，与万偕归。及博兴界，告万曰：“我此处有葭莩亲，往来久梗，不可不一讯。日且暮，与君同寄宿，待旦而行可也。”万询其处，指言“不远。”万疑前此故无村落，姑从之。二里许，果见一庄，生平所未历。狐往叩关，一苍头[21]出应门。入，则重门叠阁，宛然世家。俄见主人，有翁与媪。揖万而坐，列筵丰盛，待万以姻娅[22]。遂宿焉。狐早谓曰：“我遽偕君归，恐骇闻听。君宜先往，我将继至。”万从其言，先至，预白于家人。未几，狐至，与万言笑，人尽闻之，而不见其人。逾年，万复事于济，狐又与俱。忽有数人来，狐从与语，备极寒暄。乃语万曰：“我本陕中人，与君有夙因，遂从尔许时。今我兄弟至矣，将从以归，不能周事[23]。”留之，不可，竟去。

【注释】

[1] 家少有：家里略微有一点财产。 [2] 行年二十有奇（jī）：“行”，这里是经历的意思。“奇”，多余的意思。“行年二十有奇”，就是二十多岁。[3] 掇一芹：中一名秀才的意思。《诗经》有“思乐泮水，薄采其芹”的句子，因而习惯就把“采芹”引申为入泮。参看前文《叶生》篇注[64]“游泮”条。[4] 浇俗：浇薄的风俗，坏风俗。 [5] 富户役：指里正，参看前文《促织》篇注[6]“里正”条。当时官府规定选派富户来承担里正，以便尽情剥削；富户却贿赂官府，力求避免承当。后来一般都派的是中人之家。其中也有人可以借此机会发财，但多数的人是没有办法向地方上豪绅地主摊派勒索的，就只好自己掏腰包赔垫，每每因此而倾家荡产。尽管很少有富户来承担这种职务，民间却习惯地称它为“富户役”。 [6] 奔女：封建礼教，男女婚姻，要有“父母之命，媒妁之言”，不允许自由结合。如果女的和男的恋爱而跑去找他，就称之为“奔”，表示鄙弃。“奔女”，就指的这种女子。 [7] 俳谑：开玩笑、诙谐、说俏皮话。 [8] 行乐图：人物画像，从画像中画出愉快的动作和

表情。［9］幺麽：细小。［10］不善酒：不会喝酒。［11］令："酒令"的省词。酒令是宴会进行时的游戏，让轮到的或输了的人喝酒。这里的"瓜蔓之令"，是酒令中之一种。［12］借一觞："借"，在这里是替代的意思。"借一觞"，犹如说代喝一杯。［13］红毛国：指荷兰。荷兰人须发都是赭赤色，因之，明代人称之为"红毛国人"，也叫"红毛番"。［14］书空：用手指在空中画字。［15］哄堂：满屋子的人同时大笑。［16］按公驴和母马交配生骡，俗称"马骡"；公马和母驴交配生驴骡，也叫"矮骡""驮騠""駏驉"，疑即这里所说的"驹驹"。骡及驴骡一般均无生殖力，所以下文说："骡生驹驹，乃'臣所闻'。"［17］东道主：请客，做东。郑国使臣到秦国去，对秦国说，如果秦国有事经过郑国，郑国可以做东道主，供应一切。郑国在秦国的东方，所以称"东道"。见《左传》。后来就以"东道主"指做主人。［18］万福：古代妇女敬礼时，双手在襟前合拜，口里说着"万福"。后来就用"万福"作为这种敬礼的代用语。［19］绝倒：狂笑，笑得前仰后合。［20］不可殚述："殚"，尽、完的意思。"不可殚述"，说不尽，说不完。［21］苍头：指奴仆。"苍"，深青的颜色。汉代社会制度，奴仆要用苍色的头巾包头，因此后来称奴仆为"苍头"。［22］姻娅：古时以女婿的父亲为姻，两婿彼此互称为娅；后来一般用"姻娅"二字泛指亲戚。［23］周事：终身侍奉。

续黄粱[1]

福建曾孝廉，高捷南宫时，与二三新贵，遨游郊郭。偶闻毗卢禅院寓一星者[2]，因并骑往诣问卜。入揖而坐。星者见其意气，稍佞谀之。曾摇箑微笑，便问："有蟒玉分否[3]？"星者正容许二十年太平宰相。曾大悦，气益高[4]。值小雨，乃与游侣避雨僧舍。舍中一老僧，深目高鼻，坐蒲团上，淹蹇不为礼。众一举登榻自话，群以宰相相贺。曾心气殊高，指同游曰："某为宰相时，推张年丈[5]作南抚[6]，家中表为参、游[7]，我家老苍头亦得小千、把[8]，于愿足矣。"一坐大笑。俄闻门外雨益倾注。曾倦伏榻间，忽见有二中使[9]，赍[10]天子手诏，召曾太师[11]决国计。曾得意疾趋入朝。天子前席[12]温语良久，命三品以下，听其黜陟[13]；赐蟒玉名马。曾被服[14]稽拜以出。入家，则非旧所居第，绘栋雕榱，穷极壮丽，自亦不解何以遽至于此。然撚髯微呼，则应诺雷动。俄而公卿赠海物[15]，伛偻足恭者[16]，叠出其门。六卿[17]来，倒屣而迎[18]；侍郎[19]辈，揖与语；下此者[20]，颔之[21]而已。晋抚馈女乐十人，皆是好女子，其尤者为袅袅，为仙仙，二人尤蒙宠顾。科头休沐[22]，日事声歌。一日，念微时[23]尝得邑绅王子良周济我，今置身青云[24]，渠尚蹉跎仕路[25]，何不一引手？早旦一疏，荐为谏议[26]，即奉俞旨[27]，立行擢用。又念郭太仆[28]曾睚眦[29]我，即传吕给谏[30]及侍御陈昌等，授以意旨。越日，弹章[31]交至，奉旨削职以去。恩怨了了，颇快心意。偶出郊衢，醉人适触卤簿，即遣人缚付京尹[32]，立毙仗下。接第连阡者，皆畏势献沃产。自此富可埒国。无何，而袅袅、仙仙，以次殂谢，朝夕遐想。忽忆曩年见东家女绝美，每思购充媵御，辄以绵薄违宿愿[33]，今日幸可适志。乃使干仆数辈，强纳资于其家。俄顷，藤舆舁至，则较昔之望见时，尤艳绝也。自顾生平，于愿斯足。又逾年，朝士窃窃[34]，似有腹非[35]之者，然各为立仗马[36]；曾亦高情盛气，不以置怀。有龙图学士包[37]上疏，其略曰："窃以曾某，原一饮赌无赖，市井小人。一言之合，荣膺圣眷，父紫儿朱[38]，恩宠为极。不思捐躯摩顶[39]以报万一，反恣胸臆[40]擅作威福。可死之罪，擢发难数[41]。朝廷名器[42]，居为奇货，量缺[43]肥瘠，为价重轻。因而公卿将士，尽奔走于门下，估计夤缘[44]，俨如负贩，仰息望尘[45]，不可筭数。或有杰士贤臣，不肯阿附[46]，轻则置之闲散[47]，重则褫以编氓[48]。甚且一臂不袒[49]，辄迕鹿马之奸[50]；片语方干，远窜豺狼之地[51]。朝士为之寒心，朝廷[52]因而孤立。又且平民膏腴[53]，任肆蚕食；良家女子，强委禽妆。沴气[54]冤氛，暗无天日！奴仆一到，则守、令承颜[55]；书函一投，则司、院[56]枉法。或有厮养之儿[57]，瓜葛之亲，出则乘传，风行雷动。地方之供给稍迟，马上之鞭挞立至。荼毒人民，奴隶官府，扈从所临，野无青草。而某方炎炎赫赫[58]，怙宠无悔。召对方承于阙下[59]，萋菲辄进于君前[60]；委蛇才退于自公[61]，声歌已起于后苑。声色狗马，昼夜荒淫，国计民生，罔存念虑。世上宁有此宰相乎？内外骇讹[62]，人情汹汹。若不急加斧锧之诛，势必酿成操、莽之祸[63]。臣夙夜只惧，不敢宁处[64]。冒死列款，仰达宸听[65]。伏祈断奸佞之头，籍[66]贪冒[67]之产，上回天怒，下快舆情。如果臣言虚谬，刀锯鼎镬[68]，即加臣身”云云。疏上，曾闻之气魄悚骇，如饮冰水。幸而皇上优容，留中不发[69]。继而科、道、九卿[70]，交章劾奏，即昔之拜门墙、称假父[71]者，亦反颜相向。奉旨籍家，充云南军[72]。子任平阳[73]太守，已差员前往提问。曾方闻旨惊怛，旋有武士数十人，带剑操戈，直抵内寝[74]，褫其衣冠，与妻并系。俄见数夫运资于庭，金银钱钞，以数百万，珠翠瑙玉数百斛，幄幕帘榻之属，又数千事，以至儿襁女舄，遗坠庭阶。曾一一视之，酸心刺目。又俄而一人掠美妾出，披发娇啼，玉容无主。悲火烧心，含愤不敢言。俄楼阁仓库，并已封志，立叱曾出。监者牵罗曳而出。夫妻吞声就道，求一下驷劣车，少作代步，亦不得。十里外，妻足弱，欲倾跌，曾时以一手相攀引。又十余里，已亦困惫。欻见高山，直插霄汉[75]，自忧不能登越，时挽妻相对泣。而监者狞目来窥，不容稍停驻。又顾斜日已坠，无可投止，不得已，参差蹩躠[76]而行。比至山腰，妻力已尽，泣坐路隅。曾亦憩止，任监者叱骂。忽闻百声齐噪，有群盗各操利刃，跳梁[77]而前。监者大骇，逸去。曾长跪言：“孤身远谪，橐中无长物。”哀求宥免。群盗裂眦宣言：“我辈皆被害冤民，只乞得佞贼头，他无索取。”曾叱怒曰：“我虽待罪，乃朝廷命官，贼子何敢尔！”贼亦怒，以巨斧挥曾项，觉头堕地作声。魂方骇疑，即有二鬼来，反接[78]其手，驱之行。行逾数刻，入一都会。顷之，睹宫殿，殿上一丑形王者，凭几决罪福。曾前匐伏请命[79]。王者阅卷，才数行，即震怒曰：“此欺君误国之罪，宜置油鼎！”万鬼群和，声如雷霆。即有巨鬼捽[80]至墀下。见鼎高七尺已来，四围炽炭，鼎足尽赤。曾觳觫[81]哀啼，窜迹无路。鬼以左手抓发，右手握踝，抛置鼎中。觉块然[82]一身，随油波而上下。皮肉焦灼，痛彻于心；沸油入口，煎烹肺腑。念欲速死，而万计不能得死。约食时，鬼方以巨叉取曾出，复伏堂下。王又检册籍，怒曰：“倚势凌人，合受刀山狱！”鬼复捽去。见一山，不甚广阔，而峻削壁立，利刃纵横，乱如密笋。先有数人罥肠[83]刺腹于其上，呼号之声，惨绝心目。鬼促曾上。曾大哭退缩。鬼以毒锥刺脑，曾负痛乞怜。鬼怒，捉曾起，望空力掷。觉身在云霄之上，晕然一落，刃交于胸，痛苦不可言状。又移时，身躯重赘，刀孔渐阔，忽焉脱落，四支蠖屈[84]。鬼又逐以见王。王命会计生平卖爵鬻名，枉法霸产，所得金钱几何。即有髯须人持筹握算，曰：“三百二十一万。”王曰：“彼既积来，还令饮去。”少间，取金钱堆阶上如丘陵，渐入铁釜，熔以烈火。鬼使数辈，更以杓灌其口：流颐则皮肤臭裂，入喉则脏腑腾沸。生时患此物之少，是时患此物之多也。半日方尽。王者令押去甘州[85]为女。行数步，见架上铁梁，围可数尺，绾一火轮，其大不知几百由旬[86]，焰生五采，光耿[87]云霄。鬼挞使登轮。方合眼跃登，则轮随足转，似觉倾坠，遍体生凉。开眸自顾，身已婴儿，而又女也。视其父母，则悬鹑[88]败絮。土室之中，瓢杖犹存。心知为乞人子。日随乞儿托钵[89]，腹辘辘然[90]常不得一饱；着败衣，风常刺骨。十四岁，鬻与顾秀才备媵妾，衣食粗足自给。而冢室[91]悍甚，日以鞭箠从事，辄以赤铁烙胸乳；而幸良人[92]颇怜爱，稍自宽慰。东邻恶少年，忽逾垣来逼与私。乃自念前身恶孽，已被鬼责，今那得复尔。于是大声疾呼，良人与嫡妇尽起，恶少年始窜去。居无何，秀才宿诸其室，枕上喋喋，方自诉冤苦，忽震厉一声，室门大辟，有两贼持刀入，竟决[93]秀才首，囊括衣物。团伏被底，不敢复作声。既而贼去，乃喊奔嫡室。嫡大惊，相与泣验。遂疑妾以奸夫杀良人，因以状白刺史[94]。刺史严鞫，竟以酷刑定罪案，依律凌迟[95]处死。絷赴刑所。胸中冤气扼塞，距踊声屈[96]，觉九幽十八狱[97]，无此黑黯也。正悲号间，闻游者呼曰："兄梦魇[98]耶？"豁然而寤，见老僧犹跏趺[99]座上。同侣竞相谓曰："日暮腹枵[100]，何久酣睡？"曾乃惨淡而起。僧微笑曰："宰相之占验否？"曾益惊异，拜而请教。僧曰："修德行仁，火坑中有青莲[101]也。山僧何知焉？"曾胜气而来，不觉丧气而返，台阁之想[102]，由此淡焉。入山不知所终。

异史氏曰："福善祸淫，天之常道[103]。闻作宰相而忻然于中者，必非喜其鞠躬尽瘁[104]可知矣。是时方寸中，宫室妻妾，无所不有。然而梦固为妄，想亦非真；彼以虚作，神以幻报。黄粱将熟，此梦在所必有，当以附之'邯郸'之后。"

【注释】

[1] 续黄粱："黄粱"，指唐传奇《枕中记》故事。《枕中记》载：卢生在邯郸旅店里遇到一位道者吕翁。卢生对他诉说自己的穷困不得志，于是吕翁给他一个枕头，教他枕着睡觉，就可以荣适如意。卢生依言，果然经历大富大贵，活到八十多岁才死；一觉醒来，方知是做了一场大梦，当时店主人蒸的黄粱还没有熟。本篇是仿照《枕中记》的体裁加以发展而写成的，所以题名《续黄粱》。本篇最后说："黄粱将熟，此梦在所必有，当以附之'邯郸'之后。"即此意。

［2］星者：算命的人。迷信说法：根据人的生年月日，按照天上星宿来推算，就可以知道一生的禄命，因称操此为业的人为“星者”，也叫“星士”。［3］有蟒玉分否：“蟒”，蟒袍，清时官员的制服。“玉”，玉带，明、清时，一品官员才准许佩玉带。“有蟒玉分否”，就是问有做大官的命运没有。［4］气益高：气焰更高傲了。后文“胜气”，就是指高傲的气概。［5］年丈：科举时代，称同年家里较疏远的亲戚长辈为年丈。参看前文《青凤》篇注［48］“年家子”条。［6］南抚：明代应天巡抚的专称，其全衔为“总理粮储、提督军务、兼巡抚应天等府”。［7］参、游：参将和游击，明、清时中上级武官的名称，其地位略如后来的上校和中校。［8］千、把：千总和把总，明、清时低级武官的名称，其地位略如后来的中尉和少尉。［9］中使：皇宫的使者。［10］赍（jī）：拿着东西给人。［11］太师：封建时代“三公”的首席，是最高的官位。［12］前席：古人席地而坐，彼此谈到高兴时，就移坐向前凑近一点，叫作“前席”。［13］黜陟（chù zhì）：降职或升官。［14］被服：穿着衣服。这里指改穿蟒袍。［15］海物：海味，海产。［16］伛偻（yǔ lǚ）足恭者：指巴结谄媚的人。“伛偻”，弯着腰，表示恭敬的样子。“足恭”，过分地谦恭。［17］六卿：周时以太宰、大司徒、大司伯、大司马、大司寇、大司空为六官，就是“六卿”。这里指明、清时的吏、户、礼、兵、刑、工六部尚书。［18］倒屣而迎：古人席地而坐，所以要脱掉鞋子。“倒屣而迎”，形容来了贵客时，来不及把鞋子穿好，就匆匆忙忙地倒踏着鞋子出去迎接。［19］侍郎：明、清时中央各部的副长官，其地位略如后来的次长、副部长。［20］下此者：指地位比侍郎还要低的官员。［21］颔之：本是点头答应的意思，这里却形容由于轻视而随便打个招呼的样子。［22］科头休沐：“科头”，光着头不戴帽子。“休沐”，见前文《罗刹海市》篇注［34］。“科头休沐”，指在家休息，随随便便的样子。［23］微时：卑贱时。［24］置身青云：“青云”，比喻高的官位。“置身青云”，就是做了大官。［25］蹉跎仕路：颠连困苦，虚度光阴叫作“蹉跎”。“蹉跎仕路”，指在做官方面不得意、没有进展。［26］谏议：古谏官名，谏议大夫的省称。［27］俞旨：

皇帝答应的声音叫作“俞”。“俞旨”，皇帝许可的旨意。 [28] 太仆：官名，指明、清时太仆寺卿和少卿，是掌管牧马政令的官员。 [29] 睚眦（yá zì）：“睚”，眼角。“眦”，眼眶。“睚眦”，指发怒时瞪着眼睛看人的样子。这里作动词用。后文《冤狱》篇“睚眦之怒”，指极小的仇隙。 [30] 给谏：明、清时谏官给事中的别称。 [31] 弹章：弹劾的奏本。 [32] 京尹：京兆尹，略如后来的首都市长。 [33] 宿愿：旧愿。 [34] 朝士窃窃：“朝士”，朝里的官员。“窃窃”，形容彼此私相议论的样子。 [35] 腹非：口中不言，心里反对。[36] 各为立仗马：唐代皇帝临朝时，用八匹马列立在宫门外面，作为仪仗之一，叫作“立仗马”。这种马经过训练，站在那里并不嘶叫，可以保持肃静。唐玄宗时，奸臣李林甫做宰相，凡是谏官正言进谏的，都遭他贬斥。他曾告诉谏官们说：你们看见过立仗马没有？它们整日无声，可吃三品的豆料；但是只要一鸣叫，就被赶走了。意思是警告他们，要做官就不要多说话，不然，就不能在朝里为官了。故事见《唐书》。这里“各为立仗马”，就是各人为了保持自己的官位，不敢随便发言的意思。 [37] 龙图学士包：包，本指包拯。宋包拯曾任龙图阁直学士。参看前文《商三官》篇注[5]“阎罗包老”条。这里是借指正直的官员。 [38] 父紫儿朱：“朱”“紫”，指官服。唐时三品以上的官员可以穿紫服，五品以上的官员可以穿朱服。“父紫儿朱”，就是父亲（指曾自己）和儿子都做了大官的意思。 [39] 捐躯摩顶：“捐”，舍弃。“捐躯摩顶”，和粉身碎骨之意略同，指牺牲自己。 [40] 恣胸臆：任意而为的意思。“胸臆”，当胸之处，古人认为心是思想的发源地，所以以“胸臆”指思想。 [41] 擢发难数：“擢”，拔的意思。“擢发难数”，拔下头发一根根地为所做的罪恶记数都数不清，极言罪恶之多。 [42] 朝廷名器：官位的意思。“名”，指官员的爵号。“器”，指官员的车服。 [43] 缺：官缺，官位。 [44] 估计夤缘：“估计”，指计算买卖官位的价钱。“夤缘”，攀缘，依附，指巴结有权有势的人来谋取自己的爵禄。后文《阿绣》篇“莫可夤缘”，“夤缘”，引申作找机会、想办法的意思解释。 [45] 望尘：望尘而拜的意思，指巴结权贵。晋石崇和潘安，为了谄媚当时的广成君贾谧，远远地看见他的车尘，就赶快拜在路旁。见《晋书》。［46］阿附：顺从附和。［47］闲散：指无关紧要、不足重轻的官位。［48］褫(chí)以编氓："褫"，解除、剥夺。"氓"，平民，百姓。"编氓"，编列在户口簿里的平民。"褫以编氓"，解除他的官位，让他做一个普通的百姓。［49］一臂不袒：汉高祖死后，吕后任用吕家子侄为王，有夺取刘家政权的危险。当时周勃做太尉，他召集军队，当众宣布说：赞助吕家的可以右袒(把右臂袒露出来)，赞助刘家的左袒。结果全军都左袒。见《史记》。后来就以偏助某一方面为"左袒"。这里"一臂不袒"，就是不肯顺从附和的意思。［50］辄迕鹿马之奸：秦二世时，赵高做丞相。他要试验群臣是不是顺从着他，就牵着一头鹿到二世面前，故意说是马。二世说：这是鹿，不是马。于是问左右臣子。大家有的说是鹿；有的为了巴结赵高，也附和着说是马。说是鹿的人，后来都被赵高设法排除掉了。见《史记》。"辄迕鹿马之奸"，意思是由于不肯顺从迎合奸臣颠倒黑白的言行而得罪、冒犯了他。［51］远窜豺狼之地：指谪贬到野兽出没的地区，也就是偏僻瘠苦的地方。［52］朝廷：这里指皇帝。［53］膏腴：良田美地。［54］沴(lì)气：古人认为，天地间有一种不和的恶气，名为"沴气"，这是不科学的说法。这里是借用，犹如说邪气、歪风。［55］守、令承颜："守、令"，太守和县令。"承颜"，仰承着脸色，也就是顺从着的意思。［56］司、院："司"，两司，指藩台和臬台。藩台，见前文《偷桃》篇注［4］"藩司"条。臬台，清时主管一省刑名的官员。"院"，两院，指总督和巡抚。清代规定，总督和巡抚分别兼有都察院右都御史和右副都御史的虚衔，所以称为"两院"。后文《胭脂》篇"院司"，指巡抚和臬台。参看前文《红玉》篇注［34］"督抚"条。［57］厮养之儿：指仆役。古时指做烧饭养马一类事情的人为"厮养"。［58］炎炎赫赫：形容炙手可热，很有威势的样子。［59］阙下：皇帝住的地方叫作"阙下"。［60］萋菲辄进于君前："萋菲"，指很少的、不太显著的错杂的文彩。"菲"，本应作"斐"。语出《诗经》，"萋兮斐兮，成是贝锦。"(一种像贝壳上花纹一样的锦帛)这是一句比喻的话。"萋菲辄进于君前”，意思是在皇帝面前进谗言，把别人一点点小过失说成大罪，就像把略有文彩的东西当做贝锦一样。［61］委蛇（wēi yí）才退于自公：“委蛇”，形容从容自得的样子。语出《诗经》，“退食其公，委蛇委蛇。”从前解释，这两句是指节俭正直的大臣，公毕从容退朝回家进餐，这里却借以形容奸臣得意忘形地由朝中回家的样子。［62］讹：疑“诧”字之误。［63］操、莽之祸：曹操和王莽。王莽在西汉末年杀死平帝（刘衎）改立孺子婴，自己摄政，后来篡位自立，改国号为新。曹操在东汉末挟持献帝（刘协），自为丞相，进封魏王。死后儿子曹丕篡位，追尊他为魏武帝。这里“势必酿成操、莽之祸”，就是说曾太师有篡位的危险。［64］宁处：安居。［65］宸听：封建时代，称帝王住的地方为“宸居”，引申把帝王的言行举动和有关事物都叫作“宸”。“宸听”，指皇帝的听闻。［66］籍：籍没的省称。把罪人的财产登记在簿册上而加以没收，叫作“籍没”，就是“抄家”。下文“籍家”，义同。［67］贪冒（mò）：贪污。［68］鼎镬（huò）：本是古代烹饪的器具。古时暴虐的统治者，把鼎镬里放上油，用来烹煮活人，因之它就成为一种惨酷的刑具，也就是下文所说的“油鼎”。［69］留中不发：把奏本留在宫里不发出来。［70］科、道、九卿：明、清时都察院所属的谏官，有吏、户、礼、兵、刑、工六科给事中和十五道监察御史，统称“科、道”。“九卿”，明时指六部尚书和都察院都御史、通政司使、大理寺卿；清时指都察院、大理寺、太常寺、光禄寺、鸿胪寺、太仆寺、通政司、宗人府、銮仪卫的主官。［71］假父：义父，干爷。［72］充云南军：“充军”，明代把罪犯发放到边远地区去的一种流刑。“充云南军”，充军到云南去。［73］平阳：明、清时府名，府治在今山西临汾县。［74］内寝：内室，寝室。［75］霄汉：天边。［76］参差（cēn cī）蹩躠（bié xuē）：形容走路时歪歪倒倒的样子。［77］跳梁：形容乱跳乱动的强横样子。［78］反接：把两手反绑在背后。［79］匐（fú）伏请命：“匐伏”，伏在地下。“请命”，请求饶命。［80］捽（zuó）：揪，扭，抓。［81］觳觫（hú sù）：形容害怕的样子。［82］块然：形容单独的样子。［83］罥肠：挂住肠子。［84］四支蠖（huò）屈：“支”，这里同“肢”。

“蠖”，尺蠖虫的幼虫，行时一屈一伸，先屈后伸地前进。“四支蠖屈”，形容手脚像屈缩的尺蠖一样地团在一起的样子。［85］甘州：清府名，府治在今甘肃张掖市。［86］由旬：佛经里里数的名称：上由旬六十里，中由旬五十里，下由旬四十里。一说：大由旬八十里，中由旬六十里，下由旬四十里。［87］耿：光明，引申作照耀解释。［88］悬鹑：鹑鸟的尾部是秃的。把鹑鸟悬挂起来，看去好像破烂的衣服，因之“悬鹑”就成为破烂衣服的代词。［89］托钵：本是佛家话，指和尚手托着钵盂到处募化，这里指乞丐要饭。［90］辘辘然：本是形容车声，这里借以形容腹内饥饿时发出的响声。［91］冢室：大妇，嫡妻。［92］良人：古时妇女对丈夫的称呼。［93］决：杀戮。［94］刺史：古代官名，职掌时有变动。唐代是州郡的主官，这里是清时知州（州的长官）的别称。［95］凌迟：古时一种先碎剐肢体，最后才割断喉咙的酷刑。［96］距踊声屈：跳脚喊冤。［97］九幽十八狱：迷信说法：“九幽”，指地下深邃幽冥之处，犹如说“九泉”。“十八狱”，十八层地狱的省称，是阴间拘惩罪犯的地方。［98］梦魇（yǎn）：做了恐怖的梦。［99］跏趺：指打坐，“结跏趺坐”的省称。参看前文《瞳人语》篇注［21］“趺坐”条。［100］腹枵（xiāo）：“枵”，空虚的意思。“腹枵”，肚子饿了。［101］火坑中有青莲：佛家说法：人死后如堕入地狱、饿鬼、畜生三恶道，就要受尽痛苦，谓之“火坑”。“青莲”，一种清净香洁、不染纤尘的花，出西竺，梵语称为“优钵罗花”。“火坑中有青莲”，是一句比喻的话，意思是尽管所处的环境不好，但只要自己觉悟，努力修道，还是可以获得解脱的。［102］台阁之想：做大官的念头。古代以三公为“三台”；三公才能有阁。明代称宰相为“阁老”；清代也有“内阁大学士”，等于宰相的职位。所以“台阁”是指宰相、大学士、尚书一类最大的大官。［103］福善祸淫，天之常道：这是《书经》里的一句话：“天道福善祸淫。”意思是上天对行善的人降福，对淫邪的人降祸，这虽是一种迷信的说法，却含有惩恶劝善的意义。［104］鞠躬尽瘁：“鞠躬”，形容恭敬谨慎地做事的样子。“鞠躬尽瘁”，意思是尽力国事，不辞劳苦。

小猎犬

山右[1]卫中堂[2]，为诸生时，厌冗扰，徙斋僧院。苦室中蜰虫[3]、蚊、蚤甚多，竟夜不成寝[4]。食后，偃息[5]在床。忽一小武士，首插雉尾，身高两寸许；骑马大如蜡[6]；臂上青鞲[7]，有鹰如蝇；自外而入，盘旋室中，行且驶[8]。公方凝注，忽又一人入，装亦如前，腰束小弓矢，牵猎犬如巨蚁。又俄顷，步者骑者，纷纷来以数百辈，鹰亦数百臂[9]，犬亦数百头。有蚊蝇飞起，纵鹰腾击，尽扑杀之。猎犬登床缘壁[10]，搜噬虱蚤，凡罅隙之所伏藏，嗅之无不出者。顷刻之间，决杀殆尽。公伪睡睨之，鹰集犬窜于其身。既而一黄衣人，著平天冠[11]，如王者，登别榻，系驷苇篾间。从骑皆下，献飞献走[12]，纷集盈侧，亦不知作何语。无何，王者登小辇[13]，卫士仓皇，各命鞍马，万蹄攒奔，纷如撒菽[14]，烟飞雾腾，斯须散尽。公历历[15]在目，骇诧不知所由。蹑履[16]外窥，渺无迹响。返身周视，都无所见，惟壁砖上遗一细犬。公急捉之，且驯；置砚匣中，反复瞻玩。毛极细茸，项上有小环。饲以饭颗，一嗅辄弃去。跃登床榻，寻衣缝，啮[17]杀虮虱。旋复来伏卧。逾宿，公疑其已往，视之，则盘伏如故。公卧，则登床箦，遇虫辄噉毙，蚊蝇无敢落者。公爱之甚于拱璧。一日昼寝，犬潜伏身畔。公醒转侧，压于腰底。公觉有物，固疑是犬，急起视之，已匾而死，如纸剪成者然。然自是壁虫无噍类[18]矣。

【注释】

［1］山右：山西的别称。山西在太行山的右边，所以称为“山右”。后文《司文郎》篇“山左、右”，山左指山东，因为山东在太行山左边。［2］卫中堂：唐代在中书省里设政事堂，是宰相办公的地方，后来就称宰相为“中堂”。这里的“卫中堂”，指卫周祚，清世祖时，曾任保和殿大学士和吏部尚书等官职。［3］蜚虫：就是臭虫。［4］竟夜不成寝：一夜睡不着觉。［5］偃息：休息。［6］蜡：“蛆”字的古写。又读如 cù，一种虫名。这里说武士“身高两寸许”，马大如蛆是不切合的，似应照后一解释。是何种虫，待考。［7］韝(gōu)：像袖套一样的皮质臂衣，把手臂束紧，以便利骑射，也叫“窄袖”。［8］驶：快。［9］数百臂：就是几百只。因为猎鹰放在臂上，所以称为“数百臂”。［10］缘壁：沿着墙壁，在墙壁上爬行。［11］平天冠：本是古时帝王祭祀时候专用的礼帽，这里泛指帝王戴的帽子。［12］献飞献走：“飞”，指鸟类；“走”，指兽类。这里“飞”指蚊蝇，“走”指虱蚤。［13］辇：帝王坐的车子。［14］撒菽：马蹄翻动，像洒豆子一样，形容马跑得快。［15］历历：形容清清楚楚，明明白白。［16］蹑履：踏着鞋子，放轻脚步的样子。［17］啮(niè)：咬。［18］无噍(jiào)类：“噍”，嚼吃的意思。活的生物是要吃东西的，因而以“噍类”指生存的生物。“无噍类”，就是一个活的也没有了。

辛十四娘

广平冯生，正德[1]间人。少轻脱纵酒[2]。昧爽偶行，遇一少女，着红帔，容色娟好；从小奚奴[3]，蹑露奔波[4]，履袜沾濡。心窃好之。薄暮醉归，道侧故有兰若，久芜废，有女子自内出，则向丽人也。忽见生来，即转身入。阴念：丽者何得在禅院中？絷驴于门，往觇其异。入，则断垣零落，阶上细草如毯。傍徨间，一班白[5]叟出，衣帽整洁，问："客何来？"生曰："偶过古刹，欲一瞻仰。翁何至此？"叟曰："老夫流寓无所，暂借此安顿细小[6]。既承宠降，有山茶可以当酒。"乃肃宾入。见殿后一院，石路光明，无复蓁莽。入其室，则帘幌[7]床幙，香雾喷人。坐展姓字。云："蒙叟姓辛。"生乘醉遽问曰："闻有女公子，未遭良匹，窃不自揣，愿以镜台自献[8]。"辛笑曰："容谋之荆人。"生即索笔为诗曰："千金觅玉杵，殷勤手自将；云英如有意，亲为捣玄霜。"[9]主人笑付左右。少间，有婢与辛耳语。辛起，慰客耐坐，牵幕入，隐约三数语，即趋出。生意必有佳报，而辛乃坐与嗢噱[10]，不复有他言。生不能忍，问曰："未审意旨，幸释疑抱[11]。"辛曰："君卓荦[12]士，倾风已久。但有私衷，所不敢言耳。"生固请之。辛曰："弱息十九人，嫁者十有二。醮命任之荆人，老夫不与焉。"生曰："小生只要得今朝领小奚奴带露行者。"辛不应，相对嘿然。闻房内嘤嘤腻语，生乘醉搴帘曰："伉俪既不可得，当一见颜色，以消吾憾。"内闻钩动，群立愕顾。果有红衣人，振袖倾鬟，亭亭[13]拈带。望见生入，遍室张皇。辛怒，命数人捽生出。酒愈涌上，倒蓁芜中，瓦石乱落如雨，幸不着体。卧移时，听驴子犹龁草路侧，乃起，跨驴，踉跄[14]而行。夜色迷闷，误入涧谷。狼奔鸱叫，竖毛寒心。踟蹰[15]四顾，并不知其何所。遥望苍林中灯火明灭，疑必村落，竟驰投之。仰见高闳，以策[16]挝门。内有问者曰："何处郎君，半夜来此？"生以失路告。问者曰："待达主人。"生累足鹄竢[17]。忽闻振管[18]辟扉，一健仆出，代客捉驴。生入，见室甚华好，堂上张灯火。少坐，有妇人出，问客姓氏，生以告。逾刻，青衣数人，扶一老妪出，曰："郡君[19]至。"生起立，肃身欲拜。妪止之坐，谓生曰："尔非冯云子之孙耶？"曰："然。"妪曰："子当是我弥甥[20]。老身钟漏并歇[21]，残年向尽，骨肉之间，殊所乖阔[22]。"生曰："儿少失怙，与我祖父处[23]者，十不识一焉。素未拜省，乞便指示。"妪曰："子自知之。"生不敢复问，坐对悬想。妪曰："甥深夜何得来此？"生以胆力自矜诩，遂一一历陈所遇。妪笑曰："此大好事。况甥名士，殊不玷于姻娅；野狐精何得强自高。甥勿虑，我能为若致之。"生称谢唯唯。妪顾左右曰："我不知辛家女儿，遂如此端好。"青衣人曰："渠有十九女，都翩翩有风格。不知官人所聘行几？"生曰："年约十五余矣。"青衣曰："此是十四娘。三月间，曾从阿母寿郡君，何忘却？"妪笑曰："是非刻莲瓣为高履、实以香屑、蒙纱而步者乎？"青衣曰："是也。"妪曰："此婢大会作意[24]弄媚巧，然果窕窈[25]，阿甥赏鉴不谬。"即谓青衣曰："可遣小狸奴[26]唤之来。"青衣应诺。去移时，入白："呼得辛家十四娘至矣。"旋见红衣女子，望妪俯拜。妪曳之曰："后为我家甥妇，勿得修婢子礼。"女子起，娉娉而立，红袖低垂。妪理其鬓发，捻其耳环，曰："十四娘，近在闺中作么生[27]？"女低应曰："闲来只挑绣。"回首见生，羞缩不安。妪曰："此吾甥也。盛意与儿作姻好，何便教迷途，终夜窜溪谷？"女俯首无语。妪曰："我唤汝非他，欲为阿甥作伐耳。"女嘿嘿而已。妪命扫榻展裀褥，即为合卺。女觍然曰："还以告之父母。"妪曰："我为汝作冰[28]，有何舛谬！"女曰："郡君之命，父母当不敢违；然如此草草，婢子即死不敢奉命！"妪笑曰："小女子志不可夺，真吾甥妇也！"乃拔女头上金花一朵，付生收之。命归家检历[29]，以良辰为定。乃使青衣送女去。听远鸡已唱，遣人持驴送生出。数步外，欻一回顾，则村舍已失，但见松楸浓黑，蓬颗[30]蔽冢而已。定想移时，乃悟其处为薛尚书[31]墓。——薛故生祖母弟，故相呼以甥。——心知遇鬼，然亦不知十四娘何人。咨嗟而归。漫检历以待之，而心恐鬼约难恃。再往兰若，则殿宇荒凉。问之居人，则寺中往往见狐狸云。阴念：若得丽人，狐亦自佳。至日，除舍扫途，更仆眺望，夜半犹寂，生已无望。顷之，门外哗然。跚屣[32]出窥，则绣幰[33]已驻于庭，双鬟扶女坐青庐中。妆奁亦无长物，惟两长鬣奴扛一扑满[34]，大如瓮，息肩[35]置堂隅。生喜得丽偶，并不疑其异类。问女曰："一死鬼，卿家何帖服之甚？"女曰："薛尚书今作五都巡环使，数百里鬼狐皆备扈从，故归墓时常少。"生不忘蹇修[36]，翼日往祭其墓。归，见二青衣持贝锦[37]为贺，竟委几上而去。生以告女，女视之，曰："此郡君物也。"邑有楚银台[38]之公子，少与生共笔砚[39]，相狎。闻生得狐妇，馈遗为馔[40]，即登堂称觞[41]。越数日，又折简来招饮。女闻，谓生曰："曩公子来，我穴壁窥之，其人猿睛而鹰准[42]，不可与久居也。宜勿往。”生诺之。翼日，公子造门，问负约之罪，且献新什[43]。生评涉嘲笑；公子大惭，不欢而散。生归，笑述于房。女惨然曰：“公子豺狼，不可狎也。子不听吾言，将及于难！”生笑谢之。后与公子辄相谀噱，前郤[44]渐释。会提学试，公子第一，生第二。公子沾沾自喜，走伻[45]来邀生饮。生辞。频招乃往。至，则知为公子初度，客从满堂，列筵甚盛。公子出试卷示生，亲友叠肩叹赏。酒数行，乐奏作于堂，鼓吹伧伫[46]，宾主甚乐。公子忽谓生曰：“谚云：‘场中莫论文。’此言，今知其谬。小生所以忝[47]出君上者，以起处数语，略高一筹耳。”公子言已，一座尽赞。生醉不能忍，大笑曰：“君到于今，尚以为文章至是耶！”生言已，一座失色。公子惭忿气结。客渐去，生亦遁。醒而悔之，因以告女。女不乐曰：“君诚乡曲[48]之儇子[49]也！轻薄之态，施之君子则丧吾德；施之小人则杀吾身。君祸不远矣！我不忍见君流落，请从此辞。”生惧而涕，且告之悔。女曰：“如欲我留，与君约：从今闭户绝交游，勿浪饮。”生谨受教。十四娘为人勤俭洒脱，日以纴织为事。时自归宁，未尝逾夜。又时出金帛作生计，日有赢余，辄投扑满。日杜门户，有造访者辄嘱苍头谢去。一日，楚公子驰函来，女焚爇，不以闻。翼日，出吊于城，遇公子于丧者之家，捉臂苦邀。生辞以故。公子使圉人[50]挽辔，拥之以行。至家，立命洗腆[51]。继辞夙退。公子要遮无已，出家姬弹筝为乐。生素不羁，向闭置庭中，颇觉闷损；忽逢剧饮，兴顿豪，无复萦念。因而酣醉，颓卧席间。公子妻阮氏，最悍妒，婢妾不敢施脂泽。日前，婢入斋中，为阮掩执，以杖击首，脑裂立毙。公子以生嘲慢故，衔[52]生，日思所报，——遂谋醉以酒而诬之。乘生醉寐，扛尸床间，合扉径去。生五更醒[53]解，始觉身卧几上。起寻枕榻，则有物腻然，绁绊[54]步履。摸之，人也。意主人遣僮伴睡。又蹴之，不动而僵。大骇，出门怪呼。厮役尽起，爇之，见尸，执生怒闹。公子出，验之，诬生逼奸杀婢，执送广平。隔日，十四娘始知，潸然曰："早知今日矣！"因按日以金钱遗生。生见府尹[55]，无理可伸，朝夕搒掠[56]，皮肉尽脱。女自诣问。生见之，悲气塞心，不能言说。女知陷阱已深，劝令诬服，以免刑宪。生泣听命。女还往之间，人咫尺不相窥。归家咨惋[57]，遽遣婢子去。独居数日，又托媒媪购良家女，名禄儿，年已及笄，容华颇丽，与同寝食，抚爱异于群小。生认误杀，拟绞[58]，苍头得信归，恸述不成声。女闻，坦然若不介意。既而秋决[59]有日，女始皇皇躁动，昼去夕来无停履，每于寂所於邑[60]悲哀，至损眠食。一日，日晡[61]，狐婢忽来，女顿起，相引屏语[62]。出则笑色满容，料理门户如平时。翼日，苍头至狱，生寄语娘子，一往永诀。苍头复命，女漫应之，亦不怆恻，殊落落置之。家人窃议其忍。忽道路沸传：楚银台革爵，平阳观察[63]奉特旨治冯生案。苍头闻之喜，告主母。女亦喜，即遣入府探视，则生已出狱，相见悲喜。俄捕公子至，一鞫尽得其情。生立释宁家[64]。归，见闱中人，泫然流涕；女亦相对怆楚。悲已而喜，然终不知何以得达上听。女笑指婢曰："此君之功臣也。"生愕问故。先是，女遣婢赴燕都，欲达宫闱，为生陈冤。婢至，则宫中有神守护，徘徊御沟[65]间，数月不得入。婢惧误事，方欲归谋，忽闻今上将幸[66]大同。婢乃预往，伪作流妓[67]。上至勾栏[68]，极蒙宠眷，疑婢不似风尘人。婢乃垂泣。上问："有何冤苦？"婢对："妾原籍隶广平，生员冯某之女。父以冤狱将死，遂鬻妾勾栏中。"上惨然，赐金百两。临行，细问颠末，以纸笔记姓名。且言："欲与共富贵。"婢言："但得父子团聚，不愿华朊[69]也。"上颔之，乃去。婢以此情告生。生急拜，泪眦双荧。居无几何，女忽谓生曰："妾不为情缘，何处得烦恼！君被逮时，妾奔走戚眷间，并无一人代一谋者。尔时酸衷，诚不可以告愬[70]。今视尘俗益厌苦。我已为君蓄良偶，可从此别。"生闻，泣伏不起；女乃止。夜遣禄儿侍生寝，生拒不纳。朝视十四娘，容光顿减；又月余，渐以衰老；半载，黯黑如村妪：生敬之，终不替。女忽复言别，且曰："君自有佳侣，安用此鸠盘[71]为！"生哀泣如前日。又逾月，女暴疾，绝食饮，羸卧闺闼。生侍汤药，如奉父母。巫医无灵，竟以溘逝[72]。生悲怛欲绝。即以婢赐金为营斋葬[73]。数日，婢亦去。遂以禄儿为室。逾年，举一子。然比岁不登[74]，家益落，夫妻无计，对影长愁。忽忆堂陬扑满，常见十四娘投钱于中，不知尚在否。近临之，则豉具盐盎，罗列殆满。头头置去[75]，箸探其中，坚不可入。扑而碎之，金钱溢出。由此顿大充裕。后苍头至太华，遇十四娘，乘青骡；婢子跨蹇[76]以从。问："冯郎安否？"且言："致意主人，我已名列仙籍矣。"言讫不见。

异史氏曰："轻薄之词，多出于士类，此君子所悼惜也。余尝冒不韪[77]之名，言冤则已迂，然未尝不刻苦自励，以勉附于君子之林，而祸福之说不与焉。若冯生者，一言之微，几至杀身。苟非室有仙人,亦何能解脱囹圄[78]以再生于当世耶? 可惧哉!”

【注释】

[1] 正德:明武宗(朱厚照)的年号(1506—1521年)。 [2] 轻脱纵酒:“轻脱”,不庄重。“纵酒”,无节制地喝酒。 [3] 奚奴:“奚”,奴隶。“奚奴”,指奴仆;这里专指婢女。 [4] 奔波:不停地奔走。 [5] 班白:老年人头发半白半黑的样子。“班”,同“斑”。 [6] 细小:家小,眷属。 [7] 幌:帷幔之类。 [8] 镜台自献:替自己作媒的意思。传说晋温峤的堂姑母托他为女儿作媒。有一天,温告诉她说,已经找到了对象,并送玉镜台(镜奁)一具做聘礼,等到结婚时,才知道新郎原来是温峤自己。见《世说新语》。[9] 这一首诗的内容是表示求婚。神话故事中,唐裴航路过蓝桥驿,向一老妇求浆水,老妇命少女捧浆而出。少女名云英,很美丽。裴航就想求她为妻。老妇说:“我有神仙给的药,要用玉杵臼去捣,吃了长生不老。你能用玉杵臼做聘礼,捣药一百天,我就把云英许你为妻。”裴航果然求得玉杵臼,和云英成婚后,两人吃灵药成仙。见唐传奇《裴航》。“玄霜”,丹药名。[10] 嗢(wà)噱:兴高采烈地谈笑。 [11] 疑抱:疑怀。 [12] 卓荦(luò):特出,不比寻常。 [13] 亭亭:形容直立秀美的姿态。 [14] 踉跄(liàng qiàng):形容行走时跌跌撞撞的样子。 [15] 踟蹰(chí chú):形容徘徊考虑的样子。 [16] 策:马鞭。 [17] 累(lěi)足鹄竢:“累足”,侧立的样子。“鹄”是长颈的游禽。“竢”同“俟”。“鹄竢”,伸长着颈子等候的意思。这句话是形容站在那里呆等。 [18] 振管:“管”,锁匙。“振管”就是开锁。[19] 郡君:明代指郡王的孙女;清代指贝勒和亲王侧福晋所生的女儿。[20] 弥甥:外甥的儿子。 [21] 钟漏并歇:“钟”和“漏”都是古代报时的工具。古语,“钟鸣漏尽”,意思说晨钟已动,夜漏将残,用以比喻衰年。这里改作“并歇”,暗示已经死亡。 [22] 乖阔:疏远,长久的隔别。 [23] 处(chǔ):在一起。 [24] 作意:想主意,出花样。 [25] 窈窕:和下文“娉娉”,都是形容美好。“窕窈”,一般作“窈窕”。 [26] 狸奴:本是猫的别名,

这里指丫鬟，仍然暗示是猫狐之类。［27］作么生：干什么。［28］冰："冰人"的省称。"冰人"是古时媒人的代称。晋令狐策梦见站在冰上面和冰下面的人说话。索统为他圆梦，说冰上为阳，冰下为阴；阴阳，是婚姻的事，你一定将要给人作媒。见《晋书》。［29］检历：检看历书，就是选择吉日良辰。［30］蓬颗："颗"，土块。"蓬颗"，上面长了草的土块。一般都指坟上长草的土。［31］尚书：官名，明、清时中央政府部的长官，地位略同后来的部长。［32］跚（xǐ）屣：踏着鞋子。"跚"，应作"躧"。后文《王桂庵》篇"躧履"，义同。［33］幰：本是车上的帷幕，这里作为车的代词。［34］扑满：从前作储蓄存款之用的陶器。一般是扁圆形，上有小孔。可以丢钱进去，却拿不出来；必须等钱存满，把它打破，一齐取出：因而叫作"扑满"。［35］息肩：歇力，休息。［36］蹇修：古代传说中伏羲的臣子。《离骚》有"吾令蹇修以为理"这一句，意思是叫蹇修为媒，后来便用"蹇修"作媒人的代称。［37］贝锦：见前文《续黄粱》篇注［60］"萋菲辄进于君前"条。［38］银台：官名，通政使的别称。明、清都置有通政司，代皇帝收受内外章奏和臣民密封申诉的文件。通政司的主官叫作通政使。［39］共笔砚：同学的意思。［40］馔（nuǎn）：古时风俗，结婚第三天，亲友要馈送新妇食物，叫作"馔"。［41］称觞：举杯敬酒，表示祝贺。［42］鹰准：鹰钩鼻子。［43］什：《诗经》里《雅》《颂》每十篇为一卷，叫作"××之什"，后来就以"篇什"指诗，简称"什"。［44］郤（xì）：嫌隙，嫌怨。［45］走伻："走"，这里是派遣的意思。"伻"，使者，使人。［46］伧伫：形容奏乐时粗俗杂乱的声音。［47］忝（tiǎn）：有辱、不敢当的意思，客气话。［48］乡曲：穷乡僻壤。［49］儇（xuān）子：轻薄子弟。［50］圉（yǔ）人：马夫。［51］洗腆（tiǎn）："腆"，丰厚的意思。"洗腆"，指洁净而丰盛的酒食。［52］衔：心里怀恨。［53］酲（chéng）：醉酒的样子。［54］绁（xiè）绊：束缚的意思，引申作阻挡解释，犹如说挡腿绊脚。［55］府尹：官名，明代在应天、奉天（今沈阳）两地置有府尹。这里指知府。［56］搒掠：拷打。［57］咨惋：

唉声叹气。［58］拟绞：判决绞刑。后文《冤狱》篇“拟斩”，就是判决斩刑。［59］秋决：清代制度规定，地方判处死刑的囚犯，通常须经过中央政府审核，由皇帝“勾决”后，才能执行。行刑多在秋季，所以叫作“秋决”。［60］於（wū）邑：心里悲伤郁闷的样子。［61］晡：申刻，下午三点钟到五点钟的时候，一般泛指下午。［62］屏（bǐng）语：避着别人说话。［63］观察：清时道台的别称。道台，地方官名，地位在知府上。有按地区划分，管辖几个州府的道台，也有按职务划分，管理盐法、粮储等等的道台。后文《书痴》篇“观察是道”，指前者，就是做徐州道道台。［64］宁家：回家。［65］御沟：封建时代，把皇帝所有的事物都叫作“御”。“御沟”，指流经皇帝内苑或环绕宫墙的河水。［66］幸：皇帝去到某一地方叫作“幸”。［67］流妓：走江湖、跑码头的妓女。［68］勾栏：指妓院。“勾栏”，原是阑干。宋、元时的游乐场所，设有阑干，十分华丽，因而称这一类的场所为“勾阑”。由于妓院都有这样的设备，后来就用为妓院的专称。［69］华朊（wǔ）：丰衣足食的意思，指美好的生活。［70］愬：这里同“诉”。后文《席方平》篇“正欲往愬”，“愬”是控诉、控告的意思。［71］鸠盘：同“鸠槃”，梵语“鸠槃茶”的省称。迷信说法中恶鬼的名字。据说形如冬瓜，十分难看，所以用来比喻老丑的女人。［72］溘（kè）逝：忽然死亡。［73］斋葬：斋戒营葬。古人在祭祀以前，要沐浴更衣，不饮酒，不吃荤，称为“斋戒”，认为这样就可以上通神明了，是一种迷信的行为。［74］比岁不登：连年收成不好。［75］头头置去：一样样地搬开。［76］蹇：跛驴，瘦弱的驴子。［77］不韪（wěi）：不是。［78］囹圄（líng yǔ）：监狱。

捉鬼射狐

李公著明，睢宁令襟卓先生公子也。为人豪爽无馁怯。为新城王季良先生内弟。先生家多楼阁，往往睹怪异。公常暑月寄宿，爱阁上晚凉。或告之异，公笑不听，固命设榻。主人如请，嘱仆辈伴公寝，公辞言："喜独宿，生平不解怖。"主人乃使炷息香[1]于炉，请衽何趾[2]，始息烛复扉而去。公即枕移时，于月色中，见几上茗瓯，倾侧旋转，不堕亦不休。公咄之，铿然立止。即若有人拔香炷，炫摇空际，纵横作花缕。公起叱曰："何物鬼魅敢尔！"裸裼[3]下榻，欲就捉之。以足觅床下，仅得一履，不暇冥搜，赤足挞摇处，炷顿插炉，竟寂无兆。公俯身遍摸暗陬[4]，忽一物腾击颊上，觉似履状；索之，亦殊不得。乃启复[5]下楼，呼从人，爇火以烛，空无一物，乃复就寝。既明，使数人搜屦，翻席倒榻，不知所在。主人为公易屦。越日，偶一仰首，见一履夹塞椽间，挑拨而下，则公履也。公益都人，侨居于淄之孙氏第。第綦阔，皆置闲旷，公仅居其半。南院临高阁，止隔一堵。时见阁扉自启闭，公亦不置念。偶与家人话于庭，阁门开，忽有一小人，面北而坐，身不盈三尺，绿袍白袜。众指顾之，亦不动。公曰："此狐也。"急取弓矢，对阁欲射。小人见之，哑哑[6]作揶揄声，遂不复见。公捉刀登阁，且骂且搜，竟无所睹，乃返。异遂绝。公居数年，安妥无恙。公长公[7]友三，为余姻家，其所目触。

异史氏曰："予生也晚，未得奉公杖屦，然闻之父老，大约慷慨刚毅丈夫也。观此二事,大概可睹。浩然中存[8],鬼狐何为乎哉[9]!”

【注释】

[1] 炷息香:“炷”,燃点。“息香”,安息香的省称。本指用安息香树脂块制成的香,后来把一般香料制成的棒香或线香都叫作安息香。 [2] 请衽(rèn)何趾:“衽”,卧席。“趾”,脚。“请衽何趾”,为客人铺陈卧席时,请问怎样安排铺位,脚朝着哪一方向。这是古时待客的一种礼节。见《礼记》。[3] 裸裼(xí):赤身露体:全身露出叫作“裸”,不穿上衣叫作“裼”。 [4] 暗陬(zōu):黑暗的角落里。 [5] 启复:开门。 [6] 哑(è)哑:形容笑声。后文《禽侠》篇“入巢哑哑”,哑,却读如 yā,形容鸟声。 [7] 长公:长兄。这里似指长公子。 [8] 浩然中存:“浩然”,指浩然之气,就是正大刚直的气概。“浩然中存”,心里有一股正大刚直的气概。 [9] 何为乎哉:有什么办法呢。

鸦　头

诸生王文，东昌[1]人。少诚笃。薄游于楚，过六河，休于旅舍。闲步门外，遇里戚赵东楼，大贾也，常数年不归；见王，执手甚欢，便邀临存[2]。至其所，有美人坐室中，愕怪却步。赵曳之，又隔窗呼妮子去，王乃入。赵具酒馔，话温凉。王问："此何处所？"答云："此是小勾栏。余久客，暂假床寝[3]。"话间，妮子频来出入。王局促[4]不安，离席告别。赵强捉令坐。俄见一少女经门外过，望见王，秋波频顾，眉目含情，仪度娴婉，实神仙也。王素方直，至此惘然若失。便问："丽者何人？"赵曰："此媪次女，小字鸦头，年十四矣。缠头者屡以重金啖媪，女执不愿，致母鞭楚，女以齿稚哀免；今尚待聘耳。"王闻言俯首，嘿然痴坐，酬应悉乖[5]。赵戏之曰："君倘垂意，当作冰斧[6]。"王怃然曰："此念所不敢存。"然日向夕，绝不言去。赵又戏请之。王曰："雅意极所感佩，囊涩[7]奈何！"赵知女性激烈，必当不允，故许以十金为助。王拜谢趋出，罄资而至，得五数，强赵致媪。媪果少之。鸦头言于母曰："母日责我不作钱树子[8]，今请得如母所愿。我初学作人，报母有日，勿以区区放却财神去。"媪以女性拗执，但得允从，即甚欢喜，遂诺之。使婢邀王郎。赵难中悔，加金付媪。王与女欢爱甚至。既谓王曰："妾烟花下流，不堪匹敌。既蒙缱绻，义即至重。君倾囊博此一宵欢，明日如何？"王泫然悲哽。女曰："勿悲。妾委风尘，实非所愿。顾未有敦笃可托如君者。请以宵遁。”王喜，遽起；女亦起。听谯鼓[9]已三下矣。女急易男装，草草偕出，叩主人扉。王故从双卫，托以急务，命仆便发。女以符系仆股并驴耳上，纵辔极驰，目不容启，耳后但闻风鸣。平明，至汉江口，税屋而止。王惊其异。女曰：“言之得无惧乎？妾非人，狐耳。母贪淫，日遭虐遇，心所积懑。今幸脱苦海，百里外即非所知，可幸无恙。”王略无疑二[10]，从容曰：“室对芙蓉，家徒四壁[11]，实难自慰，恐终见弃置。”女曰：“何为此虑。今市货皆可居，三数口，淡薄亦可自给。可鬻驴子作资本。”王如言，即门前设小肆，王与仆人躬同操作，卖酒贩浆其中。女作披肩[12]，刺荷囊，日获赢余，饮膳甚优[13]。积年余，渐能蓄婢媪。王自是不著犊鼻[14]，但课督而已。女一日悄然[15]忽悲，曰：“今夜合有难作，奈何！”王问之，女曰：“母已知妾消息，必见凌逼。若遣姊来，吾无忧；恐母自至耳。”夜已央[16]，自庆曰：“不妨，阿姊来矣。”居无何，妮子排闼入。女笑迎之。妮子骂曰：“婢子不羞，随人逃匿！老母令我缚去！”即出索子絷女颈。女怒曰：“从一者[17]得何罪？”妮子益忿，捽女断衿。家中婢媪皆集，妮子惧，奔出。女曰：“姊归，母必自至，大祸不远，可速作计。”乃急办装，将更播迁[18]。媪忽掩入，怒容可掬，曰：“我故知婢子无礼，须自来也。”女迎跪哀啼。媪不言，揪发提去。王徘徊怆恻，眠食都废。急诣六河，冀得贿赎[19]。至则门庭如故，人物已非；问之居人，俱不知其所徙，悼丧而返。于是俵散客旅[20]，囊资东归。后数年，偶入燕都，过育婴堂[21]，见一儿七八岁。仆人怪似其主，反复凝注之。王问：“看儿何说？”仆笑以对。王亦笑。细视儿，风度磊落。自念乏嗣，因其肖己，爱而赎之。诘其名，自称“王孜”。王曰：

"子弃之襁褓[22]，何知姓氏？"曰："本师尝言，得我时，胸前有字，书'山东王文之子'。"王大骇曰："我即王文，乌得有子？"念必同己姓名者，心窃喜，甚爱惜之。及归，见者不问而知为王生子。孜渐长，孔[23]武有力，喜田猎，不务生产，乐斗好杀。王亦不能箝制之。又自言能见鬼狐，悉不之信。会里中有患狐者，请孜往觇之。至则指狐隐处，令数人随指处击之，即闻狐鸣，毛血交落，自是遂安。由是人益异之。王一日游市廛，忽遇赵东楼，巾袍不整，形色枯黯。惊问所来。赵惨然请间[24]。王乃偕归，命酒。赵曰："媪得鸦头，横施楚掠；既北徙，又欲夺其志。女矢死不二，因囚置之。生一男，弃诸曲巷[25]；闻在育婴堂，想已长成。此君遗体也。"王出涕曰："天幸孽儿[26]已归。"因述本末。问："君何落拓至此？"叹曰："今而知青楼之好，不可过认真也，夫何言！"先是，媪北徙，赵以负贩从之；货重难迁者，悉以贱售。途中脚直供亿[27]，烦费不资，因大亏损。妮子索取尤奢。数年，万金荡然。媪见床头金尽，旦夕加白眼。妮子渐寄贵家宿，恒数夕不归。赵愤激不可耐，然无奈之。适媪他出，鸦头自窗中呼赵曰："勾栏中原无情好，所绸缪者钱耳。君依恋不去，将掇奇祸。"赵惧，如梦初醒。临行，窃往视女。女授书使达王，赵乃归。因以此情为王述之。即出鸦头书。书云："知孜儿已在膝下矣。妾之厄难，东楼君自能缅悉。前世之孽，夫何可言！妾幽室之中，暗无天日，鞭创裂肤，饥火煎心，易一晨昏，如历年岁。君如不忘汉上雪夜单衾、迭互暖抱时，当与儿谋，必能脱妾于厄。母姊虽忍，要是骨肉，但嘱勿致伤残，是所愿耳。"王读之，泣不自禁。以金帛赠赵而去。时孜年十八矣。王为述前后，因示母书。孜怒眦欲裂，即日赴都，询吴媪居，则车马方盈。孜直入。妮子方与湖客饮，望见孜，愕立变色。孜骤进杀之。宾客大骇，以为寇。及视女尸，已化为狐。孜持刃径入，见媪督婢作羹。孜奔近室门，媪忽不见。孜四顾，急抽矢望屋梁射之，一狐贯心而堕，遂决其首。寻得母所，投石破扃，母子各失声。母问媪。曰："已诛之。"母怨曰："儿何不听吾言！"命持葬郊野。孜伪诺之，剥其皮而藏之。捡媪箱箧，尽卷金资，奉母而归。夫妇重谐，悲喜交至。既问吴媪，孜言："在吾囊中。"惊问之，出两革以献。母怒，骂曰："忤逆儿，何得此为！"号恸自挝，转侧欲死。王极力抚慰，叱儿瘗革。孜忿曰："今得安乐所，顿忘挞楚耶？"母益怒，啼不止。孜葬皮反报，始稍释。王自女归，家益盛；心德赵，报以巨金。赵始知媪母子皆狐也。孜承奉甚孝，然误触之，则恶声暴吼。女谓王曰："儿有拗筋，不刺去之，终当杀人倾产。"夜伺孜睡，潜絷其手足。孜醒，曰："我无罪。"母曰："将医尔虐[28]，其勿苦。"孜大叫，转侧不可开。女以巨针刺踝骨侧，深三四分许，用力掘断，崩然有声。又于肘间、脑际，并如之。已，乃释缚，拍令安卧。天明，奔候父母，涕泣曰："儿早夜忆昔所行，都非人类。"父母大喜。从此温和如处女，乡里贤之。

异史氏曰："妓尽狐也，不谓有狐而妓者。至狐而鸨[29]，则兽而禽矣，灭理伤伦，其何足怪。至百折千磨，之死靡他，此人类所难，而乃于狐也得之乎？唐君谓魏征饶更妩媚[30]，吾于鸦头亦云。"

【注释】

［1］东昌：清府名，府治在今山东聊城。 ［2］临存：这里是前往坐坐的

意思，语意略同“光临”，一般的作探望解释。 ［3］暂假床寝：暂时借这里为家的意思。 ［4］局促：形容拘束不大方的样子。 ［5］乖：不合式，失去常态。 ［6］冰斧：指媒人。“冰”，冰人。参看前文《辛十四娘》篇注［28］“冰”条。“斧”，斧柯，指执柯。参看前文《娇娜》篇注［68］“作伐”条。［7］囊涩：传说晋阮孚游会稽，有人问他囊里有什么东西。他说，只有一个钱看着囊子，怕它羞涩。见《晋书》。后来就以“囊涩”作为没有钱的代词。［8］钱树子：指妓女。在旧社会里，妓女卖淫，原是非常凄惨不人道的事，但靠着剥削妓女卖淫收入为生的人，却称妓女为“钱树子”。唐代妓女永新，临死，对鸨母说：“阿母，钱树子倒矣！”见《乐府杂录》。 ［9］谯鼓：“谯”，谯楼，见前文《罗刹海市》篇注［40］“敌楼”条。“鼓”，这里指古时夜间报更用的工具。鼓放在谯楼上，所以称为“谯鼓”。“谯鼓已三下”，犹如说打了三更。［10］疑二：疑虑，怀疑。“二”也是疑的意思，一般写作“贰”。 ［11］室对芙蓉，家徒四壁：“芙蓉”，比喻女子美丽的面貌。“家徒四壁”，家里除了四面墙壁之外，什么都没有。这两句话意思是说：家里有漂亮的妻子，却穷困得无法维持生活。这原是历史传说中马司相如和卓文君的故事，“芙蓉”是说卓文君的美貌。 ［12］披肩：从前妇女的一种服装，套在颈里，披在肩上，以为美观。官员穿大礼服时，也加戴上面绣有蟒形的披肩。 ［13］饮膳甚优：吃喝很好，生活得很优裕。 ［14］犊鼻：犊鼻裈的省词，古时穷人所穿着的。“犊鼻”本是人身的经穴名称，在膝下。犊鼻裈也只长至膝下，所以就称为“犊鼻”。形式略同后来的围裙。传说司马相如和卓文君穷困时，设炉卖酒，相如穿犊鼻裈，与保庸杂作。见《史记》。这里“不著犊鼻”，意指不做伙计了。 ［15］悄然：这里是对忧虑的形容词。后文《阿绣》篇“女悄然入”，“悄然”，形容轻轻地。《瑞云》篇“悄然谓”，“悄然”，形容低声。［16］夜已央：“央”，半。“夜已央”，已经半夜。 ［17］从一者：从一而终的人。“从一而终”，就是不嫁第二个丈夫的意思。封建社会制度要求妇女服从男子，把“从一而终”作为妇女第一“美德”。 ［18］播迁：迁移，搬家。

[19] 赎赎:花钱赎取。 [20] 俵散客旅:“俵散”,分散的意思。“俵散客旅”,这里指遣散店里的伙友。 [21] 育婴堂:从前收养遗弃婴儿的机关。[22] 弃之襁褓:把婴儿驮在背上所用的包裹叫作“襁”。“襁”,见前文《婴宁》篇注[62]。“襁褓”,一般用于指婴儿时代。“弃之襁褓”,在婴儿时代就被抛弃了的意思。 [23] 孔:甚,很。 [24] 请间(jiàn):“间”,隔离。“请间”,要求避开第三者,以便单独谈话。 [25] 曲巷:弯曲隐僻的小巷,这里是本义。一般却指妓院聚集的街巷为“曲巷”,因而也以“曲巷”为妓院的代词,如后文《考弊司》篇“此曲巷也”,就是这个意思。 [26] 孽儿:犹如说苦难的孩子。 [27] 脚直供亿:“脚直”,脚力钱。“亿”,安的意思。“供亿”,供给需要,让他可以安定,一般用作供给费用解释。 [28] 虐:这里意指凶狠的个性。 [29] 鸨(bǎo):本是一种涉禽,传说性好淫,因而从前把开妓院的女人称为“鸨母”“老鸨”。 [30] 唐君谓魏征饶更妩媚:唐君,指唐太宗(李世民)。魏征,唐太宗面前的大臣。魏征以勇于进谏著称;如果他说的话不被采纳,再问他时,他就不睬。唐太宗叫他不要这样。他说:我不能当面顺从,背后却又有意见,这不合稷、禹事尧、舜的道理。唐太宗因此说:别人说魏征举动疏慢,我却只看到他的妩媚。故事见《唐书》。“妩媚”,姿态可爱的意思。

狐　梦

余友毕怡庵，倜傥不群[1]，豪纵自喜。貌丰肥，多髭。士林知名。尝以故至叔刺史公之别业，休憩楼上。传言楼中故多狐，——毕每读《青凤传》，心辄向往，恨不一遇，——因于楼上摄想凝思[2]。既而归斋，日已浸暮。时暑月燠热，当户而寝。睡中有人摇之，醒而却视，则一妇人，年逾不惑[3]，而风韵犹存。毕惊起，问其"谁何"。笑曰："我狐也。蒙君注念，心窃感纳。"毕闻而喜，投以嘲谑。妇笑曰："妾齿加长矣，纵人不见恶，先自惭沮。有小女及笄，可侍巾栉。明宵，无寓人于室，当即来。"言已而去。至夜，焚香坐伺。妇果携女至。态度娴婉，旷世无匹。妇谓女曰："毕郎与有夙缘，即须留止。明旦早归，勿贪睡也。"毕与握手入帏，款曲备至。事已，笑曰："肥郎痴重，使人不堪。"未明即去。既夕，自来，曰："姊妹辈将为我贺新郎，明日即屈同去。"问："何所？"曰："大姊作筵主，去此不远也。"毕果候之。良久不至，身渐倦惰。才伏案头，女忽入，曰："劳君久伺矣。"乃握手而行。奄[4]至一处，有大院落，直上中堂，则见灯烛荧荧，灿若星点。俄而主人出，年近二旬，淡妆绝美。敛衽称贺已，将践席，婢入白："二娘子至。"见一女子入，年可十八九，笑向女曰："妹子已破瓜[5]矣！新郎颇如意否？"女以扇击背，白眼视之。二娘曰："记儿时与妹相扑为戏，妹畏人数胁骨，遥呵手指，即笑不可耐，便怒我，谓我'当嫁僬侥国[6]小王子'；我谓'婢子他日嫁多髭郎，刺破小吻'。今果然矣!"大娘笑曰:"无怪三娘子怒诅也:新郎在侧,直尔憨跳[7]。"顷之,合尊促坐,宴笑甚欢。忽一少女抱一猫至,年可十一二,雏发未燥[8],而艳媚入骨。大娘曰:"四妹妹亦要见姊丈耶?此无坐处。"因提抱膝头,取肴果饵之。移时,转置二娘怀中,曰:"压我胫股痠痛。"二姊曰:"婢子许大,身如百钧重,我脆弱不堪;既欲见姊夫,姊夫故壮伟,肥膝耐坐。"乃捉置毕怀。入怀香软,轻若无人。毕抱与同杯饮。大娘曰:"小婢勿过饮,醉失仪容,恐姊夫所笑。"少女孜孜展笑,以手弄猫,猫戛然[9]鸣。大娘曰:"尚不抛却,抱走蚤虱矣!"二娘曰:"请以狸奴为令,执箸交传,鸣处则饮。"众如其教。至毕,辄鸣。毕故豪饮,连举数觥。乃知小女子故捉令鸣也。因大喧笑。二姊曰:"小妹子归休!压煞郎君,恐三姊怨人。"小女郎乃抱猫去。大姊见毕善饮,乃摘髻子[10]贮酒以劝。视髻仅容升许,然饮之觉有数斗之多。比干视之,则荷盖也。二娘亦欲相酬,毕辞不胜酒。二娘出一口脂[11]合子,大于弹丸,酌曰:"既不胜酒,聊以示意。"毕视之,一吸可尽;——接吸百口,更无干时。女在傍,以小莲杯易合子去,曰:"勿为奸人所弄!"置合案上,则一巨钵。二娘曰:"何预汝事!三日郎君,便如许亲爱耶?"毕持杯,向口立尽。把之,腻软;审之,非杯,乃罗袜一钩,衬饰工绝。二娘夺骂曰:"猾婢何时盗人履子去?怪道足冰冷也!"遂起,入室易舄。女约毕离席告别;女送出村,使毕自归。瞥然醒寤,竟是梦景,而鼻口醺醺,酒气犹浓,异之。至暮,女来,曰:"昨宵未醉死耶?"毕言:"方疑是梦。"女曰:"姊妹怖君狂噪,故托之梦,实非梦也。"女每与毕弈,毕辄负。女笑曰,"君日嗜此,我谓必大高着;今视之,只平平耳。"毕求指诲。女曰："弈之为术，在人自悟，我何能益君。朝夕渐染，或当有异。"居数月，毕觉稍进。女试之，笑曰："尚未，尚未！"毕出与所尝共弈者游，则人觉其异，咸奇之。毕为人坦直，胸无宿物[12]，微泄之。女已知，责曰："无惑乎同道者不交狂生也！屡嘱慎密，何尚尔尔？"怫然欲去。毕谢过不遑，女乃稍解；然由此来浸疏矣。积年余，一夕，来，兀坐相向。与之弈，不弈；与之寝，不寝。怅然良久，曰："君视我孰如青凤？"曰："殆过之。"曰："我自惭弗如。然聊斋与君文字交，请烦作小传，未必千载下无爱忆如君者。"毕曰："夙有此志。曩遵旧嘱，故秘之。"女曰："向为是嘱。今已将别，复何讳。"问："何往？"曰："妾与四妹妹为西王母征作花鸟使[13]，不复得来。曩有姊行，与君家叔兄，临别已产二女，今尚未醮；妾与君幸无所累。"毕求赠言。曰："盛气平，过自寡。"遂起，捉手曰："君送我。"行至里许，洒涕分手，曰："彼此有志，未必无会期也。"乃去。康熙二十一年腊月十九日，毕子与余抵足[14]绰然堂，细述其异。余曰："有狐若此，则聊斋之笔墨有光荣矣。"遂志之。

【注释】

［1］不群：与众不同、高过一般人的意思。［2］摄想凝思：冷静而集中地想。［3］不惑：四十岁的代词。语出《论语》："四十而不惑。"［4］奄：忽然之间。［5］破瓜："瓜"字可分为两个"八"字，二八一十六，所以称女子十六岁为"破瓜之年"。一般也称女子第一次性行为后为"破瓜"。这里是后一意义。［6］僬侥(jiāo yáo)国：古代神话中的矮人国，或说僬侥人民长三尺，或说僬侥人民长一尺五寸。［7］憨跳：胡闹、乱搅的意思。［8］雏发未燥：胎儿刚才出世，头发还是湿的。形容年纪幼小，犹如说"乳臭

未干”。［9］戛(jiá)然：形容一种轻微的鸣声、响声。［10］髻子：从前妇女戴的假发髻，有木制或铁丝编成的，里面涂漆，外面蒙上假发。它是一个碗形，所以能够盛酒。［11］口脂：从前妇女涂口唇的一种化妆品，兼有防止皴裂的作用，略如现在的口红。［12］胸无宿物：指直爽、心里搁不住话。［13］花鸟使：照料宴会的漂亮女人称“花鸟使”。唐玄宗选风流艳丽的宫女为花鸟使，主持宴会，见《天中记》。［14］抵足：同榻而睡。

伍秋月

秦邮[1]王鼎，字仙湖。为人慷慨有力，广交游。年十八，未娶，妻殒。每远游，恒经岁不返。兄鼐，江北名士，友于甚笃[2]。劝弟勿游，将为择偶。生不听。命舟抵镇江访友。友他出，因税居于逆旅阁上。江水澄波，金山在目，心甚快之。次日，友人来请生移居，辞不去。居半月余，夜梦女郎，年可十四五，容华端妙，上床与合，既寤而遗。颇怪之，亦以为偶[3]。入夜，又梦之。如是三四夜。心大异，不敢息烛，身虽偃卧，惕然自警。才交睫，梦女复来。方狎，忽自惊寤。急开目，则少女如仙，俨然犹在抱也。见生醒，颇自愧怯。生虽知非人，意亦甚得，无暇问讯，真与驰骤。女若不堪，曰："狂暴如此，无怪人不敢明告也。"生始诘之。答云："妾，伍氏秋月。先父名儒，邃于《易》数[4]。常珍爱妾，但言不永寿，故不许字人。后十五岁果夭殁。即攒瘗阁东，令与地平。亦无冢志，惟立片石于棺侧曰：'女秋月，葬无冢；三十年，嫁王鼎。'今已三十年，君适至。心喜，亟欲自荐，寸心羞怯，故假之梦寐耳。"王亦喜，复求讫事。曰："妾少须阳气，欲求复生；实不禁此风雨。后日好合无限，何必今宵！"遂起而去。次夕，复至。坐对笑谑，欢若生平。灭烛登床，无异生人。但女既起，则遗泄流离，沾染茵褥。一夕，明月莹澈，小步庭中，问女："冥中亦有城郭否？"答曰："等耳。冥间城府，不在此处，去此可三四里，但以夜为昼。"问："生人能见之否？"答云："亦可。"生请往观，女诺之。乘月去，女飘忽若风，王极力追随。欻至一处，女言："不远矣。"生瞻望殊罔所见。女以唾涂其两眦，启之，明倍于常，视夜色不殊白昼。顿见雉堞[5]在杳霭[6]中，路上行人如趋墟市[7]。俄，二皂[8]絷三四人过，末一人怪类其兄。趋近之，果兄。骇问："兄那得来？"兄见生，潸然零涕，言："自不知何事，强被拘囚。"王怒曰："我兄秉礼君子，何至缧绁[9]如此！"便请二皂，幸且宽释。皂不肯，殊大傲睨[10]。生恚欲与争。兄止之曰："此是官命，亦合奉法。但余乏用度，索贿良苦；弟归，宜措置。"生把兄臂，哭失声。皂怒，猛掣项索，兄顿颠蹶。生见之，忿火填胸，不能制止，即解佩刀，立决皂首。一皂喊嘶，生又决之。女大惊曰："杀官使，罪不宥！迟则祸及。请即觅舟北发。归家，勿摘提幡[11]，杜门绝出入，七日，保无虑也。"王乃挽兄，夜买[12]小舟，火急北渡。归见吊客在门，知兄果死。闭门下钥，始入。视兄，已渺；入室，则亡者已苏，便呼："饿死矣！可急备汤饼。"时死已二日，家人尽骇。生乃备言其故。七日，启关，去丧幡，人始知其复苏。亲友集问，但伪对之。转思秋月，想念颇烦。遂复南下，至旧阁，秉烛久待，女竟不至。蒙眬欲寝，见一妇人来，曰："秋月小娘子致意郎君：前以公役被杀，凶犯逃亡，捉得娘子去。见[13]在监押，押役遇之虐。日日盼郎君，当谋作经纪。"王悲愤，便从妇去。至一城都，入西郭，指一门，曰："小娘子暂寄此间。"王入，见房舍颇繁，寄顿囚犯甚多，并无秋月。又进一小扉，斗室中有灯火。王近窗以窥，则秋月坐榻上，掩袖呜泣；二役在侧，撮颐捉履，引以嘲戏。女啼益急。一役挽颈曰："既为罪犯，尚守贞耶？"王怒，不暇语，持刀直入，一役一刀，摧斩如麻。篡取女郎而出，幸无觉者。裁至旅舍，蓦然[14]即醒。方怪幻梦之凶，见秋月含睇而立。生惊起曳坐，告之以梦。女曰："真也，非梦也。"生惊曰："且为奈何？"女叹曰："此有定数。妾待月尽[15]，始是生期；今已如此，急何能待。当速发瘗处，载妾同归，日频唤妾名，三日可活。但未满时日，骨软足弱，不能为君任井臼耳。"言已，草草欲出，又返身曰："妾几忘之，冥追若何？生时，父传我符书，言三十年后，可佩夫妇。"乃索笔疾书两符，曰："一君自佩，一粘妾背。"送之出。志其没处，掘尺许，即见棺木，亦已败腐。侧有小碑，果如女言。发棺视之，女颜色如生。抱入房中，衣裳随风尽化。粘符已，以被褥严裹，负至江滨，呼拢泊舟，伪言妹急病，将送归其家。幸南风大竞[16]，甫晓，已达里门。抱女安置，始告兄嫂。一家惊顾，亦莫敢直言其惑。生启衾，长呼"秋月"，夜辄拥尸而寝。日渐温暖。三日竟苏，七日能步。更衣拜嫂，盈盈然神仙不殊。但十步之外，须人而行，不则随风摇曳，屡欲倾侧。见者以为身有此病，转更增媚。每劝生曰："君罪孽太深，宜积德诵经以忏之。不然，寿恐不永也。"生素不佞佛，至此皈依[17]甚虔。后亦无恙。

异史氏曰："余欲上言定律：'凡杀公役者，罪减平人三等。'——盖此辈无有不可杀者也。故能诛锄蠹役者，即为循良。即稍苛之，不可谓虐。况冥中原无定法，倘有恶人，刀锯鼎镬，不以为酷。若人心之所快，即冥王之所善也。岂罪致冥追，遂可幸而逃哉！"

【注释】

[1] 秦邮：即高邮。秦代在高邮这个地方筑台置邮亭，名之为高邮亭。

由于高邮亭是秦代所置,所以后来也称它为“秦邮”。 [2] 友于甚笃:古人称侍奉父母尽心为“孝”,对待兄弟和好为“友”。《论语·为政》:“友于兄弟。”“于”,本是介词,后来却将“友于”二字连称,用以指兄弟之间的情谊。“友于甚笃”,弟兄极其要好的意思。 [3] 偶:这里是偶然的意思。[4] 易数:“易”,指《易经》。“数”,命运。《易经》是一部可以作占卜之用的书。古时有一些研究《易经》学会了占卜方法的人,都自认或被认为能够预知命运。这是一种迷信的说法。 [5] 雉堞:城上的小墙,就是有箭孔的城墙垛。 [6] 杳霭:形容雾气沉沉的样子。 [7] 墟市:场集,庙会。[8] 皂:隶役,差人。“皂”,黑色。古时隶役规定穿黑衣,所以称为“皂隶”“皂衣人”。简称作“皂”。 [9] 缧绁:同“累绁”。本是缚犯人的绳索,这里作动词用,捆绑的意思。 [10] 傲睨:骄傲地用眼睛斜看着。 [11] 提旛(fān):丧家挂在门首的白色狭长形的旗帜。下文“丧旛”,义同。[12] 买:这里是租、雇的意思。 [13] 见:这里同“现”。 [14] 蓦(mò)然:忽然。 [15] 月尽:月底。 [16] 竞:发动,兴起。 [17] 皈依:“皈”同“归”。佛教说法,信仰佛法,身心都归向于佛的,叫作“皈依”。

荷花三娘子

湖州宗湘若，士人也。秋日，巡视田垅，见禾稼茂密处，振摇甚动，疑之。越陌往觇，则有男女野合。一笑将返。即见男子腼然结带，草草径去。女子亦起。细审之，雅甚娟好。心悦之，欲就绸缪，实惭鄙恶。乃略近拂拭曰："桑中[1]之游乐乎？"女笑不语。宗近身启衣，肤腻如脂。于是挼莎[2]上下几遍，女笑曰："腐秀才！要如何便如何耳，狂探何为？"诘其姓氏。曰："春风[3]一度，即别东西，何劳审究。岂将留名字作贞坊耶？"宗曰："野田草露中，乃山村牧猪奴所为，我不习惯。以卿丽质，即私约亦当自重，何至屑屑[4]如此！"女闻言，极意嘉纳。宗言："荒斋不远，请过留连。"女曰："我出已久，恐人所疑，夜分可耳。"问宗门户物志甚悉；乃趋斜径，疾行而去。更初，果至宗斋，殢雨尤云[5]，备极亲爱。积有月日，密无知者。会一番僧，卓锡[6]村寺，见宗，惊曰："君身有邪气。曾何所遇？"答言："无之。"过数日，悄然忽病。女每夕携佳果饵之，殷勤抚问，如夫妻之好。然卧后必强宗与合。宗抱病，颇不耐之。心疑其非人，而亦无术暂绝使去。因曰："曩和尚谓我妖惑，今果病，其言验矣。明日，屈之来，便求符咒。"女惨然色变。宗益疑之。次日，遣人以情告僧。僧曰："此狐也。其技尚浅，易就束缚。"乃书符二道，付嘱曰："归以净坛一事，置榻前，即以一符贴坛口。待狐窜入，急复以盆，再以一符粘盆上，投釜汤，烈火烹煮，少顷毙矣。"家人归，并如僧教。夜深，女始至，探袖中金橘，方将就榻问讯。忽坛口飕飗一声，女已吸入。家人暴起，复口贴符。方欲就煮，宗见金橘散满地上，追念情好，怆然感动，遽命释之。揭符去复，女子自坛中出，狼狈颇殆。稽首曰："大道将成，一旦几为灰土！君，仁人也，誓必相报！"遂去。数日，宗益沉绵，若将陨坠。家人趋市，为购材木。途中遇一女子，问曰："汝是宗湘若纪纲[7]否？"答云："是。"女曰："宗郎是我表兄。闻病沉笃，将便省视，适有故不得去。灵药一裹，劳寄致之。"家人受归。宗念中表迄无姊妹，知是狐报。服其药，果大瘳，旬日平复。心德之，祷诸虚空，愿一再觏。一夜，闭户独酌，忽闻弹指敲窗，拔关出视，则狐女也。大悦，把手称谢，延止共饮。女曰："别来耿耿，思无以报高厚。今为君觅一良匹，聊足塞责否？"宗问："何人？"曰："非君所知。明日辰刻，早越南湖，如见有采菱女着冰縠[8]帔者，当急舟趁之。苟迷所往，即视堤边有短干莲花隐叶底，便采归，以蜡火爇其蒂，当得美妇，兼致修龄[9]。"宗谨受教。既而告别，宗固挽之。曰："自遭危劫，顿悟大道。即奈何以衾裯之爱，取人仇怨。"厉色辞去。宗如言，至南湖，见荷荡佳丽颇多，中一垂髫人，衣冰縠，绝代也。促舟劘逼[10]，忽迷所往。即拨荷丛，果有红莲一枝，干不盈尺。折之而归。入门，置几上，削蜡于旁，将以爇火；一回头，化为姝丽。宗惊喜伏拜。女曰："痴生！我是妖狐，将为君祟矣！"宗不听。女曰："谁教子者？"答曰："小生自能识卿，何待教。"捉臂牵之，随手而下，化为怪石，高尺许，面面玲珑。乃携供案上，焚香再拜而祝之。入夜，杜门塞窦，惟恐其亡。平旦，视之，即又非石，纱帔一袭，遥闻芗泽，展视领衿，犹存余腻。宗复衾拥之而卧。暮起挑灯，既返，则垂髫人在枕上。喜极，恐其复化，哀祝而后就之。女笑曰："孽障哉！不知何人饶舌[11]，遂教风狂儿屑碎死！"乃不复拒。而款洽间若不胜任，屡乞休止。宗不听。女曰："如此，我便化去。"宗惧而罢。由是两情甚谐。而金帛常盈箱箧，亦不知所自来。女见人，喏喏似口不能道辞，生亦讳言其异。怀孕十余月，计日当产，入室，嘱宗杜门禁款者[12]，自乃以刀剖脐下，取子出，令宗裂帛束之，过宿而愈。又六七年，谓宗曰："夙业偿满，请告别也。"宗闻泣下，曰："卿归我时，贫苦不自立；赖卿小阜。何忍遽言离逖[13]？且卿又无邦族，他日儿不知母，亦一恨事。"女亦怅悒曰："聚必有散，固是常也。儿福相，君亦期颐[14]，更何求？妾本何氏。倘蒙思眷，抱妾旧物而呼曰：'荷花三娘子。'当有见耳。"言已，解脱曰："我去矣！"惊顾间，飞去已高于顶。宗跃起急曳之，捉得履。履脱及地，化为石燕，色红于丹朱，内外莹澈，若水精然。拾而藏之。检视箱中，初来时所着冰縠帔尚在。每一忆念，抱呼"三娘子"，则宛然女郎，欢容笑黛，并肖生平，但不语耳。

【注释】

[1] 桑中：出《诗经》："期我乎桑中。"后人认为这是描写男女幽会的，所以一般都这样加以比喻引用。 [2] 挼莎（ruó shā）：按摩。 [3] 春风：性行为的隐语。 [4] 屑屑：随便、马虎的意思。下文"遂教风狂儿屑碎死"，屑碎，是麻烦、纠缠的意思。后文《山市》篇"往来屑屑"，屑屑，是形容往来很忙的样子。 [5] 殢（tì）雨尤云：形容男女的恋昵。"殢"和"尤"，都是纠缠昵爱的意思。 [6] 卓锡："卓"，拄立的意思。"锡"，锡杖的省词，就是禅杖。从前和尚随身拿着锡杖，所以和尚住在那里就叫作"卓锡"。 [7] 纪

纲:对别人的仆人、管家客气的称呼。 [8] 冰縠:白绉纱;也指所谓仙家的冰蚕丝。 [9] 修龄:长寿。 [10] 劘(mó)逼:追逼。 [11] 饶舌:多话。[12] 款者:"款",款门,就是敲门。"款者",敲门的人,指来访的客人。[13] 逷:同"逖",远的意思。 [14] 期颐:百岁。

窦　氏

南三复，晋阳[1]世家也。有别墅，去所居十里余，每驰骑日一诣之。适遇雨，途中有小村，见一农人家，门内宽敞，因投止焉。近村人故皆威重[2]南。少顷，主人出邀，局蹐甚恭。入其舍，斗如。客既坐，主人始操彗，殷勤泛扫[3]。既而泼[4]蜜为茶。命之坐，始敢坐。问其姓名，自言："廷章，姓窦。"未几，进酒烹雏，给奉周至。有笄女行炙[5]，时止户外，稍稍露其半体，年十五六，端妙无比。南心动。雨歇既归，系念綦切。越日，具粟帛往酬，借此阶进。是后常一过窦，时携肴酒，相与留连。女渐稔，不甚忌避，辄奔走其前。睨之，则低鬟微笑。南益惑焉，无三日不往者。一日，值窦不在，坐良久，女出应客。南捉臂狎之。女惭急，峻拒曰："奴虽贫，要嫁，何贵倨凌人也？"时南失偶，便揖之曰："倘获怜眷，定不他娶。"女要誓。南指矢天日[6]，以坚永约。女乃允之。自此为始，瞰[7]窦他出，即过缱绻。女促之曰："桑中之约，不可长也。日在帡幪之下[8]，倘肯赐以姻好，父母必以为荣，当无不谐。宜速为计。"南诺之。转念农家，岂堪匹偶，姑假其词以因循之[9]。会媒来为议姻于大家，初尚踌躇；既闻貌美财丰，志遂决。女以体孕，催并益急。南遂绝迹不往。无何，女临蓐，产一男。父怒搒女。女以情告，且言："南要[10]我矣。"窦乃释女，使人问南。南立却不承。窦乃弃儿，益扑女。女暗哀邻妇，告南以苦。南亦置之。女夜亡，视弃儿犹活，遂抱以奔南。

款关而告阍者曰："但得主人一言，我可不死。彼即不念我，宁不念儿耶？"阍人具以达南，南戒勿内[11]。女倚户悲啼，五更始不复闻。质明[12]视之，女抱儿坐僵矣。窦忿，讼之上官。悉以南不义，欲罪南；南惧，以千金行赂得免。大家梦女披发抱子而告曰："必勿许负心郎！若许，我必杀之！"大家贪南富，卒许之。既亲迎，奁妆丰盛。新人亦娟好；然善悲，终日未尝睹欢容，枕席之间，时复有涕洟。问之，亦不言。过数日，妇翁来，入门便泪。南未遑问故，相将入室。见女而骇曰："适于后园，见吾女缢死桃树上，今房中谁也？"女闻言，色暴变，仆然而死。视之，则窦女。急至后园，新妇果自经死。骇极，往报窦。窦发女冢，棺启尸亡，前忿未蠲[13]，倍益惨怒，复讼于官。官以其情幻，拟罪未决。南又厚饵窦，哀令休结；官亦受其赇嘱，乃罢。而南家自此稍替。又以异迹传播，数年无敢字者。南不得已，远于百里外聘曹进士女。未及成礼；会民间讹传，朝廷将选良家女充掖庭[14]，以故有女者，悉送归夫家。一日，有妪导一舆至，自称曹家送女者。扶女入室，谓南曰："选嫔之事已急，仓卒不能如礼，且送小娘子来。"问："何无客？"曰："薄有奁妆，相从在后耳。"妪草草径去。南视女亦风致，遂与谐笑。女俯颈引带，神情酷类窦女，心中作恶，第未敢言。女登榻，引被幛首而眠，亦谓是新人常态，弗为意。日敛昏[15]，曹人不至，始疑。捋被问女，而女已奄然冰绝。惊怪莫知其故。驰伻告曹，曹竟无送女之事，相传为异。时有姚孝廉女新葬，隔宿为盗所发，破材失尸。闻其异，诣南所征之，果其女。启衾一视，四体裸然。姚怒，质状于官。官以南屡无行，恶之,坐发冢见尸,论死。[16]

异史氏曰:“始乱之而终成之,非德也;况誓于初而绝于后乎?挞于室,听之;哭于门,仍听之:抑何其忍!而所以报之者,亦比李十郎[17]惨矣。”

【注释】

[1] 晋阳:古县名,今山西太原。 [2] 威重:原指严肃而有威风。这里是说,尊重他的势力、威风,是封建时期,农民在地主压迫、剥削之下,既恨且怕的一种表现。 [3] 泛(fàn)扫:大扫除。 [4] 泼:这里是调弄、调和的意思。[5] 行炙:上菜,进菜。 [6] 指矢天日:指着天上的太阳发誓。后文《云翠仙》篇“切矢皦(jiǎo)日”,义略同。“皦日”,白日的意思。 [7] 瞰(kàn):看。[8] 在帡幪(píng méng)之下:“帡幪”,帐篷之类覆盖的东西:在旁边的叫“帡”,在上面的叫“幪”。“在帡幪之下”,就是在庇荫之下的意思。这里指农民在受着地主统治,把地主当作自己的主人。 [9] 姑假其词以因循之:姑且用一些话来敷衍、拖延着。 [10] 要(yāo):这里指订盟、发誓。[11] 内:这里同“纳”。 [12] 质明:天亮的时候。 [13] 蠲(juān):消除。[14] 充掖庭:“充”,充实。皇宫里正宫以外、妃嫔住的地方叫作“掖庭”。“充掖庭”,就是弄到宫里当妃嫔宫女的意思。 [15] 敛昏:黄昏时候。[16] 论死:判处死刑。 [17] 李十郎:指李益。传说唐李益人称李十郎。他在长安和名妓霍小玉要好,订有盟约,后来却抛弃了她,不肯和她见面。小玉思恨成病。有一位黄衫客知道这件事,设法把李益骗到小玉那里。小玉责备了李益一顿,痛哭而死。临死的时候说李益负心,自己一定要化作恶鬼,搅得他家庭不安。后来李益家里果然发生种种怪异事情,使得李益休妻杀妾。见唐传奇《霍小玉传》。

云 翠 仙

梁有才，故晋人，流寓于济，作小负贩。无妻子田产。从村人登岱[1]。岱四月交[2]，香侣[3]杂沓。又有优婆夷、塞[4]，率众男子，以百十，杂跪神座下，视香炷为度[5]，名曰“跪香”。才视众中有女郎，年十七八而美，悦之，诈为香客，近女郎跪；又伪为膝困无力状，故以手据女郎足。女回首似嗔，膝行而远之。才又膝行近之；少间，又据之。女郎觉，遽起，不跪，出门去。才亦起，出履其迹[6]，不知其往。心无望，怏怏而行。途中见女郎从媪，似为女也母者。才趋之。媪女行且语。媪云：“汝能参礼娘娘，大好事。汝又无弟妹，但获娘娘冥加护，护汝得快婿，但能相孝顺，都不必贵公子、富王孙也。”才窃喜，渐渍[7]诘媪。媪自言为云氏，女名翠仙，其出也。家西山四十里。才曰：“山路濇[8]，母如此蹜蹜[9]，妹如此纤纤，何能便至？”曰：“日已晚，将寄舅家宿耳。”才曰：“适言相婿不以贫嫌，不以贱鄙，我又未婚，颇当母意否？”媪以问女，女不应。媪数问，女曰：“渠寡福，又荡无行，轻薄之心，还易翻复。儿不能为遢伎儿[10]作妇。”才闻，朴诚自表，切矢皦日。媪喜，竟诺之。女不乐，勃然[11]而已。母又强拍咻之[12]。才殷勤，手于橐[13]，觅山兜[14]二，舁媪及女；己步从，若为仆。过隘[15]，辄呵兜夫不得颠摇动，良殷。俄抵村舍，便邀才同入舅家。舅出翁，妗出媪也。云兄之嫂之。谓：“才吾婿。日适良，不须别择，便取今夕。”舅亦喜，出酒肴饵才。既，严妆翠仙出，拂榻促眠。女曰：“我固知郎不义，迫母命，漫相随。郎若人也，当不须忧偕活。”才唯唯听受。明日早起，母谓才：“宜先去，我以女继至。”才归，扫户闼。媪果送女至。入视室中，虚无有。便云：“似此何能自给？老身速归，当小助汝辛苦[16]。”遂去。次日，有男女数辈，各携服食器具，布一室满之，不饭[17]俱去，但留一婢。才由此坐温饱，惟日引里无赖，朋饮竞赌，渐盗女郎簪珥佐博。女劝之不听，颇不耐之，惟严守箱奁，如防寇。一日，博党款门访才，窥见女，适适[18]惊。戏谓才曰：“子大富贵，何忧贫耶？”才问故。答曰：“曩见夫人，实仙人也。适与子家道不相称。货为媵，金可得百；为妓，可得千。千金在室，而听饮博无资耶？”才不言，而心然之。归辄向女欷歔，时时言贫不可度。女不顾。才频频击卓，抛匕箸，骂婢，作诸态。一夕，女沽酒与饮。忽曰：“郎以贫故，日焦心。我又不能御穷[19]，分郎忧，中[20]岂不愧怍？但无长物，止有此婢，鬻之，可稍稍佐经营[21]。”才摇首曰：“其值几许？”又饮少时，女曰：“妾于郎有何不相承[22]，但力竭耳。念一贫如此，便死相从，不过均此百年苦，有何发迹[23]？不如以妾鬻贵家，两所便益，得直或较婢多。”才故愕言：“何得至此？”女固言之，色作庄[24]。才喜曰：“容再计之。”遂缘[25]中贵人[26]，货隶乐籍[27]。中贵人亲诣才，见女大悦，恐不能即得，立券[28]八百缗[29]，事滨就[30]矣。女曰：“母以婿家贫，常常萦念。今义断矣，我将暂归省。且郎与妾绝，何得不告母？”才虑母阻。女曰：“我顾自乐之，保无差贷[31]。”才从之。夜将半，始抵母家。挝阖入，见楼舍华好，婢仆辈往来憧憧[32]。才日与女居，每请诣母，女辄止之，故为甥馆[33]年余，曾未一临岳家。至此大骇，以其家巨，恐媵妓所不甘也。女引才登楼上。媪惊问："夫妻何来?"女怨曰："我固道渠不义，今果然!"乃于衣底出黄金二铤置几上，曰："幸不为小人赚脱，今仍以还母。"母骇问故，女曰："渠将鬻我，故藏金无用处。"乃指才骂曰："豺鼠子！曩日负肩担，面沾尘如鬼。初近我，熏熏作汗腥，肤垢欲倾塌，足手皴[34]一寸厚，使人终夜恶。自我归汝家，安坐餐饭，鬼皮始脱。母在前，我岂诬耶?"才垂首，不敢少出气。女又曰："自顾无倾城姿，不堪奉贵人；似若辈男子，我自谓犹相匹。有何亏负，遂无一念香火情[35]？我岂不能起楼宇、买良沃[36]？念汝儇薄骨、乞丐相，终不是白头侣!"言次，婢妪连衿臂，旋旋围绕之。闻女责数，便都唾骂，共言："不如杀却，何须复云云!"才大惧，据地自投，但言知悔。女又盛气[37]曰："鬻妻子已大恶，犹未便是剧[38]；何忍以同衾人赚作娼!"言未已，众眦裂，悉以锐簪剪刀股攒刺胁腂[39]。才号悲乞命。女止之曰："可暂释却。渠便无仁义，我不忍其觳觫。"乃率众下楼去。才坐听移时，语声俱寂，思欲潜遁。忽仰视见星汉，东方已白，野色苍莽[40]，灯亦寻灭。并无屋宇，身坐削壁上；俯瞰绝壑，深无底。骇绝，惧堕。身稍移，塌然一声，堕石崩坠。壁半有枯[41]横焉，罥不得堕，以枯受腹，手足无着。下视茫茫，不知几何寻[42]丈。不敢转侧，嗥怖声嘶，一身尽肿，眼、耳、鼻、舌、身力俱竭。日渐高，始有樵人望见之。寻绠来，缒而下，取置崖上，奄将溘毙。舁归其家。至则门洞敞，家荒荒[43]如败寺，床簏什器俱杳，惟有绳床[44]败案，是己家旧物，零落犹存。嗒然自卧。饥时，日一乞食于邻。既而肿溃为癞[45]。里党薄其行，悉唾弃之。才无计，货屋而穴居。行乞于道，以刀自随。或劝以刀易饵。才不肯曰："野居防虎狼，用自卫耳。"后遇向劝鬻妻者于途，近而哀语，遽出刀，揕[46]而杀之，遂被收。官廉[47]得其情，亦未忍酷虐之，系狱中，寻瘐死[48]。

异史氏曰："得远山芙蓉[49]，与共四壁，与以南面王岂易哉？己则非人，而怨逢恶之友[50]；故为友者不可不知戒也。凡狭邪子[51]诱人淫博，为诸不义，其事不败，虽则不怨，亦不德。迨于身无襦、妇无裤，千人所指，无疾将死，穷败之念，无时不萦于心，穷败之恨，无时不切于齿，清夜牛衣中，辗转不寐，夫然后历历想未落时，历历想已落时，又历历想致落之故，而因以及发端致落之人；至于此，弱者起，拥絮坐诅，强者忍冻裸行，篝火[52]索刀，霍霍磨之，不待终夜矣。故以善规人，如赠橄榄；以恶诱人，如馈漏脯[53]也。听者固当省，言者可勿惧哉！"

【注释】

[1] 岱：泰山的别名。 [2] 四月交：刚刚达到四月里。 [3] 香侣：朝山进香的人群。 [4] 优婆夷、塞："优婆夷""优婆塞"，都是梵语，指信仰佛法，接受五戒（如不杀生，不淫邪等）的女人和男子，犹如说善男信女。[5] 视香炷为度：以一根香点完了为跪拜时间长短的标准。 [6] 出履其迹：出去寻找她的行踪。 [7] 渍：浸渍。东西被水逐渐浸湿了叫作"浸渍"，引申作逐渐、慢慢地解释。 [8] 濇（sè）：同"涩"。本指滞涩不滑溜，这里形容山路崎岖难走。 [9] 蹜（suō）蹜：形容脚步跨得小，走得慢的样子。 [10] 遢伎儿：猥琐肮脏的人。 [11] 勃然：形容因发怒而脸上变了颜色的样子。 [12] 拍哄之：拍着呵着她，是一种安慰而又略带有强迫接

受性质的动作。 [13] 手于橐：把手插在衣袋里。 [14] 山兜：山轿。 [15] 隘（ài）：险要的地方。 [16] 小助汝辛苦："辛苦"，这里指穷苦。"小助汝辛苦"，意思是略为帮助你改善生活。 [17] 不饭：不吃饭。后文《向杲》篇"饭之"，给他饭吃。"饭"，都作动词用。 [18] 逖（tì）逖：形容吃惊的样子。 [19] 御穷：救穷。 [20] 中：心里。 [21] 佐经营：有助于发展事业。 [22] 承：顺从，承奉。 [23] 发迹：发家，有前途。 [24] 色作庄：正着脸色，做出郑重其事的样子。 [25] 缘：因着，由于。 [26] 中贵人：本指帝王宠信的内官，后来却专指太监。 [27] 乐籍：本指古代隶属乐部的官妓名册，后来一般以"乐籍"指妓院。 [28] 立券：签署契约。这里指签立卖妻的契约。后文《仇大娘》篇"阴券于大姓""券妻"，"券"，作动词用，指写出卖的契约。"券妻"，就是订卖妻的契约。 [29] 八百缗（mín）：古时用铜钱。铜钱有孔，可以用绳索穿起来，一般的一串千钱，叫作"缗"或"贯"。"八百缗"，就是钱八十万。 [30] 滨就：快要成功了。 [31] 差贷（tè）：差误。"贷"，同"忒"。 [32] 憧（chōng）憧：形容往来不断的样子。 [33] 为甥馆：做女婿的意思。古时称女婿为"甥"。"甥馆"，是赘婿居住的地方。 [34] 皴（cūn）：皮肤开裂叫作"皴"，又由于多时不洗沐，以致脱落的表皮和泥垢杂在一起堆在皮肤的表面，也叫作"皴"。这里是后一义。 [35] 香火情：古人盟誓时多焚香，认为这样就可以上通神明。夫妇结婚时，通常也要彼此发誓以为信约，因而习惯以"香火情"指夫妇间的感情。 [36] 良沃：良田。 [37] 盛气：形容因感情冲动而发怒的样子。后文《贾奉雉》篇"少年盛气哉"，"盛气"，却指的逞着意气。 [38] 犹未便是剧：还不算是顶厉害。 [39] 胁膘（lěi）：肩臂下面突起来的皮肤。 [40] 野色苍莽：指远望郊外一片青翠的颜色。 [41] 枯：枯树枝。 [42] 寻：古时以八尺为"寻"。 [43] 荒荒：形容黯淡的样子。 [44] 绳床：一种穿有绳索、可以折叠收放的椅子，也称交椅、胡床。 [45] 癞：一种恶性的皮肤传染病，就是"麻疯"。 [46] 摮（āo）：打，击。 [47] 廉：查察。 [48] 瘐死：囚犯在狱中因受刑、饥寒或疾病而死。 ［49］远山芙蓉：形容女子的美貌："远山"，眉毛像远山一样的青翠。"芙蓉"，脸色像芙蓉一样的美丽。本是指卓文君。参看前文《鸦头》篇注［11］"室对芙蓉，家徒四壁"条。 ［50］逢恶之友：迎合意旨、勾引做坏事的朋友。 ［51］狭邪子："邪"，这里音义同"斜"。"狭邪"，原意指小路、曲巷。由于从前妓院总是隐蔽地设在小路、曲巷之内，因此后来以"狭邪游"作为狎妓的代词。"狭邪子"，指狎妓的人。 ［52］篝（gōu）火："篝"，是笼，这里却作动词用。"篝火"，把灯火放在笼里，就是打着灯笼、提着灯火的意思。［53］漏脯：沾有屋漏水的干肉，传说这种肉是有毒的。

颜　氏

顺天某生，家贫。值岁饥，从父之洛。性钝，年十七，裁能成幅[1]；而丰仪秀美，能雅谑，善尺牍[2]，见者不知其中之无有也[3]。无何，父母继殁，孑然[4]一身，授童蒙[5]于洛汭[6]。时村中颜氏有孤女，名士裔也。少惠。父在时，尝教之读，一过，辄记不忘。十数岁，学父吟咏。父曰："吾家有女学士，惜不弁[7]耳。"钟爱之，期择贵婿。父卒，母执此志，三年不遂，而母又卒。或劝适佳士，女然之，而未就也。适邻妇逾垣来，就与攀谈，以字纸裹绣线。女启视，则某手翰，寄邻生者，反复之[8]而好焉。邻妇窥其意，私语曰："此翩翩一美少年，孤与卿等，年相若也。倘能垂意，妾嘱渠侬[9]晒合[10]之。"女脉脉[11]不语。妇归，以意授夫。邻生故与生善，告之。大悦。有母遗金鸦镮，托委致焉。刻日成礼，鱼水甚欢。及睹生文，笑曰："文与卿似是两人，如此何日可成?"朝夕劝生研读，严如师友。敛昏，先挑烛据案自哦，为丈夫率[12]；听漏三下，乃已。如是年余，生制艺颇通，而再试再黜，身名蹇落[13]，饔飧不给[14]，抚情寂漠[15]，嗷嗷[16]悲泣。女呵之曰："君非丈夫，负此并耳！使我易髻而冠，青紫直芥视之[17]。"生方懊丧，闻妻言，睒睗[18]而怒曰："闺中人，身不到场屋，便以功名富贵似汝在厨下汲水炊白粥；若冠加于顶，恐亦犹人[19]耳。"女笑曰："君勿怒。俟试期，妾请易装相代；倘落拓如君，当不敢复藐[20]天下士矣。"生亦笑曰："卿自不知蘖[21]苦，真宜使尝试之。

但恐绽露，为乡邻笑耳。”女曰：“妾非戏语。君尝言燕有故庐，请男装从君归，伪为弟。君以襁褓出[22]，谁得辨其非？”生从之。女入房，巾服而出，曰：“视妾可作男儿否？”生视之，俨然一顾影[23]少年也。生喜。遍辞里社[24]。交好者薄有馈遗，买一羸蹇，御妻而归。生叔兄尚在，见两弟如冠玉[25]，甚喜，晨夕恤顾之。又见宵旰攻苦[26]，倍益爱敬。雇一剪发雏奴，为供给使[27]。暮后，辄遣去之。乡中吊庆，兄自出周旋；弟惟下帷读。居半年，罕有睹其面者。客或请见，兄辄代辞。读其文，瞲然[28]骇异。或排闼而迫之，一揖，便亡去。客睹丰采，又共倾慕。由此名大噪，世家争愿赘焉。叔兄商之，惟䩄然笑。再强之，则言矢志青云，不及第，不婚也。会学使案临，两人并出[29]。兄又落[30]。弟以冠军应试，中顺天第四[31]。明年成进士，授桐城令，有吏治[32]。寻迁[33]河南道掌印御史[34]，富埒王侯。因托疾乞骸骨[35]，赐归田里。宾客填门，迄谢不纳。又自诸生以及显贵，并不言娶，人无不怪之者。归后，渐置婢。或疑其私，嫂察之，殊无苟且。无何，明鼎革[36]，天下大乱，乃谓嫂曰：“实相告，我小郎[37]妇也。以男子萎茸[38]，不能自立，负气自为之。深恐播扬，致天子召问，贻笑海内耳。”嫂不信，脱靴而示之足，始愕。视靴中，则败絮满焉。于是使生承其衔，仍闭门而雌伏矣。而生平不孕，遂出资购妾。谓生曰：“凡人置身通显，则买姬媵以自奉；我宦迹十年，犹一身耳。君何福泽，坐享佳丽？”生曰：“面首三十人[39]，请卿自置耳。”相传为笑。是时生父母屡受覃恩[40]矣。搢绅拜往，尊生以侍御礼；生羞袭闺衔，惟以诸生自安，终身未尝舆盖[41]云。

异史氏曰:“翁姑受封于新妇,可谓奇矣。然侍御而夫人也者,何时无之;但夫人而侍御者少耳。天下冠儒冠、称丈夫者,皆愧死矣!”

【注释】

[1] 成幅:成篇。 [2] 善尺牍:会写信,信写得好。 [3] 不知其中之无有也:不知道他胸中并无才学的意思。 [4] 孑(jié)然:形容孤孤单单的样子。 [5] 童蒙:知识未开的幼童。 [6] 洛汭(ruì):河流弯曲的地方叫作“汭”。“洛汭”,指洛水入黄河处,在今河南荥阳。 [7] 不弁:“弁”,帽子。“不弁”,不戴帽子。男子才戴帽子,所以“不弁”引申作不是男子解释。[8] 反复之:这里指翻来复去地看上好几遍。 [9] 渠侬:苏州话称别人为“渠侬”。这里是邻妇指自己的丈夫。 [10] 晒(rì)合:犹如说撮合。[11] 脉脉:形容含着很深情意的样子。 [12] 为丈夫率:做丈夫的榜样。[13] 蹇落:倒霉,不如意。 [14] 饔飧(sūn)不给:“饔”,早饭。“飧”,晚饭。“饔飧不给”,犹如说三餐饭都吃不上。 [15] 寂漠:同“寂寞”。 [16] 嗷嗷:形容因饥饿感到痛苦而发出的声音。 [17] 青紫直芥视之:“青紫”,官印上青或紫色的绶带。汉时大官才可以有金印紫绶或银印青绶,后来就以“青紫”指大官的官位。“芥”,小草。“青紫直芥视之”,把做高官简直看成像拾一根小草那样地容易。语出《汉书》:“其取青紫,如俯拾地芥耳。”后文《仙人岛》篇“芥拾青紫”,义同。 [18] 睒睗(shǎn shì):形容怒目而视时眼光闪动的样子。 [19] 犹人:和别人一样。 [20] 藐:轻视。 [21] 蘗(bò):就是黄蘗,一种落叶乔木,皮和子都可以作药用,味道很苦。 [22] 以襁褓出:在婴儿时代就离开了。 [23] 顾影:自己看着自己的影子,是一种怜惜自己容貌的表示。 [24] 里社:古时二十五家以上可以立社(祭神的地方)祭祀土地神,称为“里社”,后来就以“里社”泛指邻居。 [25] 冠玉:嵌

有玉饰的帽子,借以比喻人的美貌。［26］宵旰(gàn)攻苦:"宵",夜,天未亮时。"旰",天晚。"宵旰攻苦",起早睡晚地用功读书。［27］给使:差遣,使唤。［28］瞲(xuè)然:形容惊视的样子。［29］出:指应试。［30］落:落第,没有考取。［31］以冠军应试,中顺天第四:以科试第一名的资格,保送顺天乡试,考取了第四名。参看前文《叶生》篇注[6]"科试"及注[50]"北闱"条。［32］有吏治:做官有成绩。［33］迁:由这一官职调任另一官职叫作"迁"。除"左迁"是降职外,一般的"迁"都指升官。［34］河南道掌印御史:明时都察院下设十三道监察御史,给予印篆,分区负考察内外吏治的责任,叫作"掌印御史",其中以河南道监察御史管辖较广,职权最重。［35］乞骸骨:大官请求辞职叫作"乞骸骨",意思是:做官就要以身许国,辞职后不再负责,身体获得自由,死后就可以归葬乡里了。［36］鼎革:"鼎新革故"的省称,意思是改换新的,除去旧的,语出《易经》。后来就以"鼎革"指改朝换代。［37］小郎:古时妇女称丈夫的兄弟为"小郎",这里是颜氏借作嫂嫂的口气,所以称自己的丈夫为"小郎"。［38］阘茸:猥贱,没有出息。"阘",应作"阘"。［39］面首三十人:南北朝宋废帝的妹妹山阴公主对废帝说:你后宫有那么多妃嫔宫女,而我只有驸马一人,未免太不公平了。于是废帝就为她置面首——男宠三十人。见《南史》。"面",貌美。"首",发美。［40］覃恩:封建时代帝王对臣子的恩惠,一般多指举行庆典时对臣子的封赠而言。［41］舆盖:车和车盖,是官员出行时用的东西。

小　谢

渭南姜部郎[1]第，多鬼魅，常惑人。因徙去。留苍头门之，而死；数易，皆死；遂废之。里有陶生望三者，夙倜傥，好狎妓，酒阑辄去之。友人故使妓奔就之，亦笑内不拒；而实终夜无所沾染。尝宿部郎家，有婢夜奔，生坚拒不乱，部郎以是契重之。家綦贫，又有"鼓盆之戚"[2]；茆屋数椽，溽暑不堪其热。因请部郎，假废第。部郎以其凶故，却之。生因作"续无鬼论"[3]献部郎，且曰："鬼何能为！"部郎以其请之坚，诺之。生往除厅事。薄暮，置书其中；返取他物，则书已亡。怪之。仰卧榻上，静息以伺其变。食顷，闻步履声，睨之，见二女自房中出，所亡书，送还案上。一约二十，一可十七八，并皆姝丽。逡巡立榻下，相视而笑。生寂不动。长者翘一足踹生腹，少者掩口匿笑。生觉心摇摇若不自持，即急肃然端念，卒不顾。女近以左手捋[4]髭，右手轻批颐颊，作小响。少者益笑。生骤起，叱曰："鬼物敢尔！"二女骇奔而散。生恐夜为所苦，欲移归，又耻其言不掩[5]；乃挑灯读。暗中鬼影憧憧，略不顾瞻。夜将半，烛[6]而寝。始交睫，觉人以细物穿鼻，奇痒，大嚏；但闻暗处隐隐作笑声。生不语，假寐以俟之。俄见少女以纸条拈细股，鹤行鹭伏而至，生暴起呵之，飘窜而去；既寝，又穿其耳：终夜不堪其扰。鸡既鸣，乃寂无声，生始酣眠，终日无所睹闻。日既下，恍惚出现。生遂夜炊，将以达旦。长者渐曲肱几上，观生读。既而掩生卷。生怒捉之，即已飘散；少间，又抚之。生以手按卷读。少者潜于脑后，交两手掩生目，瞥然去，远立以哂。生指骂曰："小鬼头！捉得便都杀却！"女子即又不惧。因戏之曰："房中纵送[7]，我都不解，缠我无益。"二女微笑，转身向灶，析薪溲米[8]，为生执爨[9]。生顾而奖曰："两卿此为，不胜憨跳耶？"俄顷粥熟，争以匕[10]、箸、陶碗置几上。生曰："感卿服役，何以报德？"女笑云："饭中溲合砒、鸩[11]矣。"生曰："与卿夙无嫌怨，何至以此相加。"啜已，复盛，争为奔走。生乐之，习以为常。日渐稔，接坐倾语，审其姓名。长者云："妾秋容乔氏，彼阮家小谢也。"又研问所由来。小谢笑曰："痴郎！尚不敢一呈身，谁要汝问门第，作嫁娶耶？"生正容曰："相对丽质，宁独无情；但阴冥之气，中人必死。不乐与居者，行可耳；乐与居者，安可耳。如不见爱，何必玷两佳人？如果见爱，何必死一狂生？"二女相顾动容。自此不甚虐弄之；然时而探手于怀，捋裤于地，亦置不为怪。一日，录书未卒业而出，返则小谢伏案头，操管代录。见生，掷笔睨笑。近视之，虽劣不成书，而行列疏整。生赞曰："卿雅人也！苟乐此，仆教卿为之。"乃拥诸怀，把腕而教之画。秋容自外入，色乍变，意似妒。小谢笑曰："童时尝从父学书，久不作，遂如梦寐。"秋容不语。生喻其意，伪为不觉者，遂抱而授以笔，曰："我视卿能此否？"作数字而起，曰："秋娘大好笔力！"秋容乃喜。于是折两纸为范，俾共临摹；生另一灯读。窃喜其各有所事，不相侵扰。仿[12]毕，祇立几前，听生月旦。秋容素不解读，涂鸦不可辨认，花判[13]已，自顾不如小谢，有惭色。生奖慰之，颜始霁[14]。二女由此师事生。坐为抓背，卧为按股，不惟不敢侮，争媚之。逾月，小谢书居然端好。生偶赞之。秋容大惭，粉黛淫淫[15]，泪痕如线；生百端慰解之，乃已。因教之读，颖悟非常，指示一过，无再问者。与生竞读，常至终夜。小谢又引其弟三郎来，拜生门下。年十五六，姿容秀美。以金如意一钩为贽。生令与秋容执一经，满堂咿唔[16]，生于此设鬼帐焉。部郎闻之，喜，以时给其薪水。积数月，秋容与三郎皆能诗[17]，时相酬唱。小谢阴嘱勿教秋容，生诺之；秋容嘱勿教小谢，生亦诺之。一日，生将赴试，二女涕泪持别。三郎曰："此行可以托疾免；不然，恐履下吉。"生以告疾为辱，遂行。先是，生好以诗词讥切时事，获罪于邑贵介[18]，日思中伤[19]之。阴赂学使，诬以行检[20]，淹禁狱中。资斧绝，乞食于囚人，自分已无生理。忽一人飘忽而入，则秋容也。以馔具馈生。相向悲咽，曰："三郎虑君不吉，今果不谬。三郎与妾同来，赴院[21]申理矣。"数语而出，人不之睹。越日，部院出，三郎遮道声屈，收之。秋容入狱报生，返身往侦之，三日不返。生愁饿无聊，度一日如年岁。忽小谢至，怆惋欲绝，言："秋容归，经由城隍祠，被西廊黑判强摄去，逼充御媵。秋容不屈，今亦幽囚。妾驰百里，奔波颇殆；至北郭，被老棘刺吾足心，痛彻骨髓，恐不能再至矣。"因示之足，血殷凌波[22]焉。出金三两，跛踦[23]而没。部院勘三郎，素非瓜葛，无端代控，将杖之，扑地遂灭。异之。览其状，情词悲恻。提生面鞫，问："三郎何人？"生伪为不知。部院悟其冤，释之。既归，竟夕无一人。更阑，小谢始至。惨然曰："三郎在部院，被廨神[24]押赴冥司；冥王以三郎义，令托生富贵家。秋容久锢，妾以状投城隍，又被按阁[25]，不得入，且复奈何？”生忿曰：“黑老魅！何敢如此！明日仆其像，践踏为泥，数城隍而责之；案下吏暴横如此，渠在醉梦中耶！”悲愤相对，不觉四漏将残。秋容飘然忽至。两人惊喜，急问。秋容泣下曰：“今为郎万苦矣！判日以刀杖相逼，今夕忽放妾归，曰：‘我无他，原以爱故；既不愿，固亦不曾污玷。烦告陶秋曹[26]，勿见谴责。’”生闻少欢，欲与同寝，曰：“今日愿为卿死。”二女戚然曰：“向受开导，颇知义理，何忍以爱君者杀君乎！”执不可；然挽颈倾头，情均伉俪。二女以遭难故，妒念全消。会一道士途遇生，顾谓：“身有鬼气。”生以其言异，具告之。道士曰：“此鬼大好，不宜负他。”因书二符付生，曰：“归授两鬼，任其福命：如闻门外有哭女者，吞符急出，先到者可活。”生拜受，归嘱二女。后月余，果闻有哭女者。二女争奔而去。——小谢忙急，忘吞其符。——见有丧舆过，秋容直出，入棺而没；小谢不得入，痛哭而返。生出视，则富室郝氏殡其女。共见一女子入棺而去，方共惊疑；俄闻棺中有声，息肩发验，女已顿苏。因暂寄生斋外，罗守之。忽开目问陶生。郝氏研诘之。答云：“我非汝女也。”遂以情告。郝未深信，欲舁归；女不从，径入生斋，偃卧不起。郝乃识婿而去。生就视之，面庞虽异，而光艳不减秋容，喜惬过望，殷叙平生。忽闻呜呜鬼泣，则小谢哭于暗陬。心甚怜之，即移灯往，宽譬哀情，而衿袖淋浪[27]，痛不可解。近晓始去。天明，郝以婢媪赍送香奁，居然翁婿矣。暮入帷房，则小谢又哭。如此六七夜，夫妇俱为惨动，不能成合卺之礼。生忧思无策。秋容曰：“道士，仙人也。再往求，倘[28]得怜救。”生然之。迹道士所在，叩伏自陈。道士力言"无术"。生哀不已。道士笑曰:"痴生好缠人!合与有缘,请竭吾术。"乃从生来,索静室,掩扉坐,戒勿相问。凡十余日,不饮不食。潜窥之,瞑若睡。一日晨兴,有少女搴帘入,明眸皓齿,光艳照人,微笑曰:"跋履[29]终夜,惫极矣!被汝纠缠不了,奔驰百里外,始得一好庐舍[30],道人载与俱来矣。待见其人,便相交付耳。"敛昏,小谢至。女遽起迎抱之,翕然[31]合为一体,仆地而僵。道士自室中出,拱手径去。拜而送之。及返,则女已苏。扶置床上,气体渐舒,但把足呻言趾股酸痛,数日始能起。后生应试得通籍[32]。有蔡子经者,与同谱[33],以事过生,留数日。小谢自邻舍归,蔡望见之,疾趋相蹑[34];小谢侧身敛避,心窃怒其轻薄。蔡舍生曰:"一事深骇物听[35],可相告否?"诘之,答曰:"三年前,少妹夭殒,经两夜而失其尸,至今疑念。适见夫人,何相似之深也?"生笑曰:"山荆陋劣,何足以方[36]君妹?然既系同谱,义即至切,何妨一献妻孥。"乃入内,使小谢衣殉装出。蔡大惊曰:"真吾妹也!"因而泣下。生乃具述本末。蔡喜曰:"妹子未死,吾将速归,用慰严慈[37]。"遂去。过数日,举家皆至,后往来如郝焉。

异史氏曰:"绝世佳人,求一而难之,何遽得两哉!事千古而一见,惟不私奔女者能遘之也。道士其仙耶?何术之神也!苟有其术,丑鬼可交耳。"

【注释】

[1] 部郎:指明、清中央政府部里郎中、员外郎一类的官,地位略如后来的司长、副司长。后文《凤仙》篇"郎官",义同。 [2]"鼓盆之戚":庄子的妻子死了,惠子来吊。庄子却蹲在那里敲着瓦盆唱歌,表示十分旷达。后来

因而把丧妻叫作“鼓盆之戚”。 ［3］“续无鬼论”：晋阮瞻、唐林蕴都作过《无鬼论》，所以这里说作“续无鬼论”。 ［4］捋（lǚ）：摸扯。 ［5］其言不掩：无法自圆其说的意思。 ［6］烛：这里作动词用，点烛的意思。 ［7］房中纵送：指性行为。 ［8］溲米：淘米。 ［9］执爨（cuàn）：烧火做饭。 ［10］匕（bǐ）：古时一种食具，有如现在的饭匙。 ［11］溲合砒、鸩：“砒”，砒霜。“鸩”，古人传说是一种羽毛有毒的鸟，把鸩毛和在酒或汤水里，就成为杀人的毒药。“溲合砒、鸩”，意思是里面调和着毒药了。 ［12］仿：写仿。教儿童初学写字，先用红墨写了，让学写的用墨笔一笔一笔照着描，叫作“写仿”。 ［13］花判：这里是品评圈点的意思。 ［14］霁：雨后转晴叫作“霁”。这里比喻人的脸色由不正常转为正常。 ［15］粉黛淫淫：形容脸上搽的白粉和画眉的黑色，被泪水溶合在一起流下来。 ［16］咿唔：形容读书的声音。 ［17］诗：这里作动词用，作诗的意思。 ［18］贵介：贵族，阔人。 ［19］中伤：暗中攻击别人加以陷害。 ［20］诬以行检：“行检”，品行。“诬以行检”，诬陷他行为不正。 ［21］院：指抚院，就是抚台衙门。下文“部院”，指抚台。当时抚台加兵部侍郎和都察院右副都御史的虚衔，所以有这个称呼。 ［22］凌波：同“陵波”。本是形容女子走路轻盈的样子，这里指女足。 ［23］跛踦（qī）：“踦”，一只脚。“跛踦”，形容走路歪歪倒倒的样子。 ［24］廨神：“廨”，官署。“廨神”，迷信传说中保护官署的神。［25］阁：这里同“搁”。 ［26］秋曹：刑部官员的尊呼。这里暗示判官预知陶望三后来要做刑部官员，所以这样称呼他。 ［27］淋浪：形容液体物流下的样子，这里形容流泪。 ［28］倘：或者，也许，可能。 ［29］跋履：奔走。 ［30］庐舍：本是房屋，这里借指人的躯壳。古人迷信，以为人的灵魂和身体的关系，犹如人和房屋的关系；人的灵魂住在躯壳里面，有时离开，有时可以另换一个躯壳。这里说话的“躯壳”是蔡女，“灵魂”是道人；在“遽起迎抱之”以后，“躯壳”还是蔡女，“灵魂”却是小谢了。 ［31］翕然：形容合在一起的样子。后文《竹青》篇“翕然凌空”,“翕然”,是很快的样子。［32］通籍:中了进士叫作“通籍”;也指首次作官,意思是说把他的名字通到了朝廷里。［33］同谱:犹如说“同榜”,就是“同年”的意思。参看前文《青凤》篇注［47］“年家子”条。［34］蹑(niè):追随,跟踪。［35］物听:众人的听闻。［36］方:比拟。［37］严慈:父母。从前有严父慈母的说法,所以称自己的父母为“家严”“家慈”。

细侯

昌化满生，设帐于余杭。偶涉廛市，经临街阁下，忽有荔壳坠肩头。仰视，一雏姬凭阁上，妖姿要妙[1]，不觉注目发狂。姬俯哂而入。询之，知为倡楼贾氏女细侯也。其声价颇高，自顾不能适愿。归斋冥想，终宵不枕[2]。明日，往投以刺，相见，言笑甚欢，心志益迷。托故假贷同人，敛金如干，携以赴女，款洽臻至。即枕上口占一绝赠之云："膏腻铜盘[3]夜未央，床头小语麝兰香。新鬟明日重妆凤，无复行云梦楚王。"细侯蹙然[4]曰："妾虽污贱，每愿得同心而事之。君既无妇，视妾可当家否？"生大悦，即叮咛，坚相约。细侯亦喜曰："吟咏之事，妾自谓无难。每于无人处，欲效作一首，恐未能便佳，为观听所讥。倘得相从，幸教妾也。"因问生家田产几何，答曰："薄田半顷，破屋数椽而已。"细侯曰："妾归君后，当长相守，勿复设帐为也。四十亩聊足自给，十亩可以种黍，织五匹绢，纳太平之税有余矣。闭户相对，君读妾织，则诗酒可遣，千户侯[5]何足贵！"生曰："卿身价略可几多？"曰："依媪贪志，何能盈也？——多不过二百金足矣。可恨妾齿稚，不知重赀财，得辄归母，所私蓄者区区无多。君能办百金，过此即非所虑。"生曰："小生之落寞，卿所知也。百金何能自致。有同盟友，令于湖南，屡相见招，仆以道远，故惮于行，今为卿故，当往谋之。计三四月，可以归复，幸耐相候。"细侯诺之。生即弃馆[6]南游，至，则令已免官，以罣误居民舍，宦囊空虚，不能为礼[7]。生落魄难返，就邑中授徒焉。三年，莫能归。偶笞弟子，弟子自溺死。东翁痛子而讼其师，因被逮囹圄。幸有他门人，怜师无过，时致馈遗，以是得无苦。细侯自别生，杜门不交一客。母诘知故，不可夺，亦姑听之。有富贾某，慕细侯名，托媒于媪，务在必得，不靳直。细侯不可。贾以负贩诣湖南，敬侦生耗。时狱已将解，贾以金赂当事吏，使久锢之。归告媪云："生已瘐死。"细侯疑其信不确。媪曰："无论[8]满生已死；纵或不死，与其从穷措大[9]，以椎布[10]终也，何如衣锦而厌粱肉[11]乎？"细侯曰："满生虽贫，其骨清也；守龌龊商，诚非所愿。且道路之言，何足凭信？"贾又转嘱他商，假作满生绝命书寄细侯，以绝其望。细侯得书，惟朝夕哀哭。媪曰："我自幼于汝抚育良劬。汝成人二三年，所得报者，日亦无多。既不愿隶籍[12]即又不嫁，何以谋生活？"细侯不得已，遂嫁贾。贾衣服簪珥，供给丰侈。年余，生一子。无何，生得门人力，昭雪而出，始知贾之锢己也；然念素无郤，反复不得其由。门人义助资斧以归。既闻细侯已嫁，心甚激楚，因以所苦，托市媪卖浆者达细侯。细侯大悲，方悟前此多端，悉贾之诡谋。乘贾他出，杀抱中儿，携所有亡归满；凡贾家服饰，一无所取。贾归，怒质于官。官原[13]其情，置不问。呜呼！寿亭侯之归汉[14]，亦复何殊？顾杀子而行，亦天下之忍人也！

【注释】

［1］要妙：本作"要眇"，美好的样子。 ［2］不枕：睡不安枕，睡不着的意思。 ［3］铜盘：这里指烛盘。"膏腻铜盘"，指烛盘里堆满了烛油，说明夜已很深了。 ［4］蹙然：一般形容忧愁，这里是形容严肃的样子。 ［5］千户侯：被封为侯爵而食邑千户的人。"食邑千户"，就是划定一千家的

人民和土地，都归他管辖，向他交纳租税。古时封建统治阶级采用这种分赃的方法来统治、剥削人民。［6］馆：蒙馆，书馆，就是教书的处所。［7］为礼：这里指赠送金钱。［8］无论：不要说，不用说。［9］穷措大："措大"，指读书人。"穷措大"，犹如说穷酸。［10］椎布："椎髻布衣"的省词，形容俭朴。"椎髻"是梳在头顶，直如棒槌的髻。［11］厌粱肉："厌"，这里同"餍"，吃饱了。"粱"，细粮。"粱肉"，上等的菜饭。后文《小翠》篇"厌膏粱"，义同。"膏"，是肥肉。［12］隶籍：这里指隶属于乐籍，就是当妓女。［13］原：谅解，原宥。［14］寿亭侯之归汉："寿亭侯"，"汉寿亭侯"的省词，指关羽，因为关羽曾被封这一爵位。这里指关羽兵败归降曹操，后来仍然回到刘备那里去的故事。

菱　角

胡大成，楚人。其母素奉佛。成从塾师读，道由观音祠，母嘱过必入叩。一日至祠，有少女挽儿遨戏其中，发裁掩颈而风致娟然。时成年十四，心好之。问其姓氏，女笑云："我祠西焦画工女菱角也。问将何为？"成又问："有婿家无？"女酡然[1]曰："无也。"成言："我为若婿，好否？"女惭云："我不能自主。"而眉目澄澄[2]，上下睨成，意似欣属焉。成乃出。女追而遥告曰："崔尔诚，吾父所善，用为媒，无不谐。"成曰："诺。"因念其慧而多情，益倾慕之。归向母实白心愿。母止此儿，常恐拂之，即浼崔作冰。焦责聘财奢，事已不就。崔极言成清族[3]美才，焦始许之。成有伯父，老而无子，授教职[4]于湖北。妻卒任所，母遣成往奔其丧。数月将归，伯又病，亦卒。淹留既久，适大寇据湖南，家耗遂隔。成窜民间，吊影孤惶而已。一日，有媪年四十八九，萦回[5]村中，日昃不去。自言："离乱罔归，将以自鬻。"或问其价。言："不屑为人奴，亦不愿为人妇；但有母我[6]者，则从之，不较直。"闻者皆笑。成往视之，面目间[7]有一二颇肖其母，触于怀而大悲。自念只身无缝纫者，遂邀归，执子礼焉。媪喜，便为炊饭织屦，劬劳若母。拂意辄谴之；而少有疾苦，则濡煦[8]过于所生。忽谓曰："此处太平，幸可无虞。然儿长矣，虽在羁旅，大伦[9]不可废。三两日，当为儿娶之。"成泣曰："儿自有妇，但间阻南北耳。"媪曰："大乱时，人事翻覆，何可株待[10]？"成又泣曰："无论结发之盟不可背，且谁以娇女付萍梗人[11]?”媪不答，但为治帘幌衾枕，甚周备，亦不识所自来。一日，日既夕，戒成曰：“烛坐勿寐，我往视新妇来也未。”遂出门去。三更既尽，媪不返。心大疑。俄闻门外哗，出视，则一女子坐庭中，蓬首[12]啜泣。惊问：“何人?”亦不语。良久，乃言曰：“娶我来即亦非福，但有死耳!”成大惊，不知其故。女曰：“我少受聘于胡大成，不意胡北去，音信断绝。父母强以我归汝家，身可致，志不可夺也。”成闻而哭曰：“即我是胡某。卿，菱角耶?”女收涕而骇，不信。相将入室，即灯审顾，曰：“得无梦耶?”于是转悲为喜，相道离苦。先是，乱后湖南，百里涤地无类[13]。焦携家窜长沙之东，又受周生聘。乱中不能成礼，期是夕送诸其家。女泣不盥栉。家人强置车中。至途次，女颠坠车下。遂有四人荷肩舆至，云是周家迎女者，即扶升舆，疾行若飞，至是始停。一老姥曳入，曰：“此汝夫家，但入勿哭。汝家婆婆旦晚将至矣。”乃去。成诘知情事，始悟媪神人也。夫妻焚香共祷，愿得母子复聚。母自戎马戒严，同侪人[14]妇奔伏涧谷。一夜，噪言寇至，即并张皇四匿。有童子以骑授母，母急不暇问，扶肩而上，轻迅剽遬[15]，瞬息至湖上。马踏水奔腾，蹄下不波。无何，扶下，指一户云：“此中可居。”母将启谢，回视其马，化为金毛犼[16]，高丈余，童子超乘[17]而去。母以手挝门，豁然启扉。有人出问，怪其音熟，视之成也。母子抱哭，妇亦惊起，一门欢慰。疑媪为大士[18]现身。由此持观音经咒益虔。遂流寓湖北，治田庐焉。

【注释】

[1] 酡然：脸上发红的样子。本是形容喝醉了酒，这里却指害羞。

[2] 澄澄:本是形容水的清澈,这里借以形容眉清目秀的样子。 [3] 清族:清白人家。 [4] 授教职:被任为教官。教官,指明、清时教授、学正、教论、训导等主持地方孔庙祭祀、管理文武士子的官员。 [5] 萦回:转来转去。也用以形容心里思虑不安的样子,如后文《胭脂》篇"日夜萦回无以自主"。[6] 母我:以我为母。"母",这里作动词用。 [7] 间(jiàn):间或,略为。[8] 濡煦(rú xù):"濡",润湿。"煦",暖和。"濡煦",使他润泽温暖,犹如说嘘寒问暖。 [9] 大伦:古礼以父子、兄弟、夫妇、君臣、长幼、朋友、宾客这七种人与人的关系为礼教的"大伦"。后文《乔女》篇"五伦",却指的父子、君臣、夫妇、长幼、朋友。"伦",指伦常。封建统治者便利用这一伦常的说法来巩固自己的地位。 [10] 株待:守株待兔的省词。"株",露在土面的树根。古代寓言中,宋国有农夫看到一只兔子,因为误碰到树根上,以致折断颈子死了,于是就放下锄头,到树旁去等候,希望再遇到第二只同样的兔子。见《韩非子》。这个寓言是讥讽拘泥不知变通的人。 [11] 萍梗人:像浮萍枝梗一样飘流不定的人。 [12] 蓬首:"蓬",飞蓬,一种遇风就被吹起旋转的草。"蓬首",指头发散乱像飞蓬一样。 [13] 涤地无类:"涤",这里是扫荡、洗劫的意思。"涤地无类",由于地方遭到扫荡、洗劫,人都被杀光了。[14] 俦人:众人。 [15] 剽遬(piāo sù):形容轻捷的样子。 [16] 犼(hǒu):古时传说北方一种像狗一样的野兽。旧小说里,往往把"金毛犼"说成是佛菩萨的坐骑。 [17] 超乘:"超",跳。"超乘",跳上车马坐骑。 [18] 大士:菩萨的称号,这里指观音。

考弊司

闻人生，河南人。抱病经日，见一秀才人，伏谒床下，谦抑尽礼。已而请生少步[1]，把臂长语，刺刺且行，数里外犹不言别。生伫足，拱手致辞。秀才云："更烦移趾，仆有一事相求。"生问之。答云："吾辈悉属考弊司辖。司主名虚肚鬼王。初见之，例应割髀肉。浼君一缓颊[2]耳。"生惊问："何罪而至于此？"曰："不必有罪，此是旧例。若丰于贿者，可赎也。——然而我贫。"生曰："我素不稔鬼王，何能效力？"曰："君前世是伊大父行[3]，宜可听从。"言次，已入城郭。至一府署，廨宇不甚弘敞，惟一堂高广，堂下两碣东西立，绿书大于栲栳[4]，一云"孝弟[5]忠信"，一云"礼义廉耻"。躇阶[6]而进，见堂上一匾，大书"考弊司"。楹间板雕翠字一联云："曰校[7]、曰序、曰庠，两字德行阴教化；上士、中士、下士[8]，一堂礼乐鬼门生"。游览未已，官已出，鬈发鲐背，若数百年人；而鼻孔撩天[9]，唇外倾不承其齿。从一主簿吏[10]，虎首人身。又十余人列侍，半狞恶若山精。秀才曰："此鬼王也。"生骇极，欲却退；鬼王已睹，降阶揖生上，便问兴居[11]。生但诺。又问："何事见临？"生以秀才意具白之。鬼王色变曰："此有成例，即父命所不敢承！"气象森凛[12]，似不可入一词。生不敢言，骤起告别；鬼王侧行送之，至门外始返。生不归，潜入以观其变。至堂下，则秀才已与同辈数人，交臂历指[13]，俨然在徽缧中[14]。一狞人[15]持刀来，裸其股，割片肉，可骈三指许[16]。秀才大嗥欲嗄[17]。生少年负义[18]，愤不自持，大呼曰："惨惨如此，成何世界！"鬼王惊起，暂令止割，跷履[19]逆生。生忿然已出，遍告市人，将控上帝。或笑曰："迂哉！蓝蔚苍苍，何处觅上帝而诉之冤也？此辈惟与阎罗近，呼之或可应耳。"乃示之途。趋而往，果见殿陛威赫，阎罗方坐；伏阶号屈。王召讯已，立命诸鬼绾绁提锤而去。少顷，鬼王及秀才并至。审其情确，大怒曰："怜尔夙世攻苦，暂委此任，候生贵家；今乃敢尔！其去若善筋，增若恶骨，罚令生生世世不得发迹也！"鬼乃棰之，仆地，颠落一齿；以刀割指端，抽筋出，亮白如丝。鬼王呼痛，声类斩豕。手足并抽讫，有二鬼押去。生稽首而出。秀才从其后，感荷殷殷。挽送过市，见一户，垂朱帘，帘内一女子露半面，容妆绝美。生问："谁家？"秀才曰："此曲巷也。"既过，生低徊不能舍，遂坚止秀才。秀才曰："君为仆来，而令踽踽以去，心何忍。"生固辞，乃去。生望秀才去远，急趋入帘内。女接见，喜形于色。入室促坐[20]，相道姓名。女自言："柳氏，小字秋华。"一妪出，为具肴酒。酒阑，入帷，欢爱殊浓，切切订昏嫁。既曙，妪入曰："薪水告竭，要耗郎君金资，奈何！"生顿念腰橐空虚，惶愧无声。久之，曰："我实不曾携得一文，宜署券保，归即奉酬。"妪变色曰："曾闻夜度娘[21]索逋欠[22]耶？"秋华颦蹙，不作一语。生暂解衣为质。妪持笑曰："此尚不能偿酒直耳！"呶呶[23]不满志，与女俱入。生惭，移时，犹冀女出展别，再订前约；久久无音。潜入窥之，见妪与秋华，自肩以上化为牛鬼，目睒睒相对立。大惧，趋出。欲归，则百道歧出，莫知所从。问之市人，并无知其村名者。徘徊廛肆之间，历两昏晓，凄意含酸，响肠鸣饿，进退无以自决。忽秀才过，望见之，惊曰："何尚未归，而简亵若此？"生腼颜莫对。秀才曰："有之矣！得勿为花夜叉所迷耶？"遂盛气而往曰："秋华母子，何遽不少施面目[24]耶！"去少时，即以衣来付生曰："淫婢无礼，已叱骂之矣。"送生至家而去。生暴绝，三日而苏，言之历历。

【注释】

[1] 少步：出去走走。 [2] 缓颊：说人情。 [3] 大父行（háng）："大父"，祖父。"大父行"，祖父班辈的人。 [4] 栲栳：柳条或竹子所编的盛器，巴斗之类。这里"绿书大于栲栳"，意思说字有巴斗大。 [5] 弟（tì）：这里同"悌"，兄弟间的友爱为"悌"。 [6] 躇（chuò）阶：匆忙地跳上台阶。[7] 校：和下文的"序""庠"，都是古代教育机关，含有学校意义的乡学。[8] 上士、中士、下士：本是古代官名，这里指读书人。 [9] 撩天：朝天。[10] 主簿吏：主管文书的官吏。 [11] 问兴居：问好，问候起居。[12] 森凛：形容态度严肃的样子。 [13] 交臂历指："交臂"，把两手放在背后捆绑起来。"历"，这里同"枥"。"历指"，就是"拶（zǎn）指"，旧时的一种酷刑：用细木棍贯穿了绳子，套在受刑人的手指上，然后收紧，使受刑人感到很大的痛苦。 [14] 在徽纆（mò）中："徽"，三股绞在一起的绳子；"纆"，两股绞在一起的绳子：都是古时捆绑囚犯的绳索。"在徽纆中"，就是被捆绑的意思。 [15] 犷人：恶人，凶人。 [16] 骈三指许："骈"，并的意思。"骈三指许"，指有三个指头并起来那样宽。 [17] 嗄（shà）：力竭声嘶，喉咙喊哑了。 [18] 负义：这里是仗义的意思。 [19] 跷（qiāo）履：举脚的意思。[20] 促坐：靠近坐着。 [21] 夜度娘：娼妓的代词。 [22] 逋欠：欠债。[23] 呶呶：叽叽咕咕，无了无休地说话。 [24] 少施面目：稍为给一点面子。后文《小翠》篇"少存面目"，是稍为留一点面子的意思。

向　杲

向杲，字初旦，太原人。与庶兄[1]晟，友于最敦。晟狎一妓，名波斯，有割臂之盟[2]；以其母取直奢[3]，所约不遂。适其母欲从良，愿先遣波斯。有庄公子者，素善波斯，请赎为妾。波斯谓母曰："既愿同离水火[4]，是欲出地狱而登天堂也。若妾媵之，相去几何矣！肯从奴志，向生其可。"母诺之，以意达晟。时晟丧偶未婚，喜，竭资聘波斯以归。庄闻，怒夺所好，途中偶逢，便大诟骂。晟不服。遂嗾从人折棰[5]笞之，垂毙乃去。杲闻奔视，则兄已死，不胜哀愤。具造[6]赴郡。庄广行贿赂，使其理不得伸。杲隐忿中结，莫可控诉，惟思要路刺杀庄。日怀利刃，伏于山径之莽。久之，机渐泄。庄知其谋，出则戒备甚严；闻汾州[7]有焦桐者，勇而善射，以多金聘为卫。杲无计可施，然犹日伺之。一日，方伏，雨暴作，上下沾濡，寒战颇苦。既而烈风四塞，冰雹继至，身忽忽然痛痒不能复觉。岭上旧有山神祠，强起奔赴。既入庙，则所识道士在焉。先是，道士尝行乞村中，杲辄饭之，道士以故识杲。见杲衣服濡湿，乃以布袍授之，曰："姑易此。"杲易衣，忍冻蹲若犬；自视，则毛革顿生，身化为虎。道士已失所在。心中惊恨。转念：得仇人而食其肉，计亦良得。下山伏旧处，见己尸卧丛莽中，始悟前身已死；犹恐葬于乌鸢，时时逻守之。越日，庄始经此，虎暴出，于马上扑庄落，龁其首，咽之。焦桐返马而射，中虎腹，蹶然遂毙。杲在错楚中恍若梦醒；又经宵，始能行步：厌厌[8]以归。家人以其连夕不返，方共骇疑，见之，喜相慰问。杲但卧，蹇涩[9]不能语。少间，闻庄信，争即床头庆告之。杲乃自言："虎即我也。"遂述其异。由此传播。庄子痛父之死甚惨，闻而恶之，因讼杲。官以其事诞[10]而无据，置不理焉。

异史氏曰："壮士志酬，必不生返，此千古所悼恨也。借人之杀以为生，仙人之术亦神哉！然天下事足发指者多矣，使怨者常为人，恨不令暂作虎！"

【注释】

[1] 庶兄：庶母生的哥哥。 [2] 割臂之盟：指男女相恋订嫁娶之约，表示永久不变。春秋时，鲁庄公向党氏之女孟任求爱，孟任拒不接受；鲁庄公就以娶她做正妻为条件，和她割臂为盟。见《左传》。 [3] 奢：这里是过高、过多的意思。 [4] 水火：比喻痛苦的环境：好像身子在水里和火里。[5] 折棰："棰"，马鞭。"折棰"，把马鞭拿在手里弄弯了，打人前的一种姿态。 [6] 具造：以原告的身份去告状。参看后文《冤狱》篇注[13]"两造"条。 [7] 汾州：今山西汾阳。 [8] 厌厌：本是形容安静，这里引申作懒洋洋的、没有精神的样子解释。 [9] 蹇涩：形容神情迟钝的样子。[10] 诞：荒唐，虚妄。

鸽　异

鸽类甚繁，晋有坤星，鲁有鹤秀，黔有腋蝶，梁有翻跳，越有诸尖：皆异种也。又有靴头、点子、大白、黑石、夫妇雀、花狗眼之类，名不可屈以指[1]，惟好事者能辨之也。邹平张公子功量癖好之，按经[2]而求，务尽其种。其养之也，如保婴儿：冷则疗以粉草，热则投以盐颗。鸽善睡，睡太甚，有病麻痹而死者；张在广陵[3]，以十金购一鸽，体最小，善走，——置地上，盘旋无已时，不至于死不休也，故常须人把握之，——夜置群中，使惊诸鸽，可以免痹股之病：是名"夜游"。齐鲁养鸽家，无如公子最[4]；公子亦以鸽自诩。一夜，坐斋中，忽一白衣少年叩扉入，殊不相识。问之。答曰："漂泊之人，姓名何足道。遥闻畜鸽最盛，此生平所好，愿得寓目。"张乃尽出所有，五色俱备，灿若云锦。少年笑曰："人言果不虚，公子可谓尽养鸽之能事矣。仆亦携有一两头，颇愿观之否?"张喜，从少年去。月色冥漠[5]，野圹萧条，心窃疑惧。少年指曰："请勉行，寓屋不远矣。"又数武，见一道院，仅两楹。少年握手入，昧无灯火。少年立庭中，口中作鸽鸣，忽有两鸽出：状类常鸽而毛纯白；飞与檐齐，且鸣且斗，每一扑必作筋斗。少年挥之以肱，连翼而去。复撮口作异声，又有两鸽出：大者如鹜，小者裁如拳；集阶上，学鹤舞。大者延颈立，张翼作屏，宛转鸣跳，若引之；小者上下飞鸣，时集其顶，翼翩翩如燕子落蒲叶上，声细碎，类鼗鼓[6]；大者伸颈不敢动。鸣愈急，声变如磬，两两相和，间杂中节。既而小者飞起，大者又颠倒引呼之。张嘉叹不已，自觉望洋[7]可愧。遂揖少年，乞求分爱；少年不许。又固求之。少年乃叱鸽去，仍作前声，招二白鸽来，以手把之，曰："如不嫌憎，以此塞责。"接而玩之：睛映月作琥珀色，两目通透，若无隔阂，中黑珠圆于椒粒；启其翼，胁肉晶莹，脏腑可数。张甚奇之，而意犹未足，诡求[8]不已。少年曰："尚有两种未献，今不敢复请观矣。"方竞论间，家人燎麻炬[9]入寻主人。回视少年，化白鸽，大如鸡，冲霄而去。又目前院宇都渺，盖一小墓，树二柏焉。与家人把鸽骇叹而归。试使飞，驯异如初。虽非其尤，人世亦绝少矣。于是爱惜臻至。积二年，育雌雄各三。虽戚好求之，不得也。有父执[10]某公，为贵官。一日，见公子，问："畜鸽几许？"公子唯唯以退。疑某意爱好之也，思所以报而割爱[11]良难。又念：长者[12]之求，不可重拂。且不敢以常鸽应，选二白鸽，笼送之，自以千金之赠不啻也。他日，见某公，颇有德色[13]；而某殊无一申谢语。心不能忍，问："前禽佳否？"答云："亦肥美。"张惊曰："烹之乎？"曰："然。"张大惊曰："此非常鸽，乃俗所言'鞑靼'[14]者也。"某回思曰："味亦殊无异处。"张叹恨而返。至夜，梦白衣少年至，责之曰："我以君能爱之，故遂托以子孙。何以明珠暗投，致残鼎镬[15]！今率儿辈去矣。"言已，化为鸽，所养白鸽皆从之，飞鸣径去。天明视之，果俱亡矣。心甚恨之，遂以所畜，分赠知交，数日而尽。

异史氏曰："物莫不聚于所好，故叶公之好龙，则真龙入室[16]；而况学士之于良友，贤君之于良臣乎！而独阿堵之物[17]，好者更多，而聚者特少。亦以见鬼神之怒贪而不怒痴也。"

【注释】

［1］名不可屈以指：意思是鸽子的名称很多，屈着手指头来数也数不清。［2］经：指《鸽子经》，古代专谈养鸽的一部书。［3］广陵：今扬州。［4］最：最多、最好的意思。［5］冥漠：不清楚、不分明的样子。［6］鞉（táo）鼓：长柄的小摇鼓。［7］望洋：比喻开了眼之后认识到自己的渺小。古代寓言中，河伯从山间下来，一路之上，都觉得自己伟大；乃至流到海洋，不觉望着海洋而叹气，这时候才认识到自己的渺小。见《庄子》。［8］诡求：不择手段地要求。［9］麻炬：火把。［10］父执：父亲的好友。［11］割爱：把欢喜的东西让给别人。［12］长者：老辈子的人。［13］德色：自以为对人有恩惠，脸上现出来的那一副得意的样子。［14］"鞑靼"：传说"鞑靼"是产异鸽的地方，所以这里作为鸽子的名字。［15］残鼎镬："残"，伤害的意思。"残鼎镬"，放在鼎镬里煮死了。［16］叶公之好龙，则真龙入室：古代寓言中，叶公好龙，在一切器具上，都刻画龙形，天龙知道了，就降临他家里；他见了，却害怕逃走。见《新序》。后因以"叶公好龙"比喻表面爱好某种事物，而实际并非真正爱好它。这里反用这一比喻，意思是说：有真诚爱好的人，便能得到他所爱好的东西。［17］阿堵之物：指钱。传说晋王衍自鸣清高，口不言钱。他的妻子要试试他，有一天，故意在早晨把钱围住他的床，让他走不出来。王衍起身之后，就叫人："把阿堵物拿开。"到底不说钱字。见《晋书》。"阿堵"，在当时口语中原是"那个"的意思。由于这一故事，后来有时就用"阿堵物"作为钱的代词。

山　市

奂山[1]山市，邑八景之一也。然数年恒不一见。孙公子禹年，与同人饮楼上，忽见山头有孤塔耸起，高插青冥[2]。相顾惊疑，念近中[3]无此禅院。无何，见宫殿数十所，碧瓦飞甍[4]，始悟为山市。未几，高垣睥睨[5]，连亘六七里，居然城郭矣。中有楼若者，堂若者，坊若者[6]，历历在目，以亿万计。忽大风起，尘气莽莽然[7]，城市依稀[8]而已。既而风定天清，一切乌有，惟危楼[9]一座，直接霄汉。楼五架，窗扉皆洞开；一行有五点明处，楼外天也。层层指数，楼愈高，则明渐少：数至八层，裁如星点；又其上，则黯然缥缈[10]，不可计其层次矣。而楼上人往来屑屑，或凭或立，不一状[11]。逾时，楼渐低，可见其顶；又渐如常楼；又渐如高舍；倏忽如拳如豆，遂不可见。又闻有早行者，见山上人烟市肆，与世无别，故又名“鬼市”云。

【注释】

[1] 奂山：《淄川县志》作“焕山”。 [2] 青冥：指天：“青”，天色；“冥”，天高深无穷的样子。 [3] 近中：近地。 [4] 飞甍(méng)：“甍”，屋脊。“飞甍”，指屋脊很高，好像要飞举的样子。 [5] 睥睨(bì nì)：本指斜着眼睛看，瞧不起人的意思。引申把城墙也叫作“睥睨”，因为城墙居高临下，从城墙洞里看出去，也好像用眼睛倨傲看人一样。 [6] 楼若者，堂若者，坊若者：像楼一样的，像堂一样的，像坊一样的。 [7] 莽莽然：形容广大的样子。 [8] 依稀：仿佛，隐隐约约。 [9] 危楼：高楼。 [10] 缥缈：远远地看去像有又像没有的样子。 [11] 不一状：多种多样，不是一个形象。

梅　女

封云亭，太行[1]人。偶至郡，昼卧寓屋。时年少丧偶，岑寂之下，颇有所思。凝视间，见墙上有女子影，依稀如画。念必意想所致。而久之不动，亦不灭。异之。起视转真；再近之，俨然少女，容蹙舌伸，索环秀领。惊顾未已，冉冉欲下。知为缢鬼，然以白昼壮胆，不大畏怯。语曰："娘子如有奇冤，小生可以极力[2]。"影居然下，曰："萍水之人，何敢遽以重务浼君子。但泉下槁骸，舌不得缩，索不得除，求断屋梁而焚之，恩同山岳矣。"诺之，遂灭。呼主人来，问所见。主人言："此十年前梅氏故宅。夜有小偷入室，为梅所执，送诣典史[3]。典史受盗钱三百，诬其女与通[4]，将拘审验。女闻，自经。后梅夫妻相继卒，宅归于余。客往往见怪异，而无术可以靖之。"封以鬼言告主人；计毁舍易楹，费不资，故难之。封乃协力助作。既就而复居之。梅女夜至，展谢已，喜气充溢，姿态嫣然。封爱悦之，欲与为欢。瞒然[5]而惭曰："阴惨之气，非但不为君利；若此之为，则生前之垢，西江不可濯矣。会合有时，今日尚未。"问："何时？"但笑不言。封问："饮乎？"答曰："不饮。"封曰："坐对佳人，闷眼相看，亦复何味？"女曰："妾生平戏技，惟谙打马[6]。但两人寥落，夜深又苦无局。今长夜莫遣，聊与君为交线之戏[7]。"封从之。促膝戟指[8]，翻变良久，封迷乱不知所从；女辄口道而颐指之[9]，愈出愈幻，不穷于术。封笑曰："此闺房之绝技也。"女曰："此妾自悟，但有双线，即可成文，人自不之察耳。”更阑颇怠，强使就寝。曰：“我阴人不寐，请自休。妾少解按摩之术，愿尽技能，以侑清梦[10]。”封从其请。女叠掌为之轻按，自顶及踵皆遍；手所经，骨若醉。既而握指细擂，如以团絮相触状，体畅舒不可言。擂至腰，口目皆慵；至股，则沉沉睡去矣。及醒，日已向午，觉骨节轻和，殊于往日。心益爱慕，绕屋而呼之，并无响应。日夕，女始至。封曰：“卿居何所，使我呼欲遍？”曰：“鬼无常所，要在地下。”问：“地下有隙，可容身乎？”曰：“鬼不见地，犹鱼不见水也。”封握腕曰：“使卿而活，当破产购致之。”女笑曰：“无须破产。”戏至半夜，封苦逼之。女曰：“君勿缠我。有浙倡爱卿者，新寓北邻，颇极风致。明夕，招与俱来，聊以自代，若何？”封允之。次夕，果与一少妇同至，年近三十已来，眉目流转，隐含荡意。三人狎坐，打马为戏。局终，女起曰：“嘉会方殷，我且去。”封欲挽之，飘然已逝。两人登榻，于飞[11]甚乐。诘其家世，则含糊不以尽道。但曰：“郎如爱妾，当以指弹北壁，微呼曰‘壶卢子’，即至。三呼不应，可知不暇，勿更招也。”天晓，入北壁隙中而去。次日，女来。封问爱卿。女曰：“被高公子招去侑酒，以故不得来。”因而剪烛共话。女每欲有所言，吻已启而辄止；固诘之，终不肯言，唏嘘而已。封强与作戏，四漏始去。自此二女频来，笑声常彻宵旦，因而城社[12]悉闻。典史某，亦浙之世族。嫡室以私仆被黜。继娶顾氏，深相爱好；期月[13]夭殂，心甚悼之。闻封有灵鬼，欲以问冥世之缘，遂跨马造封。封初不肯承。某力求不已。封设筵与坐，诺为招鬼妓。日及曛，叩壁而呼，三声未已，爱卿即入。举头见客，色变欲走。封以身横阻之。某审视，大怒，投以巨碗，溘然而灭。封大惊，不解其故，方将致诘。俄，暗室中一老妪出，大骂曰：“贪鄙贼！坏我家钱树子！三十贯索[14]要偿也！”以杖击某，中颅。某抱首而哀曰：“此顾氏，我妻也。少年而殒，方切哀痛；不图为鬼不贞。于姥乎何与？”妪怒曰：“汝本浙江一无赖贼，买得条乌角带[15]，鼻骨倒竖[16]矣！汝居官有何黑白？袖有三百钱，便而翁也[17]！神怒人怨，死期已迫。汝父母代哀冥司，愿以爱媳入青楼，代汝偿贪债，不知耶？”言已，又击。某宛转哀鸣。方惊诧无从救解；旋见梅女自房中出，张目吐舌，颜色变异，近以长簪刺其耳。封惊极，以身幛客。女愤不已。封劝曰：“某即有罪，倘死于寓所，则咎在小生。请少存投鼠之忌[18]。”女乃曳妪曰：“暂假余息[19]，为我顾封郎也。”某张皇鼠窜而去。至署，患脑痛，中夜遂毙。次夜，女出，笑曰：“痛快！恶气出矣！”问：“何仇怨？”女曰：“曩已言之。受贿诬奸，衔恨已久，每欲浼君，一为昭雪，自愧无纤毫之德，故将言而辄止。适闻纷拿[20]，窃以伺听，不意其仇人也。”封讶曰：“此即诬卿者耶？”曰：“彼典史于此，十有八年，妾冤殁十六寒暑矣。”问：“妪为谁？”曰：“老倡也。”又问爱卿。曰：“卧病耳。”因辗然曰：“妾昔谓会合有期，今真不远矣。君尝愿破家相赎，犹记否？”封曰：“今日犹此心也。”女曰：“实告君：妾殁日，已投生延安展孝廉家。徒以大怨未伸，故迁延于是。请以新帛作鬼囊，俾妾得附君以往，就展氏求婚，计必允谐。”封虑势分悬殊，恐将不遂。女曰：“但去无忧。”封从其言。女嘱曰：“途中慎勿相唤；待合卺之夕，以囊挂新人首，急呼曰：‘勿忘勿忘！’封诺之。才启囊，女跳身已入。携至延安，访之，果有展孝廉，生一女，貌极端好。但病痴；又常以舌出唇外，类犬喘日。年十六岁，无问名[21]者。父母忧念成痗[22]。封到门投刺，具通族阀。既退，倩媒致辞。展喜，赘封于家。女痴绝，不知为礼；使两婢扶曳归室。群婢既去，女解衿露乳，对封憨笑。封覆囊呼之。女停眸审顾，似有凝思。封笑曰："卿不识小生耶？"举之囊而示之。女乃悟，急掩衿，喜共燕笑[23]。诘旦，封入谒岳。展慰之曰："痴女无知，既承青眷，君倘有意，家中慧婢不乏，仆不靳相赠。"封力辨其不痴。展疑之。无何，女至，举止皆佳，因大惊异。女但掩口微笑。展细诘之，女进退而惭于言。封为略述梗概。展大喜，爱悦逾于平时。使子大成与婿同学，供给丰备。年余，大成渐厌薄之，因而郎舅不相能[24]。厮仆亦刻疵其短。展惑于浸润[25]，礼稍懈。女觉之，谓封曰："岳家不可久居；凡久居者，尽阘茸也。及今未大决裂，宜速归。"封然之，告展。展欲留女，女不可。父兄尽怒，不给舆马；女自出妆资贳[26]马焉。归后，展招令归宁，女固辞不往。后封举孝廉，始通庆好。

异史氏曰："官卑者愈贪，其常情然乎？三百诬奸，夜气之牿亡尽矣[27]。夺嘉耦，入青楼，卒用暴死。吁！可畏哉！"

康熙甲子[28]，贝丘[29]典史最贪诈，民咸怨之。忽其妻被狡者诱与偕亡。或代悬招状云："本官因自己不慎，走失夫人一名。身无余物，止有红绫七尺，包裹元宝一枚，翘边细纹，并无阙坏。"亦风流之小报也。

【注释】

[1] 太行：山名，主峰在山西晋城南。这里以太行指山西省。 [2] 极力：犹如说尽力、竭力，这里指代为伸冤。 [3] 典史：明、清时，辅佐知县、掌管缉捕盗贼职务的官员。 [4] 通：私通，不正当的男女关系。 [5] 瞒

(mén)然：形容惭愧的样子。 [6] 打马：古时棋类游戏的一种。据说局里有堑有坑，如果马落坑堑内，不是掷得贵采，不能出来。一马打一马；如果遇"六踏马"，就可以一马打三马。详细着法现已不明。 [7] 交线之戏：把线绕在手上，两人对翻，挑出种种图案花纹。古时是女子游戏的一种，现在也还作为儿童游戏。 [8] 戟指：用手像戟(古兵器)一样地指着。这里指作交线之戏时手指翘起来的样子，后文《瑞云》篇"戟指"，是形容施行法术时的一种姿式。 [9] 颐指之：歪动嘴巴来指点。 [10] 以侑清梦："侑"，这里是帮助的意思。"以侑清梦"，帮助睡一个好觉。下文"侑酒"是劝酒。 [11] 于飞：《诗经》上有"凤凰于飞"的句子，指凤凰雌雄偕飞。"于"，语助词。后来就以"于飞"比喻夫妇和好。这里指性行为。 [12] 城社：犹如说家家户户。参看前文《颜氏》篇注[24]"里社"条。 [13] 期(jī)月：满一个月叫作"期月"。 [14] 三十贯索：三十串铜钱，也就是三万铜钱。参看前文《云翠仙》篇注[29]"八百缗"条。 [15] 买得条乌角带：清时官员的服饰有一定的品级，典史一类"未入流"的小官，佩带银镶边的乌角圆版腰带。"买得条乌角带"，指那个典史的官是花钱买来的意思。 [16] 鼻骨倒竖：鼻骨倒竖，一定面孔朝天，形容自高自大、目中无人的态度。 [17] 袖有三百钱，便而翁也：这里的意思是说，只要身上有几个钱的人，你就把他当做老子一样地看待。 [18] 投鼠之忌：成语有"投鼠忌器"，意思是说，看见老鼠，要用东西去投掷；但因老鼠在器皿旁边，为了怕毁坏器皿，就不免有些顾忌。 [19] 暂假余息：暂时留他一口气，也就是姑且饶了他的性命的意思。[20] 纷拿：形容乱纷纷的样子。 [21] 问名：指求婚。古时婚礼的程序，男方先向女方求取姓名和生辰时间的庚帖，去占卜吉凶；卜吉，再进行下一步骤。 [22] 痗(mèi)：病。 [23] 燕笑：指新婚夫妇的安居笑乐。"燕"，安息的意思。 [24] 不相能：意见不合。 [25] 浸润：义同"浸渍"，参看前文《云翠仙》篇注[7]"渍"条。这里指谗言。谗言是随时说些动听鼓惑的话来逐渐取得对方的相信，所以称为"浸润"。 [26] 贳(shì)：赊，借。

[27] 夜气之牿(gù)亡尽矣:“夜气”,指夜间到黎明这一段时间的清明之气。古人认为,在这个时间里,一个人不受任何事物干扰,没有任何欲念产生,头脑保持清醒,因而天良就发现了。“牿”,同“梏”。“牿亡”,因受束缚而消失的意思,此处指因受私欲的束缚而背弃良心。“夜气之牿亡尽矣”,犹如说良心丧尽了。 [28] 康熙甲子:康熙二十三年(1684年)。 [29] 贝丘:古县名,后改淄川,就是现在山东淄博。

仙人岛

王勉，字黾斋，灵山人。有才思，累冠文场。心气颇高，善诮骂，多所凌折[1]。偶遇一道士，视之曰："子相极贵，然被'轻薄孽'[2]折除几尽矣。以子智慧，若反身修道，尚可登仙籍。"王嗤曰："福泽诚不可知，然世上岂有仙人！"道士曰："子何见之卑？无他求，即我便是仙耳。"王乃益笑其诬。道士曰："我何足异。能从我去，真仙数十，可立见之。"问："在何处？"曰："咫尺耳。"遂以杖夹股间，即以一头授生，令如己状。嘱合眼。呵曰："起！"觉杖粗于五斗囊，凌空翕飞，潜扪之，鳞甲齿齿[3]焉。骇惧，不敢复动。移时，又呵曰："止！"即抽杖去，落巨宅中。重楼延阁，类帝王居。有台高丈余，台上殿十一楹，弘丽无比。道士曳客上，即命童子设筵招宾。殿上列数十筵，铺张炫目。道士易盛服以伺。少顷，诸客自空中来，所骑或龙，或虎，或鸾凤，不一类。又各携乐器。有女子，有丈夫，皆赤其两足。中独一丽者，跨彩凤；宫样妆束；有侍儿代抱乐具，长五尺以来，非琴非瑟，不知其名。酒既行，珍肴杂错，入口甘芳，并异常馐。王嘿然寂坐，惟目注丽者，心爱其人；而又欲闻其乐，窃恐其终不一弹。酒阑，一叟倡言曰："蒙崔真人雅召，今日可云盛会，自宜尽欢。请以器之同者，共队为曲。"于是各合配旅[4]。丝竹[5]之声，响彻云汉。独有跨凤者乐伎[6]无偶。群声既歇，侍儿始启绣囊，横陈几上。女乃舒玉腕，如挡[7]筝状，其亮[8]数倍于琴，烈足开胸，柔可荡魄。弹半炊许[9]，合殿寂然，无有咳者。既阕，铿尔[10]一声，如击清磐。共赞曰："云和夫人[11]绝技哉！"大众皆起告别，鹤唳龙吟，一时并散。道士设宝塌锦衾，备王寝处。王初睹丽人，心情已动；闻乐之后，涉想尤劳。念己才调，自合芥拾青紫，富贵后何求弗得。顷刻百绪，乱如蓬麻。道士似已知之，谓曰："子前身与我同学，后缘意念不坚，遂坠尘网。仆不自他[12]于君，实欲拔出恶浊；不料迷晦已深，梦梦[13]不可提悟。今当送君行。未必无复见之期，然作天仙[14]须再劫[15]矣。"遂指阶下长石，令闭目坐，坚嘱无视。已，乃以鞭驱石。石飞起，风声灌耳，不知所行几许。忽念下方景界未审何似，隐将两眸微开一线，则见大海茫茫，浑无边际。大惧，即复合，而身已随石俱堕。砰然一响，汩没[16]若鸥。幸夙近海，略谙泅浮。闻人鼓掌曰："美哉跌乎！"危殆方急，一女子援登舟上，且曰："吉利，吉利，秀才'中湿'[17]矣！"视之，年可十六七，颜色艳丽。王出水寒栗，求火燎[18]之。女子言："从我至家，当为处置。苟适意，勿相忘。"王曰："是何言哉！我中原[19]才子，偶遭狼狈。过此，图以身报，何但不忘！"女子以棹催艇，疾如风雨，俄已近岸。于舱中携所采莲花一握，导与俱去。半里许，入村，见朱户南开，进历数重门，女子先驰入。少间，一丈夫出，是四十许人。揖王升阶，命侍者取冠袍袜履为王更衣。既，询邦族。王曰："某非相欺，才名略可听闻。崔真人切切眷爱，招升天阙。自分功名反掌[20]，以故不愿栖隐。"丈夫起敬曰"此名仙人岛，远绝人世。文若姓桓。世居幽僻，何幸得近名流。"因而殷勤置酒。又从容而言曰："仆有二女，长者芳云，年十六矣，只今未遭良匹。欲以奉侍高人，如何？"王意必采莲人，离席称谢。桓命于乡党[21]中，招二三齿德[22]来。顾左右，立唤女郎。无何，异香浓射，美姝十余辈，拥芳云出。光艳明媚，若芙蕖之映朝日。拜已，即坐。群姝列侍，则采莲人亦在焉。酒数行，一垂髫女自内出，仅十余龄，而姿态秀曼。笑依芳云肘下，秋波流动。桓曰："女子不在闺中，出作何务？"乃顾客曰："此绿云，即仆幼女。颇惠，能记典、坟[23]矣。"因令对客吟诗。遂诵竹枝词[24]三章，娇婉可听。便令傍姊隅坐。桓因谓："王郎天才，宿构[25]必富，可使鄙人得闻教乎？"王即慨然诵"近体"[26]一作，顾盼自雄。中二句云："一身剩有须眉在，小饮能令块垒[27]消。"邻叟再三诵之。芳云低告曰："上句是孙行者离火云洞，下句是猪八戒过子母河[28]也。"一座抚掌[29]。桓请其他。王述水鸟诗云："潴头[30]鸣格磔……"忽忘下句。甫一沉吟，芳云向妹呫呫[31]耳语，遂掩口而笑。绿云告父曰："渠为姊夫续下句矣。云：'狗腚响弸巴。'[32]"合席粲然。王有惭色。桓顾芳云，怒之以目。王色稍定。桓复请其文艺。王意世外人必不知八股[33]业，乃炫其冠军之作，题为《孝哉闵子骞》[34]二句。破[35]云："圣人赞大贤之孝……"绿云顾父曰："圣人无字[36]门人者，'孝哉……'一句，即是人言。"王闻之，意兴索然。桓笑曰："童子何知！不在此，只论文耳。"王乃复诵。每数句，姊妹必相耳语，似是月旦之词，但嗫嚅不可辨。王诵至佳处，兼述文宗评语，有云："字字痛切。"绿云告父曰："姊云：'宜删"切"字。'"众都不解。桓恐其语嫚，不敢研诘。王诵毕，又述总评，有云："羯鼓[37]一挝，则万花齐落。"芳云又掩口语妹，两人皆笑不可仰。绿云又告曰："姊云！'羯鼓当是四挝。'"众又不解。绿云启口欲言，芳云忍笑呵之曰："婢子敢言，打煞矣！”众大疑，互有猜论。绿云不能忍，乃曰：“去‘切’字，言‘痛’则‘不通’[38]。鼓四挝，其声云‘不通又不通’也。”众大笑。桓怒呵之。因而自起泛卮[39]，谢过不遑。王初以才名自诩，目中实无千古；至此，神气沮丧，徒有汗淫。桓谀而慰之曰：“适有一言，请席中属对焉：‘王子身边，无有一点不似玉。’”众未措想，绿云应声曰：“黾翁头上，再着半夕即成龟。”芳云失笑，呵手扭胁肉数四[40]。绿云解脱而走，回顾曰：“何预汝事！汝骂之频频，不以为非；宁他人一句便不许耶？”桓咄之，始笑而去。邻叟辞别。诸婢导夫妻入内寝，灯烛屏榻，陈设精备。又视洞房中，牙签[41]满架，靡书不有。略致问难，响应无穷。王至此，始觉望洋堪羞。女唤“明珰”，则采莲者趋应，由是始识其名。屡受诮辱，自恐不见重于闺闼；幸芳云语言虽虐，而房帏之内，犹相爱好。王安居无事，辄复吟哦。女曰：“妾有良言，不知肯嘉纳否？”问：“何言？”曰：“从此不作诗，亦藏拙之一道也。”王大惭，遂绝笔。久之，与明珰渐狎。告芳云曰：“明珰与小生有拯命之德，愿少假以辞色[42]。”芳云乃即许之。每作房中之戏，招与共事，两情益笃，时色授而手语之。芳云微觉，责词重叠；王惟喋喋，强自解免。一夕，对酌，王以为寂，劝招明珰。芳云不许。王曰：“卿无书不读，何不记‘独乐乐’数语[43]？”芳云曰：“我言君不通，今益验矣。句读[44]尚不知耶？‘独要，乃乐于人要；问乐，孰要乎？曰：不！’”一笑而罢。适芳云姊妹赴邻女之约，王得间，急引明珰，绸缪备至。当晚，觉小腹微痛；痛已，而前阴尽缩。大惧，以告芳云。云笑曰：“必明珰之恩报矣！”王不敢隐，实供之。芳云曰:“自作之殃,实无可以方略[45]。既非痛痒,听之可矣。”数日不瘳,忧闷寡欢。芳云知其意,亦不问讯,但凝视之。秋水盈盈,朗若曙星。王曰:“卿所谓‘胸中正,则眸子瞭焉’[46]。”芳云笑曰:“卿所谓‘胸中不正,则瞭子眸焉’。”——盖“没有”之“没”,俗读似“眸”,故以此戏之也。王失笑,哀求方剂。曰:“君不听良言,前此未必不疑妾为妒意。不知此婢原不可近。曩实相爱,而君若东风之吹马耳[47],故唾弃不相怜。——无已,为若治之。然医师必审患处。”乃探衣而咒曰:“‘黄鸟黄鸟,无止于楚!’[48]”王不觉大笑,笑已而瘳。逾数月,王以亲老子幼,每切怀忆。以意告女。女曰:“归即不难,但会合无日耳。”王涕下交颐,哀与同归。女筹思再三,始许之。桓翁张筵祖饯。绿云提篮入,曰:“姊姊远别,莫可持赠。恐至海南,无以为家,夙夜代营宫室,勿嫌草创。”芳云拜而受之。近而审谛,则用细草制为楼阁,大如橼,小如橘,约二十余座;每座梁栋榱题[49],历历可数;其中供帐[50]床榻,类麻粒焉。王儿戏视之,而心窃叹其工。芳云曰:“实与君言:我等皆是地仙。因有夙分,遂得陪从。本不欲践红尘,徒以君有老父,故不忍违。待父天年[51],须复还也。”王敬诺。桓乃问:“陆耶? 舟耶?”王以风涛险,愿陆。出则车马已候于门。谢别言迈[52],行踪骛驶[53]。俄至海岸,王心虑其无途。芳云出素练一匹,望南抛去,化为长堤,其阔盈丈。瞬息驰过,堤亦渐收。至一处,潮水所经,四望辽邈[54]。芳云止勿行。下车,取篮中草具,偕明珰数辈,布置如法,转眼化为巨第。并入解装,则与岛中居无少差殊,洞房内几榻宛然。时已昏暮,因止宿焉。早旦,命王迎养。王命骑趋诣故里。至,则居宅已属他姓。问之里人,始知母及妻皆已物故，惟老父尚存。子善博，田产并尽，祖孙莫可栖止，暂僦居[55]于西村。王初归时，尚有功名之念，不恝[56]于怀；及闻此况，沉痛大悲，自念富贵纵可携取，与空花何异。驱马至西村，见父衣服滓敝[57]，衰老堪怜。相见，各哭失声。问不肖子，则赌未归。王乃载父而还。芳云朝拜已毕，燂[58]汤请浴，进以锦裳，寝以香舍，又遥致故老与谈宴，享奉过于世家。子一日寻至其处，王绝之，不听入。但予以廿金，使人传语曰："可持此买妇，以图生业。再来，则鞭打立毙矣！"子泣而去。王自归，不甚与人通礼；然故人偶至，必延接盘桓，㧑抑过于平时。独有黄子介，夙与同门学，亦名士之坎坷[59]者，王留之甚久，时与秘语，赂遗甚厚。居三四年，王翁卒。王万钱卜兆，营葬尽礼。时子已娶妇，妇束男子严，子赌亦少间[60]矣。是日临丧，始得拜识姑嫜。芳云一见，许其能家[61]，赐三百金为田产之费。翼日，黄及子同往省视，则舍宇全渺，不知所在。

异史氏曰："佳丽所在，人且于地狱中求之，况享受无穷乎？地仙许携姝丽，恐帝阙下虚无人矣。轻薄减其禄籍，理固宜然，岂仙人遂不之忌哉？彼妇之口，抑何其虐也！"

【注释】

[1] 凌折：侮辱人、挫折人的意思。 [2]"轻薄孽"：佛教称恶因为"孽"。"轻薄孽"，意思是因为口舌轻薄而造成恶因。后文《司文郎》篇"口孽"，义同。 [3] 齿齿：形容层层排列有次序的样子。 [4] 配旅：一组组配合的意思。 [5] 丝竹："丝"，指琴瑟之类的丝弦乐器；"竹"，指箫笛之类的吹奏乐器。 [6] 伎：这里同"技"。 [7] 搊（chōu）：用手弹弄。[8] 亮：声音高亮。 [9] 半炊许：约摸煮半顿饭的时间。 [10] 铿尔：丝

弦乐器停止奏弄时最后震动的余声。［11］云和夫人："云和"本是山名，那里出产良木，用来制作琴瑟等乐器，声音最清亮，后来因用"云和"为琴瑟的代词。又古时一种如筝而稍小的乐器也叫作"云和"。这里作者所描写的女仙人是音乐家，所以为她取名"云和夫人"。［12］自他：自外。"不自他"，没有二心，视同一体的意思。［13］梦梦：形容糊涂、不明白的样子。［14］天仙：天上的神仙。下文"地仙"，指居住人世的神仙。［15］再劫：佛教认为宇宙间经历成、住、坏、空为一大劫，坏的时候，要遭到火、风、水三灾，一切都破坏了。宇宙从成到坏，要经过若干万年，所以"劫"意味着遭难，也表示一个极长的时间。"再劫"，就是要遭遇两次劫数。［16］汩(gǔ)没：沉没。［17］"中湿"："湿"和"式"同音，把"中湿"谐音为秀才"中式"，所以说"吉利"。［18］燎：烤，烘干。［19］中原：指中国，对边疆或外国而言。［20］功名反掌：求取功名，像把手掌翻过来那样的容易。［21］乡党：古代以一万二千五百家为"乡"，五百家为"党"，后来以"乡党"泛指乡里。参看前文《红玉》篇注［70］"里党"条。［22］齿德：年高有德的人。［23］典、坟："典"，五典；"坟"，三坟：都是失传的古书。后来就以"典坟"泛指古书。［24］竹枝词：一种描述土俗琐事的诗歌。［25］宿构：旧作。［26］近体：古代诗歌体格的一种，也叫"今体诗"。有绝句、律诗、排律的分别；除排律的句数外，其余字数、句数、用韵，都有一定的限制。［27］块垒：一般作"垒块"，比喻心里抑郁不平之气。［28］上句是孙行者离火云洞，下句是猪八戒过子母河：《西游记》中，孙行者在火云洞被妖魔发的火把身上毫毛都烧光了；猪八戒过子母河，因为喝了河水，以致怀孕，后来喝了一种特效的井水，才把血块消掉：所以这里用来做"一身剩有须眉在，小饮能令块垒消"的滑稽解释。［29］抚掌：拍手，形容喜笑的样子。［30］潴(zhū)头：积水的地方。［31］呫呫：形容小声说话的声音。［32］"狗腚(dìng)响绷(bēng)巴"："腚"，屁股，山东一带的土语。"绷巴"，放屁声。这一句是嘲笑王勉作的诗如同放狗屁。［33］八股：科举时代的一种以《四书》《五经》

命题，规定一定格式、体裁、语言、字数的专门应考的文章；一篇文章里必须包括破题、承题、起讲、入手、前股、中股、后股、束股八个段落，所以叫作“八股”。 [34]《孝哉闵子骞》：闵子骞，名损，孔子弟子，有名的孝子。“孝哉闵子骞”是《论语》里的一句。 [35] 破：“破题”的省词。八股文有一定的死板格式，起头两句必须概括剖析全题，所以叫作“破题”。 [36] 字：这里作动词用，称他的号的意思。 [37] 羯(jié)鼓：一种形如漆桶、两头可击的鼓。因为最初是羯族所造，所以叫作“羯鼓”。 [38] 痛则不通：本是说人身上痛的地方，血脉便不流通的意思，见《士材三书》。这里借“痛”为“痛切”的“痛”，“通”为“文章通顺”的“通”。 [39] 泛卮：把酒杯翻过来，也就是干杯的意思。这里指敬酒。 [40] 数(shuò)四：再三再四，好多次。 [41] 牙签：古时藏书用的一种标签，分为各种颜色，上写书名。后文《长亭》篇“启牙签”，“牙签”引申作书函解释。 [42] 少假以辞色：“辞”，指言语。“色”，指脸色。“少假以辞色”，略略以好言语、好脸色相对待的意思。 [43] “独乐(yuè)乐(lè)”数语：指《孟子》里“独乐乐，与人乐乐，孰乐？曰：不若与人。与少乐乐，与众乐乐，孰乐？曰：不若与众”这几句。下文芳云所读，是故意把句子断错、读错的。 [44] 句读(dòu)：旧式的标点：“句”，是“。”；“读”，是“、”。 [45] 方略：策画，办法。 [46] “胸中正，则眸子瞭焉”：“眸”，眼珠。“瞭”，眼睛明亮的样子。这句话的意思是：一个人内心的好坏，可以从眼睛里反映出来，如果内心光明正大，眼光就能特别明亮。语出《孟子》。下文“瞭子”，山东土语男子性器的谐音。 [47] 东风之吹马耳：比喻听不进、不关心。语出李白诗，“世间闻此皆掉头，有如东风吹马耳。” [48] “黄鸟黄鸟，无止于楚”：本是《诗经》里的两句，这里以黄鸟喻男子性器，玩笑话。 [49] 榱(cuī)题：檐瓦下的屋椽，也叫“出檐”。 [50] 供帐：铺设、帷帐等用具。 [51] 天年：天然的年寿，这里指年老而死。 [52] 言迈：启行。“言”在这里是助词。 [53] 骛驶：飞快。 [54] 辽邈：形容广阔无边的样子。 [55] 僦(jiù)居：租房子居住。 [56] 恝(jiá)：忘记的意思。［57］滓敝：肮脏破旧。［58］燂（qián）：烧，煮。［59］坎坷：路高低不平叫作“坎坷”，引申作不得意、环境恶劣、运气不好解释。［60］少间（jiàn）：这里是稍稍间断的意思。［61］家：这里作动词用，持家、管家的意思。

胡四娘

程孝思，剑南人。少惠，能文。父母俱早丧。家赤贫，无衣食业，求佣为胡银台司笔札[1]。胡公试使文，大悦之，曰："此不长贫，可妻[2]也。"银台有三子四女，皆褓中论亲于大家；止有少女四娘，孽出，母早亡，笄年未字，遂赘程。或非笑之，以为惛耄之乱命[3]，而公弗之顾也。除馆馆生[4]，供备丰隆。群公子鄙不与同食，仆婢咸揶揄焉。生默默不较短长[5]，研读甚苦。众从旁厌讥之，程读弗辍；群又以鸣钲[6]锽聒[7]其侧，程携卷去，读于闺中。初，四娘之未字也，有神巫知人贵贱，遍观之，都无谀词；惟四娘至，乃曰："此真贵人也。"及赘程，诸姊妹皆呼之"贵人"以嘲笑之，而四娘端重寡言，若罔闻知。渐至婢媪，亦率相呼。四娘有婢名桂儿，意颇不平，大言曰："何知吾家郎君，便不作贵官耶？"二姊闻而嗤之曰："程郎如作贵官，当抉[8]我眸子去！"桂儿怒而言曰："到尔时，恐不舍得眸子也！"二姊婢春香曰："二娘食言[9]，我以两睛代之。"桂儿益恚，击掌为誓曰："管教两丁[10]盲也！"二姊忿其语侵，立批之[11]。桂儿号哗。夫人闻知，即亦无所可否，但微哂焉。桂儿噪诉四娘。四娘方绩，不怒亦不言，绩自若。会公初度，诸婿皆至，寿仪[12]充庭。大妇嘲四娘曰："汝家祝仪何物？"二妇曰："两肩荷一口[13]。"四娘坦然[14]，殊无惭怍。人见其事事类痴，愈益狎之。独有公爱妾李氏，——三姊所自出也——恒礼重四娘，往往相顾恤。每谓三娘曰："四娘内慧外朴，聪明浑而不露，诸婢子皆在其包罗中而不自知。况程郎昼夜攻苦，夫岂久为人下者？汝勿效尤[15]，宜善之，他日好相见也。”故三娘每归宁，辄加意相欢。是年，程以公力得入邑庠。明年，学使科试士，而公适薨[16]，程缞哀如子，未得与试。既离苫块[17]，四娘赠以金，使趋入遗才籍[18]。嘱曰：“曩久居，所不被呵逐者，徒以有老父在；今万分不可矣！倘能吐气，庶回时尚有家耳。”临别，李氏、三娘赂遗优厚。程入闱，砥志研思，以求必售。无何，放榜，竟被黜。愿乖气结，难于旋里。幸囊资小泰，携卷入都。时妻党[19]多任京秩[20]，恐见诮讪[21]，乃易旧名，诡托里居[22]，求潜身于大人之门。东海李兰台[23]见而器之[24]，收诸幕中，资以膏火，为之纳贡[25]，使应顺天举；连战皆捷[26]，授庶吉士[27]。自乃实言其故。李公假千金，先使纪纲赴剑南，为之治第。时胡大郎以父亡空匮，货其沃墅[28]，因购焉。既成，然后贷舆马往迎四娘。先是，程擢第[29]后，有邮报者[30]，举宅[31]皆恶闻之，又审其名字不符，叱去之。适三郎完婚，戚眷登堂为馔，姊妹诸姑咸在，惟四娘不见招于兄嫂。忽一人驰入，呈程寄四娘函信。兄弟发视，相顾失色。筵中诸眷客始请见四娘。姊妹惴惴，惟恐四娘衔恨不至。无何，翩然竟来。申贺者，捉坐者，寒暄者，喧杂满屋。耳有听，听四娘；目有视，视四娘；口有道，道四娘也：而四娘凝重如故。众见其靡所短长，稍就安帖，于是争把盏酌四娘。方宴笑间，门外啼号甚急。群致怪问。俄见春香奔入，面血沾染。共诘之，哭不能对。二娘呵之，始泣曰：“桂儿逼索眼睛，非解脱，几抉去矣！”二娘大惭，汗粉交下。四娘漠然[32]。合坐寂无一语。各始告别。四娘盛妆，独拜李夫人及三姊，出门登车而去。众始知买墅者即程也。四娘初至墅，什物多阙，夫人及诸郎各以婢仆器具相赠遗，四娘一无所受；唯李夫人赠一婢，受之。居无何，程假归展墓[33]，车马扈从如云。诣岳家，礼公柩，次参李夫人；诸郎衣冠既竟，已升舆矣。胡公殁，群公子日竞资财，柩弗顾；数年，灵寝漏败，渐将以华屋作山丘[34]矣。程睹之悲，竟不谋于诸郎，刻期营葬，事事尽礼。殡日，冠盖相属[35]，里中咸嘉叹焉。程十余年，历秩清显[36]，凡遇乡党厄急，罔不极力。二郎适以人命被逮，直指巡方[37]者，为程同谱，风规甚烈[38]。大郎浼妇翁王观察函致之，殊无裁答，益惧。欲往求妹，而自觉无颜，乃持李夫人手书往。至都，不敢遽进，觇程入朝，而后诣之。冀四娘念手足之义，而忘睚眦之嫌。阍人既通，即有旧媪出，导入厅事，具酒馔，亦颇草草。食毕，四娘出，颜色温霁，问："大哥人事大忙，万里何暇枉顾？"大郎五体投地[39]，泣述所来。四娘扶而笑曰，"大哥好男子，此何大事，直复尔尔？妹子一女流，几曾见呜呜[40]向人？"大郎乃出李夫人书。四娘曰："诸兄家娘子，都是天人[41]，各求父兄，即可了矣，何至奔波到此？"大郎无词，但顾哀之。四娘作色曰："我以为跋涉[42]来省妹子，乃以大讼求贵人耶？"拂袖径入。大郎惭愤而出。归家详述，大小无不诟詈，李夫人亦谓其忍。逾数日，二郎释放宁家。众大喜，方笑四娘之徒取怨谤也。俄而四娘遣价[43]候李夫人。唤入。仆陈金币，言："夫人为二舅事，遣发[44]甚急，未遑字覆，聊寄微仪，以代函信。"众始知二郎之归，乃程力也。后三娘家渐贫，程施报逾于常格；又以李夫人无子，迎养若母焉。

【注释】

［1］司笔札：办理文墨，做文书工作。“札”，小木片。古时没有纸，把字写在札上，“笔札”，就是纸笔的意思。　［2］可妻：可以把女儿许给他做妻子。“妻”，这里作动词用。　［3］惛耄（hūn mào）之乱命：“惛耄”，年老糊涂。后文《长亭》篇“昏髦”，义同。“髦”，疑“耄”之误。“乱命”，指临死的人，因神智不清而留下的遗命，一般也指不合理的嘱咐。　［4］除馆馆生：上一“馆”字是名词，指食住的地方；下一“馆”字是动词，招待食住的意思。　［5］不较短长：“短长”，是非，好坏。“不较短长”，不计较是非、好坏。下文“靡所短长”，不说谁好谁坏的意思。　［6］鸣钲（zhēng）：古时铃钟一类可以敲击发声的乐器。　［7］锽聒：形容金属乐器发出喧杂吵人的声音。　［8］抉：挖取。　［9］食言：说话不算数。　［10］两丁：这里指两眼。　［11］批之：打她。　［12］寿仪：寿礼。下文“祝仪”是贺礼，“微仪”是薄礼。　［13］两肩荷（hè）一口：这是一句挖苦的话，意思说她只知道抬着一张嘴来吃喝。　［14］坦然：形容满不在乎的样子。　［15］效尤：本是学做坏事的意思，一般作模仿、跟着学解释。后文《竹青》篇也作“尤效”。　［16］薨（hōng）：古时诸侯或二品以上的大官死了才能称“薨”，后来对一般有地位的官员死了，也都恭维说是“薨”。后文《金和尚》篇“太公僧薨”，因为金和尚声势煊赫，所以也用一个“薨”字，一方面又含有讥笑非分的意思。　［17］离苫（shān）块：“苫”，草垫。“块”，土块。封建丧礼，孝子居丧期间，要睡在草垫上面，用土块当枕头，表示因悲哀而不敢舒舒服服地睡觉。“离苫块”，就是居丧期满了。　［18］趋入遗才籍：清代科举制度：秀才没有参加科试的，可以再应“录科”考试（后来录科未取的，还可以应“录遗”和“大收”考试），如果考取了，仍然取得保送乡试的资格。这种考试也称“遗才试”，是搜罗遗漏人才的意思。“趋入遗才籍”，就是报名参加录科考试。　［19］妻党：妻族。参看前文《聂小倩》篇注［70］“五党”条。　［20］任京秩：“秩”，官职。“任京秩”，做京官。　［21］诮讪（qiào shàn）：责难讥笑。　［22］诡托里居：捏造

一个假籍贯。 ［23］兰台：本是汉时宫中藏书的地方，由御史中丞掌管，后来就称御史台为“兰台”，并作为御史的代称。 ［24］器之：器重他。［25］纳贡：捐贡生，就是“例贡”，参看后文《金和尚》篇注［32］“贡、监”条。［26］连战皆捷：指中举后又考取了进士。 ［27］庶吉士：清代科举制度：进士再应“朝考”，成绩优异的授为“庶吉士”，就是“翰林”。庶吉士在翰林院学习，三年期满，再考试一次，叫作“散馆”，依成绩高下任用为翰林院编修、检讨或各部部属以及外放做知县等官。 ［28］沃墅：好房子，大房子。［29］擢第：考中了。一般多指考取进士而言。 ［30］邮报者：送考取报条的人。 ［31］举宅：全家。 ［32］漠然：形容脸上冷淡没有表情的样子。［33］展墓：扫墓，谒墓。 ［34］以华屋作山丘：“华屋”，生人居住的地方。“山丘”，死人埋葬的地方。语出曹植诗“生存华屋处，零落归山丘”。这里是指停放灵柩的地方渐渐毁坏了。 ［35］冠盖相属：“冠”和“盖”是官员所戴的帽子和乘车的车盖，因而以“冠盖”为官员的代称。“相属”，接连不断的样子。这里是说官员来吊祭的很多。 ［36］历秩清显：“历秩”，历任。“清显”，指清高而重要的职务，一般指御史等官。 ［37］巡方：视察地方。［38］风规甚烈：法度很严明。 ［39］五体投地：两膝、两肘和头顶都伏在地下，本是佛家最恭敬的一种礼节，这里是跪拜在地的意思。 ［40］呜呜：形容哭哭啼啼的样子。 ［41］天人：见前文《阿宝》篇注［15］。这里意指神通广大，有了不起的本领的人。 ［42］跋涉：走陆路叫作“跋”，走水路叫作“涉”。“跋涉”，指旅途奔走。 ［43］价：仆人。 ［44］遣发：这里是派人奔走设法的意思。

冤　狱

朱生，阳谷人。少年佻达，喜诙谑。因丧偶，往求媒媪。遇其邻人之妻，睨之美，戏谓媪曰："适睹尊邻，雅少丽。若为我求凰，渠可也。"媪亦戏曰："请杀其男子，我为若图之。"朱笑曰："诺。"更月余，邻人出讨负[1]，被杀于野。邑令拘邻保，血肤取实[2]，究无端绪。惟媒媪述相谑之词，以此疑朱。捕至，百口不承。令又疑邻妇与私，搒掠之，五毒[3]参至。妇不能堪，诬伏。又讯朱。朱曰："细嫩不任苦刑，所言皆妄。既使冤死，而又加以不节之名，纵鬼神无知，予心何忍乎？我实供之可矣：欲杀夫而娶其妇，皆我之为，妇实不知之也。"问："何凭？"答言："血衣可证。"及使人搜诸其家，竟不可得。又掠之，死而复苏者再。朱乃云："此母不忍出证据死我耳。待自取之。"因押归告母曰："予我衣，死也；即不予，亦死也：均之死[4]，故迟也不如其速也。"母泣，入室移时，取衣出付之。令审其迹确，拟斩。再驳再审，无异词。经年余，决有日矣，令方虑囚[5]，忽一人直上公堂，努目[6]视令而大骂曰："如此愦愦，何足临民[7]！"隶役数十辈，将共执之。其人振臂一挥，颓然并仆。令惧，欲逃。其人大言曰："我关帝[8]前周将军[9]也。昏官若动，即便诛却！"令战惧悚听。其人曰："杀人者乃宫标也，于朱某何与？"言已，倒地，气若绝。少顷而醒，面无人色。及问其人，则宫标也。搒之，尽服其罪。盖宫素不逞，知其讨负而归，意腰橐必富；及杀之，竟无所得。闻朱诬服，窃自幸。是日身入公门，殊不自知。令问朱血衣所自来，朱亦不知之。唤其母鞠之，则割臂所染。验其左臂，刀痕犹未平也。令亦愕然。后以此被参揭[10]免官，罚赎羁留而死。年余，邻母欲嫁其妇；妇感朱义，遂嫁之。

异史氏曰："讼狱乃居官之首务，培阴骘[11]，灭天理，皆在于此，不可不慎也。躁急污暴，固乖天和；淹滞因循，亦伤民命。一人兴讼，则数农违时；一案既成，则十家荡产：岂故之细哉！余尝谓为官者，不滥受词讼，即是盛德。且非重大之情，不必羁候；若无疑难之事，何用徘徊？即或邻里愚民，山村豪气，偶因鹅鸭之争，致起雀角[12]之忿，此不过借官宰之一言，以为平定而已，无用全人，只须两造[13]，笞杖立加，葛藤悉断，所谓神明之宰非耶？每见今之听讼者矣：一票既出，若故忘之。摄牒者入手未盈，不令消见官之票；承刑者润笔[14]不饱，不肯悬听审之牌。蒙蔽因循，动经岁月，不及登长吏之庭，而皮骨已将尽矣。而俨然而民上也者，偃息在床，漠若无事。宁知水火狱中，有无数冤魂，伸颈延息，以望拔救耶！然在奸民之凶顽，固无足惜；而在良民之株累[15]，亦复何堪？况且无辜之干连，往往奸民少而良民多；而良民之受害，且更倍于奸民。何以故？奸民难虐，而良民易欺也。皂隶之所殴骂，胥徒之所需索，皆相[16]良者而施之暴。身入公门，如蹈汤火，早结一日之案，则早安一日之生；有何大事，而顾奄奄堂上若死人，似恐溪壑[17]之不遽饱[18]，而故假之以岁时[19]也者？虽非酷暴，而其实厥罪维均[20]矣。尝见一词之中，其急要不可少者，不过三数人，其余皆无辜之赤子[21]，妄被罗织[22]者也。或平昔以睚眦开嫌，或当前以怀璧[23]致罪。故兴讼者以其全力谋正案，而以其余毒复小仇。带一名于纸尾，遂成附骨之疽[24]；受万罪于公门，竟属切肤[25]之痛。人跪亦跪，状若乌集；人出亦出，还同猱系。而究之官问不及，吏诘不至，其实一无所用，只足以破产倾家，饱蠹役之贪囊；鬻子典妻，泄小人之私愤而已。深愿为官者，每投到时，略一审诘，当逐，逐之；不当逐，芟[26]之。不过一濡毫、一动腕之间耳，便保全多少身家，培养多少元气。从政者曾不一念及此，又何必桁杨[27]刀锯能杀人哉！”

【注释】

［1］讨负：讨债。［2］血肤取实：意思是说，企图用拷打得皮破血流的方法，从他们的口里获取事实的真相。［3］五毒：指五种酷刑。有两说：一说指桁杨、荷校、桎梏、锒铛、拷掠；一说指械、镣、棍、拶、夹棍。［4］均之死：同样是死，反正是死。［5］虑囚：审查囚犯的罪状，看看有没有冤枉，叫作“虑囚”。［6］努目：张大着眼睛，愤怒的表示。［7］临民：治理百姓。［8］关帝：指关羽，参看前文《商三官》篇注［22］“奉壮缪”条。［9］周将军：指周仓，传说是关羽面前的大将。［10］参揭：“参”，弹劾。“揭”，揭发，检举。［11］阴骘（zhì）：迷信的说法中所谓阴德。［12］雀角：《诗经》里有“谁谓雀无角，何以穿我屋？谁谓鼠无牙，何以穿我墉？”这样两句话，向来解释，雀和鼠能够毁坏人家的房屋，如同打官司能够使人倾家败产一样，因而以“雀角”为打官司的代词。［13］两造：“造”，到的意思。打官司必须原告和被告两方面都到庭，因而称原告和被告为“两造”。［14］润笔：旧时给予卖文章、卖字画的人以报酬的雅称。典出《隋书》：隋高祖叫李德林起草诏书，高颎戏说笔干了。郑译说：不得一钱，何以润笔？这里指书吏需索的贿赂。［15］株累：因为一个人有罪而牵连许多人叫作“株累”，意思是像树的根株四处伸延一样。［16］相：这里是选择的意思。

［17］溪壑：这里比喻吏役的贪囊。［18］饱：这里是填满的意思。［19］故假之以岁时：故意多给他们一些时间。［20］维均：都是一样。［21］赤子：本指婴儿，这里比喻人民。［22］罗织：栽诬无辜的人以罪名叫作“罗织”。［23］怀璧：语出《左传》：“匹夫无罪，怀璧其罪。”比喻老百姓本来是没有罪的，但因为他有财产，成为敲诈勒索的对象，所以就变成有罪的了。“怀璧”，揣着一块好璧玉的意思。［24］附骨之疽（jū）：“疽”，痈疮。“附骨之疽”，一种生在大腿外侧的痈疮。这里指痈疮生在骨头上，比喻非常痛苦，但又不容易去掉。［25］切肤：切身。［26］芟（shān）：除去。［27］桁（háng）杨：古时锁锢犯人颈项和脚胫的一种刑具。

阿　绣

海州刘子固，十五岁时，至盖[1]省其舅。见杂货肆中一女子，姣丽无双，心爱好之。潜至其肆，托言买扇。女子便呼父。父出，刘意沮[2]，故折阅[3]之而退。遥睹其父他往，又诣之。女将觅父。刘止之曰："无须。但言其价，我不靳直耳。"女如言，故昂之。刘不忍争，脱贯[4]竟去。明日复往，又如之。行数武，女追呼曰："返来！适伪言耳，价奢过当。[5]"因以半价返之。刘益感其诚，蹈隙[6]辄往。由是日熟。女问："郎居何所？"以实对。转诘之，自言："姚氏。"临行，所市物，女以纸代裹完好，已而，以舌舐粘之。刘怀归不敢复动，恐乱其舌痕也。积半月，为仆所窥，阴与舅力要之归。意惓惓不自得。以所市香帕、脂粉等类，密置一箧，无人时，辄阖户自捡一过，触类凝思。次年复至盖，装甫解，即趋女所；至，则肆宇阖焉。失望而返。犹意偶出未返，蚤起又诣之，扃如故。问诸邻，始知姚原广宁[7]人，以贸易无重息，故暂归去，又不审何时可复来。神志乖丧[8]，居数日，怏怏而归。母为议婚，屡梗[9]之。母怪且怒。仆私以曩情告母，母益防闲[10]之，盖之途由是绝。刘忽忽遂减眠食。母忧思无计，念不如从其志，于是刻日办装，使如盖，转寄语舅媒合之。舅即承命诣姚。逾时而返，谓刘曰："事不谐矣。阿绣已字广宁人。"刘低头丧气，心灰望绝。既归，捧箧啜泣，而徘徊顾念，冀天下有似之者。适媒来艳称复州[11]黄氏女。刘恐不确，命驾至复。入西门，见北向一家，两扉半开，内一女郎，怪似阿绣。再属目之，且行且盼而入，真是无讹。刘大动，因僦其东邻居，细诘知为李氏。反复疑念，天下宁有如此相似者耶？居数日，莫可夤缘，惟日眈眈[12]伺候其门，以冀女或复出。一日，日方西，女果出。忽见刘，即返身走，以手指其后，又复掌及额，乃入。刘喜极，但不能解。凝思移时，信步诣舍后，见荒园寥廓，西有短垣，略可及肩。豁然顿悟，遂蹲伏露草中。久之，有人自墙上露其首，小语曰："来乎？"刘诺而起。细视，真阿绣也。因大恫，涕堕如绠。女隔堵探身，以巾拭其泪，深慰之。刘曰："百计不遂，自谓今生已矣，何期复有今夕！顾卿何以至此？"曰："李氏，妾表叔也。"刘请逾垣。女曰："君先归，遣从人他宿，妾当自至。"刘如言，坐伺之。少间，女悄然入，妆饰不甚炫丽，袍裤犹昔。刘挽坐，备道艰苦。因问："闻卿已字，何未醮也？"女曰："言妾受聘者，妄也。家君以道里赊远[13]，不愿附公子婚，此或舅氏诡词以绝君望耳。"既就枕席，宛转万态，款接之欢，不可言喻。四更遽起，过墙而去。刘自是不复措意黄氏矣。旅居忘返，经月不归。一夜，仆起饲马，见室中灯犹明；窥之，见阿绣，大骇。顾不敢言主人，旦起访市肆，始返而诘刘曰："夜与还往者，何人也？"刘初讳之。仆曰："此第岑寂，狐鬼之薮，公子宜自爱。彼姚家女郎，何为而至此？"刘始觍然曰："西邻是其表叔，有何疑沮？"仆言："我已访之审：东邻止一孤媪，西家一子尚幼，别无密戚。所遇当是鬼魅；不然，焉有数年之衣，尚未易者？且其面色过白，两颊少瘦，笑处无微涡，不如阿绣美。"刘反复回思，乃大惧曰："然且奈何？"仆谋伺其来，操兵[14]入共击之。至暮，女至，谓刘曰："知君见疑。然妾亦无他，不过了夙分耳。"言未已，仆排闼入。女呵之曰："可弃兵！速具酒来，当与若主别。"仆便自投，若或夺焉。刘益恐，强设酒馔。女谈笑如常。举手向刘曰："悉君心事，方将图效绵薄，何竟伏戎[15]？妾虽非阿绣，颇自谓不亚[16]，君视之犹昔否耶？"刘毛发俱竖，噤不语。女听漏三下，把盏一呷，起立曰："我且去，待花烛后，再与新妇较优劣也。"转身遂杳。刘信狐言，径如盖。怨舅之诳己也，不舍其家，寓近姚氏，托媒自通，啖以重赂。姚妻乃言："小郎为觅婿广宁，若翁以是故去。就否未可知。须旋日[17]，方可计校[18]。"刘闻之，彷徨无以自主，惟坚守以伺其归。逾十余日，忽闻兵警，犹疑讹传；久之，信益急，乃趣装行。中途遇乱，主仆相失，为侦者所掠。以刘文弱，疏其防，盗马亡去。至海州界，见一女子，蓬鬓垢耳，出履蹉跌，不可堪。刘驰过之。女遽呼曰："马上人非刘郎乎？"刘停鞭审顾，则阿绣也。心仍讶其为狐，曰："汝真阿绣耶？"女问："何为出此言？"刘述所遇。女曰："妾真阿绣也。父携妾自广宁归，遇兵被俘，授马屡堕。忽一女子，握腕趣遁，荒窜军中，亦无诘者。女子健步若飞隼，苦不能从，百步而屦屡褪焉。久之，闻号嘶渐远，乃释手曰：'别矣。前皆坦途，可缓行。爱汝者将至，宜与同归。'"刘知其狐，感之。因述其留盖之故。女言其叔为择婿于方氏，未委禽而乱适作。刘始知舅言非妄。携女马上，叠骑归。入门，则老母无恙，大喜。系马而入，具道所以。母亦喜。为女盥濯，妆竟，容光焕发。母抚掌曰："无怪痴儿魂梦不置也！"遂设裀褥，使从己宿。又遣人赴盖，寓书于姚。不数日，姚夫妇俱至，卜吉成礼乃去。刘出藏箧，封识[19]俨然，有粉一函，启之，化为赤土。异之。女掩口曰："数年之盗，今始发觉矣。尔日见郎任妾包裹，更不及审真伪，故以此相戏耳。"方嬉笑间，一人搴帘入曰："快意如此，当谢蹇修否？"刘视之，又一阿绣也。急呼母。母及家人悉集，无有能辨识者。刘回眸亦迷。注目移时，始揖而谢之。女子索镜自照，赧然趋出，寻之已杳。夫妇感其义，为位[20]于室而祀之。一夕，刘醉归，室暗无人。方自挑灯，而阿绣至。刘挽问："何之？"笑曰："醉臭熏人，使人不耐。如此盘诘，谁作桑中逃耶？"刘笑捧其颊。女曰："郎视妾与狐姊孰胜？"刘曰："卿过之。然皮相者[21]不辨也。"已而，合扉相狎。俄，有叩门者，女起笑曰："君亦皮相者也！"刘不解。趋启门，则阿绣入。大愕。始悟适与语者，狐也。暗中又闻笑声。夫妻望空而祷，祈求现像。狐曰："我不愿见阿绣。"问："何不另化一貌？"曰："我不能。"问："何故不能？"曰："阿绣吾妹也，前世不幸夭殂。生时，与余从母至天宫，见西王母，心窃爱慕，归则刻意[22]效之。妹较我慧，一月神似；我学三月而后成，然终不及妹。今已隔世，自谓过之，不意犹昔耳。我感汝两人诚意，故时复一至，今去矣。"遂不复言。自此三五日辄一来，一切疑难悉决之。值阿绣归宁，来常数日不去。家人皆惧避之。有亡失，则华妆端坐，插玳瑁簪长数寸，朝家人而庄语[23]之："所窃物，夜当送至某所；不然，头痛大作，悔无及！"天明，果于某所获之。三年后，绝不复来。偶失金帛，阿绣效其装束以吓家人，亦屡效焉。

【注释】

[1] 盖：盖州，今辽宁盖平县。 [2] 沮(jǔ)：失望的样子。下文"有何

疑沮”,“沮”是阻碍的意思。 [3] 折阅:“折”,减少。“阅”,卖。“折阅”,减少它的卖价,就是还价。 [4] 脱贯:把钱从钱索上拿下来,就是付款的意思。 [5] 价奢过当:“价奢”,价贵。“过当”,指超过了应付的数目。[6] 蹈隙:这里是趁空,等机会的意思。有时也作挑眼、找错处解释,从前本有“抵瑕蹈隙”这样一句成语,后文《小翠》篇“蹈我之瑕”,就是这个意思。[7] 广宁:今辽宁北镇县。 [8] 乖丧:失望丧气的样子。 [9] 梗:这里是不依从的意思。 [10] 防闲:防备禁止。 [11] 复州:今辽宁复县。[12] 眈眈:眼睛直看着的样子。 [13] 赊远:遥远。 [14] 兵:指刀剑一类的武器。这里“操兵”,是拿着武器;下文“弃兵”,是丢掉武器。后文《凤仙》篇“而兵伤右臂”,《胭脂》篇“夺兵遗绣履”,“兵”,义同。 [15] 伏戎:埋伏着武力。 [16] 亚:次于,差。 [17] 旋日:回来时。 [18] 计校:这里是研究、讨论、商议的意思。 [19] 封识(zhì):封裹的记号。 [20] 位:牌位。 [21] 皮相者:只看外表的人。 [22] 刻意:用心,极力。 [23] 庄语:严肃地、一本正经地说话。后文《王桂庵》篇“庄其词”,义同。

小　翠

王太常，越人。总角[1]时，昼卧榻上。忽阴晦，巨霆暴作，一物大于猫，来伏身下，展转不离。移时晴霁，物即径出。视之，非猫；始怖，隔房呼兄。兄闻，喜曰："弟必大贵。此狐来避雷霆劫也。"后果少年登进士，以县令入为侍御。生一子名元丰，绝痴，十六岁不能知牝牡，因而乡党无与为婚。王忧之。适有妇人率少女登门，自请为妇。视其女，嫣然展笑，真仙品也。喜问姓名。自言："虞氏。女小翠，年二八矣。"与议聘金。曰："是从我糠核[2]不得饱，一旦置身广厦，役婢仆，厌膏粱，彼意适，我愿慰矣，岂卖菜也而索直乎！"夫人大悦，优厚[3]之。妇即命女拜王及夫人，嘱曰："此尔翁姑，奉侍宜谨。我大忙，且去，三数日当复来。"王命仆马送之。妇言："里巷不远，无烦多事[4]。"遂出门去。小翠殊不悲恋，便即奁中翻取花样。夫人亦爱乐之。数日，妇不至。以居里问女，女亦憨然不能言其道路。遂治别院，使夫妇成礼。诸戚闻拾得贫家儿作新妇，共笑姗[5]之；见女皆惊，群议始息。女又甚慧，能窥翁姑喜怒。王公夫妇，宠惜过于常情，然惕惕焉惟恐其憎子痴，而女殊欢笑不为嫌。第善谑，刺[6]布作圆[7]，蹋蹴为笑。着小皮靴，蹴去数十步，绐公子奔拾之。公子及婢，恒流汗相属。一日，王偶过，圆䃧然[8]来，直中面目。女与婢俱敛迹[9]去，公子犹踊跃[10]奔逐之。王怒，投之以石，始伏而啼。王以告夫人；夫人往责女，女俯首微笑，以手刓[11]床。既退，憨跳如故，以脂粉涂公子作花面如鬼。夫人见之，怒甚，呼女垢骂。女倚几弄带，不惧，亦不言。夫人无奈之，因杖其子。元丰大号。女始色变，屈膝乞宥。夫人怒顿解，释杖去。女笑拉公子入室，代扑衣上尘，拭眼泪，摩挲[12]杖痕，饵以枣栗，公子乃收涕以忻。女阖庭户，复装公子作霸王、作沙漠人[13]。己乃艳服束细腰，婆娑作帐下舞；或髻插雉尾，拨琵琶，丁丁缕缕然[14]。喧笑一室，日以为常。王公以子痴，不忍过责妇；即微闻焉，亦若置之。同巷有王给谏[15]者，相隔十余户，然素不相能；时值三年大计吏[16]，忌公握河南道篆[17]，思中伤之。公知其谋，忧虑无所为计。一夕，早寝，女冠带饰冢宰[18]状，剪素丝作浓髭，又以青衣饰两婢为虞候[19]，窃跨厩马而出，戏云："将谒王先生。"驰至给谏之门，即又鞭挞从人，大言曰："我谒侍御王，宁谒给谏王耶！"回辔而归。比至家门，门者误以为真，奔白王公。公急起承迎，方知为子妇之戏。怒甚，谓夫人曰："人方蹈我之瑕，反以闺阁之丑登门而告之。余祸不远矣！"夫人怒，奔女室，诟让之。女惟憨笑，并不一置词。挞之，不忍；出之，则无家：夫妻懊怨，终夜不寝。时冢宰某公赫甚，其仪采服从[20]，与女伪装无少殊别，王给谏亦误为真。屡侦公门，中夜而客未出，疑冢宰与公有阴谋。次日早朝，见而问曰："夜相公[21]至君家耶？"公疑其相讥，惭颜唯唯，不甚响答。给谏愈疑，谋遂寝[22]，由此益交欢公。公探知其情，窃喜，而阴嘱夫人劝女改行；女笑应之。逾岁，首相免。适有以私函致公者，误投给谏。给谏大喜，先托善公者往假万金。公拒之。给谏自诣公所。公觅巾袍，并不可得；给谏伺候久，怒公慢[23]，愤将行。忽见公子衮衣旒冕[24]，有女子自门内推之以出。大骇；已而笑抚之，脱其服冕而去。公急出，则客去远。闻其故，惊颜如土，大哭曰，“此祸水[25]也！指日[26]赤吾族[27]矣！”与夫人操杖往。女已知之，阖扉任其诟厉。公怒，斧[28]其门。女在内，含笑而告之曰：“翁无烦怒！有新妇在，刀锯斧钺，妇自受之，必不令贻害双亲。翁若此，是欲杀妇以灭口[29]耶？”公乃止。给谏归，果抗疏[30]揭王不轨[31]，衮冕作据。上惊验之，其旒冕乃粱秸心[32]所制，袍则败布黄袱[33]也。上怒其诬。又召元丰至，见其憨状可掬，笑曰：“此可以作天子耶？”乃下之法司[34]。给谏又讼公家有妖人，法司严诘臧获[35]，并言无他，惟颠妇痴儿，日事戏笑；邻里亦无异词。案乃定，以给谏充云南军。王由是奇女。又以母久不至，意其非人。使夫人探诘之，女但笑不言。再复穷问，则掩口曰：“儿玉皇女，母不知耶？”无何，公擢京卿[36]。五十余，每患无孙。女居三年，夜夜与公子异寝[37]，似未尝有所私。夫人舁榻去，嘱公子与妇同寝。过数日，公子告母曰：“借榻去，悍不还！小翠夜夜以足股加腹上，喘气不得；又惯掐人股里。”婢妪无不粲然。夫人呵拍令去。一日，女浴于室，公子见之，欲与偕[38]；笑止之，谕使姑待。既出，乃更泻热汤于瓮，解其袍裤，与婢扶之入。公子觉蒸闷，大呼欲出；女不听，以衾蒙之。少时，无声；启视，已绝。女坦笑不惊，曳置床上，拭体干洁，加复被[39]焉。夫人闻之，哭而入，骂曰：“狂婢何杀吾儿！”女辗然曰：“如此痴儿，不如勿有。”夫人益恚，以首触女；婢辈争曳劝之。方纷噪间，一婢告曰：“公子呻矣！”夫人辍涕抚之，则气息休休，而大汗浸淫[40]，沾浃[41]裀褥。食顷，汗已，忽开目四顾，遍视家人，似不相识，曰："我今回忆往昔，都如梦寐，何也？"夫人以其言语不痴，大异之。携参其父，屡试之，果不痴。大喜，如获异宝。至晚，还榻故处，更设衾枕以觇之。公子入室，尽遣婢去。早窥之，则榻虚设。自此痴颠皆不复作，而琴瑟静好，如形影[42]焉。年余，公为给谏之党奏劾免官，小有挂误。旧有广西中丞[43]所赠玉瓶，价累[44]千金，将出以贿当路。女爱而把玩之，失手堕碎，惭而自投。公夫妇方以免官不快，闻之，怒，交口呵骂。女奋而出，谓公子曰："我在汝家，所保全者不止一瓶，何遂不少存面目？实与君言：我非人也。以母遭雷霆之劫，深受而翁庇翼；又以我两人有五年夙分，故以我来报曩恩、了夙愿耳。身受唾骂，擢发不足以数，所以不即行者，五年之爱未盈，——今何可以暂止乎！"盛气而出，追之已杳。公爽然自失，而悔无及矣。公子入室，睹其剩粉遗钩，恸哭欲死；寝食不甘，日就羸瘁。公大忧，急为胶续以解之，而公子不乐。惟求良工画翠小像，日夜浇[45]祷其下。几二年。偶以故自他里归，明月已皎，村外有公家亭园，骑马墙外过，闻笑语声，停辔，使厩卒[46]捉鞚[47]，登鞍一望，则二女郎游戏其中。云月昏蒙[48]，不甚可辨，但闻一翠衣者曰："婢子当逐出门！"一红衣者曰："汝在吾家园亭，反逐阿谁？"翠衣人曰："婢子不羞！不能作妇，被人驱遣，犹冒认物产也！"红衣者曰："索胜[49]老大婢无主顾者！"听其音，酷类小翠，疾呼之。翠衣人去曰："姑不与若争，汝汉子来矣。"既而，红衣人来，果小翠。喜极。女令登垣，承接而下之，曰："二年不见，骨瘦一把矣！"公子握手泣下，具道相思。女言："妾亦知之，但无颜复见家人。今与大姊游戏，又相邂逅，足知前因不可逃也。”请与同归，不可；请止园中，许之。公子遣仆奔白夫人。夫人惊起，驾肩舆而往，启钥入亭。女即趋下迎拜。夫人捉臂流涕，力白前过，几不自容，曰：“若不少记榛梗[50]，请偕归，慰我迟暮[51]。”女峻辞不可。夫人虑野亭荒寂，谋以多人服役。女曰：“我诸人悉不愿见；惟前两婢朝夕相从，不能无眷注耳。外惟一老仆应门，余都无所复须[52]。”夫人悉如其言。托公子养疴园中，日供食用而已。女每劝公子别婚，公子不从。后年余，女眉目音声，渐与曩异，出像质[53]之，迥若两人。大怪之。女曰：“视妾今日何如畴昔[54]矣？”公子曰：“今日美则美，然较昔日则似不如。”女曰：“意妾老矣！”公子曰：“二十余岁人，何得速老。”女笑而焚图，救之已烬。一日，谓公子曰：“昔在家时，阿翁谓妾抵死不作茧[55]。今亲老君孤，妾实不能产，恐误君宗嗣。请娶妇于家，旦晚侍奉翁姑，君往来于两间，亦无所不便。”公子然之，纳币[56]于锺太史之家。吉期将近，女为新人制衣履，赍送母所。及新人入门，则言貌举止，与小翠无毫发之异，大奇之。往至园亭，则女已不知所在。问婢，婢出红巾曰：“娘子暂归宁，留此贻公子。”展巾，则结玉玦一枚，心知其不返，遂携婢俱归。虽顷刻不忘小翠，幸而对新人如觌旧好焉。始悟锺氏之姻，女预知之，故先化其貌，以慰他日之思云。

异史氏曰：“一狐也，以无心之德，而犹思所报；而身受再造之福者，顾失声于破甑[57]，何其鄙哉！月缺重圆，从容而去，始知仙人之情亦更深于流俗也！”

【注释】

［1］总角：古来男女未成年时，把头发束起，扎两个角，叫作“总角”。后来就以“总角”为幼年的代词。［2］糠核：粗粮的意思。“核”，没有磨碎的麦子。［3］优厚：这里指殷勤地招待。［4］无烦多事：不要客气，不用麻烦。［5］笑姗：讥笑。［6］刺：缝制的意思。［7］圆：球。［8］訇（hōng）然：这里是形容踢球的声音。［9］敛迹：躲开。［10］踊跃：跳跃。［11］刓（wán）：挖刻。［12］摩挲：用手抚摩。［13］作霸王、作沙漠人：这里写的是两个戏剧故事：一个是霸王别姬，一个是昭君出塞。“霸王”，指西楚霸王项羽；“沙漠人”，指匈奴派来迎接昭君的人。下文“作帐下舞”的指虞姬，拨琵琶的指王昭君。［14］丁（zhēng）丁缕缕然：“丁丁”，弹琵琶的声音。“缕缕”，形容声音的继续不断。［15］给谏：官名，就是给事中。明、清时，先隶通政司，后属都察院。职掌是诤谏和纠弹。［16］三年大计吏：明、清时，每三年举行官吏考绩一次：京官的考绩叫作“京察”，外官的考绩叫作“大计”。“大计”，是由各省督、抚把所属官吏的政绩造册呈报中央政府，作为升官和降职的依据。这里“三年大计吏”，并非专指外官，只是举行官员考绩的意思。［17］握河南道篆：“握篆”，掌印。“河南道”，指河南道监察御史。“握河南道篆”，就是做河南道监察御史。参看前文《颜氏》篇注［34］“河南道掌印御史”条。［18］冢宰：本是周代百官之首，后来作为对吏部尚书的尊称。［19］虞候：本是古代官名，职守各代不同；五代、宋时是禁卫官，贵官的侍卫有时也称为“虞候”。［20］仪采服从：面貌、态度、服装和侍从。［21］相公：对宰相亲切的称呼，这里指吏部尚书。［22］寝：中止，罢休。［23］慢：怠慢，没有礼貌。［24］衮衣旒冕：“衮衣”，龙袍；“旒冕”，一种前后垂有玉饰的帽子：都是皇帝的服装。［25］祸水：语出《飞燕外传》：淖方成认为，汉成帝（刘骜）的皇后赵飞燕，将为汉家的“祸水”。迷信的说法：汉代是“以火德王”的，水能克火，所以说是“祸水”。后来就把“祸水”当作祸患解释，在重男轻女的情况之下，一般是指女人。［26］指日：即日，不日。［27］赤吾族：一族

的人全要被杀的意思。杀人要流血，血是红色的，所以叫作“赤”。 [28] 斧：这里作动词用，砍、斫的意思。 [29] 灭口：把知道内情的人杀死，以防止泄漏秘密，叫作“灭口”。 [30] 抗疏：上奏本。 [31] 不轨：“轨”，秩序、正道的意思。“不轨”，不遵守秩序，就是造反的意思。封建统治者对于凡是反抗他的人，都认为是反叛，因而称之为“不轨”。 [32] 粱秸(jiē)心：高粱梗的心子。 [33] 袱：包袱。 [34] 法司：明、清时，以刑部、都察院、大理寺为三法司，凡是重大案件，就交由三法司会审。这里“法司”，指这一类的审讯机关。[35] 臧获：奴婢。 [36] 京卿：“卿”，指九卿，参看前文《续黄粱》篇注[70]“科、道、九卿”条。这里“京卿”指清时九卿的正副主官。其中有些机构的副主官，是御史应升的官职。 [37] 异寝：不同睡。 [38] 偕：偕同。这里指同浴。 [39] 复被：夹被。也可作几床被解释。 [40] 浸淫：渗渍。[41] 沾浃：湿透。 [42] 形影：如影随形，不离开的意思。 [43] 中丞：对巡抚的称呼。参看前文《红玉》篇注[34]“督抚”条。 [44] 累：这里指价值很重。 [45] 浇：这里指用酒供奉。 [46] 厩卒：马夫。 [47] 鞚(kòng)：马勒，马缰绳。后文《凤仙》篇“老仆鞚之”，“鞚”作动词用，控驭、驾驶的意思。[48] 昏蒙：模糊不清，昏暗。 [49] 索胜：倒底强似，究竟好过。 [50] 榛梗：有刺的草木，比喻怀恨在心，犹如说“芥蒂”。 [51] 迟暮：衰老的意思。[52] 须：需要，要求。 [53] 质：对照。 [54] 畴昔：从前，往日。[55] 抵死不作茧：“抵死”，到死的意思。这里以蚕的作茧比喻女人养孩子，“抵死不作茧”，就是到老不养孩子的意思。 [56] 纳币：古时婚礼的仪节之一，也称“纳征”，就是过礼。 [57] 失声于破甑(zèng)：东汉孟敏，背上挑的甑摔在地上碎了，他头也不回就走了。别人问他：你的甑跌破了，怎么看也不看一下呢？他说：已经破了，看它又有什么用。见《后汉书》。这个故事称为“堕甑不顾”或“破甑不顾”，一般用以比喻有见识和有决断。这里引用这个故事，是用破甑来比喻玉瓶。“失声于破甑”，指为了打破玉瓶而发生的叹息、怒骂。

金和尚

金和尚，诸城人。父无赖，以数百钱鬻子五莲山寺。少顽钝，不能肄清业[1]，牧猪赴市，若佣保。后本师死，稍有遗金，卷怀[2]离寺，作负贩去，饮羊、登垄[3]，计最工。数年暴富，买田宅于水坡里。弟子繁有徒，食指日千计。绕里膏田千百亩。里中起第数十处，皆僧，无人[4]；即有人，亦贫无业，携妻子僦屋佃田者也。每一门内，四缭[5]连屋，皆此辈列而居。僧舍其中：前有厅事，梁楹节棁[6]，绘金碧射人眼；堂上几屏，晶光可鉴；又其后为内寝，朱帘绣幙，兰麝香充溢喷人；螺钿雕檀为床，床上锦茵褥，折叠厚尺有咫；壁上美人山水诸名迹，悬粘几无隙处。一声长呼，门外数十人轰应如雷。细缨[7]革靴者，皆乌集鹄立；受命皆掩[8]口语，侧耳以听。客仓卒至，十余筵可咄嗟办[9]，肥醴[10]蒸薰，纷纷狼借如雾霈。但不敢公然蓄歌妓；而狡[11]童十数辈，皆慧黠能媚人，皂纱缠头，唱艳曲，听睹亦颇不恶。金若一出，前后数十骑，腰弓矢相摩戛。奴辈呼之皆以“爷”；即邑之人若民，或“祖”之，“伯、叔”之[12]，不以“师”，不以“上人”[13]，不以禅号[14]也。其徒出，稍稍杀于金，而风鬟云辔[15]，亦略与贵公子等。金又广结纳[16]，即千里外呼吸亦可通[17]，以此挟方面短长[18]，偶气触之，辄惕自惧。而其为人：鄙不文，顶趾[19]无雅骨。生平不奉一经、持一咒，迹不履寺院，室中亦未尝蓄铙鼓——此等物门人辈弗及见，并弗及闻。凡僦屋者，妇女浮丽如京都，脂泽金粉，皆取给于僧，僧亦不之靳。以故里中不田[20]而农者以百数。时而恶佃决僧首瘗床下，亦不甚穷诘，但逐去之，其积习然也。金又买异姓儿，私子之。延儒师教帖括业[21]。儿聪慧能文，因令入邑庠；旋援例[22]作太学生[23]；未几，赴北闱，领乡荐。由是金之名以"太公"噪。向之"爷"之者"太"之[24]，膝[25]席者皆垂手执儿孙礼。无何，太公僧薨，孝廉衰[26]绖卧苫块，北面称孤；诸门人释杖满床榻；而灵帏后嘤嘤细泣，惟孝廉夫人一而已。士大夫妇咸华妆来搴帏吊唁，冠盖舆马塞道路。殡日，棚阁云连，幡旛[27]翳日。殉葬刍灵，饰以金帛。舆盖仪仗数十事；马千匹，美人百袂[28]，皆如生。方弼、方相[29]，以纸壳制巨人，皂帕金铠，空中而横以木架，纳活人内负之行。设机转动，须眉飞舞，目光铄闪，如将叱咤，观者惊怪，或小儿女遥望之，辄啼走。冥宅壮丽如宫阙，楼阁房廊，连亘数十亩，千门万户，入者迷不可出。祭品象物，多难指名。会葬者盖相摩[30]，上自方面，皆伛偻入，起拜如朝仪[31]；下至贡、监[32]、簿史[33]，则手据地以叩，不敢劳公子，劳诸师叔也。当是时，倾国瞻仰：男女喘汗属于道[34]；携妇襁[35]儿，呼兄觅妹者，声鼎沸。杂以鼓乐喧豗[36]，百戏鞺鞳[37]，人语都不可闻；观者自肩以下皆隐不见，惟万顶攒动而已。有孕妇痛急欲产，诸女伴张裙为幄，罗守之，但闻儿啼，不暇问雌雄，断幅绷怀中，或扶之，或曳之，蹩躠[38]以去。奇观哉！葬后，以金所遗资产，瓜分而二之[39]：子一，门人一。孝廉得半，而居第之南；之北、之西东，尽缁党[40]。然皆兄弟叙，痛痒犹相关云。

异史氏曰："此一派也：两宗[41]未有，六祖[42]无传，可谓独辟法门[43]者矣。抑闻之:五蕴[44]皆空,六尘[45]不染,是谓‘和尚’;口中说法,座上参禅[46],是谓‘和样’;鞋香楚地,笠重吴天[47],是谓‘和撞’;鼓钲锽聒,笙管敖曹[48],是谓‘和唱’;狗苟[49]钻缘,蝇营淫赌,是谓‘和幛’。金也者,‘尚’耶?‘样’耶?‘撞’耶?‘唱’耶?抑地狱之‘幛’耶?”

【注释】

[1] 清业:指和尚念经、打坐等事。 [2] 卷怀:“怀”,收匿。“卷怀”,席卷、卷逃之类的意思。 [3] 饮羊、登垄(lǒng):指商人偷工减料、投机取巧、诈欺暴利等行为。传说春秋时,鲁国沈犹氏贩羊,早上把羊喂得极饱,增加体重,欺骗买羊的人。这个故事就叫作“饮羊”。“登垄”,是垄断市场、独取暴利的意思。 [4] 人:这里指和尚以外的普通人。 [5] 缭:本是围绕的意思,这里指围墙。 [6] 梁楹节棁(zhuó):“梁”,屋梁;“楹”,柱;“节”,柱上的斗栱;“棁”,梁上的短柱。总指房屋的建筑结构。 [7] 细缨:指红缨帽,是清时仆人的服饰之一。“缨”,帽上垂的须子,像穗子一样的东西。[8] 揜(yǎn):同“掩”。 [9] 可咄嗟办:“咄嗟”,意思是一呼吸之间,形容迅速。“可咄嗟办”,犹如说,嘴动一动就办好了。 [10] 肥醴:酒肉。肥,肥肉;醴,甜酒。 [11] 狡:美好。 [12] “祖”之,“伯、叔”之:叫他作祖父,叫他作伯、叔。后文“子之”,就是把他当作儿子。 [13] “上人”:对和尚的尊称,意思是道德智慧在一般人之上。 [14] 禅号:和尚的称号。[15] 风鬃云辔:“鬃”,马鬣毛。“辔”,马勒。“风鬃云辔”,形容马匹的华贵漂亮。 [16] 结纳:交际往来,互相勾结。 [17] 呼吸亦可通:这里指消息、呼应的灵通,形容关系方面的广阔。 [18] 挟方面短长:“挟”,要挟。“方面”,指独当一面的大官,如总督、巡抚之类。“短长”,见前文《胡四娘》篇注[5]“不较短长”条。“挟方面短长”,就是说,知道了大员们短长的地方,因而抓住了他们的把柄。 [19] 顶趾:从头到脚。 [20] 不田:这里是不耕

田的意思。［21］帖括业：唐代举子把经书里难记的句子编成歌诀，以便诵读，叫作“帖括”；后来便用以通指科举应试的文字。“帖括业”，就是举业。［22］例：指捐例。明、清两代，秀才或平民都可以捐钱而获得到国子监做监生的资格，叫作“例监”，也称“捐监”。［23］太学生：国子监监生的别称。［24］向之“爷”之者“太”之：“太”，太爷的省词。“向之爷之者太之”，意思是向来喊他“爷”的，现在喊他做“太爷”了。［25］膝：这里指跪。［26］衰：这里同“缞”，参看前文《罗刹海市》篇注［87］“缞绖”条。［27］幡幢（fān chuáng）：通常是佛家所用的、一种狭长而旗杆上面垂有须络的旌旗。［28］百袂（mèi）：“袂”，衣袖。人有衣袖，因而以“百袂”指百人。［29］方弼、方相：方相，古代迷信传说中驱疫的像神，后来《封神演义》又加上一个方弼，作为兄弟二人；丧家把它们当作出丧时的开路神。［30］盖相摩：车盖互相摩擦，形容贵宾众多。［31］如朝仪：像朝见皇帝时的礼节一样。［32］贡、监：“贡生”和“监生”的省词。明、清制度：年资较深和品学优良的生员、官吏的子弟，以及乡试副榜（犹如备取生），在一定的条件之下，可以选送到国子监读书，叫作“贡生”，也称“监贡”，有岁贡、恩贡、拔贡、优贡、副贡的分别，称为“五贡”；此外还有一种“例贡”，是由于捐纳而获得的。附学生员、武生，和因祖荫、捐纳入监的人，叫作“监生”，有恩监、荫监、优监、例监的分别。廪、增、附生和监生可以援例入贡，廪、增、附生和“俊秀”（平民）也可以援例入监。［33］簿史：管理文书簿册的小官。［34］属于道：路上接连不断。后文《黄英》篇“道相属”，义同。［35］褓：这里指把包裹的婴孩背在身上。［36］喧豗（huī）：嘈杂的闹声。［37］鞺鞳（tāng tà）：形容锣鼓的响声。［38］蹩躠：疑是“蹩躠”之误。见前文《续黄粱》篇注［76］“参差蹩躠”条。［39］二之：分作两份。［40］缁党：“缁”，黑色。和尚穿黑色衣裳，所以习惯称和尚为“缁流”。“缁党”，指一群和尚。［41］两宗：佛教禅宗东土的始祖是达摩，传到第五世，分为南北两宗：北宗的祖师是神秀，南宗的祖师是慧能。［42］六祖：佛教禅宗东土的始祖达摩传到六祖慧能为止,以后就不再传衣钵了。六祖是:达摩、慧可、僧璨、道信、弘忍、慧能。[43] 法门:佛教的说法,指修行的大道。 [44] 五蕴:“蕴”,聚集。佛教以色、受、想、行、识为“五蕴”,就是说,众生都由这五者积聚而成身的,因而发生种种作用。 [45] 六尘:佛教以色、声、香、味、触、法为“六境”;认为这“六境”和眼、耳、鼻、舌、身、意接触,就把清净的心染污了,所以叫作“六尘”。[46] 参禅:佛教的说法:静坐默思,不生他想,就可体会到佛教的真理。用这一种方式去思维,叫作“参禅”。 [47] 鞋香楚地,笠重吴天:指游方行脚和尚,从这一处跑到那一处。“鞋”“笠”是和尚穿戴的;“楚地”“吴天”是忽然到西、忽然到东的东西。 [48] 敖曹:形容弦管乐器的响声。 [49] 狗苟:如同狗的苟且;一般都和下文“蝇营”连用。“蝇营”,指苍蝇飞来飞去的样子。“狗苟蝇营”,比喻卑鄙无耻的龌龊行为。

梦　狼

白翁，直隶[1]人。长子甲，筮仕[2]南服[3]，三年无耗。适有瓜葛丁姓造谒，翁款之。丁素走无常[4]。谈次，翁辄问以冥事，丁对语涉幻；翁不深信，但微哂之。别后数日，翁方卧，见丁又来，邀与同游。从之去，入一城阙。移时，丁指一门曰："此间君家甥也。"——时翁有姊子为晋令——讶曰："乌在此？"丁曰："倘不信，入便知之。"翁入，果见甥，蝉冠豸绣[5]坐堂上，戟幢[6]行列，无人可通。丁曳之出，曰："公子衙署去此不远，亦愿见之否？"翁诺。少间，至一第，丁曰："入之。"窥其门，见一巨狼当道，大惧，不敢进。丁又曰："入之。"又入一门，见堂上、堂下，坐者、卧者，皆狼也。又视墀中，白骨如山，益惧。丁乃以身翼翁而进。公子甲方自内出，见父及丁良喜。少坐，唤侍者治肴蔌。忽一巨狼衔死人入。翁战惕而起曰："此胡为者！"甲曰："聊充庖厨。"翁急止之。心怔忡不宁，辞欲出，而群狼阻道。进退方无所主，忽见诸狼纷然嗥避，或窜床下，或伏几底。错愕不解其故。俄有两金甲猛士努目入，出黑索索甲[7]。甲扑地化为虎，牙齿巉巉。一人出利剑，欲枭其首。一人曰："且勿，且勿，此明年四月间事，不如姑敲齿去。"乃出巨锤锤齿[8]，齿零落堕地。虎大吼，声震山岳。翁大惧，忽醒，乃知其梦。心异之。遣人招丁，丁辞不至。翁志其梦，使次子诣甲，函戒哀切。既至，见兄门齿尽脱；骇而问之，则醉中坠马所折。考其时，则父梦之日也。益骇。出父书。

甲读之变色，为间[9]曰："此幻梦之适符耳，何足怪。"——时方赂当路者，得首荐[10]，故不以妖梦为意。弟居数日，见其蠹役满堂，纳贿关说者中夜不绝，流涕谏止之。甲曰："弟日居衡茅[11]，故不知仕途之关窍[12]耳。黜陟之权，在上台不在百姓。上台喜，便是好官；爱百姓，何术能令上台喜也？"弟知不可劝止，遂归，告父，翁闻之大哭。无可如何，惟捐家[13]济贫，日祷于神，但求逆子之报，不累妻孥。次年，报甲以荐举作吏部[14]，贺者盈门；翁惟欷歔，伏枕托疾不出。未几，闻子归途遇寇，主仆殒命。翁乃起，谓人曰："鬼神之怒，止及其身，祐我家者，不可谓不厚也。"因焚香而报谢之。慰藉翁者，咸以为道路讹传[15]，惟翁则深信不疑，刻日为之营兆。——而甲固未死。先是，四月间，甲解任，甫离境，即遭寇，甲倾装[16]以献之。诸寇曰："我等来，为一邑之民泄冤愤耳，宁耑为此哉！"遂决其首。又问家人："有司大成者谁是？"——司故甲之腹心，助桀为虐[17]者。——家人共指之。贼亦杀之。更有蠹役四人，——甲聚敛臣[18]也，将携入都，——并搜决讫，始分资入囊，骛驰而去。甲魂伏身旁，见一宰官过，问："杀者何人？"前驱者曰："某县白知县也。"宰官曰："此白某之子，不宜使老后见此凶惨，宜续其头。"即有一人掇头置腔上，曰："邪人不宜使正，以肩承颔可也。"遂去。移时复苏。妻子往收其尸，见有余息，载之以行；从容灌之，亦受饮。但寄旅邸，贫不能归。半年许，翁始得确耗，遣次子致之而归。甲虽复生，而目能自顾其背，不复齿人数矣。翁姊子有政声，是年行取[19]为御史，悉符所梦。

异史氏曰:“窃叹天下之官虎而吏狼者,比比[20]也。——即官不为虎,而吏且将为狼,况有猛于虎[21]者耶!夫人患不能自顾其后耳;苏而使之自顾,鬼神之教微[22]矣哉!”

邹平李进士匡九,居官颇廉明。常有富民为人罗织,门役吓之曰:“官索汝二百金,宜速办,不然,败矣!”富民惧诺,备半数。役摇手不可,富民苦哀之。役曰:“我无不极力,但恐不允耳。待听鞫时,汝目睹我为若白之,其允与否,亦可明我意之无他也。”少间,公按是事。役知李戒烟,近问:“饮烟否?”李摇其首。役即趋下曰:“适言其数,官摇首不许,汝见之耶?”富民信之,惧,许如数。役知李嗜茶,近问:“饮茶否?”李颔之。役托烹茶趋下曰:“谐矣。适首肯,汝见之耶?”既而审结,富民果获免,役即收其苞苴[23],且索谢金。呜呼!官自以为廉,而骂其贪者载道焉,此又纵狼而不自知者矣。世之此类者更多,可为居官者备一鉴也。

【注释】

[1] 直隶:今河北省。 [2] 筮(shì)仕:古人将做官时,要先卜一卜吉凶,叫作“筮仕”。后来一般便称做官为“筮仕”。 [3] 南服:南方。[4] 走无常:迷信说法中当阴差的活人。这人在当阴差时就死去,阴差完毕又活转来。 [5] 蝉冠豸(zhì)绣:“蝉冠”,是貂蝉冠,上面附有蝉文,插上貂尾,贵官戴的帽子。“豸绣”,绣有獬豸的衣服。古人认为獬豸是触邪的兽,所以用它象征公正无私,是御史的官服。 [6] 戟幢:“戟”,“棨戟”的省词,也叫“门戟”,一种木制无刃的戟。“幢”,旌旗。“戟幢”是高级官员的仪仗,平时排列在官署门内,出行时作为前导。后文《席方平》篇“棨戟”,义同。[7] 出黑索索甲:上一“索”字是名词,绳索;下一“索”字是动词,捆绑的意思。 [8] 出巨锤锤齿:上一“锤”字是名词,铁锤;下一“锤”字是动词,捶击

的意思。［9］为间：过了一会。含有思索迟疑的意义。［10］首荐：以第一名被保举。［11］日居衡茅："衡"，横木；"茅"，茅屋："衡茅"，是用横木做门的茅屋，形容住处的简陋。"日居衡茅"，意思指住在穷乡僻壤，不知天下大事的贫穷老百姓。［12］关窍：诀窍，窍门。［13］家：家财。［14］吏部：指吏部主事、员外郎一类的官，是州县官内调的适当位置。［15］道路讹传：外间的误传。［16］倾装：把全部财产都拿出来。［17］助桀为虐：桀是历史传说中夏代一个暴虐无道的皇帝。"助桀为虐"，是帮助坏人做坏事的意思。［18］聚敛臣：经手代长官剥削人民，并管理长官私人财产的部属。［19］行取：明、清官吏铨转制度：经过一定的年限，由于地方高级官员的保举，中央行文调取外任的州县官到京考选，补授科道（御史、给事中一类的谏官）或部属，叫作"行取"。［20］比比：每每，到处皆是。［21］猛于虎：传说孔子在泰山边下见一妇人啼哭坟头，问她何故。她说她的公公、丈夫、儿子，三代都被老虎咬死了。问她为什么不离开这个地方。她说：因为这里没有"苛政"的缘故。孔子告诉弟子们说：你们要知道，"苛政猛于虎"哩！见《礼记》。［22］微：高深，微妙。［23］苞苴（jū）：本是包裹的意思，一般引申为贿赂的财物。

禽　侠

天津某寺，鹳鸟巢于鸱尾[1]。殿承尘[2]上，藏大蛇如盆，每至鹳雏团翼时[3]，辄出吞食净尽。鹳悲鸣数日乃去。如是三年，人料其必不复至，而次岁巢如故。约雏长成，即径去，三日始还，入巢哑哑，哺子如初。蛇又婉蜒而上。甫近巢，两鹳惊，飞鸣哀急，直上青冥。俄闻风声蓬蓬，一瞬间，天地似晦[4]。众骇异，共视，乃一大鸟，翼蔽天日，从空疾下，骤如风雨，以爪击蛇，蛇首立堕，连摧殿角数尺许，振翼而去。鹳从其后，若将送之。巢既倾，两雏俱堕，一生一死。僧取生者置钟楼上。少顷，鹳返，仍就哺之，翼成而去。

异史氏曰："次年复至，盖不料其祸之复[5]也。三年而巢不移，则报仇之计已决。三日不返，其去作秦庭之哭[6]可知矣。大鸟必羽族[7]之剑仙也，飙然而来，一击而去，妙手空空儿[8]何以加此？"

【注释】

[1] 鸱尾：古时设在宫殿屋脊上、一种像鸱鸟一样的鱼形（也有人认为是天上的鱼尾星象或海兽形）装饰品。据说这种东西喷浪就会下雨，所以用来镇压火灾。 [2] 承尘：天花板。 [3] 团翼时：长翅膀的时候。[4] 天地似晦：好像天昏地暗的样子。 [5] 复：这里是再有一次的意思。[6] 作秦庭之哭：春秋时，吴人伐楚，占据了楚国都城。楚人申包胥到秦国去求援。最初秦哀公不肯发兵。于是申包胥倚庭而哭，七日夜不绝声，也不

进饮食。秦哀公被他感动了，才答应出兵。见《左传》。［7］羽族：鸟类。
［8］妙手空空儿：唐传奇《聂隐娘》篇里的剑侠名字。

司 文 郎

平阳王平子，赴试北闱，赁居报国寺。寺中有余杭生先在，王以比屋居[1]，投刺焉。生不之答。朝夕遇之，多无状[2]。王怒其狂悖，交往遂绝。一日，有少年游寺中，白服裙帽，望之傀然[3]。近与接谈，言语谐妙。心爱敬之。展问邦族，云："登州[4]宋姓。"因命苍头设座，相对噱谈。余杭生适过，共起逊坐。生居然上坐，更不撝挹。卒然[5]问宋："尔亦入闱者耶？"答曰："非也。驽骀之才，无志腾骧[6]久矣。"又问："何省？"宋告之。生曰："竟不进取，足知高明。山左、右[7]并无一字通者。"宋曰："北人固少通者，而不通者未必是小生；南人固多通者，然通者亦未必是足下。"言已，鼓掌；王和之；因而哄堂。生惭忿，轩眉攘腕[8]而大言曰："敢当前命题，一校[9]文艺乎？"宋他顾[10]而哂曰："有何不敢！"便趋寓所，出经授王。王随手一翻，指曰："'阙党童子将命。'[11]"生起，求笔札。宋曳之曰："口占可也。我破已成：'于宾客往来之地，而见一无所知之人焉。'"王捧腹[12]大笑。生怒曰："全不能文，徒事嫚骂，何以为人！"王力为排难，请另命佳题。又翻曰："'殷有三仁焉。'[13]"宋立应曰："三子者不同道，其趋[14]一也。夫一者何也？曰：仁也。君子亦仁而已矣，何必同？"生遂不作，起曰："其为人也小有才。"遂去。王以此益重宋。邀入寓室，款言移晷[15]，尽出所作质[16]宋。宋流览绝疾，逾刻已尽百首。曰："君亦沉深[17]于此道者；然命笔时无求必得之念，而尚有冀幸得之心，即此，已落下乘[18]。”遂取阅过者一一诠说[19]。王大悦，师事之。使庖人以蔗糖作水角[20]。宋啖而甘之，曰：“生平未解此味，烦异日更一作也。”从此相得甚欢。宋三五日辄一至，王必为之设水角焉。余杭生时一遇之，虽不甚倾谈，而傲睨之气顿减。一日，以窗艺示宋。宋见诸友圈赞已浓，目一过，推置案头，不作一语。生疑其未阅，复请之。答：“已览竟。”生又疑其不解。宋曰：“有何难解？但不佳耳！”生曰：“一览丹黄[21]，何知不佳？”宋便诵其文，如夙读者，且诵且訾。生局蹐汗流，不言而去。移时，宋去，生入，坚请王作[22]。王拒之。生强搜得，见文多圈点，笑曰：“此大似水角子[23]！”王故朴讷，腆然而已。次日，宋至，王具以告。宋怒曰：“我谓‘南人不复反矣’[24]，伧楚何敢乃尔！必当有以报之！”王力陈轻薄之戒以劝之，宋深感佩。既而场后以文示宋，宋颇相许。偶与涉历殿阁，见一瞽僧坐廊下，设药卖医。宋讶曰：“此奇人也！最能知文，不可不一请教。”因命归寓取文。遇余杭生，遂与俱来。王呼师而参之。僧疑其问医者，便诘症候。王具白请教之意。僧笑曰：“是谁多口？无目何以论文？”王请以耳代目。僧曰：“三作两千余言，谁耐久听！不如焚之，我视以鼻可也。”王从之。每焚一作，僧嗅而颔之曰：“君初法[25]大家[26]，虽未逼真，亦近似矣。我适受之以脾。”问：“可中否？”曰：“亦中得。”余杭生未深信，先以古大家文烧试之。僧再嗅曰：“妙哉！此文我心受之矣，非归、胡[27]何解办此！”生大骇，始焚己作。僧曰：“适领一艺，未窥全豹[28]，何忽另易一人来也？”生托言：“朋友之作，止彼一首；此乃小生作也。”僧嗅其余灰，咳逆数声，曰：“勿再投矣！格格而不能下，强受之以鬲；再焚，则作恶矣！”生惭而退。数日榜放，生竟领荐；王下第[29]。宋与王走告僧。僧叹曰：“仆虽盲于目，而不盲于鼻；帘中人[30]并鼻盲矣。”俄，余杭生至，意气发舒，曰：“盲和尚，汝亦啖人水角耶？今竟何如？”僧曰：“我所论者文耳，不谋[31]与君论命。君试寻诸试官之文，各取一首焚之，我便知孰为尔师。”生与王并搜之，止得八九人。生曰：“如有舛错，以何为罚？”僧愤曰：“剜我盲瞳去！”生焚之，每一首，都言非是；至第六篇，忽向壁大呕，下气如雷。众皆粲然。僧拭目向生曰：“此真汝师也！初不知而骤嗅之，刺于鼻，棘于腹，膀胱所不能容，直自下部出矣！”生大怒，去，曰：“明日自见，勿悔！勿悔！”越二三日，竟不至；视之，已移去矣。——乃知即某门生也。宋慰王曰：“凡吾辈读书人，不当尤人，但当克己[32]：不尤人则德益弘，能克己则学益进。当前踧落[33]，固是数之不偶；平心而论，文亦未便登峰。其由此砥砺[34]，天下自有不盲之人。”王肃然起敬。又闻次年再行乡试，遂不归，止而受教。宋曰：“都中薪桂米珠，勿忧资斧。舍后有窖镪[35]，可以发用。”即示之处。王谢曰：“昔窦、范贫而能廉[36]，今某幸能自给，敢自污乎？”王一日醉眠，仆及庖人窃发之。王忽觉，闻舍后有声；窃出，则金堆地上。情见事露，并相慴伏。方呵责间，见有金爵，类多镌款，审视，皆大父字讳。——盖王祖曾为南部郎[37]，入都寓此，暴病而卒，金其所遗也。——王乃喜，秤得金八百余两。明日告宋，且示之爵，欲与瓜分。固辞乃已。以百金往赠瞽僧，僧已去。积数月，敦习益苦。及试，宋曰：”此战不捷，始真是命矣！”俄以犯规被黜。王尚无言；宋大哭，不能止。王反慰解之。宋曰：“仆为造物所忌，困顿至于终身，今又累及良友。其命也夫！其命也夫！”王曰：“万事固有数在，如先生乃无志进取，非命也。”宋拭泪曰：“久欲有言，恐相惊怪：某非生人，乃飘泊之游魂也。少负才名，不得志于场屋。佯狂[38]至都，冀得知我者，传诸著作。甲申之年[39]，竟罹于难，岁岁飘蓬。幸相知爱，故极力为“他山”之攻[40]，生平未酬之愿，实欲借良朋一快[41]之耳。今文字之厄若此，谁复能漠然哉！”王亦感泣。问：“何淹滞？”曰：“去年上帝有命，委宣圣[42]及阎罗王核查劫鬼，上者备诸曹任用，余者即俾转轮[43]。贱名已录，所未投到者，欲一见飞黄[44]之快耳。今请别矣。”王问：“所考[45]何职？”曰：“梓潼府[46]中缺一司文郎，暂令聋僮[47]署篆，文运所以颠倒。万一幸得此秩，当使圣教昌明。”明日，忻忻而至，曰：“愿遂矣！宣圣命作‘性道论’，视之色喜，谓可司文。阎罗稽簿[48]，欲以‘口孽’见弃，宣圣争之，乃得就。某伏谢已。又呼近案下，嘱云：‘今以怜才，拔充清要；宜洗心供职，勿蹈前愆。’此可知冥中重德行更甚于文学也。君必修行未至，但积善勿懈可耳。”王曰：“果尔，余杭其德行何在？”曰：“不知。要冥司赏罚，皆无少爽。即前日瞽僧，亦一鬼也，是前朝名家。以生前抛弃字纸过多，罚作瞽。彼自欲医人疾苦，以赎前愆，故托游廛肆耳。”王命置酒。宋曰：“无须；终岁之扰，尽此一刻，再为我设水角足矣。”王悲怆不食。坐令自啖，顷刻已过三盛[49]。捧腹曰：“此餐可饱三日，吾以志君德耳。向所食，都在舍后，已成菌矣。藏作药饵，可益儿慧。”王问后会，曰：“既有官责，当引嫌也。”又问：“梓潼祠中一相酹祝，可能达否？”曰：“此都无益。九天甚远，但洁身力行，自有地司牒报，则某必与知之。”言已，作别而没。王视舍后，果生紫菌，采而藏之。旁有新土坟起，则水角宛然在焉。王归，弥自刻厉。一夜，梦宋舆盖而至，曰："君向以小忿，误杀一婢，削去禄籍。今笃行已折除矣；然命薄，不足任仕进也。"是年，捷于乡；明年，春闱[50]又捷。遂不复仕。生二子，其一绝钝，啖以菌，遂大慧。后以故诣金陵，遇余杭生于旅次，极道契阔[51]，深自降抑，然鬓毛斑矣。

异史氏曰："余杭生公然自诩，意其为文，未必尽无可观；而骄诈之意态颜色，遂使人顷刻不可复忍。天人之厌弃已久，故鬼神皆玩弄之。脱能增修厥德，则帘内之'刺鼻棘心'者，遇之正易，何所遭之仅也。"

【注释】

［1］比屋居：住房挨着住房的邻居。［2］无状：没有礼貌。［3］傀(guī)然：形容伟大的样子。［4］登州：今山东蓬莱。［5］卒(cù)然：形容冒冒失失的样子。"卒"，这里同"猝"。［6］腾骧：原指马的跳跃奔驰，这里比喻人的求取功名富贵。［7］山左、右：登州(今蓬莱)属山东，所以这里这样说。参看前文《小猎犬》篇注［1］"山右"条。［8］轩眉攘腕：竖眉毛，捋袖子：形容和人争论的样子。［9］校：比试，较量。［10］他顾：眼睛看着别处，瞧不起的表示。［11］"阙党童子将命"：原句出《论语》。"阙党"，就是阙里，孔子住的地方；"将命"，奉命奔走传达。据说孔子因为童子不明礼节，让他来往传命，好历练历练，懂得一些道理。所以下文的"破题"说："于宾客往来之地，而见一无所知之人焉。"一方面解释本题，一方面借以骂余杭生，是有双关意义的。［12］捧腹：这里是形容大笑的样子，下文"捧腹曰"，"捧腹"是形容吃饱了。［13］"殷有三仁焉"：原句出于《论语》。"三仁"，指微子、箕子、比干。殷时纣王(受辛)暴虐无道，微子知道进谏收不到效果，为了保存宗祀，便离去以求免祸；箕子见进谏不从，就披发佯狂为

奴；比干力争，死谏三日，被剖心而死。孔子认为，三人的行为虽然不同，然而都是仁人。［14］趋：指方向、目标。［15］移晷：指日影移动，经过了相当长的时间的意思。［16］质：请问，请教。［17］沉深：深入研究的意思。［18］下乘（shèng）：下等。［19］诠说：解说。［20］水角：水饺。［21］一览丹黄：从前校勘书籍，评点文章，习惯用笔蘸红或黄色书写，以便识别，叫作“丹黄”。“一览丹黄”，就是看看评语的意思。［22］请王作：要求王平子把做的文章拿出来。［23］此大似水角子：这是一句挖苦的话，意思指吃了王平子的水角，所以恭维他的文章写得好。［24］“南人不复反矣”：诸葛亮征南夷，对南夷的酋长孟获，捉住了又放走，先后达七次之多，最后孟获主动说：“南人不复反矣。”见《汉晋春秋》。习惯引用这句话表示“心悦诚服”。［25］法：模仿，学习。［26］大家：大作家。［27］归、胡：指明代文学家归有光、胡友信，当时归、胡是并称的。［28］全豹：古谚有“管中窥豹，时见一斑”，指只看到一部分。说“全豹”，就是指整体、全部。［29］下第：没有考取。后文《于去恶》篇“不第”，义同。参看前文《雷曹》篇注［34］“及进士第”条。［30］帘中人：指考官。科举考试，为了严密关防，乡、会试的考官，必须住在闱里，不许到堂帘以外去，因此叫作“帘官”。［31］不谋：没有打算。后文《长亭》篇“胡再不谋”，“不谋”，却是不商量的意思。［32］克己：约制自己的欲望，严格要求自己。［33］踧（cù）落：不得意，倒霉。［34］砥砺：“砥”和“砺”都是磨刀石。“砥砺”，引申作磨炼、研究解释。［35］窖镪：“镪”，本作“繦”，穿钱的绳索，引申作银钱解释。“窖镪”，埋在地下的银钱。［36］窦、范贫而能廉：戏曲故事中，宋代窦仪贫困时，有金精戏弄他，但窦不为所动。又，传说宋范仲淹贫寒时在庙里读书。有一天，他发现地下有窖藏的银子，但认为这是“不义之财”，不应取用，依然把它掩藏起来。见《章丘志》。［37］南部郎：明成祖（朱棣）迁都北京后，南京还保留着六部等官制，管辖以南京为中心的附近的一个区域。“南部郎”，指在南京部里的郎中、员外郎一类的官。［38］佯狂：装疯。

[39] 甲申之年:指明崇祯十七年(1644 年),也就是清顺治元年。这一年李自成领导的农民起义军打下了北京。 [40] “他山”之攻:比喻朋友的规劝勉励。语出《诗经》“他山之石,可以攻错”“他山之石,可以攻玉”。[41] 快:快意,称心。 [42] 宣圣:指孔子。封建社会历代统治者多尊崇儒教,送给孔子以文圣、宣圣、至圣文宣王、至圣先师等尊号,意在把孔子在维持封建制度这一方面的地位提高,以便于统治。 [43] 转轮:轮回的意思。佛家迷信说法,阴阳世界里有三善道、三恶道,众生像车轮一样,在这六道里转来转去,所以叫作“转轮”。在阴间管理鬼魂投胎的冥王,就叫作“轮转王”。参看前文《自志》注[31]“六道”条。 [44] 飞黄:“飞黄腾达”的省词。“飞黄”,龙马名。韩愈诗:“飞黄腾踏去,不能顾蟾蜍。”后来因此将人的发迹称为“飞黄腾达”。这里指考试的录取。 [45] 考:考选的意思。 [46] 梓潼府:神话传说:梓潼帝君姓张名亚子,主持文昌府,并管理人间禄籍。见《明史》。 [47] 聋僮:神话传说:梓潼帝君手下有天聋和地哑两神,所以这里说“聋僮”。 [48] 稽簿:这里指查看所谓“功过簿”。迷信说法中,每个人生前行为的善恶,阴间都记录在功过簿上,作为死后六道轮回以及成神成仙的依据。 [49] 盛(chéng):杯盂之类,古来盛羹的器皿。 [50] 春闱:明、清时会试规定在春天奉行,所以叫作“春闱”,也称“春试”。 [51] 道契阔:久别重逢后的寒暄。后文《神女》篇“道间阔”,义同。

于去恶

北平[1]陶圣俞，名下士[2]。顺治[3]间，赴乡试，寓居郊郭。偶出户，见一人负笈俇儴，似卜居未就者。略诘之，遂释负于道，相与倾语，言论有名士风。陶大悦之，请与同居。客喜，携囊入，遂同栖止。客自言："顺天人，姓于，字去恶。"以陶差[4]长，兄之。于性不喜游瞩，常独坐一室，而案头无书卷；陶不与谈，则嘿卧而已。陶疑之，搜其囊箧，则笔研之外，更无长物。怪而问之，笑曰："吾辈读书，岂临渴始掘井耶？"一日，就陶借书去，闭户抄甚疾，终日五十余纸，亦不见其折叠成卷。窃窥之，则每一稿脱，辄烧灰吞之。愈益怪焉。诘其故，曰："我以此代读耳。"便诵所抄书，顷刻数篇，一字无讹。陶悦，欲传其术。于以为不可。陶疑其吝，词涉诮让[5]。于曰："兄诚不谅我之深矣。欲不言，则此心无以自剖；骤言之，又恐惊为异怪。奈何？"陶固谓："不妨。"于曰："我非人，实鬼耳。今冥中以科目授官[6]，七月十四日，奉诏考帘官；十五日，士子入闱，月尽榜放矣。"陶问："考帘官为何？"曰："此上帝慎重之意。无论乌吏鳖官，皆考之，能文者以内帘[7]用，不通者不得与焉。盖阴之有诸神，犹阳之有守、令也。得志诸公，目不睹坟、典，不过少年持敲门砖，猎取功名；门既开，则弃去。再司簿书十数年，即文学士，胸中尚有字耶？阳世所以陋劣幸进，而英雄失志者，惟少此一考耳。"陶深然之。由是益加敬畏。一日，自外来，有忧色，叹曰："仆生而贫贱，自谓死后可免,不谓迍邅先生[8]相从地下!”陶请其故。曰:“文昌奉命都罗国封王,帘官之考遂罢。数十年游神秏鬼[9],杂入衡文[10],吾辈宁有望耶?”陶问:“此辈皆谁何人?”曰:“即言之,君亦不识。略举一二人,大概可知,乐正师旷、司库和峤[11]是也。仆自念命不可凭,文不可恃,不如休耳!”言已怏怏,遂将治任[12]。陶挽而慰之,乃止。至中元[13]之夕,谓陶曰:“我将入闱。烦于昧爽时,持香炷于东野,三呼去恶,我便至。”乃出门去。陶沽酒烹鲜以持之。东方既白,敬如所嘱。无何,于偕一少年来。问其姓字,于曰:“此方子晋,是我良友,适于场中相邂逅。闻兄盛名,深欲拜识。”同至寓,秉烛为礼。少年亭亭似玉,意度谦婉。陶甚爱之。便问:“子晋佳作,当大快意?”于曰:“言之可笑。闱中七则,作过半矣,细审主司[14]姓名,裹具[15]径出。奇人也!”陶煽炉进酒。因问:“闱中何题?去恶魁、解否[16]?”于曰:“书艺、经论[17]各一,夫人而能之。策问:‘自古邪僻固多,而世风至今日,奸情丑态,愈不可名[18],不惟十八狱所不得尽,抑非十八狱所能容。是果何术而可?或谓宜量加一二狱,然殊失上帝好生之心。其宜增与[19]否与?或别有道以清其源?尔多士其悉言勿隐。’弟策虽不佳,颇为痛快。表[20]:‘拟天魔[21]殄灭,赐群臣龙马[22]、天衣[23]有差[24]。’次则‘瑶台[25]应制[26]诗’‘西池[27]桃花赋’。此三种,自谓场中无两矣。”言已,鼓掌。方笑曰:“此时快心,放兄独步矣,数辰后,不痛哭始为男子[28]也。”天明,方欲辞去。陶留与同寓,方不可,但期暮至。三日,竟不复来。陶使于往寻之。于曰:“无须。子晋拳拳,非无意者。”日既西,方果来。出一卷授陶,曰:“三日失约,敬录旧艺百余作,求一品题。”陶捧读大喜,一句一赞；略尽一二首，遂藏诸笥。谈至更深，方遂留，与于共榻寝。自此为常。方无夕不至，陶亦无方不欢也。一夕，仓皇而入，向陶曰："地榜已揭，于五兄落第矣！"于方卧，闻言惊起，泫然流涕。二人极意慰藉，涕始止。然相对嘿嘿，殊不可堪。方曰："适闻大巡环[29]张桓侯[30]将至，——恐失志者之造言也。不然，文场尚有翻复。"于闻之，色喜。陶询其故。曰："桓侯翼德，三十年一巡阴曹，三十五年一巡阳世，两间之不平，待此老而一消也。"乃起，拉方俱去。两夜始返，方喜谓陶曰："君不贺五兄耶？桓侯前夕至，裂碎地榜，榜上名字，止存三之一。遍阅遗卷[31]，得五兄甚喜，荐作交南巡海使，旦晚舆马可到。"陶大喜，置酒称贺。酒数行，于问陶曰："君家有闲舍否？"问："将何为？"曰："子晋孤无乡土，又不忍恝然于兄，弟意欲假馆相依。"陶喜曰："如此，为幸多矣。即无多屋宇，同榻何碍？但有严君[32]，须先关白。于曰："审知尊大人慈厚可依。兄场闱有日，子晋如不能待，先归何如？"陶留伴逆旅，以待同归。次日，方暮，有车马至门，接于莅任。于起握手曰："从此别矣。一言欲告，又恐阻锐进之志。"问："何言？"曰："君命淹蹇，生非其时。此科之分十之一；后科桓侯临世，公道初彰，十之三；三科始可望也。"陶闻，欲中止。于曰："不然，此皆天数。即明知不可，而注定之艰苦，亦要历尽耳。"又顾方曰："勿淹滞，今朝年、月、日、时皆良，即以舆盖送君归。仆驰马自去。"方忻然拜别。陶中心迷乱，不知所嘱，但挥涕送之。见舆马分途，顷刻都散。始悔子晋北旋，未致一字，而已无及矣。三场[33]毕，不甚满志，奔波而归。入门问子晋，家中并无知者。因为父述之，父喜曰："若然，则客至久矣。"先是，陶翁昼卧，梦舆盖止于其门，一美少年自车中出，登堂展拜。讶问所来，答云："大哥许假一舍，以入闱不得偕来。我先至矣。"言已，请入拜母。翁方谦却，适家媪入曰："夫人产公子矣。"恍然而醒，大奇之。是日陶言，适与梦符，乃知儿即子晋后身也。父子各喜，名之小晋。儿初生，善夜啼，母苦之。陶曰："倘是子晋，我见之，啼当止。"俗忌客忤[34]，故不令陶见。母患啼不可耐，乃呼陶入。陶鸣之曰："子晋勿尔，我来矣。"儿啼正急，闻声辍止，停睇不瞬，如审顾状。陶摩顶而去。自是竟不复啼。数月后，陶不敢见之：一见，则折腰索抱；走去，则啼不可止。陶亦狎爱之。四岁离母，辄就兄眠。兄他出，则假寐以俟其归。兄于枕上教《毛诗》[35]，诵声呢喃[36]，夜尽四十余行。以子晋遗文授之，欣然乐读，过口成诵；试之他文，不能也。八九岁，眉目朗彻，宛然一子晋矣。陶两入闱，皆不第。丁酉，文场事发，帘官多遭诛遣[37]，贡举之途一肃，乃张巡环力也。陶下科中副车[38]，寻贡。遂灰志前途，隐居教弟。尝语人曰："吾有此乐，翰苑[39]不易也。"

异史氏曰："余每至张夫子[40]庙堂，瞻其须眉，凛凛有生气。又其生平喑哑[41]如霹雳声。矛马所至，无不大快，出人意表。世以将军好武，遂置与绛、灌伍[42]，宁知文昌事繁，须侯固多哉！呜呼！三十五年来何暮也！"

【注释】

[1] 北平：北京，明初称北平府。 [2] 名下士："名下无虚士"的意思，也就是"名士"。"名下无虚士"，指并不是徒有虚名，而是真正有学问的人。[3] 顺治：清世祖（爱新觉罗·福临）的年号（1644—1661）。 [4] 差（chā）：较，略。 [5] 诮让：责备。 [6] 以科目授官："科目"，指分科取士的种类，

如唐代有秀才、明经、进士、明法、明字等科；明、清时只有进士一科，但也沿用这一名称。“以科目授官”，就是任用各科里录取的人为官员。 [7] 内帘：清代试场的办事人员分“内帘”和“外帘”两部分，统称“帘官”。外帘是办理一般事务的官员，内帘是出题阅卷的考官（也包括内监试和内收掌）。参看前文《司文郎》篇注[30]“帘中人”条。 [8] 迍邅（zhūn zhān）先生：在困难环境里不敢前进叫作“迍邅”，引申为倒霉、不顺遂。“迍邅先生”，犹如说倒霉鬼。 [9] 秏鬼：凶鬼，恶鬼。“秏”，同“耗”。 [10] 衡文：“衡”，衡量，这里是评定高低的意思。“衡文”，指看卷子。 [11] 乐正师旷、司库和峤：“乐正”，古官名，乐官之长。“师旷”，春秋时晋国的乐师，据说是一个瞎子。“司库”，管理财库的官员。“和峤”，晋人，有财产而性情吝啬，所以这里说他做司库，含有守财奴的意思。这里暗示考官都是些既没有眼光而又贪财好货的人。 [12] 治任：“任”，旅行所用的行李之类的东西。“治任”，就是整理行装、准备行李。 [13] 中元：从前风俗，以农历七月十五日为“中元节”。 [14] 主司：这里指主考。 [15] 裹具：包卷了一切用具。 [16] 魁、解（jiè）否：“魁”，经魁，见前文《陆判》篇注[33]“经元”条。“解”，发解；明、清时考中了举人叫“发解”。“魁、解否”，高中了没有的意思。 [17] 书艺、经论：“书艺”，指八股文，从“四书”里出题；“经论”，指经义，从“五经”里出题；下文“策问”，就是策论，从政事里出题发问，叫考生对答：这三种是科举考试时的主要项目。 [18] 不可名：说不尽、说不清的意思。 [19] 与：这里同“欤”。下“与”字同。 [20] 表：这里指写给皇帝章奏一类的文体。 [21] 天魔：佛家说法：欲界第六天的天子波旬，是欲界之主，四魔之一，每每破坏好事，为害修佛道的人，所以叫作“天魔”。 [22] 龙马：古代传说中称马形的龙为“龙马”。 [23] 天衣：神话中天上仙人穿的衣服。 [24] 有差：“差”，差别。“有差”，有差别、有等级的意思。这里指看官位的高下，功绩的大小，而定赐予马、衣的质量。 [25] 瑶台：神话中神仙居住的地方。 [26] 应制：皇帝的诏命叫作“制”。奉皇帝的诏命而作的诗文叫作“应制诗”“应制文”。 ［27］西池：指西方的瑶池，神话中仙人西王母居住的地方。 ［28］男子：这里是好汉、大丈夫的意思。 ［29］大巡环：这里是作者想象的官名。“巡环”，到处巡察的意思。 ［30］张桓侯：张飞的谥号。下文“翼德”是张飞的字。 ［31］遗卷：没有考取的卷子。后文《贾奉雉》篇“落卷”，义同。 ［32］严君：对自己父亲的称呼。参看前文《小谢》篇注[37]“严慈”条。 ［33］三场：明、清时，乡、会试都接连考三场，每场三天。考生前一天领卷入场，后一天交卷出场。 ［34］俗忌客忤：封建社会迷信的风俗：认为产妇流血有血光，生人若到产房里去，碰到血光是要倒霉的。又还认为：由于星宿、八字等冲犯的关系，婴儿不能和生人见面；不然，对婴儿是不利的。 ［35］《毛诗》：指由战国时鲁人毛亨作训诂的《诗经》。 ［36］呢喃：形容不断发出的低声。 ［37］丁酉，文场事发，帘官多遭诛遣：“丁酉”，指清顺治十四年（公元1657年）。当时顺天乡试，因为有贿买举人情事，考官李振邺、张我朴等和举人田耜等，都被处斩刑，家产没收，而且把他们的父母、妻子、兄弟，流徙边地。全体中式举人，传京复试；被认为文理不通的，全部革去了举人。 ［38］副车：清代乡试，在正式录取的举人之外，又取副榜若干名，犹如备取生；取得副榜资格的人，可以到国子监做贡生，称为“副贡”，也叫“副车”。 ［39］翰苑：翰林院。这里指翰林这一官职。参看前文《阿宝》篇注[51]“授词林”条。 ［40］夫子：这里是一般的尊敬称呼。后文《折狱》篇“夫子”却是指老师。 ［41］喑（yīn）哑：当作“喑恶”，形容发怒时的吼声。 ［42］置与绛、灌伍：“绛”“灌”，指汉代的大将绛侯周勃和灌婴。“置与绛、灌伍”，把他放在周勃、灌婴一起，就是把他和周勃、灌婴同等看待的意思，是说把他看低了。语出《史记》。韩信被刘邦解除兵权，留居洛阳，“居常鞅鞅，差与绛、灌等列”。

凤　仙

刘赤水，平乐人，少颖秀。十五入郡庠。父母早亡，遂以游荡自废。家不中资，而性好修饰，衾榻皆精美。一夕，被人招饮，忘灭烛而去。酒数行，始忆之，急返。闻室中小语，伏窥之，见少年拥丽者眠榻上。宅临贵家废第，恒多怪异，心知其狐，亦不恐。入而叱曰："卧榻岂容鼾睡！"二人惶遽，抱衣赤身遁去。遗紫纨裤一，带上系针囊。大悦，恐其窃去，藏衾中而抱之。俄一蓬头婢自门罅入，向刘索取。刘笑要偿。婢请遗以酒，不应；赠以金，又不应。婢笑而去。旋返曰："大姑言：如赐还，当以佳偶为报。"刘问："伊谁？"曰："吾家皮姓。大姑小字八仙，共卧者胡郎也；二姑水仙，适富川丁官人；三姑凤仙，较两姑尤美，自无不当意者。"刘恐失信，请坐待好音。婢去，复返曰："大姑寄语官人：好事岂能猝合。适与之言，反遭诟厉；但缓时日以待之，吾家非轻诺寡信者。"刘付之。过数日，渺无信息。薄暮，自外归。闭门甫坐，忽双扉自启，两人以被承女郎，手捉四角而入，曰："送新人至矣！"笑置榻上而去。近视之，酣睡未醒，酒气犹芳，赪颜醉态，倾绝人寰。喜极，为之捉足解袜，抱体缓裳。而女已微醒，开目见刘，四肢不能自主，但恨曰："八仙淫婢卖[1]我矣！"刘狎抱之。女嫌肤冰，微笑曰："今夕何夕，见此凉人！"[2]刘曰："子兮子兮，如此凉人何！"遂相欢爱。既而曰："婢子无耻，玷人床寝，而以妾换裤耶！必小报之！"从此，无夕不至，绸缪甚殷。袖中出金钏一枚，曰："此八仙物也。"又数日，怀绣履一双来，珠嵌金绣，工巧殊绝，且嘱刘暴扬之。刘出夸示亲宾，求观者皆以资酒为贽，由此奇货居之。女夜来，作别语。怪问之，答云："姊以履故恨妾，欲携家远去，隔绝我好。"刘惧，愿还之。女云："不必。彼方以此挟妾，如还之，中其机矣。"刘问："何不独留？"曰："父母远去，一家十余口，俱托胡郎经纪，若不从去，恐长舌妇造黑白也。"从此不复至。逾二年，思念綦切。偶在途中，遇女郎骑款段马，老仆鞚之，摩肩过；反启障纱相窥，丰姿艳绝。顷，一少年后至，曰："女子何人？似颇佳丽。"刘亟赞之，少年拱手笑曰："太过奖矣！此即山荆也。"刘惶愧谢过。少年曰："何妨。但南阳三葛，君得其龙[3]，区区者又何足道！"刘疑其言。少年曰："君不认窃眠卧榻者耶？"刘始悟为胡。叙僚婿[4]之谊，嘲谑甚欢。少年曰："岳新归，将以省觐，可同行否？"刘喜，从入萦山。——山上故有邑人避乱之宅。——女下马入。少间，数人出望，曰："刘官人亦来矣。"入门谒见翁媪。又一少年先在，靴袍炫美。翁曰："此富川丁婿。"并揖就坐。小时，酒炙纷纶[5]，谈笑颇洽。翁曰："今日三婿并临，可称佳集。又无他人，可唤儿辈来，作一团圞之会。"俄，姊妹俱出。翁命设坐，各傍其婿。八仙见刘，惟掩口而笑；凤仙辄与嘲弄；水仙貌少亚，而沉重温克[6]，满座倾谈，惟把酒含笑而已。于是履舄交错，兰麝熏人，饮酒乐甚。刘视床头乐具毕备，遂取玉笛，请为翁寿。翁喜，命善者各执一艺，因而合座争取；惟丁与凤仙不取。八仙曰："丁郎不谙可也，汝宁指屈不伸者？"因以拍板掷凤仙怀中。便串繁响。翁悦曰："家人之乐极矣！儿辈俱能歌舞，何不各尽所长？"八仙起，捉水仙曰："凤仙从来金玉其音，不敢相劳；我二人可歌‘洛妃’[7]一曲。”二人歌舞方已，适婢以金盘进果，都不知其何名。翁曰：“此自真腊[8]携来，所谓‘田婆罗’[9]也。”因掬数枚送丁前。凤仙不悦曰：“婿岂以贫富为爱憎耶？”翁微哂不言。八仙曰：“阿爹以丁郎异县，故是客耳。若论长幼，岂独凤妹妹有拳大酸婿耶？”凤仙终不快，解华妆，以鼓拍授婢，唱“破窑”[10]一折[11]，声泪俱下；既阕，拂袖径去，一座为之不欢。八仙曰：“婢子乔性[12]犹昔。”乃追之，不知所往。刘无颜，亦辞而归。至半途，见凤仙坐路旁，呼与并坐，曰：“君一丈夫，不能为床头人吐气耶？黄金屋自在书中，愿好为之！”举足云：“出门匆遽，棘刺破复履[13]矣。所赠物，在身边否？”刘出之。女取而易之。刘乞其敝者。辴然曰：“君亦大无赖矣！几见自己衾枕之物，亦要怀藏者？如相见爱，一物可以相赠。”旋出一镜付之，曰：“欲见妾，当于书卷中觅之；不然，相见无期矣。”言已不见。怊怅而归。视镜，则凤仙背立其中，如望去人于百步之外者。因念所嘱，谢客下帷。一日，见镜中人忽现正面，盈盈欲笑，益重爱之。无人时，辄以共对。月余，锐志渐衰，游恒忘返。归见镜影，惨然若涕；隔日再视，则背立如初矣：始悟为己之废学也。乃闭户研读，昼夜不辍；月余，则影复向外。自此验之：每有事荒废，则其容戚；数日攻苦，则其容笑。于是朝夕悬之，如对师保[14]。如此二年，一举而捷。喜曰：“今可以对我凤仙矣！”揽镜视之，见画黛弯长，瓠犀[15]微露，喜容可掬，宛在目前。爱极，停睇不已。忽镜中人笑曰：“‘影里情郎，画中爱宠’，今之谓矣。”惊喜四顾，则凤仙已在座右。握手问翁媪起居。曰：“妾别后，不曾归家，伏处岩穴，聊与君分苦耳。”刘赴宴郡中，女请与俱；共乘而往，人对面不相窥。既而将归，阴与刘谋，伪为娶于郡也者。女既归，始出见客，经理家政。人皆惊其美，而不知其狐也。刘属富川令门人，往谒之。遇丁，殷殷邀至其家，款礼优渥。言："岳父母近又他徙。内人归宁，将复。当寄信往，并诣申贺。"刘初疑丁亦狐，及细审邦族，始知富川大贾子也。初，丁自别业暮归，遇水仙独步，见其美，微睨之。女请附骥[16]以行。丁喜，载至斋，与同寝处。棂隙可入，始知为狐。言："郎无见疑。妾以君诚笃，故愿托之。"丁嬖之，竟不复娶。刘归，假贵家广宅，备客燕寝[17]，洒扫光洁，而苦无供帐；隔夜视之，则陈设焕然矣。过数日，果有三十余人，赍旗采酒礼而至，舆马缤纷[18]，填溢阶巷。刘揖翁及丁、胡入客舍，凤仙逆妪及两姨入内寝。八仙曰："婢子今贵，不怨冰人矣。——钏履犹存否？"女搜付之，曰："履则犹是也，而被千人看破矣。"八仙以履击背，曰："挞汝寄[19]于刘郎。"乃投诸火，祝曰："新时如花开，旧时如花谢；珍重不曾着，姮娥来相借。"水仙亦代祝曰："曾经笼玉笋[20]，着出万人称；若使姮娥见，应怜太瘦生。"凤仙拨火曰："夜夜上青天，一朝去所欢；留得纤纤影，遍与世人看。"遂以灰捻柈[21]中，堆作十余分，望见刘来，托以赠之：但见绣履满柈，悉如故款。八仙急出，推柈堕地；地上犹有一二只存者，又伏吹之，其迹始灭。次日，丁以道远，夫妇先归。八仙贪与妹戏，翁及胡屡督促之，亭午始出，与众俱去。初来，仪从过盛，观者如市。有两寇窥见丽人，魂魄丧失，因谋劫诸途。侦其离村，尾之而去。相隔不盈一矢，马极奔，不能及。至一处，两崖夹道，舆行稍缓；追及之，持刀吼咤，人众都奔。下马启帘，则老妪坐焉。方疑误掠其母；才他顾，而兵伤右臂，顷已被缚。——凝视之，崖并非崖，乃平乐城门也；舆中则李进士母，自乡中归耳。一寇后至，亦被断马足而絷之。门丁执送太守，一讯而伏。时有大盗未获，诘之，即其人也。明春，刘及第。凤仙亦恐招祸，故悉辞内戚之贺。刘亦更不他娶。及为郎官，纳妾，生二子。

异史氏曰："嗟乎！冷暖之态，仙凡固无殊哉！'少不努力，老大徒伤'[22]，惜无好胜佳人，作镜影悲笑耳。吾愿恒河沙数[23]仙人，并遣娇女婚嫁人间，则贫穷海中，少苦众生矣。"

【注释】

［1］卖：指为了自己的利益而出卖别人这一行为。［2］"今夕何夕，见此凉人"：这里和下文"子兮子兮，如此凉人何"两句，都引自《诗经》，"今夕何夕，见此良人？子兮子兮，如此良人何！"把"良"字换成同音的"凉"字，意含双关。［3］南阳三葛，君得其龙：三国时，南阳诸葛瑾、诸葛亮、诸葛诞兄弟三人，分别在吴、蜀、魏做官。因为诸葛亮最有才能，所以当时人说：蜀得其龙，吴得其虎，魏得其狗。见《世说新语》。这里以"龙"比喻三姊妹中最美丽的一人。［4］僚婿：连襟。［5］纷纶：形容繁乱的样子。［6］温克：酒后能够节制自己，保持温恭的态度，没有喝醉的样子。语出《诗经》"饮酒温克。"［7］"洛妃"：洛水的女神。［8］真腊：外国名，就是现在的柬埔寨。［9］"田婆罗"："婆罗"，梵语的音译，泛指一切果类。"田婆罗"，不知指何种果子。旧注说：真腊出产一种和枣子差不多的果子，叫作"婆田罗"。这里"田婆罗"，疑是"婆田罗"之误。［10］"破窑"：指元王实甫所作《吕蒙正风雪破窑记》。吕蒙正，宋人，少时被父亲驱逐，住在破窑，后来官做到宰相。元曲写他和妻子同住窑内，十分贫苦。［11］一折：一段，一出。［12］乔性：任性，倔强，执拗。［13］复履：就是舄。参看前文《叶生》篇注［60］"舄"条。［14］师保："师"和"保"，都是古来负教导责任的官员，统称

"师保",犹如称师傅。［15］瓠犀:比喻好看的牙齿。一般专用以形容美貌女子的牙齿。"瓠犀"是瓠子的子,瓠子的子是洁白而且整齐的。［16］附骥:"骥",千里马。古来本有"苍蝇附骥尾而致千里"这样一句话(见《史记索隐》),比喻依靠着别人而成功、成名。这里只是追随的意思。［17］燕寝:饮宴休息的处所。［18］缤纷:形容热闹、忙乱的样子。［19］寄:等于、寓托的意思。"挞汝寄于刘郎",是说打了凤仙犹如打了刘赤水。［20］笼玉笋:"笼",罩,这里是穿的意思。"玉笋",喻女足。［21］柈:同"槃",就是盘。［22］"少不努力,老大徒伤":"少壮不努力,老大徒伤悲"两句诗的省语。见《古乐府·长歌行》。［23］恒河沙数:"恒河",印度有名的大河。"恒河沙数"是佛教的话,以恒河里的沙量比喻事物的多。

佟　客

董生，徐州人。好击剑，每慷慨自负[1]。偶于途中遇一客，跨蹇同行。与之语，谈吐豪迈。诘其姓字，云："辽阳佟姓。"问："何往？"曰："余出门二十年，适自海外归耳。"董曰："君遨游四海，阅人綦多，曾见异人否？佟问："异人何等？"董乃自述所好，恨不得异人所传。佟曰："异人何地无之，要必忠臣孝子，始得传其术也。"董又毅然自许，即出佩剑，弹之而歌；又斩路侧小树，以矜其利。佟掀髯微笑，因便借观。董授之。展玩一过，曰："此甲铁[2]所铸，为汗臭所蒸，最为下品。仆虽未闻剑术，然有一剑颇可用。"遂于衣底出短刃尺许，以削董剑，毳[3]如瓜瓠，应手斜断，如马蹄。董骇极，亦请过手，再三拂拭而后返之。邀佟至家，坚留信宿。叩以剑法，谢不知；董按膝雄谈，惟敬听而已。更既深，忽闻隔院纷拿，——隔院为生父居——心惊疑，近壁凝听。但闻人作怒声，曰："教汝子速出即刑[4]，便赦汝！"少顷，似加搒掠；呻吟不绝者，真其父也。生提戈欲往，佟止之曰："此去恐无生理，宜审万全。"生皇然请教。佟曰："盗坐名[5]相索，必将甘心[6]焉。君无他骨肉，宜嘱后事于妻子。我启户，为君警厮仆。"生诺。入告其妻。妻牵衣泣。生壮念顿消，遂共登楼上，寻弓觅矢，以备盗攻。仓皇未已，闻佟在楼檐上笑曰："贼幸去矣。"烛之已杳。逡巡出，则见翁赴邻饮，笼烛方归，惟庭前多编菅[7]遗灰焉。乃知佟异人也。

异史氏曰："忠孝人之血性；古来臣子而不能死君父者，其初岂遂无提戈壮往时哉？要皆一转念误之耳。昔解缙与方孝儒相约以死，而卒食其言[8]，安知矢约归家后，不听床头人呜泣哉？"

【注释】

[1] 慷慨自负：意气激昂，自以为了不起。 [2] 甲铁：做铠甲用的一种质地较差的铁。 [3] 毳（cuì）：东西容易折断叫作"毳"。 [4] 即刑：就刑，受刑。 [5] 坐名：指名。 [6] 甘心：置之死地而后快的心情。 [7] 编菅（jiān）：盖屋顶的茅草。 [8] 昔解缙与方孝孺相约以死，而卒食其言：解缙和方孝孺都是明惠帝（朱允炆）的臣子。惠帝的叔叔燕王（朱棣，即明成祖）起兵夺取了政权，自立为帝。最初解缙和方孝孺约定一同殉难；后来方孝孺不肯为成祖起草诏书，当庭痛骂，被成祖杀死；解缙却投降了，而且做了很大的官。见《明史》。

王　子　安

王子安，东昌名士，困于场屋。入闱后，期望甚切。近放榜时，痛饮大醉，归卧内室。忽有人白："报马[1]来。"王踉跄[2]起曰："赏钱十千！"家人因其醉，诳而安之曰："但请睡，已赏矣。"王乃眠。俄又有入者曰："汝中进士矣！"王自言，"尚未赴都，何得及第？"其人曰："汝忘之耶？三场毕矣。"王大喜，起而呼曰："赏钱十千！"家人又诳之如前。又移时，一人急入曰："汝殿试翰林[3]，长班[4]在此。"果见二人拜床下，衣冠修洁。王呼赐酒食，家人又绐之，暗笑其醉而已。久之，王自念不可不出耀乡里，大呼长班，凡数十呼，无应者。家人笑曰："暂卧候，寻他去。"又久之，长班果复来。王捶床顿足，大骂："钝奴[5]焉往！"长班怒曰："措大无赖！向与尔戏耳，而真骂耶？"王怒，骤起扑之，落其帽；王亦倾跌。妻入，扶之曰："何醉至此？"王曰："长班可恶，我故惩之，何醉也？"妻笑曰："家中止有一媪，昼为汝炊，夜为汝温足耳。何处长班，伺汝穷骨？"子女皆笑。王醉亦稍解，忽如梦醒，始知前此之妄。然犹记长班帽落。寻至门后，得一缨帽如盏大，共异之。自笑曰："昔人为鬼揶揄，吾今为狐奚落[6]矣。"

异史氏曰："秀才入闱，有七似焉。初入时，白足提篮[7]，似丐；唱名时，官呵隶骂，似囚；其归号舍[8]也，孔孔伸头，房房露脚，似秋末之冷蜂；其出场也，神情惝恍，天地异色，似出笼之病鸟。迨望报也，草木皆惊，梦想亦幻，时作一得志想，则顷刻而楼阁俱成，作一失意想，则瞬息而骸骨已朽。此际行坐难安，则似被絷之猱；忽然而飞骑传人，报条无我，此时神情猝变，嗒然若死，则似饵毒之蝇，弄之亦不觉也。初失志，心灰意败，大骂司衡[9]无目，笔墨无灵，势必举案头物[10]而尽炬之[11]；炬之不已，而碎踏之；踏之不已，而投之浊流。从此披发入山，面向石壁，再有以'且夫''尝谓'之文进我者，定当操戈逐之。无何，日渐远，气渐平，技又渐痒[12]；遂似破卵之鸠，只得衔木营巢，从新另抱矣。如此情况，当局者痛哭欲死；而自旁观者视之，其可笑孰甚焉。王子安方寸之中，顷刻万绪，想鬼狐窃笑已久，故乘其醉而玩弄之。床头人醒，宁不哑然失笑哉？顾得志之况味，不过须臾；词林诸公，不过经两三须臾耳。子安一朝而尽尝之，则狐之恩，与荐师[13]等。”

【注释】

[1] 报马：最先以被录取的消息向新举人、进士报喜，借以取得赏金的人，叫作“报子”。为了争取时间，报子多骑马，故称“报马”。下文“报条”，是报子所送上写“捷报某某高中”等字样的纸条。 [2] 踉跄（liàng qiàng）：形容歪歪倒倒的样子。 [3] 殿试翰林：“殿试”，见前文《画壁》篇注[1]“孝廉”条。“殿试翰林”，指进士里的前三名（就是一甲三名）。当时规定，一甲一名（状元）任为翰林院修撰，一甲二名、三名（榜眼、探花）任为翰林院编修。[4] 长班：从前北京会馆里仆人的专称。 [5] 钝奴：犹如说蠢东西。[6] 奚落：嘲笑戏弄。 [7] 白足提篮：清代科举考试，为了防止夹带，考生进场时，都要脱去衣履，遍身加以搜检，所以说是“白足”——赤脚。“篮”，考篮，内盛文具和食物等，是考生携带入场的必需物。 [8] 号舍：试场里隔成一个个小房间，编列成号，是考生食宿作文的地方，也称“号房”。[9] 司衡：指考官。参看前文《于去恶》篇注[10]“衡文”条。 [10] 案头物：

指笔墨纸砚等文具和书籍。［11］炬之：一把火烧掉它。［12］技又渐痒：怀有某种技艺才能的人，总想把他的技能表现出来，如同身上发痒而要爬抓一下一样，叫作“技痒”。这里“技又渐痒”，就是要再赴一次考场，试一试作八股文的本领的意思。［13］荐师：乡、会试时，考生经某一阅卷的考官推荐而被录取，就称这个考官为“荐师”。考官是分房阅卷的，所以也称“房师”。

折　狱[1]（二则）

一

邑之西崖庄，有贾某，被人杀于途。隔夜，其妻亦自经死。贾弟鸣于官。时浙江费公祎祉令淄，亲诣验之。见布袱裹银五钱余，尚在腰中，知非为财也者。拘两村邻保，审质一过，殊少端绪；并未搒掠，释散归农，但命地约[2]细察，十日一关白而已。逾半年，事渐懈。贾弟怨公仁柔，上堂屡聒。公怒曰："汝既不能指名，欲我以桎梏[3]加良民耶？"呵逐而出。贾弟无所伸诉，愤葬兄嫂。一日，以逋赋[4]故，逮数人至。内一人周成惧责，上言钱粮措办已足，即于腰中出银袱，禀公验视。公验已，便问："汝家何里？"答云："某村。"又问："去西崖几里？"答："五六里。"公云："去年被杀贾某，系汝何人？"答云："不识其人。"公勃然曰："汝杀之，尚云不识耶！"周力辨。不听，严梏之，果伏其罪。先是，贾妻王氏，将诣姻家，惭无钗饰，聒夫使假于邻。夫不肯。妻自假之，颇甚珍重。归途卸而裹诸袱，内袖中。既至家，探之已亡。不敢告夫，又无力偿邻，懊恼欲死。是日，周适拾之，知为贾妻所遗，窥贾他出，半夜逾垣，将执以求合。时溽暑，王氏卧庭中，周潜就淫之。王氏觉，大号。周急止之，留袱纳钗。事已，妇嘱曰："后勿来。吾家男子恶，犯恐俱死。"周怒曰："我挟勾栏数宿之资，宁一度可偿耶？"妇慰之曰："我非不愿相交，渠常善病，不如从容以待其死。”周乃去,于是杀贾。夜诣妇曰:“今某已被人杀,请如所约。”妇闻大哭,周惧而逃,天明则妇死矣。公廉得情,以周抵罪。共服其神,而不知所以能察之故。公曰:“事无难办,要在随处留心耳。初验尸时,见银袱刺万字文;周袱亦然,是出一手也。及诘之,又云无旧,词貌诡变,是以确知其真凶也。”

异史氏曰:“世之折狱者,非悠悠置之,则缧系数十人而狼籍之耳。堂上肉鼓吹[5],喧阗[6]旁午[7],遂嚬蹙曰:‘我劳心民事也。’云板[8]三敲,则声色并进,难决之词,不复置念,耑待升堂时,祸桑树以烹老龟[9]耳。呜呼!民情何由得哉?余每曰:‘智者不必仁,而仁者则必智。’盖用心苦则机关[10]出也。‘随在留心’之言,可以教天下之宰民社者矣。”

【注释】

[1] 折狱:判断案件。 [2] 地约:就是里正。参看前文《促织》篇注[6]“里正”条。 [3] 桎梏(zhì gù):“桎”,脚镣。“梏”,手铐。下文“严梏之”,严加拷问的意思。后文《神女》篇“备历械梏”,指尝遍了各种刑法。《胭脂》篇“横加桎梏”,《王十》篇“桎梏之”,义均略同。“梏”,“械梏”,“桎梏”,都作动词用。 [4] 逋赋:欠税。 [5] 肉鼓吹:“鼓吹”,见前文《偷桃》篇注[3]。“肉鼓吹”,指犯人皮肉被拷打时发出的响声。后蜀李匡远为盐亭令,酷好用刑,曾说拷打犯人的声音是“一部肉鼓吹”。见《国史补》。 [6] 喧阗:洪大而杂乱的声音。 [7] 旁午:本指纵横交错的样子,引申作事务纷繁解释。 [8] 云板:一种长而扁的铁质乐器,两端作云形,所以叫作“云板”,是旧时官署里击以报事的东西。这里“云板三敲”,表示是退堂休息的时候。 [9] 祸桑树以烹老龟:神话故事中,三国时,吴国有人在山里捉到一只大龟,用船载出,停泊在一棵大桑树下面。夜间听得桑树和大龟互相问答。大龟说:他们虽然捉住我,但是烧尽了南山的柴炭,也没有办法把我煮

死。桑树说:诸葛恪见多识广,假如他把我们找来,你又怎么办呢?大龟叫桑树不要多话,以免自己惹祸上身。后来捉龟的人把大龟献给了孙权。孙权叫人煮龟,任凭怎样烧煮,还是依然如故。诸葛恪说:用老桑树当柴烧,就可以煮熟它。如言办理,果然就把大龟烧烂了。见《异苑》。这里引用这一故事,意思是说,当官员问案的时候,人民有的直接受害,有的也不免牵连受累。 [10] 机关:这里是办法、窍门的意思。

二

邑人胡成,与冯安同里,世有郤。胡父子强,冯屈意交欢,胡终猜[1]之。一日,共饮薄醉,颇倾肝胆[2]。胡大言[3]:“勿忧贫,百金之产,不难致也。”冯以其家不丰,故嗤之,胡正色曰:“实相告:昨途遇大商,载厚装[4]来,我颠越[5]于南山眢井[6]中矣。”冯又笑之。时胡有妹夫郑伦,托为说合田产,寄数百金于胡家,遂尽出以炫[7]冯。冯信之。既散,阴以状报邑。公拘胡对勘,胡言其实。问郑及产主,皆不讹。乃共验诸眢井。一役缒下,则果有无首之尸在焉。胡大骇,莫可置辨,但称冤苦。公怒,击喙数十,曰:“确有证据,尚叫屈耶?”以死囚具[8]禁制之。尸戒勿出,惟晓示诸村,使尸主投状。逾日,有妇人抱状,自言为亡者妻,言:“夫何甲,揭数百金作贸易,被胡杀死。”公曰:“井有死人,恐未必即是汝夫。”妇执言甚坚。公乃命出尸于井,视之,果不妄。妇不敢近,却立而号。公曰:“真犯已得,但骸躯未全。汝暂归,待得死者首,即招报令其抵偿。”遂自狱中唤胡出,呵曰:“明日不将头至,当械折股!”役押去,终日而返。诘之,但有号泣。乃以梏具置前,作刑势,却又不刑,曰,“想汝当夜扛尸忙迫,不知坠落何处，奈何不细寻之？”胡哀祈，容急觅。公乃问妇：“子女几何？”答曰：“无。”问：“甲有何戚属？”云：“但有堂叔一人。”公慨然曰：“少年丧夫，伶仃如此，其何以为生矣？”妇乃哭，叩求怜悯。公曰：“杀人之罪已定，但得全尸，此案即结。结案后，速醮可也。汝少妇，勿复出入公门。”妇感泣，叩头而下。公即票示里人，代觅其首。经宿，即有同村王五，报称已获。问验既明，赏以千钱。唤甲叔至，曰：“大案已成。然人命重大，非积岁不能成结。侄既无出，少妇亦难存活，早令适人。此后亦无他务，但有上台检驳，止须汝应身[9]耳。”甲叔不肯，飞两签下[10]；再辩，又一签下。甲叔惧，应之而出。妇闻，诣谢公恩。公极意慰谕之。又谕：“有买妇者，当堂关白。”既下，即有投婚状者，盖即报人头之王五也。公唤妇上，曰：“杀人之真犯，汝知之乎？”答曰：“胡成。”公曰：“非也。汝与王五，乃真犯耳。”二人大骇，力辨冤枉。公曰：“我久知其情，所以迟迟而发者，恐有万一之屈耳。尸未出井，何以确信为汝夫？盖先知其死矣。且甲死犹衣败絮，数百金何所自来？”又谓王五曰：“头之所在，汝何知之熟也？所以如此其急者，意在速合耳。”两人惊颜如土，不能强置一词。并械之，果吐其实。盖王五与妇私已久，谋杀其夫，而适值胡成之戏也。乃释胡。冯以诬告，重笞[11]，徒三年[12]。事结，并未妄刑一人。

异史氏曰：“我夫子有仁爱名，即此一事，亦以见仁人之用心苦矣。方宰淄时，松裁弱冠[13]，过蒙器许，而驽钝不才，竟以不舞之鹤为羊公辱[14]。是我夫子生平有不哲[15]之一事，则松实贻之[16]也。悲夫！”

【注释】

［1］猜：猜忌，怀疑。［2］倾肝胆：说出心腹话。［3］大言：说大话。［4］厚装：这里是很多财物的意思。［5］颠越：坠下，这里指推坠。［6］眢（yuān）井：枯井，没有水的井。［7］炫：夸耀。［8］死囚具：给判处死刑的犯人带的刑具，指重枷。［9］应身：以身应召的意思，指随时应传到官署听候讯问。［10］飞两签下："飞"，丢，抛掷。"签"，一种头上漆有红绿等颜色的竹签，上面写有规定打犯人多少下板子的数字。官员问案时，把签丢下来，行刑差人就凭以执行。下文"又一签下"，就是表示要继续再打。［11］笞（chī）：古五刑之一，用小杖扑打，是刑法中较轻的一种。清时改用竹板，分五等，每十下为一等。［12］徒三年：判处三年有期徒刑。［13］弱冠：指男子到了二十岁左右的年龄。古时男子二十岁举行"冠礼"，戴上成人戴的帽子，表示是少年而不再是儿童了。但这时身体还不比大人那样强壮，所以称作"弱冠"。［14］以不舞之鹤为羊公辱：比喻被荐举的人名不副实，不称职，以致连累荐举的人没有面子的意思。传说晋殷浩推荐刘遵祖给庾亮。庾亮就任用了他。谁知和他谈话之后，觉得他并不像殷浩所说的那样好，不免感到失望，因而称他为"羊公鹤"。——据说古时羊叔子有鹤会舞，曾在客人面前夸赞它；后来让鹤到客人面前来，鹤的羽毛散开了，却不肯起舞。见《世说新语》。［15］不哲：不明智。［16］贻之：赠送东西叫作"贻"，这里引申为连累他、影响他的意思。

乔　女

平原乔生，有女黑丑：龛[1]一鼻，跛一足。年二十五六，无问名者。邑有穆生，年四十余，妻死，贫不能续[2]，因聘焉。三年，生一子。未几，穆生卒，家益索[3]；大困，则乞怜其母。母颇不耐之。女亦愤不复返，惟以纺织自给。有孟生丧偶，遗一子乌头，裁周岁，以乳哺乏人，急于求配；然媒数言，辄不当意。忽见女，大悦之，阴使人风示女。女辞焉，曰："饥冻若此，从官人[4]得温饱，夫宁不愿？然残丑不如人，所可自信者，德耳；又事二夫，官人何取焉！"孟益贤之，向慕尤殷，使媒者函[5]金加币而说其母。母悦，自诣女所，固要之；女志终不夺。母惭，愿以少女字孟；家人皆喜，而孟殊不愿。居无何，孟暴疾卒，女往临哭尽哀。孟故无戚党，死后，村中无赖，悉凭陵[6]之，家具携取一空，方谋瓜分其田产。家人亦各草窃[7]以去，惟一妪抱儿哭帷中。女问得故，大不平。闻林生与孟善，乃踵门而告曰："夫妇、朋友，人之大伦也。妾以奇丑为世不齿，独孟生能知我，前虽固拒之，然固已心许之矣。今身死子幼，自当有以报知己。然存孤易，御侮难；若无兄弟父母，遂坐视其子死家灭而不一救，则五伦中可以无朋友矣。妾无所多须[8]于君，但以片纸告邑宰；抚孤，则妾不敢辞。"林曰："诺！"女别而归。林将如其所教；无赖辈怒，咸欲以白刃相仇，林大惧，闭户不敢复行。女听之数日，寂无音；及问之，则孟氏田产已尽矣。女忿甚，锐身自诣官。官诘女属孟何人，女曰：

"公宰一邑，所凭者理耳。如其言妄，即至戚无所逃罪；如非妄，即道路之人可听也。"官怒其言戆，呵逐而出。女冤愤无以自伸，哭诉于搢绅之门。某先生闻而义之，代剖于宰。宰按[9]之果真，穷治诸无赖，尽反[10]所取。或议留女居孟第，抚其孤；女不肯。扃其户，使妪抱乌头从与俱归，另舍之。凡乌头日用所需，辄同妪启户出粟，为之营办；己锱铢[11]无所沾染，抱子食贫[12]，一如曩日。积数年，乌头渐长，为延师教读；己子则使学操作。妪劝使并读，女曰："乌头之费，其所自有；我耗人之财以教己子，此心何以自明？"又数年，为乌头积粟数百石，乃聘于名族，治其第宅，析令归。乌头泣要同居，女乃从之；然纺绩如故。乌头夫妇夺其具，女曰："我母子坐食，心何安矣？"遂早暮为之纪理，使其子巡行阡陌[13]，若为佣然。乌头夫妻有小过，辄斥谴不少贷[14]；稍不悛[15]，则怫然欲去；夫妻跪道悔词，始止。未几，乌头入泮，又辞欲归。乌头不可，捐[16]聘币，为穆子完婚。女乃析子令归。乌头留之不得，阴使人于近村为市恒产百亩而后遣之。后女疾求归，乌头不听。病益笃，嘱曰："必以我归葬！"乌头诺。既卒，阴以金啖穆子，俾合葬于孟。及期，棺重，三十人不能举。穆子忽仆，七窍血出。自言曰："不肖儿，何得遂卖汝母！"乌头惧，拜祝之，始愈。乃复停数日，修治穆墓已，始合厝之。

异史氏曰："知己之感，许之以身，此烈男子之所为也。彼女子何知，而奇伟如是？若遇九方皋[17]，直牡视之矣。"

【注释】

[1] 蹙：这里作动词用，是缺、凹的意思，指塌鼻子。 [2] 续：这里指续娶。 [3] 索：尽的意思，引申为贫困。 [4] 官人：从前对男子的尊称。

[5] 函:这里作动词用,用盒子装着的意思。 [6] 凭陵:欺负。 [7] 草窃:乘机夺取。 [8] 须:这里是要求的意思。 [9] 按:审理,查究。后文《晚霞》篇“按部”,“按”,却是考验的意思。 [10] 反:拿回,归还。[11] 锱铢:“锱”和“铢”,都是古衡名,极小数目的单位,后来一般用以形容微末的价值。 [12] 食贫:过苦日子。 [13] 阡陌:田塍:南北叫作“阡”,东西叫作“陌”。 [14] 贷:饶恕的意思。 [15] 悛(quān):改过。[16] 捐:这里是用去、破费的意思。 [17] 九方皋:春秋时秦国鉴别马的专家。他为秦穆公找到了一匹好马。据他说是黄色的母马,但派去取马的人报说是黑色的公马。秦穆公以为九方皋看错了。等到马运回来,虽是黑色,却果然是一匹最好的马。因为九方皋看马的好坏,着重马的内在精神,并不注意外表形迹的缘故。寓言出《列子》。

神　女

米生者，闽人，传者忘其名字、郡邑。偶入郡，醉过市廛，闻高门中箫鼓如雷。问之居人，云是开寿筵者，然门庭亦殊清寂。听之，笙歌繁响，醉中雅爱乐之。并不问其何家，即街头市祝仪，投晚生刺[1]焉。或见其衣冠朴陋，便问："君系此翁何亲？"答言："无之。"或言："此流寓者，侨居于此，不审何官，甚贵倨也。既非亲属，将何求？"生闻而悔之，而刺已入矣。无何，两少年出逆客。华裳眩目，丰采都雅，揖生人。见一叟南向坐，东西列数筵，客六七人，皆似贵胄。见生至，尽起为礼；叟亦杖而起。生久立，待与周旋，而叟殊不离席。两少年致词曰："家君衰迈，起拜良艰，予兄弟代谢高贤之见枉[2]也。"生逊谢而罢。遂增一筵于上，与叟接席。未几，女乐作于下。座后设琉璃屏，以幛内眷。鼓吹大作，座客不复可以倾谈。筵将终，两少年起，各以巨杯劝客，——杯可容三斗，——生有难色；然见客受亦受。顷刻四顾，主客尽釂，生不得已，亦强尽之。少年复斟。生觉惫甚，起而告退。少年强挽其裾。生大醉逷地[3]，但觉有人以冷水洒面，恍然若寤。起视，宾客尽散，惟一少年捉臂送之，遂别而归。后再过其门，则已迁去矣。自郡归，偶适市，一人自肆中出，招之饮。视之，不识；姑从之入，则座上先有里人鲍庄在焉。问其人，乃诸姓，市中磨镜者[4]也。问："何相识？"曰："前日上寿者，君识之否？"生言："不识。"诸言："予出入其门最稔。翁，傅姓，不知其何省何官。

先生上寿时，我方在墀下，故识之也。”日暮，饮散。鲍庄夜死于途。鲍父不识诸，执名讼生。检得鲍庄体有重伤，生以谋杀论死，备历械梏；以诸未获，罪无申证，颂系之[5]。年余，直指巡方，廉知其冤，出[6]之。家中田产荡尽，而衣巾革褫，冀其可以辨复[7]，于是携囊入郡。日将暮，步履颇殆，休于路侧。遥见小车来，二青衣夹随之。既过，忽命停舆。车中不知何言。俄，一青衣问生：“君非米姓乎？”生惊起，诺之。问：“何贫窭若此？”生告以故。又问：“安之？”又告之。青衣去，向车中语；俄复返，请生至车前。车中以纤手搴帘。微睨之，绝代佳人也。谓生曰：“君不幸得无妄之祸[8]，闻之太息。今日学使署中，非白手可以出入者。途中无可解赠，……”乃于髻上摘珠花一朵，授生曰：“此物可鬻百金，请缄藏之。”生下拜，欲问官阀，车行甚疾，其去已远，不解何人。执花悬想，上缀明珠，非凡物也。珍藏而行。至郡，投状，上下勒索甚苦；出花展视，不忍置去，遂归。归而无家，依于兄嫂。幸兄贤，为之经纪，贫不废读。过岁，赴郡应童子试，误入深山。会清明节，游人甚众。有数女骑来，内一女郎，即曩年车中人也。见生停骖，问其所往；生具以对。女惊曰：“君衣顶尚未复耶？”生惨然于衣下出珠花，曰：“不忍弃此，故犹童子也。”女郎晕红上颊。既，嘱坐待路隅，款段而去。久之，一婢驰马来，以裹物授生，曰：“娘子言，今日学使之门如市，赠白金二百，为进取之资。”生辞曰：“娘子惠我多矣。自分掇芹非难，重金所不敢受。但告以姓名，绘一小像，焚香供之足矣。”婢不顾，委地下而去。生由此用度颇充，然终不屑夤缘。后入邑庠第一。以金授兄。兄善居积，三年，旧业尽复。适闽中巡抚为生祖门人，优恤甚厚，兄弟称巨家矣。然生素清鲠,虽属大僚通家,而未尝有所干谒[9]。一日,有客裘马至门,都无识者。出视,则傅公子也。揖而入,各道间阔。治具相款,客辞以冗,然亦竟不言去。已而肴酒既陈,公子起而请间,相将入内,拜伏于地。生惊问:“何事?”怆然曰:“家君适罹大祸,欲有求于抚台,非兄不可。”生辞曰:“渠虽世谊,而以私干人,生平所不为也。”公子伏地哀泣。生厉色曰:“小生与公子,一饮之知交耳,何遂以丧节强人!”公子大惭,起而别去。越日,方独坐,有青衣人入,视之,即山中赠金者。生方惊起,青衣曰:“君忘珠花否?”生曰:“唯唯,不敢忘!”曰:“昨公子,即娘子胞兄也。”生闻之,窃喜,伪曰:“此难相信。若得娘子亲见一言,则油鼎可蹈耳;不然,不敢奉命。”青衣出,驰马而去。更尽,复返,扣扉入曰:“娘子来矣!”言未已,女郎惨然入,向壁而哭,不作一语。生拜曰:“小生非卿,无以有今日。但有驱策[10],敢不惟命!”女曰:“受人求者常骄人,求人者常畏人,中夜奔波,生平何解此苦,只以畏人故耳,亦复何言!”生慰之曰:“小生所以不遽诺者,恐过此一见为难耳。使卿夙夜蒙露[11],吾知罪矣!”因挽其袪,隐抑搔之。女怒曰:“子诚敝人[12]也!不念畴昔之义,而欲乘人之厄[13]。予过[14]矣!予过矣!”忿然而出,登车欲去。生追出谢过,长跪而要遮之。青衣亦为缓颊。女意稍解,就车中谓生曰:“实告君:妾非人,乃神女也。家君为南岳都理司,偶失礼于地官[15],将达帝听;非本地都人官[16]印信,不可解也。君如不忘旧义,以黄纸一幅,为妾求之。”言已,车发遂去。生归,悚惧不已。乃假驱祟,言于巡抚。巡抚谓其事近巫蛊[17],不许。生以厚金赂其心腹,诺之,而未得其便也。既归,青衣候门,生具告之，嘿然遂去，意似怨其不忠。生追送之曰："归语娘子：如事不谐，我以身命殉之！"既归，终夜辗转，不知计之所出。适院署有宠姬购珠，乃以珠花献之。姬大悦，窃印为之篏[18]之。怀归，青衣适至。笑曰："幸不辱命。然数年米贫贱乞食所不忍鬻者，今还为主人弃之矣！"因告以情；且曰："黄金抛置，我都不惜。寄语娘子，珠花须要偿也！"逾数日，傅公子登堂申谢，纳黄金百两。生作色[19]曰："所以然[20]者，为令妹之惠我无私[21]耳；不然，即万金岂足以易名节哉！"再强之，声色益厉。公子惭而去，曰："此事殊未了！"翼日，青衣奉女郎命，进明珠百颗，曰："此足以偿珠花否耶？"生曰："重花者，非贵珠也。设当日赠我万镒[22]之宝，直须卖作富家翁耳，什袭而甘贫贱，何为乎？娘子神人，小生何敢他望，幸得报洪恩于万一，死无憾矣！"青衣置珠案间，生朝拜而后却之。越数日，公子又至。生命治肴酒。公子使从人入厨下，自行烹调，相对纵饮，欢若一家。有客馈苦糯，公子饮而美之，引尽百盏，面颊微赪，乃谓生曰："君贞介士，愚兄弟不能早知君，有愧裙钗多矣。家君感大德，无以相报，欲以妹子附为昏因，恐以幽明[23]见嫌也。"生喜惧非常，不知所对。公子辞而出，曰："明夜七月初九，新月钩辰，天孙[24]有少女下嫁，吉期也，可备青庐。"次夕，果送女郎至，一切无异常人。三日后，女自兄嫂以及婢仆，大小皆有馈赏。又最贤，事嫂如姑。数年不育，劝纳副室[25]，生不肯。适兄贾于江淮，为买少姬而归。姬，顾姓，小字博士，貌亦清婉。夫妇皆喜。见髻上插珠花，甚似当年故物；摘视，果然。异而诘之，答云："昔有巡抚爱妾死，其婢盗出，鬻于市。先人[26]廉其值[27]，买而归。妾爱之。先人无子，生妾一人，故所求无不得。后父死家落，妾寄养于顾媪之家；顾妾姨行，见珠，屡欲售去，妾投井觅死，故至今犹存也。”夫妇叹曰：“十年之物，复归故主，岂非数哉！”女另出珠花一朵，曰：“此物久无偶矣！”因并赐之，亲为簪于髻上。姬退，问女郎家世甚悉[28]，家人皆讳言之。阴语生曰：“妾视娘子，非人间人也；其眉目间有神气。昨簪花时，得近视，其美丽出于肌里，非若凡人以黑白位置中见长耳。”生笑之。姬日：“君勿言，妾将试之：如其神，但有所须，无人处焚香以求，彼当自知。”女郎绣袜精工，博士爱之，而未敢言，乃即闺中焚香祝之。女早起，忽检箧中出袜，遣婢赠博士。生见之而笑。女问故，以实告。女曰：“黠哉婢乎！”因其慧，益怜爱之；然博士益恭，昧爽时，必熏沐[29]以朝。后博士一举两男，两人分字[30]之。生年八十，女貌犹如处子。生抱病，女鸠匠[31]为材，令宽大倍于寻常。既死，女不哭；男女他适，则女已入材中死矣。因并葬之。至今传为大材冢云。

异史氏曰：“女则神矣，博士而能知之，是遵何术与？乃知人之慧固有灵于神者矣！”

【注释】

［1］晚生刺：“晚生”，后辈客气的自称。“刺”，名帖。“晚生刺”，就是上面具名自称晚生的帖子。 ［2］枉：光临，惠顾。 ［3］逿(dàng)地：因为支持不住而倒在地下。 ［4］磨镜者：古时用铜做镜子，铜容易发黯，所以有专门以磨镜为业的工人。 ［5］颂(róng)系之：“颂”，这里同“容”，宽容的意思。“颂系之”，虽然因为嫌疑被捕，但还没有犯罪的实证，所以宽大处理，并不加上手铐脚镣一类的刑具。 ［6］出：释放。 ［7］辨复：被褫革功名

的秀才，在证明无罪后请求恢复功名，叫作“辨复”。参看前文《红玉》篇注[73]“巾服”条。 [8] 无妄之祸：无缘无故、非自身招致的灾难。 [9] 干谒：“干”，请求。“干谒”，因为有所请求而去拜访。 [10] 驱策：差遣的意思。 [11] 夙夜蒙露：“夙夜”，见前文《娇娜》篇注[40]。“夙夜蒙露”，指在天还没有大亮的时候出行，路上受了露水的沾湿。语出《诗经》“厌浥行露，岂不夙夜？谓行多露。” [12] 敝人：坏人。 [13] 乘人之厄：趁着别人有困难的时候，加以要挟或陷害。“厄”，一般作“危”。 [14] 过：错误。 [15] 地官：道家的神名，三官之一。 [16] 都人官：指中央政府直属的地方上独当一面的高级官员。 [17] 巫蛊（gǔ）：“蛊”，见前文《莲香》篇注[16]“蛊死”条。“巫蛊”，是巫者采用诅咒、蛊毒一类的方法害人。这里犹如说迷信。 [18] 篏：这里“篏”和后文《席方平》篇“箝以巨印”的“箝”字，疑均系“嵌”字之误。陷在里面叫作“嵌”，这里是盖印的意思。 [19] 作色：变色。 [20] 所以然：所以这样的意思。 [21] 惠我无私：无条件帮忙的意思。 [22] 万镒：“镒”，古衡名。古来以一镒为一金，重二十四两。“万镒”，指价值很高。 [23] 幽明：阴阳。 [24] 天孙：星名，织女的别称。 [25] 副室：妾。 [26] 先人：祖先，通常指死去的父亲。 [27] 廉其值：“直”，这里同“值”。“廉其值”，是认为价钱便宜，也可作给他低价解释。后文《黄英》和《王十》篇“廉其直”，却是减价的意思。 [28] 悉：详尽。 [29] 熏沐：把香料涂在身上沐浴，表示极端恭敬。 [30] 字：这里作抚养解释。 [31] 鸠匠：“鸠”，聚集的意思。“鸠匠”，就是召集工匠。

长　亭

石太璞，太山人，好厌禳之术。有道士遇之，赏其慧，纳为弟子。启牙签，出二卷：上卷驱狐，下卷驱鬼，乃以下卷授之，曰："虔奉此书，衣食佳丽皆有之。"问其姓名，曰："吾汴城北村玄帝观王赤城也。"留数日，尽传其诀。石由此精于符箓[1]，委贽者踵接于门。一日，有叟来，自称"翁姓"，炫陈币帛，谓其女鬼病已殆，必求亲诣。石闻病危，辞不受贽，姑与俱往。十余里入山村，至其家，廊舍华好。入室，见少女卧縠幛中，婢以钩挂帐。望之年十四五许，支缀[2]于床，形容已槁。近临之，忽开目云："良医至矣。"举家皆喜，谓其不语已数日矣。石乃出，因诘病状。叟言："白昼见少年来，与共寝处，捉之已杳，少间复至，意其为鬼。"石曰："其鬼也，驱之匪难；恐其是狐，则非余所敢知矣。"叟曰："必非，必非！"石授以符。是夕，宿于其家。夜分，有少年人，衣冠整肃。石疑是主人眷属，起而问之。曰："我鬼也。翁家尽狐。偶悦其女红亭，姑止焉。鬼为狐祟，阴骘无伤，君何必离人之缘而护之也？女之姊长亭，光艳尤绝。敬留全璧，以待高贤。彼如许字，方可为之施治；尔时，我当自去。"石诺之。是夜，少年不复至，女顿醒。天明，叟喜，以告石，请石入视。石焚旧符，乃坐诊之。见绣幕有女郎，丽若天人，心知其长亭也。诊已，索水洒幛。女郎急以碗水付之，蹀躞之间，意动神流。石生此际，心殊不在鬼矣。出辞叟，托制药去，数日不返。鬼益肆，除长亭外，子妇婢女，俱被淫惑。又以仆马招石。石托疾不赴。明日，叟自至。石故作病股状，扶杖而出。叟拜已，问故。曰："此鳏之难也！曩夜婢子登榻，倾跌，堕汤夫人[3]，泡两足耳。"叟问："何久不续？"石曰："恨不得清门如翁者。"叟嘿而出。石走送曰："病瘥[4]，当自至，无烦玉趾也。"又数日，叟复来。石跛而见之。叟慰问三数语，便曰："顷与荆人言，君如驱鬼去，使举家安枕，小女长亭，年十七矣，愿遣奉事君子。"石喜，顿首于地。乃谓叟："雅意若此，病躯何敢复爱？"立刻出门，并骑而去。入视祟者既毕，石恐背约，请与媪盟。媪遽出曰："先生何见疑也？"即以长亭所插金簪，授石为信。石朝拜之。已乃遍集家人，悉为祓除[5]。惟长亭深匿无迹，遂写一佩符，使人持赠之。是夜寂然，鬼影尽灭，惟红亭呻吟未已。投以法水，所患若失。石欲辞去，叟挽止殷恳。至晚，肴核罗列，劝酬殊切。漏二下，主人乃辞客去。石方就枕，闻叩扉甚急。起视，则长亭掩入，辞气仓皇，言："吾家欲以白刃相仇，可急遁！"言已，径返身去。石战惧无色，越垣急窜。遥见火光，疾奔而往，则里人夜猎者也。喜待猎毕，乃与俱归。心怀怨愤，无计可伸。思欲之汴寻赤城，而家有老父，病废已久。日夜筹思，莫决进止。忽一日，双舆至门，则翁媪送长亭至。谓石曰："曩夜之归，胡再不谋？"石见长亭，怨恨都消，故亦隐而不发。媪促两人庭拜讫。石将设筵，辞曰："我非闲人，不能坐享甘旨[6]。我家老子[7]昏髦，倘有不悉[8]，郎肯为长亭一念老身，为幸多矣。"登车遂去。盖杀婿之谋，媪不之闻；及追之不得而返，媪始知之，颇不能平，与叟日相诟谇。长亭亦饮泣不食。媪强送女来，非翁意也。长亭入门，诘之，始知其故。过两三月，翁家取女归宁。石料其不返，禁止之。女自此时一涕零。年余，生一子，名慧儿，买乳媪哺之。然儿善啼，夜必归母。一日，翁家又以舆来，言媪思女甚。长亭益悲。石不忍复留之。欲抱子去，石不可。长亭乃自归。别时，以一月为期，既而半载无耗。遣人往探之，则向所僦宅久空。又二年余，望想都绝。而儿啼终夜，寸心如割。既而石父病卒，倍益哀伤，因而病惫，苫次[9]弥留，不能受宾朋之吊。方昏愦间，忽闻妇人哭入。视之，则缞绖者长亭也。石大悲，一恸遂绝。婢惊呼，女始辍泣，抚之良久，始渐苏。自疑已死，谓相聚于冥中。女曰："非也。妾不孝，不能得严父心，尼[10]归三载，诚所负心。适家人由海东经此，得翁凶问。妾遵严命而绝儿女之情，不敢循乱命而失翁媳之礼。妾来时，母知而父不知也。"言间，儿投怀中。言已，始抚之。泣曰："我有父，儿无母矣！"儿亦噭啕[11]，一室掩泣。女起，经理家政，柩前牲盛[12]洁备。石乃大慰。而病久，急切不能起；女乃请石外兄[13]款洽吊客。丧既闭，石始杖而能起。相与营谋斋葬。葬已，女欲辞归，以受背父之谴。夫挽儿号，隐忍而止。未几，有人来告母病。乃谓石曰："妾为君父来，君不为妾母放令去耶？"石许之。女使乳媪抱儿他适，涕洟出门而去。去后，数年不反，石父子渐亦忘之。一日，昧爽启扉，则长亭飘入。石方骇问，女戚然坐榻上，叹曰："生长闺阁，视一里为遥；今一日夜而奔千里，殆矣！"细诘之，女欲言复止。请之不已，哭曰："今为君言，恐妾之所悲，而君之所快也。迩年徙居晋界，僦居赵搢绅之第。主客交最善，以红亭妻其公子。公子数逋荡[14]，家庭颇不相安。妹归告父，父留之，半年不令还。公子忿恨，不知何处聘一恶人来，遣神绾锁，缚老父去。一门大骇，顷刻四散矣。”石闻之，笑不自禁。女怒曰：“彼虽不仁，妾之父也。妾与君琴瑟数年，止有相好而无相尤。今日人亡家败，百口流离，即不为父伤，宁不为妾吊乎？闻之忭舞，更无片语相慰借，何不义也！”拂袖而出。石追谢之，亦已渺矣。怅然自悔，拚已决绝。过二三日，媪与女俱来。石喜慰问，母子俱伏。惊而询之，母子俱哭。女曰：“妾负气而去，今不能自坚，又欲求人，复何颜矣！”石曰：“岳固非人；母之惠，卿之情，所不忘也。然闻祸而乐，亦犹人情，卿何不能暂忍？”女曰：“顷于途中遇母，始知絷吾父者，盖君师也。”石曰：“果尔，亦大易。然翁不归，则卿之父子离散；恐翁归，则卿之夫泣儿悲也。”媪矢以自明，女亦誓以相报。石乃即刻治任如汴，询至玄帝观，则赤城归未久。入而参之。便问：“何来？”石视厨下一老狐，孔前股而系之。笑曰：“弟子之来，为此老魅。”赤城诘之。曰：“是吾岳也。”因以实告。道士谓其狡诈，不肯轻释。固请，乃许之。石因备述其诈。狐闻之，塞身入灶，似有惭状。道士笑曰：“彼羞恶之心，未尽亡也。”石起，牵之而出，以刀断索抽之。狐痛极，齿龈龈[15]然。石不遽抽，而顿挫之，笑问曰：“翁痛之，勿抽可耶？”狐睛睒闪，似有愠色。既释，摇尾出观而去。石辞归。三日前，已有人报叟信，媪先去，留女待石。石至，女逆而伏。石挽之曰：“卿如不忘琴瑟之情，不在感激也。”女曰：“今复迁还故居矣。村舍邻迩，音问可以不梗。妾欲归省，三日可旋，君信之否？”曰：“儿生而无母，未便殇折[16]。我日日鳏居，习已成惯。今不似赵公子，而反德报之，所以为卿者尽矣。如其不还，在卿为负义，道里虽近，当亦不复过问，何不信之与有？”女次日去，二日即返。

问:“何速?”曰:“父以君在汴曾相戏弄,未能忘怀,言之絮絮。妾不欲复闻,故早来也。”自此闺中之往来无间,而翁婿间尚不通吊庆云。

异史氏曰:“狐情反复,谲诈已甚。悔婚之事,两女而一辙,诡可知矣。然要而婚之,是启其悔者已在初也。且婿既爱女而救其父,止宜置昔怨而仁化之;乃复狎弄于危急之中,何怪其没齿[17]不忘也!天下有冰玉[18]之不相能者,类如此。”

【注释】

[1] 符箓:道家咒语一类的文字。 [2] 支缀:因病而委靡困顿的样子。 [3] 汤夫人:也叫“汤婆子”。用铜或锡制成,内灌热水,冬天放在被内作暖足之用的扁壶。 [4] 病瘥(chài):病愈。 [5] 祓(fú)除:古代风俗,在上巳(农历三月初三)这一天,到郊外水边游玩洗濯,叫作“祓除”。最初本有提倡清洁卫生的含义,后来传说这样可以把坏运气洗掉,就失去原义了。这里指道家一种消灾求福的迷信行为。 [6] 甘旨:美味的食物。 [7] 老子:这里犹如说老头子。 [8] 不悉:不周到的地方。 [9] 苫次:居丧。参看前文《胡四娘》篇注[17]“离苫块”条。 [10] 尼(nì):阻止。 [11] 噭(jiào)啕:啼哭不止的样子。“啕”,疑应作“咷”。 [12] 牲盛(chéng):碗里的肉食祭品。 [13] 外兄:姑母的儿子,就是姑表兄。 [14] 逋荡:游荡。 [15] 龈龈然:“龈”,牙根。“龈龈然”,咬紧着牙根的样子。 [16] 殇(shāng)折:幼年死亡。 [17] 没齿:没世,终身。 [18] 冰玉:晋卫玠和他的岳父乐广,都是当时的有名人物。大家说他们是“妇公冰清,女婿玉润”。见《晋书》。后来因而称岳父和女婿为“冰玉”。

席方平

席方平，东安人。其父名廉，性戆拙。因与里中富室羊姓有郤，羊先死；数年，廉病垂危[1]，谓人曰："羊某今贿嘱冥使搒我矣。"俄而身赤肿，号呼遂死。席惨怛不食，曰："我父朴讷，今见陵于强鬼；我将赴地下，代伸冤气耳。"自此，不复言，时坐时立，状类痴，盖魂已离舍矣。席觉：初出门，莫知所往，但见路有行人，便问城邑。少选，入城。其父已收狱中。至狱门，遥见父卧檐下，似甚狼狈；举目见子，潸然涕流。便谓："狱吏悉受赇嘱，日夜搒掠，胫股摧残甚矣。"席怒，大骂狱吏："父如有罪，自有王章，岂汝等死魅所能操[2]耶！"遂出，抽笔为词。值城隍早衙[3]，喊冤以投。羊惧，内外贿通，始出质理[4]。城隍以所告无据，颇不直席[5]。席忿气无所复伸，冥行[6]百余里，至郡，以官役私状，告之郡司。迟之半月，始得质理。郡司扑[7]席，仍批城隍复案[8]。席至邑，备受械梏，惨冤不能自舒。城隍恐其再讼，遣役押送归家。役至门辞去。席不肯入，遁赴冥府，诉郡邑之酷贪。冥王立拘质对。二官密遣腹心，与席关说，许以千金。席不听。过数日，逆旅主人告曰："君负气已甚，官府求和而执不从。今闻于王前各有函进，恐事殆矣。"席以道路之口，犹未深信。俄，有皂衣人唤入。升堂，见冥王有怒色，不容置词，命笞二十。席厉声问："小人何罪？"冥王漠若不闻。席受笞，喊曰："受笞允当[9]，谁教我无钱耶！"冥王益怒，命置火床。两鬼捽席下，见东墀有铁床，炽火其下，床面通赤。鬼脱席衣，掬置其上，反复揉捺之。痛极，骨肉焦黑，苦不得死。约一时许，鬼曰："可矣。"遂扶起，促使下床着衣，犹幸跛而能行。复至堂上。冥王问："敢再讼乎？"席曰："大怨未伸，寸心不死，若言不讼，是欺王也。必讼！"又问："讼何词？"席曰："身所受者，皆言之耳。"冥王又怒，命以锯解其体。二鬼拉去，见立木，高八九尺许，有木板二，仰置其下，上下凝血模糊。方将就缚，忽堂上大呼"席某"，二鬼即复押回。冥王又问："尚敢讼否？"答云："必讼！"冥王命捉去速解。既下，鬼乃以二板夹席，缚木上。锯方下，觉顶脑渐辟，痛不可禁，顾亦忍而不号。闻鬼曰："壮哉此汉！"锯隆隆然[10]，寻至胸下。又闻一鬼云："此人大孝无辜，锯令稍偏，勿损其心。"遂觉锯锋曲折而下，其痛倍苦。俄顷，半身辟矣。板解，两身俱仆。鬼上堂大声以报。堂上传呼，令合身来见。二鬼即推令复合，曳使行。席觉锯锋一道，痛欲复裂，半步而踣。一鬼于腰间出丝带一条授之曰："赠此以报汝孝。"受而束之，一身顿健，殊无少苦。遂升堂而伏。冥王复问如前；席恐再罹酷毒，便答："不讼矣。"冥王立命送还阳界。隶率出北门，指示归途，反身遂去。席念阴曹之暗昧尤甚于阳间，奈无路可达帝听；世传灌口二郎[11]为帝勋戚，其神聪明正直，诉之当有灵异。窃喜两隶已去，遂转身南向。奔驰间，有二人追至，曰："王疑汝不归，今果然矣。"捽回复见冥王。窃意冥王益怒，祸必更惨；而王殊无厉容，谓席曰："汝志诚孝。但汝父冤，我已为若雪之矣。今已往生富贵家，何用汝鸣呼为。今送汝归，予以千金之产、期颐之寿，于愿足乎？"乃注籍中，簎以巨印，使亲视之。席谢而下。鬼与俱出，至途，驱而骂曰："奸猾贼！频频翻复，使人奔波欲死。再犯，当捉入大磨中细细研之！”席张目叱曰：“鬼子胡为者！我性耐刀锯，不耐挞楚。请反见王。王如令我自归，亦复何劳相送。”乃返奔。二鬼惧，温语劝回。席故蹇缓，行数步，辄憩路侧。鬼含怒不敢复言。约半日，至一村，一门半辟，鬼引与共坐。席便据门阈[12]；二鬼乘其不备，推入门中。惊定自视，身已生为婴儿。愤啼不乳，三日遂殇。魂摇摇不忘灌口。约奔数十里，忽见羽葆来，幡戟横路。越道避之，因犯卤簿，为前马所执，絷送车前。仰见车中一少年，丰仪瑰玮[13]。问席："何人？"席冤愤正无所出，且意是必巨官，或当能作威福，因缅诉毒痛。车中人命释其缚，使随车行。俄至一处，官府十余员，迎谒道左，车中人各有问讯。已而，指席谓一官曰："此下方人，正欲往诉，宜即为之剖决。"席询之从者，始知车中即上帝殿下[14]九王，所嘱即二郎也。席视二郎，修躯多髯，不类世间所传。九王既去，席从二郎至一官廨，则其父与羊姓并衙隶俱在。少顷，槛车[15]中有囚人出，则冥王及郡司、城隍也。当堂对勘，席所言皆不妄；三官战栗，状若伏鼠。二郎援笔立判；顷之，传下判语，令案中人共视之。判云："勘得冥王者：职膺王爵，身受帝恩。自应贞洁，以率臣僚；不当贪墨[16]，以速[17]官谤[18]。而乃繁缨棨戟[19]，徒夸品秩之尊；羊狠狼贪[20]，竟玷人臣之节。斧敲斫[21]，斫入木，妇子之皮骨皆空；鲸吞鱼，鱼食虾，蝼蚁之微生可悯。当掬西江之水，为尔湔肠；即烧东壁之床，请君入瓮[22]。城隍、郡司：为小民父母之官[23]，司上帝牛羊之牧[24]。虽则职居下列，而尽瘁者不辞折腰[25]；即或势逼大僚，而有志者亦应强项[26]。乃上下其鹰鸷之手，既罔念夫民贫；且飞扬其狙狯[27]之奸，更不嫌乎鬼瘦。惟受赃而枉法，真人面而兽心。是宜剔髓伐毛，暂罚冥死；所当脱皮换革，仍令胎生。隶役者：既在鬼曹，便非人类。只宜公门修行[28]，庶还落蓐之身[29]；何得苦海生波，益造弥天[30]之孽？飞扬跋扈[31]，狗脸生六月之霜[32]；隳突叫号[33]，虎威断九衢[34]之路。肆淫威于冥界，咸知狱吏为尊；助酷虐于昏官，共以屠伯[35]是惧。当于法场之内，剁其四肢；更向汤镬之中，捞其筋骨。羊某：富而不仁，狡而多诈。金光盖地，因使阎摩殿上，尽是阴霾；铜臭熏天，遂教枉死城中，全无日月。余腥犹能役鬼，大力直可通神。宜籍羊氏之家，以赏席生之孝。”即押赴东岳施行。又谓席廉：“念汝子孝义，汝性良懦，可再赐阳寿三纪[36]。”因使两人送之归里。席乃抄其判词，途中父子共读之。既至家，席先苏；令家人启棺视父，僵尸犹冰，俟之终日，渐温而活。及索抄词，则已无矣。自此，家日益丰；三年间，良沃遍野。而羊氏子孙微[37]矣，楼阁田产，尽为席有。里人或有买其田者，夜梦神人叱之曰：“此席家物，汝乌得有之！”初未深信；既而种作，则终年升斗无所获，于是复鬻归席。席父九十余岁而卒。

异史氏曰：“人人言净土[38]，而不知生死隔世，意念都迷，且不知其所以来，又乌知其所以去；而况死而又死，生而复生者乎？忠孝志定，万劫不移，异哉席生，何其伟也！”

【注释】

[1] 垂危：快要死的时候。 [2] 操：把持，掌握。 [3] 早衙：从前官署里的长官，每天早晚要坐堂两回，处理政务，审讯案件，叫作“坐衙”。早上坐堂问事就叫作“坐早衙”。 [4] 质理：审问。 [5] 不直席：不认为席方

平有理。［6］冥行：摸黑走路。［7］扑：打，击。［8］复案：重审。［9］允当：犹如说“合该”，这里是愤激不平的反话。［10］隆隆然：形容锯声像雷鸣一样。［11］灌口二郎：神话里的灌口二郎，有好几个不同的人，这里指的是杨戬。传说杨戬是玉帝外甥，所以下文说“为帝勋戚”。［12］阈（yù）：门槛。［13］瑰玮：奇伟的意思。［14］殿下：封建时代对王、侯、皇子的尊称。［15］槛车：一种四面围有阑干或木板、防止犯人逃逸的囚车。［16］贪墨：“墨”，这里通“冒”，也就是贪的意思。“贪墨”，意近贪污。［17］速：招来。［18］官谤：做官不称职，被人攻击，叫作“官谤”。［19］鞶（pán）缨棨戟：“鞶缨”，马腹下的带饰。“棨戟”，参看前文《梦狼》篇注［6］“戟幢”条。［20］羊狠狼贪：古人认为羊性狠，狼性贪，所以用“羊狠狼贪”来比喻官吏对人民的压迫和剥削。语出《史记》：“狠如羊，贪如狼。”［21］斲（zhuó）：斫、削的意思。疑应作“凿”。这里“斧敲斫，斫入木”，和下文“鲸吞鱼，鱼食虾”，都是比喻官吏的层层贪污剥削人民。［22］请君入瓮：作法自毙的意思。唐周兴和来俊臣都是武则天时的酷吏。有一次，周兴犯了罪，武则天密令来俊臣审问。来就问周道：审问囚犯，每每不肯认罪，有什么好方法？周说：拿一个大瓮，四围用炭火烧热，把犯人放在里面，还怕他有什么不肯招承的！来听说，就如法炮制，然后告诉周道：上面有命令叫我审问你，请你到瓮里去罢！周惊骇之下，只好叩头伏罪。见《资治通鉴》。［23］为小民父母之官：封建时代，尊称州县官为“父母官”，意思是说他像老百姓的家长一样。这里把阴间的城隍、郡司比作人间的州县官，所以也称为“父母官”。［24］司上帝牛羊之牧：“司”，主管。“牛羊”，比喻人民。“牧”，本是饲养牛羊一类牲畜的意思，引申为治理。“司上帝牛羊之牧”，意思是奉了君主的命令，来做管理人民的工作。封建统治者认为自己是高高在上的特殊阶级，把人民当作牛羊一样地统治着，所以古来把州长叫作“州牧”，治民叫作“牧民”。［25］折腰：鞠躬行礼的意思，指做小官受委屈。本是晋陶潜的故事：陶潜不愿为五斗米（意指县令微薄的薪俸）向上司派来的考察人员——督邮折腰，就辞去了彭泽令。见《晋书》。［26］强项：直梗着脖子，形容倔强、不屈服的样子。本是东汉董宣的故事。董宣为洛阳令，不为权贵所屈，光武帝（刘秀）称他为“强项令”。见《后汉书》。［27］狙狯：“狙”，一种性情狡猾的猕猴。“狙狯”，像猴子一样的狡诈。［28］公门修行：“公门”，指官署。从前认为，官署审理案件，操人民生死的大权，所以在官署里做事的人，是可以随时随地行善救人的，因而有“公门里好修行”这一句俗话。［29］落蓐之身：“蓐”，产褥。“落蓐”，指人的生产。“落蓐之身”，指人身。［30］弥天：遍天，满天。［31］跋扈：不服从皇帝和长官，恃强横暴的样子。［32］狗脸生六月之霜：形容隶役脸上惨白色，一种阴险狠恶的样子。神话故事中，战国时，邹衍忠于燕惠王，反而遭谗下狱。于是邹衍仰天而哭。那时正是夏天，但天也为之感动而下霜。见《太平御览》引《淮南子》。这里“生六月之霜”，除形容狠毒外，也含有因隶役的枉法而使人民遭受冤屈的双关意义。［33］隳（huī）突叫号：暴跳如雷的样子。［34］九衢：九条大路，一般指皇帝京城的道路。［35］屠伯：指杀人的酷吏，犹如说刽子手。汉代严延年性情残忍，做太守的时候，在冬天杀死很多囚犯，以致血流数里；当时人叫他“屠伯”。见《汉书》。［36］纪：中国古代以十二年为一纪。［37］微：衰落的意思。［38］净土：佛教说法中的佛土、佛国。意思说西方的佛国，清净自然，没有一切杂秽，所以叫作“净土”。

贾奉雉

贾奉雉，平凉人。才名冠一时，而试辄不售。一日，途中遇一秀才，自言："郎姓。"风格洒然[1]，谈言微中[2]。因邀俱归，出课艺就正。郎读罢，不甚称许，曰："足下文，小试[3]取第一则有余，闱场取榜尾则不足。"贾曰："奈何？"郎曰："天下事，仰而跂[4]之则难，俯而就之甚易，此何须鄙人言哉？"遂指一二人、一二篇，以为标准，大率贾所鄙弃而不屑道者。闻之，笑曰："学者立言，贵乎不朽[5]。即味列八珍，当使天下不以为泰耳[6]。如此猎取功名，虽登台阁，犹为贱也。"郎曰："不然。文章虽美，贱则弗传。君欲抱卷以终也则已；不然，帘内诸官，皆以此等物事进身，恐不能因阅君文，另换一副眼睛肺肠也。"贾终嘿然。郎起而笑曰："少年盛气哉！"遂别而去。是秋入闱复落，邑邑不得志。颇思郎言，遂取前所指示者强读之；未至终篇，昏昏欲睡。心惶惑，无以自主。又三年，闱场将近，郎忽至，相见甚欢。因出所拟七题，使贾作之。越日，索文而阅，不以为可，又令复作；作已，又訾之。贾戏于落卷中，集其葛冗泛滥[7]，不可告人之句，连缀成文，俟其来而示之。郎喜曰："得之矣！"因使熟记，坚嘱勿忘。贾笑曰："实相告：此言不由中[8]，转瞬即去，便受榎楚[9]，不能复忆之也。"郎坐案头，强令自诵一过；因使袒背，以笔写符而去，曰："只此已足，可以束阁群书[10]矣。"验其符，濯之不下，深入肌理。至场中，七题无一遗者。回思诸作，茫不记忆；惟戏缀之文，历历在心。然把笔终以为羞。欲少窜易，而颠倒苦思，竟不能复更一字。日已西坠，直录而出。郎候之已久，问："何暮也？"贾以实告，即求拭符，视之，已漫灭矣。再忆场中文，遂如隔世。大奇之。因问："何不自谋？"笑曰："某惟不作此等想，故不能读此等文也。"遂约明日过诸其寓，贾诺之。郎既去，贾取文稿自阅之，大非本怀，怏怏不自得，不复访郎，嗒丧而归。未几，榜发，竟中经魁。又阅旧稿，一读一汗[11]。读竟，重衣[12]尽湿。自言曰："此文一出，何以见天下士矣！"方惭怍间，郎忽至，曰："求中既中矣，何其闷也？"曰："仆适自念，以金盆玉碗贮狗矢[13]，真无颜出见同人。行将遁迹山丘，与世长绝矣。"郎曰："此亦大高，但恐不能耳。果能之，仆引见一人，长生可得，并千载之名，亦不足恋，况傥来[14]之富贵乎？"贾悦，留与共宿，曰："容某思之。"天明，谓郎曰："予志决矣。"不告妻子，飘然遂去。渐入深山，至一洞府，其中别有天地。有叟坐堂上，郎使参之，呼以师。叟曰："来何早也？"郎曰："此人道念[15]已坚，望加收齿。"叟曰："汝既来，须将此身并置度外，始得[16]。"贾唯唯听命。郎送至一院，安其寝处，又投以饵，始去。房亦精洁，但户无扉，窗无棂，内惟一几、一榻。贾解屦登榻，月明穿射矣。觉微饥，取饵啖之，甘而易饱。窃意郎当复来，坐久寂然，杳无声响；但觉清香满室，脏腑空明，脉络皆可指数。忽闻有声甚厉，似猫抓痒。自牖睨之，则虎蹲檐下。乍见，甚惊；因忆师言，即复收神凝坐。虎似知其有人，寻入近榻，气咻咻遍嗅足股。少顷，闻庭中嗥动，如鸡受缚，虎即趋出。又坐少时，一美人入，兰麝扑人。悄然登榻，附耳小言曰："我来矣。"一言之间，口脂散馥。贾瞑然不少动。又低声曰："睡乎？"

声音颇类其妻，心微动。又念曰："此皆师相试之幻术也。"瞑如故。美人笑曰："鼠子动矣。"——初，夫妻与婢同室，狎亵惟恐婢闻，私约一谜曰："鼠子动，则相欢好。"——忽闻是语，不觉大动。开目凝视，真其妻也。问："何能来？"答云："郎生恐君岑寂思归，遣一妪导我来。"言次，因贾出门不相告语，偎傍之际，颇有怨怼。贾慰藉良久，始得嬉笑为欢。既毕，夜已向晨。闻叟谯呵声，渐近庭院。妻急起，无地自匿，遂越短墙而去。俄顷，郎从叟入。叟对贾杖郎，便令逐客。郎亦引贾自短墙出，曰："仆望君奢，不免躁进。不图情缘未断，累受扑责。从此暂去，相见行有日也。"指示归途，拱手遂别。贾俯视故村，故在目中。意妻弱步[17]，必滞途间。疾趋里余，已至家门，但见房垣零落，旧景全非，村中老幼，竟无一相识者，心始骇异。忽念刘、阮返自天台[18]，情景真似。不敢入门，于对户憩坐。良久，有老翁曳杖出。贾揖之，问："贾某家何所？"翁指其第曰："此即是也。得无欲问奇事耶？仆悉知之。相传此公闻捷即遁，遁时，其子才七八岁。后至十四五岁，母忽大睡不醒。子在时，寒暑为之易衣。迨殁，两孙穷踧[19]，房舍拆毁，惟以木架苫复[20]蔽之。月前，夫人忽醒，屈指百余年矣。远近闻其异，皆来访视，近日稍稀矣。"贾豁然顿悟，曰："翁不知贾奉雉即某是也。"翁大骇，走报其家。时长孙已死；次孙祥，至五十余矣，以贾年少，疑有诈伪。少间，夫人出，始识之，双涕霪霪[21]，呼与俱去。苦无屋宇，暂入孙舍。大小男妇，奔入盈侧，皆其曾、玄[22]，率陋劣少文。长孙妇吴氏，沽酒具藜藿；又使少子杲及妇，与己共室，除舍舍祖翁姑。贾入舍，烟埃儿溺，杂气熏人。居数日，懊惋殊不可耐。两孙家分供餐饮，调饪尤乖[23]。里中以贾新归，日日招饮；而夫人恒不得一饱。吴氏故士人女，颇娴[24]闺训，承顺不衰。祥家给奉渐疏，或嘑尔[25]与之。贾怒，携夫人去，设帐东里。每谓夫人曰："吾甚悔此一返，而已无及矣。不得已，复理故业，若心无愧耻，富贵不难致也。"居年余，吴氏犹时馈饷，而祥父子绝迹矣。是岁，试入邑庠。邑令重其文，厚赠之，由此家稍裕。祥稍稍来近就之。贾唤入，计曩所耗费，出金偿之，斥绝令去。遂买新第，移吴氏共居之。吴二子：长者留守旧业；次杲颇慧，使与门人辈共笔砚。贾自山中归，心思益明澈。无何，连捷登进士第。又数年，以侍御出巡两浙[26]，声名赫奕，歌舞楼台，一时称盛。贾为人鲠峭，不避权贵，朝中大僚，思中伤之。贾屡疏恬退[27]，未蒙俞旨。未几而祸作矣。先是，祥六子皆无赖，贾虽摈斥不齿，然皆窃余势以作威福，横占田宅，乡人共患之。有某乙娶新妇，祥次子篡娶为妾。乙故狙诈，乡人敛金助讼，以此闻于都。于是当道者交章攻贾，贾殊无以自剖。被收经年，祥及次子皆瘐死。贾奉旨充辽阳军。时杲入泮已久，为人颇仁厚，有贤声。夫人生一子，年十六，遂以嘱杲。夫妻携一仆一媪而去。贾曰："十余年富贵，曾不如一梦之久。今始知荣华之场，皆地狱境界，悔比刘晨、阮肇，多造一重孽案耳。"数日，抵海岸，遥见巨舟，鼓乐殷作，虞候皆如天神。既近，舟中一人出，笑请侍御过舟少憩。贾见惊喜，踊身而过，押隶不敢禁。夫人急欲相从，而相去已远，遂愤投海中。漂泊数步，见一人垂练于水，引救而去。隶命篙师荡舟，且追且号，但闻鼓声如雷，与轰涛相间，瞬间遂杳。仆识其人，盖郎生也。

异史氏曰:“世传陈大士[28]在闱中,书艺既成,吟诵数四,叹曰:‘亦复谁人识得?’遂弃去更作。以故闱墨不及诸稿。贾生羞而遁去,此盖有仙骨焉。乃再返人世,遂以口腹自贬[29],贫贱之中人[30]甚矣哉!”

【注释】

[1] 风格洒然:神情态度,脱略不拘的样子。 [2] 谈言微中:指善于说话的人,能够掌握事件核心,分析并解决问题。 [3] 小试:清代把童生和秀才应县试、府试、院试,都叫作“小试”,也称“小考”。“小试”是针对“大场”而言;“大场”就是乡试和会试,也就是下文所指的“闱场”。 [4] 跂(qì):翘起脚后跟。 [5] 学者立言,贵乎不朽:古时有“三不朽”的说法,指所谓“立德、立功、立言”。“立言不朽”,意思说,所创的学说,所写的文章,很有价值,可以永传后世。 [6] 即味列八珍,当使天下不以为泰耳:“八珍”,有好几种说法,通常以龙肝、凤髓、猩唇、熊掌、豹胎、鲤尾、鸮炙、酥酪蝉等八样东西为“八珍”;所谓龙肝、凤髓,是以其他食品代替的象征名词。一般以“八珍”指珍贵的食品。“泰”,奢侈、过分的意思。这两句话的意思是说:如果作的文章真有不朽的价值,即使在生活方面十分考究享受,天下人也不以为奢侈、过分的。 [7] 阘冗泛滥:“阘”,疑应作“阘”。“阘冗泛滥”,指文章写得杂乱冗长而不切实。 [8] 言不由中:“中”,心。“言不由中”,话不是从内心里发出来的。 [9] 榎(jiǎ)楚:“榎”,同“槚”。“榎”和“楚”,都是树木名,古来用以责罚子弟的扑具。参看前文《画皮》篇注[6]“楚辱”条。 [10] 束阁群书:把群书束之高阁。“束之高阁”,放在一旁不用的意思。 [11] 一读一汗:读一回就淌一回汗。 [12] 重衣:几层衣服。 [13] 矢:这里同“屎”。 [14] 傥来:无意得来,侥幸得来。 [15] 道念:这里指修道、修行的念头。 [16] 始得:才可以。 [17] 弱步:走得慢。 [18] 刘、阮返自天台:古代神话中,东汉刘晨、阮肇到天台山采药,遇见两个仙女,被留住半

年，后来回家，子孙已经相传十世了。见《神仙传》。［19］穷蹙：贫困的意思。“蹙”，这里同“蹙”。［20］苫复：茅草屋顶。［21］霪霪：雨下得不停叫作“霪”，这里是形容流泪不止的样子。［22］曾、玄：曾孙和玄孙。［23］乖：恶劣。［24］娴：懂得，熟习。［25］嘑尔：形容呼唤时没有礼貌的样子。［26］两浙：浙东和浙西。［27］恬退：把名利看得很淡，不愿意做政治活动，叫作“恬退”。［28］陈大士：名际泰，大士是他的字，明末文学家。［29］以口腹自贬：“口腹”，指饮食。“以口腹自贬”，意思是为了生活而降低了自己的身份，不能再自以为清高了。［30］中(zhòng)人：伤害人，累人。

胭　脂

东昌卞氏，业牛医者，有女，小字胭脂，才姿惠丽。父宝爱之，欲占凤[1]于清门，而世族鄙其寒贱，不屑缔盟，以故及笄未字。对户龚姓之妻王氏，佻脱善谑，女闺中谈友也。一日，送至门，见一少年过，白服裙帽，丰采甚都。女意似动，秋波萦转之。少年俯其首，趋而去。去既远，女犹凝眺。王窥其意，戏之曰："以娘子才貌，得配若人[2]，庶可无恨。"女晕红上颊，脉脉不作一语。王问："识得此郎否？"答云："不识。"王曰："此南巷鄂秀才秋隼，故孝廉之子。妾向与同里，故识之。世间男子，无其温婉。今衣素，以妻服未阕[3]也。娘子如有意，当寄语使委冰焉。"女无言。王笑而去。数日无耗，女疑王氏未暇即往，又疑宦裔不肯俯拾。邑邑徘徊，萦念颇苦；渐废饮食，寝疾惙顿[4]。王氏适来省视，研诘病因。答言："自亦不知。但尔日别后，即觉忽忽不快，延命假息[5]，朝暮人[6]也。"王小语曰："我家男子，负贩未归，尚无人致声鄂郎。芳体违和[7]，非为此否？"女赪颜良久。王戏之曰："果为此者，病已至是，尚何顾忌？先令夜来一聚，彼岂不肯？"女叹息曰："事至此，已不能羞[8]。但渠不嫌寒贱，即遣媒来，疾当愈；若私约，则断断不可！"王颔之，遂去。王幼时与邻生宿介通；既嫁，宿侦夫他出，辄寻旧好。是夜宿适来，因述女言为笑，戏嘱致意鄂生。宿久知女美，闻之窃喜，幸其机之可乘也。将与妇谋，又恐其妒。乃假无心之词，问女家闺闼甚悉。次夜，逾垣入，直达女所，以指叩窗。内问："谁何？"答以"鄂生"。女曰："妾所以念君者，为百年，不为一夕。郎果爱妾，但宜速倩冰人；若言私合，不敢从命。"宿姑诺之，苦求一握纤腕为信。女不忍过拒，力疾[9]启扉。宿遽入，即抱求欢。女无力撑拒，仆地上，气息不续。宿急曳之。女曰："何来恶少，必非鄂郎；果是鄂郎，其人温驯，知妾病由，当相怜恤，何遂狂暴如此！若复尔尔，便当鸣呼，品行亏损，两无所益！"宿恐假迹败露，不敢复强，但请后会。女以亲迎为期。宿以为远，又请之。女厌纠缠，约待病愈。宿求信物，女不许。宿捉足解绣履而出。女呼之返，曰："身已许君，复何吝惜？但恐'画虎成狗'[10]，致贻污谤。今亵物已入君手，料不可反。君如负心，但有一死！"宿既出，又投宿王所。既卧，心不忘履，阴揣衣袂，竟已乌有。急起篝灯，振衣冥索。诘之，不应。疑妇藏匿。妇故笑以疑之。宿不能隐，实以情告。言已，遍烛门外，竟不可得，懊恨归寝。窃幸深夜无人，遗落当犹在途也。——早起寻之，亦复杳然。先是，巷中有毛大者，游手无籍[11]，尝挑[12]王氏不得。知宿与洽，思掩执以胁之。是夜，过其门，推之未扃，潜入。方至窗外，踏一物，软若絮帛，拾视，则巾裹女舄。伏听之，闻宿自述甚悉，喜极，抽身而出。逾数夕，越墙入女家，门户不悉，误诣翁舍。翁窥窗，见男子，察其音迹，知为女来者。心忿怒，操刀直出。毛大骇，反走。方欲攀垣，而卞追已近，急无所逃，反身夺刃。媪起大呼。毛不得脱，因而杀之。女稍痊，闻喧始起。共烛之，翁脑裂不复能言，俄顷已绝。于墙下得绣履，媪视之，胭脂物也。逼女，女哭而实告之；但不忍贻累王氏，言鄂生之自至而已。天明，讼于邑。邑宰拘鄂。——鄂为人谨讷，年十九岁，见客羞涩如童子。——被执骇绝。上堂不知置词，惟有战栗。宰益信其情真，横加梏械。书生不堪痛楚，是以诬服。既解郡，敲扑如邑。生冤气填塞，每欲与女面相质；及相遭，女辄诟詈，遂结舌不能自伸。由是论死。往来复讯，经数官无异词。后委济南府复案。时吴公南岱守[13]济南，一见鄂生，疑不类杀人者，阴使人从容私问之，俾得尽其词。公以是益知鄂生冤。筹思数日，始鞫之。先问胭脂："订约后，有知者否？"答："无之。""遇鄂生时，别有人否？"亦答："无之。"乃唤生上，温语慰之。生自言："曾过其门，但见旧邻妇王氏与一少女出，某即趋避，过此并无一言。"吴公叱女曰："适言侧无他人，何以有邻妇也？"欲刑之。女惧曰："虽有王氏，与彼实无关涉。"公罢质，命拘王氏。数日已至。又禁不与女通。立刻出审，便问王："杀人者谁？"王对："不知。"公诈之曰："胭脂供言，杀卞某汝悉知之，胡得隐匿？"妇呼曰："冤哉！淫婢自思男子，我虽有媒合之言，特戏之耳。彼自引奸夫入院，我何知焉！"公细诘之，始述其前后相戏之词。公呼女上，怒曰："汝言彼不知情，今何以自供撮合哉？"女流涕曰："自己不肖，致父惨死，讼结不知何年，又累他人，诚不忍耳。"公问王氏："既戏后，曾语何人？"王供："无之。"公怒曰："夫妻在床，应无不言者，何得云无？"王供："丈夫久客未归。"公曰："虽然，凡戏人者，皆笑人之愚，以炫己之慧，更不向一人言，将谁欺？"命梏十指[14]。妇不得已，实供："曾与宿言。"公于是释鄂拘宿。宿至，自供："不知。"公曰："宿妓者必无良士！"严械之。宿自供："赚女是真。自失履后未敢复往，杀人实不知情。"公怒曰：

“逾墙者何所不至!”又械之。宿不任凌籍[15],遂亦自承。招成报上,无不称吴公之神。铁案如山,宿遂延颈以待秋决矣。然宿虽放纵无行,故东国[16]名士。闻学使施公愚山[17]贤能称最,又有怜才恤士之德,因以一词控其冤枉,语言怆恻。公讨[18]其招供,反复凝思之,拍案曰:“此生冤也!”遂请于院司,移案再鞫。问宿生:“鞋遗何所?”供言:“忘之。但叩妇门时,犹在袖中。”转诘王氏:“宿介之外,奸夫有几?”供言:“无有。”公曰:“淫乱之人,岂得耑私一个?”供言:“身与宿介,稚齿交合,故未能谢绝;后非无见挑者,身实未敢相从。”因使指其人以实[19]之。供云:“同里毛大,屡挑而屡拒之矣。”公曰:“何忽贞白如此?”命搒之。妇顿首出血,力辨无有,乃释之。又诘:“汝夫远出,宁无有托故而来者?”曰:“有之,某甲、某乙,皆以借贷馈赠,曾一二次入小人家。”——盖甲、乙皆巷中游荡子,有心于妇而未发者也。公悉籍其名,并拘之。既集,公赴城隍庙,使尽伏案前。便谓:“曩梦神人相告,杀人者不出汝等四五人中。今对神明,不得有妄言。如肯自首,尚可原宥;虚者,廉得无赦!”同声言无杀人之事。公以三木[20]置地,将并加之;括发[21]裸身,齐鸣冤苦。公命释之。谓曰:“既不自招,当使鬼神指之。”使人以毡褥悉幛殿窗,令无少隙;袒诸囚背,驱入暗中,始授盆水,一一命自盥讫;系诸壁下,戒令:“面壁勿动。杀人者,当有神书其背”。少间,唤出验视,指毛曰:“此真杀人贼也!”盖公先使人以灰涂壁,又以烟煤濯其手:杀人者恐神来书,故匿背于壁而有灰色;临出以手护背,而有烟色也。公固疑是毛,至此益信。施以毒刑,尽吐其实。判曰:“宿介:蹈盆成括[22]杀身之道,成登徒子[23]好色之名。只缘两小无猜[24],遂野鹜如家鸡之恋;为因一言有漏,致得陇兴望蜀之心[25]。将仲子而逾园墙[26],便如鸟堕;冒刘郎而至洞口[27],竟赚门开。感帨惊尨[28],鼠有皮[29]胡若此?攀花折树,士无行其谓何!幸而听病燕之娇啼,犹为玉惜;怜弱柳之憔悴,未似莺狂。而释么凤[30]于罗中,尚有文人之意;乃劫香盟于袜底,宁非无赖之尤!蝴蝶过墙,隔窗有耳;莲花卸瓣[31],堕地无踪。假中之假以生,冤外之冤谁信?天降祸起,酷械至于垂亡;自作孽盈[32],断头几于不续。彼逾墙钻隙,固有玷夫儒冠;而僵李代桃[33],诚难消其冤气。是宜稍宽笞扑,折其已受之惨;姑降青衣[34],开其自新之路。若毛大者:刁猾无籍,市井凶徒。被邻女之投梭[35],淫心不死;伺狂童之入巷,贼智忽生。开户迎风,喜得履张生之迹[36];求浆值酒,妄思偷韩掾之香[37]。何意魄夺自天,魂摄于鬼。浪乘槎木,直入广寒之宫[38];径泛渔舟,错认桃源之路[39]。遂使情火息焰,欲海生波。刀横直前,投鼠无他顾之意[40];寇穷安往,急兔起反噬之心。越壁入人家,止期张有冠而李借[41];夺兵遗绣履,遂教鱼脱网而鸿离[42]。风流道乃生此恶魔,温柔乡[43]何有此鬼蜮[44]哉!即断首领,以快人心。胭脂:身犹未字,岁已及笄。以月殿之仙人,自应有郎似玉;原霓裳之旧队,何愁贮屋无金[45]?而乃感关雎而念好逑[46],竟绕春婆之梦[47];怨摽梅而思吉士[48],遂离倩女之魂。为因一线缠萦,致使群魔交至。争妇女之颜色,恐失'胭脂';惹鸷鸟之纷飞,并托'秋隼'。莲钩摘去,难保一瓣之香;铁限[49]敲来,几破连城之玉。嵌红豆[50]于骰子，相思骨竟作厉阶[51]；丧乔木[52]于斧斤，可憎才[53]真成祸水！葳蕤自守，幸白璧之无瑕；缧绁苦争，喜锦衾之可覆[54]。嘉其入门之拒，犹洁白之情人；遂其掷果[55]之心，亦风流之雅事。仰[56]彼邑令，作尔冰人。”案既结，遐迩传诵焉。自吴公鞫后，女始知鄂生冤。堂下相遇，腼然含涕，似有痛惜之词，而未可言也。生感其眷恋之情，爱慕殊切；而又念其出身微[57]，且日登公堂，为千人所窥指，恐娶之为人姗笑。日夜萦回，无以自主。判牒既下，意始安帖。邑宰为之委禽，送鼓吹焉。

异史氏曰：“甚哉！听讼之不可以不慎也！纵能知李代为冤，谁复思桃僵亦屈？然事虽暗昧，必有其间[58]，要非审思研察，不能得也。呜呼！人皆服哲人[59]之折狱明，而不知良工之用心苦矣。世之居民上者，棋局消日，绸被放衙[60]，下情民艰，更不肯一劳方寸。至鼓动衙开[61]，巍然高坐，彼哓哓[62]者，直以桎梏静[63]之，何怪覆盆[64]之下多沉冤哉！”

愚山先生吾师也。方见知时，余犹童子。窃见其奖进士子，拳拳如恐不尽；小有冤抑，必委曲呵护之，曾不肯作威学校，以媚权要。真宣圣之护法[65]，不止一代宗匠[66]，衡文无屈士已也。而爱才如命，尤非后世学使虚应故事者所及。尝有名士入场，作“宝藏兴焉”[67]文，误记“水下”；录毕而后悟之，料无不黜之理。作词曰：“宝藏在山间，误认却在水边。山头盖起水晶殿。瑚[68]长峰尖，珠结树颠。这一回崖中跌死撑船汉！告苍天：留点蒂儿，好与友朋看。”先生阅文至此，和之曰：“宝藏将山夸，忽然见在水涯。樵夫漫说渔翁话。题目虽差，文字却佳。怎肯放在他人下。尝见他，登高怕险；那曾见，会水淹[69]杀？”此亦风雅之一斑，怜才之一事也。

【注释】

[1] 占凤：许嫁的意思。春秋时，懿氏打算把女儿嫁给陈敬仲；懿妻卜卦，占得“凤凰于飞，其鸣锵锵”的吉利课。见《左传》。 [2] 若人：那个人。 [3] 妻服未阕(què)：“阕”，终了的意思。“妻服未阕”，妻死，给妻服丧，还没有满期。 [4] 惙(chuò)顿：委顿，忧困。 [5] 假息：意思说，气息是借来的，不能长久。 [6] 朝暮人：朝不保暮的人，意思是快要死了。 [7] 违和：生病。 [8] 不能羞：意思指不能因为害羞而不说。 [9] 力疾：有病而勉强支持着。 [10] “画虎成狗”：语出东汉马援诫侄书，原是指跟别人学而学得不好以致变了样的意思，这里却借用做把好事做坏了解释。 [11] 无籍：没有户口，没有固定住址和职业。 [12] 挑：挑逗，引诱。 [13] 守：这里作动词用，做太守，指做济南府知府。 [14] 梏十指：“梏”，这里作动词用。“梏十指”，就是拶指。参看前文《考弊司》篇注[13]“交臂历指”条。 [15] 凌籍：“籍”，这里同“藉”。“凌籍”，蹂躏、践踏，指酷刑。 [16] 东国：指山东。 [17] 施公愚山：清文学家施闰章，号愚山。与王士祯齐名。曾任侍读等官。 [18] 讨：研究。 [19] 实：这里是证实、证明的意思。 [20] 三木：指枷、杻、械，加在犯人头上和手上、脚上的刑具。杻、械，就是手铐、脚镣。 [21] 括发：把头发束起来，受刑前的一种准备动作。 [22] 盆成括：“盆成”，复姓，名“括”，战国时人。孟子听说盆成括到齐国去做官，认为他小有才能而不知道大道理，是自找死路的。后来果然被杀。见《孟子》。 [23] 登徒子：“登徒”，复姓。“子”，男子的通称。宋玉作《登徒子好色赋》，说登徒子之妻非常丑陋，但登徒子和她很要好，她生了五个孩子。后来就以登徒子指好色而不择美丑的人。 [24] 两小无猜：男孩和女孩在一起游戏，彼此年幼，不知道避什么嫌疑，叫作“两小无猜”。这里指童年时的宿介和王氏。 [25] 得陇兴望蜀之心：东汉光武帝命岑彭带兵打下

陇右之后，又要他去攻蜀。在给他的信里说：“人苦不知足，既平陇，复望蜀。”见《后汉书》。后来因以“得陇望蜀”比喻人的不知足。这里指宿介已经和王氏私通了，还想打胭脂的主意。［26］将(qiāng)仲子而逾园墙：“将”，请求的意思。“仲子”，男子的名字。语出《诗经》“将仲子兮，无逾我墙，……”历来解释为女子拒绝男子爬墙追求，以免被家人发觉的意思。这里指宿介的爬墙。［27］冒刘郎而至洞口：“刘郎”，指刘晨，参看前文《贾奉雉》篇注［18］“刘、阮返自天台”条。这里指宿介冒充鄂秋隼。［28］感帨(shuì)惊尨(páng)：“感”，这里同“撼”，动的意思。“帨”，佩巾。“尨”，狗。语出《诗经》“无感我帨兮，无使尨也吠。”意思是不要动我的佩巾，不要惊动狗叫。历来解释为女子贞洁自守，拒绝男子追求的表示。这里是指宿介的前来扰乱。［29］鼠有皮：语出《诗经》“相鼠有皮，人而无仪；人而无仪，不死何为！”意思是看老鼠那样的小动物还有皮，一个人岂能没有礼貌。［30］么凤：桐花凤，四川出产的一种五色小鸟。这里比喻少女，指胭脂。［31］莲花卸瓣：比喻胭脂的绣鞋被脱去。［32］自作孽盈：意思是自己作孽盈满，所以要受到报应，迷信的话。语出《书经》，“天作孽，犹可违；自作孽，不可逭。”［33］僵李代桃：以甲代乙的比喻。语出《乐语·鸡鸣》篇，“桃生露井上，李树生桃旁；虫来啮桃根，李树代桃僵；桃本身相代，兄弟还相忘！”这里是指宿介代毛大受屈。［34］青衣：秀才里比附生还要低一等的阶层，虽然仍具有秀才的资格，却剥夺穿着秀才服装——蓝衫的权利，只许穿青衣，所以叫作“青衣”。［35］被邻女之投梭：故事出《晋书》。谢鲲调戏邻女，被邻女用织布的梭投掷，打落了两个牙齿。这里指毛大调戏王氏被拒绝。［36］开户迎风，喜得履张生之迹：故事出唐人传奇《会真记》。张珙和崔莺莺恋爱，有“待月西厢下，迎风户半开；拂墙花影动，疑是玉人来”的诗句。这里指宿介和王氏欢会，门没有关，毛大也追踪而至。［37］求浆值酒，妄思偷韩掾之香：“求浆值酒”，意思是本来只求浆，却得到了酒，比喻所得的超过了原来的希望。语出《续博物志》，“太岁在酉，乞浆得酒。”“韩掾”，指韩寿。晋韩寿是贾充手下的掾吏，和贾充的女儿有了爱情。贾女把皇帝赐给贾充的异香偷送韩寿。后来贾充知道了，便把女儿嫁给了韩寿。见《晋书》。“偷韩掾之香”，就是韩掾偷香，因为和上句作对，所以用的倒装句法。这两句话的意思是说，毛大本意只想和王氏偷情，不料却意外地获得了调戏胭脂这一个更好的机遇。 [38] 浪乘槎木，直入广寒之宫："槎木”，指船。神话传说中，地下的海和天上的天河相通，有人曾乘船从海里到了天上。见《博物志》。“广寒之宫”参看前文《劳山道士》篇注[27]“广寒”条。这里指毛大想到胭脂的住处去。 [39] 径泛渔舟，错认桃源之路：晋陶潜作《桃花源记》，说有一渔舟，误入桃花源，遇到了秦代避难的人，其地和外间隔绝，竟不知有时代变迁之事。原是有所寄托的一种幻想，后人多用“桃花源”比喻世外安乐之地。这里指毛大误闯到卞翁窗外。 [40] 投鼠无他顾之意：“投鼠忌器”的反语，肆意而为，不管后果如何的意思。这里指毛大杀卞翁。参看前文《梅女》篇注[17]“投鼠之忌”条。 [41] 张有冠而李借：俗语有“张冠李戴”，比喻甲做的事情误认到乙的身上。这里指毛大想冒着鄂秋隼的名义和胭脂幽会。 [42] 鱼脱网而鸿离：“离”，遭遇的意思。语出《诗经》，“鱼网之设，鸿则离之。”指张网捕鱼，鸿却钻进了网。这里指毛大脱逃，宿介被捕。 [43] 温柔乡：传说汉成帝喜爱赵飞燕的妹妹合德，自己说，愿意终老在温柔乡里。见《飞燕外传》。后来因以“温柔乡”为沉溺在男女关系上的代词。 [44] 鬼蜮（yù）：“蜮”，古代传说中的一种虫，在水里暗处，含沙射人，被射中身子的就要生疮，仅仅被射中影子的，也要得病。“鬼蜮”，比喻阴险小人。 [45] 何愁贮屋无金：不怕嫁不到好丈夫的意思。这里是引用“金屋藏娇”的故事。汉武帝幼时，姑母抱着他，指着自己的女儿阿娇说：把她给你做妻子好不好？武帝说：如果得到阿娇，一定要给她住在金屋里。后来武帝做了皇帝，果然封阿娇为皇后。见《汉武故事》。 [46] 感关雎（jū）而念好逑：“关雎”，“关关雎鸠”的省词。“雎鸠”，一种水鸟。“关关”，雎鸠雌雄和应的声音。“逑”，配偶。这里的意思是，因为听到雎鸠雌雄和应的声音，因而想到需要一个好配偶。“关雎”是《诗经》里描写男女恋情的一章。 [47] 春婆之梦：宋代苏轼贬居昌化时，有一老妇对他说：你当年富贵，如今是一场春梦。当时因称老妇为“春梦婆”。见《侯鲭录》。这里借指胭脂的希望成为空想。 [48] 怨摽（piǎo）梅而思吉士：指女子到了适当年龄，有和异性恋爱的要求。语出《诗经·摽有梅》篇，“摽有梅，其实七兮；求我庶士，迨其吉兮。”“摽”，落的意思。梅子熟透了就要落下来，所以女子见了梅子的落，联想到自己年华已大，再不出嫁便要过时了。 [49] 铁限：本是铁门槛，这里指棍棒。 [50] 红豆：一种豆科植物，结有黑色斑点的红豆，古来把它象征相思，也叫作“相思子”。 [51] 厉阶：恶端。 [52] 乔木：指父。古来把乔（也称桥）、梓两木比作父子。 [53] 可憎才：犹如说“讨厌的家伙”。男女间把所爱的人叫作“讨厌的家伙”，是表示亲昵。元曲《西厢记》有“与我那可憎才居止处门儿相向”等句。这里意指情人。 [54] 锦衾之可覆：遮盖、包涵、原谅一类的意思。宋郦琼和王德不和，后来郦琼在王德手下做副都统，于是对王德说，希望他“一床锦被盖过”。又为元、明小说话本中常用语，《水浒》就有“一床锦被遮盖则个”句。 [55] 掷果：晋潘岳是美男子，在洛阳的时候，每逢外出，路上妇女看见了，都用果子投掷他，以表示爱慕，叫作“掷果潘郎”。故事见《晋书》。 [56] 仰：公文里上级对下级的命令语。 [57] 微：卑贱。 [58] 间（jiàn）：本是隙缝的意思，在这里引申作漏洞解释。 [59] 哲人：贤明而有智慧的人。 [60] 棋局消日，绸被放衙：用下棋来消磨时间，睡在绸被里叫衙门里的人散值：形容官署主官不负责任的情况。 [61] 鼓动衙开：古时官署衙前置鼓以为作息信号；把鼓一擂动，就表示开始办公、问案了。 [62] 哓（xiāo）哓：多话、说话不歇的样子。这里“哓哓者”，指陈述冤屈的老百姓。 [63] 静：这里是镇压、箝制的意思。 [64] 覆盆：黑暗的意思，比喻含冤不白。语出《汉书·司马迁传》“戴覆盆何以望天。” [65] 护法：佛家把保护佛教的人叫作“护法”；这里说给孔子护法，也就是指保护儒教。 [66] 宗匠：标准人物、典型人物的意思。［67］“宝藏（zàng）兴焉”：“宝藏”，指山里蕴藏的宝物，语出《中庸》。［68］瑚：“珊瑚”的省词。［69］渰：本是将下雨时，地气蒸腾润湿的样子；这里用同“淹”。

瑞　云

瑞云，杭之名妓，色艺无双。年十四岁，其母蔡媪，将使出应客。瑞云告曰："此奴终身发轫[1]之始，不可草草。价由母定，客则听奴自择之。"媪曰："诺！"乃定价十五金，逐日见客。客求见者必以贽：贽厚者接一弈，酬一画；薄者留一茶而已。瑞云名噪已久，自此富商贵介，日接于门。余杭贺生，才名夙著，而家仅中资。素仰瑞云，固未敢拟同鸳梦，亦竭微贽，冀得一睹芳泽。窃恐其阅人既多，不以寒畯[2]在意；及至相见一谈，而款接殊殷。坐语良久，眉目含情，作诗赠生曰："何事求浆者，蓝桥叩晓关？有心寻玉杵，端只在人间。"[3]生得之狂喜。更欲有言，忽小鬟来白"客至"，生仓猝遂别。既归，吟玩诗词，梦魂萦扰。过一二日，情不自已，修贽复往。瑞云接见良欢，移坐近生，悄然谓："能图一宵之聚否？"生曰："穷踧之士，惟有痴情可献知己。一丝之贽，已竭绵薄。得近芳容，意愿已足；若肌肤之亲，何敢作此梦想。"瑞云闻之，戚然不乐，相对遂无一语。生久坐不出，媪频唤瑞云以促之，生乃归。心甚邑邑，思欲罄家以博一欢，而更尽而别，此情复何可耐？筹思及此，热念都消，由是音息遂绝。瑞云择婿数月，更不得一当，媪颇恚，将强夺之而未发也。一日，有秀才投贽，坐语少时，便起，以一指按女额曰："可惜，可惜！"遂去。瑞云送客返，共视额上，有指印黑如墨，濯之益真[4]。过数日，墨痕渐阔；年余，连颧彻准[5]矣。见者辄笑，而车马之迹以绝。媪斥[6]去妆饰，使与婢辈伍，瑞云又荏弱，不任驱使，日益憔悴。贺闻而过之，见蓬首厨下，丑状类鬼。起首见生，面壁自隐。贺怜之，与媪言，愿赎作妇。媪许之。贺货田倾装，买之而归。入门，牵衣揽涕，且不敢以伉俪自居，愿备妾媵，以俟来者。贺曰："人生所重者知己：卿盛时犹能知我，我岂以衰故忘卿哉！"遂不复娶。闻者共姗笑之，而生情益笃。居年余，偶至苏，有和生与同主人[7]，忽问："杭有名妓瑞云，近如何矣？"贺以"适人"对。又问："何人？"曰："其人率与仆等。"和曰："若能如君，可谓得人矣。不知价几何许？"贺曰："缘有奇疾，姑从贱售耳。不然，如仆者，何能于勾栏中买佳丽哉！"又问："其人果能如君否？"贺以其问之异，因反诘之。和笑曰："实不相欺：昔曾一觐其芳仪，甚惜其以绝世之姿而流落不偶，故以小术晦其光而保其璞，留待怜才者之真鉴耳。"贺急问曰："君能点之，亦能涤之否？"和笑曰："乌得不能。但须其人一诚求耳。"贺起拜曰："瑞云之婿，即某是也。"和喜曰："天下惟真才人为能多情，不以妍媸易念也。请从君归，便赠一佳人。"遂与同返。既至，贺将命酒，和止之曰："先行吾法，当先令治具者有欢心也。"即令以盥器贮水，戟指而书之，曰："濯之当愈。然须亲出一谢医人也。"贺笑捧而去，立俟瑞云自靧[8]之：随手光洁，艳丽一如当年。夫妇共德之，同出展谢，而客已渺，遍觅之不可得，意者其仙欤！

【注释】

[1] 发轫（rèn）：比喻一切事情的开端。"轫"是支住车轮、让它不能转动的木头。"发轫"，是把支住车轮的木头拿掉，这样，车子就可以行动了。[2] 寒畯（jùn）：贫士。 [3]"何事求浆者，蓝桥叩晓关？有心寻玉杵，端只

在人间”:“端”,准、应、确实的意思。这首诗的含意是说:你若爱我,是有办法的。诗中所用故事,参看前文《辛十四娘》篇注[9]。 [4] 益真:更加明显了。[5] 连颧彻准:从脸颊连到鼻子。 [6] 斥:解除,褫剥。 [7] 同主人:同在一个主人家作客,也可解释为同住在一个旅馆里。 [8] 靧(huì):洗脸。

仇大娘

仇仲，晋人，忘其郡邑。值大乱，为寇俘去。二子福、禄俱幼。继室邵氏，抚双孤，遗业幸能温饱；而岁屡祲[1]，豪强者复凌藉之，遂至食息不保[2]。仲叔尚廉利其嫁，屡劝驾[3]，而邵氏矢志不摇。廉阴券于大姓，欲强夺之，关说已成，而他人不之知也。里人魏名，夙狡狯，与仲家积不相能，事事思中伤之。因邵寡，伪造浮言[4]以相败辱。大姓闻之，恶其不德而止。久之，廉之阴谋，与外之飞语，邵渐闻之，冤结胸怀，朝夕陨涕，四体渐以不仁，委身床榻。福甫十六岁，因缝纫无人，遂急为毕姻。妇，姜秀才屺瞻之女，颇称贤能，百事赖以经纪。由此用[5]渐裕，仍使禄从师读。魏忌嫉之，而阳与善，频招福饮；福倚为腹心交。魏乘间告曰："尊堂病废，不能理家人生产；弟坐食，一无所操作：贤夫妇何为作马牛哉？且弟买妇，将大耗金钱。为君计，不如早析[6]，则贫在弟而富在君也。"福归，谋诸妇。妇咄之。奈魏日以微言[7]相渐渍，福惑焉，直以己意告母。母怒，诟骂之。福益恚，辄视金粟为他人之物也者而委弃之。魏乘机诱与博赌，仓粟渐空。妇知而未敢言。既至粮绝，被母骇问，始以实告。母愤怒而无如何，遂析之。幸姜女贤，旦夕为母执炊，奉事一如平日。福既析，益无顾忌，大肆淫赌，数月间，田产悉偿戏责[8]，而母与妻皆不及知。福资既罄，无所为计，因券妻贷资，而苦无受者。邑人赵阎罗，原漏网之巨盗，武断[9]一乡，固不畏福言之食也，慨然假资。

福持去，数日复空。意踟蹰，将背券盟。赵横目相加。福大惧，赚妻付之。魏闻窃喜，急奔告姜，实将倾败仇也。姜怒，讼兴。福惧甚，亡去。姜女至赵家，始知为婿所卖，大哭，但欲觅死。赵初慰谕之，不听；既而威逼之，益骂；大怒，鞭挞之，终不肯服。因拔笄自刺其喉，急救，已透食管，血溢出。赵急以帛束其项，犹冀从容而挫折焉。明日，拘牒已至。赵行行[10]殊不置意。官验女伤重，命笞之。隶相顾，无敢用刑。官久闻其横暴，至此益信，大怒，唤家人出，立毙之。姜遂舁女归。自姜之讼也，邵氏始知福不肖状，一号几绝，冥然大澌[11]。禄时年十五，茕茕[12]无以自主。先是，仲有前室女大娘，嫁于远郡。性刚猛，每归宁馈赠不满其志，辄迕父母，往往以愤去。仲以是怒恶之。又因道远，遂数载不一存问。邵氏垂危，魏欲招之来而启其争。适有贸贩者，与大娘同里，便托寄语大娘，且歆[13]以家之可图。数日，大娘果与少子至。入门，见幼弟侍病母，景象惨淡，不觉怆恻。因问弟福，禄备告之。大娘闻之，忿气塞吭，曰："家无成人，遂任人蹂躏至此！吾家田产，诸贼何得赚去！"因入厨下，爇火炊糜，先供母而后呼弟及子共啖之。啖已，忿出，诣邑投状，讼诸博徒。众惧，敛金赂大娘。大娘受其金，而仍讼之。邑令拘甲、乙等，各加杖责，田产殊置不问。大娘愤不已，率子赴郡。郡守最恶博者，大娘力陈孤苦，及诸恶局骗[14]之状，情词忼慨。守为之动，判令邑宰，追田给主；仍惩仇福，以儆不肖。既归，邑宰奉令敲比，于是故产尽反。大娘时已久寡，乃遣少子归，且嘱从兄务业，勿得复来。大娘由此止母家，养母教弟，内外有条。母大慰，病渐瘥，家务悉委大娘。里中豪强，少见陵暴，辄握刃登门，侃侃[15]争论，罔不屈服。居年余，田产日增。时市药饵珍肴，馈遗姜女。又见禄渐长成，频嘱媒为之觅姻。魏告人曰："仇家产业，悉属大娘，恐将来不可复返矣。"人咸信之，故无肯与论婚者。有范公子子文，家中名园，为晋第一。园中名花夹路，直通内室。或不知而误入之，值公子私宴，怒执为盗，杖几死。会清明，禄自塾中归，魏引与游遨，遂至园所。魏故与园丁有旧[16]，放令入，周历亭榭。俄至一处，溪水汹涌，有画桥朱槛，通一漆门；遥望门内，繁花如锦，盖即公子内斋也。魏绐之曰："君请先入，我适欲私[17]焉。"禄信之，寻桥入户，至一院落，闻女子笑声。方停步间，一婢出窥见之，旋踵即返。禄始骇奔。无何，公子出，叱家人绾索逐之。禄大窘，自投溪中。公子反怒为笑，命诸仆引出。见其容裳都雅，便令易其衣履，曳入一亭，诘其姓氏，蔼容温语，意甚亲昵。俄趋入内，旋出，笑握禄手，过桥，渐达曩所。禄不解其意，逡巡不敢入。公子强曳入之，见花篱内隐隐有美人窥伺。既坐，则群婢行酒。禄辞曰："童子无知，误践闺闼。得蒙赦宥，已出非望。但愿释令早归，受恩匪浅。"公子不听。俄顷，肴炙纷纭。禄又起，辞以醉饱。公子捺坐，笑曰："仆有一乐拍名，若能对之，即放君行。"禄唯唯请教。公子云："拍名'浑不似'[18]。"禄嘿思良久，对曰："银成'没奈何'[19]。"公子大笑曰："真石崇[20]也！"禄殊不解。盖公子有女名蕙娘，美而知书。日择良偶。夜梦一人告之曰："石崇，汝婿也。"问："何在？"曰："明日落水矣。"早告父母，共以为异。禄适符梦兆，故邀入内舍，使夫人女辈共觇之也。公子闻对而喜，乃曰："拍名乃小女所拟，屡思而无其偶。今得属对，亦有天缘。仆欲以息女奉箕帚。寒舍不乏第宅，更无烦亲迎耳。”禄惶然逊谢；且以母病，不能入赘为辞。公子姑令归谋，遂遣圉人负湿衣，送之以马。既归告母，母惊为不祥。于是始知魏氏险。然因凶得吉，亦置不仇，但戒子远绝而已。逾数日，公子又使人致意母。母终不敢应。大娘应之，即倩双媒纳采[21]焉。未几，禄赘入公子家。年余游泮，才名籍甚[22]。妻弟长成，敬少弛[23]；禄怒，携妇而归。母已杖而能行。频岁赖大娘经纪，第宅颇完好。新妇既归，婢仆如云，宛然有大家风焉。魏又见绝，嫉妒益深，恨无瑕之可蹈，乃引旗下逃人，诬禄寄资。国初立法最严，禄依令徙口外[24]。范公子上下贿托，仅以蕙娘免行；田产尽没入官。幸大娘执析产书，锐身告理，新增良沃如干顷，悉挂福名，母女始得安居。禄自分不反，遂书离婚字付岳家，伶仃自去。行数日，至都北，饭于旅肆。有丐子怔营[25]户外，貌绝类兄。近致讯诘，果兄。禄因自述，兄弟悲惨。禄解复衣分数金，嘱令归。福泣受而别。禄至关外，寄将军帐下为奴。因禄文弱，俾主支籍[26]，与诸仆同栖止。仆辈研问家世，禄悉告之。内一人惊曰：“是吾儿也！”盖仇仲初为寇家牧马，后寇投诚，卖仲旗下，时从主屯关外。向禄缅述，始知真为父子，抱首悲哀，一室为之酸辛。已而愤曰：“何物逃东[27]，遂诈吾儿！”因泣告将军。将军即命禄摄书记。函致亲王，付仲诣都。仲俟车驾出，先投冤状；亲王为之婉转[28]，遂得昭雪，命地方官赎业归仇。仲返，父子各喜。禄细问家口，为赎身计，乃知仲入旗下，两易配而无所出，时方鳏也。禄遂治任返。初，福别弟归，蒲伏[29]自投。大娘奉母坐堂上，操杖问之：“汝愿受扑责，便可姑留；不然，汝田产既尽，亦无汝啖饭之所，请仍去。”福涕泣伏地，愿受笞。大娘投杖曰：“卖妇之人，亦不足惩；但宿案[30]未消，再犯首官[31]可耳。”即使人往告姜。姜女骂曰：“我是仇氏何人，而相告耶？”大娘频述告福而揶揄之。福惭愧不敢出气。居半年，大娘虽给奉周备，而役同厮养。福操作无怨词。托以金钱，辄不苟。大娘察其无他，乃白母，求姜女复归。母意其不可复挽。大娘曰：“不然。渠如肯事二主，楚毒岂肯自罹？要不能不有此忿耳。”遂率弟躬往负荆[32]。岳父母诮让良切。大娘叱使长跪，然后请见姜女。请之再四，坚避不出。大娘搜捉以出。女乃指福唾骂。福惭汗无以自容。姜母始曳令起。大娘请问归期。女曰：“向受姊惠綦多，今承尊命，岂复有异言？但恐不能保其不再卖也。且恩义已绝，更何颜与黑心无赖子共生活哉？请别营一室，妾往奉事老母，较胜披削[33]足矣。”大娘代白其悔，为翼日之约而别。次朝，以乘舆取归。母逆于门而跪拜之。女伏地大哭，大娘劝止。置酒为欢，命福坐案侧。乃执爵而言曰：“我苦争者，非自利也。今弟悔过，贞妇复还，请以簿籍交纳，我以一身来，仍以一身去耳。”夫妇皆兴席[34]改容，罗拜哀泣，大娘乃止。居无何，昭雪之命下；不数日，田宅悉还故主。魏大骇，不知其故，自恨无术可以复施。适西邻有回禄之变[35]，魏托救焚而往，暗以编菅爇禄第。风又暴作，延烧几尽，止余福居两三屋，举家依聚其中。未几，禄至，相见悲喜。初，范公子得离书，持商蕙娘。蕙娘痛哭，碎而投诸地。父从其志，不复强。禄归，闻其未嫁，喜如岳所。公子知其灾，欲留之。禄不可，遂辞而退。大娘幸有藏金，出葺败堵。福负锸营筑，掘见窖镪，夜与弟共发之；石池盈丈，满中皆不动尊[36]也。由是鸠工大作，楼舍群起，壮丽拟于世胄。禄感将军义，备千金往赎父。福请行，因遣健仆辅之以去。禄乃迎蕙娘归。未几，父兄同归，一门欢腾。大娘自居母家，禁子省视，恐人议其私也。父既归，坚辞欲去。兄弟不忍。父乃析产而三之：子得二，女得一也。大娘固辞。兄弟皆泣曰："吾等非姊，乌有今日？"大娘乃安之。遣人招子，移家共居焉。或问大娘："异母兄弟，何遂关切如此？"大娘曰："知有母而不知有父者，惟禽兽如此耳，岂以人而效之？"福、禄闻之，皆流涕。使工人治其第，皆与己等。魏自计十余年，祸之而益以福之，深自愧悔；又仰其富，思交欢之，因以贺仲阶进，备物而往。福欲却之；仲不忍拂，受鸡酒焉。鸡以布缕缚足，逸入灶；灶火燃布，往栖积薪，僮婢见之而未顾也。俄而薪焚灾舍，一家惶骇。幸手指众多，一时扑灭，而厨中百物俱空矣。兄弟皆谓其物不祥。后值父寿，魏复馈牵羊。却之不得，系羊庭树。夜有僮被仆殴，忿趋树下，解羊索自经死。兄弟叹曰："其福之不如其祸之也！"自是魏虽殷勤，竟不敢受其寸缕，宁厚酬之而已。后魏老，贫而作丐，每周[37]以布粟而德报之。

异史氏曰："噫嘻！造物之殊不由人也！益仇之而益福之，彼机诈者，无谓甚矣。顾受其爱敬，而反以得祸，不更奇哉？此可知盗泉[38]之水，一掬亦污也。"

【注释】

［1］岁屡祲(jīn)：古人迷信，认为天地间有一种阴阳相侵，因而形成的赤黑色的不祥之气，叫作"祲"。引申作田地荒歉解释。"岁屡祲"，就是连年

收成不好。［2］食息不保："息"，呼吸。"食息不保"，意思是因为没有得吃的，几乎无法维持生存了。［3］劝驾：古时本指地方官员劝贤士应皇帝的征召，驾车遣送到京城里去。后来一般以劝人做某一件事情为"劝驾"。［4］浮言：谣言、没有根据的话。下文"飞语"，义同。［5］用：家用，用度。［6］析：这里指分家。［7］微言：指暗中挑唆的言语。［8］戏责："戏"，指赌博。"责"，这里同"债"。［9］武断：凭着个人的威势压迫人，任意判断是非，叫作"武断"。［10］行（hàng）行：形容态度强硬的样子。［11］大渐：病重，病危。［12］茕（qióng）茕：形容孤孤单单、无依无靠的样子。［13］歆（xīn）：本是羡慕的意思，这里引申作引诱解释。［14］局骗：有组织地做成圈套来骗人钱财，叫作"局骗"。［15］侃（kǎn）侃：形容刚直不屈的样子。［16］有旧：相识，有交情。［17］私：小便。［18］"浑不似"：一种长颈的小型琵琶。传说汉时王昭君的琵琶坏了，叫人再做一个；做成后，形状却较小。王昭君笑说："浑不似。"见《席上腐谈》。后来就把"浑不似"作为这种乐器的名字。［19］"没奈何"：传说宋时张俊家里广有钱财。他把银子每一千两铸成一个大圆球，起名叫"没奈何"，意思是动用不了，对它无可如何。见《坚瓠集》。［20］石崇：晋时以奢侈闻名的大富豪。［21］纳采：见前文《阿宝》篇注［8］"委禽妆"条。［22］籍甚：传播得很广的意思。［23］弛（chí）：本是松缓的意思，引申作怠慢解释。［24］引旗下逃人，诬禄寄资；国初立法最严，禄依令徙口外："旗下"，指满人。清代最初编制满人为八旗，所以习惯以"旗下""旗人"称满人。清兵入关时，把在战争中掳获的人口，留在旗下服苦役，称为"满洲家人"。这些人不堪虐待，就设法逃走，有一时期，几个月内竟逃亡了好几万人。于是清政府拟订法令，严厉惩办被捕获的逃人；并且规定，窝藏逃人的，和逃人同罪。当时也有流氓地痞，冒充逃人来讹诈老百姓。这里"诬禄寄资"，就是逃人诬称有钱存在仇禄处，应照窝主处理，所以被徙到口外西北边地充军。［25］怔营：惶恐不安的样子。此据青柯亭本。手稿本原作"怔憕"，不可解；

但也可能“怔”字是“忊”字之误,“忊憆”,是不得意的样子。［26］主支籍:主管收支簿籍,就是做会计、账房。［27］逃东:指逃人的主人。［28］婉转:本是委婉随和的意思,这里引申作辩白、说情解释。［29］蒲伏:同“匍匐”,伏在地下爬行。［30］宿案:旧案。［31］首官:向官府告发。［32］负荆:道歉、陪罪的意思。战国时,赵国的大将廉颇和上卿(有如后来的宰相)蔺相如不和,屡次加以挫辱。蔺相如以国事为重,处处退让,不和他计较。后来廉颇知道自己错了,就负着可以做鞭子的荆条,到蔺相如的门上请罪,表示自己已经悔悟了,愿意受他的鞭责。见《史记》。［33］披削:披缁削发,指出家做尼姑。［34］兴席:离开坐席。［35］回禄之变:“回禄”,古代迷信传说火神名。“回禄之变”,指火灾。［36］不动尊:银钱的别名。本是讥笑人有钱不用的意思。［37］周:接济,给与。［38］盗泉:在山东泗水县东北。传说当年孔子路过盗泉,因为它的名字不好,虽然口渴,也不肯喝一口水。

葛　巾

常大用，洛人。癖好牡丹。闻曹州牡丹甲[1]齐鲁，心向往之。适以他事如曹，因假搢绅之园居焉。而时方二月，牡丹未华[2]，惟徘徊园中，目注勾萌[3]，以望其拆[4]。作《怀牡丹诗》百绝。未几，花渐含苞，而资斧将匮；寻典春衣，流连忘反。一日，凌晨趋花所，则一女郎及老妪在焉。疑是贵家宅眷，亦遂遄返。暮而往，又见之，从容避去。微窥之，宫妆艳绝。眩迷之中，忽转一想：此必仙人，世上岂有此女子乎！急反身而搜之，骤过假山，适与妪遇。女郎方坐石上，相顾失惊。妪以身幛女，叱曰："狂生何为！"生长跪曰："娘子必是神仙。"妪咄之曰："如此妄言，自当絷送令尹！"生大惧。女郎微笑曰："去之！"过山而去。生返，不能徒步[5]，意女郎归告父兄，必有诟辱之来。偃卧空斋，自悔孟浪[6]。窃幸女郎无怒容，或当不复置念。悔惧交集，终夜而病。日已向辰，喜无问罪之师[7]，心渐宁帖。而回忆声容，转惧为想。如是三日，憔悴欲死。秉烛夜分，仆已熟眠，妪入，持瓯而进曰："吾家葛巾娘子，手合[8]鸩汤，其速饮！"生闻而骇；既而曰："仆与娘子，夙无怨嫌，何至赐死？既为娘子手调，与其相思而病，不如仰药[9]而死。"遂引而尽之。妪笑，接瓯而去。生觉药气香冷，似非毒者。俄觉肺鬲宽舒，头颅清爽，酣然睡去。既醒，红日满窗。试起，病若失。心益信其为仙。无可夤缘，但于无人时仿佛其立处、坐处，虔拜而嘿祷之。一日，行去，忽于深树内，觌面遇女郎，幸无他人。大喜投地。女郎近曳之，忽闻异香竟体。即以手握玉腕而起，指肤软腻，使人骨节欲酥。正欲有言，老妪忽至。女令隐身石后，南指曰："夜以花梯度墙，四面红窗者，即妾居也。"匆匆遂去。生怅然，魂魄飞散，莫能知其所往。至夜，移梯登南垣，则垣下已有梯在；喜而下，果见红窗。室中闻敲棋[10]声，伫立不敢复前，姑逾垣归。少间，再过之，子声犹繁。渐近窥之，则女郎与一素衣美人相对着，老妪亦在坐，一婢侍焉。又返。凡三往复，三漏已催[11]。生伏梯上，闻妪出云："梯也，谁置此？"呼婢共移去之。生登垣，欲下无阶，恨悒而返。次夕，复往，梯先设矣。幸寂无人。入，则女郎兀坐，若有思者，见生惊起，斜立含羞。生揖曰："自谓福薄，恐于天人无分，亦有今夕耶！"遂狎抱之。纤腰盈掬，吹气如兰，撑拒曰："何遽尔！"生曰："好事多磨，迟为鬼妒。"言未及已，遥闻人语。女急曰："玉版妹子来矣。君可姑伏床下。"生从之。无何，一女子入，笑曰："败军之将，尚可复言战否？业已烹茗，敢[12]邀为长夜之欢。"女郎辞以困惰。玉版固请之，女郎坚坐不行。玉版曰："如此恋恋，岂藏有男子在室耶？"强拉之，出门而去。生膝行而出。恨绝[13]，遂搜枕箪，冀一得其遗物。而室内并无香奁，只床头有水精如意[14]，上结紫巾，芳洁可爱。怀之，越垣归。自理衿袖，体香犹凝，倾慕益切。然因伏床之恐，遂有怀刑[15]之惧，筹思不敢复往，但珍藏如意，以冀其寻。隔夕，女郎果至，笑曰："妾向以君为君子也，而不知寇盗也。"生曰："良有之！所以偶不君子者，第望其如意耳。"乃揽体入怀，代解裙结：玉肌乍露，热香四流，偎抱之间，觉鼻息汗熏，无气不馥。因曰："仆固意卿为仙人，今益知不妄。幸蒙垂盼，缘在三生。但恐杜兰香[16]之下嫁，终成离恨耳。”女笑曰：“君虑亦过。妾不过离魂之倩女，偶为情动耳。此事要宜慎秘，恐是非之口，捏造黑白，君不能生翼，妾不能乘风，则祸离更惨于好别矣。”生然之，而终疑为仙，固诘姓氏。女曰，“既以妾为仙，仙人何必以姓名传。”问：“妪何人？”曰：“此桑姥姥。妾少时受其露覆，故不与婢辈同。”遂起，欲去，曰：“妾处耳目多，不可久羁，蹈隙当复来。”临别，索如意，曰：“此非妾物，乃玉版所遗。”问：“玉版为谁？”曰：“妾叔妹也。”付钩乃去。去后，衾枕皆染异香。由此三两夜辄一至。生惑之，不复思归。而囊橐既空，欲货马。女知之，曰：“君以妾故，泻囊[17]质衣，情所不忍。又去代步[18]，千余里将何以归？妾有私蓄，聊可助装。”生辞曰：“感卿情好，抚臆誓肌[19]，不足论报；而又贪鄙，以耗卿财，何以为人矣！”女固强之，曰：“姑假君。”遂捉生臂，至一桑树下，指一石，曰，“转之！”生从之。又拔头上簪，刺土数十下，又曰：“爬之！”生又从之。则瓮口已见。女探之，出白镪[20]近五十两许；生把臂止之，不听，又出十余铤；生强反其半而后掩之。一夕，谓生曰：“近日微有浮言，势不可长，此不可不预谋也。”生惊曰：“且为奈何？小生素迂谨，今为卿故，如寡妇之失守，不复能自主矣。一惟卿命，刀锯斧钺，亦所不遑顾耳！”女谋偕亡，命生先归，约会于洛。生治任旋里，拟先归而后逆之；比至，则女郎车适已至门。登堂朝家人，四邻惊贺，而并不知其窃而逃也。生窃自危；女殊坦然，谓生曰：“无论千里外非逻察所及；即或知之，妾世家女，卓王孙当无如长卿何也[21]。”生弟大器，年十七。女顾之，曰：“是有惠根，前程尤胜于君。”完昏有期，妻忽夭殒。女曰：“妾妹玉版，君固尝窥见之，貌颇不恶，年亦相若，作夫妇可称嘉耦。”生闻之而笑，戏请作伐。女曰：“必欲致之，即亦匪难。”喜问：“何术？”曰：“妹与妾最相善。两马驾轻车，费一妪之往返耳。”生惧前情俱发，不敢从其谋；女固言“不害。”即命车，遣桑媪去。数日，至曹。将近里门，媪下车，使御者止而候于途，乘夜入里。良久，偕女子来，登车遂发。昏暮即宿车中，五更复行。女郎计其时日，使大器盛服而逆之。五十里许，乃相遇。御轮[22]而归；鼓吹花烛，起拜成礼。由此兄弟皆得美妇，而家又日以富。一日，有大寇数十骑，突入第。生知有变，举家登楼。寇入，围楼。生俯问：“有仇否？”答言：“无仇。但有两事相求：一则闻两夫人世间所无，请赐一见；一则五十八人，各乞金五百。”聚薪楼下，为纵火计以胁之。生允其索金之请，寇不满志，欲焚楼，家人大恐。女欲与玉版下楼，止之不听。炫妆而下，阶未尽者三级，谓寇曰：“我姊妹皆仙媛，暂时一履尘世，何畏寇盗！欲赐汝万金，恐汝不敢受也。”寇众一齐仰拜，喏声“不敢”。姊妹欲退，一寇曰：“此诈也！”女闻之，反身伫立，曰：“意欲何作，便早图之，尚未晚也。”诸寇相顾，嘿无一言，姊妹从容上楼而去。寇仰望无迹，哄然始散。后二年，姊妹各举一子，始渐自言魏姓，母封曹国夫人。生疑曹无魏姓世家；又且大姓失女，何得一置不问？未敢穷诘，而心窃怪之。遂托故复诣曹，入境谘访，世族并无魏姓。于是仍假馆旧主人。忽见壁上有《赠曹国夫人》诗，颇涉骇异，因诘主人。主人笑，即请往观曹夫人，至则牡丹一本[23]，高与檐等。问所由名，则以此花为曹第一，故同人戏封之。问其“何种”？曰：“葛巾紫也。”心益骇，遂疑女为花妖。既归，不敢质言，但述赠夫人诗以觇之。女蹙然变色，遽出，呼玉版抱儿至，谓生曰："三年前，感君见思，遂呈身相报；今见猜疑，何可复聚。"因与玉版皆举儿遥掷之，儿堕地并没。生方惊顾，则二女俱渺矣。悔恨不已。后数日，堕儿处生牡丹二株，一夜径尺[24]。当年而花，一紫一白，朵大如盘，较寻常之葛巾、玉版，瓣尤繁碎。数年，茂荫成丛。移分他所，更变异种，莫能识其名。自此牡丹之盛，洛下无双焉。

异史氏曰："怀之专一，鬼神可通，偏反者[25]亦不可谓无情也。少府寂寞，以花当夫人[26]，况真能解语，何必力穷其原哉？惜常生之未达也！"

【注释】

[1] 甲：顶好，第一。 [2] 华：这里作开花解释。 [3] 勾萌：草木才发的嫩芽：屈的叫"勾"，直的叫"萌"。 [4] 拆：同"坼"。裂开，指花蕊的开放。 [5] 不能徒步："徒步"，步行。这里的意思是说：常大用因为害怕，以致两腿发软，几乎连路也走不成了。 [6] 孟浪：轻率、冒失的意思。[7] 问罪之师：古时两国相争，此国向彼国进军时，总宣称对方有罪，进攻是去问罪，因此称自己的军队为"问罪之师"。后来引申作一切质责的代词。[8] 合：配合、调制的意思。 [9] 仰药：仰起头来把药喝下去，一般指服毒。[10] 敲棋：下棋时，棋子敲着棋盘有响声，所以下棋也就叫作"敲棋"。[11] 催：漏刻指到什么时候，好像告诉人时间不早了，所以叫作"催"。[12] 敢：对人有所请求时表示自己冒昧、大胆的谦辞。 [13] 恨绝：恨透了。"绝"，含有极、甚的意思，如后文《黄英》篇"痛绝"，《书痴》篇"惊绝"，就是悲痛极了、奇怪极了。 [14] 如意：搔痒耙。因为它能够抓到身上任何部分，如人之意，所以叫作"如意"。后来渐渐变成一种陈设品，用玉石之类的质料刻制，爬的一头改作芝草或云形，成为象征吉祥的东西了。[15] 怀刑：惟恐受到法律制裁。 [16] 杜兰香：古代神话中的仙女。因为

有罪，被谪降人间，在洞庭湖边，由一渔夫收养；十几岁时，期限届满，仍然回到天上。见《墉城仙录》。［17］泻囊：把口袋里的钱倒空了。［18］代步：代替人们走路的交通工具，这里指马。［19］抚臆誓肌：按住胸口，拿身上的肉来赌咒。感谢之词，略近“粉身碎骨”之类的意思。［20］白镪：银子。［21］卓王孙当无如长卿何也：“长卿”，汉司马相如的号。司马相如和临邛富人卓王孙的女儿文君相恋，一同逃走。卓王孙虽然知道，对司马相如也没有办法。见《史记》。［22］御轮：古代婚礼的程序之一，新婿到女家行“奠雁”礼后，出来亲自为新妇驾车，执着车索，绕三个圈子；然后先回家去，在门外候着新妇到来。这里用这个典故，是陪着新妇乘车的意思。［23］本：棵，株。后文《香玉》篇“以度树本”，“本”是树根干的意思。［24］径尺：这里指高度有一尺长。［25］偏反者：指花。语出古诗“唐棣之花，偏其反尔。”“偏反”，是形容花摇动的样子。所以这里就用“偏反者”为花的代词。［26］少府寂寞，以花当夫人：“少府”，唐代县尉的别称。这里指白居易。白居易作过《戏题新栽蔷薇》诗，中有两句是“少府无妻春寂寞，花开将尔当夫人”。当时白正在盩厔做县尉，所以自称“少府”。

黄　英

马子才，顺天人。世好菊，至才尤甚。闻有佳种，必购之，千里不惮。一日，有金陵客寓其家，自言其中表亲有一二种，为北方所无。马欣动，即刻治装，从客至金陵。客多方为之营求，得两芽[1]，裹藏如宝。归至中途，遇一少年，跨蹇从油碧车[2]，丰姿洒落。渐近与语。少年自言："陶姓。"谈言骚雅。因问马所自来，实告之。少年曰："种无不佳，培溉在人。"因与论艺菊之法。马大悦，问："将何往?"答云："姊厌金陵，欲卜居于河朔[3]耳。"马欣然曰："仆虽固贫，茅庐可以寄榻。不嫌荒陋，无烦他适。"陶趋车前，向姊咨禀。车中人推帘语，乃二十许绝世美人也。顾弟言："屋不厌卑而院宜得广。"马代诺之，遂与俱归。第南有荒圃，仅小室三四椽，陶喜，居之。日过北院，为马治菊。菊已枯，拔根再植之，无不活。然家清贫。陶日与马共食饮，而察其家似不举火。马妻吕，亦爱陶姊，不时以升斗馈恤之。陶姊小字黄英，雅善谈，辄过吕所，与共纫绩。陶一日谓马曰："君家固不丰，仆日以口腹累知交，胡可为常。为今计，卖菊亦足谋生。"马素介，闻陶言，甚鄙之，曰："仆以君风流高士，当能安贫；今作是论，则以东篱为市井，有辱黄花[4]矣。"陶笑曰："自食其力，不为贪；贩花为业，不为俗。人固不可苟求富，然亦不必务求贫也。"马不语，陶起而出。自是，马所弃残枝劣种，陶悉掇拾而去。由此不复就马寝食，招之始一至。未几，菊将开，闻其门嚣喧如市。怪之，过而窥焉，见市人买花者，车载肩负，道相属也。其花皆异种，目所未睹。心厌其贪，欲与绝；而又恨其私秘佳本[5]。遂款其扉，将就诮让。陶出，握手曳入。见荒庭半亩皆菊畦，数椽之外无旷土。劚[6]去者则折别枝插补之；其蓓蕾[7]在畦者罔不佳妙，而细认之，皆向所拔弃也。陶入屋，出酒馔，设席畦侧，曰："仆贫不能守清戒，连朝幸得微资，颇足供醉。"少间，房中呼"三郎"，陶诺而去。俄献佳肴，烹饪良精。因问："贵姊胡以不字？"答云："时未至。"问："何时？"曰："四十三月。"又诘："何说？"但笑不言。尽欢始散。过宿，又诣之，新插者已盈尺矣。大奇之，苦求其术。陶曰："此固非可言传。且君不以谋生，焉用此！"又数日，门庭略寂，陶乃以蒲席包菊，捆载数车而去。逾岁，春将半，始载南中异卉而归，于都中设花肆，十日尽售。复归艺菊。问之去年买花者，留其根，次年尽变而劣，乃复购于陶。陶由此日富：一年增舍，二年起夏屋。兴作从心，更不谋诸主人。渐而旧日花畦，尽为廊舍。更于墙外买田一区，筑墉[8]四周，悉种菊。至秋，载花去，春尽不归。而马妻病卒。意属黄英，微使人风示之。黄英微笑，意似允许，惟耑候陶归而已。年余，陶竟不至。黄英课[9]仆种菊，一如陶。得金益合商贾[10]，村外治膏田二十顷，甲第[11]益壮。忽有客自东粤来，寄陶生函信，发之，则嘱姊归马。考其寄书之日，即妻死之日。回忆园中之饮，适四十三月也。大奇之。以书示英，请问"致聘何所"。英辞不受采。又以故居陋，欲使就南第居，若赘焉。马不可，择日行亲迎礼。黄英既适马，于间壁开扉通南第，日过课其仆。马耻以妻富，恒嘱黄英作南北籍，以防淆乱。而家所须，黄英辄取诸南第。不半岁，家中触类皆陶家物。马立遣人一一赍还之，戒勿复取。未浃旬，又杂之。凡数更，马不胜烦。黄英笑曰："陈仲子[12]毋乃劳乎？"马惭，不复稽，一切听诸黄英。鸠工庀料[13]，土木大作。马不能禁。经数月，楼舍连亘，两第竟合为一，不分疆界矣。然遵马教，闭门不复业菊，而享用过于世家。马不自安，曰："仆三十年清德，为卿所累。今视息[14]人间，徒依裙带[15]而食，真无一毫丈夫气矣。人皆祝富，我但祝穷耳！"黄英曰："妾非贪鄙。但不少致丰盈，遂令千载下人谓渊明[16]贫贱骨，百世不能发迹，——故聊为我家彭泽解嘲耳。然贫者愿富，为难；富者求贫，固亦甚易。床头金任君挥去之，妾不靳也。"马曰："捐他人之金，抑亦良丑。"黄英曰："君不愿富，妾亦不能贫也。无已，析君居：清者自清，浊者自浊，何害。"乃于园中筑茅茨[17]，择美婢往侍马。马安之。然过数日，苦念黄英。招之，不肯至；不得已，反就之。隔宿辄至，以为常。黄英笑曰："东食西宿[18]，廉者当不如是。"马亦自笑，无以对，遂复合居如初。会马以事客金陵，适逢菊秋[19]。早过花肆，见肆中盆列甚烦[20]，款朵佳胜，心动，疑类陶制。少间，主人出，果陶也。喜极，具道契阔，遂止宿焉。要之归。陶曰："金陵，吾故土，将昏于是。积有薄资，烦寄吾姊。我岁杪当暂去。"马不听，请之益苦[21]，且曰："家幸充盈，但可坐享，无须复贾。"坐肆中，使仆代论价，廉其直，数日尽售。逼促囊装，赁舟遂北。入门，则姊已除舍，床榻裀褥皆设，若预知弟也归者。陶自归，解装课役，大修亭园，惟日与马共棋酒，更不复结一客。为之择昏，辞不愿。姊遣二婢侍其寝处，居三四年，生一女。陶饮素豪，从不见其沉醉。有友人曾生，量亦无对，适过马，马使与陶相较饮。二人纵饮甚欢，相得恨晚。自辰以迄四漏，计各尽百壶。曾烂醉如泥，沉睡座间。陶起归寝，出门，践菊畦，玉山倾倒，委衣于侧，即地化为菊，高如人，花十余朵，皆大于拳。马骇绝，告黄英。英急往，拔置地上，曰："胡醉至此！"覆以衣，要马俱去，戒勿视。既明而往，则陶卧畦边。马乃悟姊弟菊精也。益爱敬之。而陶自露迹，饮益放，恒自折柬招曾，因与莫逆。值花朝[22]，曾来造访，以两仆舁药浸白酒一罈，约与共尽。坛将竭，二人犹未甚醉。马潜以一瓻续入之，二人又尽之。曾醉已惫，诸仆负之以去。陶卧地，又化为菊。马见惯不惊，如法拔之，守其旁以观其变。久之，叶益憔悴。大惧，始告黄英。英闻骇曰："杀吾弟矣！"奔视之，根株已枯。痛绝，掐其梗，埋盆中，携入闺中，日灌溉之。马悔恨欲绝，甚怨曾。越数日，闻曾已醉死矣。盆中花渐萌；九月既开，短干粉朵，嗅之有酒香。名之"醉陶"。浇以酒则茂。后女长成，嫁于世家。黄英终老，亦无他异。

异史氏曰："青山白云人，遂以醉死[23]，世尽惜之，而未必不自以为快也。植此种于庭中，如见良友，如对丽人，——不可不物色之也。"

【注释】

[1] 芽：这里是棵、株的意思，专对草木幼苗而言。 [2] 油碧车：华贵有帷幕的车子。一般是贵族妇女乘坐的。 [3] 河朔：指黄河以北地区。[4] 以东篱为市井，有辱黄花："东篱"，指菊圃、菊花园。晋诗人陶潜爱好菊花，有"采菊东篱下"的诗句，后人因而用"东篱"作为种菊花的地方的代词。"市井"，做生意买卖的地方。"黄花"，就是菊花。这两句话的意思是说：菊花本是高尚的玩赏品，如果拿它当货物出卖，把菊花园变作市场，那是对菊

花的侮辱。［5］佳本：好种、良种的意思。［6］劚（zhǔ）：同“斸”，砍，斫。［7］蓓蕾：花蕊，含苞欲放的花。［8］墉：土墙。［9］课：督率，考核。［10］合商贾：和商人合伙。［11］甲第：古时贵族住的房子分甲乙第；“甲第”，就是大房子。［12］陈仲子：战国时齐人，当时著名的廉士。传说陈仲子不愿吃“不义之食”，吃了人家送给他哥哥的鹅肉，又吐了出来；因为饿得厉害，爬到井上吃虫蛀过的李子。孟子认为陈仲子这种行为是矫揉造作，曾给予否定的批评。见《孟子》。这里引用这一故事作比喻，含有讥讽的意味。［13］庀（pǐ）料：“庀”，备具。“庀料”，指准备建筑材料。［14］视息：眼睛看，鼻子呼吸：指生存。“视息人间”，含有白白地、无意义地活着的意思。［15］裙带：指女人。“依裙带而食”，是靠女人吃饭的意思。［16］渊明：晋陶潜的号。陶潜做过彭泽令，下文“彭泽”，也指陶潜。［17］茅茨（cí）：茅屋。［18］东食西宿：古代寓言中，齐国有两个男子，同时向一个女子求婚。东家男子富而丑，西家男子美而贫。女子的父母问女儿愿嫁哪一家，女儿说：“嫁两家，在东家吃饭，西家住宿。”见《艺文类聚》。这里借这个寓言嘲笑自以为廉洁的人。［19］菊秋：菊花开放的秋天季节。［20］烦：这里同“繁”，多的意思。［21］苦：甚，极力。［22］花朝：古代风俗，以农历二月十二日（一说十五日）为百花生日，叫作“花朝”。［23］青山白云人，遂以醉死：唐傅奕自立遗嘱说：“傅奕，青山白云人也，以醉死。……”这里引用这两句，是赞叹陶弟的旷达。

书　痴

彭城[1]郎玉柱，其先世官至太守。居官廉，得俸不治生产，积书盈屋。至玉柱，尤痴：家苦贫，无物不鬻，惟父藏书，一卷不忍置。父在时，曾书《劝学篇》[2]粘其座右，郎日讽诵，又帏以素纱，惟恐磨灭。非为干禄[3]，实信书中真有金粟。昼夜研读，无问寒暑。年二十余，不求昏配，冀卷中丽人自至。见宾亲不知温凉，三数语后，则诵声大作，客逡巡自去。每文宗[4]临试，辄首拔之[5]，——而苦不得售。一日，方读，忽大风飘卷去。急逐之，踏地陷足；探之，穴有腐草；掘之，乃古人窖粟，朽败已成粪土。虽不可食，而益信"千钟[6]"之说不妄，读益力。一日，梯登高架，于乱卷中得金辇径尺。大喜，以为"金屋"之验。出以示人，则镀金而非真金。心窃怨古人之诳[7]己也。居无何，有父同年，观察是道，性好佛。或劝郎献辇为佛龛。观察大悦，赠金三百、马二匹。郎喜，以为金屋、车马皆有验，因益刻苦。然行年已三十矣。或劝其娶。曰："'书中自有颜如玉'，我何忧无美妻乎。"又读二三年，迄无效；人咸揶揄之。时民间讹言：天上织女私逃。或戏郎："天孙窃奔，盖为君也。"郎知其戏，置不辨。一夕，读《汉书》[8]至八卷，卷将半，见纱剪美人夹藏其中。骇曰："书中颜如玉，其以此应之耶？"心怅然自失。而细视美人，眉目如生；背隐隐有细字云："织女。"大异之。日置卷上，反复瞻玩，至忘食寝。一日，方注目间，美人忽折腰起，坐卷上微笑。郎惊绝，伏拜案下。既起，已盈尺矣。益骇，又叩之。下几亭亭，宛然绝代之姝。拜问："何神？"美人笑曰："妾颜氏，字如玉，君固相知已久。日垂青盼，脱不一至，恐千载下无复有笃信古人者。"郎喜，遂与寝处。然枕席间亲爱倍至，而不知为人[9]。每读，必使女坐其侧。女戒勿读，不听。女曰："君所以不能腾达者，徒以读耳。试观春秋榜[10]上，读如君者几人？若不听，妾行去矣。"郎暂从之。少顷，忘其教，吟诵复起。逾刻，索女，不知所在。神志丧失。跪而祷之，殊无影迹。忽忆女所隐处，取《汉书》细检之，直至旧所，果得之。呼之不动；伏以哀祝，女乃下，曰："君再不听，当相永绝！"因使治棋枰、樗蒲[11]之具，日与遨戏。而郎意殊不属。觑女不在，则窃卷流览。恐为女觉，阴取《汉书》第八卷，杂混他所以迷之。一日，读酣，女至，竟不之觉。忽睹之，急掩卷，而女已亡矣。大惧，冥搜诸卷，渺不可得；既，仍于《汉书》八卷中得之，叶数不爽。因再拜祝，矢不复读。女乃下，与之弈，曰："三日不工，当复去。"至三日，忽一局赢女二子。女乃喜，授以弦索，限五日工一曲。郎手营目注，无暇他及；久之，随指应节，不觉鼓舞。女乃日与饮博，郎遂乐而忘读。女又纵之出门，使结客，由此倜傥之名暴著。女曰："子可以出而试矣。"郎一夜谓女曰："凡人男女同居则生子；今与卿居久，何不然也？"女笑曰："君日读书，妾固谓无益。今即夫妇一章，尚未了悟，枕席二字有工夫。"郎惊问："何工？"女笑不言。少间，潜迎就之。郎乐极，曰："我不意夫妇之乐，有不可言传者。"于是逢人辄道，无有不掩口者。女知而责之。郎曰："钻穴逾隙者，始不可以告人；天伦之乐，人所皆有，何讳焉。"过八九月，女果举一男，买媪抚字之。一日，谓郎曰："妾从君二年，业生子，可以别矣。久恐为君祸，悔之已晚。”郎闻言泣下，伏不起，曰：“卿不念呱呱者耶？”女亦惨然。良久，曰：“必欲妾留，当举架上书尽散之。”郎曰：“此卿故乡，乃仆性命，何出此言！”女不之强，曰：“妾亦知其有数，不得不预告耳。”先是，亲族或窥见女，无不骇绝，而又未闻其缔姻何家。共诘之。郎不能作伪语，但嘿不言。人益疑，邮传几遍，闻于邑宰史公。史，闽人，少年进士。闻声倾动，窃欲一睹丽容，因而拘郎及女。女闻知，遁匿无迹。宰怒，收郎，斥革衣衿，梏械备加，务得女所自往。郎垂死，无一言。械其婢，略能道其仿佛。宰以为妖，命驾亲临其家。见书卷盈屋，多不胜搜，乃焚之庭中；烟结不散，瞑若阴霾。郎既释，远求父门人书，得从辨复。是年秋捷，次年举进士。而衔恨切于骨髓。为颜如玉之位，朝夕而祝曰：“卿如有灵，当佑我官于闽。”后果以直指巡闽。居三月，访史恶款，籍其家。时有中表为司理，逼纳爱妾，托言买婢寄署中。案既结，郎即日自劾，取妾而归。

异史氏曰：“天下之物，积则招妒，好则生魔：女之妖，书之魔也。事近怪诞，治之未为不可；而祖龙之虐[12]，不已惨乎！其存心之私，更宜得怨毒之报也。呜呼！何怪哉！”

【注释】

［1］彭城：今江苏徐州。 ［2］劝学篇：宋真宗（赵恒）作的诗歌，中有这样几句：“富家不用买良田，书中自有千钟粟；安居不可架高堂，书中自有黄金屋；娶妻莫恨无良媒，书中自有颜如玉。……” ［3］干禄：“禄”，官的薪俸。“干禄”，求官、活动做官的意思。 ［4］文宗：对学使的尊称，犹如说“宗师”。 ［5］首拔之：选为第一名。这里指岁试、科试，下文“不得售”，指乡试。 ［6］钟：古量器，可以盛六斛四斗（古时斗斛的容量和现在不同）。

古时官吏薪俸是给粮食的，最初以“钟”为计算单位。这里“千钟”，指千钟粟，形容多、优厚的意思。［7］讧：同“诳”。［8］《汉书》：记载汉代从高祖刘邦到平帝刘衎两百多年间的事情的史书。东汉班固著。［9］为人：指性行为。［10］春秋榜：科举时代，考进士在春天举行，考举人在秋天举行，所以习惯把录取进士和举人的榜示叫作“春秋榜”。［11］樗（shū）蒲：古时博戏的一种：博具是木制的“马”，分做枭、卢、雉、犊、塞五种花色。掷骰子看得采多少，以定输赢。一般用“樗蒲”二字作为赌博的代词。［12］祖龙之虐：“祖”，始的意思；“龙”，象征皇帝；“祖龙”，象征始皇。秦始皇统治时期，人民恨他暴虐，诅詈他，又不敢提他名字，因而用“祖龙”作影射的代词。“祖龙之虐”，是借历史上所记载的秦始皇焚书坑儒的故事，比喻县官的捕人、烧书。

晚　霞

五月五日，吴、越间有斗龙舟之戏：刳木为龙，绘鳞甲，饰以金碧；上为雕甍朱槛；帆旌皆以锦绣；舟末为龙尾，高丈余，以布索引木板下垂。有童坐板上，颠倒滚跌，作诸巧剧。下临江水，险危欲堕。故其购是童也，先以金啖其父母，预调驯之，堕水而死，勿悔也。吴门[1]则载美妓，较不同耳。镇江有蒋氏童阿端，方七岁，便捷奇巧，莫能过，声价益起。十六岁犹用之。至金山下，堕水死。蒋媪止此子，哀鸣而已。阿端不自知死。有两人导去，见水中别有天地；回视，则流波四绕，屹如壁立。俄入宫殿，见一人兜牟坐[2]。两人曰："此龙窝君也。"便使拜伏。龙窝君颜色和霁，曰："阿端伎巧可入柳条部。"遂引至一所，广殿四合。趋上东廊，有诸年少出与为礼，率十三四岁。即有老妪来，众呼解姥。坐令献技。已乃教以"钱塘飞霆"之舞，"洞庭和风"之乐。但闻鼓钲喤聒[3]，诸院皆响；既而诸院皆息。姥恐阿端不能即娴，独絮絮调拨[4]之，而阿端一过，殊已了了。姥喜曰："得此儿，不让晚霞矣。"明日，龙窝君按部，诸部毕集。首按夜叉部：鬼面鱼服，鸣大钲，围四尺许，鼓可四人合抱之。声如巨霆，叫噪不复可闻。舞起则巨涛汹涌，横流空际；时堕一点星光，及着地消灭。龙窝君急止之。命进乳莺部：皆二八姝丽，笙乐细作，一时清风习习，波声俱静，水渐凝如水晶世界，上下通明。按毕，俱退立西墀下。次按燕子部：皆垂髫人。内一女郎，年十四五已来，振袖倾鬟，作“散花舞”。翩翩翔起，襟袖袜履间，皆出五色花朵，随风飏下，飘泊满庭。舞毕，随其部亦下西墀。阿端旁睨，雅爱好之。问之同部，即晚霞也。无何，唤柳条部。龙窝君特试阿端。端作前舞，喜怒随腔，俯仰中节。龙窝君嘉其惠悟，赐五文裤褶[5]，鱼须金束发[6]，上嵌夜光珠。阿端拜赐下，亦趋西墀，各守其伍。端于众中遥注晚霞，晚霞亦遥注之。少间，端逡巡出部而北，晚霞亦渐出部而南，相去数武，而法严不敢乱部，相视神驰而已。既按蛱蝶部：童男女皆双舞，身长短，年大小，服色黄白，皆取诸同。诸部按已，鱼贯[7]而出。柳条在燕子部后。端疾出部前，而晚霞已缓滞在后，回首见端，故遗珊瑚钗，端急内袖中。既归，凝思成疾，眠餐顿废。解姥辄进甘旨，日三四省，抚摩殷切，病不少瘥。姥忧之，罔所为计，曰：“吴江王寿期已促，且为奈何？”薄暮，一童子来，坐榻上与语，自言：“隶蛱蝶部。”从容问曰：“君病为晚霞否？”端惊问：“何知？”笑曰：“晚霞亦如君耳。”端凄然起坐，便求方计。童问：“尚能步否？”答云：“勉强尚能自力。”童挽出，南启一户，折而西，又辟双扉，见莲花数十亩，皆生平地上，叶大如席，花大如盖，落瓣堆梗下盈尺。童引入其中，曰：“姑坐此。”遂去。少时，一美人拨莲花而入，则晚霞也。相见惊喜，各道相思，略述生平。遂以石压荷盖令侧，雅可幛蔽，又匀铺莲瓣而籍[8]之，忻与狎寝。既订后约，日以夕阳为候，乃别。端归，病亦寻愈。由此两人日一会于莲亩。过数日，随龙窝君往寿吴江王。称寿已，诸部悉还，独留晚霞及乳莺部一人在宫中教舞，数月更无音耗。端怅惘若失。惟解姥日往来吴江府，端托晚霞为外妹[9]，求携去，冀一见之。留吴江门下数日，宫禁森严，晚霞苦不得出，怏怏而返。积月余，痴想欲绝。一日，解姥入，戚然相吊曰："惜乎！晚霞投江矣！"端大骇，涕下不能自止。因毁冠裂服，藏金珠而出，意欲相从俱死。但见江水若壁，以首力触不得入。念欲复还，惧问冠服，罪将增重。意计穷蹙，汗流浃踵[10]。忽睹壁下有大树一章[11]，乃猱攀而上。渐至端杪，猛力跃堕，幸不沾濡，而竟已浮水上。不意之中，恍睹人世，遂飘然泅去。移时得岸，少坐江滨，顿思老母，遂趁舟而去。抵里，四顾居庐，忽如隔世。次且至家，忽闻窗中有女子曰："汝子来矣。"音声甚似晚霞。俄与母俱出，果霞。斯时两人喜胜于悲；而媪则悲疑惊喜，万状俱作矣。初，晚霞在吴江，觉腹中震动，龙宫法禁严，恐旦夕身娩，横遭挞楚，又不得一见阿端，但欲求死，遂潜投江水。身泛起，沉浮波中。有客舟拯之，问其居里。晚霞故吴名妓，溺水不得其尸。自念衏院[12]不可复投，遂日："镇江蒋氏，吾婿也。"客因代贳[13]扁舟，送诸其家。蒋媪疑其错误。女自言不误，因以其情详告媪。媪以其风格韵妙，颇爱悦之。第虑年太少，必非肯终寡也者。而女孝谨，顾家中贫，便脱珍饰售数万。媪察其志无他，良喜。然无子，恐一旦临蓐，不见信于戚里。以谋女。女曰："母但得真孙，何必求人知？"媪亦安之。会端至，女喜不自已。媪亦疑儿不死，阴发儿冢，骸骨具存。因以此诘端。端始爽然自悟。然恐晚霞恶其非人，嘱母勿复言。母然之，遂告同里，以为当日所得非儿尸。然终虑其不能生子。未几，竟举一男。捉之，无异常儿，始悦。久之，女渐觉阿端非人，乃曰："胡不早言？凡鬼衣龙宫衣，七七魂魄坚凝，生人不殊矣。若得宫中龙角胶，可以续骨节而生肌肤,惜不早购之也。”端货其珠,有贾胡[14]出资百万,家由此巨富。值母寿,夫妇歌舞称觞,遂传闻王邸。王欲强夺晚霞。端惧,见王自陈夫妇皆鬼,验之无影而信,遂不之夺;但遣宫人就别院,传其技。女以龟溺[15]毁容,而后见之。教三月,终不能尽其技而去。

【注释】

[1] 吴门:苏州的别名。 [2] 兜牟坐:戴了头盔坐着。“兜牟”,古来战争时用的一种皮或铁制的帽子,也称“头盔”。 [3] 喤聒:“喤”,鼓声。“喤聒”,钟鼓喧杂的声音。 [4] 调拨:指点,教导。 [5] 五文裤褶(xí):“五文”,五彩。“裤褶”,古时一种骑马用的、裤子连着上衣的军服。 [6] 束发:一种把头发挽束起来的饰物,作用有如今之发夹。 [7] 鱼贯:像鱼游水中一样地一个接着一个。 [8] 籍:同“藉”。坐在上面,睡在上面。[9] 外妹:同母不同父的妹妹。 [10] 浃踵:湿透了脚后跟。 [11] 一章:一棵,专指大树而言。 [12] 衎(háng)院:本作“衎衏(yuàn)”,就是妓院。[13] 贳(shì):本指赊借,这里是雇用的意思。 [14] 贾(gǔ)胡:唐时以“贾胡”称来中国经商的胡人,这里泛指外国商人。 [15] 龟溺:龟尿。龟溺入肉不脱,见《本草》。

王　者

湖南巡抚某公，遣州佐[1]押解饷六十方赴京。途中被雨，日暮愆程[2]，无所投宿，远见古刹，因诣栖止。天明，视所解金，荡然无存。众骇怪，莫可取咎[3]。回白抚公，公以为妄，将置之法[4]。及诘众役，并无异词。公责令仍反故处，缉察端绪。至庙前，见一瞽者，形貌奇异，自榜[5]云："能知心事。"因求卜筮[6]。瞽曰："是为失金者。"州佐曰："然。"因诉前苦。瞽者便索肩舆，云："但从我去，当自知。"遂如其言，官役皆从之。瞽曰："东！"东之。曰："北！"北之。凡五日，入深山，忽睹城郭，居人辐辏[7]。入城，走移时，瞽曰："止！"因下舆，以手南指："见有高门，西向，可款关自问之。"拱手自去。州佐从其教，果见高门。渐入之。一人出，衣冠汉制，不言姓名。州佐诉所自来。其人云："请留数日，当与君谒当事者。"遂导去，令独居一所，给以食饮。暇时，闲步至第后，见一园亭，入涉之。老松翳日，细草如毡。数转廊榭，又一高亭，历阶而入，见壁上挂人皮数张，五官俱备，腥气流熏。不觉毛骨森竖，疾退归舍。自分留鞹异域[8]，已无生望，因念进退一死，亦姑听之。明日，衣冠者召之去，曰："今日可见矣。"州佐唯唯。衣冠者乘怒马[9]甚驶，州佐步驰从之。俄至一辕门，俨如制府[10]衙署，皂衣人罗列左右，规模凛肃。衣冠者下马，导入。又一重门，见有王者，珠冠绣绂[11]，南面坐。州佐趋上，伏谒。王者问："汝湖南解官耶？"州佐诺。王者曰："银俱在此。是区区者，汝抚军即慨然见赠，未为不可。”州佐泣诉：“限期已满，归必就刑，禀白何所申证?”王者曰：“此即不难。”遂付以巨函云：“以此复之，可保无恙。”又遣力士送之。州佐慴息[12]，不敢辨，受函而返。山川道路，悉非来时所经。既出山，送者乃去。数日，抵长沙，敬白抚公。公益妄之，怒不容辨，命左右者飞索以缧[13]。州佐解襆出函，公拆视未竟，面如灰土。命释其缚，但云：“银亦细事，汝姑出。”于是急檄[14]属官，设法补解讫。数日，公疾，寻卒。先是，公与爱姬共寝，既醒，而姬发尽失。阖署惊怪，莫测其由。盖函中即其发也。外有书云：“汝自起家守令，位极[15]人臣。赇赂贪婪，不可悉数。前银六十万，业已验收在库。当自发贪囊，补充旧额。解官无罪，不得妄加谴责。前取姬发，略示微警。如复不遵教令，旦晚取汝首领。姬发附还，以作明信。”公卒后，家人始传其书。后属员遣人寻其处，则皆重岩绝壑，更无径路矣。

异史氏曰：“红线金合[16]，以儆贪婪，良亦快异。然桃源仙人，不事掠劫；即剑客所集，乌得有城郭衙署哉？呜呼！是何神欤？苟得其地，恐天下之赴愬者无已时矣。”

【注释】

[1] 州佐：清代知州的辅佐官，州同、州判之类。 [2] 愆程：错过宿头，耽误了路程。 [3] 取咎：负错误责任，归罪。 [4] 置之法：一般指处死刑。 [5] 榜：这里是揭示的意思。 [6] 卜筮（shì）：卜卦的通称。古人卜课，工具用龟壳的叫作“卜”，用蓍草的叫作“筮”。 [7] 辐辏：“辐”，车轮里的直木；“辏”，聚集的意思。“辐辏”，形容人烟的密集，有如车轮的直木聚集于轴心一样。 [8] 留鞹异域：“鞹”，皮。“留鞹异域”，意思是死在他乡。

[9] 怒马:形容马的奔驰不可遏止,犹如发怒一般。后文《香玉》篇"赤芽怒生","怒生"是形容草木勃发不可遏止的样子。 [10] 制府:指总督。参看前文《红玉》篇注[34]"督抚"条。 [11] 绂(fú):古代一种蔽膝的服饰。[12] 慴(zhé)息:"慴",害怕。"慴息",害怕得不敢出气。 [13] 飞索以缟(tà):"飞",抛掷。"缟",捆绑。"飞索以缟",丢下绳索捆绑。 [14] 檄:古时刻有通告文字的木片。檄上的文字,一般是征召、罪责、晓慰之类。后来虽然不用木片,却仍把这一类文字称作"檄文",成为公文体裁的一种。这里作动词用,是饬令、通知的意思。 [15] 极:最高的,顶点。这里"位极人臣",意思是做了顶大、不能再大的官。 [16] 红线金合:"红线",传奇故事中唐代的侠女。据说原是潞州节度使薛嵩的婢女,曾经用了神异的方法,盗走魏博节度使田承嗣珍重收藏的金盒,使得田承嗣知道潞州有能人,不敢侵犯潞州。见《甘泽谣》。这里"合",同"盒"。

竹　青

鱼客，湖南人，谈者忘其郡邑。家贫，下第归，资斧断绝。羞于行乞，饿甚，暂憩吴王庙中。因为愤懑之词，拜祷神座。出卧廊下，忽一人引去，见吴王，跪白："黑衣队尚缺一卒，可使补缺。"王曰："可。"即授黑衣。既着身，化为乌，振翼而出。见乌友群集，相将俱去，分集帆樯。舟上客旅，争以肉向上抛掷。群于空中接食之。因亦尤效，须臾果腹。翔栖树杪，意亦甚得。逾二三日，吴王怜其无偶，配以雌，呼之"竹青"。雅相爱乐。鱼每取食，辄驯无机[1]。竹青恒劝谏之，卒不能听。一日，有满兵过，弹[2]之，中胸。幸竹青衔去之，得不被擒。群乌怒，鼓翼扇波，波涌起，舟尽复。竹青仍投饵哺鱼。鱼伤甚，终日而毙。忽如梦醒，则身卧庙中。先是，居人见鱼死，不知谁何，抚之未冷，故不时以人逻察之。至是，讯知其由，敛资送归。后三年，复过故所，参谒吴王。设食，唤乌下集啖，祝曰："竹青如在，当止。"食已，并飞去。后领荐归，复谒吴王庙，荐以少牢[3]。已，乃大设以飨乌友，又祝之。是夜宿于湖村。秉烛方坐，忽几前如飞鸟飘落，视之，则二十许丽人，辗然曰："别来无恙乎？"鱼惊问之，曰："君不识竹青耶？"鱼喜，诘所来。曰："妾今为汉江神女，返故乡时常少。前乌使两道君情，故来一相聚也。"鱼益欣感，宛如夫妻之久别，不胜欢恋。生将偕与俱南，女欲邀与俱西，两谋不决。寝初醒，则女已起。开目，见高堂中巨烛荧煌，竟非舟中。惊起，问：

“此何所?”女笑曰:“此汉阳也。妾家即君家,何必南!”天渐晓,婢媪纷集,酒炙已进。就广床[4]上设矮几,夫妇对酌。鱼问:“仆何在?”答:“在舟上。”生虑舟人不能久待。女言:“不妨,妾当助君报之。”于是日夜谈宴,乐而忘归。舟人梦醒,忽见汉阳,骇绝。仆访主人,杳无音信。舟人欲他适,而缆结不解,遂共守之。积两月余,生忽忆归,谓女曰:“仆在此,亲戚断绝。且卿与仆,名为琴瑟,而不一认家门,奈何?”女曰:“无论妾不能往;纵往,君家自有妇,将何以处妾乎?不如置妾于此,为君别院[5]可耳。”生恨道远,不能时至。女出黑衣,曰:“君向所着旧衣尚在。如念妾时,衣此可至;至时为君解之。”乃大设肴珍,为生祖饯。既醉而寝,醒,则身在舟中。视之,洞庭旧泊处也。舟人及仆俱在,相视大骇,诘其所往。生故怅然自惊。枕边一袱,检视,则女赠新衣袜履,黑衣亦折置其中。又有绣橐维絷腰际,探之,则金资充牣[6]焉。于是南发,达岸,厚酬舟人而去。归家数月,苦忆汉水,因潜出黑衣着之,两胁生翼,翕然凌空,经两时许,已达汉水。回翔下视,见孤屿中有楼舍一簇[7],遂飞堕。有婢子已望见之,呼曰:“官人至矣!”无何,竹青出,命众手为缓结,觉羽毛划然尽脱。握手入舍,曰:“郎来恰好,妾旦夕临蓐矣。”生戏问曰:“胎生乎?卵生乎?”女曰:“妾今为神,则皮骨已更,应与曩异。”越数日,果产,胎衣厚裹如巨卵然,破之,男也。生喜,名之汉产。三日后,汉水神女皆登堂以服食珍物相贺。并皆佳妙,无三十以上人。俱入室就榻,以拇指按儿鼻,名曰“增寿”。既去,生问:“适来者皆谁何?”女曰:“此皆妾辈。其末后着藕白者,所谓‘汉皋解珮’[8]，即其人也。”居数月，女以舟送之，不用帆楫，飘然自行。抵陆，已有人絷马道左，遂归。由此往来不绝。积数年，汉产益秀美，生珍爱之。妻和氏，苦不育，每思一见汉产。生以情告女。女乃治任，送儿从父归，约以三月。既归，和爱之过于己出，逾十余月，不忍令返。一日，暴病而殇。和氏悼痛欲死。生乃诣汉告女。入门，则汉产赤足卧床上。喜以问女。女曰：“君久负约。妾思儿，故招之也。”生因述和氏爱儿之故。女曰：“待妾再育，令汉产归。”又年余，女双生，男女各一：男名“汉生”，女名“玉珮”。生遂携汉产归。然岁恒三四往，不以为便，因移家汉阳。汉产十二岁，入郡庠。女以人间无美质，招去，为之娶妇，始遣归。妇名卮娘，亦神女产也，后和氏卒，汉生及妹皆来擗踊[9]。葬毕，汉产遂留，生携汉生、玉珮去，自此不返。

【注释】

［1］无机：不机警，不警惕。［2］弹（tán）：这里作射击解释。［3］少牢：祭品中的猪和羊。［4］广床：大床。［5］别院：这里指旧社会中某些男子在正式夫妻所组成的家庭之外，又与别的女子同居另外组成的家庭；一般称作“外室”。［6］充牣（rèn）：充满。［7］一簇：一堆，一丛。［8］“汉皋解珮”：“珮”，同“佩”。神话传说中，古时有一个郑交甫，路过汉皋台下，遇见两个女子，每人身上佩着一颗鸡蛋大的珠子。他向这两个女子讨珠子，两个女子都解下来给了他。一转眼的工夫，两个女子不见了，珠子也不见了。见《韩诗外传》。［9］擗踊：“擗”，用手拍胸；“踊”，以脚顿地。是极度悲哀的表示。古来“擗踊”用于父母丧事，而且拍几次，跳几次，依着人的身份而有不同的规定。

张氏妇

凡大兵所至，其害甚于盗贼；盖盗贼人犹得而仇之，兵则人所不敢仇也。其少异于盗者，特不敢轻于杀人耳。甲寅岁，三藩作反[1]，南征之士，养马兖郡，鸡犬庐舍一空，妇女皆被淫污。时遭霪雨，田中潴水为湖，民无所匿，遂乘桴[2]入高粱丛中。兵知之，裸体乘马，入水搜淫，鲜有遗脱。惟张氏妇不伏，公然在家。有厨舍一所，夜与夫掘坎深数尺，积茅焉，覆以薄[3]，加席其上，若可寝处。自炊灶下，有兵至，则出门应给[4]之。二蒙古兵强与淫。妇曰："此等事，岂可对人行者？"其一微笑，啁嗻而出。妇与入室，指席使先登。薄折兵陷。妇又另取席及薄，覆其上，故立坎边，以诱来者。少间，其一复入。闻坎中号，不知何处。妇以手笑招之曰："在此处。"兵踏席，又陷。妇乃益投以薪，掷火其中。火大炽，屋焚。妇乃呼救。火既熄，燔[5]尸焦[6]臭。人问之，妇曰："两猪恐害于兵，故纳坎中耳。"由此离村数里，于大道旁并无树木处，携女红往坐烈日中。村去郡远，兵来率乘马，顷刻数至。笑语啁嗻，虽多不解，大约调弄之语。然去道不远，无一物可以蔽身，辄去，数日无患。一日，一兵至，甚无耻，就烈日中欲淫妇。妇含笑不甚拒，隐以针刺其马，马辄喷嘶。兵遂絷马股际，然后拥妇。妇出巨锥猛刺马项，马负痛奔骇，缰系股不得脱，曳驰数十里，同伍始代捉之。首躯不知处，缰上一股，俨然在焉。

异史氏曰:“巧计六出[7],不失身于悍兵。贤哉妇乎,慧而能贞。”

【注释】

[1] 三藩作反:“藩”,藩国的省词。古时分封诸侯以保卫王室,称为“藩国”。这里“三藩”,指明将吴三桂、耿仲明、尚可喜降清后被封为王,各据一方,号称“三藩”。后来因为清朝决定撤藩,吴三桂首先在云南反清,耿精忠(耿仲明之孙)、尚之信(尚可喜之子)先后响应,史称“三藩之乱”,历时九年才全部平定。 [2] 桴(fú):用木头、竹子编扎而成的船的代用品。 [3] 薄:帘。 [4] 应给:应付接待。 [5] 燔(fán):烧,烤炙。 [6] 燋:这里同“焦”。 [7] 巧计六出:陈平辅佐汉高祖,曾六出奇计,对汉高祖的夺获并巩固政权帮助很大。见《史记》。这里引用这一典故,意思是说,张氏妇也能运用很多巧计。

香　玉

劳山下清宫，耐冬高二丈，大数十围[1]，牡丹高丈余，花时璀璨[2]似锦。胶州黄生，舍读其中。一日，自窗中见女郎，素衣掩映花间。心疑观中焉得此。趋出，已遁去。自此屡见之。遂隐身丛树中，以伺其至。未几，女郎又偕一红裳者来，遥望之，艳丽双绝。行渐近，红裳者却退，曰："此处有生人！"生暴起。二女惊奔，袖裙飘拂，香风洋溢，追过短墙，寂然已杳。爱慕弥切，因题句树下云："无限相思苦，含情对短窗。恐归沙吒利[3]，何处觅无双[4]？"归斋冥思。女郎忽入，惊喜承迎。女笑曰："君汹汹似强寇，令人恐怖；不知君乃骚雅士，无妨相见。"生叩生平。曰："妾小字香玉，隶籍平康巷[5]。被道士闭置山中，实非所愿。"生问："道士何名？当为卿一涤此垢。"女曰："不必，彼亦未敢相逼。借此与风流士长作幽会，亦佳。"问："红衣者谁？"曰："此名绛雪，乃妾义姊。"遂相狎寝。既醒，曙色已红。女急起，曰："贪欢忘晓矣。"着衣易履，且曰："妾酬君作，口占勿笑也：'良夜更易尽，朝暾[6]已上窗。愿如梁上燕，栖处自成双。'"生握腕曰："卿秀外惠中，令人爱而忘死。顾一日之去，如千里之别。卿乘间当来，勿待夜也。"女诺之。由此夙夜必偕。每使邀绛雪来，辄不至，生以为恨。女曰："绛姊性殊落落，不似妾情痴也。当从容劝驾，不必过急。"一夕，女惨然入，曰："君陇不能守，尚望蜀耶[7]？今长别矣。"问："何之？"以袖拭泪，曰："此有定数，难为君言。昔日佳什，今成谶语矣：‘佳人已属沙吒利，义士今无古押衙[8]’，可为妾咏。”诘之，不言，但有呜咽。竟夜不眠，早旦而去。生怪之。次日，有即墨蓝氏，入宫游瞩，见白牡丹，悦之，掘移径去。生始悟香玉乃花妖也，怅惋不已。过数日，闻蓝氏移花至家，日就萎悴。恨极，作《哭花诗》五十首。日日临穴涕洟。一日，凭吊方返，遥见红衣人，挥涕穴侧。从容近就，女亦不避。生因把袂，相向汍澜。已而挽请入室，女亦从之。叹曰：“童稚姊妹，一朝断绝！闻君哀伤，弥增妾恸。泪堕九泉，或当感诚再作；然死者神气已散，仓卒何能与吾两人共谈笑也。”生曰：“小生薄命，妨害情人，当亦无福可消双美。曩频烦香玉道达微忱，胡再不临？”女曰：“妾以年少书生，什九薄幸；不知君固至情人也。然妾与君交以情，不以淫。若昼夜狎昵，则妾所不能矣。”言已，告别。生曰：“香玉长离，使人寝食俱废。赖卿少留，慰此怀思，何决绝如此！”女乃止，过宿而去。数日不复至。冷雨幽窗，苦怀香玉，辗转床头，泪凝枕席。揽衣更起，挑灯复踵前韵[9]曰：“山院黄昏雨，垂帘坐小窗。相思人不见，中夜泪双双。”诗成自吟。忽窗外有人曰：“作者不可无和。”听之，绛雪也。启门内之。女视诗，即续其后曰：“连袂人何处？孤灯照晚窗。空山人一个，对影自成双。”生读之泪下，因怨相见之疏。女曰：“妾不能如香玉之热，但可少慰君寂寞耳。”生欲与狎。曰：“相见之欢，何必在此。”于是至无聊时，女辄一至。至则宴饮唱酬，有时不寝遂去，生亦听之。谓曰：“香玉吾爱妻，绛雪吾良友也。”每欲相问：“卿是院中第几株？乞早见示，仆将抱植家中，免似香玉被恶人夺去，贻恨百年。”女曰：“故土难移，告君亦无益也。妻尚不能终从，况友乎！”生不听，捉臂而出，每至牡丹下，辄问："此是卿否？"女不言，掩口笑之。旋生以残腊归过岁。至二月间，忽梦绛雪至，愀然曰："妾有大难！君急往，尚得相见；迟无及矣！"醒而异之，急命仆马，星驰至山。则道士将建屋，有一耐冬，碍其营造，工师将纵斤[10]矣。生知所梦即此，急止之。入夜，绛雪来谢。生笑曰："向不实告，宜遭此厄！今已知卿。如卿不至，当以艾炷[11]相炙。"女曰："妾固知君如此，曩故不敢相告也。"坐移时，生曰："今对良友，益思艳妻。久不哭香玉，卿能从我哭乎？"二人乃往，临穴洒涕。更余，绛雪收泪劝止，乃还。又数夕，生方寂坐，绛雪笑入曰："报君喜信！花神感君至情，俾香玉复降宫中。"生喜，问："何时？"答曰："不知，约不远耳。"天明下榻。生嘱曰："仆为卿来，勿长使人孤寂。"女笑诺。两夜不至。生往抱树，摇动抚摩，频唤："绛雪！"久之无声，乃返。对灯团艾，将往灼树。女遽入，夺艾弃之，曰："君恶作剧，使人创痏[12]，当与君绝矣！"生笑拥之。坐未定，香玉盈盈而入。生望见，泣下流离，急起把握。香玉以一手握绛雪，相对悲哽。及坐，生把之，觉虚如手自握，惊问之。香玉泫然曰："昔妾，花之神，故凝；今妾，花之鬼，故散也。今虽相聚，勿以为真，但作梦寐观可耳。"绛雪曰："妹来大好！我被汝家男子纠缠死矣！"遂去。香玉款笑如前，但偎傍之间，仿佛以身就影。生悒悒不乐；香玉亦俯仰自恨，曰："君以白蔹[13]屑，少杂硫黄，日酹妾一杯水，明年此日报君恩。"别去。明日，往观故处，则牡丹萌生矣。生乃日加培植，又作雕栏以护之。香玉来，感激倍至。生谋移植其家，女不可，曰："妾弱质，不堪复戕。且物生各有定处，妾来原不拟生君家，违之反促年寿。但相怜爱，合好自有日耳。"生恨绛雪不至。香玉曰:“必欲强之使来,妾能致之。”乃与生挑灯出,至树下,取草一茎,布裳作度[14],以度树本,自下而上,至四尺六寸,按其处,使生以两爪齐搔之。俄,绛雪从背后出,笑骂曰:“婢子来,益助桀为虐耶!”牵挽并入。香玉曰:“姊勿怪!暂烦陪侍郎君,一年后不相扰矣。”从此遂以为常。生视花芽,日益肥盛,春尽,盈二尺许。归后,以金遗道士,嘱令朝夕培养之。次年四月至宫,则花一朵,含苞未放;方流连间,花摇摇欲拆;少时已开,花大如盘,俨然有小美人坐蕊中,裁三四指[15]许;转瞬间飘然已下,则香玉也。笑曰:“妾忍风雨以待君,君来何迟也!”遂入室。绛雪亦至,笑曰:“日日代人作妇,今幸退而为友。”遂相谈宴。至中夜,绛雪乃去。两人同寝,款洽一如从前。后,生妻卒,遂入山不归。是时牡丹已大如臂。生每指之曰:“我他日寄魂于此,当生卿之左。”二女笑曰:“君勿忘之。”后十余年,忽病。其子至,对之而哀。生笑曰:“此我生期,非死期也,何哀为!”谓道士曰:“他日牡丹下有赤芽怒生,一放五叶者,即我也。”遂不复言。子舆之归家,即卒。次年,果有肥芽突出,叶如其数。道士以为异,益灌溉之。三年,高数尺,大拱把,但不花。老道士死,其弟子不知爱惜,斫去之。白牡丹亦憔悴死;无何,耐冬亦死。

异史氏曰:“情之至者,鬼神可通。花以鬼从,而人以魂寄,非其结于情者深耶?一去而两殉之,即非坚贞,亦为情死矣。人不能贞,犹是情之不笃耳。仲尼读《唐棣》而曰‘未思’[16],信矣哉!”

【注释】

[1] 围:计算圆周大小的一种尺寸标准,从来说法不一。一说是人用双

臂去合抱，一抱是一围；一说是直径一尺或五寸的圆周是一围。［2］璀璨：玉的光彩。这里借以形容花的光彩。［3］沙吒利：传奇故事中，唐韩翊和柳氏恋爱，番将沙吒利，趁韩他去，将柳劫走。后有虞候许俊，设计夺回，仍还韩翊。见唐传奇《柳氏传》。［4］无双：传奇故事中，唐刘无双和王仙客原有婚约，后因政变，刘被皇家强迫收进宫去。有侠客古押衙，设计使刘与王团聚。见唐传奇《无双传》。［5］平康巷：指妓院。唐时娼妓聚住在平康里，因而后来便以“平康”为妓院的代词。［6］朝暾：早上刚出来的阳光。［7］陇不能守，尚望蜀耶：这里反用“得陇望蜀”这一故事，意思说，连已有的一个也靠不住了，还要想另一个吗？参看前文《胭脂》篇注[25]“得陇兴望蜀之心”条。［8］押衙：古代管理皇帝仪仗侍卫的官员。“佳人已属沙吒利，义士今无古押衙”，原是宋王晋卿的诗句；这里引用，认为是谶语，因为前有“恐归沙吒利，何处觅无双”的句子之故。［9］踵前韵：“踵”，追随着、跟从着的意思。“踵前韵”，就是和诗：照着原诗所押的韵脚再做一首。［10］斤：砍木的斧头。［11］艾炷：燃烧着的艾绒搓成的长条。用艾炷烧灼人的经脉穴道，原是中医的一种医疗方法。［12］创痏（wěi）：疮疤。［13］白蔹（liǎn）：属葡萄科的一种蔓生草本植物，开黄绿色小花，结球形浆果，根可为药。［14］度（dù）：指尺码。下文“以度（duó）树本”，“度”，衡量的意思。［15］三四指：指三四个指头那样大。［16］仲尼读《唐棣》而曰“未思”：仲尼，孔子的号。孔子读古逸诗“康棣之华，偏其反而；岂不尔思？室是远而。”说，“未之思也，夫何远之有？”（见《论语·子罕》）意思是事情能不能做到，完全在于自己能否想办法克服困难，而不是事情本身难易的问题。

王　十

高苑[1]民王十，负盐于博兴。夜为二人所获。意为土商[2]之逻卒也，舍盐欲遁，足苦不前。遂被缚。哀之。二人曰："我非盐肆中人，乃鬼卒也。"十惧，乞一至家别妻子。不许，曰："此去亦未便即死，不过暂役耳。"十问："何事?"曰："冥中新阎王到任，见奈何淤平，十八狱厕坑俱满，故捉三种人淘河：小偷、私铸、私盐[3]；又一等人使涤厕：乐户[4]也。"十从去，入城郭，至一官署，见阎罗在上，方稽名籍。鬼禀曰："捉一私贩王十至。"阎罗视之，怒曰："私盐者，上漏国税，下蠹民生者也。若世之暴官奸商所指为私盐者，皆天下之良民。贫人揭锱铢之本，求升斗之息，何为私哉!"罚二鬼市盐四斗，并十所负，代运至家。留十，授以蒺藜骨朵[5]，令随诸鬼督河工。鬼引十去，至奈河边，见河内人夫，缧续[6]如蚁。又视河水浑赤，近之，臭不可闻。淘河者皆赤体持畚锸，出没其中。朽骨腐尸，盈筐负异而出；深处则灭顶求之。惰者辄以骨朵击背股。同监者以香绵丸如巨菽，使含口中，乃近岸。见高苑肆商，亦在其中。十独苛遇之：入河楚背，上岸敲股。商惧，常没身水中。十乃已。经三昼夜，河夫半死，河工亦竣。前二鬼仍送至家，豁然而苏。先是，十负盐未归，天明，妻启户，则盐两囊置庭中，而十久不至。使人遍觅之，则死途中。舁之而归，奄有微息。大惑，不解其故。既醒，始言之。肆商亦于前日死，至是始苏。骨朵击处，皆成巨疽，浑身腐溃，臭不可近。十故诣之。望见十，犹缩首衾中，如在奈河状。一年始愈，不复为商矣。

异史氏曰："盐之一道，朝廷之所谓私，乃不从乎公者也；官与商之所谓私，乃不从其私者也。近日齐、鲁新规，土商随在设肆，各限疆域。不惟此邑之民，不得去之彼邑；即此肆之民，不得去之彼肆。而肆中则潜设饵以钓他邑之民：其售于他邑，则廉其直；而售诸土人，则倍其价以昂之。而又设逻于道，使境内之人，皆不得逃吾网。其有境内冒他邑以来者，法不宥。彼此互相钓，而越肆假冒之愚民益多。一被逻获，则先以刀杖残其胫股，而后送诸官；官则桎梏之，是名'私盐'。呜呼！冤哉！漏数万之税非私，而负升斗之盐则私之；本境售诸他境非私，而本境买诸本境则私之，冤矣！律中'盐法'最严，而独于贫难军民，背负易食者，不之禁[7]，今则一切不禁，而专杀此贫难军民！且夫贫难军民，妻子嗷嗷，上守法而不盗，下知耻而不娼；不得已，而揭十母而求一子。使邑尽此民，即'夜不闭户'可也。非天下之良民乎哉！彼肆商者，不但使之淘奈河，直当使涤狱厕耳！而官于春秋节，受其斯须之润[8]，遂以'三尺法'[9]助使杀吾良民。然则为贫民计，莫若为盗及私铸耳：盗者白昼劫人，而官若聋；铸者炉火亘天，而官若瞽。即异日淘河，尚不至如负贩者所得无几，而官刑立至也。呜呼！上无慈惠之师，而听奸商之法，日变日诡，奈何不顽民日生，而良民日死哉！"

各邑肆商旧例，以若干石盐资，岁奉本县，名曰"食盐"[10]；又逢节序，具厚仪。商以事谒官，官则礼貌之，坐与语，或茶[11]焉。送盐贩至，重惩不遑。张公石年宰淄川，肆商来见，循旧规，但揖不拜。公怒曰："前令受汝贿，故不得不隆汝礼；我市盐而食，何物商人，敢公堂抗礼[12]乎！"捋裤将笞。商叩头谢过，乃释之。后肆中获二负贩者，其一逃去，其一被执至官。公问："贩者二人，其一焉往？"贩者曰："逃去矣。"公曰："汝股病不能奔耶？"曰："能奔。"公曰："既被捉，必不能奔；果能，可起试奔，验汝能否。"其人奔数步欲止。公曰："大奔勿止！"其人疾奔，竟出公门而去。见者皆笑。公爱民之事不一，此其闲情，邑人犹乐诵之。

【注释】

[1] 高苑：今山东高青。 [2] 土商：这里指当地的盐商。 [3] 私铸、私盐：封建时代，铸钱和卖盐是政府专利的事业。凡是不通过政府而铸钱、卖盐，都被认为是私铸、私盐，查出就处以严刑。 [4] 乐户：古时把罪人的妻女隶入乐籍，称为"乐户"，有如官妓；后来"乐户"成为一般妓院的泛称。这里指开设妓院的人。 [5] 蒺藜骨朵："骨朵"，古时一种长柄的兵器，一端是圆形，有如金瓜、蒜头。"蒺藜骨朵"，是圆头上面附有铁刺的骨朵。[6] 缧绁："缧"，网绳。"缧绁"，用绳子拴着，一个连着一个。 [7] 背负易食者，不之禁：清代盐法规定：贫苦老弱和有残疾的人，可以每天买盐四十斤挑卖，不算私贩。但是当时的官吏，并没有能够遵守这一规定，对于卖盐的贫民还是任意拘捕留难，给以刑罚。 [8] 润：好处，利益。 [9]"三尺法"：法律条文。古代没有纸，把法律条文写在三尺长的竹简上，所以叫作"三尺法"。 [10]"食盐"：吃的盐。这里的意思是说：盐商送好多担盐的代价给县官，为了避免贿赂之名，只说这是供应县官吃的盐。 [11] 茶：这里作动词用，敬茶的意思。 [12] 抗礼：行彼此平等的礼节。

石 清 虚

邢云飞，顺天人。好石，见佳石不惜重直。偶渔于河，有物挂网，沈而取之，则石径尺，四面玲珑，峰峦叠秀。喜极，如获异珍。雕紫檀为座，供诸案头。每值天欲雨，则孔孔生云，遥望如塞新絮。有势豪某，踵门求观。既见，举付健仆，策马径去。邢无奈，顿足悲愤而已。仆负石至河滨，息肩桥上，忽失手，堕诸河。豪怒，鞭仆。即出金，雇善泅者，百计冥搜，竟不可见。乃悬金署约[1]而去。由是寻石者，日盈于河，迄无获者。后邢至落石处，临流于邑，但见河水清澈，则石固在水中。邢大喜，解衣入水，抱之而出，檀座犹存。既归，不敢设诸厅事，洁治内室供之。一日，有老叟款门而请。邢托言石失已久。叟笑曰："客舍非耶?"邢便请入舍，以实其无。既入，则石果陈几上。愕不能言。叟抚石曰："此吾家故物，失去已久，今固在此耶。既见之，请即赐还。"邢窘甚，遂与争作石主。叟笑曰："既汝家物，有何验证?"邢不能答。叟曰："仆则故识之：前后九十二窍，巨孔中五字云，'清虚天石供。'"邢审视，孔中果有小字，细于粟米，竭目力裁可辨认；又数其窍，果如所言。邢无以对，但执不与。叟笑曰："谁家物而凭君作主耶!"拱手而出。邢送至门外；既还，已失石所在。大惊，疑叟，急追之，则叟缓步未远。奔牵其袂而哀之。叟曰："奇哉！径尺之石，岂可以手握袂藏者耶?"邢知其神，强曳之归，长跽请之。叟乃曰："石果君家者耶、仆家者耶?"答曰："诚属君家，但求割爱耳。”叟曰：“既然，石固在是。”入室，则石已在故处。叟曰：“天下之宝，当与爱惜之人。此石能自择主，仆亦喜之。然彼急于自见，其出也早，则魔劫未除。实将携去，待三年后，始以奉赠。既欲留之，当减三年寿数，乃可与君相终始。君愿之乎？”曰：“愿！”叟乃以两指捏一窍，窍软如泥，随手而闭；闭三窍，已，曰：“石上窍数，即君寿也。”作别欲去。邢苦留之，辞甚坚；问其姓字，亦不言：遂去。积年余，邢以故他出，夜有贼入室，诸无所失，惟窃石而去。邢归，悼丧欲死。访察购求，全无踪迹。积有数年，偶入报国寺，见卖石者，则故物也。将便认取。卖者不服。因负石至官。官问：“何所质验？”卖石者能言窍数。邢问其他，则茫然矣。邢乃言窍中五字及三指痕，理遂得伸。官欲杖责卖石者，卖石者自言以二十金买诸市，遂释之。邢得石归，裹以锦，藏椟中，时出一赏，先焚异香而后出之。有尚书某，购以百金。邢曰：“虽万金不易也。”尚书怒，阴以他事中伤之。邢被收，典质田产。尚书托他人风示其子。子告邢，邢愿以死殉石。妻窃与子谋，献石尚书家。邢出狱始知，骂妻殴子，屡欲自经，皆以家人觉救，得不死。夜梦一丈夫来，自言：“石清虚。”戒邢勿戚：“特与君年余别耳。明年八月二十日，昧爽时，可诣海岱门[2]，以两贯相赎。”邢得梦，喜，谨志其日。其石在尚书家，更无出云之异，久亦不甚贵重之。明年，尚书以罪削职[3]，寻死。邢如期至海岱门，则其家人窃石出售，因以两贯市归。后邢至八十九岁，自治葬具[4]；又嘱子，必以石殉。及卒，子遵遗教，瘗石墓中。半年许，贼发墓，劫石去。子知之，莫可追诘。越二三日，同仆在道，忽见两人，奔踬汗流，望空投拜，曰：“邢先生，勿相逼！我二人将石去,不过卖四两银耳。”遂縶送到官,一讯即伏。问石,则鬻诸宫氏。取石至,官爱玩,欲得之,命寄诸库。吏举石,石忽堕地,碎为数十余片。皆失色。官乃重械两盗论死。邢子拾石出,仍瘞墓中。

异史氏曰:“物之尤者祸之府[5]。至欲以身殉石,亦痴甚矣!而卒之石与人相终始,谁谓石无情哉?古人云:‘士为知己者死。’非过也!石犹如此,何况于人!”

【注释】

[1] 悬金署约:出帖子悬赏立约。 [2] 海岱门:北京崇文门的别名,也就是习惯称呼的音近而字异的哈达门。当时买卖来历不明的旧货的夜市,就设在崇文门外。 [3] 削职:开除,革职。 [4] 葬具:指棺椁之类的东西。 [5] 府:这里指集中、聚集的地方。

王桂庵

王樨，字桂庵，大名世家子。适南游，泊舟江岸。邻舟有榜人[1]女，绣履其中，风姿韵绝。王窥既久，女若不觉。王朗吟"洛阳女儿对门居"[2]，故使女闻。女似解其为己者，略举首一斜瞬之，俯首绣如故。王神志益驰，以金一锭遥投之，堕女襟上；女拾弃之，若不知为金也者。金落岸边。王拾归，益怪之，又以金钏掷之，堕足下；女操业不顾。无何，榜人自他[3]归。王恐其见钏研诘，心急甚；女从容以双钩覆蔽之。榜人解缆径去。王心情丧惘，痴坐凝思。时，王方丧偶，悔不即媒定之。乃询舟人，皆不识其何姓。返舟急追之，杳不知其所往。不得已，返舟而南。务毕[4]，北旋，又沿江细访，并无音耗。抵家，寝食皆萦念之。逾年，复南，买舟江际，若家焉。日日细数行舟，往来者帆楫皆熟，而囊舟殊杳。居半年，资罄而归。行思坐想，不能少置。一夜，梦至江村，过数门，见一家柴扉南向，门内疏竹为篱，意是亭园，径入。有夜合[5]一株，红丝满树。隐念：诗中"门前一树马缨花"，此其是矣。过数武，苇笆光洁。又入之，见北舍三楹，双扉阖焉。南有小舍，红蕉蔽窗。探身一窥，则椸架[6]当门，罥画裙其上，知为女子闺闼，愕然却退；而内已觉之，有奔出瞰客者，粉黛微呈，则舟中人也。喜出望外，曰："亦有相逢之期乎！"方将狎就，女父适归，倏然惊觉，始知是梦。景物历历，如在目前。秘之，恐与人言，破此佳梦。又年余，再适镇江。郡南有徐太仆，与有世谊，招饮。信马而去，误入小村，道途景象，仿佛平生所历。一门内，马缨一树，梦境宛然。骇极，投鞭而入。种种物色，与梦无别。再入，则房舍一如其数。梦既验，不复疑虑，直趋南舍，舟中人果在其中。遥见王，惊起，以扉自幛，叱问："何处男子！"王逡巡间，犹疑是梦。女见步趋甚近，閛然扃户。王曰："卿不忆掷钏者耶？"备述相思之苦，且言梦征。女隔窗审其家世，王具道之。女曰："既属宦裔，中馈必有佳人，焉用妾？"王曰："非以卿故，昏娶固已久矣。"女曰："果如所云，足知君心。妾此情难告父母，然亦方命[7]而绝数家。金钏犹在，料锺情者必有耗闻耳。父母偶适外戚，行且[8]至。君姑退，倩冰委禽，计无不遂；若望以非礼成耦。则用心左[9]矣。"王仓卒欲出；女遥呼"王郎"，曰："妾，芸娘，姓孟氏；父字江蓠。"王记而出。罢筵早返，谒江蓠。江迎入，设坐篱下。王自道家阀，即致来意，兼纳百金为聘。翁曰，"息女已字矣。"王曰："讯之甚确，固待聘耳，何见绝之深？"翁曰，"适间所诺，不敢为诳。"王神情俱失，拱别而返。不知其信否。当夜辗转，无人可媒。向欲以情告太仆，恐娶榜人女为先生笑；今情急无可为媒，质明，诣太仆，实告之。太仆曰："此翁与有瓜葛，是祖母嫡孙，何不早言？"王始吐隐情。太仆疑曰："江蓠固贫，素不以操舟为业，得毋误乎？"乃遣子大郎诣孟。孟曰："仆虽空匮[10]，非卖昏者。曩公子以金自媒，谅仆必为利动，故不敢附为婚姻。既承先生命，必无错谬。但顽女颇恃娇爱，好门户辄便拗却，不得不与商榷，免他日怨远婚也。"遂起，少入而返，拱手一如尊命，约期乃别。大郎复命，王乃盛备禽妆，纳采于孟，假馆太仆之家，亲迎成礼。居三日，辞岳北归。夜宿舟中，问芸娘曰：

“向于此处遇卿，固疑不类舟人子。当日泛舟何之？”答云：“妾叔家江北，偶借扁舟一省视耳。妾家仅可自给，然傥来物颇不贵视之。笑君双瞳如豆，屡以金资动人。初闻吟声，知为风雅士，又疑为儇薄子作荡妇挑之也。使父见金钏，君死无地[11]矣。妾怜才心切否？”王笑曰：“卿固黠甚，然亦堕吾术矣！”女问：“何事？”王止而不言。又固诘之，乃曰：“家门日近，此亦不能终秘。实告卿：我家中固有妻在，吴尚书女也。”芸娘不信，王故壮其词以实之。芸娘色变，默移时，遽起，奔出；王蹰履追之，则已投江中矣。王大呼，诸船惊闹，夜色昏蒙，惟有满江星点而已。王悼痛终夜，沿江而下，以重价觅其骸骨，亦无见者。邑邑而归，忧痛交集。又恐翁来视女，无词可对。有姊丈官河南，遂命驾造之，年余始归。途中遇雨，休装[12]民舍，见房廊清洁，有老妪弄儿厦间。儿见王入，即扑求抱。王怪之。又视儿，委婉可爱，揽置膝头。妪唤之，不去。少顷，雨霁，王举儿付妪，下堂趣装。儿啼曰：“阿爹去矣！”妪耻之，呵之不止，强抱而去。王坐待治任，忽有丽者自屏后抱儿出，则芸娘也。方诧异间，芸娘骂曰：“负心郎！遗此一块肉，焉置之？”王乃知为己子。酸来刺心，不暇问其往迹，先以前言之戏，矢日自白。芸娘始反怒为悲，相向涕零。先是，第主莫翁，六旬无子，携媪往朝南海[13]。归途泊江际，芸娘随波下，适触翁舟。翁命从人拯出之，疗控[14]终夜，始渐苏。翁媪视之，是好女子，甚喜，以为己女，携归。居数月，欲为择婿，女不可。逾十月，生一子，名曰寄生。王避雨其家，寄生方周岁也。王于是解装，入拜翁媪，遂为岳婿。居数日，始举家归。至，则孟翁坐待，已两月矣。翁初至，见仆辈情词恍惚，心颇疑怪；既见，始共欢慰。历述所遭，乃知其枝梧[15]者有由也。

【注释】

［1］榜人：船家，舟子。［2］“洛阳女儿对门居”：唐诗人王维所作《洛阳女儿行》诗篇里的第一句，下句是“才可容颜十五余”。这里是故意念这首诗来挑动对方。［3］他：这里是指他道、别处。［4］务毕：事情办完。［5］夜合：参看前文《婴宁》篇注［96］“合欢、忘忧”条。下文“马缨花”，就是夜合的别名。［6］椸（yí）架：衣架。［7］方命：违命。［8］行且：就要，不久将。［9］左：差，错。［10］空匮：空乏，就是贫穷。［11］死无地：死无葬身之地的意思，极言要遭到严厉的对待。［12］休装：卸下行李来休息。［13］朝南海：“南海”，指浙江定海海中的普陀山，迷信传说是观音菩萨修道的地方，所以信佛的人多前往朝礼。［14］控：指用头朝下脚朝上的办法，让落水的人把腹内的水吐出来。［15］枝梧：也写作“支吾”，敷衍搪塞的意思。

粉　蝶

阳曰旦，琼州士人也。偶自他郡归，泛舟于海。遭飓风，舟将覆；忽飘一虚舟来，急跃登之。回视，则同舟尽没。风愈狂，瞑然[1]任其所吹。亡何，风定。开眸，忽见岛屿，舍宇连亘。把棹近岸，直抵村门。村中寂然，行坐良久，鸡犬无声。见一门北向，松竹掩蔼[2]。时已初冬，墙内不知何花，蓓蕾满树。心爱悦之，逡巡遂入。遥闻琴声，步少停。有婢自内出，年约十四五，飘洒艳丽。睹阳，返身遽入。俄闻琴声歇，一少年出，讶问客所自来。阳具告之。转诘邦族，阳又告之。少年喜曰："我姻亲也。"遂揖请入院。院中精舍华好，又闻琴声。既入舍，则一少妇危坐，朱弦方调，年可十八九，风采焕映。见客入，推琴欲逝。少年止之曰："勿遁，此正卿家瓜葛。"因代溯[3]所由。少妇曰："是吾侄也。"因问其"祖母尚健否？父母年几何矣？"阳曰："父母四十余，都各无恙；惟祖母六旬，得疾沉痼，一步履须人耳。侄实不省姑系何房，望祈明告，以便归述。"少妇曰："道途辽阔，音问梗塞久矣。归时但告而父，'十姑问讯矣'，渠自知之。"阳问："姑丈何族？"少年曰："海屿姓晏。此名神仙岛，离琼三千里，——仆流寓亦不久也。"十娘趋入，使婢以酒食饷客，鲜蔬香美，亦不知其何名。饭已，因与瞻眺，见园中桃李含苞，颇以为怪。晏曰："此处夏无大暑，冬无大寒，花无断时。"阳喜曰："此乃仙乡。归告父母，可以移家作邻。"晏但微笑。还斋炳烛[4]，见琴横案上，请一聆其雅操[5]。晏乃抚弦捻柱[6]。十娘自内出，晏曰："来，来！卿为若侄鼓之。"十娘即坐，问侄："愿何闻？"阳曰："侄素不读《琴操》，实无所愿。"十娘曰："但随意命题，皆可成调。"阳笑曰："海风引舟，亦可作一调否？"十娘曰："可。"即按弦挑动，若有旧谱[7]，意调崩腾；静会之，如身仍在舟中，为飓风之所摆簸。阳惊叹欲绝，问："可学否？"十娘授琴，试使勾拨[8]，曰："可教也。欲何学？"曰："适所奏《飓风操》，不知可得几日学？请先录其曲吟诵之。"十娘曰："此无文字，我以意谱之耳。"乃别取一琴，作勾剔之势，使阳效之。阳习至更余，音节粗合，夫妻始别去。阳目注心凝，对烛自鼓；久之，顿得妙悟，不觉起舞。举首，忽见婢立灯下，惊曰："卿固犹未去耶？"婢笑曰："十姑命侍安寝，掩户移檠[9]耳。"审顾之，秋水澄澄，意志媚绝。阳心动，微挑之；婢俯首含笑。阳益惑之，遽起挽颈。婢曰："勿尔！夜已四漏，主人将起。彼此有心，来宵未晚。"方押抱间，闻晏唤"粉蝶"。婢作色曰："殆矣！"急奔而去。阳潜往听之。但闻晏曰："我固谓婢子尘缘未灭，汝必欲收录之。今如何矣？宜鞭三百！"十娘曰："此心一萌，不可给使，不如为吾侄遣之。"阳甚惭惧，返斋灭烛自寝。天明，有童子来侍盥沐，不复见粉蝶矣。心惴惴恐见谴逐。俄，晏与十娘并出，似无所介于怀，便考所业。阳为一鼓。十娘曰："虽未入神，已得什九，肄熟可以臻妙。"阳复求别传。晏教以《天女谪降》之曲，指法[10]拗折，习之三日，始能成曲。晏曰："梗概已尽，此后但须熟耳。娴此两曲，琴中无梗调矣。"阳颇忆家，告十娘曰："吾居此，蒙姑抚养甚乐；顾家中悬念。离家三千里，何日可能还也！"十娘曰："此即不难。故舟尚在，当助尔一帆风。

子无家室，我已遣粉蝶矣。”乃赠以琴。又授以药，曰：“归医祖母，不惟却病，亦可延年。”遂送至海岸，俾登舟。阳觅楫，十娘曰：“无须此物。”因解裙作帆，为之萦系。阳虑迷途，十娘曰：“勿忧，但听帆漾耳。”系已，下舟。阳凄然，方欲拜别，而南风竞起，离岸已远矣。视舟中糗粮已具，然止足供一日之餐。心怨其吝。腹馁不敢多食，唯恐遽尽，但啖胡饼[11]一枚，觉表里甘芳。余六七枚，珍而存之，即亦不复饥矣。俄见夕阳欲下，方悔来时未索膏烛。瞬息，遥见人烟；细审，则琼州也。喜极。旋已近岸，解裙裹饼而归。入门，举家惊喜，盖离家已十六年矣，始知其遇仙。视祖母老病益惫，出药投之，沉疴立除。共怪问之，因述所见。祖母泫然曰：“是汝姑也。”初，老夫人有少女，名十娘，生有仙姿。许字晏氏。婿十六岁入山不返。十娘待至二十余，忽无疾自殂，葬已三十余年。闻旦言，共疑其未死。出其裙，则犹在家所素着也。饼分啖之，一枚终日不饥，而精神倍生。老夫人命发冢验视，则空棺存焉。旦初聘吴氏女未娶，旦数年不返，遂他适。共信十娘言，以俟粉蝶之至；既而年余无音，始议他图。临邑[12]钱秀才有女名荷生，艳名远播。年十六，未嫁而三丧其婿。遂媒定之。涓吉成礼。既入门，光艳绝代。旦视之，则粉蝶也。惊问曩事，女茫乎不知。——盖被逐时，即降生之辰也。每为之鼓《天女谪降》之操，辄支颐凝想，若有所会。

【注释】

［1］瞑然：形容闭着眼睛的样子。［2］掩蔼：掩映在繁茂的树林里。［3］溯：这里是从头告诉的意思。［4］炳烛：点亮了烛。［5］操（cāo）：曲调。下文《琴操》，是东汉蔡邕所著关于琴曲的一部书，也泛指琴曲。《飓

风操》,犹如说《飓风曲》。 [6] 柱:琴瑟等系弦的小木柱,可以移动来调节音调。 [7] 谱:指弹琴的曲谱。古来的琴谱,都用特造的字来表明音调、指法的。下文“我以意谱之”,“谱”作动词用。 [8] 勾拨:“勾拨”和下文的“勾剔”,都是弹琴的手法:中指入弦叫“勾”,出弦叫“剔”,食、中两指轻抚双弦而入得一声叫“拨”。这里泛指弹琴。 [9] 檠(qíng):灯架。 [10] 指法:指弹琴时运用手指的技巧。 [11] 胡饼:芝麻原称“胡麻”。“胡饼”,就是上有芝麻的烧饼。 [12] 临邑:这里当指海南临高。

锦　瑟

沂人王生，少孤，自为族[1]。家清贫；然风标[2]修洁，洒然裙屐少年[3]也。富翁兰氏，见而悦之，妻以女，许为起屋治产。娶未几而翁死。妻兄弟鄙不齿数。妇尤骄倨，常佣奴其夫[4]。自享馐馔[5]；生至，则脱粟瓢饮，折稊[6]为匕置其前。王悉隐忍之。年十九，往应童子试，被黜。自郡中归，妇适不在室，釜中烹羊胛[7]熟，就啖之。妇入，不语，移釜去。生大惭，抵[8]箸地上曰："所遭如此，不如死！"妇恚，问死期，即授索为自经之具。生忿投羹碗，败妇颡[9]。生含愤出，自念良不如死，遂怀带入深壑。至丛树下，方择枝系带，忽见土崖间，微露裙幅；瞬息，一婢出，睹生，急返，如影就灭，土壁亦无绽痕。固知妖异；然欲觅死，故无畏怖，释带坐觇之。少间，复露半面，一窥即缩去。念此鬼物，从之必有死乐。因抓石叩壁曰："地如可入，幸示一途！我非求欢，乃求死者。"久之，无声。生又言之。内云："求死请姑退，可以夜来。"音声清锐，细如游蜂。生曰："诺。"遂退以待夕。未几，星宿已繁，崖间忽成高第，静敞[10]双扉。生拾级[11]而入。才数武，有横流涌注，气类温泉；以手探之，热如沸汤，亦不知其深几许。疑即鬼神示以死所，遂踊身入，热透重衣，肤痛欲糜；幸浮不沉。泅没良久，热渐可忍，极力爬抓，始登南岸：一身幸不泡伤。行次，遥见夏屋中有灯火，趋之。有猛犬暴出，龁衣败袜。摸石以投，犬稍却。又有群犬要吠，皆大如犊。危急间，婢出叱退，曰："求死郎来耶？吾家娘子悯君厄穷，使妾送君入安乐窝，从此无灾矣。”挑灯导之。启后门，黯然行去。入一家，明烛射窗，曰：“君自入，妾去矣。”生入室四瞻，盖已入己家矣。反奔而出。遇妇所役老媪，曰：“终日相觅，又焉往！”反曳入。妇帕裹伤处，下床笑逆曰：“夫妻年余，狎谑顾不识耶？我知罪矣。君受虚诮，我被实伤，怒亦可以少解。”乃于床头取巨金二锭，置生怀，曰：“以后衣食，一惟君命，可乎？”生不语，抛金夺门而奔[12]，仍将入壑以叩高第之门。既至野，则婢行缓弱，挑灯犹遥望之。生急奔且呼，灯乃止。既至，婢曰：“君又来，负娘子苦心矣。”生曰：“我求死，不谋与卿复求活。娘子巨家，地下亦应需人。我愿服役，实不以有生为乐。”婢曰：“乐死不如苦生，君设想何左也！吾家无他务，惟淘河、粪除[13]、饲犬、负尸；作不如程[14]，则刵耳、劓鼻、敲刖胫趾[15]，君能之乎？”答曰：“能之。”又入后门，生问：“诸役可也；适言负尸，何处得如许死人？”婢曰：“娘子慈悲，设‘给孤园[16]’，收养九幽横死无归之鬼。鬼以千计，日有死亡，须负瘗之耳。请一过观之。”移时，见一门，署“给孤园”。入，见屋宇错杂，秽臭熏人。园中鬼，见灯群集，皆断头缺足，不堪入目。回首欲行，见尸横墙下；近视之，血肉狼藉。曰：“半日未负，已被狗咋。”即使生移去之。生有难色。婢曰：“君如不能，请仍归享安乐。”生不得已，负置秘处。乃求婢缓颊，幸免尸污。婢诺。行近一舍，曰：“姑坐此，妾入言之。饲狗之役较轻，当代图之，庶几得当[17]以报。”去少顷，奔出曰：“来，来！娘子出矣。”生从入。见堂上笼烛四悬，有女郎近户坐，乃二十许天人也。生伏阶下。女即命曳起之，曰：“此一儒生，乌能饲犬；可使居西堂主簿籍。”生喜，伏谢。

女曰："汝似朴诚，可敬[18]乃事[19]。如有舛错，罪责不轻也。"生唯唯。婢导至西堂，见栋壁清洁，喜甚，谢婢。始问娘子官阀。婢曰："小字锦瑟，东海薛侯女也。妾名春燕。旦夕所需，幸相闻。"婢去，旋以衣履衾褥来，置床上。生喜得所。黎明，早起视事，录鬼籍。一门仆役，尽来参谒；馈酒送脯甚多，生引嫌悉却之。日两餐，皆自内出。娘子察其廉谨，特赐儒巾鲜衣。凡有赉赉，皆遣春燕。婢颇风格，既熟，频以眉目送情。生斤斤自守[20]，不敢少致差跌[21]，但伪作騃钝[22]。积二年余，赏给倍于常廪[23]，而生谨抑如故。一夜，方寝，闻内第喊噪。急起，捉刀出，见炬火光[24]天。入窥之，则群盗充庭，厮仆骇窜。一仆促与偕遁，生不肯；涂面束腰，杂盗中呼曰："勿惊薛娘子！但当分括财物，勿使遗漏。"时诸舍群盗方搜锦瑟不得，生知未为所获，潜入第后独觅之。遇一伏妪，始知女与春燕皆越墙矣。生亦过墙，见主婢伏于暗陬。生曰："此处乌可自匿。"女曰："吾不能复行矣。"生弃刀负之。奔二三里许，汗流竟体，始入深谷，释肩令坐。欻，一虎来。生大骇，欲迎当之，虎已衔女。生急捉虎耳，极力伸臂入虎口以代锦瑟。虎怒，释女，嚼生臂，脆然[25]有声。臂断落地，虎亦返去。女泣曰："苦汝矣！苦汝矣！"生忙遽未知痛楚，但觉血溢如水，使婢裂衿裹断处。女止之，俯觅断臂，自为续之；乃裹之。东方渐白，始缓步归。登堂如墟[26]。天既明，仆媪始渐集。女亲诣西堂，问生所苦。解裹，则臂骨已续；又出药糁其创，始去。由此益重生：使一切享用，悉与己等。臂愈，女置酒内室以劳[27]之。赐之坐，三让而后隅坐[28]。女举爵如让宾客。久之，曰："妾身已附君体，意欲效楚王女之于臣建[29]。但无媒，羞自荐耳。"生惶恐曰："某受恩重，杀身不足酬。所为非分，惧遭雷殛，不敢从命。苟怜无室，赐婢已过。"一日，女长姊瑶台至，——四十许佳人也。至夕，招生入，瑶台命坐，曰："我千里来，为妹主婚，今夕可配君子。"生又起辞。瑶台遽命酒，使两人易盏。生固辞，瑶台夺易之。生乃伏地谢罪，受饮之。瑶台出，女曰："实告君：妾乃仙姬，以罪被谪。自愿居地下收养冤魂，以赎帝谴。适遭天魔之劫，遂与君有附体之缘。远邀大姊来，固主婚嫁，亦使代摄家政，以便从君归耳。"生起敬曰："地下最乐！某家有悍妇；且屋宇隘陋，势不能容委曲[30]以共其生。"女笑曰："不妨！"既醉，归寝，欢恋臻至。过数日，谓生曰："冥会不可长，请即归。君干理家事毕，妾当自至。"以马授生，启扉令出，壁复合矣。生骑马入村，村人尽骇。至家门，则高庐焕映矣。先是，生去，妻召两兄至，将棰楚报之；至暮，不归，始去。或于沟中得生履，疑其已死。既而年余无耗。有陕中贾某，媒通兰氏，遂就生第与妇合。半年中，修建连亘。贾出经商，又买妾归，自此不安其室。贾亦恒数月不归。生讯得其故，怒，系马而入。见旧媪，媪惊伏地。生叱骂久，使导诣妇所。寻之，已遁；既于舍后得之，已自经死。遂使人舁归兰氏。呼妾出，年十八九，风致亦佳，遂与寝处。贾托村人求反其妾，妾哀号不肯去。生乃具状，将讼其霸产占妻之罪。贾不敢复言，收肆西去。方疑锦瑟负约。一夕，正与妾饮，则车马扣门而女至矣。女但留春燕，余即遣归。入室，妾朝拜之。女曰："此有宜男相[31]，可以代妾苦矣。"即赐以锦裳珠饰。妾拜受，立侍之；女挽坐，言笑甚欢。久之，曰："我醉欲眠！"生亦解履登床，妾始出。入房，则生卧榻上；异而反窥之，烛已灭矣。生无夜不宿妾室。一夜，妾起，潜窥女所，则生及女方共笑语。大怪之。急反告生，则床上无人矣。天明，阴告生。生亦不自知，但觉时留女所、时寄妾宿耳。生嘱隐其异。久之，婢亦私生，女若不知之。婢忽临蓐难产，但呼“娘子”。女入，胎即下；举之，男也。为断脐置婢怀，笑曰：“婢子勿复尔！业多，则割爱难矣。”自此，婢不复产。妾出五男二女。居三十年，女时返其家，往来皆以夜。一日，携婢去，不复来。生年八十，忽携老仆夜去，亦不返。

【注释】

[1] 自为族：自己成为一族，就是这一族里只有他一家的意思。[2] 风标：风姿，仪容。 [3] 裙屐(jī)少年：指衣履整洁，外表漂亮的青年人。[4] 佣奴其夫：把他的丈夫当作奴仆一样。 [5] 馐馔：指好菜肴。 [6] 稊(tí)：一种野草。 [7] 胛：腿，蹄膀。 [8] 抵：投掷。 [9] 败妇颡(sǒng)：打破了女的额头。 [10] 敞：敞开的意思。 [11] 拾级：一层层地上去。[12] 夺门而奔：闯出门去。 [13] 粪除：打扫。 [14] 作不如程：“程”，规矩，格式，也可作期限解释。“作不如程”，作得不合规格；不能如期完成任务。[15] 刵(èr)耳、劓(yì)鼻、敲刖(yuè)胫趾：“刵耳”，割耳；“劓鼻”，割鼻；“敲刖胫趾”，把脚砍断。 [16] 给孤园：传说印度有一长者，欢喜施舍孤独贫穷的人，大家就叫他“给孤独”。他曾收买祇陀太子的园林，作为释迦佛说法的地方，叫作“给孤独园”，省称“给孤园”。这里也是救济孤独的处所，所以借用这个名称。 [17] 得当：有了机会。 [18] 敬：这里是谨慎工作的意思。[19] 乃事：你的事情，你的工作。 [20] 斤斤自守：“斤斤”，这里是形容拘谨。“斤斤自守”，意思是守着本分，凡事不敢超出一定的范围。 [21] 差跌：“差”，这里同“蹉”。“差跌”，指意外的失误或失败。 [22] 騃(ái)钝：呆笨，

愚蠢。［23］常廪:"廪",指薪给。"常廪",平常规定的薪给。［24］光:在这里作动词用,照耀的意思。［25］脆然:形容嚼骨头的清脆声音。［26］墟:指遭过破坏的地方,荒凉像墟墓一般。［27］劳:慰劳。［28］隅坐:坐在旁边拐角,不敢以平等地位自居的客气表示。［29］楚王女之于臣建:春秋时,吴、楚两国打仗,楚国打败了。楚王离开都城,叫锺建驮着王妹季芈,跟着逃走。后来楚王要把季芈嫁出。季芈说:女人是不应该接近男人的;现在锺建已经驮过我了。于是楚王就把她嫁给锺建。出自《左传》。［30］委曲:这里是凑合、将就的意思。［31］宜男相:封建社会中,认为娶妻是专为生儿子的,因之,在挑选的时候,把体格健壮的女子,说成是好的生儿子的工具,称她有"宜男之相"。

图书在版编目（CIP）数据

聊斋志异选 / (清) 蒲松龄著；张友鹤选注. 上海：上海教育出版社，2024.8. —（中小学生阅读指导目录）. — ISBN 978-7-5720-2896-0

Ⅰ. I242.1

中国国家版本馆CIP数据核字第2024U0R926号

责任编辑　李声凤
设 计 师　海未来

聊斋志异选
（清）蒲松龄　著　张友鹤　选注

出版发行　上海教育出版社有限公司
官　　网　www.seph.com.cn
地　　址　上海市闵行区号景路159弄C座
邮　　编　201101
印　　刷　上海商务联西印刷有限公司
开　　本　700 × 1000　1/16　印张 26
字　　数　346 千字
版　　次　2024年8月第1版
印　　次　2024年8月第1次印刷
书　　号　ISBN 978-7-5720-2896-0/I·0186
定　　价　49.80 元

如发现质量问题，读者可向本社调换　电话：021-64373213